KB117383

마른 가지에
바람처럼 1

마른 가지에
바람처럼 1

달새울 장편소설

arte

CONTENTS

프롤로그

가혹한 계절

❊

리에타 트리스티는 아름다운 여자였다. 물결치는 백금발은 풀고 있으나 묶고 있으나 눈부시게 빛났고, 예쁜 곡선을 그리는 코와 입, 깊고 고운 눈매는 언제나 사람들의 시선을 사로잡았다. 햇빛 아래서도 잘 타지 않는 뽀얀 피부는 평민들 사이에선 드문 것이었다.

무엇보다도 특별한 것은 그녀의 눈동자였다. 빛이 비칠 때마다 영롱한 하늘색으로, 때론 청유리빛으로 빛나는 눈동자는 그녀의 아름다움을 더욱 신비롭게 만들었다. 리에타가 그 예쁜 눈으로 싱그러운 봄 같은 미소를 지을 때는 꽃도 별도 빛을 잃었다.

그녀가 이미 결혼했고 세 살 난 딸까지 있다는 사실을 처음 듣는 사람들은 모두 탄식하며 그 남편이 전생에 나라를 구했으리라고 부러워했다. 그들 가족은 행복했다. 네 달 전, 그녀의 남편이 죽기 전까지는 그랬다.

리에타의 남편이 의문의 병을 얻어 갑작스레 죽은 후, 그녀는 웃음을 잃었다. 힘없는 평민 여인에게 미모는 축복이 아니라 저주였다. 남편의 장례식에 뿌린 꽃이 채 시들기도 전에, 그들이 살던 땅, 세비타스의 영주 카사리우스는 리에타에게 자신의 첩이 될 것을 강요하기 시작했다.

처음에는 거부했다. 딸과 둘만 남은 고단한 상황에 영주의 폭압과 괴롭힘이 예견되었음에도. 카사리우스가 그녀의 아버지뻘 되는 나이라는 것은 둘째 치더라도, 남편이 죽은 지 채 한 달도 되지 않은 시점이었기 때문이었다.

안달복달하던 카사리우스는 자신의 청을 들은 척도 하지 않는 리에타에게서 딸을 빼앗았다. 겨우 세 살. 아직 죽음이 뭔지도 몰라 아빠는 몇 밤 자면 오냐며 리에타를 보채던 어린 딸이었다.

카사리우스가 리에타의 딸을 노예상에 팔아 버렸다는 소문이 들려오기 시작했다. 가엾은 리에타는 거의 실성할 지경이 되어, 딸을 무사히 되돌려 주면 그의 첩이 되겠노라고 수락했다.

그러나 불행인지 다행인지, 급작스레 역병에 걸린 카사리우스는 리에타를 얻지도 못하고, 딸을 찾아 주지도 못한 채 죽고 말았다. 리에타를 자신과 함께 묻어 달라는 고약한 유언을 남긴 채.

가혹한 계절이었다. 역병과 악마가 재림한 제국엔 신음과 비탄이 가득했다. 곳곳에서 통곡 소리와 불길이 끊이지 않았다. 어떤 땅에선 역마를 달래기 위한 산 제물마저 바쳐지고 있었다.

그러니까 귀족의 장례식에서 하찮은 평민 여자 하나가 순장되는 일쯤은, 있을 수 있는 일이었다.

카사리우스 세비타스의 장례식이 잡혔다. 그녀가 죽게 될 날이었다.

"저 젊은 나이에…… 불쌍해서 저걸 어째?"

"쯧쯧……. 평민이 고와 봤자 팔자나 꼬이지."

"그러게 말이에요. 정말 안됐어. 하늘도 무심하시지."

카사리우스 백작의 장례식이 거행되는 세비타스 저택 앞. 임시로 마련된 제단 위에서, 검은 베일로 얼굴을 가린 리에타는 자신의 순서를 기다리며 값비싼 융단 위에 무릎을 꿇은 채 앉아 있었다.

"하늘이 마냥 무심하시진 않을지. 그렇게 축성을 덕지덕지 바르고 다녔는데, 카사리우스가 기어코 역병에 걸린 것을 봐. 천벌을 받은 거라니까!"

"그건 하늘이 보살피셨다기보단 역신께서 보살피신 것 같은데?"

고통 없이 곱게 순장되기 위해 리에타는 새벽부터 진정제를 마셨다. 스스로 몸을 움직이기도 힘든 상태였지만 그녀의 양옆에는 시녀들이, 그 주위로는 경비병들이 리에타를 둘러싸고 그녀가 달아나지 않도록 지켰다.

모여든 사람들 모두 기구한 운명을 맞게 된 그녀를 보고 안타까워했다.

"제 자식보다 어린 여자한테 추파를 던지더니 죽으면서도 끝끝내……. 정말 몹쓸 사람이야."

"쉿, 목소리 좀 낮춰. 들리겠어."

사제의 추도사가 끝나고, 백작의 시녀들이 양옆에서 리에타를 부축해 일으켰다. 진정제에 취한 리에타는 멍한 눈으로 시녀들의 손에 이끌려 비척거리며 일어났다.

잿빛 하늘에서 메마른 눈송이가 나풀나풀 떨어지기 시작했다. 사월의 늦은 눈이었다. 곧 멎을 듯 가늘게 떨어지는 눈송이를 바라보며 그녀는 어린 딸의 마지막 투정을 생각하고 있었다.

눈사람.

리에타가 멍하니 떨어지는 눈을 바라보았다. 겨울이 오자마자 떠나버린 아빠를, 다시는 오지 않을 아빠를 겨울 내내 기다리며, 딸아이는 계속 눈사람을 보챘다. 스무 밤만 자면 올 거라고 거짓말을 하면서, 그 아이가 스물을 셀 수 있게 될 날이 올 것을 걱정했더랬다.

눈사람……. 눈사람이나 같이 만들어 줄 것을.

고요한 장례식의 행진이 시작되었다. 시녀들의 부축을 받아 관을 따라가는 산제물의 뒤를 따라 카사리우스의 유가족들도 발을 떼어 움직이기 시작했다.

묘지를 겨우 조금 앞에 두었을 무렵, 더딘 발걸음의 행렬 사이로 작은 소란이 파고들었다. 한 하인이 다급하게 그들의 행렬을 향해 달려오고 있었다.

가능한 한 이 일을 조용히 처리하고 싶었던 카사리우스의 맏아들 프레데릭은 겉으로는 침착한 표정을 유지하고 있었지만 짜증을 느꼈다. 저 눈치 없는 녀석이 제 선까지는 오지 않기를 바랐건만, 하인은 기어이 프레데릭의 앞까지 인파를 헤치고 와선 시끄럽게 숨을 몰아쉬며 고개를 조아렸다.

"영주님! 중요한 손님이 오셨습니다!"

프레데릭이 눈살을 찌푸리며 하인에게 쏘아붙였다.

"장례식이다. 경거망동하지 말아야 하거늘. 문상객을 안내하는 법도 모른단 말이냐."

하인이 당황해 말을 더듬었다.

"무, 문상객이 아니오라 아, 악시아스 대공께서 오셨습니다!"

악시아스 대공의 방문을 전하는 하인의 말에 유가족들의 안색이 변했다. 사람들 사이로 고요한 동요가 퍼져 나갔다. 잠시 할 말을 잊고 있던 프레데릭이 입술을 깨물었다.

"……악시아스 대공이?"

죽은 카사리우스는 악시아스 대공에게 큰 빚을 지고 있었다. 이미 약속한 상환 기한을 한참이나 넘긴 채무였다. 가뜩이나 넉넉지 않던 사정에 역병까지 돌며 그들은 사원의 사제들을 고용하는 데에 막대한 지출을 하고 있었다. 거기에 카사리우스의 갑작스러운 죽음과 장례식까지 겹치며 영지의 재정 상태는 거의 파탄 나 있었다. 당장 그들에겐 악시아스 대공에게 진 빚을 갚을 길이 없었다. 그가 방문할 빌미를 주지 않기 위해 외부에 카사리우스의 죽음조차 쉬쉬했거늘.

"아버님이 타계하신 걸 어떻게 알고 온 거지?"

"소식 없는 친구에게 빚 독촉이나 할까 하고 찾아왔네만."

묵직한 말발굽 소리와 함께 차가운 목소리가 끼어들었다. 자리에 있던 모든 사람들의 시선이 목소리의 주인에게로 향했다.

거대한 흑마 위에 올라탄 위압적인 분위기의 흑발 사내가 고개를 비스듬히 기울이며 한쪽 입꼬리를 올렸다.

"친구의 장례식을 하고 있을 줄이야."

그 누구도 말을 탄 채 귀족의 장례식 행렬에 난입한 사내의 무례를 탓하지 못했다. 남자가 천천히 말을 몰아 다가왔다. 나른하게까지 보이는 태도였지만, 호위 기사들은 당장 칼부림이 난대도 조금도 흔들리지 않을 듯 빈틈없는 모습을 보고 본능적으로 침을 삼키며 어깨를 긴장시켰다.

지켜보던 사람들이 숨을 삼키며 뒷걸음쳤다. 사람들 사이에서 낮은 목소리로 그의 이름이 흘러나왔다.

킬리언 악시아스.

제국에서 가장 영향력 있는 흉포한 사내였다.

황제의 적장자로 태어났으나 십여 년 전 제 형제들의 목을 베어 버리고 그것을 황제와 황비의 발밑에 던진 일로 황족에서 축출당한 폐황자. 황실법에 따라 황족 살해와 황족 모독이라는 죄목으로 사형을 피하지 못할 운명이었으나, 그를 아까워한 황제는 차마 처단하지 못하고 먼 북방의 황무지 악시아스로 쫓아낸다는 벌을 내렸다. 모든 작위와 황자로서의 권리를 박탈한 채 맨몸으로.

그러나 모든 것을 잃은 듯했던 젊은 폐황자는 수백 년 간 인간에게 허락되지 않았던 고대 성 악시아스를 마수들로부터 탈환하고 그 일대의 황무지를 사람이 살 수 있는 곳으로 바꾸기 시작했다.

인근에서 귀한 광물인 아다만타이트가 발견되는 호재까지 잇따랐다. 악시아스는 마수 전리품과 아다만타이트를 바라보고 몰려드는 용병들과 상인들 덕분에 막대한 부를 축적하고 폭발적인 속도로 성장했다. 거짓말처럼 빠르게 도시가 일구어졌다. 몇 년 만에 킬리언은 악시아스 일대의 광활한 영토를 장악하고 북방의 패자로 군림했다.

귀족원은 태도를 바꾸어 그에게 작위를 내리고 세금을 걷어야 한다고 발을 동동 굴렀다. 결국 황실은 그에게 정식으로 악시아스 대공의 칭호를 하사하며 그 땅에 대한 지배권을 인정했다. 황자는 아닐망정, 준황족인 대공으로서의 작위와 권리를 황실이 인정한 것이었다. 킬리언은 별 감흥 없이 받아들였다. 여기까지, 릴페이엄 딤펠의 제국민이라면 누구나 아는 이야기이다.

그가 황족의 이름을 잃고 먼 북방으로 쫓겨난 지 십삼 년. 킬리언 악시아스는 단 한 번도 사교계에 모습을 드러낸 적 없지만 그 이름만큼은 귀족들의 입에 끊임없이 오르내렸다. 평민들 사이에선 부풀려진 온갖 낭설들이 더해지고 과장되어 잔혹하고 포악하기가 거의 인간이 아닌 괴물처럼 여겨졌다.

미쳤다는 것은 기본, 악마에 씌었다거나 저주받았다는 이야기는 아주 평범한 축이었다. 개중에는 시체를 수집한다거나 사람 고기를 먹는다는 이야기까지 있었다. 그가 끌고 다니는 온갖 섬뜩하고 피비린내 나는 소문을 들어보지 못한 사람이 없었다.

그가 지나가는 길에 있던 사람들이 질린 얼굴로 뒷걸음치며 물러나 저절로 길이 열렸다. 행여 그와 눈이 마주칠까 두려워 모두가 고개를 숙였다. 악시아스 대공이 프레데릭의 앞에 멈춰 선 시점엔 이미 자연스레 모든 장례식 행렬이 멈추어 있었다.

"……오랜만에 뵙습니다. 악시아스 대공 전하."

"그래, 프레데릭. 이제는 세비타스 백작인가? 소식이라도 전해 주지 그랬어? 그랬다면 장례식장에 빚 독촉을 오는 이런 무례는 저지르지 않았을 것을."

킬리언이 냉혹하고 우아하게 미소 지었다. 여전히 말에서 내리지도 않은 채였다. 프레데릭이 미소로 화답했다.

"무례라니요. 당치 않습니다. 역병으로 돌아가신 터라, 조문객들을 받지 않고 조용히 보내드리고자 하였는데, 오히려 저의 불찰입니다."

"그래?" 킬리언이 서늘하게 웃었다. "난 또 내가 오지 않길 바라서 숨긴 줄 알았지."

사교계 따위와 인연 없는 남자의 돌려 말할 줄 모르는 직설에 세비타스 일가족의 얼굴이 굳었다. 아니라고 펄쩍 뛰는 편이 더 우스워질 것 같다고 생각한 프레데릭이 결국 고개를 숙였다.

"……송구합니다."

결과적으로 그의 판단은 틀리지 않았다. 킬리언은 피식 웃고는 무심히 고개를 돌려 카사리우스 관을 쳐다보더니 중얼거렸다.

"앉아서 주고 서서 받는다더니 딱 그 짝이 아닌가. 매번 핑계도 가지가지. 관짝에 들어가 있다니 끌어낼 수도 없고."

시니컬한 촌평에 뒤이어 말에서 뛰어내리는 소리가 들렸다.

"그래도 장례식에 왔으니 예를 표해야지. 부친의 일은 유감이다."

킬리언은 모자를 벗어 제가 타고 있던 흑마의 머리 위에 씌우고는 뒤늦게 자신을 따라온 기사의 손에 말고삐를 넘겼다. 그리고 그는 그대로 자연스럽게 장례식 행렬에 동참했다.

미치광이라는 소문과는 거리감이 느껴지는 멀쩡한 언사에 사람들이 얼떨떨한 얼굴로 고개를 들어 악시아스 대공을 쳐다보았다. 몇몇은 저희들끼리 눈빛이나 귓속말을 교환했다.

"진짜야? 저 사람이 악시아스 대공?"

"사람 고기 먹을 것 같진 않은데……."

사람들은 고개를 숙여야 한다는 것도 잊은 채 악시아스 대공을 쳐다보았다. 또한 모여든 사람들이 두려움마저 잊고 악시아스 대공을 바라본 것은 미처 소문으로 듣지 못한 그의 뜻밖의 아름다움 때문이기도 했다.

카사리우스 세비타스를 친구라 칭했지만 오히려 그 맏아들인 프레데릭과 비슷한 연배인 킬리언 악시아스는 서늘하고 느긋한 분위기를 가진 냉미남이었다. 핏빛 눈동자에 차가운 눈빛이 날카로운 분위기를 자아내고 있긴 했지만 그 눈은 광기에 사로잡혀 있는 것 같지는 않았다. 적어도 지금 하는 태도만 봐서는 살인광은커녕 미친 사람 같지도 않았다.

오랫동안 말을 몰아 여행을 한 듯 먼지가 탄 잿빛 로브를 걸친 모습이 검은 상복을 입은 사람들 사이에서 이질적이었지만, 그 수려한 외모에 누구도 그가 예를 차리지 않은 모습이라고 생각하지 못했다. 제 형제들의 머리를 잘랐다는 말도, 먼 북방의 약탈자들과 무시무시한 마수들을 무자비하게 도살해 광활한 영토를 개척했다는 말도 믿기 어려울 정도로 고상하고 품위 있는 얼굴 위에 흐드러진 흑발은 그 어떤 예장보다도 고고하고 차가운 기품이 있었다. 칠흑 같은 흑발과 흑마가 더없이 잘 어울리는 사람이었다.

그는 처음부터 그 자리에 고인을 추모하기 위해 걷고 있던 것처럼 자연스럽게 녹아들었다. 세비타스 일가는 조심스럽게 그와 말 없는 인사를 주고받고는 장례식을 재개했다.

생각지 못하게 지연된 장례식에 오랫동안 멈추어 서 있던 리에타가 비틀거리며 주저앉았다. 상복 입은 시녀들이 당황하며 그녀를 부축해 일으켜 세웠다. 킬리언이 살짝 눈썹을 찌푸리며, 상주보다도 앞에서 관을 뒤따르고 있는 베일 쓴 여자를 바라보았다.

"저 여자는 뭐지?"

"아……."

프레데릭은 차마 집안의 치부를 제 입으로 드러내지 못하고 한동안 머뭇거렸으나, 결국 어색한 헛기침을 한 번 한 후 입을 열었다.

"그것이…… 아버님께서 저 여자를 함께 묻어 달라 하셔서……. 순장하게 되었습니다."

짧은 침묵 후, 그들을 쳐다보는 킬리언의 표정에 싸늘한 비웃음이 나났다. 체면이 깎여 난처해하는 남편을 위해 프레데릭의 아내 세그니티아가 눈치껏 말을 돌리며 끼어들었다.

"그러고 보니 페르디안 도련님께서는 저 여자와 친분이 있으셨죠. 마음이 좋진 않으시겠어요."

카사리우스의 둘째 아들이 대답하지 않은 채 표정을 굳히고 고개를 돌렸다. 세그니티아는 내심 그녀를 딱하게 여기고 있다는 투로 말을 이었다.

"생사람을 같이 데려가야겠다는 유언을 남기실 분이 아니었는데……. 과연 요부는 요부인가 봐요."

카사리우스의 뜻이라 어쩔 수 없이 따르기는 하나, 본인들도 유쾌하게 하고 있는 일은 아니라는 점을 은근히 어필하는 언사였다. 프레데릭이 아내를 제지했다.

"부인, 아버님의 장례식이니 우리는 말을 삼가지."

"네." 세그니티아가 공손히 고개를 숙이며 물러섰다. 프레데릭은 안도의 한숨을 내쉬며 속으로 지혜로운 아내를 칭찬했다. 이쯤이면 되었다. 흠 잡힐 만한 광경을 보인 입장에서 창피하기는 하나, 나름대로 효과적으로 면피를 했다. 프레데릭은 간신히 조금 체면이 사는 것을 느끼며 악시아스 대공의 표정을 살피려고 시선을 들었다. 그리고 조금 놀라고 말았다.

"요부라." 그는 즐거운 듯이 웃고 있었다. "과연 관심이 동하는군."

가까이 있던 사람들이 어찌할 바를 모르며 그의 눈치를 살폈다. 프레데릭은 한발 늦게 킬리언이 여자를 좋아한다던 소문을 떠올렸다. 악시아스 대공의 '동쪽 별채'. 황제도 아닌 주제에 하렘을 거느리는 미친놈이라고 성을 내는 사람들 가운데 솔직한 마음으로는 그를 부러워하지 않는 사람이 얼마나 있을까. 사원이나 전장이나 가리지 않고 별채 아가씨들을 데리고 다닌다더니, 오늘은 데려오지 않은 모양이었다.

악시아스 대공은 고개를 기울이며 웃더니 말을 이었다.

"이 자리에 있는 모두가 그녀를 딱하게 여기는 듯하고. 나는 카사리우스에게 받을 것이 있었으니, 내가 빚 대신 그녀를 데려간다면 산 사람 모두가 행복해질 것 같은데."

상상하지도 못한 이야기에 세비타스 일가족이 눈을 크게 뜨며 그를 바라보았다. 킬리언이 싱긋 웃었다.

"어떤가. 그리하겠나?"

프레데릭은 저도 모르게 입이 벌어졌다. 진심인가? 그 빚이 얼마인데!

"빚을, 전액 탕감해 주겠다는 말씀이십니까?"

프레데릭은 간신히 더듬지 않고 말했다. 킬리언은 눈 하나 깜짝하지 않고 확언했다.

"망자의 마지막 길동무를 빼앗겠다는데. 그 정도는 되어야 하지 않겠나? 차액이 있다면 부조금 한 셈 치지."

프레데릭은 꿀꺽 침을 삼키며 리에타의 뒷모습을 힐끔 바라보았다. 생각할 것도 없이 수지맞는 장사였다. 어차피 시체가 될 사람을 내어 주는 것으로 그 어마어마한 빚을 탕감받을 수 있다면.

그러나 체면이 있으니 너무 반색을 하고 덥석 물 수는 없어, 그는 망설이는 시늉을 했다. 킬리언은 그런 그가 가소롭다는 듯 한쪽 입꼬리를 비죽 올리고 웃었다.

"아, 역시 부친의 마지막 유지를 거스르긴 어렵겠지. 못 들은 걸로 하게."

다시 한번 사람들의 표정이 급변했다. 세그니티아가 휙 소리가 나도록 고개를 돌려 프레데릭을 바라보았다. 악시아스 대공의 마음이 언제 변할지 모른다. 체면 따져 가며 망설일 때가 아니었다. 프레데릭은 초조하게 주먹을 틀어쥐었다가 폈다. 결정은 빨랐다.

"여자를 데려와라."

"안 됩니다, 영주님!"

이번엔 다른 사람이 황급히 고개를 돌리며 그를 바라보았다. 사람들의 시선이 죽은 카사리우스의 충복이었던 세드릭 카발람에게로 향했다. 갑자기 몰린 귀하신 분들의 싸늘한 시선에 당황한 그가 얼른 고개를 조아렸다.

"이미 주, 준비까지 다 마친 상황이고, 마지막 유언이시지 않습니까. 카사리우스 전 영주님의 뜻을 이렇게 저버리실 수는 없습니다!"

프레데릭이 눈치 없는 부하를 차갑게 노려보았다.

"호오, 그럼 자네가 이천만 골드에 달하는 아버님의 채무를 책임질 방법을 가지고 있겠지?"

악시아스 대공에게 잔머리를 굴리는 것은 통하지 않는다. 차라리 솔직해지는 것이 그의 심기를 거스르지 않는 방법이었다. 저에게로 향한 화살에 당황한 카발람이 더듬더듬 말을 이었다.

"다, 단지 돈 때문에…… 겨우 돈 때문에 아버님의 마지막 희망을 이렇게 저버리려는 것입니까? 리에타 트리스티는 저승에서 영원히 카사리우스 영주님을 모시기로……!"

"눈물겨운 충정이네."

탄복하듯 웃음기 어린 목소리가 말을 잘라먹은 순간, 킬리언이 검을 뽑아 들었다. 사람들의 안색이 순식간에 급변했다. 영주의 근처에 있던 호위 기사조차 순간 대응하지 못했다. 냉랭한 시선 아래, 검의 옆면이 악시아스 대공의 손바닥 위에 툭 내려앉았다. 고개를 비스듬히 꺾은 킬리언이 느긋하게 웃었다.

"그래. 내 카사리우스의 마지막 가는 길에 준비해 온 선물이 딱히 없는데……. 어때? 그대가 함께 가서 영원히 카사리우스를 모셔 보는 건. 영원히 모실 충신이라니 최고의 선물이 되겠군."

웃음기를 머금은 붉은 눈동자로 검날을 한번 훑은 뒤 세드릭 카발람을 향해 검을 들어 올렸을 때, 그의 얼굴은 새하얘져 있었다.

"아름답기 짝이 없는 미담이 되지 않겠나. 카사리우스도 기뻐할 거야."

얼어붙은 세드릭이 식은땀을 흘리며 주춤주춤 물러섰다. 킬리언이 씩 웃으며 고개를 기울였다. 감미로운 목소리가 사형 선고처럼 그의 머리 위에 떨어졌다.

"거절하지 말게."

그가 검에 대고 있던 손바닥을 치우며 기꺼이 한 발을 내디디려는 순간. 세드릭 카발람은 무릎이 부서져라 바닥에 주저앉았다.

"제, 제, 제가 주제넘었습니다! 요, 요, 용서하십시오!"

세비타스 일가족과 악시아스 대공이 뭐라고 대화를 나누는 듯하더니 곧이어 행렬이 멈추었다. 프레데릭의 곁에 있던 호위 기사를 통해 시녀들에게 어떤 말이 전해졌다. 시녀들이 오가며 뭔가 잘 들리지 않는 말을 주고받더니 리에타의 몸을 부축하며 뒤로 돌려세웠다.

갑자기 행렬이 중단되고 리에타가 가던 방향을 바꾸어 세비타스 일가족들 쪽으로 이끌려 가자 돌아가는 상황을 모르는 군중들은 어리둥절해져서 웅성거리기 시작했다.

리에타는 멍한 눈으로 시녀들이 이끄는 대로 발을 옮겼다. 시녀들이 애를 써 그녀를 대공에게 공손히 인사시켰다. 자신이 무얼 하고 있는지도 모르는 흐릿한 의식 속에서, 리에타는 초점도 제대로 잡히지 않은 눈으로 어설프게 몸을 낮추어 인사를 올렸다.

킬리언의 기사들은 물론 프레데릭까지도 그에게 감히 검을 치우라 말하지 못했기에, 여전히 칼집에 넣지 않은 검은 그의 손에 들린 채였다. 킬리언은 태연하게 리에타를 향해 검을 뻗어 그녀의 얼굴을 가린 검은 베일을 칼끝으로 들어 올렸다.

베일이 걷히자 표정 하나 없이 창백하고 아름다운 여자의 얼굴이 드러났다. 초점이 풀린 하늘색 눈이 정신을 차리지 못하고 느릿하게 깜박였다. 서늘한 붉은 눈이 여자의 모습을 훑었다. 사내의 얼굴 위에 무심히 한쪽 입꼬리만 올리는 차가운 미소가 나타났다.

"예쁘네."

킬리언이 피식 웃으며 고개를 기울였다. 그리곤 봄날 볕 아래 나른한 맹수 같은 태도로 달콤한 인사를 건넸다.

"안녕, 요부."

그날 밤, 세비타스 저택의 귀빈실에 마련된 자신의 방으로 들어선 킬리언은 뜻밖의 누군가가 이미 자신의 침대를 차지하고 있는 것을 발견했다.

아름다운 금발을 풀어 내리고 속이 투명하게 비치는 흰 슬립을 입은 리에타가 넋 나간 표정으로 침대에 앉아 있다가 그를 발견하고는 비척비척 일어서 고개를 숙였다.

"악시아스 대공 전하."

힘없이 갈라져 희미한 목소리가 여자에게서 흘러나왔다.

"살려 주셔서 감사합니다……. 정성껏 모시겠습니다."

행복한 밤을 선사하겠다고 말하기엔 기가 막힌 표정이었다. 제가 무슨 소릴 하고 있는 건지 알긴 하는 건가? 영혼이라곤 없는 목소리였다.

"……내가 그대를 살린 게 맞는지 모르겠군."

킬리언이 다가가 여자의 턱을 들어 올렸다. 흐릿한 하늘색 눈은 초점 없이 텅 비어 있었다.

"그다지 산 사람 같지 않은데."

태도를 지적하는 말에, 무표정한 얼굴에서 한참 만에 우둔한 대답이 돌아 나왔다.

"……송구합니다."

킬리언은 속으로 혀를 찼다. 요부는 퍽이나. 킬리언은 여자를 놓고 돌아섰다.

낮에 보았을 때는 알루치노를 마셨기 때문이라고 들어서 알고 있었지만 아직도 영 정신을 차리지 못하고 있는 것 같았다.

"됐으니 돌아가게. 상갓집에서 여자를 취하는 것은 할 일이 아닌 듯하니."

여자는 단 한 번도 사양하지 않은 채, 멍하니 섰다가 토 달지 않고 인사를 하고 물러났다.

"예……."

여러 말 시키지 않는 건 맘에 드는군. 그래도 저렇게 기다렸다는 듯 깔끔하게 물러나는 건 좀 기분이 나쁜데. 킬리언이 힐긋 눈만 들어 그녀의 이름을 물었다.

"그대, 이름이 뭐라고?"

둔한 대답이 느릿하게 돌아왔다.

"리에타…… 트리스티입니다."

킬리언은 그녀를 위아래로 훑어보았다. 확실히 촌구석에서 보기 드문 미인이긴 했다. 하지만 저렇게 죽을상을 하고 있는 여자와 밤을 보내는 게 무슨 재미란 말인가. 노친네 악취미도.

"그래, 리에타. 밖에 가서 레너드를 들라 하게."

"예……."

그는 문 밖으로 나가는 리에타의 뒷모습에서 시선을 거두고 외투를 벗었다. 아무리 그래도 장례식 중에 요구한 여자를 바로 그날 밤 방에 밀어 넣어 주는 친절이라니. 그것도 제 아버지의 가는 길을 함께하기로 되어 있었던 여자를 말이야. 킬리언은 무미건조하게 코웃음 쳤다. 카사리우스가 자식 농사를 아주 기가 막히게 지었어.

"찾으셨습니까."

킬리언의 기사인 레너드가 자신의 주군에게 예를 표했다. 킬리언은 무심히 고개를 까딱이고 옷을 벗으며 명했다.

"저 여자 어떻게 된 건지 알아봐."

레너드가 기다렸다는 듯 술술 읊기 시작했다.

"평범한 과부입니다. 금슬 좋은 부부였다는데……."

"……이미 알아봤군."

레너드가 짧게 끄덕였다. "당연합니다. 어떤 여자인 줄 알고 대공 각하의 침실에 들이겠습니까."

"계속해."

"남편이 병으로 급사한 지 네 달 되었다고 합니다. 그후로 카사리우스 백작이 자기 첩이 되길 종용하며 추파를 던지기 시작했다는데, 트리스티 양이 거부하자 화가 난 카사리우스가 세 살 난 딸을 빼앗아 떠돌이 노예상에 팔아버렸다더군요."

물끄러미 방구석을 보며 옷을 벗은 킬리언이 침의를 걸쳤다. 레너드의 무심한 목소리가 이어졌다.

"트리스티 양이 끝내 못 이기고 딸을 되찾아주면 첩이 되겠다고 수락했는데, 고약하게도 카사리우스는 역병에 걸려 딸을 찾아주지도 못하고 죽어 버린 데다, 가면서 유언으로 트리스티 양을 순장해 달라고 했다고 합니다."

잠자코 듣고 있던 킬리언이 소파에 앉으며 무표정하게 툭 뱉었다.

"더러운 이야기네. 잘 뒈졌군."

"게다가……."

"뭐가 더 있어?"

"확실하진 않은 내용입니다만. 아무래도 남편의 죽음에 석연찮은 데가 있는 모양입니다. 역병으로 죽었다곤 하던데."

킬리언이 흘깃 레너드를 바라보았다.

"남편이 죽은 것이 네 달 전이라고 하지 않았나?"

"네. 세비타스에서는 아직 역병이 돌지 않았던 때입니다. 시기가 일치하지 않습니다. 그래선지 리에타에게 욕심을 낸 카사리우스 백작이 역병을 위장해 그를 죽인 게 아니냐는 소문이 돌고 있는 듯합니다. 카사리우스가 역병에 걸린 것은 죽은 남편의 저주가 아니겠냐고요."

킬리언이 피식 웃었다. 저주라. 사람들은 그런 이야기를 참 좋아하지. 레너드의 말이 이어졌다.

"카사리우스가 머물던 곳은 평범한 저택인지라 성채처럼 축성 마법진의 효과는 받지 않습니다. 하지만 백작이라면 직속 사제들의 축성으로 보호를 받고 있었을 텐데, 그것을 뚫고 들어왔으니 드문 일이긴 합니다."

레너드가 간단히 정리된 약식 보고서를 내밀었다. 카사리우스의 역병 발병일과 사망 일자 따위의 정황이 간략하게 정리되어 있었다.

"실제로 그는 세비타스에서 가장 먼저 역병에 걸린 사람 중 하나고, 목숨이 위독해지기까지의 진행도 이례적으로 빨랐다고 합니다. 더 알아볼까요?"

그 이상은 관심 없었다.

"됐어. 수고했다. 돌아가 봐."

레너드가 허리를 숙여 예를 표하고 물러갔다. 과부라……. 그랬군. 킬리언은 별 흥미 없이 납득하고 소파에 몸을 뉘었다.

그저 지나는 길에 세비타스 영지가 있어 들러 보았을 뿐이었다. 소식도 없이 슬슬 피하는 카사리우스가 괘씸해서. 그런데 죽어 버렸다니. 죽은 사람의 채무를 자식들에게 추징하는 것은 흥미 없는 일이었다. 어차피 그에겐 대단치도 않은 돈이었다. 솔직하고 공손하게 구는 프레데릭의 태도도 나쁘지 않았고.

썩 대단한 요부라고 기대한 것도 아니었다. 귀족들이랍시고 하고 있는 짓들이 우스워서, 지루한 한때의 여흥이었을 뿐. 킬리언은 심드렁하게 다리를 꼬고 레너드가 건넨 보고서를 대충 탁자 위에 던져 놓은 뒤 책을 펼쳐 들었다. 그는 곧 그녀에 대해 잊어버리고 침대로 옮겨 잠을 청했다.

"더 머물다 가시지 않고요."

세그니티아가 아쉬운 낯으로 인사치레를 했다.

"다음에."

킬리언이 담백한 얼굴로 답했다. 맘에 없는 소리로 들리는 것을 괘념치 않는 무심한 태도였지만 이런 유력자가 말이나마 그렇게 해 준다는 것이 어디인가. 킬리언 악시아스가 그들을 신사적으로 대해 주고 있다는 것만으로도 고무적인 일이었다.

그럼에도 프레데릭과 세그니티아는 떠나는 그를 보며 속으로 적잖이 안타까워했다. 재력으로 보나 무력으로 보나 제국에서 독보적인 유력자가 집에 머무는 것은 흔치 않은 기회였다. 분명 긍정적인 관계를 만들어 두면 두고두고 도움이 될 사람이었다. 허물이 될 만한 일을 들켰지만 뜻밖에 훈훈하게 마무리가 되었고, 처음에 긴장한 것과 달리 그는 까다로운 사람도 아니었다. 더욱이 적지 않은 채무를 가볍게 탕감해 준 악시아스 대공의 태도는 그들의 뇌리에 인상적으로 남았다.

그러나 잡아 두려고 한다고 잡아지는 사람이 아니었다. 세비타스가 감히 악시아스에게 질척거릴 입장도 못 됐다. 아쉬운 대로 프레데릭은 악시아스 대공과 그의 기사들을 극진히 대접하고, 바쳐질 여자를 예쁘게 꾸민 뒤 그녀를 태우고 갈 최고급 마차를 제공하는 것으로 만족해야 했다.

최고급 원단으로 만들어진 흑색과 자색 드레스로 아름답게 치장한 리에타가 마차에 오르는 것을 마지막으로 악시아스 대공 일행의 준비가 끝났다.

"그럼."

킬리언은 비싼 값을 치른 여자를 별 관심도 없는 태도로 무심히 일별하곤 몸을 돌렸다. 별다른 인사도 없이 순식간에 끝난 송별에 프레데릭이 조금 당황하여 그의 뒷모습에 대고 마지막 인사를 건넸다.

"편안한 여정 되시길 바랍니다."

악시아스 대공은 뒤도 돌아보지 않은 채 한 손만 들어 올려 그의 인사에 화답하고는 말을 몰아 떠났다.

1

악시아스의
축성술사

⚜

십여 일 후 늦은 밤, 그들은 악시아스 영지에 도착했다. 따뜻한 목욕물에 여독을 녹이고 나온 킬리언은 제 침실로 들어서다가 멈칫했다. 금발 벽안의 아름다운 여자가 속이 비치는 슬립만 입은 채 그의 침대에 앉아 있다가 일어서 고개 숙였다.

세비타스에서 데려온 그 여자. 며칠 전 보았던 장면이었다. 장소가 제 침실로 바뀌었고 이번엔 제정신인 듯 넋 나간 얼굴은 아니었지만, 여자는 여전히 무표정이었다.

지난 며칠간 거의 존재감을 느끼지 못했던 여자였다. 가끔 멈춰 서 쉴 때 마차가 보이는 것으로 일행에 여자가 포함되어 있다는 것을 떠올렸을 뿐, 처음 겪는 사람에겐 힘들었을 오랜 여정에도 별다른 엄살이 없던 건 손이 가지 않아 편했다. 처음에는 좀 구역질을 했던가?

"오늘은 말이 없군."

여자는 대답이 없었다. 킬리언은 탁자 앞으로 걸어가며 지나가듯 말했다.

"그날 밤 세비타스에서 했던 말을 기억하는가?"

한발 늦게, 대답이 돌아 나왔다. "네. 기억합니다."

그날 리에타가 했던 말들은 세비타스 저택 시녀장이 죽어라 반복해 세 뇌시킨 말이었다. 독한 진정제의 기운 때문에 맑은 정신이 아니긴 했지만 그래도 드문드문 기억이 남아 있었다.

'악시아스 대공 전하께서 너를 살리셨다. 생명의 은인이니 잘 모셔야 한 다는 걸 잊지 마라.'

'네가 어떻게 하느냐에 따라 네가 죽느냐 사느냐가 결정될 것이다. 세비 타스의 명예를 더럽히지 마라. 제대로 못해서 내처지면 다시 끌려가 죽게 될 줄 알아!'

명예……. 정신이 없는 가운데도 그 말에 피식 웃고 말았던 것 같다. 그 런 그녀의 모습에 시녀장은 속이 터진다는 듯 손을 치켜들었지만, 곧 높으 신 분께 바쳐질 여자의 몸에 손찌검을 해 흉한 자국을 남길 수는 없어 결 국 주먹을 쥐고 제 가슴만 쳤다. 리에타는 그때 한 번 웃은 것 외에는 그저 눈만 깜박이며 망연히 앉아 있었다.

'왜 아직도 정신을 못 차리는 얼굴이지? 무식한 사병 놈들이 알루치노 를 얼마나 먹인 거야!'

'따라 해. 「악시아스 대공 전하」따라 해!'

「악시아스 대공 전하. 살려 주셔서 감사합니다. 정성껏 모시겠습니다.」 억센 손길이 리에타를 잡고 흔들었다. '따라 하라고!'

리에타는 멍하니 그날 밤의 일을 회상했다. 악시아스 대공은 알루치노 에 취해 제정신이 아닌 그녀를 거절했다. 그의 거절은 리에타에게 아무런 감흥을 불러일으키지 못했다. 끌려가 죽게 되어도 상관없었다. 사는 것도 죽는 것도 너절했다.

그러나 시녀장의 말은 허언이었는지 리에타를 기다리던 것은 죽음이 아니었다. 리에타는 곱게 치장되어 악시아스 대공의 편에 귀한 수하물처럼 인계되었다. 가져갈 물건을 챙기라며 집에 들렀던가. 그저 넋 놓고 몇 가지를 집어 들었던 것 같은데, 그것 역시 아무런 느낌이 없었다.

그리고 이어진 긴 여정. 그렇게 긴 마차 여행은 태어나서 처음 해 보았지만, 어디로 가는지도, 자신이 어떻게 되는지도 관심 없었다. 누구의 소유가 되든 언제 죽게 되든, 아무래도 상관없어진 상태로. 그렇게 리에타의 정신은 내내 표류했다.

악시아스 대공이 던진 말이 리에타를 현실로 끌어왔다.

"그냥 죽이십시오, 뭐 그런 말도 안 하나?"

킬리언은 트롤리에 준비된 와인을 꺼내 잔에 따르며 말을 이었다.

"그런 표정 하고 있을 거면 차라리 그런 말이라도 하는 쪽이 재미있을 것 같은데."

재미……. 리에타는 힘없이 웃었다. 웃음기는 얼굴 위로 거의 드러나지 않았다.

"모든 것이 이미 대공 전하의 뜻에 달렸는데 촌부가 무슨 말을 하겠습니까. 좋으실 대로 하십시오."

킬리언이 물끄러미 그녀를 쳐다보았다. 그가 와인잔을 들고 다가왔다. 이젠 아무래도 좋아. 그렇게 생각했으나 리에타는 그의 손을 피하지 않기 위해, 어쩔 수 없이 참담해하지 않기 위해 눈을 내리감았다. 킬리언은 그녀를 그대로 둔 채 스쳐 지나갔다. 리에타가 멍하니 눈을 뜨고 깜박이는데, 뒤에서 감정 없는 목소리가 들렸다.

"내 소문을 들은 적이 없나?"

이건 무슨 질문일까. 그에 대한 소문은 한두 가지가 아니었기에 리에타는 그가 말하는 소문이 무엇인지 알 수 없었다. 안은 여자가 만족스럽지 않으면 죽인다는 소문을 말하는 걸까? 겁에 질려 좀 떨어 보라거나, 항거해 보라는 말일 수도 있겠다. 들어줄 것도 아니면서.

귀족다우신 취향으로 그런 모습이라도 즐기며 노리개 삼고 싶으신 것이려니. 리에타는 그냥 열없이 중얼거렸다.

"마음대로 하시지요. 갖고 죽이시든 그냥 죽이시든……."

"그래."

느긋한 목소리가 이어졌다. 킬리언은 침대 옆의 협탁 위에 와인잔을 내려놓으며 외투를 벗었다.

"옷을 갖추어 입게. 집사를 부를 것이니."

멍하니 섰던 리에타가 한발 늦게 반문했다.

"……네?"

그는 그녀를 보지도 않고 말했다.

"침실 시중은 필요 없네. 따로 방을 내어 줄 테니 그곳으로 가서 자게."

리에타는 그의 말을 이해하지 못한 채 서 있다가 한참 후에야 대답했다.

"어째서……?"

정신이 돌아온 것은 좋은데 여러 말을 하게 하는군. 이름이 리에타라 했던가. 킬리언은 검을 풀어 내려놓으며 그녀의 얼굴을 흘긋 쳐다보았다.

"안기고 싶었다면 유감이지만 그런 표정은 그다지 유혹적이지 않네. 그런 얼굴로 말했다간 사랑 고백도 부고로 들리겠군."

조금 편한 차림이 된 킬리언은 내려 두었던 잔을 다시 집어 들어 입으로 가져갔다. 지난번과 같은 취지의 지적을 들은 리에타는 멍하니 고개를 떨구었다. 또 대답이 나오기까지는 한참이나 시간이 걸렸다.

"송구합니다."

새로울 것도 없는 반응이었다. 킬리언은 흥미를 잃었다.

"옷을 입어. 세 번 말하게 하지 말게."

아무리 미인이라도 저런 얼굴을 하고 있는 여자에겐 관심 없었다. 리에타가 주섬주섬 슬립 위에 가운을 챙겨 입었다.

잠시 후 킬리언은 빈 잔을 내려놓고 종 줄을 당겼다. 이내 노크 소리가 들리고 문 너머에서 나이 든 남자의 목소리가 울렸다.

"찾으셨습니까, 주인님."

"들어와, 에른."

단정하게 정리된 회색 머리의 나이 지긋한 노집사가 안으로 들어서 고개를 조아렸다. 킬리언이 리에타를 턱짓해 가리켰다.

"숙녀 분께서 주무실 방을 안내해 드리게. 지내시는 데 불편함 없도록 보살피고. 영지에 그녀가 앞으로 살 집을 알아봐."

리에타가 얼떨떨한 표정으로 그를 바라보았다. 집사가 고개를 숙였다.

"알겠습니다."

킬리언의 무심한 시선이 리에타에게로 향했다.

"오늘은 안내된 방으로 가서 자도록. 영내에 집을 얻어 줄 테니 내일부터는 그곳에서 지내게."

리에타는 아무런 대답도 하지 못했다. 이미 킬리언은 그녀를 보고 있지 않았다. 나이 든 집사도 그녀가 대답하지 못한 것 따위는 신경 쓰지 않는 듯, 조용히 그녀를 침실 밖으로 안내했다.

다음 날, 리에타는 노집사 에른을 따라 성 밖으로 나왔다. 아직 역병의 마수가 닿지 않은 땅인 악시아스는 평화롭고 활기가 넘쳤다. 그녀는 마차의 창밖으로 오랜만에 보는 시끌벅적한 거리에 멍하니 시선을 빼앗겼다.

날씨는 화창했다. 사람들의 표정은 밝았고 모두가 바쁘게 움직이고 있었다. 거리 곳곳에 생동감이 넘쳤다. 그녀가 살았던 세비타스도 이랬던 시절이 있었다. 남편도 아이도 곁에 있었던 시절이…….

"도착했습니다."

에른의 목소리에 리에타는 퍼뜩 상념에서 깨어났다. 그들이 탄 마차는 앞마당과 정원이 딸린 깨끗한 이층집 앞에 서 있었다. 리에타는 마차의 창밖으로 집을 올려다보았다. 세비타스에 사는 그녀의 이웃들 중 그 누구도 그런 좋은 집을 가지고 있지 못했다. 입주 하녀를 쓰는 집인가? 하지만 귀족의 저택이라기엔 작았다.

"어떠십니까?"

리에타는 한동안 대답하지 못하고 그를 쳐다보다가 조심스레 답했다.

"예쁘고…… 좋아 보이는 집이네요."

"그러십니까."

에른이 빙그레 웃고는 마차 문을 열고 먼저 내렸다. 그리고 그녀를 에스코트하기 위해 팔을 내밀었다. 그런 친절은 남편이 장난으로 해 줄 때 말고는 처음 받아 보는 것이었다.

리에타는 어색하게 사양하고선 스스로 손잡이를 붙잡고 내렸다.

막상 눈앞에 집이 있으니 조금씩 현실감이 돌아오기 시작했다. 이제 여기서 살게 되는 거구나. 정말 떠나온 거구나. 난 이 집에 고용되는 건가?

생각지 못한 일들이 이어지자 모든 것이 얼떨떨했다. 살 곳에, 일할 곳까지 구해 주시다니. 뭐라 말해야 좋을지 알 수 없었다.

입주 하녀를 둘 정도의 귀족이 살기엔 다소 작아 보이지만, 작고 깨끗한 집은 일하기 편하다. 이런 집이라면 숙소가 헛간이라 해도 나쁘지 않을 터였다.

"지은 지 반년이 되지 않은 새 집입니다. 넓지는 않지만 내성 지역이고 입지가 좋아 그럭저럭 살기에는 나쁘지 않으실 것입니다."

"아, 네……."

에른은 리에타를 안내해 집 쪽으로 다가가며 입지나 채광 따위에 대해 설명하기 시작했다.

"악시아스는 춥고 건조한 기후지만 여름엔 비가 자주 오는 편입니다. 여름에는 환기를 자주 해 주시는 것이 좋습니다. 빗물에 자주 노출되어 창틀의 나무가 상하지 않도록 조심하시는 것 외에는 신경 쓰실 일은 많지 않으실 것입니다."

리에타는 주의 깊게 들었다. 그러나 정작 가장 중요한, 주인집 나으리에 대한 이야기는 아직 나오지 않고 있었다. 에른은 뒤이어 근처에서 필요한 것들을 구할 수 있는 시장과 상점들의 위치에 대해 설명했다. 그러더니 대충 다 되었다는 듯 공손히 두 손을 마주해 잡으며 물었다.

"당장 필요한 가구나 물품들은 대충 갖추어져 있습니다. 어떻게, 집이 마음에 드십니까? 안을 보시겠습니까?"

"……?"

뭔가 이상했다. 안을 보겠냐? 필요한 가구나 물품들이 갖춰져 있다니? 리에타는 집 앞에 서서야 뒤늦게 반문했다.

"이 집에…… 살고 계신 분들은요?"

"집에 살던 분이 계시는지 물으시는 것입니까? 아직 이 집은 거쳐 가신 분이 계시지 않습니다. 트리스티 양께서 선택하신다면 첫 입주자가 되시는 것이지요."

리에타는 설마 그럴 리가 없다고 생각하면서 이상한 표정을 지었다.

"혹시…… 아니겠지만, 지금 이 집에서 저 혼자 살라고…… 말씀하시는 것인가요?"

에른이 조금 고개를 갸웃하며 미소했다.

"같이 사실 분이 계십니까? 악시아스에 지인이라도……."

리에타가 황급히 손을 저으며 깜짝 놀라 답했다.

"아, 아뇨. 그러니까 제가…… 오해를 하게 되는 것 같아서요. 이 집을…… 꼭 제게 주시기라도 하겠다고 말씀하시는 것처럼 들려서……."

집사 에른은 리에타가 어렵사리 더듬거리는 것을 보고 그들의 대화에 문제가 있었는지 점검하듯 잠깐 침묵했다. 그리고 이내 답했다.

"오해하시는 바는 없는 것 같은데요. 이해하신 것이 맞습니다."

리에타가 당황해 입을 가렸다. 입주 하녀로 들어가는 게 아니라, 그냥 이 집을 주는 거라고?

"왜, 왜 집을요?"

"살 곳은 있어야 하니까요. 어제 주인님께서 말씀하셨는데, 듣지 못하셨나 보군요."

집을 알아봐 주라는 말이 '이런 집을 준다'는 말이었다고?

리에타는 창백한 얼굴로 고개를 도리질 쳤다. 더럭 겁이 나서 목소리가 커졌다.

"너무 큽니다……. 너무 과분합니다."

"영주님께서 내리시는 집입니다. 이보다 누추할 수는 없습니다."

집사 에른은 온화하게 미소하며 대답했다. 누추하다니? 농담인가? 에른이 열쇠를 꺼내어 문을 열고 어찌할 바를 몰라 하는 리에타를 안으로 안내했다.

"안을 보시지요."

문을 잡아 주고 있는 그를 세워 둔 채 고집을 부릴 수가 없어 리에타는 허둥거리며 따라 들어섰다. 안으로 들어오자 혼자 살기엔 너무 과분하고 좋은 집이라는 것만 더욱 확실해졌다.

집에는 식탁이며 소파며 벽장까지 모든 가구들이 완벽하게 갖추어져 있었다. 전혀 사용감 없는 새것들이었다. 가구가 있는데도 한 번도 사용하지 않은 새 집이라니 이상했다. 입주 하녀로 일할 집이라고만 생각했다. 그런데 제 집이라니.

리에타는 제가 있어선 안 될 곳처럼 움직이지 못한 채 어색하게 서 있다가 간신히 입을 열었다.

"혹시 이런 일이 자주 있나요?"

그녀는 집사와 함께 집을 알아보러 이곳저곳을 다닌 것조차 아니었다. 집사는 그저 그녀를 데리고 마차에 올라 곧장 이곳으로 오더니 열쇠로 문을 열었을 뿐이었다. 마치 이런 일이 있을 때를 대비해 미리 준비된 집이 있었던 것 같았다. 미소와 함께 에른의 대답이 돌아왔다.

"주인님께서 데려오신 분께 지낼 집을 내리시는 일을 말씀하시는 거라면, 종종 있는 일입니다. 부담 갖지 않으셔도 됩니다. 다른 집을 더 보시겠습니까?"

리에타는 넋이 나가서 고개를 저었다.

"아뇨……. 아뇨."

집사님께서는 내가 얼마나 염치가 없는지 시험하시려는 걸까? 리에타는 작아진 목소리로 물었다.

"이 집이 마음에 들지 않는다는 건 아니지만, 더 작은 집은 없나요?"

"대부분 비슷한 규모이지만 체감은 다르실 수도 있습니다. 가보시겠습니까?"

리에타는 노집사의 대답에 복잡한 생각을 접었다. 그를 더 귀찮게 할 염치가 없었다. 그녀는 그저 황망하게 고개를 숙이며 답했다.

"아닙니다. 그렇다면 염치없지만 이 집으로 받겠습니다……."

"그러시겠습니까. 알겠습니다. 그럼 가져오신 짐은 오늘 저녁 하인들에게 가져다 드리도록 지시해 두겠습니다."

에른은 그렇게 말하고는 리에타에게 손을 내어 달라고 부탁했다. 얼결에 리에타가 손을 내밀자 에른이 품에서 금화주머니를 꺼내 그녀의 손 위에 얹어놓았다. 쩔그럭, 묵직한 무게감과 함께 금속들이 부딪치는 소리가 울렸다. 여미어진 주머니가 조금 벌어지며 안에 들어 있던 금화가 밖으로 드러나 보였다. 리에타의 눈이 휘둥그레졌다.

"정착 지원금입니다. 한 달 생활비로 쓰시면 됩니다."

리에타는 평생 한 번도 만져 보지 못한 액수의 금액을 한 달 생활비라고 내미는 에른을 보고 얼빠진 얼굴이 되었다. 너무 많다는 말이 입에서 나오기도 전에, 이미 리에타가 그런 말을 할 걸 예상하고 있다는 듯 노집사가 침착하게 말을 이었다.

"처음이니 돈이 나갈 일이 많을 겁니다. 악시아스는 세비타스보다 물가가 비싸기도 하고요. 앞으로 일 년 동안은 이 금액의 절반을 매달 드리러 오겠습니다."

리에타가 멍청한 얼굴이 되어 반문했다.

"매달 돈을 주신다고요?"

"네. 한 번에 다 드리지 않는 이유는 도둑이 들거나 분실할 우려가 있기 때문입니다. 앞으로의 생계를 천천히 모색해 보시고, 먹고살 일이 막막하다거나 어떻게 해야 할지 잘 모르겠다거나 하시면 얼마든지 찾아와 물어보십시오."

당황을 너무 많이 해서 말문이 막혔다. 그러나 아직 에른의 말은 끝난 것이 아니었다.

"혹시 가게를 여신다거나 땅을 사고 싶어지신다면 제게 찾아와 말씀해 주시면 됩니다. 사업 규모가 크다면 사업계획서를 작성해 오셔야 합니다만, 어지간하면 주인님께서 살펴보시고 허락해 주실 겁니다."

사업을 허락해 준다고? 땅을 사게 해 준다고? 정신을 차리지 못하고 멍하니 서 있던 리에타는 불현듯 그가 그토록 후한 이유를 깨닫고 찬물 맞은 듯 입을 다물었다. 이건 화대다. 내가 대공 전하와 밤을 보낸 줄 아시는구나. 순간적으로 머릿속이 새하�‍애졌다. 모멸감을 느낄 염치도 없는 입장이었다.

그녀는 입을 다물고 우두커니 서 있다가 무례하게 보이지 않도록 조심스러운 태도로 머뭇거리며, 금화주머니를 에른에게 도로 내밀었다.

"제게도 세비타스에서 가져온 돈이 있습니다. 그것으로 충분합니다."

노집사는 고민조차 하지 않고 답했다.

"사양하지 마십시오. 주인님의 사람을 부족함 없이 보필하는 것이 저의 의무니까요."

리에타는 에른이 우아하게 돌려 말한다고 생각했다. 그녀는 손을 거두지 않은 채 입술을 당겨 물고 고개를 숙였다가, 주머니를 조금 더 높이 올려 내밀며 말했다.

"……대공 전하께선 절 안지 않으셨어요. 이 돈은 받을 수 없습니다."

에른은 담담하게 답했다. "압니다."

"네?"

킬리언은 자신이 안은 여자를 밤중에 그런 식으로 내보내지 않았다. 그런 것을 알 리 없으니 놀란 눈이 된 리에타에게, 에른은 구구절절 설명하는 대신 고개를 숙였다.

"제 말에 오해의 소지가 있었군요. 죄송합니다. 다른 뜻은 없었습니다. 영주님께서 이곳으로 데려오신 이상 트리스티 양은 영주님의 백성이고, 영주님의 사람이라는 의미였습니다."

리에타는 혼란스러운 얼굴로 에른을 바라보았다. 한참 만에 입을 열었지만, 저도 모르게 바보 같은 말만 흘러나왔다.

"집사님께선…… 제가 그분과 밤을 보냈기 때문에…… 친절히 대해 주시는 것 아니었나요?"

나이 든 집사가 미소 지었다.

"저는 그저 주인님께서 보살피시는 분께 마땅한 예를 다하고 있을 뿐입니다."

에른이 돌아가고 집에 혼자 남은 리에타는 멍하니 침대에 앉았다. 방금 노집사와 무슨 이야기를 나눈 것인지. 모든 것이 비현실적이었다. 갑자기 과분한 집과 무서운 목돈이 생겼다는 것에 당황스럽기 이전에, 집사 에른이 자신을 두고 그냥 가 버렸다는 것이, 혼자 풀려났다는 것이 아직도 실감이 나지 않았다.

분명 얼마 전까지만 해도 집에 갇힌 채 카사리우스의 묘에 함께 묻힐 날만을 하루하루 기다리며 살고 있지 않았던가. 아직도 밖에는, 내가 달아나지 않는지 지키고 있는 경비병들이 있을 것만 같은데.

밖에서 새 지저귀는 소리가 너무나도 평화로워 리에타는 어깨를 떨었다. 비로소 이 주 전 마셨던 알루치노에서 깨어나기라도 한 듯이.

성에서 하인들이 다녀간 후, 악시아스 대공이 데려온 세비타스의 과부가 머무는 하얀 집의 이 층. 작은 아이의 이름이 적힌 위패 앞에 가려린 촛불이 켜졌다. 리에타는 오래도록 그 앞에 넋을 잃고 앉아 있었다.

희미하게 밝혀진 촛불 외에는 아무것도 보이지 않는 밤이 지나고, 중천에 떠올랐던 달이 서쪽으로 흘러갈 무렵에야 리에타는 겨우 침대에 몸을 눕혔다. 서늘하지만 포근한 침구가 그녀의 몸을 감쌌다. 그녀의 침대였다. 누군가에게 취해지기 위한 침대가 아닌…… 그녀가 쉬고 잠들기 위한 오롯이 그녀만을 위한 침대.

리에타는 무심히 자신을 건져 와 제 땅에 내던진, 제국에서 가장 흉포하다는 남자를 생각했다. 킬리언 악시아스. 제 형제들의 목을 베었다는 냉혈한……. 사람 고기를 먹는다던가. 취한 여자가 만족스럽지 않으면 죽인다던가. 그런 흉악한 소문이 있는 미치광이 폭군. 그게 정말 그 사람일까.

리에타는 차가운 침구가 서서히 따뜻하게 덥혀지는 것을 느끼며 집사 에른의 말을 생각했다.

'트리스티 양께선 주인님을 잘 모르시겠지만, 주인님께선 안기길 원치 않는 여성은 안지 않으십니다.'

그녀가 킬리언을 오해하고 있을 것임을 익히 안다는 듯 자연스러운 태도였다. 빙그레 웃는 집사의 얼굴에선 주인에 대한 존경과 애정이 묻어나고 있었다.

'안지 않을 거라면 절 왜 데려오셨을까요.'

어리석은 질문에 집사는 인자하게 미소 지으며 대답했다.

'아마도 주인님께선 트리스티 양을 가엾게 여기신 것이겠지요.'

리에타는 얕게 한숨을 내쉬며 손등으로 눈을 덮었다. 남편도 아이도 떠나 버린 세상에 혼자만 살아남았다는 허망함과 묵직한 죄의식 위에 한 자락, 살았다는 안도감이 있다는 것이 서러웠다. 뒤늦게 손 아래로 소리 없이 눈물이 흘러내렸다. 살겠다는 생각 같은 건 다 놓아 버린 줄 알았는데.

수도 없이 많은 사람들이 그녀가 가엾다고 말했다. 그러나 그녀에게 손 내밀어 준 사람은 제국에서 가장 악명 높은 냉혈한뿐이었다.

날이 한 번 꼬박 차고 기운 후, 동쪽 하늘이 파리하게 밝아 오는 이른 새벽이 되어서야 리에타는 비로소 비틀거리며 몸을 일으켰다. 창으로 들어오는 희미한 새벽빛이 원래도 밝지는 않았지만, 먹은 것 없이 오래 앉아만 있었더니 일어나기만 해도 눈앞이 어둡게 깜박였다. 리에타는 잠깐 벽을 짚고 현기증이 가시길 기다렸다.

몸이 편해지니 청승을 떨 여유가 생긴 건지. 딸의 위패를 앞에 두고 앉아 밤낮없이 촛불만 밝히고 있으니 조그만 짐에 챙겨 온 부싯깃과 초는 채 하루를 넘기지 못하고 동이 났다. 그러고서야 일어설 생각이 들었다. 명복을 비는 것도 초가 있어야 할 수 있는 일이고, 초를 사는 것도 돈이 있어야 할 수 있는 일이었다.

리에타는 너무 오래 늘어져 있었던 자신을 책망하며 본능처럼 몸을 움직이기 시작했다. 아무것도 하지 않고 시간을 보내던 것은 영주의 부장품으로 죽음을 기다리던 시간의 호사였다. 죽음을 기다리는 것도 아닌데 이렇게 집 안에 틀어박혀 늘어져 있기만 하는 것은 오랜 세월 몸에 박힌 습관에 적응이 되지 않는 일이었다. 리에타는 비척비척 움직였다.

현실을 받아들이지 못했다는 핑계로 넋 놓고 있기에는 너무 많은 시간이 흘렀다. 살아남은 이상 빨리 정신을 차려야 했다.

평민은 살아남기 위해 생업에 종사해야 한다. 무엇을 하든 쉬지 않고 계속 움직여야 봄철의 기근이나 언제 닥칠지 모르는 어려운 시기를 견뎌 낼 수 있었다. 오랜 애도의 시간도 사치였다.

생활비를 주신다 했지만 가만히 받고만 있을 수는 없었다. 식량이 비싸지는 봄이었다. 봄철의 어려움이 악시아스 대공에게야 해당되는 바가 아닐망정, 평민인 리에타에게 이 시기에 받는 금전적 도움은 더욱 무겁게 느껴졌다. 목숨의 빚을 진 것만 해도 이미 견디지 못할 무게라는 생각이 리에타를 두렵게 만들었다.

굼뜬 몸을 이끌고 움직이며 짐을 정리하다 보면 날이 밝겠거니 했는데,

어딘가에 정착해 살게 될 거란 생각으로 짐을 챙기지 않았기 때문에 가져온 것이 너무 없어 금방 끝이 났다. 밖은 여전히 어두웠다. 정말 가져온 게 없구나. 그 와중에 딸의 위패와 부싯깃을 챙겼다는 것이 용했다.

얼마 움직이지도 않았는데 금세 지쳐 버린 리에타는 멍하니 불 꺼진 향로를 바라보았다. 그리고 다시 창밖을 보았다. 아직 밖에 나가서 물건을 사기엔 너무 이르고 위험한 시간이었다. 그녀는 다시 힘없는 몸을 움직여 유령처럼 집을 헤매기 시작했다. 혹시 집 안에 불을 붙일 수 있는 도구가 있지 않을까.

세간에는 백일 동안 망자를 기리는 촛불을 밝혀 주어야, 떠난 이가 로도무스*를 무사히 건널 수 있다는 민간 신앙이 떠돌고 있었다. 십 년 넘게 수도원 생활을 하며 그런 미신이 어떤 식으로 돈벌이에 이용당하는지 숱하게 봐 왔으면서도 막상 자신의 일이 되니 리에타도 미련하게 집착하게 되었다.

리에타가 어린 시절을 보냈던 세비타스 수도원에서는 악마가 날뛰는 매달 그믐에는 밤새 환히 불을 밝히고 제례를 올려야 한다, 무슨 부적을 사야 한다, 사제의 축원사를 꼭 들어야 한다며 그 믿음에 자꾸만 살을 붙여 돈벌이를 했다.

다행히 수도사 생활을 오래 한 리에타는 기도와 축원, 제례 같은 것은 스스로 해결할 수 있었지만, 촛불을 밝히는 상징적 의례만은 빠뜨릴 수 없는 것이었다. 리에타는 힘이 없어 떨리는 몸을 추스르며 움직였다.

리에타는 거실이나 방 안의 서랍이나 찬장, 옷장 등을 열어 보며 생각보다 많은 것이 갖추어져 있음에 조금 놀랐다. 그녀가 살던 집에 있던 것

◇◇◇◇
* 저승의 강

들보다 훨씬 많은 물건들이 부족함 없이 갖춰져 있었다.

심지어 간단히 먹을 만한 건식량까지 있었다. 오래 보관해도 상하지 않을 마른 비스킷이었다. 그제야 오래 굶은 배에서 허기가 느껴졌다. 리에타는 비스킷 통을 통째로 꺼내 한 팔에 안고 집어먹으며 계속 찬장이며 서랍을 뒤졌다. 오래 굶어 위장이 상했는지 급하게 들어온 빽빽하고 마른 음식에 토기가 올라와 두어 번 구역질이 났지만, 그러고도 다시 비스킷에 손이 갔다.

리에타는 오래 걸리지 않아 서랍장에서 성냥을 찾아내곤 눈을 동그랗게 뜨며 답삭 쥐어 들었다. 수도원에서도 중요한 행사가 있을 때만 사용할 수 있는 고급 성냥이었다. 그 바로 옆에서 기름이 넉넉히 들어 있는 램프까지 찾아냈다. 램프를 밝혀 둔다면 심지가 썩 좋지 않아 자주 불이 꺼져 버리는 저 촛불도 걱정 없었다.

아니, 어쩌면 초도 있지 않을까? 성냥에 램프까지 있는데 초가 없다는 것이 더 이상했다.

역시나, 길지 않게 헤맨 후 근처 서랍에서 초를 찾아낸 리에타는 그것을 집어 들며 반색했다. 밀랍으로 만든 고급 초였다.

얼른 제단 — 정확하게는 위패와 향로를 올려놓은 작은 서랍장 — 앞으로 돌아온 리에타는 다시 위패 앞에 쭈그리고 앉았다. 새로운 초에 불이 붙었다. 확실히 고급 초라 그런지 불도 쉽게 붙고 빛깔도 예뻤다.

리에타는 멍하니 타는 촛불을 들여다보고 있다가 한참 만에 입안에 들어 있는 비스킷을 씹어 삼켰다. 비스킷이 들어 있는 통은 어느새 절반이나 비어 있었다.

리에타는 조용히 일렁이는 불빛을 바라보았다. 이런 상황에 배가 고프다는 것이 웃기고, 음식이 넘어간다며 자조했다가 피식 스스로를 비웃던 입술이 이지러지며 이내 고개를 떨구었다.

하다하다 기쁠 것이 없어서…… 썩 특별하지도 못한 요리를 온통 입가에 코에 범벅을 만들며 맛있게 먹는 모습이 흐뭇해서, 예쁘게 지어 입힌 옷을 순식간에 엉망으로 만들고 울상이 된 것이 귀여워서, 잠꼬대로 입을 오물거리는 모양이 사랑스러워서가 아니라…… 위패 앞에 켠 초가 좋아서 기쁘다는 제가 우스웠다.

눈물 섞인 비스킷을 묵묵히 씹어 넘기며, 리에타는 먼 땅에 두고 온 남편의 무덤과 무덤조차 만들어 주지 못한 딸아이를 생각했다. 아이가 그렇게 되고 채 두 달이 안 되었는데. 아이 잃은 어미라는 것이 저는 살았다고 안도하며 먹을 것을 씹고 있구나. 하다하다 기쁠 것이 없어 위패 앞에 놓을 초가 고급이라는 것에 기뻐하면서.

언제 잠들었는지, 누군가 문을 두드리는 소리에 잠을 깼다. 열린 창으로 밝은 한낮의 햇살과 바람이 평화롭게 들어오고 있었다. 다시 둔탁하게 쿵쿵, 문 두드리는 소리가 울렸다. 덜컥 무서운 마음이 먼저 들었다. 여기가 세비타스가 아니라는 걸 알고 있었음에도 가장 먼저 떠오르는 건 사병인가 하는 생각이었다.

사병들이 찾아 올 때마다 그녀의 인생에 벌어졌던 일들은 무엇 하나 좋은 일이 없었다. 악시아스 대공의 마음이 변한 걸까?

긴장한 채 살그머니 문을 연 리에타는 푸근한 인상의 한 중년 아주머니와 그보다 좀 더 젊지만 리에타보다는 열 살 쯤 나이가 많아 보이는 남녀를 발견하고 얼떨떨한 얼굴이 되었다.

"안녕하세요."

앞에 선 중년 여자가 먼저 인사를 건네었다. 거의 꼬리를 물 듯 남자가 이어받았다.

"오! 정말이네. 집에 주인이 생겼어. 와우, 엄청 미인이시네! 난 마틴이오. 마틴 아저씨라고 불러! 오빠도 좋고."

활기차게 날아든 인사가 리에타의 머릿속에 채 이해되기도 전에, 옆의 여자가 남자의 등짝을 후려갈기며 핀잔했다.

"주책이야! 난 넬라예요. 이 사람 헛소리는 신경 쓰지 않아도 돼요."

그들을 보고 빙그레 웃은 중년 아주머니가 손에 든 접시를 내밀었다. 달콤하고 고소한 향기가 솔솔 올라왔다.

"악시아스에 온 걸 환영해요. 애플파이 좋아하나 모르겠네요."

리에타는 비로소 그들이 그녀의 새로운 이웃이며 평범한 환영 인사를 하러 왔다는 것을 깨달았다.

"아, 가, 감사합니다……."

리에타가 멀거니 접시를 받아 들며 더듬더듬 감사 인사를 말했다. 이웃. 그래. 집에는 이웃이라는 게 있게 마련이었지.

이웃의 방문을 받아본 것이 너무 오랜만의 일이라 호의를 가지고 집을 찾아온 이웃들과 어떻게 대화를 나누어야 하는 건지 떠오르지 않았다.

그들은 방긋방긋 웃으며 리에타의 다음 말을 기다리고 있었다. 리에타는 어쩔 줄을 모르겠는 기분으로 주춤주춤 문 앞에서 물러섰다.

혼자 있을 때와 달리, 다른 사람들 앞에 나서서 이 집이 제 집이랍시고 들어오시라 권해야 하는 상황이 되고 보니 이래도 되는 건가 싶고 너무 낯설게 느껴졌다.

"아, 그……. 들어오시겠어요? 같이 먹어요. ……잠시만요. 집이…… 아직 정리가 되지 않아서."

리에타는 경황없이 뒷걸음질하며 그들을 맞이했다. 황망히 뒤를 돌아보자 집은 정리가 되지 않았다고 말을 했던 것이 민망할 정도로 텅 비어 있었다.

다행히 마침 부엌 앞의 거실에 의자가 네 개 딸린 식탁이 보였다.

"이, 이쪽으로……."

리에타는 어색하게 손님들을 안내하며 식탁 위에 접시를 내려놓았다. 애플파이를 건네주었던 중년의 아주머니가 웃으며 자신을 소개했다.

"난 요 옆집에 살아요. 페닐 아주머니라고 불러요." 이미 본인들의 이름을 밝힌 두 사람도 말을 덧붙였다. "우린 저 앞 사거리에서 잡화점을 해요."

"반가워요, 새 이웃 아가씨!"

"아……."

그러고 보니 그들에게 이름을 알려주지 않았다. 리에타가 간신히 정신을 차리고 고개를 숙여 인사했다.

"아, 안녕하세요. 리, 리에타입니다."

"리리에타? 이름도 예쁘네!"

"아, 아뇨! 리에타입니다. 리에타, 트리스티."

"리에타! 그 이름도 예뻐!"

무슨 말을 해도 꽉꽉 힘주어 말하는 듯 목소리가 우렁차고 말이 빠른 사람이었다. 리에타는 제가 말한 것도 아닌데 덩달아 숨이 가쁘고 마음이 급해져 허둥거리며 서둘러 손님들에게 의자를 권했다.

손님들이 방긋방긋 웃으며 식탁에 둘러앉았다. 애플파이 접시를 놓은 낯선 식탁 위에 황급히 초면인 식기와 앞접시를 꺼내어 놓은 후에야 깨달았다. 변변찮게 마실 것 하나 내놓을 것이 없었다. 리에타가 당황해 손님들을 향해 몸을 돌렸다.

"죄, 죄송해서 어떡하죠. 집에 마실 것이 없어서. 자, 잠깐만 기다려 주시겠어요? 제가 얼른, 나가서 사 가지고 올게요."

돈을, 돈을 어디에 뒀더라. 정신없이 머릿속을 되짚는데 넬라가 방긋 웃으며 손을 저었다.

"부담 갖지 말아요. 우린 그냥 물이면 되니까!"

리에타의 얼굴이 붉어졌다.

"그, 그게, 물이 없어서요. 아, 혹시 근처에 가까운 우물가나 식수터가 어디 있는지 알려 주실 수 있을까요?"

세 사람의 눈이 휘둥그레졌다.

"식수터가 어딘지 몰라서 여태 집에 물이 없는 거예요? 밥은 먹었어요?"

넬라가 휙 고개를 돌리더니 마틴의 등짝을 때리듯 밀었다.

"마틴, 나가서 우유 좀 사 와."

"아야! 좀!"

아까와 같은 자리를 얻어맞은 마틴이 신경질적으로 반응했다. 페닐 아주머니가 리에타의 안색을 살피더니 걱정스런 표정을 했다.

"세상에. 얼굴 퀭한 것 봐. 이사하고 정리하느라고 어지간히 정신이 없었나 보네! 그래도 다 먹고 살자고 하는 일인데 식사는 하면서 해야죠."

넬라와 마틴도 그제야 리에타의 안색이 거무죽죽한 것을 발견하고 눈썹을 팔자로 꺾었다.

"허, 우리 딴엔 바쁜데 폐가 될까 봐 기다렸다가 온 건데…… 차라리 우리가 좀 빨리 와서 도와주는 것이 나았을 뻔했나? 많이 힘들었나 봐요?"

내 얼굴이 많이 이상한가? 리에타는 어색하게 자신의 얼굴을 만졌다. 페닐 아주머니는 아예 리에타를 향해 손짓하며 몸을 일으켰다.

"우리랑 같이 나가요. 우물의 위치를 알려 줄게요."

넬라가 짝 손뼉을 마주치며 맞장구를 쳤다.

"아, 그러는 게 낫겠네. 밖에는 아예 안 나가 본 거예요? 시장이 어디인지도 모르겠네요?"

넬라도 벌떡 일어났다. 마틴은 진작 일어난 뒤였다. 빠르다. 단 한 마디도 끼어들 틈이 없었다.

리에타는 그들의 빠른 템포에 휘말리며 덩달아 허둥지둥하기 시작했다.

"아, 가, 감사해요. 잠시만, 열쇠를…… 열쇠를 어디 뒀더라."

열쇠를 찾지 못한 리에타가 당황해 이 층으로 올라가려 하자 넬라가 그냥 가도 괜찮다며 그녀의 손을 잡아끌었다. 반쯤 팔짱을 낀 모양새가 된 채 리에타는 연행하듯 제 팔짱을 낀 넬라를 바라보았다. 넬라가 붙임성 좋게 웃었다.

"괜찮아요, 안 잠그고 나가도. 악시아스는 처음이죠? 악시아스엔 도둑이 거의 없어요."

이미 저만치 가 문을 열던 페닐 아주머니가 말을 이어받았다.

"뭐 그래도 밤엔 문을 잠그고 다녀야겠지만. 이렇게 밝을 땐 좀 열어 놔도 상관없어요. 어휴, 그런데 이 아가씨는 밤도둑보다 다른 도둑을 조심해야겠네. 리에타 당신, 정말 미인이네요."

넬라가 딱한 얼굴로 손을 뻗어 리에타의 핼쑥한 뺨을 한번 슥 어루만졌다. "그런데 얼굴색이 안 좋아. 잠은 잔 거예요? 잘 먹고 잘 자야지. 꺼칠해. 좋은 피부 다 상하겠어."

갑작스럽게 스쳐 간 온기에 리에타가 멍하니 눈을 깜박였다.

"넬라, 초면에 막 만지작거리고 들이대지 말라니까."

"실례. 나도 모르게 그만. 우리 잡화점에 좋은 크림 들어온 거 있는데 선물해 줄까요?"

리에타는 급류에 휘말리듯 경황없이 손을 잡힌 채 끌려 나갔다. 혹시 이게 사람의 혼을 빼 놓도록 잘 꾸며진 납치였어도 순순히 끌려 나간 사람의 멍청함에 할 말이 없을 상황이라는 데에 생각이 미칠 여유는 없었다. 리에타는 정신없이 휩쓸리며 거부하지 못한 채 끌려 나갔다.

세 사람은 왔을 때처럼 바람같이 떠나갔다. 부엌에는 함께 장을 봐 온 온갖 식료품들과 마틴이 사온 우유 한 병, 그리고 페닐 아주머니와 넬라가 도와준 덕택에 잔뜩 길어온 물항아리가 놓여 있었다. 넋 놓고 휩쓸려 다녀 온 사이 리에타의 부엌은 최소 일주일은 식량 걱정 없이 지내도 될 정도로 꽉 들어찼다. 폭풍이 휩쓸고 간 것 같았다.

리에타는 그들을 환송한 후 정신이 쏙 빠져서 식탁 앞의 의자에 풀썩 앉았다. 정신이 멍했다. 식탁 위에는 넬라가 잡화점에서 가져와 선물이라며 건네준 문패가 놓여 있었다.

가게를 너무 오래 비워 두었다며 마틴과 넬라가 급하게 자리에서 일어 났고, 페닐 아주머니도 곧 아들과 교대하기로 약속한 시간이 되었다며 다음을 기약하고 함께 나갔다.

리에타는 멍청하니 가득 찬 부엌을 바라보았다. 우유랑 채소…… 상하기 전에 무엇이든 만들어 두거나 빨리 먹어야 하는데.

본능적으로 거기에 생각이 미치자 이런 생각을 해 본 것이 꽤나 오래 전의 일인 것 같다는 생각이 들었다. 다음으로는 사람들의 친절에 보답해 야 한다는 생각이 들었다.

페닐 아주머니는 내성 중심 번화가의 베이커리에서 일하신다고 했다. 넬라와 마틴은 잡화점의 동업자라고 했지. 잡화점, 베이커리, 대장간, 포목 점, 청과물상, 정육점, 우물가, 장터……. 가만가만히 오늘 안내받았던 곳 들을 떠올려 보던 리에타는 눈을 내려 물끄러미 빈 문패를 바라보았다.

먹고살 일.

'어머, 리에타. 그럼 축성祝聖 능력자인 거예요?'

'세상에 너무 잘됐다! 내성에 안 그래도 그런 걸 할 줄 아는 사람이 없었거든! 찾으려면 외성까지 멀리 나가야 했어. 특히 요새는 순례하는 사제들이 없어서 신성 능력자 구하기가 하늘의 별따기라!'

'우리가 소문 내 줄게요. 아, 당장 문 앞에 축성술사 간판부터 걸어요!'

리에타는 손톱 끝을 만지작거리며 조용히 앉아 있다가 슥 일어섰다. 그리고 위층에서 봐 두었던 굵직한 분필을 가지고 내려왔다.

그녀는 조금 어색한 기분으로 잠자코 빈 문패를 보고 있다가, 조금 자신 없는 태도로 '축성술사'라고 적어 넣었다. 그러다 너무 작게 적은 것 같아 박박 문질러 지우고는, 조금 더 크게 다시 적었다. 문패를 들어서 이 각도, 저 각도로 서먹하게 바라보다가 마침내 몸을 일으켰다.

리에타는 문을 열고 밖으로 나가 문 옆에 이어진 울타리의 튀어나온 부분들을 살피다가, 적당한 곳에 그것을 걸었다. 그리고 누가 저를 보나 주변을 살며시 두리번거리고는 다시 문패를 요리 조리 살펴보며 문패의 각을 매만졌다.

……이게 뭐라고 이상한 기분일까. 새삼 악시아스의 문이나 울타리가 세비타스의 그것보다 낮고, 다른 집들도 모두 그렇다는 것을 발견한다. 여긴…… 도둑이 없다고? 내성이라서 치안이 좋기 때문일까?

도로 들어가던 리에타는 저택의 문 옆에도 자그마하게 이름을 적는 문패가 딸려 있는 것을 보고 발걸음을 멈추었다. 넬라가 준 문패보단 훨씬 작아 간판으로 쓸 순 없지만 편지 배달부가 볼 수 있도록 집 주인의 이름을 적을 수 있는 자리였다.

리에타는 잠시 머뭇거리다가, 집 안으로 들어가서 분필을 가지고 다시 나왔다. 그리고 또 다시 그 앞에서 오랫동안 서 있다가, 마침내 분필을 들어 이름을 적었다.

리에타 트리스티

일주일 후, 리에타가 킬리언을 찾아왔다.

"주인님, 트리스티 양께서 오셨습니다. 만나 보시겠습니까?"

오랫동안 외유를 다녀오느라 밀린 서류를 보던 킬리언이 말없이 눈만 들어 에른을 쳐다보며 반문했다. "누구?"

"리에타 트리스티 양이요."

"아." 뒤늦게 집을 주어 내보냈던 여자를 기억해 낸 킬리언이 고개를 들고 에른을 쳐다보았다.

"뭐 문제 있나?"

대개 에른의 선에서 처리되는 일이 그에게까지 올라온 이유가 있는지 묻는 말이었다. 에른이 간결하게 답했다.

"직접 뵙고 인사드리고 싶답니다."

원래 그는 청한다고 쉽게 볼 수 있는 사람은 아니다. 그러나 에른이 그럴 만하니 보겠느냐 묻겠지 싶어 킬리언은 별생각 없이 끄덕였다.

물러갔던 에른은 잠시 후 한 여자를 그의 집무실로 안내해 왔다. 그를 발견한 여자가 멀찍이 선 채 허리를 숙이는 것이 느껴졌다. 에른은 밖으로 나가더니 티 세팅용 트롤리를 밀고 들어왔다.

여전히 집무실 책상에 앉은 채 보던 서류를 마저 넘기던 킬리언은 티테이블에 차가 세팅되기 시작하고서야 힐긋 눈을 들어 한번 쳐다보곤 자리에서 일어났다.

휘적휘적 걸어와 티테이블 앞의 의자에 대충 앉으며 에른이 올리는 찻잔을 집어 들고, 그 후에야 시선이 리에타에게로 향했다. 리에타의 모습을 눈에 담는 순간, 그녀의 틀어 올린 백금발이 먼저 눈에 들어오며 머릿속에 시시한 직감이 스쳤다.

요새는 뜸해서 잊고 있었다. 한동안 백금발인 젊은 여자만 보면 에른은 한 번이라도 그가 더 보게 하지 못해 안달이던 때가 있었다. 겨우 몇 번, 몇 년 전 만났던 여자들이 우연히 백금발이었던 것을 가지고…….

그날 그냥 내보냈던 것을 모르지 않을 텐데. 에른은 킬리언이 빤히 쳐다보는 줄 알면서도 별다른 표정 없이 차만 준비하고 물러갔다. 킬리언은 저도 모르게 쓰게 웃었다. 그는 조용히 방 밖으로 물러가는 에른에게서 시선을 거두고 적당히 상대해 내보낼 요량으로 여자를 향해 말을 건넸다.

"그래. 지내는 곳은 편한가?"

리에타는 떨어져 선 채로 줄곧 고개 숙인 채 답했다.

"네. 이웃 분들께서 많이 챙겨 주시고 영주님께서 배려해 주신 덕분에 편하게 지내고 있습니다. ……감사합니다."

킬리언이 물끄러미 그녀의 정수리를 쳐다보다 말했다.

"내 얼굴은 바닥이 아니라 여기 있는데."

"……예?"

리에타가 간신히 고개를 조금 들어 그를 쳐다보았다. 킬리언은 딱히 더 뭐라 하지 않은 채 고개를 까닥이며 의자로 턱짓했다.

"앉지."

잠시 머뭇거리던 리에타가 조용히 테이블 곁으로 다가왔다. 앉기 전에 한 번 더 가슴 앞섶을 누르며 고개를 숙여 인사하더니 조심스럽게 테이블 앞 의자에 엉덩이 끝만 걸치고 앉는다. 조신하고 얌전하기 짝이 없는 태도였다. 소리 없이 심호흡하는 것이 킬리언의 눈에는 뻔히 보였다. 제법 긴장한 듯 굳은 얼굴이었다.

이미 거의 맨몸을 본 것이나 다름없는데 내외하는군. 킬리언은 전과 달라진 태도를 보이는 그녀를 조금 이상한 기분으로 바라보았다. 긴장해 마땅할 때는 전혀 그런 기색이 없더니. 대체 지금 긴장할 게 뭐가 있다고.

그러고 보니 제례용 의장, 슬립 차림, 드레스 차림만 보았었지 저런 꾸밈없는 평상복 차림의 그녀는 처음 보았다. 킬리언 악시아스에게 평민의 복식을 입은 여자를 이렇게 가까이서 독대할 일이 많지는 않았다. 그녀는 자신을 찾아오면서 수수하기 짝이 없는 평민의 일상복을 입고 왔다.

아, 돈이 부족하다는 뜻인가? 킬리언이 무덤덤하게 생각하며 입을 열었다. "벌써 뭘 하고 살지 정했나 보군. 필요한 예산 규모를 말하면 에른이 처리해 주었을 텐데 직접 찾아온 걸 보니 내 허락이 필요한 일인가 보지?"

리에타가 조금 주저하며 시선을 내리깔았다. 그녀의 손끝이 가늘게 떨리며 초조하게 꼬물거렸다. 얼마나 대단한 것을 요구하려고 저렇게 뜸을 들이지? 킬리언이 답답하다고 생각하기 직전, 리에타가 간신히 움직였다.

"이것⋯⋯."

리에타가 소매 속에서 작은 상자를 꺼내어 탁자 위에 내밀었다. 그녀가 떨리는 손으로 상자를 열어 그의 방향으로 돌렸다. 상자 안에는 목걸이가 들어 있었다. 아니, 반지인가? 작은 링에 가죽끈을 달아 만든 수수한 목걸이였다.

"이게 뭐지?" 킬리언의 물음에 리에타가 고개를 푹 숙이고 기어들어가는 목소리로 입술을 달싹였다.

"미력한 재주이나마⋯⋯ 축성을 걸어 보았습니다. 보잘 것 없어 송구하오나, 제가 할 수 있는 것 중 가장 가치 있는 일이라⋯⋯."

킬리언은 뜻밖의 말에 잠시 할 말을 잃었다. 아무도 말을 꺼내지 않아 고요한 정적이 흘렀다. 조금 뒤 그가 침묵을 깼다.

"축성 능력자?"

리에타가 작게 고개를 끄덕이고 답했다.

"네……. 미력하지만 정화와 축성을 조금 할 줄 압니다. 그래서 장사 밑천이나 토지는 딱히 필요하지 않습니다. 하사해 주신 집과 정착금은 성실하게 일하여 언젠가 꼭 갚겠습니다."

점점 목소리가 작아지며 고개가 아래로 떨어졌다.

"그러니까…… 매달 주시는 생활비는 제게 과합니다. 집사님께 내리신 명을 거두어 주세요."

킬리언은 고개 숙인 여자를 빤히 바라보았다. 심하게 긴장한 듯 치맛자락을 꼭 쥐고 있는 모습이 고집스럽고 가련해 보였다.

……그러니까, '돈은 됐습니다'가 본론이었던 모양이다. 성실한 타입인가. 남에게 신세 못 지고. 물론 이렇게 성실함을 어필하며 더 많은 것을 얻어 내려는 사람도 없지 않지만.

"확실히 예산은 필요 없겠군." 킬리언은 군이 고사하는 그녀를 사양하지 않으며 선을 그었다. "에른에게 말해 두지. 이미 준 것은 갚을 필요 없네."

리에타가 퍼뜩 고개를 들었다.

"아뇨. 그럴 순…….'

킬리언이 무표정하게 리에타의 말을 잘랐다.

"예의도 지나치면 무례다. 그런 돈을 돌려받아야 할 정도로 내가 가난해 보이나?"

리에타의 얼굴이 붉게 달아올랐다.

"소…… 송구합니다."

"그리고 이 목걸이." 킬리언의 시선이 테이블로 내려갔다. 이런 것도 해 올 필요 없어. 축성 받은 물건쯤은 사원에서도 얼마든지, 하고 말하려던 킬리언은 치맛자락을 틀어쥔 리에타의 손이 새하얗게 질린 채 바들바들 떨고 있는 것을 보고 말을 삼켰다.

자신을 두려워하는 사람이 낯설지는 않지만, 그녀에게는 상당히 많이 은혜를 베푼 축이었는데. 조금은 어이가 없다는 생각이 들었다. 킬리언은 소파에 등을 기대며 삐딱하게 앉아 리에타를 바라보았다. 내가 뭘 어쨌다고.

선의를 베풀고도 이런 취급의 대상이 되는 자신이 우스웠다. 그래 뭐. 딱히 착한 척을 하며 사양을 주거니 받거니 하는 것도 그답지 않은 일이었다.

"……목걸이는 고맙게 받지."

킬리언의 대답이 떨어지자 여자가 비로소 안도한 듯 작게 숨을 뱉어 내었다. 그리고 조금 물기가 어린 눈을 그를 향해 들어올렸다.

"받아 주셔서…… 감사합니다."

킬리언은 잠자코 그녀를 바라보다가, 리에타에게서 시선을 돌려 그녀가 내민 목걸이를 내려다보았다. 뭐, 축복받은 물건이 하나쯤 더 있다고 나쁠 건 없었다. 역병이 세상을 휩쓰는 혹독한 계절이니까.

리에타가 공손히 인사를 하고 물러간 이후, 킬리언은 자신 앞에 놓인 초라한 반지를 들어 무심히 살펴보았다. 잔 흠집이 많은 것이 오래된 물건 같았다. 투박하긴 하지만 분명 귀금속으로 만들어진 건데. 저런 가난한 평민 여자에겐, 분명 가지고 있는 것 중 가장 좋은 것일 터였다.

그것을 목걸이로 걸 수 있도록 만든 가죽 줄만은 새 것으로, 상당한 고가일 것임이 분명한 고급품이었다. 그에게 선물하기 위해 새로 장만한 모양이었다. 내가 준 돈으로 내 선물을 샀겠군. 킬리언이 피식 웃었다.

축성 능력자. 정화도 가능하다고 했지. 비싼 기술이었다. 특히 요즘 같은 때에는 더더욱. 축성은 사람이나 물건을 성스러운 힘으로 축복하여 질병이나 악마의 침범을 저지하고 행운을 비는 능력이다. 가장 기초적인 신성 마법이긴 하지만 애초에 신성 능력 자체가 희귀하므로 좋은 취급을 받는 능력이었다.

대개 신성 능력을 가진 사제들이 하는 일이지만, 드물게 사제가 되지 못한 사람들 가운데서도 그런 능력을 가진 사람들이 있었다. 대부분 어려서부터 수도원에서 자라며 교육을 받았으나 사제가 되는 데는 실패하고 속세로 돌아온 사람들이었다. 대부분 뒤늦게 능력이 발현되었거나, 능력이 발현되고도 결격 사유가 있어서 사제가 되지는 못한 사람들이었으니 능력은 사제에 못 미치는 경우가 많았다.

이들은 축성 능력자나 축성술사 등으로 불렸는데, 사제들처럼 신분이 확실하지 않고 능력이 고르게 보장되지 않았으므로 정식으로 인정받은 축성 사제들보다는 한 단계 낮은 급으로 대우받았다. 보통은 사원까지 갈 정도로 상황이 여의치 않거나 사제를 부를 정도로 부유하지 못한 사람들에게 고용되어 활약했다.

그러나 반대로 한 영지에 뿌리를 내리고 사는 검증된 축성 능력자는 전문직으로 대우받으며 많은 사람들에게 사랑받았다. 특히나 능력이 뛰어난 경우는 마을의 유력 인사로 자리매김하며 때로는 사제들 이상으로 존경받았다.

요즘처럼 대대적으로 역병이 돌고 사제들이 비싼 값을 부르며 몸을 사릴 때는 축성 능력자들의 고용비 역시 부르는 게 값으로 치솟았기 때문에 축성술사란 실로 맨몸으로 돈을 쓸어 담는 축복받은 직업이었다. 축성보다 더 높은 급으로 대우받는 정화와 구마, 치유 능력은 말할 것도 없었다.

능력이 썩 높은 수준은 아닐지도 모르지만 때를 잘 만났다. 내가 데려왔고, 내성에 정착했다는 것만으로도 기본적으로 사람들에게 신뢰를 얻는 데에 어려움이 없을 것이다. 축성 능력자인 그녀가 이 땅에 정착하는 일은 큰 문제 없이 잘 풀리겠다는 생각이 들었다.

그나저나 축성 능력자를 순장하려 했다니. 역병까지 도는 영지에서 참으로 손해 보는 짓을 하려 하지 않았나. 이런 중요한 시기에 그런 사람을 위기에서 구해내 본인의 영지로 데려왔다니.

나, 너무 유능한 영주인 거 아냐?

"대공 각하. 대련하시겠습니까?"

그의 충실한 심복이자 우수한 기사인 레너드가 물어왔다.

"글쎄, 어쩔까." 킬리언이 의자에 몸을 파묻고 씩 웃으며 그를 바라보았다. "이 이상 유능해지면 곤란할 정돈데."

"기분 좋아 보이시는군요."

바닥에 드러누운 레너드가 헉헉거리며 아무렇게나 갑옷을 벗어던졌다. 그 외에도 십 수 명의 기사들이 오랜만에 흥이 오른 그들의 대공을 상대로 흠씬 예쁨을 받아 사방에 널브러져 있었다.

"별로." 킬리언이 붉은 눈을 곱게 휘었다. "사랑하는 내 기사들의 실력이 녹슨 것 같은데."

불길한 소리에 누워 있는 기사들이 떼를 쓰듯 아우성을 쳤다. 슬픈 예감은 빗나가는 법이 없다. 그들을 굴리는 대공의 목소리가 울렸다.

"나한테 한 대 성공한 레너드 빼고 전부 연병장 스무 바퀴 실시. 꼴찌는 열 바퀴 추가."

"사랑합니다, 대공 각하!"

충신 레너드가 우렁찬 소리로 잽싸게 사랑을 고백했다. 주군 앞에 대자로 드러누운 채였지만 아첨하는 목소리만은 군기가 바짝 들어 있었다. 기사들이 죽을상으로 투덜거리며 느릿느릿 일어났다. 킬리언이 그 꼴을 보며 삐죽 한쪽 입꼬리를 올렸다.

"나를 사랑하는 레너드 빼고 전부 연병장 서른 바퀴 실시. 중간 이하는 열 바퀴 추가."

"사랑합니다, 대공 각하!"

기사들이 일제히 소리치며 벌떡 일어나 갑옷을 벗어던지며 몸을 날렸다. 고상한 기사들이 너나없이 헐벗은 채 어떻게든 열 바퀴는 줄여 보겠다고 악을 쓰며 죽어라 달리기 시작했다. 킬리언은 느른한 미소를 지으며 자신을 사랑하는 기사들을 바라보았다.

"까딱하면 아래쪽 절반에 속할지도 모른다고 여기면서도 자기가 게으름 좀 부려도 설마 꼴찌가 될 거라고 생각하는 놈은 하나도 없군."

레너드가 킬킬거렸다.

"끝내주는 전우애의 밑거름이죠. 내가 쟤에는 못 미쳐도 최소 쟤보단 낫다."

킬리언이 가만히 그를 바라보며 입을 열었다.

"레너드, 리에타가 축성 능력자인 거 알고 있었어?"

레너드가 전한 이야기에선 그녀가 평범한 과부라고 했었다. 축성 능력자란 소리는 없었다. 그녀의 사연과는 관련이 없는 정보라 제외한 걸까? 그렇다기에는 주목할 필요가 있는 능력이었다. 심지어 남편이 병으로 죽었다면서. 레너드는 어리둥절한 얼굴로 눈을 껌벅였다.

"……세비타스에서 오신 그분이요?"

"몰랐군."

예상대로였다. 유능한 그의 부하가 그런 정보를 빠뜨릴 리가 없었다. 누워 있던 레너드가 슥 상체를 일으키며 앉았다.

"알아보겠습니다."

킬리언은 고개를 돌리며 답했다. "됐어."

그는 무의미하게 부하를 괴롭히는 상관이 아니었다. 그들이 세비타스에 있을 때와는 정보 수집의 난이도가 달랐다. 대단히 수상하거나 중요한 일에 관련된 정보도 아니고, 별다른 의심스러운 내력이 없는 여자라는 것은 이미 검증이 끝났으니 알아봐야 할 정도의 일도 아니었다. 어차피 카사리우스처럼 금전이나 이권이 직접적으로 연계된 사람도 아니다.

"죄송합니다."

레너드도 그의 뜻을 이해했지만 자신이 수집한 정보에 부족함이 있었음을 사과해 왔다. 성실한 녀석. 킬리언은 대수롭지 않게 손을 내저었다. 사연 같은 것이야 킬리언으로서도 크게 관심을 두는 바가 아니다.

레너드는 그런 킬리언에게 익숙한 사람이었으니 레너드가 한 정보 수집도 수상한 내력이 있는 여자가 아니라는 것을 확실히 검증하는 정도의 선에서 그쳤을 것이다.

리에타가 세비타스에서 축성 능력자로 공공연하게 알려진 적이 없었다는 것을 확인한 것으로 충분하다. 킬리언은 다음에 리에타를 볼 일이 있으면 물어보면 된다고 생각했다. 그런 일이 있었음을 잊어 갈 무렵, 킬리언은 리에타를 다시 만났다.

"리에타?"

성 내 연무장에서 기사들과 몸을 풀고 제가 머무는 본관으로 돌아가던 킬리언이 리에타를 발견하고 그녀의 이름을 불렀다. 이미 멀리서 그를 발견한 듯, 인사할 준비를 하고 있던 리에타가 가슴 앞섶을 누르며 공손히 허리를 숙였다. 오늘도 평상복 차림이었다. 날이 풀렸기 때문인지 지난번에 보았던 것보다 가벼워진 복장이었다.

"대공 전하를 뵙습니다."

"'영주님'."

"아, 네. '영주님'."

킬리언이 무심히 정정하자 리에타가 아차 하며 얼굴을 붉히고 고개를 숙였다. 여기서 산 지 벌써 한 달이 넘었건만 대공 전하라니. 마치 남의 영지 귀족처럼 불렀다.

그녀는 썩 차려입은 복장이 아니었지만 옷이 조금 가벼워진 것만으로도 훨씬 아름답게 보였다. 단정히 틀어 올린 금발과 꾸밈없는 리넨 원피스, 색이 옅은 하늘색 눈이 봄에 잘 어울렸다. 과연 미인이긴 하네. 킬리언이 덤덤하게 생각했다.

"여긴 무슨 일이지?"

"동쪽 별채에서 축성을 요청해 주셔서 가던 길이었습니다."

킬리언은 그녀가 축성술사로서 무난히 정착하고 있더라고 지나가듯 보고한 에른의 말을 떠올리고 가볍게 끄덕였다.

"그래. 잘 지내고 있는 모양이군."

"보살펴 주신 덕분입니다."

그녀를 보면 물을 것이 있었지. 그냥 지금 간단히 물어볼까도 싶었지만 이야기가 길어질 수도 있고, 굳이 일하러 가는 사람을 붙잡고 묻기는 애매하겠다고 생각하며 킬리언이 말했다.

"일을 마치고 별일이 없으면 내게 들렀다 가게."

리에타는 공손히 허리를 숙여 대답했다.

"그러겠습니다. ……영주님."

리에타는 킬리언이 완전히 본관 안으로 몸을 감출 때까지 예를 표하고 있다가 그의 모습이 시야에서 사라지고서야 허리를 세우고 짧은 한숨을 내쉰 뒤 동쪽 별채를 향해 발을 옮겼다.

일부러 거리를 두는 것으로 들리지 않았겠지? 그토록 은혜를 입고도. 그녀의 평생에 영주님은 한 사람, 카사리우스뿐이었다. 그러니 새로운 영주님께 적응하려면 조금 시간이 걸릴 수밖에 없는 일이었다.

그녀의 인생을 끝장낼 뻔했던 사람과, 그녀를 수렁에서 건져내 준 사람을 같은 칭호로 부르는 것이 이상한 기분이라고, 리에타는 새삼스레 생각했다.

"어, 어! 으아아!"

갑작스레 위에서 들려오는 비명에 리에타가 깜짝 놀라 위를 보았다. 나무 위에 올라간 금발 소녀가 나뭇가지를 껴안은 채로 리에타를 향해 떨어지고 있었다. 너무 놀라서 꼼짝도 못하고 소리도 못 지른 채 눈만 부릅뜨고 굳어 있는데, 턱 하는 소리가 들리더니 쓰러지던 나무가 멈추었다.

"못살아, 정말! 안나!"

어디서 튀어나온 건지 놀랍게도 웬 여자가 뿌리째 넘어지려는 나무를 붙잡은 채 원래대로 밀어 세우고 있었다. 머리부터 바닥으로 떨어질 뻔한 소녀가 벌벌 떨며 내려오지 못하자 괴력의 여자는 나무를 비스듬히 한 손으로 지탱한 채 소녀를 향해 팔을 뻗었다.

"이리 와!"

놀라운 괴력이었지만 한 손으로 나무를 버티려니 불안정해서 아이가 매달린 나무가 휘청였다.

"언니! 언니! 으아앙!"

다급하게 반복하며 울먹거리는 아이 목소리에 얼어붙어 있던 리에타가 간신히 정신을 차리고 얼른 달려갔다. 리에타는 소녀 쪽으로 향해야 하나 나무 쪽으로 향해야 하나 짧게 갈등했지만, 익숙하지 않은 사람에게 겁에 질린 아이를 맡기기보다 위태위태한 나무쪽에 힘을 보태는 것이 맞다고 판단하고 얼른 달려가 함께 나무를 밀어 지탱했다.

"고마워요!"

리에타가 힘을 보태 주자 여자는 짧고 빠르게 감사한 후 금방 균형을 회복했다. 리에타가 두 손으로 받쳐 주자 나무를 흔들리지 않게 버티는 데 들어가는 힘이 반감되었다. 괴력의 여자는 자유로워진 상체를 기울여 좀 더 안정적인 자세로 아이를 향해 높이 팔을 뻗었다.

팔꿈치만 펴면 닿을 거리까지 손이 다가오자 소녀가 손을 뻗었다. 서로가 서로의 손목을 붙잡은 순간, 여자가 빠르게 "놓고 이리 와!" 하고 외쳤다.

불안정한 자세에 겁먹을 법도 한데, 소녀는 다른 한 손으로 붙들고 있던 가지를 확 놓았다. 자신을 받아 줄 여자를 신뢰하는 듯, 안나라는 소녀가 여자의 상체 쪽으로 몸을 던지듯 매달렸다. 여자는 소녀의 몸을 감싸듯 안고 휙 돌려 가뿐하게 균형을 잡더니 잡고 있던 나무를 확 밀어 버렸다.

순간 리에타의 손을 통해 가해지던 나무의 무게가 사라졌다. 밀던 힘 때문에 나무쪽으로 두어 걸음 딸려 가다가 멈춘 리에타는 멍청하니 날아간 나무를 쳐다보았다. 제법 굵은 나무가 뿌리 뽑힌 채 팽개쳐진 듯 힘없이 옆으로 쓰러져 있었다. 비에 흙이 쓸려가 드러난 뿌리가 약해져 있던 모양이다. 안나라는 소녀가 뒤에서 징징대는 소리가 울렸다.

"으아앙, 세이라 언니!"

나무를 밀어 버린 괴력의 여자, 세이라는 안나라는 소녀를 들고 탈탈 털고 있었다.

"너 나무 탈 나이는 진즉에 지났다고 말했어 안 했어! 네가 아직도 꼬마인 줄 알아? 저번에도 가지 꺾어서 떨어져 놓고!"

소녀가 울먹였다.

"그래서, 그래서 이번엔 굵고 튼튼한 가지에 올라갔는데."

"애초에 왜 나무에 올라가는 건데!"

"영주님, 영주님 보려고! 아얏!"

소녀의 머리에 꿀밤을 먹인 세이라가 눈이 동그래진 리에타에게 미안한 듯 웃으며 말을 걸었다.

"세상에, 안나가 놀라게 해 드렸네요. 죄송해요. 어디 다친 곳은 없으세요?"

"네, 네. 저는 괜찮아요."

"손 좀 봐요."

정말 다친 곳은 없었기에 리에타는 괜찮다고 두 손을 흔들어 보였다.

"다행이네요." 세이라가 품에 안은 안나의 엉덩이를 때렸다. "너 때문에 저분까지 다치실 뻔했잖아!"

"으앙, 잘못했어!"

오히려 소녀의 종아리에 긴 생채기가 나 있었다. 그것을 발견한 리에타가 안나의 다리에 상처가 났다는 것을 알려 주며 덧나거나 흉이 생기지 않도록 어서 데려가 치료를 하라 권하였다.

세이라가 얼른 안나의 다리에 난 상처를 살폈다. 소녀는 놀라서 제가 다친 줄도 몰랐던 듯 그녀의 시선을 따라 아래쪽으로 쭉 고개를 빼더니 눈을 동그랗게 떴다.

눈빛이 급해진 세이라는 리에타에게 감사 인사를 하며 사례를 하겠다고 이름을 물었다. 리에타는 괜찮으니 어서 가 보시라며 사양했다. 세이라는 강권하지 않고 미안하고 고맙다며 미소하곤 안나를 들쳐 멘 채 멀어져 갔다. 그들이 서로 이야기를 나누는 소리가 들려왔다.

"헬렌한테 말할 거야!"

"안 돼! 헬렌 언니한테만은 말하지 말아 줘! 내가 대신 청소 당번 세 번 해 줄게!"

"겨우 세 번?"

"아니, 아니. 다섯 번!"

리에타는 멍하니 그들의 뒷모습을 쳐다보고 있다가, 뽑힌 채 바닥에 누워 있는 나무를 쳐다보았다. 이래도 되는 건가? 한참을 어쩔 줄 모르고 나무 근처를 서성거리다가 퍼뜩 시간을 깨달은 리에타는 황급히 가던 방향으로 몸을 돌렸다. 동쪽 별채 방향이었다.

영주님이 머무시는 악시아스 성의 본관을 지나쳐 이름 모를 건물 둘을 지나, 또 이름 모를 건물의 모퉁이를 돌면 동쪽 별채가 나왔다.

악시아스 대공의 여자들이 머무는 곳. 동쪽 별채에는 킬리언의 여자들이 살고 있었다. 그가 미혼이고 황자였던 시절이 있었기 때문에 가능한 일이었다. 감히 그의 사생활을 터치할 사람이 없기도 했다. 킬리언과 연이 닿았던 여자들은 보통 섭섭지 않은 보상을 받고 본래 살던 곳으로 돌아갔지만, 성에 머물기를 원하는 여자들이 있으면 그는 원하는 만큼 머물게 해 주었다.

그렇게 살게 된 여자들의 수가 십여 명이 넘었다. 악시아스 대공이 자기의 하렘에 백여 명의 여자들을 거느리고 있다는 뜬소문에 비하면 아담한 규모였지만……. 굳이 자신 같은 여자는 필요하지도 않았겠다고, 리에타는 생각했다.

킬리언은 서른이 넘은 나이에도 결혼을 하지 않았다. 그것이 나쁜 여자 버릇 때문이라는 소문이 파다했다. 같은 여자를 두 번은 보지 않는다느니, 만족스럽지 않으면 여자를 죽인다느니, 마음에 들면 박제하려고 죽인다느니 하는 흉흉한 소문을 리에타도 들은 적이 있었다.

리에타야 운이 좋았고 대공으로부터 은혜를 입은 몸이지만……. 아마도 저 곳은 각자의 사정과 목적을 가지고 모인 여자들이 머무는 곳일 것이다.

마지막 건물의 모퉁이를 돌기 전, 리에타는 심호흡했다. 제법 긴장하고 발을 내디뎠는데, 고개를 들자 뜻밖의 분위기가 리에타를 맞았다.

햇살이 잘 들어오는 동쪽 별채는 다른 건물들보다 깨끗하고 흰 느낌이

도는 아담한 사옥을 중심으로 허물없이 사이 좋아 보이는 여자들이 저마다 팔자 좋게 여기저기 늘어져 있었다. 나무 그늘에 자리를 깔아 놓고 뒹굴거리는 여자도 있고, 창가에 앉아 하품을 하며 과일을 집어 먹는 여자도 있고, 연못가에서 금붕어에게 빵 조각을 던져 주고 있거나 물수제비를 뜨는 여자들도 있었다. 빨랫줄 근처에서 빨래를 널다 말고 뛰어노는 여자들까지 있었다.

누가 '별채 아가씨'이고 누가 하녀인지 구분할 수 없어 리에타의 당황한 시선이 방황했다. 가끔 좀 화려한 드레스를 입은 여자들이 있긴 해도 졸라매거나 부풀리거나 한 사람들 없이 다들 비슷하게 편한 드레스 차림이었다. 공기는 평화로웠고 쾌활한 느낌마저 있었다. 겁먹고 있거나 침울한 사람도, 불쾌하거나 기분이 나빠 보이는 사람도 없었다.

리에타는 그렇게 멍하니 서 있다가, 얼른 눈을 내리깔았다. 관찰하고 있을 입장이 아니었다. 누구에게든 가까이 가서 불러 주신 아가씨의 성함을 여쭤 보면 되지 않을까? 생각보다 분위기가 험하지 않아 보이니까…….

리에타는 발걸음을 재촉해 별채 쪽을 향해 걷기 시작했다. 여자들이 하나 둘 그녀를 발견하고 시선을 모으기 시작했다. 그때, 리에타의 뒤로 소리 없이 다가온 한 여자가 말을 걸었다.

"어서 오세요. 축성술사님이시죠?"

리에타는 얼른 뒤로 돌아 말을 걸어 온 사람을 향해 인사했다.

"아. 안녕하세요. 의뢰서 넣어 주신……?"

짧고 검은 머리에 보라색 눈을 한 예쁜 여자가 생글 웃었다.

"네, 제가 레이첼이에요. 반가워요."

리에타는 귀족 여자에게 드문 그녀의 짧은 커트 머리를 보고 약간 놀랐다. 머리가 짧은데도 예뻤다. 화려하기보다 단정하고 영리한 느낌의 미인이었다. 시선을 모으고 있던 여자들 가운데 두엇이 호기심 어린 눈으로 다가오기 시작했다. 어깨에 떡하니 팔을 걸치면서 표정 하나 변하지 않는 것이, 스스럼없는 사이들 같았다. 다른 여자의 어깨에 어깨동무를 하고 웃으며 다가온 키 큰 금발 여자가 물었다. "레이첼, 누구셔?"

레이첼이 고개를 돌리고 답하며 리에타를 소개했다.

"내성에 축성술사의 집."

아, 하고 동그래진 눈으로 여자들이 리에타를 바라보았다. 리에타가 얼른 고개를 숙였다.

"안녕하세요. 축성술사 리에타 트리스티입니다. 동쪽 별채 아가씨들을 뵙습니다."

서로 건드리며 장난을 치던 여자들 중 하나가 그 소리를 듣고 조금 뜻밖의 말을 들은 듯 웃었다. "이런 인사 낯설다." 그러고는 치마를 살짝 들고 우아한 자태를 흉내내듯 무릎을 굽히며 장난스런 인사를 건넸다.

"어서 오세요, 축성술사님."

또 다른 여자가 살짝 고개를 옆으로 기울여 웃었다.

"동쪽 별채에 온 걸 환영해요."

"축성술사님, 저의 방에도 축성을 부탁드려도 될까요?"

"네. 그 전에 엘리제 아가씨, 지젤 아가씨의 방에 먼저 들러야 하니 조금만 기다려 주시겠어요?"

"그럼요!"

엘리제가 살짝 끼어들었다. "헬렌의 방을 먼저 가는 게 좋겠어요. 여기선 헬렌의 방이 더 가깝거든요. 나랑 지젤의 방은 제일 머니까 마지막에 가요."

"아…… 그래도 될까요?"

지젤도 기탄없이 생글거리며 동조했다. "네, 그렇게 해요."

다들 수더분하니 성격 좋은 여자들이었다. 문제는 생각보다 일이 많다는 것이었다. 밖에 널려 있던 여자들이 어슬렁어슬렁 모여들며 관심을 보이기 시작하더니, 리에타가 별채로 들어서자 각자 자신의 방에서 쉬고 있던 여자들까지 뭔가 있다는 걸 느끼고선 따라 나왔다.

이미 축성을 받은 여자들도 리에타를 따라 몰려다니며 저들끼리 화기애애한 분위기를 더해 제법 정신이 없었다. 별채 아가씨들은 다 튀어나온 건지, 이젠 제법 부담스럽게 느껴지는 인원이 따라붙기 시작하며 너나없이 자신의 방에 축성을 요청하고 있었다.

모여든 사람들이 뒤에서 재잘거리며 자신이 일하는 것을 들여다보는 것이 어지간히 부담스러웠지만, 처음 생각했던 음침하고 무서운 분위기가 아닌 것만으로도 훨씬 마음이 편했다. 재잘거리던 여자들 중 한 사람이 물어왔다.

"축성술사님. 방 말고, 가지고 다니는 물건에도 축성을 받을 수 있다고 들었는데요."

리에타가 대답했다. "네. 하지만 이동하지 않는 장소에 축성을 하는 것보다 어렵고 시간이 많이 걸리는 일이라서요. 장소를 옮겨 다니는 물건이나 사람에게 건 축성은 금방 사라지기 때문에 오래 가게 하는 것은 시간이 좀 걸립니다."

"그런가요? 그래도 나는 하나 받고 싶은데……. 믿을 만한 축성술사를 만나기 어렵기도 하고."

"언니 할 거면 나도 받고 싶어."

"나도."

여자들이 웅성거리기 시작했다. 또 일이 늘어날 낌새였다. 영주님께서 오라고 하셨는데……. 시간이 지체되는 것이 초조했다.

"저. 그럼 물건을 모아서 보내 주시겠어요? 시간을 좀 주신다면 축성을 걸어 돌려드릴 수 있을 것 같습니다."

여자들이 너 나 할 것 없이 물건을 맡기겠다고 했다. 몇 달은 생활비를 걱정할 필요가 없을 정도로 꽤나 큰 건수였지만, '설마 영주님이 기다리고 계신 것은 아니겠지?' 하는 걱정만 머릿속을 꽉 채우고 있었다.

간신히 모든 아가씨의 방을 돌고 일이 끝날 기미가 보일 무렵, 한 아가씨가 제안했다.

"저희 정원에서 차 마실 건데, 축성술사님께서도 함께하실래요? 꽃이 예쁘게 피었어요."

당황한 리에타가 난처한 빛으로 살짝 고개를 저었다.

"아, 아뇨⋯⋯. 감사한 제안이지만 저는 가 볼 곳이 있어서요."

"아, 뒤에 다른 일정이 있으셨나 봐요?"

아무리 그래도 성에 불려 왔는데, 타이트하게 뒤에 다른 일정을 잡아 놨다고 말해선 안 될 것 같았다. 잠시 뭐라고 다른 말로 얼버무리는 것이 낫지 않을까 고민했지만, 리에타는 그냥 솔직히 말하는 것이 낫겠다고 판단했다. 어차피 성에는 눈과 귀가 많았다.

"아니요. 오다가 우연히 영주님을 뵈었는데, 끝나고 잠시 들렀다 가라고 부르셔서요."

지젤이 눈을 동그랗게 뜨고 손으로 입을 가렸다. 그리고 얼른 말했다.

"아! 그럼 가셔야죠."

"얼른 가 보세요."

여자들이 기탄없이 그녀의 뒤를 떠밀었다. 리에타는 너무나 성격 좋은 이 여자들을 조금은 이해하기 어렵다고 생각했지만 민망하고도 감사해하며 그들에게 인사를 하고 물러났다. 발걸음이 빨라지려는 것을 애써 숨기며, 일을 마친 리에타는 동쪽 별채를 떠났다.

킬리언이 머무는 본관 쪽으로 발걸음을 재촉하던 리에타는 애원하는 여자의 목소리에 발을 멈추었다.

"정말 매정하십니다……."

"이런 식으로 허락도 없이 찾아오지 말라 했을 텐데."

차가운 목소리가 울렸다. 리에타의 시선이 소리가 들려오는 곳을 향해 움직였다.

"그치만……. 어쩜 한 번을 안 찾아 주시나요? 전 이곳에 당신만을 바라보고 들어왔는데."

"그럼 당장 돌아가면 되지 않나."

"그런 뜻이 아닙니다."

킬리언이 인상을 찡그렸다.

"나를 귀찮게 해도 좋다고 그대를 묵인하고 있는 것이 아니다."

"대공 전하……."

리에타를 발견한 킬리언이 멈추어 섰다. 분홍빛 드레스를 입은 붉은 머리칼의 아름다운 여자가 킬리언을 쫓다가 그의 시선을 따라 리에타를 바라보았다. 애처로운 녹색 눈이 눈물에 젖어 있었다.

리에타는 어색하게 멈춰 선 채 킬리언에게 허리를 숙였다. 킬리언은 리에타에게 시선을 둔 채 입을 열었다.

"악시아스 성은 그대에게 맞지 않는 곳이다. 원하는 걸 해 줄 수 없으니 짐을 싸서 돌아가라."

킬리언은 옆의 가련한 여인에게 눈길 한번 주지 않은 채 냉랭한 축객령을 내렸다. 눈을 리에타에게 향한 채라 리에타는 순간 자신에게 하는 말인 줄 알았다. '아, 내가 아니구나.' 생각하자마자 킬리언이 그녀를 불렀다.

"리에타."

퍼뜩 정신을 차리며 리에타가 어깨를 바짝 긴장시켰다.

"들라."

그녀의 대답을 기다리지도 않은 채, 악시아스 대공이 성의 본관 안으로 사라졌다. 아름다운 여인의 젖은 눈이 황망하게 리에타를 바라보았으나…… 리에타로선 민망한 기분으로 고개를 숙이고 킬리언을 따라갈 수밖에 없었다.

리에타가 들어서자 킬리언의 외투를 받아 든 집사가 자연스럽게 그녀에게 붙었다. 킬리언이 앞서가다가 고개를 돌려 리에타를 바라보았다. 무심한 말이 툭 떨어졌다.

"식사하고 가지."

리에타가 화들짝 놀랐다. "네? 저, 저는 괜찮습니다."

"내가 식사 시간이라."

리에타는 뭐라고 대답해야 하나 순간 패닉에 빠졌다. 제가 너무 늦게 온 탓이었다.

"느, 늦어서 송구합니다."

자연스럽게 집사가 킬리언에게 물었다.

"저녁 식사를 준비하게 할까요?"

킬리언의 눈이 빤히 리에타를 쳐다보았다.

"리에타가 대답하면." 심장이 철렁 내려앉았다.

"가, 감사히 먹고 가겠습니다. 영광입니다."

킬리언이 코웃음 쳤다.

"밥상머리에 영광은 무슨." 킬리언으로선 대수롭지 않게 한 소리였지만 리에타에겐 싸늘한 비웃음으로 들렸다. 방금 그런 장면을 보고 왔기에 더욱 그랬다. 심장이 쪼그라드는 것 같았다.

"저녁 약속이 있었던 건 아니지?"

약속이 있었어도 먹고 가야 할 터였다. 대공께서 못 드셨다는데. 리에타는 고개를 숙인 채로 대답했다. "없습니다."

킬리언이 그녀의 머리에 대고 말했다.

"바닥을 향해 말하는 버릇이 있는 건 세비타스 문화인가?"

"예?"

"얼굴이 아니라 정수리를 외우겠군. 그대가 얼마나 공손한지는 잘 알았으니 말할 땐 고개를 들고 사람을 보게. 악시아스에선 사람 그림자가 아니라 얼굴을 향해 말하는 게 예의니까."

리에타가 퍼뜩 고개를 들고 그를 향해 똑바로 눈을 들었다.

"그러겠습니다."

그 하늘색 눈을 일별한 킬리언이 에른에게로 시선을 돌렸다.

"식당으로 데려가게. 난 옷을 갈아입고 내려가지."

집사가 고개 숙여 예를 표했다. 악시아스 대공과 식사라니. 그녀는 귀족들의 식사 예절 따위는 하나도 몰랐다. 어디부터 잘못된 걸까? 애초에 제가 좀 더 빨리 올 수 있었다면 이런 일은 없었을 텐데. 하지만 그건 어쩔 수 없는 일이었다. 킬리언을 기다리던 리에타는 아직 먹지도 않았는데 체할 것 같은 기분을 느꼈다.

무례한 식사 예절에 밥맛이 떨어진다고 호통을 듣고 쫓겨나게 되진 않겠지? 그런 걸 크게 신경 안 쓰실 분 같긴 하지만, 그분이 평민이랑 식사를 해 보셨을까? 멀리 떨어져 있기라도 하면 좋으련만, 그녀는 넓디넓은 식탁에서 상석 바로 곁자리를 군이 빼어 준 집사의 손을 속절없이 바라보다가 어쩔 수 없이 그 자리에 앉고 말았다.

'어떡해.' 이렇게나 자리가 많은데 다른 자리에 앉을 수 없겠냐고 묻고 싫었지만 대화를 나눌지도 모르는데 굳이 멀리 도망칠 수도 없었다. 무엇보다 리에타는 여태껏 보인 자신의 삼가고 사양하는 행동들이 대공 전하의 심기를 거스른 것 같다는 점이 신경 쓰였다.

지난번에도 무례하다는 소리를 들었는데…… 그냥 다 냉큼 알겠습니다, 감사합니다, 했어야 하나? 하긴 평민 주제에 감히 무슨 사양이며 거절이야. 애초에 그분께선 빈말을 하는 성격이 아닌 것 같은데…….

귀족의 눈치를 보며 살아 온 평민의 생존 본능은 리에타를 거의 정답에 근접시키고 있었다. 킬리언은 여러 말을 시키는 것을 좋아하지 않았다. 리에타는 앞으로 그를 대할 땐 예의상의 사양 같은 것보단 재빨리 원하시는 대답을 내놓아야겠다고 거듭 다짐하며, 초조하게 손끝을 잡아 뜯었다.

그리고 대화는 얼굴을 보고……. 아무리 높으신 귀족이라도 바닥을 향해 말하지 말 것. 리에타는 그의 방식에 익숙해지려면 시간이 꽤나 걸릴 것 같다고 생각했다. 가능하면 이런 일이 다시는 없었으면 좋겠다고도. 오늘의 식사가 너무나 길 것 같았다.

기다린 지 얼마 되지 않아 맛있는 냄새가 솔솔 풍겨 오더니 곧 음식들이 들어오기 시작했다. 일 년에 한 번 있는 수확제에서도 맡아 본 적 없는 맛있는 냄새였다. 하지만 그런들 다 무슨 소용이란 말인가. 음식이 입으로 들어가는지 코로 들어가는지도 모르고 먹게 될 텐데.

생전 처음 보는 온갖 산해진미의 화려한 식탁이 펼쳐지기 시작했다. 토마토를 먹기 좋게 썰어 치즈와 갈색 소스를 얹고 케일로 장식한 샐러드, 새우와 정체 모를 풀이 들어간 알 수 없는 새콤한 향기가 나는 탕, 붉은 소시지와 흰 소시지를 야채와 함께 볶아 아몬드 슬라이스를 뿌린 요리, 한 마리가 통째로 구워져 고소한 냄새를 내는 처음 보는 거대한 생선……. 한도 끝도 없었다.

처음엔 막연하게 대식가이신가 보다 생각했던 리에타는 점점 당황하기 시작했다. 대체 이걸 어떻게 둘이 먹는다는 거지? 대부분이 버려질 텐데. 항상 이렇게 식사를 하시나?

계속해서 요리가 들어오고 있었다. 닭인지 칠면조인지 알 수 없는, 김이 모락모락 나는 커다란 새 구이와 달콤한 냄새가 나는 치즈를 얹은 등갈비 구이가 거대한 은쟁반에 담겨 나오고 있었다.

그때 왁자지껄한 소리가 들렸다. 식당으로 갑옷을 입은 한 무리의 사내들이 들이닥쳤다. 기사들이었다. 리에타는 깜짝 놀라 움찔했다. 기사들이 호화로운 음식이 차려진 넓은 식탁에 홀로 앉아 있는 리에타를 발견하고 멈춰 섰다.

"어? 여자다."

"어디?"

"아 저분. 왜 이번에 각하께서 세비타스에서 데려오셨던."

"아, 순장당할 뻔했다는?"

리에타가 당황해서 일어섰다. 뭔가 잘못된 것 같았다. 집사가 그녀를 보고 다가왔다. "필요하신 것이라도 있으십니까?"

리에타가 그를 향해 채 묻기도 전에, 기사들이 들어온 반대편 문으로 악시아스 대공이 들어섰다. 가벼운 실내복으로 갈아입은 그는 아무에게도 시선을 주지 않은 채 휘적휘적 상석으로 가 앉았다. 그러더니 멀뚱하니 서 있는 기사들을 향해 힐끗 시선을 던졌다.

"뭐 해? 앉아."

언제 멈춰 섰냐는 듯, 기사들이 일사불란하게 식탁에 주르륵 둘러앉았다. 그 기세에 밀려 리에타도 얼떨떨하게 자리에 앉았다.

"들지."

킬리언은 별 생각 없이 평소처럼 식사를 시작했다. 기사들도 식기를 집어 들었다. 리에타는 넋이 빠져 킬리언과 기사들을 바라보았다.

"대공 각하." 언젠가 본 적이 있는 듯한, 리에타의 맞은편에 앉은 잘생긴 기사가 킬리언에게 말을 걸었다. "레이디께서 당황하십니다. 또 설명 안 하셨죠?"

"아."

그제야 리에타가 있다는 것을 알기라도 했다는 듯, 킬리언이 눈만 슥 움직여 그녀를 바라보았다.

"내 기사들인데, 같이 먹지. 이야기는 식사 끝나고."

"아, 네."

리에타가 당황하며 고개를 숙였다. 레너드가 참담한 표정으로 한 손으로 얼굴을 감쌌다. 그는 깔끔하게 자신의 주군을 포기하고 스스로 일을 수습하기 시작했다.

"저희는 개의치 마시고 편히 식사하십시오. 어려우시겠지만."

그러더니 놀랍게도, 그 킬리언 악시아스를 향해 슬쩍 턱짓하며 표정을 찡그렸다. "워낙 로맨틱하고는 거리가 머신 분이십니다."

당황한 리에타가 황급히 킬리언의 눈치를 살폈다. 어떡하려고 그러지, 저 사람? 말없이 음식을 썰던 킬리언은 그저 한쪽 눈썹을 치켜올리고 힐끗 그를 보더니, 도로 음식으로 시선을 내리고 입으로 포크를 가져갈 뿐이었다.

아무렇지 않게 그의 시선을 받아낸 레너드가 딱한 표정으로 킬리언을 보며 말을 이었다.

"그래도 멋진 분이세요. 연애 빼곤 다 잘하십니다."

음식을 삼키고 와인 잔에 손을 가져가며 킬리언이 무심히 뱉었다.

"그대의 연애나 잘해."

레너드가 뻔뻔하게 응수했다.

"잘하거든요? 연애는 모름지기 양보다 질이 중요하다는 걸 모르신다는 점에서 대공 각하께서는 완전 꽝이라는 겁니다."

리에타는 살얼음판 위를 걷는 심정으로 킬리언이 접시 위에 식기를 툭 내려놓는 것을 지켜보았다. 저 나이프를 집어 들어 당장 저 기사님을 찌를까? 접시를 쪼개 버릴까? 상을 엎어 버릴까? 머릿속이 팽팽 돌았다.

킬리언이 붉은 눈을 들어 레너드를 보더니, 희미하게 미소 지으며 고개를 기울였다.

"사랑하는 내 기사가 왜 이럴까."

"저도 사랑합니다, 대공 각하."

천연덕스럽게 킬리언의 말을 받은 레너드가 손을 입 옆에 세워 킬리언으로부터 입을 가리곤 리에타에게 속삭였다. 그러나 손과 표정으로만 속삭이는 시늉을 했을 뿐, 숨기겠다는 의도는 전혀 없는 낮추지 않은 목소리였다.

"하지만 기사들밖에 사랑할 줄 모르시는 분입니다."

"그 발언 난 찬성 못해."

"그건 사랑이 아니야."

"레너드만으로 정정!"

레너드의 말에 식탁 저편에서 겁도 없이 다른 기사들이 마구 끼어들었다. 순식간에 식탁이 소란스러워졌다. 그때, 킬리언이 갑자기 소리 없이 웃었다. 아니, 그전에도 희미하게 웃고 있었지만, 분명 다른 표정의 웃음이 스쳐지나갔다.

한순간이었지만 조마조마한 심정으로 그의 표정을 살피던 리에타는 그의 얼굴에 한 찰나 나타난 묘한 웃음을 놓치지 않았다. 리에타는 다른 사람을 보는 기분으로 혼란에 빠져 킬리언을 바라보았다. 어느새 원래의 무심한 표정으로 돌아온 킬리언의 입술이 열리며 서늘한 목소리가 흘러나왔다.

"그래. 내 사랑이 부족했구나."

킬리언이 권태롭게 손으로 턱을 괴며 한쪽 입꼬리를 올렸다. 그러더니 그 나른하고도 위험해 보이는 붉은 눈으로 식탁에 둘러앉은 기사들을 야살스레 훑었다.

"내 앞으로 그대들을 더욱 어여삐 여기마."

그의 사랑과 어여삐 여김이 무엇인지 아는 기사들이 찔끔하며 찬물 끼얹은 듯 조용해졌다. 그 찰나의 고요를 놓치지 않고 레너드가 포크로 댕, 와인 잔을 건드리며 우렁차게 소리쳤다.

"사랑합니다, 대공 각하!"

간결한 건배사에 짐승 같은 합창이 이어졌다.

"사랑합니다! 대공 각하!"

혼이 쏙 빠지는 함성이었다. 기사들이 활기차게 식사를 시작했다. 식탁 앞에서 웃고 떠들며. 고상한 귀족 같은 품위는 없었지만 그 누구도 천박하지 않았다.

미양……. 생각지도 못한 소리가 들렸다. 흰색 바탕에 갈색 줄무늬를 가진 탐스러운 호박색 눈의 고양이가 어느새 킬리언의 곁으로 다가와 있었다. 몸을 일으켜 그의 의자 위에 조그만 앞발을 올린 고양이가 꼬리를 살랑, 흔들며 코를 핥았다. 다시 한번 미양, 소리를 내며 작은 것이 고개를 기울였다.

킬리언은 힐긋 눈길을 줄 뿐 그 귀여운 것의 머리 한번 쓰다듬어 주지 않았다. 그는 그저 별다른 표정 없는 얼굴로 근처 접시에 있던 구운 생선을 한 조각을 집어선 고양이 쪽으로 가져갔다. 고양이는 그의 움직이는 손에 자석처럼 시선을 고정하고 있다가, 물고기가 사정권에 들어오자마자 의심도 없이 고개를 빼어 답싹 받아 물고는 의자 아래로 내려갔다.

제법 크기가 큰 물고기를 입에 문 고양이는 그의 의자 밑 그늘에 들어가 제 몸에 꼬리를 말고 자리 잡았다. 그리고는 앞발로 물고기를 잡은 채 기분 좋은 소리로 냥냥거리며 맛있게 물고기를 뜯기 시작했다.

　기사들은 여전히 음식을 해치우는 중이었다. 다른 이들보다 일찍 식사를 마치고 차를 마시고 있던 킬리언은 무심한 낯으로 찻잔을 치우더니 찻잔 받침에 우유를 따랐다. 그러고는 그것을 툭 바닥에 내려놓았다. 순식간에 물고기를 해치우고 앞발을 핥고 있던 고양이가 접시로 다가가 거기 담긴 우유를 핥기 시작했다.

　리에타가 그것을 보고 정신을 차렸을 땐, 생각지도 못하게 이미 맛있는 음식으로 배를 채우며 편안하게 식사를 마친 후였다.

～⊸❦⊶～

　기사들은 부른 배를 두드리며 고성방가를 하다가 "사랑합니다, 대공 각하!"를 외치는 독특한 방식으로 예를 표하고 물러갔다.

　킬리언과 리에타는 딱히 응접실로 자리를 옮기지도 않은 채 조용해진 식당에 앉아 차를 마시기 시작했다. 그러고 보니 지난번에 마주했을 때도 응접실이 아닌 집무실이었다. 그녀가 일개 평민이라 굳이 응접실을 이용하시지 않는 것이리라 생각하니 오히려 부담이 덜했다.

　"식사가 입에 맞았나 보군."

　킬리언이 건넨 말에 리에타의 얼굴이 빨개졌다. 제가 얼마나 잘 먹는지 다 보고 계셨던 걸까.

　"네. 정말 맛있게 먹었습니다. 감사합니다."

　리에타는 감히 눈을 똑바로 볼 수는 없고, 그러라 명령하셨으니 얼굴은 보아야 할 것 같아서 그의 목 언저리를 바라보며 대답했다.

　그녀도 제가 많이 먹었다는 것을 알았다. 높으신 분이 대접해 주시는데 속도 좋게 잔뜩 먹었다는 것을 생각하니 얼굴이 화끈거렸다. 요 근래 그렇게 많이 먹은 적이 없었는데……. 스스로도 그렇게 속 편한 식사를 한 것을 믿을 수가 없었다.

"그래." 킬리언은 피식 웃고 바로 본론으로 넘어갔다. "그대 이야기나 들어 보려고 불렀어. 악시아스는 지낼 만한가?"

리에타는 군더더기 없는 태도로 간결하게 답했다.

"네. 영주님의 은혜 덕분입니다."

킬리언은 리에타를 힐긋 보더니 의자에 몸을 기대었다. 왜 저렇게 하관만 뚫어져라 노려보나 싶었지만 정수리 대신 얼굴을 보고 대화할 수 있게 된 것만으로도 큰 발전이라 그는 대충 넘어가 주기로 했다. 평민이 귀족의 얼굴을 똑바로 바라보지 못하게 하는 곳이 적지 않다는 건 그도 알고 있었다. 세비타스도 그랬던 모양이지.

주방장이 들어와 새로 만든 티푸드를 놓고 갔다. 예쁘고 맛있는 냄새가 났지만 킬리언이 먹질 않아 리에타도 손대지 못했다. 그런 것을 섬세하게 알아채지 못한 채, 킬리언이 말을 이었다.

"축성 능력자로 잘 정착하고 있는 모양이더군. 세비타스에선 축성 능력자로 일한 적이 없었지?"

어떻게 알았을까 하는 의문이 짧게 스쳤지만 당연히 알아봤을 수도 있겠다는 생각이 들었다. 딱히 비밀도 아니었던지라 리에타는 바로 대답했다. "그렇습니다."

"왜?"

"제가 살던 집에서 멀지 않은 곳에 축성과 치유를 주로 해 주시는 은퇴하신 사제 어르신이 계셔서, 저는 할 필요가 없었습니다. 그분에 비하면 저는 돈을 받고 할 정도의 재주는 아닌지라 집에서만 사용했습니다."

"역병이 돈 후에도?"

킬리언은 살짝 눈을 찡그리며 반문했다. 제국에 역병이 돌며 사제들의 순례가 끊기고, 신성 능력자들은 몸값이 비싸졌다. 더욱이 세비타스는 근래 역병까지 돌기 시작해 신성 능력의 수요가 많았을 터였다. 살기 팍팍한 평민이 그렇게 돈이 되는 능력을 전혀 사용하지 않았다는 것은 이상한 일이었다. 리에타는 담담하게 고개를 숙이며 답했다.

"세비타스에 역병이 돈 것은 얼마 되지 않은 일인지라 제 미력한 능력이 쓰일 기회는 없었습니다."

아. 킬리언은 그 시기에 그녀에게 무슨 일이 있었나 뒤늦게 떠올리고 납득했다. 카사리우스를 시작으로 세비타스에 역병 환자가 나타나기 시작한 것은 리에타의 남편이 죽고 채 석 달이 되지 않은, 갓 봄이 왔을 무렵의 일이었다. 그때 리에타는 경비병들이 감시하는 집에 갇혀 죽을 날짜를 기다리는 신세였다.

아무리 법 위에 신분이 있다지만, 평민 여자라 할지라도 남편이 살아 있었다면 그렇게 함부로 하지는 못했을 것. 킬리언은 말없이 턱을 매만지다가 물었다.

"남편은, 역병으로?"

"네……. 저는 역마를 보진 못했습니다만 시신을 본 어르신께서 역병이라고……. 그렇게 확인해 주셨습니다."

담담하게 대답했지만 우두커니 어두워지는 얼굴을 본 킬리언은 섣부른 위로를 건네는 대신 그냥 그녀의 말에서 주목할 만한 부분으로 말을 돌렸다.

"악마를 볼 수 있나?"

리에타는 작게 끄덕였다.

"네. 능력이 미력하여 볼 수 있어도 효용성이 높지는 않습니다."

신성 능력에 대해 잘은 몰라도, 악마를 보는 영안을 가진 체질이 드물다는 것은 그도 알고 있었다. 축성, 정화, 구마와 치유로 개화하는 신성 능력은 수련과 노력으로 점차 계발될 수 있는 부분이다. 하지만 악마를 눈으로 보는 자질이라는 것은 노력으로 어찌할 수 없는 타고난 재능의 영역이었다.

악마를 눈으로 볼 수 있는 자질을 가졌다면 사제가 되어도 괜찮았을 텐데. 구마 능력이야 꾸준히 수련하다 보면 나중에 발현될 수도 있는 거고. 악마를 볼 수 있는 자질이 구마 능력 이상의 신성 능력과 결합하면 당연히 높은 시너지를 낸다.

높은 경지의 신성 마법 가운데는 일시적으로 악마를 눈으로 볼 수 있게 하는 마법적 수단도 있다지만 썩 가성비가 좋지 않다. 별 노력 없이도 자연히 악마를 보는 사람들은 그런 면에서 훨씬 유리하다고, 황제의 사제들이 이야기하던 것을 들은 적이 있었다.

한 사원의 고위사제나 대사제, 거기에 운이 좋다면 황제의 직속사제까지. 사제로서 높은 자리에 오를 수 있을 가능성이 적지 않았다. 킬리언은 그녀의 재능에 흥미를 느꼈다.

"축성 능력이 발현된 건 성인이 된 후였나?"

"아뇨. 성인이 되기 전이었습니다."

"수도원에서?"

"네."

킬리언은 살짝 고개를 기울였다. 의아했다. 왜 사제가 되지 않았지? 성인이 되기 전에 신성 능력이 발현되었다면 어지간해서는 사제 될 수 있지 않나? 수도원 출신이라면 고아다. 평민 고아가 선택하기에 사제는 최고의 직업이었다. 귀족도 함부로 하지 못하는 것이 사제다. 수도원 출신의 평민은 될 수만 있다면 누구라도 사제가 되고 싶어 한다.

더욱이 영안을 가지고 있고 신성 능력까지 일찍 발현되었다면 꾸준히 수련해 높은 지위의 사제가 될 수도 있었을 텐데. 그럼 카사리우스에게 그런 꼴을 당할 일도 없었을 것이고.

"몇 살 때부터?"

"열다섯 무렵부터 할 수 있었습니다."

"정화까지 가능하다 했지? 그건?"

"정화는 열일곱 때부터……."

음……. 평범한 수준인가? 신성 능력이 수련으로 개화한다곤 해도 대개 어린 나이에 발현이 될수록 잠재력이 높았다. 나이를 묻긴 했지만 사제나 신성 능력에 대해 잘 모르는 그로선 열다섯에 발현된 신성 능력자가 어느 정도의 수준인지 알 수 없었다.

그의 어린 시절을 함께했던 황제의 최정예 사제들 가운데는 채 열 살이 되기도 전에 신성 능력이 발현되었다는 천재들이 수두룩했다. 킬리언이 제법 대화를 나눠 봤을 정도로 아는 사제들이라 해 봤자 어릴 때 가까이 있었던 황제의 사제들과 악시아스의 수도원장뿐이었다.

어쨌든 그 정도면 사제가 되기에는 괜찮았을 나이 아닌가? 치유나 구마까진 안되는 모양이지만 정화까지 가능하다면 축성술사는 물론 사제로서도 전망이 괜찮은 편이었다. 그런데 왜 사제가 되지 않았지? 가볍게 물으려던 질문이 묘한 직감에 발목을 잡힌 듯 입 밖으로 나오지 않았다.

사제가 되지 못한 신성 능력자로서 축성 능력자가 되는 이들은 대개 수도원을 졸업하고 성인 이후에 발현이 되거나, 빠르게 발현이 되었어도 교리상 큰 결격 사유가 있어 사제가 되는 데 실패한 경우가 대부분이었다. 리에타에게 그런 결격 사유가 있을 것 같지는 않았다.

일찍 사고를 쳤을 수도 있긴 하지만……. 혹시나 하는 생각이 그가 하려던 말의 발목을 잡았다. 신빙성이 있었다. 사고를 쳤나? 아니면 뭔가 몹쓸 짓을 당했거나. 킬리언이 눈을 찌푸렸다.

리에타의 얼굴을 보니 설득력이 더해졌다. 귀족 사제에겐 결혼이나 임신이 흠이 되지 않지만 평민 사제에겐 파계가 될 정도로 큰 흠이 되었다. 신성 능력은 유전되는 성질이 있기에 신성 능력이라는 특권을 귀족들끼리 유지하려고 만든 수작질들이었다.

거기까지 생각이 미치자 리에타가 평민인 데다 저 정도로 미인이라는 것이 새삼스레 눈에 들어오며 그 가능성이 꽤나 설득력 있게 느껴졌다. 사고를 쳤나? 뭔가 당했나? 아무리 킬리언이라 해도 여자에게 그런 것을 아무렇게나 묻기는 꺼려졌다. 그렇다고 묻지 않고 덮어 줄 만큼 사려 깊고 배려가 넘치는 성격도 아니었다. 킬리언이 식은 차를 휘저으며 물었다.

"파계되었다는 낙인도 없고, 일찍 결혼한 것을 보니 사제가 되었다가 파계된 것은 아닐 테고."

나름대로 돌려 말했지만 결국 왜 사제가 되지 않았냐는 질문이었다. 리에타는 별다른 표정 변화 없이 답했다.

"네. 사제 시험에서 탈락해 사제가 되는 것을 포기했습니다."

킬리언은 저도 모르게 안심했다. 얼핏 들은 기억이 났다. 세비타스 수도원에는 언제부턴가 생긴 자기들만의 졸업 시험이 있었다. 그것이 사제가 되는 시험으로 대체되었다.

필기시험일 텐데. 어려웠나? 수도원에서는 모든 아이들에게 축성, 정화, 구마, 치유의 이론을 가르쳤지만 실제로 가장 초보적인 축성의 능력이라도 발현되는 사람들은 극소수였다. 더욱이 정화, 구마, 치유로 갈수록 그 능력을 사용할 수 있는 사람의 수는 급감했다.

이렇게 대대적으로 역병이 돌고 축성 능력이 절실해지고 있으니 저런 능력을 가진 사람을 놓친 사원은 참 아쉽게 된 일이었다. 그러게 의미도 없는 시험은 왜 만들어선.

"정화까지 가능한 축성 능력자를 떨어뜨리다니 어리석은 사원이군."

리에타는 담담하게 답했다. "제가 부족했습니다."

킬리언은 그녀의 표정에 별다른 기색이 없는 것을 확인했다. 순결에 관한 문제는 아니었나 보군. 거짓말일 가능성도 없지 않지만 리에타가 저런 얼굴로 거짓말을 할 거라는 상상은 가지 않아 그는 그냥 믿었다. 설령 거짓말이래도 믿어 주지 못할 것도 없다. 크게 중요한 문제는 아니었다. 사실 리에타가 그런 것이 중요한 귀족 영애도 아니고, 사고 좀 쳤으면 뭐 어떤가 싶기도 하지만.

귀한 재능이 평민이라는 이유로 빛도 못 보고 그런 기준 모호한 교리에 사장되었던 거라면 속이 불편해질 것 같았다. 몹쓸 짓을 당해서 그렇게 되었던 거라면 인지상정으로 화가 났을 것이다. 안 그래도 기구한 인생인데 더 딱하지는 않았으면 했다.

두 사람은 한동안 더 대화를 주고받았다. 리에타는 아까 결심했던 대로 킬리언이 묻는 이야기들에 군더더기 없이 재깍재깍 대답했다. 킬리언은 간결하고 지체 없이 깔끔하게 대답하는 그녀가 전처럼 답답하지 않고 편하다고 생각했다. 에른이나 레너드처럼 오랫동안 함께해서 눈치를 잘 맞추는 사람 같았다. 귀족의 눈치를 보며 살아온 평민의 생존 본능이 성공적으로 발휘된 순간이었다.

킬리언으로선 리에타가 내심 정신을 바짝 긴장시키고 빠르고 간결하게 핵심만 대답한다는 방침을 세운 줄 알 리가 없었다. 그로서는 그저 리에타의 말에 머뭇거림과 군소리가 없어지고 대답이 바로바로 나오는 것이 속이 시원하고 이제야 말이 통하는 기분이라, 역시 사람은 먹여 놓고 대화를 해야 한다 싶었다.

리에타는 전과 달리 언짢으신 기색 없이 미묘하게 바뀐 태도로 말씀하시는 것을 보고 영주님을 대하는 방식이 틀리지 않은 것 같다고 안심했다. 적어도 경을 치실 것 같진 않다. 리에타 본인도 깨닫지 못했지만 한편으론 그녀는 식사를 하면서 킬리언에 대한 두려움과 긴장감을 적잖이 내려놓게 된 상태였다. 심지어 딴생각을 할 여유까지 생겼다.

리에타는 킬리언이 묻는 말에 대답하면서 내심 그가 자신이 선물한 목걸이를 사용하고 있지 않은 것을 서글프게 생각하고 있었다. 마음이 조금 허했다. 그것은 딸의 유품이었다. 그녀의 삶에서 정신적으로 가장 절망적인 궁지에 내몰렸을 때, 거의 정신을 놓은 그녀가 자기 자신의 모든 것을 짜내 치열하게 축성을 담은 물건이었다. 아니, 애초에 축성을 담으려 했던 것도 아니었는데.

무아지경으로 계속된 기도와 한 서린 간절한 바람이 오랫동안 누적되어, 리에타가 자각했을 때 그것은 거의 반영구적인 축성 성물이 되어 있었다. 객관적으로도 보기 드문 물건이었다. 그녀의 평생에 다신 그런 것을 만들지 못할 것이라고 봐도 좋았다.

그녀가 은인인 그에게 보답할 수 있을 거의 유일한 물건이었기에……. 어차피 역마에게 어느 정도 저항성이 있는 자신보다는 그에게 필요할 것이라고……. 그것을 대공 전하께 드리겠다고 결심하기 위해 그토록 딸의 위패 앞에서 묻고, 허락을 구하고, 눈물로 기도하며 가슴앓이를 했건만.

하지만 악시아스 대공에겐 초라한 물건임을 알고 있었기에 그녀는 속으로 허전함을 삼켰다. 이미 제 손을 떠난 물건이다.

킬리언은 꽤나 여러 가지 질문을 이어가고 있었다.

"그래. 동쪽 별채에선 무슨 일을 했지?"

"레이첼 아가씨를 비롯해 열한 분의 아가씨들의 침실과 머무시는 장소에 축성을 걸어드렸습니다. 그리고 지니고 다니시는 물건에도 짧게나마 축성을 걸어드렸습니다."

살며시 눈치를 살폈지만, 영주님께서는 자신이 드린 목걸이에 대해 연상하는 눈치가 아니셨다. 무례하다 소리를 들은 일전의 대화 때문에 돈을 갚겠다고는 차마 말할 수 없었다. 자신이 준 목걸이도 쓰지 않았다. 리에타는 그에게 어떻게든 다른 방법으로 최선을 다해 은혜를 갚아야 한다고 생각하고 있었다. 이분에게는 받기만 하고, 보답해 드린 것이 아무 것도 없었다.

순간, 리에타의 머릿속에 약간이나마 그에게 도움이 될 방법이 떠올랐다. 왜 진작 생각을 못 했지? 잠시 대화가 멎은 사이에 리에타가 밝아진 얼굴로 얼른 말했다.

"대공 전하의 침실에도 축성을 걸어 드릴까요?"

킬리언의 눈썹이 꿈틀 올라갔다.

"아, 영주님!" 리에타가 아차, 하고 혀끝을 깨물며 얼른 정정했다. 그러나 킬리언은 겨우 그런 것 때문에 그런 표정을 한 것이 아니었다. 영주님이라고 정정해 주는 데에는 생각조차 미치지 않았다.

그는 리에타가 제법 대담하게 유혹해 온다고 생각했다. 무의식인 듯 살짝 혀를 내밀어 깨물고 얼굴을 붉히는 것까지, 보통 매혹적인 것이 아니었다. 순식간에 마음이 동했다. 한 번도 웃는 걸 보지 못했는데. 웃은 것까진 아니지만 모처럼 밝은 표정이었다.

축성 능력에 대한 것만 물으려 했는데 평소의 그답지 않게 이런저런 말이 길어지고 있는 것이, 왠지 오늘은 오래 함께한 수족처럼 그가 선호하는 식으로 대답을 잘해서 그렇다고만 생각했지만…….

맑은 날의 달빛을 닮은 백금발. 색이 옅은 하늘빛 눈. 오밀조밀 단정하고 아름다운 얼굴과 고요한 느낌을 주는 차분한 목소리. 확실히 리에타는 그의 취향의 미인이었다.

"……그러든지."

괜히 신경이 쓰여 무심결에 제 입가로 손이 갔다. ……어쩐지 자꾸 입술을 보는 것 같더라니. 조금 어색하고 이상한 기분이 들었다. 분명 아까 레너드가 헛소리를 했기 때문이라고 생각했다.

그들은 쉴 준비가 끝나 있는 킬리언의 침실로 함께 올라갔다. 킬리언이 무슨 생각을 하고 있는지 알 리 없는 리에타는 두런두런 그가 묻는 말에 순진하게 답하며 하늘을 우러러 한 점 부끄럼 없는 마음가짐으로 그의 침실로 들어섰다.

리에타는 복도와 이어진 침실 입구에서부터 창가, 욕실과 이어진 문, 집무실로 이어지는 문, 침대 위까지 진심으로 기도하며 희미한 빛이 나는 손길로 쓸어 병이나 악마의 출입을 막고 축복하는 축성을 꼼꼼하게 둘렀다. 깨끗하고 정갈한 태도였다. 좋은 향기가 나는 작고 아름다운 여자가 제 침실에서 살랑살랑 이리저리 바삐 움직이는 것을 킬리언은 잠자코 팔짱을 낀 채 벽에 기대어 바라보았다.

지난달, 저 여자가 속이 다 비치는 슬립 차림으로 표정 없이 제 침대에 앉아 있던 때에는 마음이 동하지 않았는데. 같은 사람이 저런 수수하고 단정한 평민 복식을 입은 채 자신의 방에서 생기 있게 움직이고 있는 것을 보니 그것이 그렇게 묘하게 설렐 수가 없었다. 성실한 얼굴을 보고 있는 것만으로도 기분이 괜찮았다.

조용히 기도하며 눈을 내리감은 채, 그녀의 손을 감싼 은은한 흰빛이 여자의 몸에서 벽으로, 창가로, 침대로 옮겨 갔다. 낯설 만큼 수수한 옷차림마저 신비한 분위기를 더했다. 종종거리며 바쁘다가도, 정적이고 고요했다. 침실까지 들어와 놓고 끈적하기는커녕 은근한 눈길 한번을 주지 않는 것이 보통이 아니었다.

리에타는 아무 생각이 없었다. 그가 자신을 뚫어져라 지켜보고 있었지만 그러려니 했다. 재잘거리는 십수 명의 여자들에게 둘러싸여 일하는 모습을 관찰당한 것이 바로 몇 시간 전이었다. 일반인에게는 신기하게 보일 수도 있는 광경이겠구나 생각했다.

리에타는 킬리언이 보고 있는 것을 개의치 않고 꼼꼼히 공들여 일했다. 수준 높은 축성 사제가 와서 한대도 더 나을 수 없을 정도로 진심을 다했다. 거의 결계나 다름없을 정도로 밀도 높은 축성이 침실을 감쌌다.

문외한인 킬리언이 보기에도 그녀의 손이 스치는 곳마다 맑고 깨끗한 빛이 어리며 스며드는 것이 꽤나 축성이 잘되었다는 것을 짐작할 수 있었다. 마침내 리에타가 그를 향해 돌아섰다.

"한 달 정도는 이 침실에 어지간한 악마나 병마가 침입하지 못할 것입니다. 한 달쯤 후면 효과가 떨어지기 시작하는데, 허락하신다면 다시 와서 축성을 보충하겠습니다."

자연스럽게 정기적인 만남까지 기약하는 건가?

"음." 그는 고개를 끄덕이며 그녀의 노고를 치하했다. "수고했네."

리에타가 희미하게 미소 짓고 고개를 숙여 보였다. 그녀는 침대 헤드 옆에 가만히 서 있었다. ……무려 침대 옆에서.

킬리언은 갈등했다. 와인부터 한잔 하자고 하려 했지만 설마 바로? 리에타는 그냥 거기에 서서 그를 바라보고 있을 뿐이었다. 다가오지 않으면서 그를 다가가게 하는 유혹이었다.

이렇게 손가락 끝 하나 까딱하지 않으면서 훅 가슴에 들어오는 유혹은 처음이었다. 그런 마음 따위 없다는 듯 축성만 하며 눈길 한번을 주지 않더니. 금욕적이기까지 한 자태로 고요히 선 채 그를 바라보는 모습이 그에겐 더없이 생경하게 마음을 끌어당기는 유혹으로 느껴졌다.

당신을 원한다는, 당신이 필요하다는 어필이 담긴 유혹이 아니라, 당신에게 내가 필요하지 않냐는 듯 순결한 여사제를 상대로 불경한 마음이라도 품는 듯한 배덕감에 망설이며 킬리언이 발을 떼어 그녀 쪽으로 다가갔다.

거리가 가까워짐에 따라 그를 점차로 올려다보게 된 리에타가 눈을 깜박였다. 가만히 그녀를 내려다보던 킬리언이 리에타의 하얗게 드러난 목을 향해 손을 들어 올리는 찰나.

"아."

그의 손을 본 리에타는 슥 옆으로 움직여 물러났다. 킬리언의 손이 허공에 멈추었다. 리에타가 물러난 자리엔 침대 옆에 매달린 종 줄이 나타났다.

"……?"

킬리언이 멈칫하는 사이, 리에타는 공손하게 허리를 숙였다.

"그럼 편히 쉬십시오."

"……뭐?"

킬리언은 리에타의 말에 순간 당황했다. 거리가 가깝다고 생각한 리에타는 자신이 그의 길을 가로막았다고 생각하고 있었다. 영주님께서는 종 줄을 당겨 집사님을 부르려 하고 계신 것이 틀림없다. 리에타는 그가 자신을 집사에게 보내고 쉬고 싶어한다고 믿어 의심치 않았다. 리에타는 침대 옆에서 한 걸음 물러섰다. 그리고 하직의 인사를 올렸다. 한 치 의심 없는 얼굴로 깨끗하게.

"저는 이만 물러가 보겠습니다."

"시간이 늦었는데 자고 가지."

자신이 착각한 것일지도 모른다는 데에 생각이 미친 것은 이미 입에서 아쉬운 소리가 튀어나간 후였다. 리에타는 알았다는 듯이 살포시 웃었다.

"그리하겠습니다. 감사합니다."

너무나 쉽게 나온 담담한 대답에 순간 뱉은 말을 후회하던 킬리언이 더 당황했다. 리에타는 꿈에도 그런 뜻이라 생각하지 못했다. 유감스럽게도 그의 말은 킬리언을 대하는 방침을 정립한 리에타에겐 아까의 '식사하고 가지'와 비슷한 말로 들렸다.

예의 바른 사양은 넣어 두고 즉시 명령을 따르는 것. 리에타로서는 저녁 내 그의 반응이 좋았던 방식대로 똑같이 대답했을 뿐이었다. 그에겐 자신 같은 여자가 필요하지 않다는 생각이 무의식에 깔린 채, 한 달 전, 슬립만 입고 처음 이 침실에 왔을 때에도 아무 일 없이 다른 방으로 안내받았다는 경험도 한몫했다.

혼란에 빠진 킬리언의 표정을 미처 알아채지 못하고, 리에타는 다소곳이 고개를 숙이고 말거니 그를 올려다보았다. 대공 전하께서 종 줄을 당겨 집사님을 불러 주시겠거니 생각했다.

그러나 킬리언은 굳어 버린 채 종 줄을 당길 기미가 없었다. 바로 집사를 부르지도 않았다.

이상한 적막. 리에타는 퍼뜩 악시아스 대공께서 뭔가 해 주길 기다리고 있는 자신이 무례하다고 생각했다. 그녀는 눈치 빠른 아랫사람답게 알아서 행동하기로 했다. 이미 어디로 가야 하는지, 누구를 찾아야 하는지도 모르는 바가 아니다. 방 밖이나 멀지 않은 곳에서 집사님께서 기다리고 있을 터였다. 리에타가 살짝 미소 지으며 다시 허리를 숙였다.

"오늘 여러모로 마음 써 주신 것 감사합니다. 편안히 주무세요."

다행히 킬리언은 그 이상 바보가 되진 않았다. 어색하게 내밀었던 손이 그의 이마로 향했다. 그는 제 눈을 가리고 꾹 눌렀다.

"……그래. 그대도." 간신히 어색하지 않게 대답했다.

리에타가 소리 없이 방문을 열고 나오자, 멀찍이 떨어진 복도 끝 의자에 앉아 책장을 넘기며 대기하고 있던 에른이 조금 놀라 일어섰다. 리에타를 쫓는 킬리언의 묘한 눈길을 알아챘던 집사는 리에타가 아무 일도 없이 단정한 차림으로 슥 걸어 나오자 당황했지만 곧 능숙하게 그런 내색을 숨겼다. 에른을 향해 허리 숙여 인사했다가 맑은 얼굴을 들어 올린 리에타는 담백하기 짝이 없게 고했다.

"영주님께서 자고 가라 하십니다."

에른의 눈이 휘둥그레졌다. 그는 단박에 리에타가 알아듣지 못한 말의 속뜻을 알아챘다. 그것을 리에타가 어떻게 이해했는지 역시. 여섯 살 난 소녀도 아니고 스물여섯 살 난 성인 여성이 어떻게 이렇게 눈치가 없을 수가!

주인님의 마음을 흔들었음이 분명한 아름다운 여자는 순진무구한 얼굴을 하고 다소곳이 서선 하늘색 눈을 깜박이고 있었다. 어떤 엇갈림이 일어난 것인지 뻔했다. 아아……. 정말 오랜만에 마음에 들어 하신 여성분이신데……. 에른은 참담한 심정으로 서글퍼하며 속으로 레너드의 말에 동의했다.

왠지 침울한 분위기의 에른을 알아채지 못하고 지난번과 같은 손님용 침실로 안내받아 들어온 리에타는 뿌듯한 기분으로 포근한 침대에 몸을 뉘었다.

동쪽 별채에서 킬리언의 침실까지, 온종일 걸어다니며 꼼꼼히 축성을 거는 정신 노동에 시달렸다. 평소의 두세 배는 되는 노동 강도였기에 긴장이 풀리자 혼곤히 피로가 몰려왔다.

조금이나마 마음의 짐을 덜었다. 맛있는 음식도 배불리 먹었고. 한 달 만에 익숙해진 집에서 벗어나 바깥에서 자는 잠이었지만 그렇게 마음이 편할 수가 없었다. 전에 여기서 머물렀을 땐 밤새 멍하니 잠을 이루지 못했는데.

'악시아스는 지낼 만한가?'

그럼요. 너무요. 리에타가 속으로 미처 충분히 전하지 못한 진심을 뇌까렸다. 딸의 위패를 안치하고 촛불을 켤 수 있는 집이 있는 곳. 지난해 떠난 남편은 장례나마 치렀으니 공동묘지의 묘지기 벤자민이 생전의 그를 생각하여 돌보아 줄 테지만. 장례는커녕 제대로 보내 주지도 못한 딸은 가슴에만 묻었었다. 매일 그 앞에 촛불을 켜며.

리에타는 자신의 이름을 적어 넣은 집에, 이 땅에, 서서히 뿌리내리고 있었다. 문을 잠그지 않아도 도둑이 들지 않는 좋은 땅. 자연스럽게 새로 이사 온 집의 문을 두드리고 낯선 사람을 챙기는 이웃들.

리에타는 오래도록 누구도 찾아오지 않은 채 닫혀 있던 세비타스 집의 문을 생각했다. 남편이 역병으로 죽은 후 오랫동안, 그리고 카사리우스가 그녀를 겁박하기 시작하며 또 한참 동안 다정했던 이웃들 누구도 리에타의 집을 찾아 주지 않았다.

리에타는 누운 채 가슴에 손을 올렸다. 킬리언에게 주기 전, 딸의 유품이 자리하고 있던 곳이었다. 리에타는 오늘 위패 앞에 촛불을 켜지 못한 대신, 눈을 감고 짧지만 진심 어린 기도를 올렸다.

한 달 동안 겪은 악시아스는 따뜻했다. 세비타스보다 물가가 비쌌지만 예상을 벗어나는 수준은 아니었고, 그만큼 노동의 대가도 충분히 쳐 주는 곳이었다. 길에는 걸인이 없었고, 사람들은 쾌활하고 친절했다.

악시아스 성도 마찬가지였다. 따스하고 복작복작한 분위기의 동쪽 별채도, 기사들과 함께 한 에너지 넘치는 저녁 식사도. 그리고 그의 얼굴에 순간 나타났던 거짓말 같은 웃음.

'사랑합니다, 대공 각하!'

그건 정말 웃겼어. 그리고 킬리언이 익숙한 듯 스스럼없이 다가오는 작은 고양이에게 무심히 우유를 따라 내려 주던 손길…… 좋은 사람이었다. 생각보다 무섭지 않은 분이었다. 좋은 곳이었다. 영주님이 그렇게 만든 곳이겠지. 리에타가 가만히 눈을 깜박였다.

'시간이 늦었는데 자고 가지.'

킬리언의 마지막 말이 오해할 만한 소지가 있는 것이었다는 데 뒤늦게 생각이 미쳤지만 곧 그럴 리 없다고 생각한 리에타는 스스로 생각한 것이 우스워 피식 웃었다.

아무리 같은 '영주님'이어도 그분께 갖다 대긴 너무한 오해였다. 침구가 따뜻해지고 있었다. 곧 달콤한 잠이 쏟아졌다.

리에타가 단잠에 빠져들고 한참이 지나도록, 킬리언은 뒤척이며 잠을 이루지 못하고 있었다. 그는 결국 잠을 자길 포기하고 일어나서 책을 펼쳐 들었다. 외울 정도로 수십 번을 반복해 읽은 『제국 전쟁사』였지만 머릿속에 들어오지 않았다. 이내 그것도 접어 침대 옆 서랍장 위에 던져 버렸다.

수수하고 단정한 원피스를 입고 종종거리는 리에타가 자꾸 머릿속에 맴돌았다. 웃기게도 슬립 차림의 리에타는 잘 기억도 나지 않았다. 그녀는 인사할 때마다 가슴 앞섶을 눌렀다. 결혼까지 했던 여자가 순진하기 짝이 없는 얼굴로.

킬리언은 그녀의 손길이 스친 침대 헤드를 힐끗 쳐다보았다. 여기에 손을 대고 가만히 눈을 감던 얼굴이 예뻤지. 죽은 남편 이야기를 하자 멍하니 슬픔을 감추던 낯이 애처로웠다.

'대공 전하의 침실에도 축성을 걸어 드릴까요?'

……앙큼한 여자가 아닌가. 깜박 속은 것이 내 잘못은 아닐 터였다.

'아, 영주님!'

혀끝을 조금 내밀어 깨무는 발그레한 얼굴이 떠올라 킬리언은 피식 웃었다. 웃기는군. 지독한 사랑을 해 본 적은 없어도 그 감각을 모를 정도로 바보가 아니었다. 그는 그것이 진행되면 피곤해지는 감정이라는 것을 알고 있었다. 이성을 좀먹는 감정이 제 머릿속을 차지하길 원치 않았다. 킬리언은 몸을 일으켰다. 그런 감정을 대하는 방법은 일찍이 알고 있었다.

이윽고 집무실로 자리를 옮긴 그는 책상 앞에 앉아 깃펜을 들고 쌓여 있는 서류를 하나하나 처리하기 시작했다. 어렵지 않은 일이었다. 킬리언은 시작되려는 마음을 능숙하게 말려 없애기 시작했다.

밤새 일을 처리하던 킬리언이 집무실 소파에서 잠깐 눈을 붙이고 늦잠을 자던 사이 리에타는 에른을 통해 인사를 전하고 돌아갔다. 집무실 책상 앞에서 그 사실을 전해 들은 킬리언은 에른에게 시선도 주지 않은 채 "그래." 하고 대답했다.

그는 이미 리에타에 대해선 깨끗이 잊어버린 듯, 무표정하게 책상에서 체크해 둔 서류를 집어 들었다. 그대로 에른에게 물었다.

"이 보고서가 도착한 게 언제지?"

"어떤 보고서입니까?"

"나의 영지에 축성을 권유하는 하비투스 대사원의 보고서."

보고서에선 악시아스 영지에서 멀지 않은 카스티너 영지가 역병으로 두 달 만에 초토화되었음을 전하고 있었다. 그러니 악시아스 영지도 축성을 받아 역신이나 악마들로부터 도시의 방비를 강화하기를 권유한다는 내용이었다.

"한 달이 안 되었습니다."

"그래? 오월 초인가?"

"사월 말입니다."

킬리언이 기사들과 함께 제국을 돌아다니던 때에 카스티너 영지에 들른 일이 있었다. 사원이 인접한 대도시로, 악시아스에서도 멀지 않은 곳이었다. 리에타를 데리고 악시아스로 돌아오는 길에도 카스티너 영지에 들르려 하였으나 얼마 전부터 역병이 돌기 시작했고 확산이 많이 되었다는 현지 행상인의 이야기에 그곳을 피해 왔었다.

사월 말에 도착한 보고서라. 이미 사월 중순에는 이 보고서를 완성해 발송했다는 건데 상당히 손이 빠르지 않은가. 킬리언이 명령했다. "레너드를 불러오게."

"찾으셨습니까."

소파에 기대어 있던 킬리언이 들여다보던 보고서를 내려놓으며 그를 바라보았다.

"우리가 역병이 돌기 전에 카스티너 영지를 들렀던 것이 언제지?"

"삼월 초입니다."

"카스티너에 역병이 돌기 시작한 건?"

"사월 초입니다."

잠시 말이 없던 킬리언은 피식 웃으며 레너드에게 보고 있던 보고서를 내밀었다. "여기엔 삼월 초라는데."

레너드가 보고서를 받아들었다. 보고서에는 역마에 의한 역병의 발현 양상과 그 피해, 역병의 확산 경로 등이 쓰여 있었다. 레너드가 보고서를 몇 장 넘겨 살펴보더니 답했다.

"글쎄요. 제 기억으론 저희가 카스티너 백작령에 들렀던 것은 삼월 초가 맞습니다. 그때는 역병 이야기는 없었고요."

"내 기억에도 그래."

적어도 그땐 카스티너에 역병이 발발하지 않은 상태였다. 그들이 직접 머물고 있었으니 확실했다. 그러나 보고서에선 카스티너에 역병이 발생하고, 사상자가 나오며 그 영지가 초토화되기까지의 과정을 삼월 초에서 사월 사이에 일어난 일로 설명하고 있었다.

끔찍한 현황은 현재진행형이었다. 역병의 확산 경로는 악시아스가 있는 북방을 향해 가까워지는 듯한 모양새를 그리고 있었다. 그들은 자신들이 알고 있는 확실한 정보와 보고서의 정보를 대조해 보았다. 의심스러운 것은 카스티너뿐만이 아니었다.

세비타스의 역병 역시 보고서에 간략하게 기록되어 있었다. 시기 자체는 그들이 알고 있는 시기와 일치했지만 보고서에 기록된 확산 양상은 실제보다 과장되어 있었다. 세비타스에 역병이 돌긴 했어도, 이 정도로 초토화된 상태는 아니었다. 그랬다면 애초에 그들은 세비타스에 들어가지도 않았을 테니까.

정보가 크게 어그러지지는 않고 있었지만, 미묘하게 결론을 합리화하는 방향으로 조절이 되어 있었다.

"뭐, 날짜나 확산 정도야 다소 오류나 과장이 있을 수 있지만." 킬리언이 차갑게 미소 지으며 레너드의 손에 들린 보고서를 바라보았다. "이 보고서는 마치 카스티너에 역병이 돌 것을 예측하기라도 한 것 같지 않나."

대사원에서 보낸 그 보고서에서는, 역병이 빠르게 확산되고 있음에 심각한 우려를 표명하고 있었다. 대도시인 악시아스 영지에도 역마가 침범할 것이 우려되므로 공신력 있는 기관으로부터 축성을 받는 것이 바람직하며, 악시아스가 원한다면 대사원에서 흔쾌히 협조하겠다는 내용도 함께였다. 킬리언이 명했다.

"대사원에 사람을 심어 봐."

그는 사원을 의심하고 있었다. 제 주군의 의견에 좀처럼 이의를 제기하지 않는 레너드가 저도 모르게 부정했다.

"설마요." 그는 사제인 형제가 있었다.

"레너드." 킬리언의 붉은 눈이 가늘어지며 소파에서 늘어진 몸을 일으켰다. 나태한 맹수가 깨어나듯이. 날카로운 인상에 차가운 미소가 어렸다. "내가 항상 그대에게 하는 말이 있지. 올바른 판단을 내리기 위해선."

"……어떤 일이 벌어졌을 때 그것으로 가장 이익을 얻을 사람이 누군지 생각하라."

"역병이 번지면 가장 이득을 챙기는 것이 누구지?"

레너드가 표정을 굳혔다.

～❧～

일주일 후. 리에타는 아가씨들의 물건에 축성을 걸기 위해 다시 동쪽 별채를 찾았다. 에른이 그 사실을 킬리언에게 귀띔했지만 킬리언은 무심하게 그러냐, 하고 말았다.

에른이 물러가고 얼마 후, 킬리언은 몸을 풀기 위해 개인 연무장으로 향했다. 레너드가 이를 악물며 그의 검을 간신히 받아 내고 뒤로 몸을 물려 숨을 몰아쉬었다.

"하비투스 대사원에 사람을 심어 두었습니다. 아직 별다른 성과는 없습니다."

"그래."

레너드가 내려쳐 오는 검을 아래서 위로 걷어내듯 흘리며 몸을 반 바퀴 돌린 킬리언이 뒤를 보인 레너드의 등을 발로 차 밀어 버렸다. 레너드는 재빨리 균형을 회복하곤 다시 그를 향해 경계 자세를 취하며 헉헉거렸다. 그리고 보고를 이어 갔다.

"카스티너에 역병이 번지기 시작한 것은, 사월 초가 맞습니다. 하지만 그것이 역병의 원인으로 대사원을 의심할 충분한 근거가 될 수는, 없을 것 같습니다."

킬리언은 한쪽 입꼬리를 올리며 서늘하게 웃었다.

"알아. 그저 다른 사원에게 큰 고객을 놓치는 것이 싫어서 발 빠르게 움직였다는 쪽이."

레너드의 자세에 생긴 한 순간의 빈틈에, 킬리언이 짓쳐 들어가 레너드의 검을 날려 버렸다. 챙 소리를 내며 날아간 레너드의 검이 연무장 구석에 가서 떨어졌다.

"가능성이 높겠지."

팔꿈치를 타고 어깨까지 울리는 찡한 충격에 손목을 감싼 레너드가 깊이 한숨을 내쉬며 패자의 예를 표했다. "감사합니다."

킬리언이 검 끝으로 그의 자세에 생겼던 오른쪽 허벅지의 빈틈을 지적했다. "정신이 분산되면 이쪽에 틈이 생기는 건 여전하군."

레너드가 끙 소리를 내며 머리를 긁적였다.

"예……. 머리로는 알고 있는데 쉽게 고쳐지지 않네요."

레너드가 연무장 저편에 떨어진 제 검을 주워 들었다. 킬리언은 물끄러미 그의 검 그립에 묶여 있는 앙크 장식이 흔들리는 것을 바라보았다. 사원에서 정기적으로 보내 오는 축성이 담긴 물건이었다.

하비투스 대사원. 사제도 사람이다. 사원으로서도 이미 역병과 악마가 판을 치는 곳으로 발을 들이는 것은 내키는 일이 아닐 것이다. 축성도 완벽한 방비가 아니듯, 사제들이라고 역마나 역병으로부터 면역이 되는 것이 아니다. 이미 많은 사제들이 역병으로 목숨을 잃었다는 것이 그 반증이었다.

사제들의 봉사료가 천정부지로 높아진 지금, 가장 먹음직스러운 일감은 악시아스처럼 아직 역병이 돌지 않은 거대한 인접 도시에 대대적으로 축성을 거는 일이었다. 그런 일이 위험도는 높지 않으면서 큰돈이 되는 일이다. 악시아스는 부유한 도시였다. 과연 놓치기 아까운 고객이라 생각할 법했다.

그는 대사원의 보고서를 생각했다. 이미 그 보고서에 담긴 정보의 신뢰성이 의심스럽다고 판단한 이상 안 하느니만 못한 결과다. 단순 오류나 욕심의 산물일까.

그는 대부분의 서류를 직접 처리하고 모든 보고서를 읽어 보는 번거로움을 마다하지 않는 사람이었다. 그만큼이나 그의 시간을 낭비하게 만드

는 거짓된 보고서는 싫어했다. 그런 하찮은 일까지 신경 쓰며 시간 낭비할
정도로 한가하지 않았다.

보고서에 담긴 잘못된 정보를 발견한 것으로 그저 심사가 뒤틀린 것일
수도 있지만, 글쎄. 킬리언은 역병이 자연적으로 발생한 것이 아닐 수 있
다는 가능성을 열어 두었다. 설령 축성이 필요하대도 하비투스 대사원은
이미 킬리언에게 크게 점수를 깎인 후이니 그쪽에 콩고물이 떨어지는 일
은 없을 것이다. 하지만 분명 역병을 조심할 필요성은 있었다.

킬리언은 동쪽 별채에 리에타가 와 있다는 에른의 이야기를 떠올렸다.
축성 능력자. 활용할 수 있을까? 역마를 상대한 경험이 없다면 큰 도움이
되긴 어렵겠지만, 그래도 킬리언은 리에타가 역마를 눈으로 볼 수 있는 사
람으로서 사원의 손을 타지 않았고, 수상한 내력이 없어 믿을 만한 축성
능력자라는 데에 주목했다.

"아이 참. 자기들끼리만 축성을 받고. 나한테도 알려 주지!"
"언니는 그때 없었잖아요. 오늘 부탁드리면 되겠네!"
"축성술사님, 우선 방부터 부탁드려요!"

두 번째 찾은 동쪽 별채. 지난번에 자리를 비웠거나 다른 용무를 보느
라 미처 축성을 받지 못했던 네 명의 여자들이 추가되었다. 그중에는 지난
번에 만났던 나무 타는 소녀와 괴력의 여인도 포함되어 있었다. 안나와 세
이라였다. 다시 십수 명의 아름다운 여자들이 저마다 축성을 받은 물건들
을 몸에 착용하고 챙기고 하며 리에타를 에워싸고 재잘거리기 시작했다.
다른 물건들을 더 가지고 나온 여자들도 있었다. 그래도 지난번보다는 수
가 적어 비교적 수월했다. 일을 마친 리에타가 조심스럽게 그녀들에게 입
을 열었다.

"혹시 축성의 효력이 다하면 다시 불러 주실 의향이 있으신가요?"

한 여자가 바로 대답했다.

"네. 저는 또 부탁드리고 싶은데요.

"저도요. 대사원의 사제님들보단 축성술사님이 마음에 들어요."

"가까이 사시니까 요청하면 금방 와 주시고."

"훨씬 시간도 많이 들여 주시고, 또 상냥하시고."

"가격도 사원보다 저렴해."

"무엇보다 재수 없지 않아!"

모두가 같은 의견인 듯, 고개를 끄덕이며 입을 모아 꺄르륵거렸다. 리에타가 작게 안도의 한숨을 내쉬며 공손히 고개를 숙여 감사를 표했다.

"감사합니다. 허락하신다면 매주 와서 다섯 곳씩 축성을 보충하고 싶은데요. 그렇게 해도 될까요?"

아무래도 하루에 열 개가 넘는 넓은 방 곳곳에 꼼꼼히 축성을 두르는 일은 상당히 부담이 되는 일이었다. 매주 다섯 곳씩 나누어 한다면 훨씬 수월하게 일을 할 수 있을 터였다. 그녀의 이야기를 들은 아가씨들은 흔쾌히 그렇게 하라고 대답해 주었다.

"그럼 삼 주면 열다섯 곳이네요."

"네. 마침 아가씨들께서 딱 열다섯 분이시니."

"우리 열다섯인가요? 하나가 빠졌네, 누구지?"

"아이린."

"아."

아가씨들의 얼굴에 납득한 표정이 스쳐 지나갔다. 리에타는 조금 의아한 얼굴로 물었다. "한 분이 더 계신가요?"

"네. 여기 사는 것은 열여섯 명인데…… 아이린은 신경 쓰지 마세요."

무슨 일이지? 아이린이 누구기에. 리에타가 마음에 걸려 하는 것을 눈치챘는지 레이첼이 살짝 덧붙였다.

"아마 관심 없다고 할 거예요. 걱정 마세요. 귀족이라 가문에서 축성받은 물건이나 성수 같은 걸 보내 주는 모양이더라고요."

그래도, 축성받은 물건을 패용하는 것과 거처에 직접 축성을 받는 것은 안정성 면에서 비교할 수 없다. 비를 피하기 위해 우산을 쓰는 것과 모자를 하나 쓰는 것 정도의 차이가 있었다. 그러나 셀린느에게서 뜻밖의 말이 날아들어 아이린에 대한 생각은 날아가 버렸다.

"축성술사님은 성에서 안 사세요? 들어와서 살고 싶다 하시면 허락해 주실 텐데."

다른 아가씨가 손뼉을 마주쳤다.

"어머, 그러게. 들어오세요. 여기 좋아요. 가끔이지만 영주님도 뵐 수 있고."

아가씨들이 눈을 빛내며 그녀를 바라보았다. 리에타는 당황했다. 지난번에도 사이가 좋아 보인다고 생각은 했지만, 이건 그 차원을 넘어 서지 않았나? 도대체 이게 무슨 분위기란 말인가? 심지어 경쟁자를 늘리다니?

이 여자들이 그 악시아스 대공을 전혀 무서워하지 않는 것이야 이제는 그렇다 치지만, 한 남자를 두고 견제하며 암투를 벌이는 그런 전형적인 후궁 상상도와는 너무 거리가 멀지 않은가.

리에타는 진실을 말하지 못하고 머뭇거렸다. 집사 에른은 대공의 호의를 악용하려다가 분노를 사 된통 당하는 사람이 많고, 이런저런 사정이 있으니 그가 베푼 호의를 다른 곳에서는 말하지 않아 주면 좋겠다고 부탁했다.

리에타는 그 말에 따라 함구했다. '대공의 호의'에는 자신이 받은 금전적 도움만이 아니라 자신에게 아무 짓도 하지 않고 풀어 준 것 또한 포함되어 있다고 생각했다.

여염집 아가씨처럼 그런 소문이 난다고 문제가 될 숙녀의 명예 따위가 있는 것도 아니었다. 딱히 그렇게 알려진다고 혼삿길이 막히는 일 따위가 걱정될 처지도 아니고, 재혼도 관심사가 아니었으므로 문제 될 것은 없었다. 집에 남자가 필요하지 않을 정도로 악시아스의 생활은 안전하고 평화로웠다.

리에타는 의식하지 못했지만 오히려 대공이 관심을 둔 여자라는 점이 그녀를 보호하고 있어 악시아스에서 리에타의 삶은 주변의 추파조차 없이 편안했다.

아무튼 리에타는 저와 악시아스 대공 사이에 그런 일이 없었다고 떠벌리지 않았다. 그러니 여자들은 대공이 자신에게 전혀 이성적인 관심이 없다는 것을 알고 그러는 것이 아닐 터였다. 그런데 왜 저리 경계 없이 경쟁자를 늘리려 하는지 이해할 수가 없었다.

리에타가 속으로 당황하거나 말거나 여자들은 그녀의 곁에 옹기종기 모여들어 그녀의 머리카락을 만져 보고 예쁘다느니 어떻다느니 하며 동쪽 별채를 영업하기 시작했다.

"여기서 살면 항상 예쁘게 하고 지낼 수 있어요. 일도 나눠 하면 많지 않아요."

"생활비도 넉넉해요!"

"이 머리 땋아서 꾸미면 훨씬 예쁠 텐데. 오시면 제가 매일 머리 만져 드릴게요."

"저희 안 괴롭혀요. 잘해 드릴게요!"

"우린 축성도 공짜로 받고!"

해맑게 덧붙인 것은 금발의 앳된 소녀, 안나였다.

"얘는 염치 없이! 그래도 그건 드려야지!"

"헉, 그런가?" 안나가 후다닥 자기 입을 가렸다.

"죄송해요. 얘가 철이 없어서."

눈물점이 매력적인 지젤이 안나의 뒤에서 양 어깨에 손을 올리며 웃었다. 탐스러운 갈색 머리칼을 한쪽으로 묶어 올린 것이 발랄하고 사랑스러웠다.

"오늘은 영주님께서 안 부르셨나요?"

"아, 네."

그녀가 사랑스럽게 웃었다. "그럼 같이 티타임 하시겠어요?"

그들은 꽃이 예쁘게 핀 정원에 돗자리를 깔고 차를 마시기 시작했다. 향기로운 차와 달콤한 쿠키가 놓였다. 손수 쿠키를 담은 쟁반을 들고 나온 것은 검은 커트머리에 보라색 눈이 영리하게 보이는 작은 체구의 여자, 레이첼이었다. 리에타를 동쪽 별채에 처음으로 불렀던 사람이었다.

"이건 제가 직접 만들었어요. 입에 맞으세요?"

"정말요? 솜씨가 좋으세요."

"저도 도왔어요."

레이첼이 대화에 끼어든 안나를 보고 웃었다. 헬렌이 성대한 한숨을 내쉬었다.

"안나, 네가 한 건 도움이 아니라 방해였어."

안나가 충격받은 얼굴로 입에 문 쿠키를 떨어뜨렸다. 레이첼이 침착하게 그녀가 옷에 떨어뜨린 쿠키를 털어 주었다.

"괜찮아, 안나. 발전하고 있으니까."

"삼십 분이면 끝날 일을 덕분에 한 시간 반 동안 했지만."

"그래도 먹을 수 있는 결과물이 나온 게 어디야."

동쪽 별채에는 하녀들이 없었다. 그들, '동쪽 별채 아가씨'들은 성주인 악시아스 대공으로부터 생활비를 받으며 거기에 눌러 사는 대신 일손이 모자랄 때 성의 일과 안살림을 돕고, 별채의 살림을 자기 자신들의 손으로 직접 꾸려 간다고 말했다.

각자의 방은 모두 스스로가 치웠고, 복도나 마당 같은 공동공간의 청소,

빨래나 식사나 그밖에 나오는 일들도 함께 처리했다. 심지어 겨울엔 그들 스스로 장작까지 팬다고 했다. 여의치 않을 때는 사서 오는 경우도 있다고 하지만. 딱히 재주가 없는 여자들도 식사 준비나 뒷마무리를 하거나 정원을 정리하는 등 모두 맡은 바 일이 있었다. 행복하고 즐겁게 들렸지만, 분명 그것은 귀족 아가씨들의 삶은 아니었다.

"아이린만 아무것도 안 해요. 마당 청소도 자기 혼자만 빠지고."

다른 여자가 대수롭지 않게 말을 받았다. "귀하신 백작 영애시라. 대신 아이린은 영주님께 생활비를 받지 않잖아."

"그래도 여기 들어온 이상 다 평등한데. 모두가 자기 맡은 일을 하는걸." 안나는 뽀로통한 얼굴로 불만을 이야기했다.

"그리고 아이린은 우리랑 밥도 안 먹고, 다과회도 한 번도 나온 적 없어. 인사도 안 하고 볼 때마다 차갑게 쳐다보고. 결국 자기도 한 번도 불려간 적 없으면서 영주님을 혼자 독점하겠다는 듯이 굴고. 난 아이린 싫어요."

어찌 보면 그 여자의 반응이 가장 상식적일지도……. 리에타는 조금 묘한 기분으로 소박한 찻잔에 담긴 차를 마시며 사이좋아 보이는 여자들과 입이 한 댓 발 나와서 투덜거리는 안나를 바라보았다.

기분이 이상했다. 안나는 겨우 열두셋이 조금 넘은 것처럼 보였다. 대공의 첩……. 이렇게 어린아이까지. 초경도 하지 않았을 것 같은 아이가 그런 것을 감당하고도 어떻게 이토록 밝을 수 있을까. 스물여섯 과부인 리에타 자신도 카사리우스 영주에게 그런 제안을 받고 그토록 고통 받았는데. 악시아스 대공은 그보다는 훨씬 젊고 외모가 수려하다지만 이해할 수 없었다.

몇 살일까? 많게 잡아 봐야 열다섯? 리에타가 조심스레 묻자 세이라가 아무렇지 않게 대답했다.

"아뇨? 안나는 열두 살인데요?"

"아……."

리에타가 저도 모르게 침울한 얼굴이 되었다. 저도 모르게 눈치를 보듯 눈을 들어 바라본 안나는 입가에 쿠키 가루를 잔뜩 묻히고 양 볼을 부풀린 채 목이 막히는지 주전자를 들고 자기 잔에 바쁘게 우유를 따르고 있었다.

악시아스 대공은 리에타에겐 손대지 않은 데다 목숨까지 빚진 입장이니 감히 리에타로선 그를 비난할 수 있는 입장은 아니었다. 자신 아니라 그 누구라도 그의 사생활을 감히 간섭하거나 손가락질할 수 있는 사람은 없었다.

귀족이니까 그럴 수도 있다고, 그러려니 해야 한다는 것을 머리로는 알아도……. 리에타의 우울한 눈빛이 향한 곳을 따라가 본 엘리제가 자기 뺨을 괴며 웃었다.

"아. 축성술사님, 무슨 생각하시는지 알겠다. 그런 거 아니에요, 안나는. 그냥 영주님께서 길 가다 주워 오신 아이."

리에타의 눈이 동그래졌다. 우물거리던 쿠키를 우유와 함께 꿀꺽 삼킨 안나가 소리쳤다. "주워 오다뇨! 언젠간 부인 삼으려고 데려오신 거라니까요?"

"얘를 어쩌면 좋니."

발끈하는 안나가 귀여워 죽겠다는 듯 여자들이 안나의 머리를 헝클어 주었다. 리에타는 어리둥절한 얼굴로 그들을 바라보았다. 주워 온 아이? 악시아스 대공의 여자들만 동쪽 별채에 사는 것이 아니었나? 여자들은 부모를 잃고 수도원에서 학대받던 안나를 킬리언이 영지로 데려왔다고 설명했다.

안나는 갈 곳이 없었다. 성인이었다면 리에타처럼 집이라도 주어 영지에서 살라 했겠지만, 겨우 다섯 살이었던 안나는 혼자 살기엔 너무 어렸다. 수도원에서 학대받던 아이를 다시 다른 수도원으로 보내기도 곤란했다. 당시 동쪽 별채의 여자들이 자진해서 다섯 살의 안나를 맡았다.

"그래도 여기에선 제가 선배 뻘이에요."

라면서 안나는, 지금은 자신보다 동쪽 별채에서 오래 산 언니들은 많지 않다고 으쓱했다. 그러는 소녀를 보고 헬렌이 픽 웃었다.

"선배 행세는. 안나 너 오줌싸개 시절부터 내가……."

"꺄악! 헬렌 언니!"

당시의 역사를 경험한 헬렌의 역습에 얼굴이 새빨개진 안나가 허공에 꼭 쥔 주먹을 마구 휘두르며 헬렌에게 달려들어 법석을 떨었다.

"어, 어, 과자. 과자!"

세이라가 까르륵 웃으며 엎어지려는 쟁반을 붙잡았다. 리에타는 어리 둥절해 커진 눈으로 소녀의 얼굴을 바라보았다. 학대받은 과거가 있다지만 그 얼굴에는 그늘이 없었다. 씩씩하고 사랑스러운 아이였다. 과자 가루가 잔뜩 묻은 손으로 헝클어진 제 머리카락을 손가락빗질하던 안나의 머리에 쿠키 부스러기가 붙었다.

"개미 생긴다, 너!"

헬렌이 웃는 낯으로 그런 안나를 타박하며 소녀의 머리에 붙은 과자 부스러기를 털어 주었다. 한동안 놀란 얼굴을 하고 있던 리에타는 저도 모르게 마음이 따뜻해지는 것을 느끼고 따라 웃었다.

그리고 킬리언이 오랜만에 동쪽 별채를 찾았다.

사람 기척을 느끼고 무심결에 동쪽 별채와 본관 사이의 정원으로 시선을 돌린 레이첼이 입술을 오므리며 말했다.

"웬일이지. 영주님이시네."

"뭐?"

여자들의 시선이 모조리 별채의 정원 입구로 향했다. 킬리언과 레너드가 정원을 통해 동쪽 별채로 들어오고 있었다. 헬렌이 한숨 지으며 안나에게로 시선을 향했다.

"안나 좋겠네. 영주님 오셨다."

이미 치맛자락에 손을 마구 털고 다급하게 머리를 정돈하고 있던 안나가 헬렌을 바라보았다.

"헬렌 언니! 나 지금 안 이상하지?"

헬렌이 안나의 입술 가장자리에 묻은 우유 자국을 문질러 주며 말했다.

"그래, 예뻐. 빨리 가 봐. 저기 불여시 간다."

"아앗! 아이린!" 안나가 벌떡 일어나며 외쳤다. 어느새 나타난 붉은 머리의 아름다운 여자가 킬리언에게 다가가고 있었다. 안나가 드레스 자락을 들고 후다닥 킬리언을 향해 뛰어갔다.

저 여자가 아이린? 리에타도 본 적이 있는 여자였다. 지난주에 킬리언이 짐을 싸 돌아가라고 싸늘하게 내쳤던 붉은 머리, 녹색 눈의 여자였다.

킬리언이 다가오는 아이린을 보고 미세하게 눈썹을 찡그렸다.

"아직 안 갔군."

아이린이 싱그럽게 웃었다. "제가 전하를 두고 어디 가겠습니까."

누구나 한 번 더 돌아볼 만큼 어여쁜 얼굴이었지만, 킬리언의 표정은 심드렁하기 짝이 없었다. 아이린은 익숙한 듯, 킬리언의 반응에 개의치 않고 웃었다.

"그날은 제가 대공 전하의 심기를 불편하게 해 드렸습니다……. 넘치는 마음을 다스리지 못한 부족한 여인을 가엾게 여겨 주시어요. 무엇이든 사죄의 뜻으로 선물해드리고 싶은데, 혹 필요하신 물건이 없으실지요?"

킬리언은 아이린을 무시한 채 무심히 여자들이 모인 곳으로 시선을 향했다. 다과를 즐기고 있었는지, 정원에는 여자들이 많았다. 그 가운데 리에타도 있었지만, 하필이면 들어서자마자 아이린에게 붙잡힌 것이 거추장스러웠다. 리에타를 당장 쓸 일이 있는 것도 아닌데 괜히 찾아와서 귀찮게 되었다는 생각이 들었다.

아이린은 악시아스 영지의 사람이 아닌 제국 수도 로드미뉴와 악시아스의 중간쯤에 위치한 슈펠만 백작령의 귀족 출신이었다. 모종의 사정으로 아버지에게 내쳐지고 추격자들에게 쫓기고 있다며 보호해 줄 것을 청해 억지로 동쪽 별채에 비집고 들어왔는데. 그 모든 것은 킬리언의 눈에 들기 위한 거짓말이었다.

딱히 숨기지도 않고 이내 속내를 드러내었으므로 거짓말이었다는 건 금방 들통났다. 하지만 지은 죄도 없고 숙소의 사용료랍시고 돈까지 꼬박꼬박 지불하며 별채 안에 눌러앉은 다 큰 귀족 아가씨를 힘으로 끌어내기는 어려웠다. 설마 했지만 이 년이 넘게 자신을 귀찮게 할 줄은 몰랐다.

"아이린은 영주님께 미쳐 있어요. 이 년 전쯤 들어왔죠. 영주님께서 동쪽 별채 여자들을 꽤나 사랑해 주시는 줄 알고."

"……아닌가요?"

리에타가 어리둥절하게 묻자, 여자들이 그녀를 바라보았다가 웃음을 터뜨렸다.

"밖에는 동쪽 별채가 '악시아스 대공의 하렘'으로 알려져 있다죠?"

"그런 연이 닿아서 오게 된 여자들도 있지만 아닌 여자들이 반은 넘을걸요."

"예전엔 가끔 저렇게 별채에 오시는 날이면 그날 영주님께 호감을 표하는 여자들 중 한 명에게 밤에 오라고 부르실 때도 있었지만. 그게 벌써 몇 년 전이더라?"

"진짜 이러다 혼자 늙어 죽으실까 봐 무서워."

지젤이 고개를 절레절레 저으며 제법 걱정스런 얼굴로 맞장구쳤다. 헬렌이 고개를 기울이며 짓궂게 웃었다.

"그래도 지젤은 영주님께서 많이 찾으시잖아요."

"말도 마요. 침대 근처엔 가지도 못해. 항상 다른 용무였으니까."

베스가 뒤쪽으로 손을 짚으며 눈을 휘어 웃었다. "모르지 그야. 말만 그렇게 하는지도." 진심이라기보다 놀리는 어조였다.

"아, 우리 사이에 신뢰가 겨우 이 정도였나? 내가 덕이 부족했군요. 맘대로 생각해요."

지젤이 샐쭉하게 웃으며 찻잔을 입으로 가져갔다. 레이첼이 목소리를 낮추며 장난스럽게 툭 던졌다.

"헬렌, 아니에요. 지젤은 요새 영주님이 아니라 딴 사람에게 빠져 있으니까."

풉, 하고 찻물을 뿜은 지젤이 손수건으로 입을 훔치며 레이첼에게 눈을 흘겼다. "레이첼, 제발."

레이첼이 힐끗 눈짓으로 가리킨 곳엔 레너드가 있었다. 지젤이 빽 소리쳤다.

"아니라고!"

"진짜 아닌지 두고 볼게요."

레이첼이 새침하게 생글거리며 차를 홀짝였다. 리에타는 어느새 흥미진진하게 그들의 대화를 듣고 있었다.

이곳의 여자들. 대공이 아닌 다른 남자에게 관심을 두고 있다는 이야기까지 나올 수 있는 동쪽 별채의 자유로운 분위기와 유쾌한 사람들이 신기하기 그지없었다.

"아무튼." 지젤이 말을 돌리려는 듯, 흠흠 헛기침을 하고 리에타를 보았다. "그러다 보니, 보시다시피 영주님께 몸이 달아서 죽고 못 사는 여자들은 다 떨어져 나가고 아이린이랑 안나만 남았다고나 할까……."

셀린느가 진지하게 고민하는 얼굴로 이마를 만지작거렸다.

"안나를 껴 줘야 해?"

"그래. 차라리 날 껴 줘라." 정작 악시아스 대공이 뒤에 와 있는데 한번 돌아보지도 않던 카렌이 뻔뻔하게 스스로를 디밀었다.

"너도 별로 아닌 거 같은데."

"아니야. 사실 아직도 떡밥만 던져 주시면 낚일 준비가 돼 있어. 떡밥 한 번을 안 뿌려 주시니 이러고 있는 거지."

다른 여자가 천연덕스럽게 웃으며 어깨를 으쓱했다.

"그래. 그러다 너도 나처럼 되는 거야. 불타는 격정도 없었는데 권태기는 오더라."

카렌이 소름 끼친다는 듯 부르르 어깨를 떨었다.

"으으. 너무 신빙성 있다, 언니……. 그러지 마."

여자들의 넋두리에 지젤이 어깨를 으쓱하며 리에타를 향해 웃어 보였다. "이젠 그냥 가족 같아요."

"그래. 가족끼린 그런 거 하는 거 아니야."

세이라가 너스레를 떨며 웃었다. 다른 여자가 무릎 위에 턱을 괴고 치맛자락을 털며 꼼지락거렸다.

"아. 희망고문 안 해 주시는 건 감사한데."

"감사하긴……. 그거 배려가 아니라 진짜 무심해서 그러시는 거잖아."

이어지는 한탄에서 고개를 돌린 엘리제가 마지막 쿠키를 집어먹으며 웃었다.

"우린 틀렸지만 가족 같은 분이 혼자 늙어 죽길 바라지는 않아요. 저희는 신경 쓰지 마시고 잘해 보세요."

엘리제의 마지막 말이 리에타를 향하고 있었다. 리에타가 어리둥절한 얼굴로 그녀를 바라보았다. 옆에 있던 지젤이 목소리를 낮추며 소곤거렸다.

"저번 주엔 자고 가셨다면서요."

그녀들의 오해를 알아챈 리에타가 저도 모르게 놀란 눈을 뜨고 그녀를 쳐다보았다. 진짜 잠만 자고 갔는데 다른 방에서. 지젤이 리에타에게 한쪽 눈을 찡긋해 보였다.

"아이린한테만 들키지 마세요."

이 여자들에게라면 진실을 말해도 상관없을 것 같다는 생각이 들었지만, 어쨌든 다른 데서 말하지 말라는 이야기를 들었기 때문에 리에타는 그저 난처하게 미소 지었다.

"지젤." 어느새 가까이 다가온 악시아스 대공이 부르는 소리에 돗자리에 남아 있던 여자들이 퍼뜩 놀라 고개를 돌렸다. 대공이 인상을 쓰며 제 다리에 매달려 있는 안나를 손가락으로 가리켰다.

"이거 매달아."

지젤이 어리둥절한 얼굴로 반문했다. "예?"

킬리언이 안나를 내려다보고 차갑게 내뱉었다.

"동쪽 별채 길목의 이팝나무. 네 짓이지?"

안색이 바뀐 안나가 파드득 놀라서 대공의 다리에서 떨어졌다. 싸늘한 말에 놀란 리에타의 얼굴이 창백해졌다. 설마, 그때 그 일?

"아주 나무뿌리를 뽑아 놨더군? 한 번만 더 나무에 올라가 사고를 치면 그냥 넘어가지 않겠다고 말했을 텐데."

안나가 주춤 주춤 물러나며 떨었다.

"자, 자, 잘못했어요! 다시는, 다시는!"

리에타가 저도 모르게 벌떡 일어났다. 매달라니? 설마. 저 어린애를, 설마. 급기야 안나는 냅다 몸을 돌려 달아나기 시작했다. 그리고 두 걸음 만에 악시아스 대공의 손에 붙잡혔다.

"까악!"

대공이 미간을 구기며 안나의 손목을 쥐어 올렸다.

"이거 안 되겠군?" 귀를 붙잡힌 토끼 같은 꼴이었다. 대공이 차갑게 말했다. "극형에 처한다."

리에타의 얼굴에서 싸악 핏기가 가셨다.

"자, 잠깐만요!"

리에타가 냅다 소리 질렀다. 사람들의 시선이 리에타에게로 향했다. 리에타의 머릿속이 새하얘졌다.

"저도 쓰러진 나무를 봤어요! 하지만 그 나무가 쓰러진 건 누가 타고 올라서가 아니라, 비가 와서 뿌리가 드러나는 바람에……! 그러니까, 절대로, 안나가 그 정도의 잘못을 저지른 건 절대로 아니었어요! 그, 극형이라니요!"

묘한 침묵이 내려앉았다. 킬리언은 물끄러미 리에타를 쳐다보고 있다가, 여자들을 향해 심드렁하게 내뱉었다. "극형 준비."

"예엡."

어느새 자리에서 일어선 여자들이 고양이처럼 손가락을 세우고 엄숙한 표정으로 안나를 에워쌌다. 안나가 비명을 지르며 몸을 뒤틀기 시작했다. 얼빠진 표정으로 리에타가 멍청하니 선 가운데, 킬리언의 선고가 떨어졌다.

"집행."

"꺄아아악!"

여자들이 달려들어 버둥거리는 안나를 간지럽 태우기 시작했다.

"힝……. 영주님 너무해. 놀아 주지도 않으시고 벌만 주고 가시고……."

녹초가 되어 헬렌의 다리를 베고 누운 채 칭얼거리는 안나의 머리를 세이라가 엉망으로 헝클어뜨리며 웃었다. 리에타도 놀란 가슴을 쓸어내리며 웃는데, 지젤이 그녀의 허벅지를 툭 때리며 놀렸다.

"아니, 리에타. 진짜 극형인 줄 알았단 말이에요? 그렇게 순진해서 이 험한 세상 어떻게 살아가려고?"

리에타가 민망한 듯 손끝을 만지작거리며 고개를 숙였다. 셀린느가 웃으며 리에타의 어깨에 손을 올리고 살짝 상체를 기대어 왔다.

"그래도 나 좀 감동했잖아요. 얼굴이 새하애져선 벌벌 떨면서 말하는데. 진짜 극형이었는데 누가 나서서 그렇게 말려 줬을 거라고 생각해 봐요."

"푸하하하!" 세이라가 고개를 젖히고 웃음을 터뜨렸다. 리에타의 얼굴이 새빨개졌다. "놀리지 말아요……."

잠시 후, 별채 곁문이 열리며 쟁반을 든 키 큰 금발 아가씨, 엘리제가 위풍당당하게 등장했다. "짜잔, 화채 왔어요!"

"오!" 세이라가 앓는 소리를 내며 벌떡 일어나 척 보기에도 무거워 보이는 쟁반을 들어 주러 갔다.

"엘리제 사랑해……. 나랑 결혼할래?"

엘리제가 우아한 웃는 얼굴 그대로 표정 하나 변하지 않고 쟁반을 세이라의 손이 닿지 않는 곳으로 높이 쳐들었다.

"싫어. 네 사랑 너무 싸구려야."

"와, 차였다. 그것도 엄청 잔인한 멘트로."

여자들이 웃음을 터뜨렸다. "여기 스푼!" 여자들은 웃고 떠들며 스푼을 받아들고 바짝 다가앉아 엘리제가 만들어 온 과일 화채를 떠먹기 시작했다. 리에타에게도 스푼이 돌아왔다. 문득, 스푼을 받아 든 리에타의 눈에 이미 사라진 킬리언의 뒷모습을 쫓는 듯 우두커니 서 있는 아이린의 뒷모습이 들어왔다. 곧 쓸쓸한 뒷모습이 동쪽 별채 안으로 사라졌다.

"와! 어떻게 벌써 포도가 있어?"

"하비투스 대사원 온실표! 신성력 먹고 큰 비싼 과일이라구!"

"크, 여신의 은혜가 끝장나게 달다. 끝장나게 비싸겠지만……."

줄곧 망설이던 리에타는 티타임이 파할 무렵, 조심스레 입을 열었다.

리에타는 집으로 돌아가기 전, 동쪽 별채 여자들에게 허락을 얻어 다시 한번 별채 안으로 들어섰다. 그리고 다른 여자들의 방과 다소 먼 사 층에 외따로 떨어져 있는 아이린의 방 앞으로 가서 멈추어 섰다. 모두가 축성을 받았는데 그녀만 축성을 받지 않은 것이 마음에 걸렸다.

창가마다 화분이나 자그마한 장식장 같은 것들이 놓여 꾸며져 있던 이 층과 삼 층 복도에 비해 사 층은 썰렁했다. 돈을 받은 것도 아니니 오가는 문 앞에만 간단히 축성을 걸어 두고 갈 요량으로 리에타는 그녀의 방 앞에 서서 문 옆에 살짝 손을 대었다.

그때, 벌컥 하고 문이 열렸다. 리에타는 깜짝 놀라 손을 떼고 뒤로 물러섰다.

"뭐야, 당신?" 차가운 말투. 그러나 눈가가 붉어진 것을 채 숨기지 못하는 녹색 눈이 리에타를 노려보았다.

"저, 저는 축성술사입니다. 동쪽 별채에 의뢰로 온……."

당황한 리에타는 귀족에게 하던 버릇대로 바로 고개를 숙이고 바닥을 향했다가, 퍼뜩 악시아스의 예의라는 소리를 떠올리고 다시 고개를 들었다. 아이린이 예쁜 눈매를 짜증스레 찡그리며 리에타의 옷차림을 위아래로 훑었다. 이내 냉랭한 목소리가 뱉어졌다.

"난 필요 없어. 나가."

나가라니. 리에타는 그녀의 방에 발 한 짝도 들이지 않았는데. 아이린은 마치 복도까지도 자신의 저택인 사람처럼 말했다. 이 사 층에 머무는 사람이 아이린뿐이기는 했지만, 들어가게 해 달라는 것도 일을 맡겨 달라는 것도 아니라고 변명할 틈은 없었다.

애처로운 느낌 대신 신경질적인 느낌만이 남은 얼굴로 아이린이 차갑게 비웃으며 빈정거렸다.

"요새는 축성술사도 호객 행위를 하나 보지? 장사 안 되면 이런 곳 대신 남자들이 많은 곳으로나 가 보지 그래?"

리에타는 그저 가만히 고개를 숙였다. 허락도 없이 개인 방의 문 앞에 와서 얼쩡거려 귀족 아가씨의 심기를 어지럽혔으니 화를 내셔도 할 수 없는 일이라 생각했다.

"신경 쓰지 마세요. 그냥 문에만…… 간단한 축복을 걸고 돌아가겠습니다. 처음부터 그것만 하고 가려고 왔습니다."

말없이 싸늘하게 리에타를 노려보던 아이린이 방 안으로 성큼성큼 들어가더니 금화 하나를 집어 들어 문 밖으로 휙 던졌다. 댕그르르르. 굴러 나온 금화가 리에타의 발에 부딪혀 툭 쓰러졌다.

"그것 가지고 꺼져."

결국 리에타의 얼굴이 붉게 달아올랐다. "도, 돈은 필요 없……."

쾅! 문이 닫혔다. 리에타는 잠시 문 앞에 말없이 서 있었다. 아무리 상대가 귀족이라 해도 모욕감을 느꼈지만, 동시에 동정심이 들었다. 문틈으로 잠깐 보인 아이린의 방은 어두침침하고 엉망진창이었다.

동쪽 별채에는 하녀가 없다. 이곳에선 모든 것을 스스로 해야만 했다. 태어나서부터 평생 하녀를 부리며 살아온 귀족 영애에게는 맞지 않는 곳이었다.

모든 것을 내던지고 왔다는 귀하게 자란 귀족 영애. 필사적으로 붙잡는 사람은 아무리 아름답게 꾸며도 시선 한번 주지 않는다. 자신을 보살펴 줄 사람도 없다. 억지를 부려 남았지만 그분의 마음이 열리지 않은 채 시간이 간다.

스무 살이 넘은 귀족 영애가 약혼자도 없이 이런 곳에서 나이가 든다는 것의 의미를 리에타도 모르지 않았다. 혼자서 한참 애가 달은 연정은 채

식지 못한 채 마음을 태우고 갉아먹었을 것이다. 자존심도 아팠을 것이다.

그를 가족이라고 부르는 대공의 여자들과 농담을 주고받을 정도의 여유는 없었을 것이다. 그렇게 날카롭게 곤두서 못된 말을 내뱉는 것 말고는, 자신의 자존심을 지킬 방법을 몰랐을 것이다.

눈을 감은 리에타는 희미한 빛이 나는 손길로 천천히 문을 쓸었다. 다른 아가씨들에게 한 것과 똑같이. 그녀 역시 아프지 않았으면 좋겠다는, 안타까운 기원을 담아서.

잠시 후 리에타가 떠난 문 앞에는 덩그러니 반짝이는 금화만 남았다.

2

하비투스
대사원

❖

　그후로 리에타는 매주 동쪽 별채를 찾아가 일을 하고 티타임을 함께하게 되었다. 자연히 여자들과 친해졌다. 킬리언이 동쪽 별채를 찾아오는 일은 없었지만, 여자들의 이야기 화제에는 언제나 킬리언에 대한 것이 빠지지 않았다. 그들은 마치 제국에서 가장 악명 높은 냉혈한을 노총각 사촌 오빠쯤으로 여기는 듯 걱정하며 타박하곤 했다.

　"수도에는 또 영주님이 여자를 죽였다는 소문이 났대요."

　엘리제가 그녀를 향해 빙그레 웃고 물었다.

　"또 이모님께서 걱정하는 편지를 보내신 거야?"

　그녀도 한탄하듯 푸념했다.

　"네에. 동쪽 별채엔 그런 일 없다고 해 봤자 안 믿으셔요."

　세이라가 콧등을 찡그리며 몸을 뒤로 기울이고 발끝을 까닥였다.

"사람을 살려도 죽였다는 소문이 나다니. 역시 우리 영주님."

레이첼이 나무 열매가 떨어져 흐트러진 밀짚모자를 고쳐 쓰며 담담히 분석했다.

"리에타의 일로 미담이라도 퍼질세라 황급히 악의적인 소문을 퍼뜨리는 거 아닐까요?"

지젤이 어깨를 으쓱했다. "모르지, 뭐."

편지를 받았다는 아가씨가 긴 한숨을 내쉬며 푸념했다.

"아아, 사람들이 자꾸 영주님을 오해하는 것도 날 불쌍히 여기는 것도 이제 지겨워요. 나는 그냥 영주님이 누구든 빨리 좋은 사람 만나서 정착했으면 좋겠어."

흥분한 안나가 끼어들었다. "그래! 나한테! 언니들, 나한테 힘을 모아줘! 내가 빨리 자랄 수 있도록!"

아가씨들 몇몇이 웃음을 터뜨렸다. "쟤 또 시작이다."

한 달이 지나 리에타는 킬리언의 방에도 다시 축성을 보충하러 갔다. 한 번 꼼꼼히 두른 축성은 세 달 정도 지속되었지만 효과가 떨어지기 시작하는 한 달마다 새로 보충하는 것이 정석이었다. 이번에는 허락을 얻어 집무실에까지 축성을 둘렀다.

그녀가 축성을 하는 동안 무심하게 책상에 앉아 서류를 보던 킬리언이 문득 떠오른 생각에 툭 뱉었다.

"지난번엔 돈을 받지 않았더군."

지난달, 킬리언의 침실에 축성을 두른 일을 말하는 것이었다. 에른이 리에타가 한 일을 알고 축성의 봉사료를 지급하려 했지만 리에타는 극구 사양하여 받지 않았다.

"네."

"받아 가게."

그의 말에 토를 달지 않고 사양하지 않는다. 무조건 '알겠습니다.' 하고 명령을 따른다는 대응 방침을 정립한 리에타였지만 이것만은 양보할 수 없었다.

집무실의 창가에 축성을 두르던 리에타는 손을 멈추고 킬리언을 향해 몸을 돌렸다. 그리고 치마폭에 두 손을 파묻은 채 조심스럽게 입을 열었다.

"진심으로 감사하고 있습니다."

서류를 보던 킬리언이 눈만 움직여 흘긋 그녀를 쳐다보았다. 리에타의 목소리가 잔잔하게 이어졌다.

"저를 살려 주신 것도, 이 좋은 땅에서 살 수 있도록 데려와 주신 것도……. 이 땅에서 웃을 때마다, 새삼 숨 쉬고 있다는 것을 깨달을 때마다……." 그리고 매일 딸의 위패 앞에 촛불을 켤 때마다. "평생 갚을 수 없을 은혜를 느껴요."

'돈은 괜찮습니다. 그냥 하게 해 주세요.'라는 말로는 칼 같은 거절만 돌아올 것을 알아서, 리에타는 조심스레 말을 늘였다. 긴 말을 좋아하지 않으면서도, 킬리언은 잠자코 듣고 있었다. 리에타가 짧게 숨을 들이쉬고 손톱 끝을 만지작거리며 고개를 숙였다.

"자기만족일 뿐이겠지만……. 어떻게든 조금이라도 은혜를 갚고 싶습니다."

다행히 킬리언에게선 건방지다는 소리가 나오지 않았다. 어색한 침묵을 견디기 어려워 입술 안쪽을 꾹 물고, 리에타는 고요히 눈을 내리깐 채 조금 작아진 목소리로 덧붙여 말을 맺었다.

"부디 저의 작은 기쁨을 앗아 가지 말아 주세요."

킬리언은 무심한 눈으로 리에타를 물끄러미 쳐다보았다. 다소곳이 선 그녀에게서 다른 사심은 느껴지지 않았다. 참 깨끗하게 말하는구나. 쉽게 사람을 믿지 않는 그였지만, 저렇게 투명하고 청렴결백하게 보이도록 말하는 것도 재주다, 잠깐 그렇게 생각했다. 그는 아무 대답도 하지 않은 채 잠자코 서류로 눈을 내렸다.

리에타는 잠시 후에야 그의 침묵이 허락을 의미한다는 것을 깨닫고 안도하며 소리 없이 창문 쪽으로 몸을 돌렸다.

"그대의 능력으로 은혜를 갚을 기회가 더 있을 것이다."

뒤에서 낮은 목소리가 울리자 리에타는 다시 그에게로 고개를 돌렸다. 킬리언은 서류에 시선을 고정한 채 말했다.

"언젠가 필요해지면 부르지."

"네!"

리에타가 기쁘게 대답했다. 미력한 힘이 조금이나마 은혜를 갚는 데 쓰일 수 있다니. 실로 기쁘고 다행스러운 일이었다. 여름이 성큼 다가왔다. 새들이 지저귀고 있었다.

❧

어느새 날이 완연히 더워졌다. 햇살이 뜨겁게 내리쬐는 여름이었다. 리에타가 소매로 땀을 훔치는 것을 보고 있던 안나가 의뢰가 있다며 그녀의 손을 끌어 제 방으로 데려갔다.

안나는 한참을 머뭇거리다가 예뻐지는 축성이나 빨리 성숙해지는 축성은 없냐고 물었다. 리에타는 웃어 버렸다.

"그런 축성은 없어요, 안나. 안나는 지금도 충분히 예쁜데요."

"그치만, 언니들은 다 내가 너무 어리다고 하는걸요. 영주님도 나는 어린애로만 보시지 뜨거운 눈길 같은 건 주지 않으시고."

뜨거운 눈길……. 리에타는 문득 악시아스 대공이 안나를 뜨거운 눈길로 바라보는 장면을 상상할 뻔했다가 황급히 고개를 저었다. 이런 위험한 꼬마 아가씨 같으니……. 리에타는 어쩔 수 없다는 듯이 미소 지으며 몸을 낮추어 안나와 눈높이를 맞추었다.

"그건 모든 여자분들에게 마찬가지니까 안나가 상심할 일은 아닌걸요."

안나는 시무룩한 얼굴이었다. "그래도……."

리에타가 다정하게 웃으며 안나의 머리카락을 귀 뒤로 넘겨 주었다. 그리고 소녀의 손을 잡았다.

"안나. 미래는 재촉해도 빨리 오지 않아요. 그보다 나는 안나가 먼 미래만 보다가 지금의 예쁜 시절을 충분히 즐기지 못할까 걱정되네요."

안나는 홀린 듯이 아름다운 축성술사를 바라보았다. 리에타가 가만히 눈을 맞추며 말을 이었다.

"지금의 안나가 너무 예쁘고 귀여워서 사실 우리 모두 시간이 가지 않았으면 하고 바라지만……. 꼬마 아가씨 안나가 언제까지고 우릴 위해 남아주지는 않을 거라는 걸 알아요. 안나는 내년에는 더, 내후년에는 더 성숙해지고 예뻐지다가 어느새 예쁜 숙녀가 되어 있을 테니까요. 나는 그날도 기다려져요."

안나의 얼굴이 발그레해지며 쑥스러운 듯 제 발끝을 보았다.

"치, 거짓말. 내가 아무리 예뻐져도 축성술사님보단 덜 예쁠 텐데."

리에타가 고개를 저으며 웃었다. "안나는 지금도 나보다 예쁜데. 그리고 리에타라고 불러 줘요, 안나."

어느새 친해진 모든 별채 아가씨들이 그녀를 리에타라고 불렀음에도, 안나는 고집스레 그녀를 축성술사님이라 부르고 있었다. 안나는 머뭇거리며 그녀를 보다가, 리에타의 손을 놓고 쪼르르 제 침대 구석으로 달려갔다.

침대 밑에 넣어 둔 바느질 바구니를 열고 흰 손수건 하나를 꺼낸 안나가 그것을 들고 리에타의 앞으로 왔다. 그러고는 또 잠깐 머뭇거리더니 그것을 리에타에게 불쑥 내밀었다.

"이거."

그것은 삐뚤삐뚤하게 '축성술사'라고 수놓은 손수건이었다. 이름도 아니고 축성술사라니, 이게 뭐란 말인가. 리에타는 그러는 소녀가 귀엽고 사랑스러워서 살포시 웃으며 안나를 바라보았다.

"나 주는 거예요?"

안나가 조금 발그레해진 얼굴로 고개를 끄덕였다. 리에타의 얼굴에 따스한 미소가 피어올랐다. 처음에는 거의 표정이 없었지만, 동쪽 별채 사람들과 어울리며 서서히 웃기 시작한 리에타는 날이 갈수록 아름다워졌다. 안나는 자신이 좋아하는 그녀가 예쁘게 웃어 주는 것을 보며 심장이 쿵쿵 뛰는 것을 느꼈다.

"축성술사는 멋있는 직업 같아요." 안나가 쑥스럽게 몸을 꼼지락거리며 말했다. "내가 영주님의 아내가 못 되면……. 리에타를 따라 축성술사가 되면 좋겠다."

리에타는 조금 놀란 얼굴로 눈을 깜박이며 안나를 보았다. 안나는 리에타가 말이 없자, 붉어진 얼굴로 재빨리 침대의 베개를 집어 와 내밀며 말을 돌렸다.

"여기에 축성 걸어 주세요." 얼떨떨하게 베개를 받아 든 리에타는 동경하는 눈빛으로 자신을 보는 소녀를 바라보았다. "이것도, 이것도, 그리고 이것도 축성해 주세요!"

안나는 발그레한 얼굴로 방 안의 온갖 물건들을 가져와 그녀에게 내밀었다. 리에타는 안나가 내미는 물건들을 모조리 축복해 주었다.

"어…… 얼마지?"

그녀가 내민 물건은 열 개가 넘었다. 창피해서 마구 축복을 해 달라고 물건들을 내밀었지만, 축성은 돈을 지불해야 하는 노동이라는 것을 안나도 알고 있었다. 리에타는 웃으며 고개를 저었다.

"괜찮아요. 선물 받았으니까. 오늘의 축성은 내가 선물한 걸로 할게요."

"정말요?"

안나의 눈이 동그래졌다. 리에타가 입술 앞에 검지를 올렸다.

"다른 분들께는 비밀이에요."

"리에타, 나……." 안나는 또 한참을 머뭇거리다가, 정말로 큰 결심을 한 듯 결연한 어조로 말했다.

"리에타라면……. 영주님을 양보해도 좋아요."

리에타는 멍하니 안나의 비장한 얼굴을 쳐다보다가 그만 웃음을 터뜨리고 말았다. 정말로 오랜만에, 소리 내어 웃어 보았다.

리에타가 떠나기 전, 안나는 다시 한번 그녀를 잡았다.

"오늘도 사 층에 들렀다 가죠?"

사 층. 아이린이 머무는 곳이었다.

"아, 네."

굳이 말한 적은 없어도 리에타가 몰래 아이린이 머무는 복도까지 축성을 한다는 것을 다들 알고 있었다. 딱히 그 일을 언급하는 사람은 없어도 일을 마친 리에타는 항상 돌아가기 전에 사 층에 들렀다가 떠났다. 안나는 조금 머뭇거리다가 서랍 안에 들어 있는 것을 꺼내어 내밀었다.

"이거…… 아이린 방의 문 앞에 가져다 놔 줄 수 있어요?"

안나가 내민 것은 실크로 만든 머리끈이었다. 흰 실크 끝에 녹색 자수가 들어간 것이, 아이린의 초록색 눈에 잘 어울릴 것 같았다. 리에타는 놀란 눈으로 그것을 보다가 물었다.

"아이린에게요?"

안나가 고개를 작게 끄덕이며 중얼거렸다.

"내일이 아이린 생일이라서……." 리에타가 놀란 듯 소녀를 바라보자,

안나가 급하게 덧붙였다. "물론 제가 훨씬 좋아하는 건 축성술사님이니까, 리에타 생일엔 더 좋은 걸 선물해 줄 거거든요!"

손짓 발짓을 해가며 얼굴이 빨개지는 안나의 부산스러움에 떠밀려 얼결에 그것을 받아든 리에타는 멍하니 어리둥절한 낯으로 눈을 깜박인 후 물었다.

"전해드리는 거야 어려울 것 없지만……. 왜 직접 주지 않구요?"

안나는 머쓱한 얼굴로 귓가를 만지작거리며 답했다.

"나는 아무래도 아이린이랑 평소에 사이가 좋지도 않았고……. 영주님은 아이린 생일인지도 모르실 거라서, 우울해하고 있을 텐데."

안나는 새초롬한 표정으로 입술을 삐죽이며 말을 이었다.

"아이린이랑 저는 연적이잖아요. 그러니까 우리 중 누구보다는 축성술사님의 선물이라는 쪽이 그나마 괜찮을 것 같아서."

리에타는 자신 역시 조금도 아이린에게 받아들여지고 있지 못하다고 말하지 못한 채, 손에 든 머리끈을 내려다보았다. 할 말을 잃은 것은 연적이라는 단어 때문은 아니었다. 보드라운 머리끈이 어딘지 따스하게 느껴졌다.

안나의 방을 떠난 리에타는 평소보다 조금 더 용기를 내 아이린이 머무는 별채 사 층으로 향했다. 험한 소리를 듣고 내쳐졌던 그날의 방문 이후로 한 번도 아이린을 볼 수는 없었지만, 리에타는 그곳에 올 때마다 얇은 나무문 너머 아이린이 방 안에 있다는 것을 알 수 있었다.

오늘은 그녀의 방문을 두드려 볼까. 그런 생각을 했다. 혹시 문을 열어 준다면 이 리본은 안나의 선물이라는 말을 솔직하게 고하고 생일을 축하드린다고, 다음에는 같이 티타임을 했으면 좋겠다고 이야기하고 싶었다. 소녀가 했던 만큼의 친절과 용기를 담아서……

그러나 아이린은 방 안에 없었다. 문틈으로 비치는 방 안은 어두웠고 평소 같은 숨죽인 인기척이 없었다. 리에타는 한동안 기다렸지만 결국 아이린이 돌아올 기미가 없어, 문고리에 머리끈을 걸어 둔 채 물러섰다. 그리고 굳게 닫힌 방문에 은빛으로 빛나는 다정한 축성을 선물했다.

"아무래도 하비투스 대사원이 심상치 않군."

레너드는 침묵으로 킬리언의 말에 긍정했다. 교묘하게 이질적인 돈의 흐름, 몇몇 사제가 뚜렷한 이유 없이 파견 혹은 전출되어 오랫동안 보이지 않는다거나, 공식적으로 있는 사람과 실제로 있는 사람이 다른 정황, 때때로 은밀하게 방문하는 손님까지.

그들이 사원에 심어 둔 사람에게 수상한 움직임들이 포착되고 있었다. 정보원은 은밀하게 방문하는 손님들 중 몇몇의 정체를 밝혀 내 보고해 왔다. 그중에는 흑마법에 손을 대 파계당한 사제도 있었고, 악마학과 의학에 능통한 학자도 있었다.

질병이 돌고 있으니 사원과 악마학자의 만남이야 얼마든지 있을 수 있는 일이지만, 굳이 비밀리에 정체를 숨긴 만남을 진행하고 있다는 것은 수상한 일이었다.

전부 사원이 역병에 좋지 못한 방향으로 관여하고 있다는 추론에 힘을 실어주는 근거들이었다. 보험으로 생각하고 조사를 명한 킬리언으로서도 상상하지 못한 꺼림칙한 수확이었다. 무엇보다 대사원의 대주교는 악시아스에 그런 보고서를 보낸 일이 없다고 주장했다.

"주인님." 문 밖에서 에른이 킬리언을 불렀다.

"들라."

에른이 들어서서 고개를 숙였다.

"황비마마의 사절단이 하비투스 대사원의 사제님들과 함께 방문하였습니다. 급히 주인님을 알현하길 청하고 있습니다."

킬리언이 눈썹을 찡그렸다. "용무는?"

"주인님을 뵙고 직접 말씀드리겠다고 합니다."

레너드가 떨떠름하게 웃으며 중얼거렸다.

"……지금 가장 위험하고도 수상한 행보를 보이고 있는 하비투스 대사원과 황비의 조합이라."

황비. 그의 어머니는 아니되, 그가 베어 죽인 두 형제들의 어머니인 사람이었다. 곧 여느 때와 같이 한쪽 입꼬리만 올리는 싸한 미소를 지은 킬리언이 입을 열었다.

"에른, 오늘이 리에타가 오는 날이었나?"

"네, 지금 동쪽 별채에 계십니다."

"사절단에게 전해. 난 침대에서 여자와 뒹굴고 있으니 알현실에서 기다리라고."

"네."

그리고 곁에 선 레너드에게 고개를 돌려, 그가 예상한 대로의 명령을 내렸다. "리에타를 데려와. 눈에 띄지 않게."

레너드가 명을 받들었다. "네."

"그대, 고개를 들라."

킬리언은 어쩐지 평소와 달리 다소 풀어진 차림새로 그녀를 맞이했다. 웃고 있었지만, 리에타는 왠지 그의 얼굴이 평소와 달리 싸늘하게 보인다고 생각했다. 그가 말을 이었다.

"그대가 바라 마지않던, 은혜를 갚을 기회가 왔다."

킬리언이 손가락을 튕겨 딱 소리를 내자, 곁문을 열고 두 명의 시녀가 들어왔다.

"우선 저 옷으로 갈아입을까."

두 명의 시녀가 하늘하늘하고 고급스러워 보이는 슬리브리스 드레스를 들고 있었다.

"그후에 명령하겠다."

옷을 갈아입고 오자, 검은색 긴 생머리에 이국적인 외모를 가진 아름다운 여자가 그에게 뭔가 명령을 받고 있었다. 그녀가 고개를 끄덕이고 킬리언의 가슴 앞에 손을 들어 올리자 푸른 방패 모양의 빛이 그의 몸 앞에 번쩍 나타났다가 사라졌다.

리에타가 들어서자 킬리언이 그녀를 바라보았다. 붉은 눈이 리에타의 차림새를 한번 슥 훑었다. "괜찮군."

왜 이런 옷을 입어야 하는 거지? 노출이 많은 것도 아닌데 어딘지 이성을 유혹하는 목적이 있는 듯 외설스럽게 보이는 드레스가 신경 쓰였다. 하지만 킬리언이 명령을 시작한 순간 그런 데에 마음을 쏠 여유는 순식간에 사라졌다.

"지금부터 만나게 될 사람은 황비의 사절, 그리고 사제들이다. 라나는 내 옆에 붙고, 그대는 적당히 내 뒤에 서."

리에타의 눈이 커졌다. 황비의 사절?

"동행한 사람들이 사제가 아닌 것 같으면 내 어깨에 손을 올려. 그리고 역마나 뭔가 위험한 게 보인다면 내 목을 안아."

정신이 번쩍 들었다. 이해하기 어려운 임무는 아니었다. 하지만 뭔가 위험하고 중요한 일임을 직감하고 리에타는 손을 꽉 쥐어 긴장시키며 재빨

하비투스 대사원 ✎ *129*

리 고개를 끄덕였다.

"네, 하지만 사제인지 아닌지는 분명히 알기 어렵습니다."

"알아. 완벽하길 바라지 않는다."

킬리언이 다가왔다.

"작은 의혹이라도 상관없어. 틀려도 괜찮아. 어딘지 수상한 정도면 이렇게 해."

리에타의 어깨 위에 킬리언의 손가락 끝이 닿았다. 리에타는 그의 손끝이 닿은 제 어깨를 쳐다보았다.

"수상한 사람이 여럿이면 이렇게."

어깨에 닿은 손가락이 두 개, 세 개가 되었다.

"그리고 확실하게 이상하거나 위험하다는 생각이 들면 이렇게."

킬리언의 손이 리에타의 어깨를 가볍게 잡고 쓸었다. 리에타가 긴장한 얼굴로 입술 안쪽을 물고 고개를 끄덕였다.

"알겠습니다."

황비는 그와 목숨 걸고 싸운다는 정적이었다. 과거의 일이 있으니 악시아스 대공과의 사이가 좋지 않으리라는 점은 충분히 짐작할 만하지만, 실제로 십수 년간 둘 중 하나가 죽어 나갔다는 소식은 들어 보지 못했으므로 목숨 걸고 싸운다는 것은 그저 비유일 거라고 생각하고 있었다. 그러나.

지금 킬리언이 명령하는 내용이 심상치 않다는 것은 바보라도 알 수 있었다.

"혹시 축성이 필요하신가요?"

킬리언이 가볍게 고개를 저었다.

"라나가 한 보호 마법으로 충분해."

라나라는 아가씨가 조용히 리에타에게도 보호 마법을 사용한 것으로 준비가 끝나자, 킬리언은 입꼬리를 올리고 웃었다.

"긴장한 티를 내지 말고, 웃어. 그대들은 나랑 침대에서 뒹굴다 나온 거야. 뻔뻔하고 자연스럽게 굴어."

◇◇◇◇◇◇◇

"아베르사티 황비마마의 사절 빈센트가 존귀하신 킬리언 악시아스 대공 전하를 뵙습니다."

"그래." 상석에 비스듬히 기대어 앉은 킬리언은 나른하게 웃으며 곁에 있는 라나의 허리를 끌어당겨 안았다.

"황비마마의 사절이 이 먼 곳까지 무슨 일이지?"

황비 아베르사티. 황태자의 어머니. 십여 년 전, 죽은 황후의 아들이었던 황자 킬리언의 손에 제 아들을 둘이나 잃은, 제국에서 가장 막강한 권력을 소유한 여자였다.

황후가 죽은 후 아베르사티와 재혼한 황제는 그녀 외의 비를 들이지 않았기에 그녀가 유일한 반려였다. 킬리언과의 반목이 원인이 되어 일어난 몇몇 사건들로 인해 인망을 잃었으나, 실질적으로 황제에게 그녀 외의 여자가 없었고 아들이 황태자가 되어 성장하며 그녀는 자연히 황제에 버금가는 권력을 소유하게 되었다. 너무나 당연하게도 킬리언과는 오랜 앙숙이었다.

리에타는 평온한 미소를 가장하고 킬리언의 옆모습을 바라보았다. 항상 무심하고 나른하게까지 보이는 킬리언이었고, 지금도 그렇게 보였지만, 리에타는 그가 그런 모습으로 저 황비의 사절단 앞에 나서기 전에 어떤 준비를 했는지 보았다.

이해하기 어려운 일이었다. 아무리 그와 적대적인 관계인 황비라지만 사절에 대놓고 암살자나 공작원 따위를 숨겨 두었을까? 그렇게 생각한 리에타는 사절단에게로 시선을 돌렸다가 목 뒤로 스산한 감각이 타고 오르는 것을 느꼈다.

사제복을 입은 사람들 가운데 한 사람이 리에타를 보고 있었다. 눈이 마주친 순간, 리에타는 그가 자신을 탐색하고 있음을 알았다. 신력이 아닌 낯선 기운이 그녀의 몸을 소름 끼치게 훑었다. 사제가 아니었다.

"제국에 도는 역병을 염려한 황비마마께옵서는 제국의 평안과 안녕을 기원하기 위해 현재 친히 하비투스 대사원에 행차하여 계십니다."

황비의 사절을 앞에 두고서도 여자를 끼고 하품을 하는 킬리언의 오만무례를 본체만체하며, 빈센트가 예스럽게 대답하고 있었다. 리에타는 애써 킬리언을 향해 사랑스러운 미소를 지으며 떨리는 손을 들어 올렸다. 의복을 느슨하게 헤쳐 입어 드러난 킬리언의 맨 어깨 위에 리에타가 손가락 하나를 올렸다. 그리고 그대로 쓸었다.

킬리언은 그녀가 보채는 것이 귀엽다는 듯, 라나를 놓아 주고 스쳐 가는 리에타의 손을 붙잡아 자연스럽게 입술에 가져다 대었다. 리에타의 손에 식은땀이 배어나고 있었다.

킬리언은 떨고 있는 리에타를 진정시키듯 그 손등에 입 맞추며 심드렁하게 대답했다. "그래서?"

"악시아스 대공 전하께서는 황비마마를 오래도록 뵙지 못하셨지요. 종종 황제 폐하께는 모습을 보여 드리셨지만, 황비마마께는……."

눈 가리고 아웅 하는 꼴에, 킬리언이 한쪽 입꼬리를 올리며 피식 웃고는 그의 말을 잘랐다.

"마마께서 내가 보고 싶으신 게로군?"

황비가 그를 보고 싶어 할 리가 없었다. 죽이고 싶어 한다면 모를까.

"예. 황비마마께옵서는 장성하신 대공 전하를 오래도록 뵙지 못하셨습니다. 마마께옵서는 이를 애석하게 여기시어……."

"빌헬름."

"빈센트입니다, 대공 전하."

"마마께서 나를 보고 싶으시다는 것인지 나의 시체를 보고 싶어 하시는 것인지 모르겠으나."

"무, 무슨 그런 말씀을……!"

"난 긴말 하는 걸 별로 좋아하지 않네. 그래서 마마께선 내게 무엇을 원하시지?"

창백해진 빈센트가 고개를 조아렸다.

"마마께옵서는, 악시아스 대공 전하께서 건강하시길 바라는 마음으로 하비투스 대사원의 축성을……."

"용건만." 다시 킬리언이 빈센트의 말을 끊었다. 빈센트가 이를 악물고 고개를 조아렸다.

"하비투스 대사원으로 대공 전하를 초청하는 바입니다."

킬리언은 심드렁한 얼굴로 코웃음 쳤다.

"축성은 받은 것으로 치지. 감사하다고 전하게."

"가셔야 합니다. 보름달이 뜨기 전에."

킬리언이 그의 말에 한쪽 눈썹을 치켜뜨며 빈센트를 바라보았다. 빈센트가 말을 이었다.

"마마께옵선, 하비투스 대주교님과 심사숙고하여 의논하신 결과, 해묵은 앙금을 잊고 앞으로도 황제 폐하를 보필하는 황족의 일원으로서 악시아스 대공 전하를 다시 받아들이시기로 결정하셨습니다."

킬리언의 표정이 굳었다. 리에타를 포함해 모두가 놀란 얼굴로 그를 바라보았다.

"그리하여 아베르사티 황비마마께서 대제사장으로부터 길일을 점지받으신 결과, 십이 년 만에 가장 밝은 보름달이 뜨는 이번 달 보름이 가장 좋다 하시어 오시는 길을 보필할 사제님들을 보내신 것이니 대사원의 여신상 앞에서 하비투스 대주교가 악시아스 대공 전하께 손수 대축성 의식을 집전하여 드리는 것으로 사원의 인정을 받고, 황족의 권위를 회복하시기를……."

"보름이 언제지?"

새파랗게 노려보는 시선에 당혹한 빈센트가 고개를 조아렸다. 모르고 묻는 눈빛이 아니었다. "다, 닷새 후입니다."

"닷새."

들으라는 듯이 반복한 킬리언이 눈썹을 들어 올리며 어이가 없다는 듯 웃었다. 황비의 제안이 진심이든 아니든, 이 대인원을 이끌고 가기엔 너무 촉박한 시한이었다.

쾅! 리에타와 사절단이 화들짝 놀랐다. 앞에 놓인 테이블을 걷어찬 킬리언이 차가운 눈으로 빈센트를 노려보았다.

"지금 나랑 장난하자는 건가?"

감히 황비의 사절에게 그 누구도 할 수 없는 무례였지만, 이렇게 기한을 촉박하게 만든 것은 분명 그들의 잘못이었다.

"화…… 황송합니다. 본래 나흘 전에는 도착할 예정이었으나 오는 도중에 도적들을 만나 피하여 가느라 시간이 많이 지체되었습니다. 그러나 오늘 바로 출발한다면 충분히……."

"황제 폐하께선?"

"꾸준히 황제 폐하의 권유가 있으셨습니다. 황비마마께선 워낙 정이 많으신 분이셔서 슬픔 속에서도 계속 악시아스 대공 전하를 염려하며 그리워하고 계시었고, 또 독실하신 분이시니, 하비투스의 대주교와 대제사장이 황제 폐하와 한뜻으로 말씀드림에 마침내 황비마마께서 최후의 결정을……."

"빌헬름." 킬리언의 붉은 눈이 다시 말을 끊으며 흉흉하게 빈센트를 노려보았다. "지금 황제 폐하께서 이 일을 아시냐고 묻는 것이다."

"네, 네. 황비마마께선 결정을 내린 후 즉시 황성으로 전령을 보내시었습니다. 대축성 의식에 황제 폐하의 대리인단이 참석할 것으로……."

벌벌 떨면서 빈센트가 대답했다. 킬리언이 지그시 눈을 감으며 이를 악물었다.

'킬리언……. 짐이 너를, 죽여야 할까?'

'그대들 사이에 증오가 깊음을 안다.'

'속으로 품는 생각까지 어찌하라는 게 아냐. 속으로는 무슨 생각을 품든, 최소한 겉으로는 예를 다해라. 거기까지야.'

'이 이상 자비는 없다.'

오랜 시간이 흘렀지만 아직도 머릿속에 선명하게 남아 있는 메마른 목소리가 속삭였다.

킬리언이 눈을 떴을 때, 그의 붉은 눈은 차갑게 가라앉아 있었다. 이미 황제에게 소식이 전해졌고 더욱이 대축성 의식에 그의 대리인단이 참석한다면 감히 거절할 명분은 없었다. 복위를 사양한다 해도 그런 제안을 해 온 황비를 보지도 않고 거절할 순 없다.

"빌헬름."

"예."

'빈센트입니다, 전하.'라는 말을 차마 입에 올리지 못하고, 빈센트가 고개를 숙였다.

"성 밖으로 나가서 대기하라. 채비를 하고 나갈 테니."

"예."

사절단 일행이 혼비백산하여 알현실을 떠났다. 즉시 레너드가 다가와서 말했다. "진심이 아닐 겁니다. 뭔가 흉계가 있을 거예요."

"알아."

짧게 대답한 킬리언이 바로 리에타에게 고개를 돌렸다.

"수상한 놈은?"

"가장 왼쪽 단 두 번째 줄, 왼쪽에서 세 번째에 서 계시던 분…… 사제가 아니에요."

"왜 사제가 아니라고 생각했지?"

"눈이 마주쳤는데 신력이 아닌 기운으로 저를 탐색하셨습니다."

킬리언의 눈에 이채가 어렸다. 기운의 성질까지 느낀단 말인가?

"레너드, 누군지 알겠어?"

"네. 기억합니다."

"죽여."

"네."

"네?"

킬리언의 입에서 떨어진 명령에 같은 말이, 다른 억양으로 레너드와 리에타의 입에서 튀어나왔다. 리에타의 눈이 휘둥그레졌다. 킬리언이 리에타에게로 시선을 옮겼다. 차가운 눈길이었다.

"그대에게 명한 것이 아니다."

리에타가 믿을 수 없다는 듯이 킬리언을 바라보았다.

"주…… 죽이라고, 기사님께 명령하신 건가요?"

내 말 한마디로? 그럴 리가, 아니겠지. 잘못 들은 거겠지. 그저 그 사람이 사제가 아닌 것 같다고 말했을 뿐인데.

킬리언의 서늘한 눈이 호를 그렸다.

"그런데?"

"자, 잠깐만요!" 리에타가 킬리언의 앞으로 뛰어나오며 다급하게 외쳤다. 손이 덜덜 떨렸다. 오랫동안 이곳이, 이 사람이 편안해서 잊고 있었다.

그녀의 앞에 있는 남자는 킬리언 악시아스. 제국의 가장 악명 높은 냉혈한 이었다.

"그, 그건, 너무…… 그건 너무!"

리에타가 거의 정신을 차리지 못한 채 횡설수설 늘어놓는 단어의 토막 들은 제대로 된 의미를 만들어 내지 못했다. 하지만 그 의도만큼은 분명히 전해졌다. 그에게선 이해할 수 없는 차가운 대답이 돌아왔다.

"왜?"

왜냐니? 이렇게 쉽게 사람을 죽일 거였으면, 그가 수상하다고 그렇게 쉽게 말하지 않았을 거야. 리에타가 황망히 눈을 들어 킬리언을 바라보았 다. 아름답게 웃는 남자의 얼굴에서, 나긋한 목소리가 흘러나왔다.

"그대를 죽이겠다고 한 것이 아닌데."

감정이라고는 찾을 수 없는 얼굴에 등줄기로 서늘한 바람이 끼쳤다. 라 나도, 레너드도 별달리 당황한 표정이 아니었다. 내가 이상한 거야?

"제가, 제가 잘못 본 것일 수도 있잖아요." 리에타가 더듬더듬 목소리를 쥐어짜냈다. "저를, 제 말을 어떻게 믿고, 사람을……."

킬리언이 한쪽 입꼬리를 올리며 피식 웃었다.

"황비의 사절보다는 믿을 만하지. 그대는 내게 진심으로 감사하고 있잖 아?"

이렇게 돌아오리라 생각지 못한 대답에 리에타가 얼어붙었다. 그러나 저로 인해 목숨이 경각에 달린 이름도 모르는 사람을 구명하기 위해 리에 타의 입은 다급하게 움직이고 있었다.

"사제의 것이 아닌 기운을 가지고 있었을 뿐이에요."

"그걸로 그대를 탐색했다며?"

"그냥 기운으로 훑어 내린 것뿐이에요!"

"그게 그거지?"

리에타는 숨이 턱 막히는 기분으로 가슴을 부여잡았다.

"그렇게 쉽게, 사람을 죽일 순……."

"죽이지 않으면 죽을 수 있어." 킬리언이 싸늘하게 일축했다.

"나는 괜찮더라도 그대는 위험할걸? 그대, 리에타."

그의 붉은 눈이, 리에타를 직시했다.

"나나 레너드, 라나만큼 적으로부터 스스로를 지킬 수 있나?"

그를 적대하는 사람이 보낸 사절단. 신력이 아닌 기운으로 그의 곁에 있는 여자가 일개 노리개인지 아니면 마법사이거나 사제인지 탐색한 사람. 사제가 아닌데 왜 사제의 복장을 하고 있었을까?

"우리는 그들의 '호위'를 받아 닷새간의 여정을 함께 할 예정이야. 위험 요인임이 분명한 적의 수족을 살려 둘 이유가 없어."

게다가 킬리언은 머릿속으로 또 하나의 가능성을 생각하고 있었다. 도적을 만났다는 것. 있을 법한 이야기였다. 근래 들어 여행자를 습격하는 도적들이 적잖이 발생하고 있었으니까. 역병으로 초토화된 마을에서 나온 유랑민들을 받아 주는 도시는 많지 않았다. 하지만 이렇게 준비할 시간을 촉박하게 하여 도착한 것이 정말 그들의 실수일까?

리에타가 멍한 눈으로 뒤늦게 반문했다. "우리…… 요?"

"그래. 그대는 나와 함께 간다는 뜻이야. 에른."

"네."

"하비투스 대사원으로 간다. 여행 채비, 그리고 대사원에 바칠 공물과 황비에게 보낼 선물을 준비해."

"알겠습니다."

"레너드. 그대를 포함해 가장 컨디션이 좋은 기사 열두 명을 준비시켜."

"네."

정신을 차리지 못하고 겁에 질려 있던 리에타가 다시 황급히 킬리언을 붙잡았다.

"황비님께서 보내신 사제를, 명분도 없이 어떻게 죽이시려고요?"

"그건 그대가 걱정할 바가 아니야."

냉랭한 대답이 돌아왔다. 리에타를 떨쳐 낸 킬리언의 뒷모습이 문 밖으로 사라졌다.

채 두 시간이 지나지 않아, 하비투스 대사원으로 향하는 대규모의 일행이 꾸려졌다. 황비가 보낸 사십여 명의 사제와 사절단원들, 그리고 킬리언을 수행할 열두 명의 기사와 수행인원들이 저마다 말이나 마차에 탄 채 악시아스 성 앞에 도열했다.

그가 대동할 수 있는 무장 인원에는 한계가 있었다. 더욱이 황제가 지켜본다면 황비가 보낸 사람보다 많은 병력을 데려갈 수는 없다. 그것은 무례와 불신으로 해석될 수 있었다.

평소였다면 그런 것쯤은 개의치 않을 악시아스 대공이었으나 사안이 사안이었기에, 통상의 관습대로 열두 명의 기사만이 킬리언을 따라나섰다. 황비가 보낸 사절단 호위 기사의 절반이 채 안되는 수였다.

리에타와 라나를 포함한 여섯 명의 여자들이 탄 육두마차와 수많은 짐을 실은 여섯 대의 짐마차도 뒤를 따랐다. 제국의 가장 지체 높은 여인인 의붓어머니의 부름으로 사원에 가면서 자기 애첩들을 한 사단이나 데려간다며 사제들이 눈살을 찌푸렸지만, 그 누구도 이의를 제기할 정도로 용감하지는 못했다. 대동하는 경호 인력의 수에 제한을 두어 예를 지킨 것으로 그는 할 도리를 다했다.

영문도 모르고 불려 와 마차에 오른 지젤, 레이첼, 엘리제, 세이라가 리에타를 발견하고 반갑게 그녀를 불렀다.

"어머! 리에…… 타?"

리에타는 인사를 건넬 생각도 하지 못한 채 망연히 그녀들을 바라보았다. 네 여자들이 리에타의 표정이 파리한 것을 보고 어리둥절하게 눈을 깜박이며 서로를 바라보았다. 함부로 발설해선 안 될 것 같아 리에타는 차마 입을 열지 못하고 꾹 입을 다물었다.

그때, 라나가 손을 들어 마차 안에 푸른 결계를 둘렀다. 그러더니 여자들에게 이 마차가 어디로 향하는지, 무슨 일이 있었는지 서툰 억양의 제국어로 설명하기 시작했다.

라나는 동쪽 별채 여자들과 이미 안면이 있는 듯했다. 자신보다 이런 상황에 익숙한 듯한 그녀가 말하는 것을 보니 괜찮은가 보다 싶어 리에타는 멍하니 손톱 끝을 뜯었다. 사정을 알게 된 여자들이 측은한 눈으로 리에타를 바라보았다.

"리에타……. 놀랐겠네요."

지젤이 위로를 건넸다. 그러나 그들이 느끼는 감상은 그의 처분이 너무하다는 것과는 다른 것이었다. 킬리언이 과한 명령을 내렸다기보단, 그 이야기를 리에타가 직접 듣지 않도록 배려하지 않았다는 것에 유감스러워 한다는 것에 가까웠다. 하지만…….

레이첼이 가만히 리에타의 창백한 얼굴을 바라보았다. 한편으로는 그녀를 앞에 두고 굳이 이런 과격한 스트레스를 감당시키고, 이렇게 급작스레 사절단 일행에까지 포함시킨 킬리언의 의도를 알 것 같았다. 신뢰하시는 거다. 배신하지 않을 사람이라고. 그리고 이젠 그녀의 역량을 시험하고 계신 모양이었다.

"하지만, 리에타. 나는 영주님의 명령이 잘못되었다고는 생각하지 않아요."

레이첼이 조심스럽게 입을 열었다.

"그 사람이 위협적인 행동을 한 것은 사실이니까요. 사제도 아닌 사람이 왜 사제복을 입고 일행에 포함되어 있었을까요? 그것도 이미 여러 번 내 목숨을 위협한 사람이 보낸 사람이라면, 나라도 함께 며칠이나 밤을 보내야 하는 여행을 하고 싶지 않을 거예요."

세이라가 조금 걱정하는 낯빛으로 리에타의 눈치를 살폈다.

"그래도……. 죽이는 건 너무하긴 해. 아직 무슨 짓을 한 것도 아닌데."

"그렇다고 무슨 짓을 할 때까지 기다려 줄 순 없잖아. 탐색을 했다는 건 무슨 짓을 할 예정이었다는 거 아냐? 들켰을 때의 각오는 하고 벌인 일이겠지."

"그냥 그 사람을 어디 가두거나, 그 사람을 빼고 가겠다고 할 순 없나?"

엘리제가 마차 벽에 머리를 기대며 짧게 한숨을 쉬었다.

"명분이 없잖아. 트집 잡히지 않고 떨구어 낼 방법이 있겠어? 몰래 제거하는 게 제일 속 편하긴 하지. 할 수 없어. 안 들켰으면 모르지만 들킨 이상."

지젤이 멍하니 넋을 잃은 채 안색이 나빠지는 리에타를 발견했다. "리에타? 어디 불편해요? 리에타."

"정신 차려요!" 세이라가 리에타의 눈앞에서 짝, 손뼉을 쳤다.

"아."

창백하게 정신이 나가 있던 리에타가 떨리는 눈을 들어 여자들을 바라보았다. 자기도 모르게 눈을 찡그리고 가슴 앞 옷깃을 움켜쥐고 있었다. 리에타는 억지로 표정을 펴고 손을 내렸다.

"괜찮아요."

담담한 척한답시고 넋이 빠진 얼굴에 오히려 여자들의 눈에 동정심이 나타났다.

"어렵겠지만 잊어버려요. 당신이 아니었어도 뭔가 이상하다는 걸 발각당했을 거고, 무사하지 못했을 거예요. 아마 황비도 보낸 사람들이 온전히 살아 돌아오리라 기대하고 있지 않을걸요?"

고개는 끄덕이지만 여전히 납득하지 못하는 듯한 리에타의 표정을 보고 엘리제가 말을 이어받았다.

"그렇게 생각되지 않겠지만, 리에타. 사실 영주님의 위치는 그다지 안정적이지 않아요. 황비에게는 항상 목숨의 위협을 받고 있고요. 다짜고짜 황비가 보낸 사절이 칼을 들고 설친 적도 있는걸요. 물론, 한 명도 남기지 않고 기사님들이 모조리 죽여 버렸지만."

다른 아가씨가 말을 덧붙였다.

"황비에게 따졌더니 자기는 그런 사절을 보낸 일이 없다고 잡아뗐다면서? 영주님도 그분이 그렇게 나올 줄 알았다고 하고 덮고 말았고."

리에타는 그녀들의 말에 적잖이 놀란 얼굴이 되었다. 처음 듣는 말이었다. 악시아스 대공과 황비 사이에 그런 일이 있었다니? 그게 사실이라면 당연히 제국이 떠들썩하게 뒤집혀야 하는 것 아닌가? 황비의 사절이 황제의 아들을 대놓고 암살하려 시도하고, 황제의 아들은 그들을 아무렇지도 않게 죽이고…… 황비가 아니라고 잡아떼면 '그렇구나, 할 수 없지' 하고 넘어간다고?

"사실 영주님께서 자신에 대한 흉악한 소문을 부정하지 않고 내버려 두시는 것도, 여자나 좋아하는 게으른 한량인 척 지내시는 것도, 전부 지금의 황태자에게 위협이 되지 않기 위해서일걸요. 이런 본인은 황제께서 눈여겨보실 만한 재목이 아니라는 어필이지."

리에타가 멍하니 되뇌었다.

"위협…… 이요?"

"황제께서 아직 영주님께 미련을 가지고 계시다는 게 세간의 추측이고, 황태자의 어머니인 황비에게는 그것이 위협적으로 느껴질 테니까요."

"본인은 생각도 없으신데. 그저 그 미련을 좀 접어 주시면 좋으련만."

"글쎄. 황태자를 위협하지 않더라도 아마 황비는 영주님을 싫어할걸. 죽이고 싶을 정도로."

"그러니 이렇게 잊을 만할 때마다 미친 짓을 벌이는 거겠지."

여자들이 걱정스레 두런거리기 시작했다.

"이번엔 또 뭘까. 진짜 불안하네. 황위 복권까지 걸었다니. 정말 큰일 나는 거 아냐?"

리에타는 심란한 마음에 한기가 도는 몸을 제 팔로 끌어안았다. 지젤이 그녀를 쳐다보았다.

"리에타, 소매 속에 그건 뭐예요? 떨어지겠어요."

"아, 고마워요." 하며 엉성하게 흘러내려 미끄러진 단검을 갈무리하는 리에타를 보고 지젤이 고개를 갸웃하며 물었다.

"단검? 그런 건 왜 가지고 있어요?"

리에타는 어색하게 답했다.

"⋯⋯제가 제 몸을 지킬 수 있다면, 혹시 그분을 살려 주실까 해서⋯⋯."

엘리제가 놀란 얼굴로 입을 가리며 고개를 저었다.

"맙소사, 리에타⋯⋯. 아직 포기하지 않았어요?"

"어림없는 소리예요. 영주님은 그렇게 무르지 않아요." 세이라가 쓸쓸하게 웃었다. "소매 속에 넣은 단검 하나 간수하지 못해서야. 자기 몸을 지키기는커녕 들고 휘두를 수나 있겠어요?"

맞는 말이었다. 리에타는 그 말에 수긍하듯 힘없이 미소 지었다. 그래, 어리석은 생각이다. 무기를 가지고 있는 이유를 얼버무릴 수 없어 솔직히 말하긴 했지만, 제 입에서 나오는 말이 바보 같았다.

자신의 몸을 지킬 수 없는 것은 리에타 하나만이 아니었다. 이미 자신과 같은 여자들이 다섯 명이나 더 있었다. 라나를 제외한다 해도 네 명이었다. 그가 정말로 위험한 사람이고 만일의 사태가 벌어진다면 리에타뿐만 아니라 여러 사람들이 위험에 빠질 수 있었다. 리에타는 멍하니 마차

구석을 바라보았다.

안전, 위협. 악시아스 대공이 걱정하지 않을 것 같은 단어들.

모두가 두려워하는 무력과 재력. 그리고 신분. 그는 황족이니 귀족을 두려워할 이유도 법을 두려워할 이유도 없는 사람이다. ……그러니 그는 일상 속에서 목숨의 위협 따위 받을 일 없을 거라고 생각했는데.

"리에타, 자책하지 말아요. 당신 탓이 아니에요. 그 사람이 적대적인 신분으로 와서 수상한 짓을 했잖아요."

누군가 달래듯 리에타를 위로했다. 리에타는 마차 창밖으로 시선을 돌렸다. 다른 곳을 보고 싶었을 뿐인데, 하필 시야에 닿는 곳에 떡하니 그가 있었다.

그녀가 지목했던 사람. 오늘 죽게 될 사람. 아직 살아 있었다.

악시아스 대공을 위협하는 사람이라고 아무리 머리로는 납득해도, 수상하다는 제 말 한마디 때문에 저 사람이 곧 죽을 거라는 걸 믿고 싶지 않았다. 자신의 입에서 나오는 말의 무게를 감당할 수가 없었다.

"……내가 한번 어떻게 해 볼게."

마차 안에서 작은 목소리가 울렸다. 지젤이 가볍게 한숨을 내쉬었다.

"어차피 명령을 받은 건 레너드죠?"

세이라가 휘익 휘파람을 불었다. "오, 여자친구 찬스?"

"아니라고."

엘리제가 의아한 얼굴로 물었다. "어떡하려고?"

지젤이 소매를 한 번 움직이는 듯하더니 손 안에서 작은 갈색 약병을 꺼냈다. 리에타의 어설픈 솜씨와는 비교도 안 되게 감쪽같이 숨겨져 있던 물건이 어디선지도 모르게 튀어나와 지젤의 검지와 중지 사이에 걸렸다.

"한 며칠 아주 지독한 설사병이 나게 해 줄게요. 자기 목이 달아나기 전에 스스로 여정을 포기하도록." 지젤이 눈을 찡긋했다. "제가 약을 좀 다룬다는 건 아직 말 안 했죠?"

　그날의 해가 채 떨어지기도 전에, 미적미적하던 행렬이 기어코 멈추고
말았다. 얼굴이 핼쑥해진 사제 한 명이 비척거리며 킬리언의 앞으로 가서
고개를 숙였다.

　"……송구합니다, 대공 전하. 저의 몸 상태가 급격히 좋지 않아져서 함께
가기가…… 어려울 것 같습니다. 저 하나 때문에 급한 여정이 지체된 것
같아 죄송합니다."

　여자들은 마차의 창문 틈새로 달라붙어 초조하게 그 광경을 지켜보고
있었다.

　"잘되어 가는 것 같은데?"

　"쉿……!"

　그때까진 그들의 생각대로 되는 듯했다. 킬리언의 목소리가 울렸다.

　"그대. 가까이 오라."

　남자가 조금 어리둥절한 얼굴로 킬리언에게 가까이 다가갔다. 킬리언
이 표정 없는 낯으로 그를 위아래로 훑어보았다. 그리고는 희미하게 중얼
거렸다.

　"무슨 꿍꿍이일까……."

　"예?"

　"뭐, 되었네." 킬리언의 붉은 눈이 서늘하게 휘었다. "궁금하지 않아졌으
니."

　다음 순간, 기묘한 외마디 소리를 지른 남자가 흠칫 어깨를 떨었다. 뒤
이어 낯선 신음. 핏발 선 눈 아래로 남자의 입에서 울컥, 시뻘건 피가 쏟아

졌다. 가까이 서 있던 몇몇 사람들이 비명을 질렀다.

"아악! 사제님!"

덜덜 떨리는 사내의 손이 가슴을 꿰뚫은 칼날을 절박하게 붙잡았다. 고개를 떨어뜨리는 남자의 사제복 등 뒤로 새빨간 피가 번져 나갔다. 남자의 몸이 무너져 내렸다.

사제의 어깨를 발꿈치로 밀어 버리며 칼을 뽑은 킬리언의 얼굴에 피가 몇 방울 튀었다. 빈센트가 비명처럼 소리쳤다.

"이게 무슨 짓입니까! 사, 사제를 죽이시다니요! 이, 이 죄를 어찌하시려고!"

"사제?" 킬리언이 한쪽 입꼬리를 비틀어 올리며 웃었다. "이 남자가 사제가 아니라는 건 그대들이 더 잘 알 텐데."

움찔 몸을 떤 빈센트가 비틀거리며 두어 걸음 물러섰다. 석양을 등진 킬리언의 눈동자가 붉게 빛나고 있었다.

"황비마마께선 뭐라고 하실까……. 아마 이번에도 그런 남자가 사제단에 포함되어 있었는지도 몰랐다고 하시지 않을까 싶은데."

킬리언은 뺨을 타고 흘러내리는 핏방울을 손등으로 훔쳤다. 웃음기가 섞인 낮은 목소리가 울렸다.

"별로 충성하기 좋은 분은 아니지. 그대들도 함부로 입을 놀리지 않는 게 좋을 거야. 황비마마께 누를 끼쳐선 안 되지 않겠나?"

지젤이 풀이 죽은 얼굴로 사과했다.

"리에타. 미안해요. 그렇게 되어 버려서."

리에타가 창백한 낯으로 고개를 저었다.

"아뇨, 아뇨. 지젤……. 당신이 미안할 게 뭐가 있어요. 마음 써 줬는데. 오히려 내가 더 미안해요. 나 때문에 모두가 신경을 쓰고……. 그런 것까지 보게 만들었네요."

다정한 여자들은 고개를 저으며 리에타에게 말없이 미소 지어 주었다. 리에타도 애써 웃어 보이려 했지만, 자기 얼굴이 이상해 보일 것임을 알았다. 그녀는 차라리 고개를 숙이고 잊으려 애썼다. 똑같은 장면을 보았는데도 그녀들은 의연하다. 나만 짐이 되고 있어.

꽉 쥐어 봤지만 손이 떨렸다. 제가 지목했던 사람의 옷 뒤로 피가 번지던 모습이 자꾸 눈앞에 아른거렸다. 생전 처음으로 들어보는 사람이 절명하는 순간의 비명이 자꾸 귓가에 생생히 떠올랐다.

그후로 리에타는 열이 오르며 앓았다. 여자들이 그녀를 둘러싸고 걱정해 주었다. 꼭 필요할 때 말고는 말수가 거의 없는 라나가 다만 손에서 푸른빛을 뿜어내 서늘한 기운으로 그녀의 이마에 손을 대어 주었다. 리에타는 그녀에게 눈빛으로 감사를 표했다.

킬리언은 그를 죽인 후 사제들이 느려터져서 함께 못 가겠다며 본인들의 기사들만 데리고 먼저 출발해 버렸다. 빈센트는 처음엔 호위 임무를 받은 자신들과 함께 가야 한다고 주장했지만, "호위?"라며 비웃고 짐마차나 호위해 오라 일축하는 킬리언에게 그 누구도 반기를 들지 못했다.

그렇게 사제들과 짐마차만을 뒤에 남기고, 킬리언 일행은 훌쩍 떠나 버렸다. 사절단 일행으로서는 당연히 함께 뒤에 남으리라 생각했던 여자들의 마차는 뜻밖에 놀라운 속도로 킬리언 일행에게 따라붙었다.

킬리언과 기사들이 적당히 그들이 따라올 수 있을 만한 속도로 보조를 맞춰 주기는 했지만, 아무리 그래도 마차가 말을 탄 기사들을 바로 뒤에서 바짝 쫓다니 놀라운 일이었다.

여자들의 마차는 아다만티움으로 축과 바퀴가 강화되어 있었고 라나에 의해 강화 마법이 걸린 상태였다. 보통의 마차보다 훨씬 튼튼해 상당한 힘과 속도를 견뎌 낼 수 있었다. 짐마차보다 가볍기도 했고 여섯 필의 힘 좋은 말이 숙련된 마부의 손에 맡겨져 있었다.

킬리언이 처음부터 사제들을 떼어 버릴 생각으로 짐마차를 준비해 그들에게 맡겼다는 것도, 여자들만 그 사이에 남겨 두지 않기 위해 마차에 일찍이 그런 준비를 했다는 것도, 사절단으로서는 알 수 없는 일이었다.

라나가 안정화 마법을 걸었음에도 마차는 적잖이 흔들렸다. 여자들은 말없이 강행군을 버텨 내었다.

⁓⁕⁓

심리적 부담과 삼 일 내내 계속된 강행군으로 리에타의 상태는 계속 악화되었다. 사흘째 저녁, 일행이 하비투스 대사원까지 겨우 하루 정도의 거리만 남겨 두고 마지막 마을에 들렀을 때에야 킬리언은 리에타의 상태가 좋지 않은 것을 전해 들었다. 이미 리에타가 정신을 잃은 후였다.

킬리언의 명으로 기사가 믿을 만한 의사를 수소문해 불러왔다.

"스트레스성 열병입니다."

리에타를 진맥한 의사가 대답했다.

"온갖 장기가 다 상했네요. 겉보기에만 정상이지 속은 엉망진창이에요. 이분 식사는 제대로 하는 건가요?"

쯧. 킬리언이 혀를 찼다. 전엔 이렇게 손이 많이 가는 여자가 아니었던 것 같은데. 재주가 생각보다 쓸 만한 것 같아 데리고 다니려 했더니 너무 심약하지 않은가? 고작 그런 일로 앓아눕다니.

그녀의 재주가 마음에 들어 자기 말에 토를 달거나 반기를 드는 것도 많이 봐주었다. 믿을 만한 축성술사라는 점 외에도 역마를 볼 수 있다는 것도, 기운을 느끼는 것도 기대한 것보다 높은 수준이었다.

킬리언이 '세비타스의 미망인'을 상당한 채무의 대신으로 받아 갔다고 세간에 퍼진 이야기도 그럴싸해, 애첩으로 위장해 데리고 다니기도 좋았다. 외모도 설득력 있게 아름다웠다.

하지만 이래서야, 앞으론 다른 사람을 알아봐야겠군.

"깨어나거든 그제 그놈이 죽은 건 그대 탓이 아니라 내 변덕일 뿐이니 신경 쓰지 말라고 전해."

리에타가 스트레스를 받은 것이 이틀 전의 일 때문이라고 생각한 킬리언의 말에 의사가 고개를 갸웃하며 대답했다.

"이분의 몸은 그렇게 짧은 시간 안에 망가진 게 아닙니다. 열병이야 단기간 집중된 피로가 계기가 되긴 했을 것입니다만."

킬리언이 입을 다물었다.

"오랫동안 큰 스트레스를 받은 것 같아요. 이 환자분 무슨 큰일을 겪었습니까? 속이 다 탔군요."

리에타가 그저 킬리언의 애첩들 중 하나인 줄로만 아는 의사가 한동안은 그녀에게 손을 대지 않는 것이 좋겠다는 조언을 하고 약을 지어 주고 돌아갔다.

의사를 배웅하러 사람들이 나가고, 환자의 방에 혼자 남은 킬리언이 물끄러미 리에타를 내려다보았다.

"……잘 지내고 있다고 했는데."

창백한 얼굴이, 그가 기억하는 이전의 모습보다 야위어 있었다.

'킬리언, 킬리언! 오지 마, 킬리언!'

어머니.

'어때? 의식이 남아 있는 언데드라니……. 신기하지?'

사슬에 묶인 그의 아름다운 어머니가 처참한 모습으로 절규했다.

'킬리언!'

그의 배다른 형제가 썩어 가는 육신에 담긴 킬리언의 어머니를 보고 피식 웃었다.

'하지만 언데드일 뿐이야.'

그의 허리에서 검이 뽑혀 나왔다. 푸른 검광.

'지혜로운 네가 현혹되지 않도록, 우리가 도와줄게.'

그의 죽은 어머니가 눈앞에서 찢겨 나갔다. 비릿한 피 냄새.

'아버지.'

피투성이가 되어 황좌 앞에 걸어 들어온 황자 킬리언이 평소와 다른 이름으로 황제를 불렀다.

'제가 어머니의 원수를 갚았습니다.'

열여덟 살의 킬리언이 나른하게 웃었다.

'원수의 머리를 가져왔는데……. 받아 주시겠습니까?'

킬리언이 황제와 황비의 발밑에 형제의 머리를 집어던졌다. 황제가 눈을 부릅떴다. 황비가 모골이 송연해지는 비명을 지르며 자리에서 일어났다.

'윌리엄!'

오랜 악연의 시작이었다.

"대공 각하."

제 방 소파에서 꿈과 상념의 경계에서 헤매고 있던 킬리언은 평소보다 조금 느리게 대답했다.

"……레너드."

"축성술사님이 깨어났습니다. 보시겠습니까?"

"됐어. 내일 출발하는 데 무리가 없을지……."

킬리언은 잠시 말을 멈추었다. 그녀를 직접 보지 않고 말을 전하는 것이 자신답지 않다는 생각이 들었다.

"아니. 내가 보러 가지."

"나가 있어. 따로 이야기하겠다."

킬리언은 다른 사람들을 물리고 침대에 앉아 있는 리에타에게 다가갔다. 일어서려는 리에타를 고갯짓으로 저지하며 킬리언이 툭 뱉었다.

"허약하군."

리에타가 어쩔 줄 모르고 고개를 숙였다.

"죄송합니다. 혹여 저 때문에 여정이 지체된 것은."

"됐어. 내일이면 도착할 수 있고 어차피 쉬려던 참이야. 익숙지 않은 여정이었을 텐데 수고 많았네."

리에타가 간신히 안도하는데 킬리언의 말이 이어졌다.

"우린 내일 출발해야 해. 그대가 회복하길 기다려 줄 순 없어. 힘들면 여기서 돌아가도 좋아. 기사를 한 명 붙여 줄 터이니."

리에타가 퍼뜩 놀라서 고개를 들었다.

"괜찮습니다. 갈 수 있습니다. 가게 해 주세요."

킬리언이 비스듬히 고개를 기울였다. "악시아스로?"

"아, 아뇨! 대사원으로! 몸은 정말 괜찮습니다."

은혜를 갚겠다고, 그를 돕겠다고 왔는데 오히려 그를 호위할 기사 한 명을 빼앗아 가는 꼴이 될 순 없었다. 킬리언이 팔짱을 꼈다.

"대사원에서 무슨 일을 하게 될지는 아나?"

"네. 대충은……."

킬리언은 외부 행사를 다닐 때 곧잘 자신의 여자들을 데리고 다니곤 했다. 첫째로는 황제가 관심을 둘 가치가 없는 한량으로 보이기 위해, 둘째로는 다른 사람의 감시나 귀찮은 접근을 회피하기 위해.

주변을 신경 쓰지 않는 망나니라는 꼬리표가 붙은 이유이기도 했고, 동쪽 별채가 킬리언의 애첩 사단으로 유명해진 이유이기도 했다.

"그래. 우리가 가는 곳은 대사원이니 아마 시종이니 축성이니 하는 명목으로 사제들이 엉겨 붙으려 할 것이다. 그럼 난 그대를 방패로 삼을 생각이야."

리에타가 다부진 얼굴로 힘주어 고개를 끄덕였다.

"네. 할 수 있습니다."

"좋아." 킬리언이 고개를 끄덕였다. "내일 출발할 수 있겠나?"

"문제없습니다. 심려를 끼쳐 송구합니다."

"허락도 구하지 않고." 킬리언이 잠시 멈추었다가, 말을 이었다. "내가 그대가 필요하여 데려온 것이다. 그러니 미안해할 것 없어. 보상으로 원하는 게 있다면 청하여라."

리에타가 고개를 저었다.

"은혜를 갚을 기회를 주신 것으로 족합니다."

예상한 대답이었다. 킬리언은 생각하고 있던 말을 툭 뱉었다.

"그대의 딸을 찾아볼까?"

뜻밖의 말에 리에타의 눈 속 깊은 곳이 고요히 일렁였다. 킬리언이 말을 이었다.

"카사리우스가 떠돌이 노예상에 팔았다고 했지. 그가 채 찾아 주지 못하고 죽어 버렸다고 들었다. 그대가 찾는 것이 영 신통치 않은 것이라면 내가 찾아봐 주마."

리에타의 표정에 묘한 빛이 지나갔다. 대답은 오래지 않아 나왔다.

"딸아이는 죽었습니다."

두 사람 사이에 침묵이 흘렀다.

"……그래?"

다시 정적이 흘렀다.

"내가 괜한 소릴 했군."

"아닙니다." 담담하게 대답하며 리에타가 미소 지었다. "말씀만으로도 감사합니다."

킬리언은 물끄러미 그녀의 얼굴을 바라보았다. 조금 야윈, 창백한 얼굴에 떠오른 담담한 미소. 그렇게 아름다운 얼굴이 그토록 슬플 수도 있다는 것을 그는 처음 알았다.

다음 날 아침. 출발하기 전 여관에서 아침 식사를 하며 킬리언은 힐긋 눈을 들어 리에타가 식사를 하고 있는 것을 확인했다. 의사의 약과 라나의 간호가 도움이 되었는지 어제보다 확실히 얼굴색이 괜찮아진 모습이었다. 킬리언이 지나가듯이 모든 사람들을 향해 말했다.

"오늘 저녁엔 대사원에 도착할 것이다. 오랫동안 움직일 것이니 든든히 먹도록 해라."

"네."

새삼스러운 말에 그와 같은 테이블에 앉은 기사들이 별생각 없이 대답했다.

"여자들, 대답."

다른 테이블에 앉아 있던 여자들이 조금 어리둥절하게 대답했다.

"네."

그날 저녁, 하비투스 대사원에 킬리언 악시아스와 기사들, 그의 애첩들의 일행이 도착했다. 보름이 되기 하루 전이었다.

킬리언 일행이 사원 입구에 도착했을 때는 대보름 전야 미사가 거행되는 중이었다. 대주교가 집전하는 미사였고 황비 역시 그 자리에 참석하여 있었다. 대부분의 높은 사제들이 미사에 가 있었기에 어찌할 바를 모르며 뛰어나와 킬리언 일행을 맞이한 것은 애매한 직위의 젊은 사제였다.

"대, 대주교님을 모셔 오겠습니다. 잠시만 기다려 주십⋯⋯"

"됐네. 쉬고 싶으니 숙소로 안내해 주게."

"예? 그, 그럴 수는 없⋯⋯"

킬리언이 싸늘하게 눈을 찡그렸다.

"내게 필요한 것은 대주교가 아니라 숙소다. 미사를 집전 중인 대주교 외엔 숙소 안내조차 할 줄 아는 사람이 없나?"

가련한 사제의 눈동자가 지진을 일으켰다. 그가 울 것 같은 얼굴로 한참을 허둥지둥하는 사이, 다행히 비교적 침착한 얼굴의 고위 사제가 나와 정중하고 조심스러운 태도로 그들을 안내하기 시작했다.

산 위에 자리한 하비투스 대사원은 썩 호화스런 사원이 아니었다. 사람들이 많이 오가지 않는 조용하고 외진 곳에 마련된 귀빈용 숙소는 적당한 크기의 삼 층짜리 독채였다.

많지도 않은 기사들과 다섯 명의 아가씨들 외엔 수행원을 대동하지 않은 킬리언이었으므로 일행은 겨우 스무 명 남짓이었다. 귀빈이라기엔 많지 않아 사원의 귀빈 독채는 과하게 느껴질 정도였다.

가장 먼저 일 층의 로비와 식당, 기도실 등을 안내하고, 다음으로 기사와 아가씨 들이 지낼 이 층 방들을 차례로 소개한 고위 사제는 킬리언이 머물 삼 층의 귀빈실로 일행을 이끌었다.

귀빈실 앞에는 물빛 수도복을 입은 십여 명의 수도사들이 도열해 있었다. 킬리언이 힐끔 쳐다보자 사제가 설명했다.

　"머무시는 동안 대공 전하와 수행원분들을 위해 봉사할 하비투스 대사원의 수도사들입니다. 시종으로 여기시고 편히 두고 쓰십시오."

　악시아스 대공의 악명 덕분인지 여자는 하나도 없었다. 그러나 위협적으로 보이지는 않기를 바랐는지, 대개가 다소 어리다 싶을 정도로 젊은 남자 수도사들이었다.

　그는 수도사들을 쳐다보지도 않은 채 지나쳐 방으로 들어갔다.

　"필요 없다."

　고위 사제가 뒤에서 깊이 고개를 숙였다.

　"필요하실 것입니다. 사양치 마십시오."

　킬리언이 일축했다. "내 여자들이 내 시중을 들 것이다. 어린 수도사들이 있을 곳이 아니야."

　말하던 고위 사제는 입을 다물고 말았다. 젊은 수도사들은 당혹하고 민망해하는 얼굴로 난색을 표했다. 더러는 모욕이라도 당한 듯 불쾌한 기색을 숨기지 못하는 수도사도 있었다.

　그러든 말든 킬리언은 제 안방처럼 들어가 겉옷을 벗어 아무 데나 던져 두었다. 그를 따르는 아가씨들이 태연히 따라 들어가 그의 옷을 정리했다. 킬리언이 테이블 앞에 놓인 소파에 앉으며 시가를 빼어 물었다. 레너드가 다가가 재빨리 불을 붙여 주었다.

　고위 사제가 가까스로 마음을 다잡고 다시 입을 열었다.

　"……아무리 대사원이라 해도 병마들로부터 완벽하게 안전한 곳이 아닙니다. 악시아스 대공 전하께서는 저희들이 보낸 사제님들도 대동하지 않으셨지 않습니까."

　연기를 한 번 길게 내뿜은 킬리언이 힐긋 그를 향해 눈길을 주었다. 바

곁에 선 수도사들을 향해 살짝 몸을 돌려 보이며 그가 말을 이었다.

"나이가 어려 아직 사제 서품을 받지 못했을 뿐 이 수도자들은 모두가 우수한 신성 능력자들입니다. 이곳에서 무슨 일이라도 생긴다면……."

그를 무시한 채 킬리언이 자신의 여자들을 향해 손을 뻗었다.

"리에타."

아름다운 아가씨들 틈새에서도 유난히 빛나는 백금발의 여인이 드레스 자락을 스치며 걸어 나왔다. 젊은 여자를 볼 일이 많지 않은 소년 수도사들 상당수가 깜짝 놀랄 정도의 미인을 보고 저도 모르게 입을 벌리고 숨을 멈추었다.

리에타는 조용히 킬리언에게 다가가더니 그가 내민 손 위에 제 손을 사뿐히 가져다 올렸다. 입에 물었던 시가를 치운 킬리언이 그녀의 손을 움켜쥐더니 그대로 잡아끌었다.

순식간에 그녀를 품에 가둔 킬리언이 속삭였다.

"날 축복해다오."

새카만 흑발이 드리운 붉은 눈과 눈부신 백금발 아래의 하늘빛 눈이 마주쳤다. 여인이 미소 지었다. 곧 리에타의 몸에 맑고 투명한 빛이 휘돌았다. 그녀는 킬리언의 양 어깨에 손을 올리고, 허리를 굽혀 그의 이마에 입 맞추었다. 악마를 축복하는 여신 같은 모습에 사람들이 넋을 잃고 숨을 멈추었다.

킬리언의 눈에 이채가 어렸다. 이내 만족스런 미소를 지은 그는 리에타의 허리를 획 잡아채어 제 무릎 위에 앉혔다.

"아!"

놀란 리에타가 킬리언의 목에 엉겁결에 팔을 둘렀다. 나른한 맹수 같은 붉은 눈이 게으르고 섬뜩하게 사제들을 훑었다. 그녀의 귓가에 서늘한 목소리가 울렸다.

"눈이 있으니 알겠지만, 내 애첩이 축성 능력자이니 그대들은 필요 없다."

대사원의 사람들이 모두 물러간 후, 아가씨들은 익숙한 태도로 킬리언의 방에 흩어져 침대와 방에 수상한 장치나 위험이 없는지 살피고 축성과 보호 마법을 걸었다. 킬리언은 소파에 기대어 앉아 방에 꼼꼼히 축성을 두르는 리에타의 뒷모습을 눈으로 쫓았다. ……걱정한 것에 비해 쓸 만하네. 리에타는 자신에게 맡겨진 역할을 제대로 주지하고 있었다. 그리고 킬리언이 원하는 쇼맨십을 모르지 않았다. 리에타로서는 본능적으로 어릴 때 수도원에서 보았던, 수도원장이 높은 귀족에게 바치던 축성을 떠올렸을 뿐이었지만.

킬리언으로선 이 심약한 여자가 임기응변으로 어디까지 해낼 수 있을지 시험해 본 것이기도 했는데, 리에타는 기대 이상으로 움직였다. 킬리언은 소심하다고 생각했던 리에타의 자연스럽고 그럴싸한 행동에 높은 점수를 주었다.

제법 나쁘지 않다. 꽤나 괜찮은 말이 되겠어.

사제들을 물린 킬리언은 전야 미사가 끝날 때까지 동쪽 별채 아가씨들과 제 방에 틀어박혀 한 발자국도 밖으로 나오지 않았다. 악시아스 대공다운 일이라고 사람들이 수군거렸다.

몇 시간 만에 대사원에는 그의 애첩에 대한 소문이 파다하게 퍼졌다. 사제들은 사원에 몸담지 않으면서도 자신들과 같은 힘을 사용하고 교단의 규율에는 얽매이지 않는 축성 능력자들에게 기본적으로 관심이 많았다.

더욱이 그녀가 한 인상적인 축성 장면은 과장에 과장이 더해져 사원 곳곳을 웅성이게 했다. 그 수수께끼의 애첩과 소문 속의 과부를 용케 연관 짓는 추측까지 암암리에 돌았다.

마침내 밤이 깊어 긴 전야 미사가 끝났을 땐 악시아스 대공이 도착했다는 이야기를 모르는 사람이 없었다. 하여, 미사가 끝난 후 그가 황비에게 인사를 오리라는 것은 대부분의 사람이 예측한 일이었다.

전야 미사가 끝난 시점. 악시아스 대공이 인사 겸 황비를 에스코트하러 왔다는 사실 자체에 놀란 사람은 없었다. 다만 그의 방만한 옷차림과 보란 듯이 거느린 애첩들을 보고 대부분의 사람이 숨을 죽이고 황비의 눈치를 보았다. 킬리언을 발견한 아베르사티는 잠시 계단 위에 멈추어 섰다가 미소했다.

"왔군요. 악시아스 대공."

"격조하였습니다. 황비마마."

새하얀 미사포를 쓴 황비가 계단 아래로 사뿐사뿐 내려와 킬리언의 앞에 섰다. 시녀들이 그녀의 치맛자락을 정돈해 주며 뒤로 늘어섰다. 이국인 황비의 회색 눈이 킬리언을 올려다보았다. 오십이 넘었다고 믿기 힘들 만큼 아름다운, 제국에서 가장 고귀한 여인, 황비 아베르사티.

나긋한 표정의 창백한 피부 위로 짙은 와인빛의 긴 곱슬머리가 흘러내렸다. 황비가 손에 든 부채를 가지런히 접어 시녀에게 건네주며 말했다.

"소식이 없기에 혹여 오지 않는 것인가 걱정하였습니다."

킬리언이 피식 웃으며 답했다.

"실망시켜 드릴 수야 없죠."

황비가 목소리도 낮추지 않은 채 살가운 인사말을 속삭였다.

"살아 있어서 유감입니다."

"별말씀을요."

"제가 말입니다."

킬리언이 싱긋 웃었다.

"저도 그 뜻이었습니다."

제국의 고귀한 황족들의 살벌한 대화에 고위 사제들은 차마 끼어들지 못하고 속으로 대주교님을 찾으며 절절맸다. 대주교는 전야 미사를 마치고 이어진 바쁜 일정을 채 물리치지 못하고 소화하고 있었다.

흰 미사포를 쓰고 여섯 시녀를 거느린 황비의 앞에, 악시아스 대공이 여섯 애첩을 거느리고 섰다. 그는 몇 년 만에 보는 의붓어머니를 대하기엔 꽤나 격의 없는 옷차림이었다.

황비는 딱히 비난하지 않는 낯빛으로 담담히 말했다.

"황제 폐하보다 팔자가 낫군요."

황제조차 그렇게 많은 여자를 대놓고 거느리지는 않는다는 점을 꼬집는 말인 듯했다. 킬리언이 뻔뻔하게 답했다.

"원래 자식 이기는 부모가 없는 법이지요."

황비가 피식 웃었다. 킬리언은 태연하게 미소 띤 얼굴로 황비에게 손을 내밀었다. 황비 역시 천연덕스럽게 킬리언이 내민 손 위에 제 손을 얹었다.

"그대의 에스코트를 받으니 황송하군요. 오늘의 몇 번째 여자인가요?"

"여덟 번째입니다. 노총각의 손으로 귀부인을 에스코트할 걱정에 제 나름대로 여자들로 몸을 씻고 왔습니다만. 부족하신지요."

황비가 힐긋 그의 뒤를 따르고 있는 여자들에게 시선을 던졌다.

"그대가 데려온 애첩은 여섯 명인데. 어디, 집창촌이라도 들렀다 왔나요?"

"일곱 번째는 제 흑마입니다. 암컷이거든요."

고귀한 여인을 향한 정신 나간 모독에 핼쑥해진 사제들이 숨을 들이켰다.

"성실하기도 하지." 황비는 눈 하나 깜짝하지 않고 요요히 웃었다. "나야

말로 부족함이 없어야 할 텐데요. 내가 보낸 선물들은 어디 두고 왔나요? 로도무스* 너머에?"

킬리언이 태연히 웃으며 대꾸했다.

"제가 부족하여 아직 거기로는 한 명밖에 안내하지 못하였습니다."

황비는 눈 하나 깜짝하지 않고 응수했다.

"뜻밖이군요. 그대도 예전 같지 않은가 봅니다. 나머지는?"

"곧 따라올 겁니다. 발이 느려 터졌더군요. 제가 드릴 선물을 운반해 오고 있습니다."

황비가 생긋 웃었다.

"기대되는군요. 어떤 선물인가요? 누군가의 머리일까?"

킬리언이 어깨를 으쓱했다.

"가장 좋아하실 녀석의 머리는 아닙니다. 유감스럽게도."

듣는 이들의 안색이 새파래져 가는 가운데 황비와 대공의 얼굴만이 가면처럼 태연했다. 황비가 머무는 귀빈 숙소 앞에 도달할 때까지 한 치도 물러서지 않는 첨예한 신경전이 이어졌다.

"회포는 천천히 풀지요. 먼저 여독을 풀고 있도록 해요. 늙은 암컷이 더럽힌 손도 씻고."

황비가 손수건으로 킬리언에게 닿았던 제 손을 닦아 내며 상냥하게 말했다.

"배려에 감사드립니다."

킬리언이 웃으며 곁에 있던 애첩의 허리를 감싸 안았다. 손을 닦은 손수건을 그대로 바닥에 버린 황비가 담담히 말을 이었다.

◇◇◇◇
* 요단강

"내일 밤 축성 의식을 진행하려면 해가 떠 있는 동안은 금식해야 한다 더군요. 저녁 식사는 하고 왔다니 환영사 삼아 밤에 연회나 열지요."

"긴 밤이 되겠군요." 여자의 머리카락 위에 킬리언이 고개를 숙여 입술을 파묻으며 싱긋 웃었다.

"황비마마의 환영 기대하겠습니다."

황비가 웃는 얼굴로 화답했다. "부디 즐겨 주길."

내일의 대축성 의식에 참관할 황제의 대리인단이 도착했다는 소식이 전해졌다. 연회가 시작될 시간이었다. 이것으로 무대가 마련되었다.

보랏빛 이브닝드레스로 갈아입은 아베르사티 황비는 시녀들로부터 치장을 받으며 거울을 보고 희미하게 웃었다.

악시아스 대공. 올해도 그대를 위해 내 여러 가지 선물을 준비하였습니다. 그대도 이제는 내가 조용하면 허전할 테지요.

쉽게 쓰러지지 않는 상대와 지칠 줄 모르는 복수자의 지루한 게임이 시작되고 있었다.

시황제 에스텐펠트의 대리인단이 연회장에 들어섰다. 대리인단 대표가 가슴에 손을 얹고 한쪽 무릎을 꿇어 연회장 상석에 앉은 황비와 킬리언에게 예를 표했다.

"황제 폐하의 충실한 종 렉터스 유스티오가 아베르사티 황비마마와 악시아스 대공 전하를 뵙습니다."

황비가 미소로 그들을 맞았고, 킬리언은 심드렁한 눈으로 응했다. 기나긴 인사치레가 오가고, 렉터스 유스티오의 지시에 따라 대리인단의 수행원 중 한 사람이 붉은 쿠션 위에 올린 흑자색 보석함을 운반해 왔다.

"황제 폐하께서 보내시는 것입니다."

수행원이 상자를 열자 아름답게 세공된 붉은 보석이 박힌 목걸이와 귀걸이 세트가 모습을 드러냈다. 연회장의 사람들이 숨죽여 탄성을 뱉는 가운데 황비가 희미하게 미소 지었다.

"이외에도 오란 해의 아다만타이트 광산 채굴권 사안에 대하여 긍정적으로 검토하시겠다고 하셨고, 르나하산産 오크 목재의 관세와 무역 독점권에 대하여 황비마마께서 돌아오시면 논의하시겠다고 하셨습니다."

킬리언이 피식 웃었다.

"폐하의 사랑은 여전하신가 봅니다. 황비마마."

황비가 곱게 눈가에 주름을 잡으며 대답했다.

"그대의 덕분이지요."

글쎄, 어떤 대단한 선물을 주신대도 황비는 눈 하나 깜짝하지 않을 텐데. 그 무엇보다도 황비에게 가장 큰 선물은 내가 지옥으로 굴러 떨어지는 것일 테니까.

킬리언은 렉터스 유스티오에게 시선을 돌리며 웃었다.

"아다만타이트 광산 채굴권은 나도 탐나는데. 나한텐 뭐 없나? 내가 황족으로의 복위를 양보하면."

킬리언의 말에, 연회장에 모인 사람들의 놀란 시선이 그에게로 집중되었다. 킬리언이 무감한 낯으로 잔을 들어 까닥였다.

"왜들 놀라? 다들 알고 있잖아? 난 지금 생활에 만족하고 있어. 더 이상 유능해질 필요도 없고, 솔직한 얘기로 이젠 힐스테드를 신경 쓰이게 하고 싶지 않군."

힐스테드. 황비의 막내아들인 열일곱 살 황태자의 이름이었다. 킬리언이 황가의 성 '릴페이엄'을 박탈당하던 당시 네 살의 나이로 황태자에 책봉된 그의 이복동생.

황자 킬리언이 제 이복형제를 살해하고 눈이 뒤집힌 황비가 황제의 앞에서 킬리언을 향해 칼을 든 이후, 황족 살해는 사형이라는 원칙에도, 열여덟 살이 되기 전에는 어떤 황자도 황태자가 될 수 없다는 원칙에도 많은 이변이 일어났다.

황비 아베르사티와 렉터스 유스티오가 가만히 그를 바라보았다. 무심히 그 시선을 마주 응시하며, 킬리언이 말을 이었다.

"내가 꼭 황위 계승권을 복위받아야만 황제 폐하의 아들로 인정을 받게 되는 것도 아니고, 황위 다툼에 끼어들 생각도 없는데 이러쿵저러쿵 호사가들의 입에 오르내리게 될 것도 달갑지 않아."

킬리언이 손에 들고 있던 와인잔으로 시선을 내렸다.

"나로선 귀찮은 의무만 많아질 탈 많은 권리다. 그저 이런 자리를 마련해 주셔서 황비마마께서 내 지난날의 잘못을 용서하셨다는 상징으로 족해."

그는 예를 표하듯 와인잔을 위로 들어 보인 후 입으로 가져갔다. 귀찮은 일만 많아질 탈 많은 권리라는 말만은 진심이었다. 킬리언은 황위도, 계승권도 복권받을 생각이 없었다. 더 이상 황족의 누구와도 접점을 만들고 싶지 않았다.

황비도 어차피 얌전히 황위 계승권을 내어 줄 생각일 리 없겠지만, 설령 덜컥 그것을 받아 버리면 실질적인 목숨의 위협이 현실로 닥쳐올 것임은 자명했다.

"그대가 이토록 황태자를 생각해 주다니." 황비가 사근사근하게 웃으며 말했다. "이 어미는 참으로 기쁘기 그지없군요."

킬리언이 황비를 향해 싱긋 웃었다. 황비가 킬리언이 앞서 보인 예에 응하듯 와인잔을 살짝 위로 들어 보이며 말을 이었다.

"사양하지 않아도 됩니다. 그대의 진심을 내가 알고 황제 폐하께서 아실진대 무엇이 문제되겠습니까. 그대가 황족으로서 복위되면 비도 맞이하는 것이 좋을 것 같아, 내 적당한 귀족 영애들을 보아 두고 있습니다. 애첩도, 애마도 좋겠지만, 그대도 슬슬 정착하고 가정을 꾸려야지요."

킬리언은 상냥하게 제가 피해 갈 구멍을 만들어 주는 황비를 보며 한쪽 입꼬리를 올렸다.

"그리 말씀해 주시니 더더욱 사양해야겠군요. 저를 용서하시겠다는 황비 마마의 뜻만 감사히 받지요. 전 지금의 생활이 좋습니다. 아무리 과분한 여인이라 하여도 한 여자에게 정착하는 것은 제겐 너무 힘든 일이라서요."

킬리언은 제 시중을 들던 리에타와 라나를 양쪽에 끼고 뻔뻔하게 미소 지었다. "이 귀여운 여자들을 울릴 순 없죠."

그들의 이야기는 저 공정하고 고지식한 대리인 렉터스 유스티오에 의해 황제에게 그대로 전해질 것이다. 킬리언이야 어찌되든, 황제를 상대로는 이미 황비가 이긴 판이었다.

광산 채굴권, 무역 독점권. 상당히 달콤한 선물이었다. 그저 제가 원하는 것을 얻어 내려는 것이 목적이었다면 차라리 다행이다. 하지만 킬리언의 복위라는 큰 미끼를 흔들어 이런 판을 꾸민 황비가 원하는 것이 정말 그게 다일까?

권하고 사양하는 말들이 오가고, 마침내 황비가 손을 드는 시늉을 했다.

"대공께서 정 그러시다면 폐하께 그대가 원하는 바를 전하도록 하지요. 그 일은 황제 폐하와 함께 다시 의논하겠습니다. 오랜만의 재회인데 그대가 이토록 나의 호의를 고사하니 내일의 대축성 의식을 특별히 신경 써 달라고 오스티아에게 당부하는 것밖에 내가 그댈 위해 해 줄 것이 없군요."

킬리언이 낯선 이름에 살짝 눈을 찌푸렸다.

"오스티아?"

황비가 미소 지었다.

"대주교님과 함께 내일 그대의 대축성 의식을 집전할 대제사장입니다.

나의 사촌동생이랍니다."

"호오."

미소를 띠고 있었지만, 킬리언의 눈이 차갑게 가라앉았다. 그녀에게 자신을 잘 부탁해야겠다는 황비의 말이 의미심장하게 들렸다.

비무장 상태로 받아야 하는 대축성 의식. 의식 도중에 자신에게 무슨 짓을 할 심산이라면, 자신에게 가장 오랫동안 가까이 붙어 있을 그녀, 대제사장이 일을 벌일 가능성이 높다. 설마 황제의 대리인이 지켜보는 앞에서 그런 일차원적인 공격을 감행하기야 하랴마는…….

이미 지난 십삼 년간의 경험으로, 황비는 고차원적인 방법이나 일차원적인 방법이나 가리지 않는다는 것을 알고 있었다. 황제의 대리인이 지켜볼 의식이라고 안심할 수는 없다. 멀쩡한 척 행세하고 있지만, 황비는 언제든 미친 짓을 해 올 수 있는 사람이므로.

연회가 마무리에 접어들고, 늦게야 모습을 드러낸 대주교가 양해를 구하며 두 귀빈에게 다가와 반갑게 환영하는 인사를 건네었다. 그러나 도무지 일에서 헤어 나오지를 못하고 있는 모양인지, 채 몇 마디를 나누기도 전에 헐레벌떡 다가온 사제에게 붙잡혔다. 얼핏 듣기에 내일의 의식에 관한 일인 모양이었다.

"잠시만 실례하겠습니다."

송구한 낯빛으로 다시 두 귀빈에게 양해를 구한 대주교가 몇 발 떨어진 곳으로 물러서 그와 이야기를 시작했다. 그 틈에 고위사제가 다가와 킬리언에게 내일의 대축성 의식을 위한 주지사항을 안내했다.

"내일도 말씀드리겠지만, 식사는 오늘 밤까지만 하실 수 있습니다. 내일 해가 뜨고 나면 몸을 정결히 하기 위해 의식 전까지 금식하셔야 합니다."

"금욕도 해야 하나?"

"네?" 킬리언의 반문에 당황한 사제가 말을 더듬었다. "그, 그야 물론……. 신께 축복을 비는 의식이니 몸과 마음을 정결히……."

"내 애첩이 신성 능력자이니 그녀를 품고 몸과 마음을 정결히 하면 되겠군."

파렴치하게 대답하는 킬리언의 시선이 리에타를 향했다. 그가 그녀의 머리카락을 쓸어내리며 나긋한 목소리로 중얼거렸다.

"그대에게 대축성을 받을 수 있다면 좋을 텐데."

말뿐이라는 것을 아는 리에타마저 얼굴이 붉어졌지만 나름대로 자연스러운 연출이 되었다. 사람들 앞에 나서는 데에 수줍음이 있는 애첩이라고 멋대로 상상하기 딱 좋았다.

어느새 이야기를 마치고 돌아온 대주교가 킬리언이 한 소리를 들었는지 미소 지으며 말했다.

"그분을 참으로 아끼시는가 봅니다. 축성 능력자시라는 것을 저도 전해 들었습니다마는."

킬리언이 달콤한 눈으로 리에타를 바라보며 그녀의 허리를 감쌌다.

"그래, 사랑스럽지 않은가. 대사원의 제례복을 입어도 잘 어울릴 거야."

대주교가 흐뭇하게 웃으며 맞장구를 쳐 주었다.

"과연 대공 전하의 안목에 부족함 없을 미인이십니다. 그러나 익히 아시다시피 사원의 대축성 의식은 사제가 아닌 분께서 집전하실 수 없습니다. 게다가 그분께도 부담되는 일이 아니겠습니까."

"재미없군."

킬리언이 맥 빠지는 콧소리를 내었다. 빈 잔을 들자 리에타가 자연스레 거기에 술을 따랐다. 그가 가만히 리에타의 옆얼굴을 바라보았다. 어색하게 행동하면 티가 나지 않도록 거리를 두었을 텐데, 처음 황비의 사절단 앞에 나섰을 때나 숙소에서 사제들 앞에서 축성을 했을 때보다 훨씬 자연스럽게 해내고 있었다.

상대가 잘 받아 주니 할 수 있는 것이 많아졌다. 킬리언은 처음 계획했던 선 이상으로 행동반경을 넓히고 있었다.

"의식 전야를 함께 보낸 신성한 여자가 다음 날 대축성을 내려 준다면 그야말로 신성한 일이라는 생각이 드는데. 안 그런가?"

대주교가 빙그레 웃었다.

"지당하신 말씀이십니다만, 대공 전하께는 황비님께서 친히 준비해 주신 대제사장님이 계시지 않습니까."

"그야 그렇지."

킬리언은 순순히 물러섰다. 그 황비가 준비한 대제사장 때문에 리에타에게 축성을 받아야겠다고 우겨 볼까 하는 생각이 드는 것이었지만, 사실 무슨 일이라도 벌어지지 않는 한 그런 상식 밖의 요구가 받아들여질 일은 없을 것이다. 대사원의 대제사장은 영예로운 일이라 항상 사원의 가장 권위 있는 귀족 사제가 맡는다. 킬리언은 황비의 사촌이라던 대제사장에 대해 물었다.

"그분께선 언제부터 여기 계셨지?"

"오스티아 대제사장 말씀이십니까? 그분이라면 줄곧 사원에 몸담으신 분이셨습니다. 이십 년도 넘었죠. 하비투스 수도원을 거쳐서……."

황비가 일을 꾸미기 시작하며 밀어 넣은 사람이 아닐까 생각했지만, 뜻밖에 그녀의 이력을 들어 보니 뼛속까지 하비투스 대사원의 토박이 사제인 사람이었다.

황비의 사촌이라지만 그로 인해 덕을 보기는커녕 해를 입은 사람으로, 비리에 연루되어 토사구팽당한 부모님을 어릴 때 여읜 후 홀로 살아남아 한 많은 인생을 산 사람이었다.

킬리언이 모르는 이름인 것을 보니 황비와는 그다지 가깝지 않은 사람인 듯했고 정확한 촌수로는 육촌이었다. 하비투스 대사원에 몸담아 사제가 되어 줄곧 성직자로 자라온 사람이라고 했다.

"그래. 그분께선 연회에 오지 않으셨나? 의식이 시작되기 전에 인사라도 드려야 할 텐데."

"대제사장님께서는 내일의 대축성 의식을 위해 삼 일 전부터 단식기도에 들어가셨습니다."

"아아. 고생하시는군."

킬리언은 무심하게 대답하고 와인잔을 기울였다. 잠시 자리를 비웠던 황비가 들어서며 그의 말을 들었는지 대답해 왔다.

"내 그녀에게 대공께 인사를 드리라고 전하겠습니다."

"안 그러셔도 됩니다."

황비가 생긋 웃었다.

"사양치 마십시오."

연회가 파하고 그들은 제각기 숙소로 돌아갔다. 고위 사제들이 숙소 안까지 따라붙어 그에게 의식을 위한 주의사항들을 끝없이 주지시켰다. 킬리언은 불편한 심기를 숨기지 않고 싸늘한 눈으로 그들을 깔아보았다. 자신이 사용하는 숙소의 침실이 있는 삼층으로 올라가기 직전이었다.

"침실까지 따라 들어올 셈이냐? 적당히들 하고 물러가지."

"여, 여성분과 함께 들어가실 것입니까? 내, 내일의 의식을 위해 그……금욕을……."

"대주교도 허락한 일인데 말이 많구나. 그래서 오늘 밤은 신성한 여인과 둘이서만 오붓하게 보내겠다고 하지 않았나."

"하오나……."

"하……."

킬리언이 냉랭한 한숨을 뱉으며 고개를 비틀었다. 무심결인 듯 허리에 찬 검에 손이 얹혀 있었다.

"여긴 내게 익숙한 사람이 많지 않군. 내게 같은 말을 세 번 하게 하고 살아남은 자가 없다고 아무도 알려 주지 않더냐."

킬리언과 눈이 마주친 사제들의 안색이 창백해졌다.

"시, 실례했습니다. 그, 그럼 편안히 쉬십시오."

허둥지둥 사제들이 숙소 밖으로 빠져나갔다. 멀어지는 그들의 뒷모습을 바라보며 리에타가 킬리언에게 조심스럽게 속삭였다.

"영주님, 정말 제가 대축성 의식을 집전하게 하실 생각이신가요?"

킬리언이 무심히 대답했다.

"그대는 사제가 아니니 안 될 것이다. 신경 쓰지 마. 들어가지."

킬리언은 리에타의 어깨를 손으로 감싸고 삼 층으로 올라갔다. 보는 사람이 없어지고 단둘이 남자 리에타의 표정이 심각해졌다. 킬리언이 피식 웃었다.

"그대로 몸을 썼느니 하는 소리도 진담이 아니니 신경 쓰지 말고."

리에타가 고개를 저었다.

"아뇨, 그런 것을 걱정하지는 않았습니다. 그저, 오스티아 대제사장님이라는 분께서 황비마마께서 준비하신 분이시라면……. 비무장 상태로 받아야 하는 대축성 의식은 위험할 수 있는 것 아닌가요?"

킬리언이 빤히 리에타를 쳐다보았다.

나와 같은 생각을 하네. ……뭐 그리 어려운 생각은 아니긴 하지만. 그런데 이 여자 날 꽤 무서워하지 않았었나.

이런 상황에 내가 해야 하는 고민을 대신 하고 있는 것이 우스웠다.

"조금도 걱정하지 않는다니 서운한데."

"네?"

킬리언은 무표정하게 리에타의 어깨에서 손을 떼고 시선을 앞으로 돌렸다.

"그대의 역할은 끝났다. 충분히 잘해 주었으니 쉬어라."

그리고 킬리언이 침실의 문을 연 순간, 두 사람은 얼음처럼 굳어 버렸다. 낯익은 냄새. 그러나 지금 여기서 나서는 안 되는, 비릿한 피 냄새가 훅 끼쳤다.

"여, 영주님!"

리에타가 떨리는 목소리로 그를 불렀다. 킬리언은 재빨리 그녀를 방 안으로 밀어 넣고 안으로 들어와 문을 걸어 잠갔다. 그리고 그녀를 등 뒤에 둔 채 싸늘한 눈으로 방 안을 둘러보았다.

이상한 점은 보이지 않았다. 허리에서 검을 뽑아 든 킬리언은 성큼성큼 걸어가 옷장 앞에 섰다. 다음 순간, 그는 검을 세워 겨눈 채 옷장 문을 확 열어젖혔다. 건물 밖에서, 불길한 외침 소리가 들렸다.

"오스티아 대제사장님을 본 사람이 아무도 없는가!"

그리고 킬리언은 자신의 방에서 기다리고 있던 오스티아 대제사장을 발견했다. 자신의 침실 옷장 안에서. 사제복을 입은 피투성이 중년 여인이 채 눈을 감지 못한 시체가 되어 늘어져 있었다. 리에타가 비명이 새어 나오려는 입을 틀어막았다.

밖에서는 실종된 오스티아를 찾는 소란이 일고 있었다. 순식간에 사태를 파악한 킬리언이 침음을 흘렸다.

"제기랄."

리에타가 새하얘진 얼굴로 달려가 옷장 앞에 주저앉았다. 쓰러질 것 같았지만 그를 도와야 한다는 생각이 몸을 움직이고 있었다. 본능적으로 겁이 나서 사시나무처럼 떨리는 손이 피투성이 시신의 몸에 가 닿았다. 싸늘한 감촉에 리에타가 흠칫 몸을 떨었다.

"어떡해……. 어떡해! 죽었어요!"

킬리언이 짓씹어뱉었다.

"그랬겠지. 황비의 사촌……. 오스티아 대제사장일 거다. 내게 대제사장을 살해했다는 누명을 씌울 생각이야."

황제의 대리인이 보는 앞에서 대사원의 대제사장이, 그것도 황비의 혈족인 여자가 죽었다. 빌어먹을. 생각을 잘못했어. 대제사장으로 날 해치려는 생각 따윈 애초에 없었다.

리에타가 믿을 수 없다는 얼굴로 절박하게 목소리를 낮추었다.

"우리가 한 일이 아니잖아요!"

"그래, 함정이다."

대사원의 수도사들을 곁에 두지 않겠다고 고집부린 것으로 알리바이를 잃었다. 친절하게도 리에타를 대제사장으로 세우고 싶다는 소리까지 늘어놓는 날 보고 황비가 속으로 얼마나 웃었을까?

황가는 친족 살해를 용납하지 않는다. 명분은 저쪽에 있었다. 이미 십삼 년 전, 이복형제들을 죽인 킬리언을 살려 준 일만으로도 황제는 황비와 귀족원에게 아직까지 발목을 잡히는 부채가 있었다.

황제는 더 이상 그를 감쌀 수 없었다. 황실에는 그저 킬리언을 물어뜯는 일에만 집요하게 열중하는 황비보다는 그 누구와도 호의적으로 지내지 않는 유력자인 악시아스 대공을 향해 날을 세우는 적들이 훨씬 많았다.

그가 다시 황비의 혈족을 살해했다고 황비와 귀족원이 고발한다면 그가 황비의 하나 남은 자식인 황태자를 다시 위협하리라는 주장은 이번에 야말로 힘을 얻게 될 것이다.

리에타가 떨리는 몸을 다급하게 일으켰다.

"빨리, 의심을 사기 전에 사람들을 불러서 진상을 조사해야……!"

킬리언이 일어서는 리에타의 손목을 잡아 채 멈춰 세웠다.

"순진하게 결백이라도 주장하려고?"

처음부터 계획된 일이다. 이미 필요한 증거가 다 준비돼 있을 것이다. 빠져나가기가 쉽지 않겠는데. 킬리언은 빠르게 움직였다. 그는 피가 흐르지 않도록 시신을 침대 시트로 둘둘 말아 옷장에서 꺼냈다. 그러나 달리 시신을 숨길 만한 곳이 있을 리 없었다.

"어…… 어떡하시려구요?"

"수건을 가져와 옷장을 닦아. 모든 창문을 열고 방에 향유를 뿌려."

제정신을 붙잡고 있는 것조차 버거웠지만 몸은 빠르게 움직였다. 리에타는 떨리는 손으로 창문을 모조리 열어 환기시키고, 욕실로 달려가 향유가 든 항아리를 열었다. 그것을 빈 병에 한가득 옮겨 담고 옆구리에 수건을 끼고 나와 보니 킬리언의 손에 들려 있던 시신은 어디론가 사라져 있었다.

방 안 곳곳에 향유를 뿌리고 시신이 있던 옷장을 마른 수건으로, 그 다음에는 물에 적신 수건으로 닦아 냈다. 그 후 옷장 안에 향유를 들이붓다시피 해 다시 닦았다.

킬리언은 시가에 모조리 불을 붙였다. 향유 냄새와 담배 냄새가 퍼져 나갔지만 방 안에 남아 있는 짙은 피비린내는 채 숨겨지지 못하고 있었다. 어느새 그들이 있던 숙소에까지 혼란스러운 분위기가 번지기 시작했다.

"대공 전하께서 머무시는 곳에 이게 무슨 소란이죠?" 열린 창문을 통해, 아래층에서 날카로운 지젤의 목소리가 올라오고 있었다.

"내일의 대축성 의식을 집전하실 오스티아 대제사장님께서 실종되셨습니다. 모든 건물에서 수색이 진행 중이니 대공 전하 일행께서도 수색에 협조해 주시기 바랍니다."

"꺄악! 무슨 짓이에요! 성기사님들께서 여자들의 침소에!"

당황한 여자들의 목소리가 밑에서 울려 오며 그들에게 상황을 알리고 있었다.

"방을 조사하는 이상의 무례는 저지르지 않을 것입니다. 협조해 주십시오."

"잠깐 어디 가 계시는지도 모르는 거 아닌가요? 어떻게 이런 무례를!"

엘리제의 항의에 차갑게 가라앉은 남자의 목소리가 대답했다.

"대기도실에서 기도 중이시던 사제님께서 대제사장님의 신변에 큰 문제가 발생했다는 예지를 하셨습니다. 그분께서 사라진 자리에 남은 흔적도 심상치 않아 저희는 당장 그분을 찾아야 합니다. 양해해 주십시오."

그들의 방에도 성기사들의 묵직한 갑옷 소리가 가까워지고 있었다. 정신이 번쩍 들었다. 리에타가 휙 고개를 돌려 킬리언을 바라보았다.

"시신은 어디에 있죠?"

"잘 처리했어."

리에타는 단박에 그의 말을 믿고 더 이상 묻지 않았다. 남은 문제는 담배 냄새로도, 향유 냄새로도 가려지지 않는 피비린내였다. 킬리언이 싸늘한 얼굴로 이를 악물고 씹어뱉었다.

"괜찮아. 어차피 시신은 찾지 못할 거야."

순식간에 가까워진 발소리가 문 앞에 멈추었다.

"피 냄새 따위는 증거가 될 수 없어. 모르는 일이라고 잡아떼면 돼."

침실 문을 두드리는 소리가 울렸다. 그리고 밖에서 그를 부르는 목소리가 들렸다.

"악시아스 대공 전하!"

그때 리에타가 움직였다. 리에타는 황급히 자신이 갈아입은 옷을 놓아 둔 쪽방으로 달려가 단검을 꺼냈다. 킬리언이 그녀가 칼을 뽑는 것을 보고 눈을 치켜떴다.

"지금 뭐 하는……!"

갑자기 그녀가 치마를 걷어 올리더니, 무릎을 꿇고 앉아 제 허벅지 위에 날을 세웠다. 말릴 틈도 없었다. 순식간에 붉은 선혈이 터져 허벅지 옆과 다리 사이로 흘렀다. 그녀가 깔고 앉은 새하얀 치마가 붉게 물들었다.

리에타는 벗어둔 옷소매를 단검으로 찢어내다시피 해서 잘라 냈다. 그 리곤 파들거리는 손으로 제 다리를 동여매어 지혈했다. 그러나 손이 떨려 힘이 부쳤다. 굳은 표정의 킬리언이 성큼 다가와 그녀의 다리를 꽉 틀어 매며 낮게 윽박질렀다.

"이게 무슨 짓이야!"

재차 그들의 침실 문을 두드리는 소리가 울렸다.

"악시아스 대공 전하! 계십니까? 문을 열어 주십시오!"

두 사람의 눈이 마주쳤다. 킬리언은 리에타가 무엇을 했는지 깨달았다. 단검을 검집에 밀어 넣어 옷더미 속에 던져 둔 리에타가 황급히 치마를 정 리하고 일어서 절뚝이며 욕실로 향했다.

하얀 치마 뒤쪽에 핏자국이 묻어 있었다. 재빨리 피가 묻은 손을 씻어 낸 리에타는 드레스 자락에 손의 물기를 닦아 내고 침착한 표정으로 그를 향해 몸을 돌렸다.

"저는 괜찮습니다, 영주님. 문을 열어 주세요."

밖에도 들릴 만한 목소리였다.

"……악시아스 대공 전하!"

밖에서 울리는 목소리가 재차 그를 부르며 다그쳤다. 킬리언은 굳은 채 로 서서 말없이 리에타를 바라보고 있었다. 다시 쾅쾅 문을 두드리는 소리가 그들을 재촉했다.

"대공 전하! 강제로 열고 싶지 않습니다. 문을 열어 주십시오!"

킬리언은 굳은 얼굴로 시선을 리에타에게 고정한 채 움직이지 않았다. 그가 움직일 기미가 없자 리에타가 직접 문으로 다가갔다. 문에 손대기 직전, 단호하게 가라앉은 하늘색 눈이 킬리언을 향했다. 그녀는 차분히 그의 눈을 마주 응시한 채로 문의 잠금장치를 풀었다.

철컥 소리가 나자마자 문이 열렸다. 적지 않은 수의 사제와 갑옷을 입은 성기사들이 위협적으로 문 앞에 모여들어 있었다. 가장 앞에 선 성기사가 리에타를 한 번 내려다 보았다가, 그 뒤에 선 악시아스 대공을 발견하고 입을 열었다.

"대공 전하."

킬리언이 느릿느릿 고개를 돌려 그를 부른 남자를 섬뜩한 눈으로 노려보았다. 그의 살기 어린 눈을 보고 성기사가 움찔 몸을 떨었다.

"휴, 휴식을 방해해서 죄송합니다. 이 새벽에 실례가 많습니다. 저는 하비투스 대사원 상급 성기사 니스턴입니다. 오스티아 대제사장님께서 실종되셔서, 저희가 급히 수색을 하고 있는데 협조를……."

그러나 이내 무언가를 깨달은 듯, 그의 표정이 순식간에 험악해졌다.

"……이것은 피 냄새가 아닙니까? 대공 전하!"

킬리언의 싸늘한 붉은 눈이 그에게로 향했다.

"그래서?"

"그래서라뇨! 어째서 방에서 피 냄새가 나는 겁니까? 방을 수색하겠습니다. 안으로 들어가게 해 주십시오!"

"하……." 킬리언이 소름 끼치게 웃으며 검 손잡이 위에 손을 올렸다.

"사원의 잡것들이란 정말이지 적응이 안 돼……."

킬리언이 고개를 비틀며 검을 뽑았다.

"어디까지 참아 줘야 하는지……."

"영주님!"

리에타가 몸을 던져 검을 든 그의 손에 매달리며 세차게 고개를 저었다.

"저는 괜찮습니다! 불필요한 오해를 사지 마시고 방을 수색하게 하세요!"

몸을 돌린 리에타의 치마 뒤에 피가 스며 묻어 있었다. 그것이 의미하는 바를 깨달은 성기사들이 몸을 굳혔다. 뒤쪽에 있는 기사들이 화들짝 놀라 목소리를 낮추어 서로 몇 마디를 나누는 찰나.

쾅! 킬리언이 문을 발로 걷어찼다. 그 기세에 흠칫 하며 성기사 몇이 뒤로 물러섰다. 킬리언이 으르렁거렸다.

"꼴사납게 수군거리는 꼴들이라니."

"저는, 저는 괜찮습니다, 영주님!"

"내가 괜찮지 않다."

킬리언이 제 손에 매달린 리에타를 다정하게 일으켜 제 뒤로 물러나게 했다. 리에타는 킬리언의 손에 붙잡혀 그의 뒤로 숨겨지며 문밖으로 애처롭게 눈을 돌렸다.

"기사님들께서도 아시겠지만…… 여자들은 매달, 몸이 불편할 때가 있습니다."

리에타가 기사들의 시선을 피하며 더듬더듬 말을 이었다.

"보통은 규칙적이라 준비할 시간이 있습니다만, 지난 며칠 예기치 않은 강행군으로 급작스레……. 옷차림을 정돈하고 뵙고 싶었으나 급한 일이신 듯하여……."

"리에타. 설명할 필요 없다."

킬리언이 리에타의 말을 잘랐다.

"하오나……."

차마 말을 맺지 못하는 여자가 상기된 얼굴을 아래로 떨구었다. 리에타의 발밑으로 피가 한 방울 툭 떨어졌다.

뒤에 있는 성기사가 당혹하여 맨 앞에 선 성기사의 옷자락을 티 나지 않게 잡아당겼다. 당장 물러나야 한다는 뜻이었다. 기사의 옆에 있던 한 사제가 이를 악물었다.

"니스턴 님! 그래도 수색을 해야 합니다. 이렇게 피 냄새가 나는 방을 그냥 넘어갈 순 없습니다!"

킬리언이 부드럽게 리에타의 손을 떼어 내고 앞으로 걸어 나와 문을 막아섰다. 그저 문틀에 비스듬히 손을 짚고 기대어 섰을 뿐이었지만, 맹수가 문을 막아선 듯한 위압감에 기사들이 숨을 멈추었다. 주춤 뒷걸음질을 친 사제가 지지 않고 킬리언을 노려보며 입을 열었다.

"……고작 여성이 달거리를 한다고 이 정도로 피 냄새가 난다는 것이 있을 수 있는 일입니까? 역시 수색을 해야……."

킬리언이 어이가 없다는 듯 그를 보며 코웃음 친 순간, 사람들이 숨을 들이켰다. 그 누구도 검이 움직이는 순간조차 보지 못했다. 어느새 사제의 목울대 앞에 검 끝이 닿아 있었다.

"아예 치마 속을 보여 달라고 하지 그래?"

"그, 그럴 리가요, 그냥, 그냥 방을, 커헉!"

킬리언이 그대로 꿰어 버리겠다는 듯 검을 밀며 문밖으로 걸어 나갔다. 칼끝에 목을 눌린 사제가 컥, 컥, 소리를 내며 검에 찔리지 않기 위해 뒷걸음질 쳤다. 목에서 피가 배어 나왔다.

"그녀가 마음 약함에 감사해야 할 거다. 내 여자가 보고 있지만 않았어도 이미 너희들 모두를 베었을 것이니."

떨리는 목소리로, 새파래진 사제가 항의했다.

"사, 사제와, 서, 성기사들을 상대로 무력을 사용하실 생각이십니까?"

킬리언이 비틀린 미소를 지었다.

"사제." 곱씹듯 묘한 어조였다. "그대 이름은?"

사제가 어쩔 줄 몰라하며 순간 멈칫했다. 킬리언이 다정한 어조로 재차 목소리를 깔아 공기를 긁었다.

"이름."

사제가 대답하지 않은 채 시간이 흐르자 성기사 몇이 이상한 낌새를 느끼고 그를 바라보았다. 마침내 사제가 더 끌지 못하고 대답했다.

"세…… 세루스입니다."

킬리언이 그의 몸을 향해 검을 휘둘렀다. 미처 대응하지 못한 성기사들이 깜짝 놀라 검을 틀어쥔 손에 콱 힘을 주었다.

차라락! 살을 가르고 피가 터지는 대신, 금속을 때리는 소리가 울렸다. 예리한 칼끝에 그가 입은 사제복의 케이프가 비스듬히 반으로 잘려 나가며 스르륵 아래로 떨어졌다. 케이프 아래 감춰져 있던 체인 메일이 드러났다. 성기사들이 눈을 부릅떴다.

"정신 차려야지, 세루스."

킬리언이 다정하게 웃었다.

"사제복을 입었다고 자네가 진짜 사제가 된 것이 아니잖아?"

세루스의 얼굴은 새하얘져 있었다. 본능적 위기감에 창백한 얼굴이 된 그가 허리춤에서 손을 움찔거렸다. 그러나 검이 있었을 자리는 위장을 위해 텅 비어 있었다.

천으로 싸매어 소리를 감추고 있었지만 킬리언은 체인 메일을 숨겨 입은 자의 미묘한 움직임을 간파하고 있었다. 검을 훈련한 자 특유의 자세도.

그때, 허리띠 근처를 헤매던 세루스의 손이 뭔가를 건드렸다. 툭. 데구르르……. 자줏빛 술이 달려 있는 금빛 신분패가 바닥으로 떨어졌다. 굳어 버린 세루스가 움직이지 못하는 사이 킬리언이 검 끝으로 신분패 끝을 꿰어 들어올렸다. 그리고 그것을 읽었다.

"세루스 바이첸. 황비궁 그리프스 기사단 소속 평기사."

친절하기 짝이 없는 신분패의 등장에 어이가 없어 헛웃음이 흘렀다. 눈을 들어 바라본 세루스의 얼굴은…… 이중 함정인가 하는 의심이 싹 날아갈 만큼 한심한 표정이었다. 킬리언이 서늘하게 중얼거렸다.

"황비마마께서는 사제 아닌 것들에게 사제복을 입히는 페티쉬라도 생기신 모양이지."

그리고 코웃음 치며 성기사들을 눈으로 훑었다.

"그나저나……. 언제부터 대사원의 성기사단이 황비마마의 개가 되었을까?"

모욕에 얼굴이 시뻘게진 붉은 머리 성기사 하나가 소리쳤다.

"오해입니다! 황비마마의 개라니요!"

킬리언이 뭐라고 입을 열기 전, 니스턴이 단호하게 팔을 들어 성기사들의 앞을 막아섰다.

"입 닥쳐, 리들러스. 우리들의 불찰이다."

황비의 개가 되었다는 표현에 그 역시 모욕감을 느끼는 듯했으나, 그는 자신들의 실책임을 인정하는 듯 고개를 숙였다.

"송구합니다. 대공 각하……. 입이 열 개라도 할 말이 없습니다."

성기사 니스턴은 그의 신분을 확인하지 않았다며 자신들의 잘못을 인정했다. 성기사단이 황비의 사람을 대동하고 그를 의심해 한밤중 침소에 쳐들어온 무례를 저지른 데다 그의 애첩에게 성기사들 앞에서 창피를 감당하게 했다.

"오로지 저희들 개인의 불찰로 벌어진 일입니다. 이 실수로 하비투스 대사원을 오해하지는 말아 주십시오. 죄송합니다."

성기사단이 사제가 아니라는 것조차 알아보지 못하고 수상한 인물의 말에 부화뇌동한 데다, 심지어 악시아스 대공에게 황비의 사람을 들이대었다니. 성기사단의 실책이 분명했고, 악시아스 대공 쪽에서 분노할 명분이 너무 확실했다.

그러나 킬리언은 성기사들을 싹 무시한 채 고개를 돌렸다. 그의 뒤에 남겨진 리에타가 채 지혈되지 못한 다리에서 피를 흘리며 서 있었다. 킬리언은 즉시 자기 망토를 벗으며 몸을 돌렸다.

방 안으로 들어간 그는 벗은 망토로 조심스레 그녀를 가리듯 감싸 주었다. 킬리언에겐 겨우 무릎 밑까지 오던 망토가 리에타를 감싸자 발밑까지 완전히 가리고도 바닥에 끌렸다.

리에타는 얼떨떨한 얼굴로 잠깐 그를 올려다보았으나 이내 얌전히 그가 둘러 주는 망토 자락을 여며 쥐었다.

사제와 성기사들은 실수로 그녀를 쳐다보지 않기 위해 저마다 마음에 드는 방구석을 노려보았다. 다급하게 동여맨 치마 속 상처가 제대로 지혈되지 않아 흐르는 피였지만 그것을 알아보는 이는 없었다.

킬리언이 그녀를 방 안에 둔 채 침실 문을 닫고 성기사들의 앞으로 나왔을 때는 상황이 묘하게 바뀌어 있었다. 세루스는 성기사들에게 둘러싸여 쩔쩔매고 있었다. 그는 자신이 대공을 잘 아는 것은 사실이고 불필요한 설명을 최소화하기 위해 잠시 사제의 케이프를 빌렸을 뿐이라는 얄팍한 변명을 늘어놓으며 성기사들의 분노를 사고 있었다.

"대공 각하!"

뒤늦게 레너드와 기사들이 험악한 얼굴로 올라와 킬리언과 성기사들 사이를 가로막으며 대치했다. 사제들을 상대로 차마 칼을 뽑지도 못하고 애를 먹었는지 씩씩거리며 다소 흐트러진 모습이었다. 킬리언이 실소했다.

"기어코 내 방을 수색해야겠다면 여사제를 불러라. 남자들의 입실은 허락할 수 없다."

그의 말에 레너드가 이를 갈며 눈을 부릅뜨고 성기사들을 노려보았다.

"수색? 감히 어딜……!"

"됐다."

킬리언이 레너드를 바라보며 명했다.

"레너드, 아래층으로 가 동쪽 별채의 여자들을 불러. 리에타가 갈아입을 새 옷을 가져오라고 전해."

다음으로 그의 시선이 니스턴에게로 향했다.

"리에타에게 준비할 시간을 주고 싶은데. 그 정도는 괜찮겠지."

뜻밖에 너그러이 아량을 베푸는 킬리언의 말에, 반쯤 수색 포기를 각오하고 있던 니스턴이 반색하며 정중하게 고개를 숙여 감사를 표했다.

"물론입니다. 대공 각하의 배려에 감사드릴 뿐입니다."

오히려 레너드와 기사들이 못마땅한 얼굴을 했다.

"대공 각하, 이런 몰상식한 놈들에게 맞춰 주실 필요는 없지 않습니까?"

"리에타가 신경 쓴다."

무심히 답한 킬리언이 레너드에게 턱짓했다. 레너드는 눈살을 찌푸렸지만 고개를 숙이고 몸을 돌려 그의 명령을 수행하기 위해 자리를 떴다. 니스턴의 명에 따라 성기사들 가운데 한 명 역시 여사제들을 부르기 위해 움직였다.

바로 아래층에 머물고 있던 동쪽 별채의 여자들이 먼저 도착했다. 지젤, 엘리제, 라나였다. 구석에 찌그러져 있던 세루스가 어느새 다시 뻔뻔하게 끼어들었다.

"여사제님들께서 오시기 전엔 들어가시면 안 됩니다."

킬리언이 나서기 전에 성기사들이 먼저 부리부리한 눈으로 세루스를 쏘아보았다. 킬리언이 표정 없이 입을 열었다.

"내 방에 설령 오스티아 대제사장이나 뭔가가 있대도 여자 몇을 들여보낸다고 그게 바뀌진 않을 텐데. 뭘 그렇게 조바심을 내는 거지?"

킬리언이 언짢아지면 마음이 변할세라 니스턴은 그의 비위를 맞추는 방향으로 끼어들어 중재했다.

"들어가셔도 좋습니다."

우군을 빼앗기고 입이 틀어 막힌 세루스가 분한 듯 입을 다물었다.

"뭐, 오해의 소지가 있다면 한 명만 들여보내는 것으로 하지. 라나."

긴 검은 생머리의 여인이 앞으로 나섰다.

"리에타를 도와줘."

"네."

라나가 대답하고 지젤에게 옷을 받아들었다. 문이 열리고 라나가 방 안으로 들어선 뒤 다시 문이 닫혔다. 여사제들이 도착하길 기다리는 성기사들과 킬리언 사이에 어색한 침묵이 돌았다. 표정 없이 서서 빤히 세루스를 바라보던 킬리언이 입을 열었다.

"이상한 일이지." 사람들의 시선이 킬리언에게 집중되었다.

"마치 뭔가 있으리라고 확신하는 사람 같군. 내 방에는 아무것도 없는데."

킬리언이 나직이 말을 이었다.

"그대는 내 방에 아무것도 없다는 것이 확인된 후 이 무례를 책임질 일이 걱정되지 않는 걸까? 아니면 내 방을 들여다보기만 하면 무슨 문제든 일으킬 자신이 있거나."

세루스의 표정이 창백해졌다. 킬리언이 성기사들을 향해 말했다.

"방에 들어가는 여사제는 우리가 지목하겠다. 저 놈을, 그리고 솔직히 그대들도 믿을 수 없다.”

모든 것은 킬리언의 뜻대로 흘러갔다.

성기사가 급히 가까운 곳에 달려가 레너드의 감독하에 데려온 네 명의 여사제 가운데에는 레너드가 진작 사원에 심어 둔 여사제가 포함되어 있었다. 그녀는 옷만 뒤집어 써 급조된 가짜 사제가 아닌 진짜 사제였으므로, 아무도 그녀를 의심하는 사람은 없었다.

니스턴은 여사제들의 신분과 소속을 하나하나 확인한 후 악시아스 대공에게 그들이 의심스럽지 않은 인물들임을 확인시켜 주었다. 그리고 레너드는 방 안에 들어갈 사람으로 그 여사제를 지목했다.

잠시 후, 여사제의 수색을 받은 킬리언의 침실에는 수상한 점이 전혀 없다고 결론이 났다.

황제 대리인과 황비, 악시아스 대공의 삼자대면이 이루어졌다. 악시아스 대공은 성기사들의 실수에도 너그럽게 수색에 협조했으며, 오히려 그의 숙소를 수색하는 과정에서 황비의 사람이 개입해 수상한 거동을 보였다는 이야기가 황제의 대리인에게 고스란히 전해졌다.

성기사들이 자처해 킬리언에게 의혹이 없음을 증언했다. 상급 성기사 니스턴은 그들의 앞에서 황비의 호위기사 세루스를 꿇어앉히고 그가 저지른 짓들을 증언하였다. 황비가 눈살을 찌푸렸다.

“세루스. 왜 그런 짓을 했지요? 사제들의 의복은 또 어디서 얻은 것입니까? 사제를 사칭하다니. 그것이 범죄임을 모르지 않을 터인데.”

황비는 유감을 표하고 바로 세루스를 내쳤다.

“악시아스 대공을 용서하고 나의 가족으로 받아들이려는 내 순수한 진심이 그대로 인해 상처 받고 훼절될 뻔했다는 것을 모르지 않을 테지요. 이 일을 어찌 책임질 것입니까."

세루스는 반발하는 말 한마디 꺼내지 못한 채, 고개를 숙이고 끌려 나갔다.

"유감입니다, 악시아스 대공. 내가 아랫사람을 단속하지 못하였습니다."

황비가 애석한 표정을 지어 보이며 별일도 아니라는 듯 웃었다.

"그대의 애첩에게도 미안하다고 전해 줘요."

⟨ ❧ ⟩

작은 체구의 검은 그림자가 주변을 둘러보고는 소리 없이 지붕에서 뛰어내렸다. 인영은 어깨에 들쳐 멘 시커먼 것이 무거운 듯 두어 번 추스르며 숨을 골랐다. 그리고는 인적 드문 외진 곳 수풀 속에 메고 있던 사람의 몸을 내려 두었다.

지친 듯 주저앉아 소리 없이 숨을 가다듬던 인영은 잠시 후 보랏빛 눈을 내려 물끄러미 사자의 육신을 내려다보았다. 잠시 그 이를 착잡하게 바라보던 어둠 속 그림자는 피로 물든 하늘색 제례복에 담긴 흐트러진 육신을 조심스레 정돈해 주고 바르게 눕힌 뒤, 채 눈 감지 못한 한 많은 사제의 피투성이 얼굴 위에 손을 올려 눈을 감겨 주었다.

사원 외진 곳에서 황비의 사촌인 오스티아의 시신이 발견된 것은 어두운 새벽이 다 가고 여명이 터 올 무렵이었다. 위치는 킬리언의 일행이 머무는 숙소에서 적잖이 떨어진 곳. 거리상 계속 연회에 참석하고 있다가 바로 숙소로 돌아온 킬리언을 의심하기는 어려운 위치였다.

오랫동안 이름도 알려지지 않은 채 불우한 인생을 살다가 사원에서 예기치 않은 끝을 맞은 사촌동생의 소식을 전해들은 황비는, 눈물 한 방울 흘리지 않고 유감을 표했다.

❦

킬리언은 자신의 침실로 돌아왔다. 소파에 앉아 있던 리에타가 문이 열리자마자 벌떡 일어섰다. 그리고 문이 닫히자마자 얼른 다가와 물었다.

"잘 해결되었나요?"

킬리언이 싸늘한 얼굴로 리에타를 노려보았다. 티를 내지 않지만 절뚝거리고 있다는 걸 너무나 쉽게 알아챌 수 있었다. 고맙지가 않았다. 속이 끓었다.

"누가 멋대로 그런 짓을 저지르라 했나."

냉랭한 목소리에 가뜩이나 창백하던 리에타의 얼굴은 더 하얘질 수 없을 정도로 핏기가 가셨다.

"저 때문에 문제가 생겼나요?"

킬리언의 눈이 리에타의 다리로 향했다. 상처는 짙은 남색의 실내용 드레스 안에 감춰져 보이지 않았다. 킬리언은 이를 꾹 물며 시선을 돌렸다.

"아니." 킬리언은 외투를 벗어 옆의 의자에 걸쳐 놓으며 차갑게 답했다. "잘 해결되었다."

그제야 리에타의 굳은 표정이 조금 풀리며 떨리는 가슴을 내리 눌렀다. 간신히 안도의 한숨을 내쉰 리에타가 걸어와 의자에 걸쳐진 그의 옷을 향해 손을 뻗었다. 킬리언이 제 옆으로 가로지르는 그녀의 손목을 콱 틀어쥐었다.

"지금 뭐 하는 거지?"

리에타가 조금 놀란 얼굴로 쳐다보았다.

"그, 옷시중을……. 여긴 저뿐이니까요."

"하."

아무럼 다친 리에타에게 옷시중이나 시키려고 아무 데나 벗어 던졌겠나.

킬리언이 쏘아붙였다.

"누가 그런 거 해 달래?"

리에타의 눈이 어쩔 줄 모르고 흔들렸다.

"소, 송구합니다. 저는 그저."

"그대가 그렇게까지 해야 할 정도로 곤란하지 않았어. 시키지도 않은 짓을, 감히⋯⋯!"

킬리언이 싸늘하게 씹어뱉었다. 어느새 옷시중 이야기가 아니게 되었다. 당황한 리에타가 분노해 소리치는 킬리언 앞에 고개를 숙였다.

"죄송합니다. 어리석은 촌부가 주제넘은 짓을 저질렀습니다."

속에서 왈칵 천불이 났다. 저도 모르게 리에타의 손목을 쥔 손에 힘이 들어갔다.

"뭘 믿고 그런 무모한 짓을⋯⋯!"

리에타의 눈동자가 떨렸다. 결국 손목을 잡힌 리에타가 무릎을 꿇었다.

"잘못했습니다. 부디 벌하여 주십시오. 어떤 벌이든 달게 받겠습니다."

"벌? 지금 장난해?!"

울컥한 킬리언이 그녀를 일으켜 세우기 위해 확 손을 끌어당겼다. 리에타는 속절없이 확 일으켜 세워지며 비틀거렸다. 제 힘에 맥없이 휘둘리는 약한 여자의 모습을 보는 순간 킬리언은 당황하여 손을 놓았다. 그의 손에 틀어 잡혔다가 풀려난 가느다란 손목은 새빨갛게 멍이 들어 있었다.

머릿속이 찬물이 끼얹어진 듯 싸늘해졌다. 강한 힘도 아니었는데 손목에 멍이 들고, 겨우 조금 잡아당긴 것으로도 비틀거리는 약해 빠진 여자가 제 손으로 몸에 칼을 대었다. 자신을 돕기 위해.

"그대, 리에타." 킬리언이 낮은 목소리로 으르렁거렸다.

"내가 아랫사람들에게 원하는 충정은 이런 게 아니다."

킬리언은 스스로 그 자신을 지킬 수 있었다. 그리고 그를 지키는 일을 하는 사람들은 따로 있었다. 이런 약해빠지고 평범한 여자가 아니라. 사랑하는 그의 부하들은 모두 강인하고, 충직하고, 위험에 몸을 던질 준비가 되어 있는 사람들이었다.

이렇게 약한 여자의 희생으로 도움 받게 되리라고는 상상도 한 적 없었다. 허락하지 않은 헌신에 화를 내자 잘못했다며 벌해 달라는 말은 그를 더 한심하게 만드는 것 같았다.

킬리언은 주먹을 틀어쥐고 눈을 꾹 내리감았다. 왜 이렇게 화가 나는지 알 수 없었다.

킬리언이 치밀어 오르는 분노를 씹어 삼키며 나지막이 중얼거렸다.

"날 파렴치한 상관으로 만들지 마."

입술을 짓씹고 눈을 뜨자 시선이 마주쳤다.

"요구하지도 않은 희생을 감당할 필요는 없어."

리에타는 얼떨떨한 얼굴이 되었다. 잠시 후에야 어렴풋이 그가 자신이 다친 것을 안타깝게 여겨 화를 내는 것인가 하는 데에 생각이 미쳤다.

"대답."

"명심하겠습니다."

리에타가 황급히 고개를 끄덕이며 답했다. 킬리언의 얼굴은 여전히 못마땅하나마 조금 누그러진 낯빛이 되었다. 그는 그녀의 붉어진 손목을 쳐다보다가, 다시 그녀의 눈을 마주해 왔다.

"……상처는?"

"괜찮습니다."

한 치도 예상을 벗어나지 않는 대답이 식상해서 왈칵 짜증이 났다. 하지만 같은 실수를 반복하지 않기 위해 간신히 그것을 억누르고 말했다.

"내일 여길 빠져나가면 바로 의사나 사제를 불러 주마."

"감사합니다."

애써 누른 것이 무색하게 킬리언은 결국 벌컥 화를 내고 말았다.

"대체 뭐가 감사하다는 거야! 나 때문에 다친 거잖아!"

리에타가 대답할 말을 찾지 못하고 입을 다물었다. 저 입이 다시 열려 봤자 제 속만 터지리라 생각한 킬리언이 낮게 욕설을 씹어뱉으며 한숨을 내쉬었다. 잠시 후 다시 분노를 가라앉히고 말을 이었다.

"치료사를 바로 못 불러주는 건."

"당연합니다. 알고 있습니다."

킬리언은 부글부글 끓는 속을 숨기지 못하고 그녀를 노려보았다. 그는 한참 후에야 심기 불편한 얼굴로 리에타가 앉아 있던 소파에 삐딱하게 걸터앉았다.

리에타는 피가 묻었던 흰 드레스를 벗고 상처나 핏자국이 드러나기 어려울 어두운 남색 드레스로 갈아입은 상태였다. 침대 위에는 킬리언이 언제든 갈아입을 수 있도록 정리해 둔 침의가 올려져 있었다. 그녀가 눕지도 않고 우두커니 앉아 있던 소파에는 수건이 놓여 있었다. 혹시 상처에서 피가 배어날까 해서 소파 위에 깔고 앉아 있었던 수건이라는 것을 킬리언은 곧 알아챘다.

킬리언이 이를 갈고는 리에타를 불렀다.

"이리 와."

"예?"

"상처를 봐야겠어. 제대로 지혈도 못 했잖아. 라나에게도 보이지 않았지?"

리에타의 눈이 휘둥그레졌다.

"아, 아뇨. 대공⋯⋯, 아니 영주님께서 단단히 묶어 주셨잖아요."

"단단히 안 묶었어. 이리 내."

킬리언이 손짓했다. 리에타는 뜨악한 얼굴로 손을 내저었다.

"괜찮습니다. 잘되었습니다."

"그후에 피가 흐르던 걸 내 눈으로 봤는데?"

"지, 지금은 괜찮습니다."

킬리언의 눈썹이 구겨졌다.

"내게 같은 말을 세 번 이상 하게 하는 걸……."

리에타는 허무할 정도로 즉시 고집을 꺾고 다가왔다. 킬리언은 리에타의 재빠른 태세 전환에 잠시 할 말을 잃었다가 간신히 말을 맺었다.

"……용서하는 건 이번뿐이다."

킬리언은 팔을 뻗어 소파에 딸린 작은 스툴을 제 앞으로 끌어와 손으로 툭 두드렸다. 발을 올리라는 의미였다. 다친 다리를 드는 데 통증이 있는 듯, 리에타는 파르르 눈꺼풀을 떨며 조심스럽게 그 위에 왼발을 올렸다.

그녀의 다리에 깊게 찔린 상처가 드러났다. 흐르는 피는 어느 정도 멎어 가고 있었지만 아직도 새빨갛게 벌어진 상처 틈으로 피가 배어나고 있었다. 상처 주변의 피부는 발갛게 달아올라 많이 아파 보였다. 킬리언이 씁쓸한 낯으로 눈살을 찌푸렸다.

"……이렇게 깊이 상처를 낼 필요도 없었어."

"죄송합니다."

저 빌어먹을 죄송합니다, 괜찮습니다. 제국어 대사전에서 파내 버릴까 보다. 눈을 찡그리고 리에타를 노려보던 킬리언은 한숨처럼 내뱉었다.

"씻지."

킬리언은 상처를 벌리지 않도록 조심스럽게 리에타를 안아들고 욕실로 향했다. 리에타는 얌전히 있었지만 차마 그의 눈을 마주치지도 못했다.

"제…… 제가."

"치워."

명령에 복종하는 리에타로선 황송하게도, 킬리언은 손수 상처를 깨끗한 물로 씻겨 주었다. 상처에 물이 닿는 통증에 저도 모르게 움찔하자, "많이 아프면 말해." 하는 소리를 무뚝뚝하게 툭 뱉었다. 무정한 목소리와 달리 손길은 조심스러웠다. 흐르는 물소리 사이로 킬리언이 중얼거렸다.

"그놈들이 몸수색이라도 하려 했으면 어쩌려고 했어."

몰려온 사람들이 전부 교리에 묶인 남자들이었기에 통할 수 있었던 전략이었다. 성기사나 사제의 신분으로 감히 여자의 치마 속을 살펴봐야겠다고는 못했을 것이다. 하지만 여사제를 디밀어 온다면 뭔가 수상하다는 것을 눈치 채일 수 있었다.

실제로도 세루스라는 기사 놈 때문에 위험할 뻔했던 것을 그의 권위와 그녀가 만들어 놓은 명분으로 찍어 누를 수 있었고, 그들이 심어 둔 여사제가 있었기에 매끄럽게 넘어갈 수 있었지만…….

그러나 다음 순간 리에타가 해온 대답에 그의 생각이 뚝 끊겼다.

"전하께서 막아 주셨을 거잖아요."

킬리언의 손이 멈추었다.

"전하의…… 애첩이니까."

킬리언이 빤히 리에타의 얼굴을 쳐다보았다.

"……영주님."

호칭이 틀려서 쳐다보는 줄 안 리에타가 슬그머니 정정했다. 킬리언은 도로 리에타의 상처로 눈을 내렸다. '송구합니다.' 따위나 들먹일 줄 알았는데.

"……물론 감히 그대를 몸수색하게 두진 않았을 거지만."

다리가 이게 뭐야. 적당히 베기라도 하든가. 그는 상처를 닦아 줄 수건을 가져오기 위해 일어섰다.

차가운 물에 상처를 씻어낸 후, 어설프게 찢어 낸 옷자락 대신 깨끗한 천을 대고 다시 단단히 감았다. 처음에는 몸 둘 바를 몰랐지만 부상을 익숙하게 다루는 킬리언의 손길에 리에타는 어느새 그저 의사를 대하는 듯한 편안함을 느끼고 제 상처를 내맡겼다.

어쩐지 제가 평소에 신세진 것을 갚아야 한다는 강박을 느끼는 것처럼, 이분께서도 그렇게 하는 것을 편안해하는 것 같다는 생각이 들었다. 아니, 물론 그와는 다르겠지만.

"고생했어."

"감사합니다."

상처 처리가 끝났다. 리에타를 앉아 있게 두고 손수 뒷정리까지 마무리한 킬리언이 무심히 몸을 돌리고 턱짓으로 제 침대를 가리켰다.

"이제 자라."

의미하는 바는 명백했다. 리에타의 눈이 휘둥그레졌다. 악시아스 대공은 침대 대신 등받이가 있는 의자로 향하고 있었다. 아무리 재깍재깍 명령을 따른대도 이건 아니었다. 이 방에 침대는 그것 하나뿐이었다.

"여…… 영주님께서도 주무셔야죠. 오늘 밤에 대축성 의식이 있지 않습니까."

"됐어. 그대가 자는 걸 보는 쪽이 마음이 편할 것 같으니."

킬리언이 무심히 침대 앞에 의자를 끌어다 놓고는 털썩 앉았다. 그리고는 어찌할 바를 모르고 앉아 있는 리에타를 힐끗 쳐다보았다.

"안아다 눕혀 주랴."

리에타는 반사적으로 벌떡 일어났다. 킬리언이 눈으로 침대를 가리켰다.

"누워. 명령이다."

리에타는 죽상으로 침대에 기어들어갔다.

커튼이 쳐져 있었지만 암막 따위는 아니었기에 창으로 가득 들어오는 아침 햇살로 방은 온통 밝았다. 간밤의 사건으로 꼬박 밤을 새었음에도 밝은 햇살과 긴장감으로 쉽사리 잠은 오지 않았다. ……게다가 그렇게 쳐다보고 계시면 어떻게 자란 말인가.

언제 자나 보자는 듯이 의자 등받이에 몸을 기댄 채 턱을 괴고 뚫어져라 바라보는 킬리언을 향해, 마지못해 리에타가 어렵사리 입을 열었다.

"……다른 뜻은 없사오나, 치, 침대가 넓으니 영주님께서도 누우실 수 있을 것입니다."

아마 오해 같은 건 하지도 않으시겠지만. 갈 데를 모르는 눈동자를 굴리며 기어들어가는 소리로 중얼거리는 리에타를 보고, 킬리언이 피식 웃었다. 이번엔 유혹하는 게 아닌 줄 아는데도 기분이 이런 건 아무래도 저 맹한 얼굴 탓이다.

리에타는 붉어진 얼굴로 조금 더 용기를 내서 직설적으로 말했다.

"영주님께서 앉아 계시니 제가 잘 수가 없습니다."

리에타가 도박처럼 택한 맹랑한 언사는 용케도 먹혀들었다. 킬리언이 눈을 휘며 웃었다.

"그러냐."

그는 솔직하게 직접적으로 말하는 화법을 좋아했고, 그런 식으로 하는 제안에 너그러운 사람이었다. 침의로 갈아입은 킬리언은 훌쩍 침대 반대쪽으로 돌아가 창을 향해 리에타에게 등을 보이고 누웠다. 과연 침대는 넓어서, 그가 잠결에 두어 바퀴쯤 굴러도 리에타에게는 닿지 않을 정도로 멀었다.

리에타는 그의 얼굴이 보이지 않는 것이 다행이라고 생각하며 안도의 한숨을 내쉬었다. 영주님과는 침대에 관련된 기억에 남을 일이 많구나. 정작 그런 일은 조금도 없었는데도. 왠지 그것이 우스워, 리에타는 소리 없이 약한 미소를 지었다.

키가 크고 어깨가 넓은 남자가 침대에 만들어낸 그림자는 제게 닿지도 않았건만. 마치 평온한 어둠이 드리운 듯이 리에타는 곧 잠에 빠져들었다.

새근새근 잠든 숨소리가 들려오자 킬리언은 몸을 돌려 리에타를 쳐다보았다. 잠들어서야 상처가 아픈지 이따금 앓는 소리를 내었다. 식은땀을 흘리는 고운 얼굴은 긴장 때문인지 상처 때문인지 열이 올라 상기되어 있었다. 킬리언은 한동안 그녀의 잠든 얼굴을 못마땅하게 바라보았다.

제 마음에 감히 이런 부채감을 남기다니 괘씸하고, 속이 상했다. 그 뺨에 오른 열을 식혀 주고 싶어서 슬쩍 얼굴에 손등을 대니, 심장이 조용히 뛰고 있었다.

⁂

오스티아 대제사장을 살해한 범인은 끝내 붙잡히지 않았다. 그 일에 대한 조사가 진행되는 것과 별개로, 신성하다고 여겨지는 대사원에서 일어난 불길한 일이었기에 일단 그녀의 사건은 대외비에 붙여졌다.

오늘 밤의 대축성 의식은 인근 지역민 모두에게 크게 홍보된 행사였다. 갑자기 당일에 취소할 수 없었다. 긴급회의 끝에 일단 진행하기로 결정은 되었지만 대제사장의 빈자리를 누가 메워야 하느냐가 관건이었다. 뜻밖에도 황제 대리인 렉터스 유스티오의 추천으로 대제사장의 대리로 지목된 인물은 리에타였다.

"본질적으로 사제와 축성 능력자의 신성 능력에는 차이가 없습니다."

그는 사제들이 인정하기 싫어하는 진실을 담담하게 입에 담았다.

"절차에는 문제 될 것이 없습니다. 축성을 받으실 당사자이신 악시아스 대공전하께서도 일찍이 그런 희망을 내비치신 바 있고요."

하비투스 대사원의 체면과 대축성 의식의 권위를 들어 반박하고 싶은 듯한 얼굴들이 많았다. 그러나 아직 사원 안에 오스티아 대제사장을 살해한 범인이 남아 있을 가능성이 적지 않은 이상, 의식 동안 악시아스 대공전하를 가장 가까이서 보필해야 하는 분으로 사원과 무관한 인물인 그분이 가장 적합하다고 생각지 않을 수 없다는 대리인의 말에 반대의 목소리를 입 밖으로 낸 사람은 없었다.

암암리에 도는 소문으로만 뜨겁던 대공의 애첩, 축성술사 리에타는 갑작스레 공식적 이야기의 표면으로 떠오르며 주목을 받았다.

온갖 뜬소문이 꼬리에 꼬리를 물고 눈덩이처럼 부풀려졌다. 세기의 미녀라느니, 고위 사제도 우스울 수준의 엄청난 축성 능력자라느니, 악시아스 대공이 자신의 기사단으로 세비타스를 짓밟고 그녀를 빼앗아 왔다느니 하는 허무맹랑한 소문이 퍼져 나가는 동안 리에타는 잘 자고 있었다.

끙끙거리며 앓다가 자다가, 리에타는 늦은 오후가 되어서야 깨어났다.

표정 없는 얼굴로 다가온 킬리언이 물잔을 내밀었다. 리에타가 멍하니 그를 올려다보았다.

"……놀라지 말고 천천히 일어나. 다쳤다는 거 잊지 말고."

리에타는 다행히 화들짝 놀라 벌떡 일어나지 않았다. 천천히 몸을 일으키자 킬리언이 등 뒤에 슥 쿠션을 밀어 넣어 받쳐 주었다. 황송하게 두 손으로 잔을 받아 들자 시원한 기운이 손바닥으로 전해져 왔다.

"감사합니다." 목이 잠겨 말소리가 갈라져 나왔다. 목이 타서 물 한 잔을 단숨에 비웠다. 킬리언은 말없이 잔을 다시 채워 건네주었다. 다시 한번

"감사합니다." 하는 목소리는 조금 낮게 들렸다.

그리고 킬리언은 리에타에게 렉터스 유스티오의 제안과 대사원의 회의 결과를 전해 주었다.

"힘들면 거절해도 된다."

킬리언이 담담하게 덧붙였지만, 누군지도 모를 다른 사람에게 맡게 하는 것보다 리에타가 직접 맡는 것이 킬리언에게 안전하고 합리적이라는 것을 그녀로서도 쉽게 알 수 있었다.

무엇보다 당장 못하겠다고 하기에는 이미 대축성 의식은 몇 시간 후로 임박해 있었다. 주제넘고 나발이고를 따질 때가 아니었다. 제 자신도 믿기 힘들 만큼 침착한 대답이 흘러나왔다.

"하겠습니다."

킬리언이 리에타를 바라보았다. 리에타가 말을 이었다.

"할 수 있습니다. 대축성 의식이라면 수도원에서도 배우는 내용입니다. 완벽하지는 못하겠지만 저도 대축성 의식의 절차와 대제사장의 역할을 기억합니다. 금방 익힐 수 있어요."

그걸 배웠던 수도사 시절엔 제가 대축성 의식에서 대제사장의 역할로 서게 되리라고는 상상도 하지 못했지만. 잠시 킬리언은 물끄러미 리에타를 바라보고 있다가 물었다.

"걸을 수는 있고?"

"물론입니다."

킬리언이 비스듬히 고개를 기울였다. 리에타는 침대 밖으로 나와 절뚝이지 않고 태연하게 걸어 보였다. 걸음걸이에는 문제가 없어 보였지만, 어쩔 수 없이 긴장한 표정이 역력했다.

"통증이 있겠지?"

리에타가 대답하기 위해 입을 열었으나 채 목소리가 나오기도 전에 킬리언이 말을 채었다.

"'괜찮습니다' 하지 말고 솔직히 말해라."

하려던 말을 빼앗긴 리에타가 입을 다물었다. 킬리언이 그녀의 눈을 똑바로 바라보았다.

"의지로 이겨내고 자시고 할 문제가 아니야. 한 시간 이상 섰다가 앉았다가 하며 움직여야 할 거고. 난 사람들이 그대의 상태가 좋지 않다는 걸 눈치채길 바라지 않아."

리에타는 잠시 말없이 스스로의 몸 상태를 가늠해 보고 심사숙고하여 대답했다.

"대단치는 않은 통증입니다. 심하지 않습니다. 잠시 움직이는 데는 문제가 없습니다. 하지만 무릎을 꿇고 앉거나 오랫동안 움직여야 한다면 자연스럽게 보이지 않을 수도 있을 거라고 생각합니다."

구체적인 대답에 킬리언은 조용히 고개를 끄덕이고는 휙 방문을 열고 나갔다. 그가 층계참에서 사람을 부르는 소리가 들렸다.

"지젤에게 삼 층으로 올라오라고 전해."

얼마 후 지젤이 그들이 있는 삼 층 방으로 올라왔다.

"찾으셨어요?"

킬리언이 단도직입적으로 물었다.

"진통제 가진 것 있어? 조제할 수 있으면 더 좋고."

지젤이 눈을 동그랗게 뜨며 반문했다.

"어디 편찮으세요?"

킬리언은 리에타가 숨겨야 하는 부상을 입었음을 알렸다. 붕대로 감은 리에타의 다리와 희미하게 열이 오른 얼굴을 본 지젤이 깜짝 놀랐다. 황급히 몸을 돌려 후다닥 아래로 내려간 지젤은 잠시 후 돌아와 리에타에게 염증을 완화시키는 약과 해열제, 진통제를 건네주었다.

"아니, 진작 부르시지 왜."

"잊고 있었다."

"못살아 정말!"

지젤이 무서운 기세로 잔소리를 시작했다. 킬리언은 무표정하게 사과했다. "미안."

리에타는 묘한 기분으로 킬리언과 지젤의 대화를 바라보았다. 지젤은 스스럼없이 킬리언을 타박하고 있었고, 킬리언은 지젤과 시선도 마주치지 않은 채 듣는 둥 마는 둥 하면서도 순순히 사과했다. 그러나 가만히 감상할 틈도 없이 화살이 그녀에게로 향했다.

"리에타, 당신이라도 이야기를 했어야죠!"

리에타가 움찔하며 얼었다.

"죄, 죄송합니다."

"약사가 있는 걸 몰랐던 것도 아니면서, 둘이 똑같이! 대체 언제 다친 거예요?"

"얼마 안 됐어요. 그, 어젯밤에⋯⋯."

리에타가 변명하듯 기어들어가는 목소리로 중얼거렸다. 지젤이 눈을 치떴다. 방에는 들어가지 못했지만, 지젤 역시 어젯밤 있었던 소동을 기억하고 있었다. 들은 이야기도 없지 않았다. 그의 방에서 있어선 안 될 것이 나왔지만 잘 해결된 것 같다는 귀띔. 리에타가 갈아입을 옷을 가져오라던 알 수 없는 지시와 당시의 묘한 상황 또한. 리에타의 다리에 난 상처가 퍼즐 조각처럼 상황에 맞아들어가며 하나의 그림이 그려졌다. 잠시 후 지젤이 다시 입을 열었다.

"⋯⋯상처를 볼 수 있을까요? 소독 처리를 해 두는 편이 좋을 텐데요."

킬리언의 눈치를 살핀 리에타가 조심스럽게 고개를 끄덕였다. 지젤은 능숙하게 베드벤치에 리에타를 앉히고 다리에 감긴 천을 풀어 상처를 살폈다. 다행히 지혈은 잘되어 있었고 심각한 감염은 없어 보였다.

지젤은 표정을 굳히고 소독 약제를 꺼내었다. 가볍지 않은 상처였고 약품을 흘려 닦아 내는 것이 상당히 쓰릴 텐데도 리에타는 딱히 괴로워하거나 몸을 사리는 기색도 없이 처치를 받았다. 킬리언은 조금 떨어진 곳의 소파에 조용히 앉아 있었다.

"……상태를 보니 지금 약초를 대는 건 별로 좋은 선택이 아닌 것 같네요. 오히려 덧날 거예요. 상처가 조금 마르고 나서 제대로 처치를 받는 게 낫겠어요."

"고마워요, 지젤."

약품이 어느 정도 마르자 지젤은 말없이 리에타의 허벅지에 조심스레 붕대를 다시 감았다. 약사라 그런지 손도 빠르고 붕대를 감는 솜씨도 예사롭지 않았다. 아무래도 여자이고 섬세한 손길이라 킬리언이 해 줄 때보다 마음이 편했다.

하지만 어딘지 평소 같지 않은 굳은 표정이, 지젤의 오밀조밀 예쁜 얼굴을 차가워 보이게 만들고 있었다. 왠지 무거운 분위기에 리에타는 아무 말도 꺼내지 못했다.

처치가 끝났다. 몸을 일으키고, 여전히 굳은 표정으로 서 있던 지젤이 킬리언 쪽으로 몸을 돌리며 입을 열었다.

"리에타의 다리엔 흉터가 남을 거예요. 책임져 주실 거죠?"

킬리언은 힐끗 눈만 들어 그녀들 쪽을 쳐다보았다. 지젤이 무슨 오해를 하고 있는지 깨달은 리에타가 당황해 그녀의 손을 붙잡았다.

"아니에요, 지젤. 영주님께서 하신 게……. 제가, 제가 그런 거예요."

지젤은 의혹 어린 눈으로 리에타를 바라보았다. 리에타의 목소리가 기어들어 갔다.

"제가 멋대로……."

"내가 시킨 것이나 다름없지."

킬리언의 낮은 목소리가 툭 끼어들었다. 가라앉은 붉은 눈이 시선을 조금 내렸다. 서늘한 목소리가 무감하게 중얼거렸다.

"차라리 내가 직접 했다면 그렇게 심한 상처는 남지 않았을 텐데."

리에타가 입을 다물고 조금 난처한 얼굴로 고개를 숙였다. 지젤이 놀란 눈으로 리에타를 바라보았다. 잠자코 바라보던 킬리언의 눈이 무심히 창밖으로 향하며 그녀들을 외면했다.

"그러니 다음부턴 허락 없이 그런 짓 하지 마라."

지젤이 믿을 수 없다는 얼굴로 리에타를 바라보았다. 잠시 후에야 그녀가 탄식처럼 입을 열어 중얼거렸다.

"리에타……."

스스로 상처를 내려는 사람의 손은 방어적이 되기 때문에 깊은 상처를 내기 힘들다. 상처를 본 지젤은 감히 그것이 리에타 스스로 만든 상처라고 상상하지 못했다. 안타까운 표정으로 리에타에게 다가간 지젤이 리에타의 상기된 뺨을 꽉 꼬집었다.

"당신 정말!"

"아, 아파요!"

"이게 아파요? 겨우 이게 아파? 다리는! 다리 어쩔 건데!"

지젤이 다시 호통을 치기 시작했다. 리에타는 쩔쩔매며 어깨를 움츠렸다. 킬리언은 병풍처럼 앉은 채 자신에게로도 향하는 타박을 듣는 둥 마는 둥 받아 냈다.

사제들이 찾아와 대주교가 킬리언을 청한다는 말을 전했다. 킬리언은 자리를 비우며 지젤에게 리에타를 부탁하고 나갔다. 킬리언이 나가고 문을 닫고 돌아선 지젤은 리에타가 빤히 자신을 바라보고 있는 것을 발견했다. 지젤이 한쪽 눈을 찡긋해 보였다. "왜 그렇게 뜨겁게 바라봐요? 리에타." 상큼한 윙크와 눈 밑의 눈물점이 매력적이었다. 누구나 좋아할 만한 사람이었다.

"지젤."

"응?"

"정말 레너드 님을 좋아해요?"

"……당신까지 왜 그래요? 아니라니까."

얼굴을 찡그리는 지젤의 대답은 진심 같았다. 리에타는 조심스럽고도 진지하게 대답했다.

"영주님은 별로인가요?"

"……응?"

지젤이 레너드를 좋아하는 게 아니라면, 지젤도 영주님을 좋아해서 동쪽 별채에 들어온 것일 수도 있다. 그럼 둘의 마음이 엇갈리고 있는 것 아닐까?

"영주님께서 지젤을 각별하게 생각하시는 거 아닐까요? 아까도 미안하다고 사과까지 하셨잖아요."

리에타는 킬리언이 다른 사람들을 대할 때와 사뭇 다르게 지젤을 대하는 것이 특별해 보인다고 생각했다. 리에타가 보기에 둘은 잘 어울려 보였다.

지젤은 얼빠진 얼굴이 되었다가, 이내 허탈하게 웃으며 리에타를 쳐다보았다.

"아니, 리에타. 대체 영주님을 뭐라고 생각하는 거예요? 미안이라고 했다고 좋아한다니?"

"그치만, 그분이 지젤의 잔소리는 싫어하는 티도 안 내시고……."

리에타는 킬리언이 사과하는 것을 처음 보았다. 그럴 수 있으리라 상상하지도 못했다. 지젤이 허리에 척 손을 얹으며 리에타에게 얼굴을 들이댔다.

"어머. 잔소리라니! 진심을 담아 사실을 말했을 뿐인데. 리에타, 당신에겐 그렇게 들렸다 이거죠? 정말 보람 없네요. 내 말 하나도 새겨듣지 않았죠?"

"아, 아뇨. 새겨들었어요."

"아니긴!"

다시 한참을 잔소리 같은 진심 어린 당부가 이어졌다. 리에타는 쩔쩔매면서도 왠지 이런 상황이 그립고 다정하다고 느껴져 웃었다. 잔소리를 마친 지젤은 어쩔 수 없다는 듯 관자놀이를 꾹꾹 누르며 한숨을 내쉬었다.

"영주님은 맞는 말에 타박하시는 분은 아니세요. 사과도 할 줄 아시고. 좀 무뚝뚝하고 엄격하시긴 해도 상식이 통하는 보통 사람이시라구요."

리에타는 납득하지 못한 듯 어리둥절한 얼굴로 고개를 갸웃했다.

"그치만 전 영주님께서 그렇게 스스럼없이 부드럽게 대화하시는 건 처음 보는걸요. 두 분은 정말 가까워 보이고. 그리고 잘 어울리……."

"그만, 리에타. 우린 가족이라니까요. 징그러워요."

지젤이 질색하며 표정을 찡그렸다. 기사인 레너드도 그렇지만, 악시아스 성의 사람들은 정말로 밖에선 상상도 할 수 없는 방식으로 그를 함부로 대하곤 하는 듯하다고, 리에타는 생각했다.

"하지만 어지간한 귀족들도 다들 그분 앞에선 꼼짝도 못하잖아요. 그렇게, ……무서운 분이신데. ……지젤은 그분이 무섭지 않아요?"

지젤은 아무렇지도 않은 표정으로 대답했다.

"영주님은 아무한테나 무서운 분은 아니세요. 원래 여자나 아이나, 자기가 돌보는 아랫사람들에겐 잘해 주세요. 기사들한테도 그렇고."

적대적이거나 자길 공격하는 사람에게 가차 없을 뿐이지……. 그치만 그런 사람을 싫어하는 건 누구나 그렇잖아. 지젤은 뒷말은 속으로 삼켰다. 안 그래도 리에타는 킬리언을 무서워 하는 것 같아서. 지젤은 잠시 망설이다가 솔직하게 본인의 생각을 입에 담았다.

"그보다 난 오히려 영주님께서 리에타한테 각별하시다고 생각했는데요."

눈이 동그래진 리에타는 고개를 저었다.

"아니요. 여기가 사원이고 제가 축성 능력자이기 때문에 잠시 옆에 있는 역할을 맡은 것뿐인걸요."

그리고 리에타가 생각하기에 명백히 킬리언은 그녀에게 관심이 없었다. 이미 원한다면 충분히 가질 수 있었는데도 항상 무관심했고. 사근사근하지도 못한 재미없는 과부 따위⋯⋯. 그의 주변엔 훨씬 생기 넘치고 매력적인 아가씨들이 많았다.

게다가 킬리언과 리에타의 대화는 항상 명확한 주종 관계의 그것이었다. 명령하고 따르고, 묻고 답하고. 지젤과의 대화 같은 분위기는 상상도 할 수 없었다.

리에타는 대사원에 온 이후로 킬리언이 자신을 주로 가까이 두고 데리고 다니고, 침실에도 자신만을 두고 있기 때문에 지젤이 그런 오해를 한다고 생각했다.

하지만 지젤은 킬리언의 시선이 이따금씩 묘하게 리에타를 쫓고 있음을 느끼고 있었다. 언제부터인가, 미묘하게. 이 여정이 시작된 후 그 느낌은 점차 확신이 되어 가고 있었다.

아까의 말도 마찬가지였다. 말하는 태도도 내용도, 무엇에든 둔감하고 무심한 평소의 그답지 않은 말들이었다.

킬리언은 분명 리에타를 의식하고 있었다. 리에타도 킬리언도 당사자들은 전혀 모르는 것 같지만. 지젤은 그저 데로록 눈을 굴리며 "그래요?" 하고 어깨를 으쓱했다.

리에타에게 대제사장직을 맡기겠다는 악시아스 대공의 확답이 전해졌다. 기다리던 소식을 듣자마자 대주교와 고위 사제들이 의식의 절차를 안내하고 주지시키기 위해 리에타를 청했다. 킬리언은 리에타를 데리고 나가는 대신 본인들의 숙소로 그들을 불러왔다.

숙소 일 층의 널찍한 응접실 겸 회의실 안에 간단한 다과상이 차려졌다. 킬리언이 직접 위층 방으로 올라가 리에타를 에스코트해 내려왔다. 킬리언은 그녀에게 보조를 맞추었다. 다리를 다친 리에타가 무리하게 움직이지 않도록. 그 조심스러운 에스코트를 보고 사제들은 그녀를 어지간히 애지중지하신다더니 정말 딴사람이 되시는구나 하며 서로 수군거렸다.

서로 인사를 나눈 후, 대주교는 리에타에게 의식을 잘 부탁드린다는 말만 남긴 채 의식을 준비하기 위해 양해를 구하고 바삐 사라졌다. 리에타에게 인사를 온 것도 간신히 시간을 낸 것 같아 그들은 그를 보내고 이야기를 나누었다.

대주교가 떠난 후 주로 이야기를 주도하는 고위 사제가 대축성 의식의 절차를 설명하기 시작했다. 하비투스 대사원만의 특색으로 변형된 부분이 있었지만 대축성 의식은 대체로 크게 복잡할 것 없이 비슷했다. 리에타는 그들의 이야기를 귀 기울여 듣고 이따금 고개를 끄덕이며 절차와 해야 할 일 들을 기억했다.

어느 정도 이야기가 진행되던 중 고위 사제가 물어왔다.

"실례가 아니라면, 축성술사님의 신성 능력이 어느 정도 수준인지 알 수 있을까요?"

"축성과 정화가 가능합니다. 축성은 비교적 익숙한 편이지만 정화 능력은 아직 미숙합니다."

"그럼 구마와 치유는 하실 수 없는 것인가요?"

"네."

사제가 "아, 예……." 하며 말꼬리를 늘이다가 덧붙여 물었다. "공격성을 띤 악마를 마주치신 경험은 있습니까?"

리에타는 이번에도 고개를 저었다.

"아뇨. 중급 악마를 마주한 경험은 없습니다. 행동이 느리고 공격성이 없는 하급 악마나 사령 정도만 가끔 본 적이 있습니다."

고위 사제가 "아, 그러시군요." 하며 고개를 끄덕였다. 영적 재능을 타고나 눈으로 악마를 볼 수 있는 모양이지만, 떠도는 소문에 비하면 그리 대단한 수준은 아니었다. 그는 치유의 재능은 없지만 구마의 재능을 가지고 있어 악마를 상대해 본 경험이 있는 사람이었다. 리에타가 조심스럽게 덧붙였다.

"제가 미력하여 성스러운 의식에 누가 되지 않을까 염려됩니다."

고위 사제는 아량을 베풀 듯 설명했다.

"그 정도면 충분합니다. 달이 뜨면 모인 사제들이 여신상을 둘러싸고 모두 기도를 시작할 텐데, 그럼 제단 전체에 넘쳐 나는 신성력으로 축성술사님의 신성 능력이 잠시 동안 몇 배는 증폭될 것입니다."

리에타도 알고 있는 이론들이었지만 고위 사제는 기초적인 방식으로 설명했다. 그래도 리에타는 혹시 자신이 빠뜨린 것이 있을까 봐 주의 깊게 들으며 고개를 끄덕였다.

"그땐 영적으로 훨씬 민감한 감각을 가지게 되실 겁니다. 주변에 있는 모든 것에 신경이 곤두설 텐데 생소한 느낌이겠지만 너무 놀라지 않으셔도 됩니다. 심하면 감각이 약간 왜곡되기도 하는데……. 거기까지 걱정하실 필요는 없으실 것입니다. 그저 그런 경우도 있으니 느낌이 이상하다고 놀라지 마시라고 미리 말씀드리는 겁니다."

어쨌든 태도는 친절했다.

"금식과 금욕을 제대로 하셨다면 이른 저녁부터 느끼게 되실 수도 있습니다. 애초에 달거리 중이시니 잘 느끼지 못하실 수도 있겠습니다만……."

킬리언이 고위 사제를 힐끗 쳐다보았다. 리에타의 몸 상태에 대해선 성기사들이 이야기한 걸까? 아니면 사제? 리에타가 조심스레 물었다.

"그게 상관이 있나요?"

"그럼요. 모르시나요? 달거리 중에는 신성 능력과 영적 민감성이 떨어지지 않습니까."

그는 저희 사원의 대제사장께서도 여사제님이셔서 때때로 다른 사제분들께 배려를 받으셨다는 둥, 의식에 여사제가 대제사장을 하는 일은 드문데 어떻다는 둥, 이번이 참 예외적인 경우라는 걸 아실지 모르겠다는 둥 아는 척을 했다.

"마음대로 되는 것이 아니긴 합니다만, 저희로서는 많이 공들여 마련한 자리이고 시기도 시기이니만큼 여러 가지로 아쉽긴 하네요. 그래도 정화까지 가능한 신성 능력자이신데 평소만큼의 역량을 보여 줄 수 없으시리라는 점이……."

리에타가 조심스레 대답했다.

"다행히 전 기복이 큰 편은 아닙니다. 최선을 다하겠습니다."

그가 웃으며 고개를 조금 젓고는 몸을 뒤로 물렸다.

"본래 달거리 중인 사제는 부정하므로 의식에 세우지도 않습니다. 그치만 애초에 사제가 아닌 분을 의식의 대제사장으로 세우기로 결정한 시점에서 이미 파격이니 그런 것은 아무래도 좋지 않겠습니까. 황제 폐하의 대리인께서도 그리 말씀하셨고 대공 전하께서야 워낙……."

"사제 양반이 여자의 몸에 대해 너무 말이 많군."

듣고만 있던 킬리언이 말을 잘랐다. 사제가 퍼뜩 찔끔한 얼굴로 자세를 바르게 고쳤다.

"아, 다른 의도는 없었습니다. 그저 학술적인 측면에서······."

"의도가 어쨌든 불쾌하게 들리면 실례다. 리에타에게 사과해."

리에타가 침착하게 대답했다. "저는 괜찮습니다, 대공 전하."

킬리언이 표정 없는 얼굴 그대로 말했다.

"나는 안 괜찮은데."

창백해진 고위 사제는 입을 열지 못했다.

"뭐해?" 킬리언이 테이블 밑으로 사제의 다리를 걷어찼다. 사제가 차마 비명도 못 지르고 놀라 허리만 움찔 튕겼다. "어서?"

사제가 더듬거리며 킬리언과 리에타에게 고개 숙여 사과했다.

"죄, 죄송합니다. 제가, 무신경했습니다."

리에타가 당황스러워하며 괜찮다고 사과를 받았다. 킬리언이 한쪽 입 꼬리만 올려 피식 비웃고는 선심 쓰듯 툭 뱉었다.

"계속해. 도망가고 싶으면 나가 봐도 좋고."

사제는 앉지도 일어서지도 못한 채 얼굴색만 다채롭게 바꿨다. 난처해진 리에타가 분위기를 누그러뜨리기 위해 말을 돌렸다.

"이른 저녁부터 기도가 시작되는 건가요? 몇 시간 남지 않았군요."

대충 봐 주고 넘기려는 리에타의 의도를 알아챈 다른 고위 사제가 대답했다.

"네. 곧 신실한 백이십 인의 사제들이 광장에 소집될 것입니다."

"대사원의 영험함은 익히 들어 알고 있었습니다. 하비투스 여신상과 백이십 인의 사제라니 굉장한 의식이 되겠네요."

리에타가 그를 향해 미소 지었다. 꿀 먹은 벙어리가 된 고위 사제를 대신해 다른 사제가 자연스레 말을 이어 갔다.

"엄청난 신성력이 한자리에 집중되겠지요. 일반인은 느끼지 못하겠지만 사제들이나 신성 능력자라면 상당한 영적 압박감을 느낄 수 있을 겁니다. 소중한 경험이지요. 의식이 절정에 달하면 밀도 높은 신성력이 몸을 짓눌러서 목소리를 내기도 어려워집니다."

리에타가 고개를 끄덕여 호응했다. 사제가 이어서 의식의 주의사항과 절차에 대한 설명을 이어 갔다.

"영적 감수성이 뛰어난 분이라면 몸에도 약간 무리가 될 수 있을 것입니다. 본능적으로 압박감을 해소하고 싶으시겠지만 의식 도중에 갑자기 신성력을 움직이는 것은 자제하셔야 합니다. 증폭된 신성력은 불안정하고 주변에 많은 영향을 미칠 수 있으니까요."

다른 사제들도 도움이 될 조언을 덧붙였다.

"힘이 최고조에 이르는 것은 짧은 순간입니다. 대축성이 내려지면 곧 압박감은 괜찮아지실 것이고, 집중된 신성력으로 인한 일시적 부작용도 천천히 해소될 것이니 염려 마세요."

"조언해 주셔서 감사합니다. 명심하겠습니다."

리에타가 미소 지으며 대답했다. 킬리언은 더 이상 끼어들지 않은 채, 잠자코 리에타가 그들과 이야기하게 두었다.

침실로 돌아와 기다리던 리에타와 킬리언에게, 얼마 후 사제들이 제례복을 전해 주었다. 이제 곧 대축성 의식을 준비하기 위한 백이십 인의 사제들의 기도가 시작된다고 했다.

킬리언은 대수롭지 않게 고개를 끄덕이고 제례복을 받아들었다. 그들은 잠시 후, 자신들이 대축성 의식을 얕보고 있었다는 것을 깨닫게 되었다.

"리에타."

리에타에게 제례복을 건네주던 킬리언이 옷을 받아 들던 그녀에게 바짝 다가갔다. 당황한 리에타는 옷을 떨어뜨릴 뻔했다. 코피가 흐르고 있었다.

리에타는 황급히 제례복을 소파에 내려 놓고 고개를 젖히려 했다. 킬리언의 손이 그녀의 뒷목을 감싸 고개를 바로 하도록 했다.

"고개 숙여."

킬리언이 그녀를 욕실로 이끌었다. 리에타는 찬물에 이마와 코를 씻어 냈다. 킬리언이 눈을 찌푸린 채 그녀의 뒤를 지키고 섰다.

"괜찮아?"

"네. 기도 의식이 시작된 것 같습니다. 금방 괜찮아질 겁니다."

"의식 때문인가?"

"네, 그런 것 같습니다."

의식이 일어나는 광장과 그들의 숙소는 어느 정도 떨어져 있었음에도 묵직하게 퍼져 나가는 신성력이 리에타의 몸에도 영향을 미치기 시작했다. 심장이 뛸 때마다 피 속에 흐르는 신성력이 몸을 뚫고 나갈 듯 몸 안쪽을 두드리기 시작했다. 미세하게 몸이 떨렸다.

한참 만에 간신히 코피가 멎고서야 리에타는 옷을 갈아입을 수 있었다. 그러나 제례복으로 갈아입은 리에타는 난처한 낯빛으로 킬리언에게 다시 말을 걸어야 했다.

"저어…… 영주님. 죄송하지만."

킬리언은 단박에 그녀에게 무슨 문제가 생겼는지 깨달았다. 그녀의 다리에서 다시 상처가 터져 피가 흐르고 있었다. 킬리언이 눈살을 찌푸리며 다가왔다.

"붕대를 다시……." 킬리언이 하던 말을 멈추었다. "아니, 지젤을 부르지."

지젤이 황급히 아래층에서 올라왔다. 지혈제와 붕대로 피가 흐르는 것은 어떻게든 처리했지만, 리에타의 얼굴은 상기되어 식은땀이 흐르고 있었다.

"리에타, 통증이 있어요?"

"네……."

"진통제를 언제 먹었나요?"

"한 시간 전쯤, 한 포를 더 먹었어요."

지젤이 입술을 깨물었다.

"……이대론 안 되겠네요. 그것보다 효과가 뛰어난 건 알루치노 진통제뿐인데. 그거라도 만들어 줄게요."

그 말을 들은 킬리언이 퍼뜩 눈썹을 꿈틀했다. 킬리언은 그제야 리에타가 입고 있는 옷이 그녀를 처음 만났을 때 본 제례용 의장과 닮아 있다는 것을 깨달았다. 카사리우스의 무덤에 순장당하러 가던 길에 입었던 옷.

리에타가 입을 열기 직전, 킬리언의 대답이 먼저 나왔다.

"하지 마."

즉시 거부하는 킬리언을 보고 리에타가 어물거리며 지젤에게 대답했다.

"네, 곤란해요. 아무래도 알루치노를 마시면 맑은 정신으로 의식을 따라가기 힘들 테니까요."

킬리언이 울컥한 표정으로 리에타를 쳐다보았다. 그의 입에서 예기치 못한 말이 튀어나왔다. "의식을 중지시키겠다."

놀란 리에타가 그를 바라보았다.

"이미 의식은 시작됐어요. 사원에서 받아들일 리 없어요."

"그럼 대제사장을 바꾸라 하지. 사원이야. 사제는 지천에 널렸어. 다른 사람에게 맡기면 돼."

리에타가 고개를 젓고 침착하게 그를 마주보며 반박했다.

"저희가 믿을 수 있고 사원 측에서도 받아들일 만한 사람이 있나요?"

당연히 그런 사람은 없었다. 평상시였으면 대제사장 자리엔 어림도 없었을 축성술사를 사원에서 받아들인 것도 순전히 황제 대리인인 렉터스 유스티오의 추천 때문이었다. 리에타도 킬리언도 그것을 알고 있었다.

"준비된 사람은 저뿐이에요. 게다가 제 몸에 문제가 있다는 걸 모두가 알게 해선 곤란하잖아요. 무엇보다, 어쩌면 처음부터 대제사장을 대체할 만한 다른 사람을 황비마마께서 준비해 놓으셨을지도 몰라요."

짜증나게도 맞는 말이었다. 쾅! 화가 난 킬리언이 분을 주체 못하고 테이블을 걷어차더니 휙 몸을 돌렸다. 어깨를 움찔한 리에타가 송구한 듯 고개를 숙였다.

"죄송합니다. 금방…… 금방 익숙해질 거예요. 몸이 적응하는 데 시간이 걸릴 뿐이니까……."

"죄송하다고 하지 마!"

킬리언이 버럭 소리쳤다. 지젤은 그가 왜 화를 내는지 이해하지 못한 채 멀뚱하니 킬리언과 리에타를 번갈아 쳐다보았다. 그러나 리에타도 킬리언이 그러는 이유를 알지 못하는 얼굴이었다. 지젤이 조심스레 입을 열었다.

"알루치노 진통제는 그냥 알루치노와 달라요. 진통 효과를 보되 정상적 사고에 방해가 되지 않도록 할 수 있어요. 일단 지금 먹고 있는 진통제가 효과를 보지 못하는 이상, 이 방법뿐이라고 생각해요."

킬리언은 인상을 찡그린 채 리에타를 노려보고 있다가, 휙 나가 버렸다. 지젤이 한숨을 쉬었다.

"허락하셨네요. 왜 저렇게 화를 내시지?"

리에타도 알 수 없었다.

다행히 지젤의 진통제가 효과를 발휘해 리에타의 몸은 그럭저럭 움직일 만한 상태가 되었다. 구름 뒤에서 고개를 내민 보름달이 하늘 끝을 향한 여신상의 손끝에 걸리고, 광장으로 이동해야 할 때가 되어서야 킬리언이 돌아왔다.

　돌아온 킬리언은 여전히 굳은 얼굴이었지만 리에타의 상태가 좋아진 것을 보고 말없이 리에타에게 손을 내밀었다. 하늘색 제례복을 입은 리에타가 킬리언의 손 위에 제 손을 얹었다.

　"힘들면 말해라."

　"네."

　대축성 의식이 시작될 시간이었다.

　대사원의 가장 높은 곳에 펼쳐진 너른 대광장. 대사원 어디서나 고개를 돌리면 볼 수 있는 높은 종탑 앞에는 허리 정도의 높이로 펼쳐진 T자형 제단과 빈 단상이 서 있었다. 제단의 중앙에는 오른손을 높이 들어 하늘로 향하고 왼손에 든 물병에서는 성수를 쏟아 내는 거대한 분수대 역할을 하는 여신상이 있었다.

　여신상 앞으로는 금사로 테두리가 장식된 붉은 융단이 깔려 있었고 좌우로 각기 사제복을 입고 후드를 눌러쓴 예순 명의 사제들이 이 열로 늘어서 손에 촛불을 들고 기도하고 있었다. 그 뒤에는 몰려든 군중들이 대광장을 에워싸고 있었다. 묵직한 나팔 소리가 울리자 촛불을 켜고 도열해 기도하고 있던 군중들이 조용해졌다.

　대사원의 성물인 석장*을 품에 안고 후드를 쓴 리에타가 킬리언의 앞에서 제단으로 걸어 올라갔다. 역시 제례복을 입은 비무장 상태의 킬리언이

◇◇◇◇

*　탑 모양인 윗 부분에 큰 고리가 있고 그 고리에 작은 고리를 여러 개 달아 소리나게 만든 지팡이

그 뒤를 따랐다.

대주교가 종탑 앞의 단상에 올랐다. 그를 환영하는 군중들의 박수 소리가 울렸다. 개회사를 대신하여 대주교의 인사말이 시작되었다.

"쉽지 않은 결심으로 이런 자리를 마련해 주신 황비마마와 여신님께 감사드립니다. 우리 식구들과 모여 주신 신도 여러분들에게도 깊은 감사를 전합니다. 꽉 찬 달빛만큼 복된 시간이 되길 바랍니다."

칭얼거리는 아이를 어르는 군중 속 어머니를 향해 대주교가 시선을 던지며 빙그레 웃었다.

"안 그래도 산중인데, 거기서도 가장 높은 곳인 이 대광장까지 먼 길들 오셨습니다. 다리가 아픈 만큼의 보람은 있어야 할 텐데요."

그의 눈이 하늘로 향하며 침통한 표정을 그려 보였다.

"몇 년 만에 제일 밝은 달이라면서 정작 시작하려니까 하늘은 컴컴해지고, 여신께서 굽어살피시려는지 비까지 올 것 같군요. 어느 놈이 이런 날을 길일이라고 잡았는지, 원 참."

대주교의 농담에 모여든 군중들이 웃었다.

"어찌 되었든 우리들은 용서해야 합니다. 비 오는 날을 길일이랍시고 잡은 대주교 놈도, 이런 높은 곳에 사원을 지은 조상님들도."

대주교가 두 손을 들어 올리고 성서의 구절을 읊조리며 선창했다.

"그대들은 모두 이 세상에 와서 먹고 숨 쉬고 옷 입는 사소한 일 하나나 다른 피조물의 피와 땀과 생명 위에 발 딛고 있나니, 다른 이를 미워하고 증오하고 원망할 때 그대가 지은 죄를 생각하라."

그의 선창을 이어 사제들이 다음 구절을 합창했다.

"타인을 사랑하고 동정하고 축복하는 일만이 어머니를 고통스럽게 하고 이 세상에 태어난 죄를 갚을 길이며, 다른 생명들의 죽음을 발판 삼아 내 생명을 세상에 세운 죄를 갚을 길이니. 그대들은 다른 이의 피로 하여금 나의 제단에 제물을 올리지 말지어다."

다음은 대주교와 군중들이 함께 이었다.

"그 어떤 희생보다 값진 봉헌물은 용서이니, 나의 제단에는 다만 그것을 올려 나를 기쁘게 하라."

대주교가 성호를 그으며 지그시 감았던 눈을 떴다. 가느다란 빗방울이 하나둘 떨어지기 시작했다. 군중들은 머리 위로 손을 들어 떨어지는 빗방울을 막았다. 사제들이 손에 든 촛불이 꺼지는 것을 막기 위해 손바닥을 들어 촛불 위를 가렸다. 그들을 굽어보며 대주교가 담담히 입을 열었다.

"오늘 이 자리, 대축성 의식은 한 어머니가 그 눈에 넣어도 아프지 않을 아들들의 생명을 앗아 간 자를 용서하고자 하는 뜻에서 비롯하였습니다."

황비와 킬리언에게 실례가 될 정도로 뜻밖에 정곡을 찌르는 말에 군중들이 웅성거리기 시작했다. 대주교가 인자한 눈으로 군중들을 천천히 둘러보며 힘을 주어 말했다.

"숭고한 용서입니다."

비가 떨어지기 시작했다. 모여든 사람들이 대주교에게서 조금 떨어진 자리에 담담하게 앉아 있는 아베르사티 황비를 바라보았다. 많은 사람들이 정말로 황비가 킬리언을 용서하려는 것인지 궁금해하며 그녀를 보고 있었다.

"하비투스 여신의 존재를 최초로 증명한 고대의 왕자 이야기를 이곳에 모인 모든 분들께서 아실 것입니다."

군중 사이에 침묵이 흘렀다. 대주교의 목소리가 이어졌다.

"자신의 왕국을 파멸시키고 그의 가족을 앗아 가고, 그의 인생을 몰락시킨 여자에 대한 복수만을 위해 살아온 왕자는 복수를 위해 삼십팔 년 동안 서른여덟 가지 고난을 넘어 마침내 원수를 만나게 되었지요."

"……."

"그러나 그녀 역시 결국 누군가의 헌신적인 어머니라는 사실을 깨달은 왕자는 그토록 찾아 헤매던 원수를 눈앞에 두고 결국 복수를 포기하고 피눈물을 흘리며 여자를 용서하고 맙니다. 바로 그 순간 여인의 몸에 현신하신 하비투스 여신을 만나게 되지요."

대주교가 들려 주는 하비투스 여신의 신화를 사람들이 숨죽여 들었다. 사람들의 눈길이 대주교 너머 황비와, 제단 위에 무릎 꿇은 악시아스 대공을 향했다. 대주교의 말에 힘이 실리기 시작했다.

"그리고 이 종탑이 생겨났습니다. 사랑과 희생과 용서의 여신께서 증거하신 이 땅. 저는 오늘의 아베르사티 황비마마와 악시아스 대공 전하야말로 이 땅에 서기에 가장 어울리시는 분들이 아닌가 생각합니다."

거대한 신성력이 깃든 대주교의 말이 묵직한 울림을 가지고 퍼져 나갔다.

"가족애에서 태어난 가장 고통스러운 미움을, 종래에는 가족애로서 포용하시며 가장 어려운 용서를 선택하신 아베르사티 황비마마를 위해 모두 기도해 주시기 바랍니다."

놀랍게도 표정 없이 앉아 있던 아베르사티 황비의 눈에서 눈물이 흘러내렸다. 그것을 알아챈 사람들의 얼굴에 놀라움이 떠올랐다.

덩달아 눈물 흘리는 사람들마저 있었다. 대주교가 두 팔을 들어 올려, 위에서 떨어지고 있는 빗줄기에 손을 적셨다.

"그 십수 년의 한 많은 피눈물을 오늘 여신의 눈물로 씻어 내리고 성스러운 힘으로 축원합니다. 이 땅에 여신의 축복이 함께하기를, 루시엘리*."

대주교의 말을 받으며 사람들이 일제히 손을 모으고 합창했다.

"레시엘†."

◇◇◇◇

* 신께서 빛으로 구원하실 것이다
† 신의 뜻대로 되리라

모여든 사람들이 바라보는 가운데 의식이 시작되었다. 백이십 인의 사제가 고개를 숙이고 기도를 시작했다.

묵묵히 황비를 바라보던 킬리언이 여신상 앞으로 나아가 한쪽 무릎을 꿇고 몸을 낮추었다. 옆에 선 리에타가 품에 안고 있던 은빛이 휘도는 석장을 두 손으로 들어 그의 양 어깨 위, 그리고 머리 위를 차례로 가리켰다.

리에타는 분수대 앞으로 가 여신상에서 흘러나오는 성수를 잔에 받았다. 리에타의 몸에 투명한 빛이 눈부시게 감돌며 잔에 담긴 물이 함께 은은한 빛을 띠었다. 리에타는 몸을 돌려 잔에 담긴 성수에 적신 손을 킬리언의 이마 위에 대었다. 두 사람이 닿는 순간 영롱한 빛이 둘 사이에 은은하게 산란했다.

킬리언이 가슴 앞에 손을 올리고 예를 표한 뒤 그녀의 손을 잡아 손등에 입 맞추었다. 리에타는 그 손으로 그의 어깨를 짚고, 킬리언의 이마에 입 맞추어 축성했다.

사람들은 아름다운 대제사장의 축성에 숨을 죽였다. 하비투스에서는 처음 보는 의식이었다. 그녀가 하비투스의 의식이라고 생각했던 그것은 리에타의 행동을 감명 깊게 본 사제들에 의해 제안된 의식이었다. 거대한 축성 의식에서 보기 드문 젊은 여제사장의 축성은 모여든 군중들이나 사제들에게 생소하면서도 성스럽게 느껴졌다.

리에타는 사제로부터 다시 석장을 받아 들고 제단 위의 대주교의 앞으로 나아갔다. 계단 끝에 있는 제단에 올라 대주교의 앞에 무릎을 꿇은 그녀가 대주교에게 두 손으로 석장을 건네었다.

석장을 받아 든 대주교는 그것으로 황비의 양 어깨와 머리 위를 가리키고, 리에타가 한 것과 같이 축성을 담은 성수로 황비를 축복했다. 강렬한 축성의 빛이 대주교와 황비를 휘돌아 감쌌다. 대주교가 내민 손 위에, 흰 장갑을 긴 황비의 여린 손이 얹혔다. 이제 대주교와 황비가 종탑에 오를 순서였다.

사람들은 저마다의 기도를 준비하며 그들이 종탑 안으로 들어가길 기다렸다. 그러나 대주교는 무릎 꿇고 몸을 낮추어 황비의 손등에 입 맞춘 후 다시 한번 단상에 섰다.

대주교가 눈을 감고 손을 뻗어 넘치는 신성력을 퍼뜨렸다. 떨어지는 빗물이 영롱한 은빛으로 물들었다. 성수로 샤워를 하게 된 군중들이 놀란 얼굴로 은빛 빗줄기를 바라보았다.

스스로 팔을 뻗어 성수에 몸을 적시는 사람이 있는가 하면, 아이를 어르던 어머니는 어리둥절한 얼굴이 된 아이를 내밀어 몸에 성수를 맞게 했다. 대주교가 뻗었던 손을 갈무리하며 예를 표하듯 성호를 그었다.

"여신의 제단을 풍요롭게 할 이 영광을 다시 한번 찬미합니다. 황가 릴페이엄과 제국 딤펠에 여신의 축복이 함께하길. 루시엘리."

"레시엘!"

사람들이 소리 높여 외쳤다. 우레와 같은 박수 소리가 터져 나왔다. 사람들의 박수갈채를 뒤로하고, 황비는 불을 밝힌 램프를 들고 대주교의 인도를 받아 종탑 안으로 사라졌다.

리에타는 킬리언의 뒤로 돌아와 자신의 자리를 지켜 섰다. 사람들은 그들이 기나긴 삼십팔 층 높이의 종탑을 오르는 사이 여신상을 돌거나 무릎을 꿇고 자유롭게 각자의 기도를 올리기 시작했다. 의식은 절정을 향해 나아가고 있었다.

모여든 사람들의 기도로 광장에 강력한 신성력이 집중되며, 리에타는 평생 처음 경험해 보는 영적 충만감을 느꼈다. 거대한 힘이 모여들어 리에타를 짓누르는 동시에 그녀 자신의 힘도 한계를 느끼지 못할 정도로 벅차오르고 있었다.

오랜 기도. 그리고, 종소리가 울렸다. 집중된 신성력이 강력한 축성이 되어 공기 중으로 퍼져 나갔다. 웅장한 종소리와 함께 거대한 신의 축복이 모여든 사람들의 머리 위에 빗방울과 함께 내려앉았다.

리에타는 석장을 들어 올렸다. 공기 중에 가득한 충만한 힘이 석장에, 리에타의 몸에 넘치도록 모여들었다. 킬리언의 몸 아래 거대한 신성 마법 진이 나타나며 눈부시게 빛나기 시작했다.

리에타는 눈을 감고 킬리언을 위해 기도하기 시작했다. 리에타의 몸에 응축된 신성력이 터질 듯 두근거렸다. 숨을 쉬기가 어려웠다. 시간이 한없이 늘어졌다. 그녀는 다른 차원에 떨어진 듯 몽롱한 감각으로 모여든 사람들을 바라보았다.

리에타는 기도하고 있는 신실한 백이십 인의 사제들을 하나하나 느낄 수 있었다. 민감해진 감각이 모든 것을 알게 해 주었다.

그리고 그녀는 단박에 몇 가지 이상한 사실을 알아챘다. 백이십 인의 사제 중 몇 명이 기도하고 있지 않았다. 신실한 믿음을 가지지 않은 자. 위험한 마음을 품고 있는 자. 사제가 아닌 자들이 사제들 사이에 끼어 있었다.

"고생하셨습니다, 황비마마. 쉬었다가 내려가셔도 됩니다."

삼십팔 층의 석탑을 오르느라 땀에 젖은 황비가 계단에 주저앉아 숨을 몰아쉬며 한참 만에 대답했다.

"감동적인 연설이었습니다, 대주교님."

대주교가 빙그레 웃었다.

"말이야 뭔들 못 하겠습니까. 행함이 어려운 것이지요. 황비마마의 용서가 더욱 감동적이었습니다. 이곳에 모인 모두가 그렇게 생각하고 있을 것입니다."

"용서……." 황비가 힘없이 웃음을 터뜨렸다.

"왕자의 죽은 가족도……. 용서를 택한 그를 용서했을까요."

"그를 사랑하는 가족이라면 애초에 왕자가 그들을 위해 고통스러운 복수의 길에 뛰어들기를 원치 않았을 것입니다."

"대주교님."

황비가 고개를 들었다. 조용히 가라앉은 회색 눈동자가 대주교에게로 향했다. "제가 드린 차를 드시지 않으셨더군요. 저를 믿지 않으시나요?"

갑작스런 질문이었다. 램프의 불이 꺼졌다.

"황비마마? 불을 켜 주십시오. 마마가 보이지 않습니다."

대주교의 당황한 목소리가 어둠 속에서 울렸다.

"대주교님……. 어두운가요?" 황비의 목소리가 흐느끼듯 이어졌다.

"제게는 어둠이 너무 오래되었어요……. 십삼 년 전 윌리엄과 살레리온을 떠나보내고 저는 줄곧 어둠 속에서 방황하며 살아왔거든요."

거세어진 빗줄기가 바람을 타고 종탑의 창문으로 들이쳤다.

"그동안 저에게 빛이 되어 준 것은 가끔 꿈에서 나타나는 그 애들의 얼굴뿐……."

램프에 불을 밝히기 위해 황비는 부싯돌을 쳐 부싯깃에 불을 붙였다. 황비는 몽롱한 눈으로 타오르는 부싯깃을 바라보았다.

"윌리엄이 나를 불러 줄 때는 마치 계시처럼, 환상적인 생각들이 떠올라요. 그나마도 언제나 마지막엔 피로 얼룩진 기억으로 물들곤 하지만……. 어마마마, 우리를 잊은 건 아니죠? 우리를 잊지 않았죠?"

황비가 피식 웃으며 램프에 불을 붙였다.

"그럼 난 답하죠. 어떻게 잊을 수 있겠니……."

황비는 우는 듯, 고개를 숙이며 몸을 떨었다.

"대주교님……. 전 어둡고 긴 터널 안에 있어요. 그리고 제 심장은 멈추어 있어요. 복수를 위해 달릴 때에만 심장이 뛰어요⋯⋯. 그때에만 빛이 보이는 것 같아요."

황비가 고개를 들고 해사하게 웃었다.

"대주교님, 저에게 빛을 주세요. 잠시의 빛이라도 상관없어요."

계단에 피가 흘러내리고 있었다. 차갑게 식어 고꾸라진 대주교의 육신이 꿈틀거렸다.

"강력한 영적 존재가 타락할수록 더욱 강력한 어둠이 된다면서요?"

대주교의 육신이 기괴하게 삐거덕거리며 천천히 일어섰다. 황비가 그를 보며 감탄한 얼굴로 달콤하게 웃었다.

"당신의 어둠이 기대되네요. 그게 나를 터널 밖으로 이끌어 줄지⋯⋯."

리에타는 느리게 고개를 돌렸다. 킬리언이 한쪽 무릎을 꿇고 고개를 숙인 채 제단에 앉아 있었다. 그를 부르는 목소리가 나오지 않았다. 몸도 잘 움직이지 않고 있었다. 리에타는 꿈속에서 잘 움직여지지 않는 몸을 억지로 움직이는 것처럼, 천천히 발을 옮겼다.

킬리언은 리에타가 가까이 다가오는지도 모르는 듯, 여전히 고개를 숙이고 있었다. 리에타는 자신의 것이 아닌 듯 무거운 몸을 움직여 간신히 그의 뒤에 다가섰다. 그를 향해 뻗는 손이 자신의 것이 아닌 것 같았다. 킬리언의 어깨에 간신히 손끝이 닿았다.

하나, 둘, 셋, 넷. 손가락 끝이 차례로 닿았다. 그대로 킬리언의 어깨에 손바닥까지 모두 닿자, 리에타는 그것을 느리게 쓸어내렸다. 그러나 자신이 말하고자 하는 것을 깨닫지 못하는 것인지, 아니면 그의 어깨를 잡았다는 감각 자체가 거짓인 것인지 킬리언은 그녀를 돌아보지 않았다.

'사제가 아닌 사람이 있어요.'

목소리가 나오지 않았다. 그에게 자신의 말이 닿지 않고 있는 것 같았다. 리에타는 초조해졌다.

광장 바닥에 펼쳐진 거대한 마법진과 함께 킬리언의 발아래 빛나던 마법진이 눈부시게 밝아지더니 그의 몸으로 흡수되었다. 그에 킬리언의 몸이 은빛 잔상으로 빛나며 바람이 일어나듯 옷자락이 확 펄럭이다가 가라앉았다.

대축성이 내려졌다. 몸에서 신성력이 훅 빠져나가는 것이 느껴지며 머리가 핑 돌았다. 곤두선 신경이 확 풀리며 몸을 압박하는 느낌이 가라앉았다. 리에타는 다시 입을 열려고 했지만 도무지 목소리가 나오지 않았다.

'영주님……. 영주님!'

동행한 사람들이 사제가 아닌 것 같으면 내 어깨에 손을 올려. 그리고 역마나 뭔가 위험한 게 보인다면 내 목을 안아.

리에타는 멈추어 버릴 듯 느리게 흘러가는 시간 속에서, 킬리언의 등 뒤로 쓰러지듯 무너지며 그의 목을 끌어안았다.

'악마가 보여요.'

시간이 너무 느리게 흘렀다. 거짓말처럼 천천히 고개를 돌린 킬리언이 그녀의 팔을 붙잡았다.

끼이익……. 종탑의 문을 열고 석장을 든 대주교가 모습을 드러냈다. 종탑을 오르기 전의 대주교이되 더 이상 이전의 대주교가 아닌 자가 소름 끼치게 웃었다. 피투성이가 된 대주교는 눈을 까뒤집은 채 석장을 높이 들어올렸다. 그 찰나의 시간이 천년같이 길었다.

"!"

순간 시간이 원래대로 돌아왔다. 킬리언이 등에 매달린 리에타를 확 끌어당기며 몸을 낮추었다. 쾅! 다음 순간 그들의 위로 시커먼 것이 소름 끼치게 지나가며 폭발했다.

"아악! 대주교님!"

사방에서 모골이 송연해지는 비명이 들렸다.

"엎드려!"

소리친 사제의 목이 날아갔다. 기도하고 있던 사제들 가운데 수십 명이 갑자기 옷 속에서 칼을 꺼내들더니 주변의 사제들을 난도질하기 시작했다.

두 안구가 서로 다른 방향을 향해 돌아간 대주교가 소름 끼치게 웃으며 검은 기운에 휩싸인 석장을 휘둘렀다. 석장에서 쏟아진 어둠이 화살처럼 사람들의 몸을 꿰뚫었다. 모여든 군중들이 서로 밀치며 소리를 지르고 달아나기 시작했다.

순식간에 아비규환이 펼쳐졌다. 다음 순간, 끼긱 끼긱 이상한 각도로 고개를 돌린 대주교가 히죽 웃더니 킬리언에게 달려들었다. 자신이 공격 대상이라는 걸 눈치채고 리에타를 밀치고 달리던 킬리언이 아슬아슬하게 몸을 숙여 공격을 피했다.

킬리언이 달려가던 자리가 시커멓게 패이며 부서졌다. 킬리언이 공중으로 손을 뻗으며 소리쳤다.

"검!"

사람들 틈에서 누군가 던진 검이 그를 향해 날아왔다. 킬리언은 공중에서 검을 낚아채 달렸다. 대주교가 휘두른 석장이 다시 한번 그가 있던 곳의 돌바닥을 부수었다.

다시 허탕을 친 대주교가 크르르르 소리를 내며 눈에서 번뜩 빛을 뿜었다. 대주교의 몸을 지배한 악마가 허공에 석장을 치켜들었다. 먼지구름 일 듯 사방으로 암황색 기운이 퍼져 나갔다.

난도질당한 사제들의 몸뚱이들이 검은 빛을 띠며 언데드가 되어 삐거덕삐거덕 일어섰다. 한 언데드가 제단 위에 주저앉아 있던 리에타를 향해 달려들었다. 킬리언이 욕설을 씹어뱉으며 달려가려는 순간, 대주교가 그를 향해 쇄도했다.

카앙! 석장과 검이 부딪혔다.

"지젤!" 킬리언이 이를 악물며 소리쳤다. "리에타를 보호해!"

검을 든 사제들 중 하나가 번개같이 뛰어들어 리에타의 앞을 막아섰다. 새하얀 검광이 비틀거리며 리에타를 공격하려던 언데드의 몸을 세로로 갈랐다. 은으로 도금된 검이었던 듯, 언데드의 몸이 갈라진 자리가 이글이글 타며 검게 무너져 내렸다.

리에타는 경악하여 입을 틀어막으며 자기 앞을 막아선 사제의 뒷모습을 쳐다보았다. 사제복을 입은 여자가 후드를 거칠게 벗어 넘겼다. 달빛 아래 하나로 묶어 올린 갈색 머리카락과 매력적인 눈물점이 드러났다.

"라나! 각하를 엄호해!"

다음 순간 사방에서 언데드가 달려들었다. 지젤이 휙 몸을 돌려 리에타를 안고 도약했다. 순식간에 땅이 멀어졌다. 리에타는 믿을 수 없는 눈으로 멀어지는 바닥을 내려다보았다.

사제복을 입은 남자들 몇이 가장 먼저 칼을 꺼내 가짜 사제들을 저지하기 위해 칼부림을 벌이고 있었다. 리에타는 사제복을 입고 칼을 휘두르는 사람들 중 상당수가 킬리언의 기사들이라는 것을 알아보았다. 군중들 사이에 섞여 있던 기사들과 당황해 정신을 차리지 못하던 성기사들도 가세했다.

"세이라, 황제 대리인을!"

사제들 틈에 섞여 있던 세이라는 이미 사제복을 벗어던지고 달리고 있었다. 세이라는 끝에 도끼날이 달린 기다란 폴암을 장대처럼 휘둘러 바닥에 박더니 공중제비를 넘어 제단 위로 날아올랐다.

렉터스 유스티오와 그의 호위병들이 칼을 들어 언데드들을 상대하고 있었으나 방어에 급급해 제대로 싸우지 못하고 있었다.

발이 땅에 닿자마자 춤추듯 한 바퀴 돈 세이라는 두 손으로 쥔 묵직한 폴암을 길게 수평으로 휘둘렀다. 단박에 언데드들의 허리가 부러지며 세 명의 언데드가 날아갔다. 세이라는 다시 바닥에 도끼를 박고 공중제비를 넘었다. 까마득한 높이에서 폴암이 수직으로 한 바퀴 돌았다. 그대로 떨어지며 아래로 도끼날을 내려찍자 렉터스 유스티오의 뒤에서 달려들던 거대한 언데드의 몸이 정수리에서 골반까지 갈라지며 무너져 내렸다.

현란한 도끼 춤을 감상하고 있을 틈은 없었다. 지젤과 리에타가 내려앉은 자리를 향해 사제복 입은 언데드들이 몰려들었다. 지젤은 리에타의 어깨를 눌러 자세를 낮춰 주며 그 위로 검을 뿌려 달려드는 놈을 베어 버린 후 다시 뛰어올랐다. 그들을 향해 양쪽에서 달려들던 언데드들이 서로를 할퀴며 나동그라졌다.

대주교가 휘두른 석장에서 쏘아진 어둠의 창이 달아나는 군중들을 공격해 쓰러뜨리고 있었다. 그것에 직격당해 쓰러진 사람들의 육신은 삐거덕거리며 일어서 방금 전까지 함께 달아나던 사람들의 발목을 잡고 넘어뜨리며 무차별적으로 공격하기 시작했다.

죽은 사제들의 육신은 대주교의 몸을 지배한 악마의 부름에 따라 더욱 크고 강력한 언데드가 되어 일어나고 있었다. 타락한 신성력을 품고 거대하게 부풀어 오른 고위 사제의 언데드는 인간의 형상을 벗어난 괴물이 되어 가고 있었다.

그들은 일반적인 언데드보다 더욱 강하고 정교하게 움직였다. 그들은 더 강력한 동지들을 만들기 위해 강대한 신성력을 내뿜고 있는 다른 사제들과 리에타에게 집중적으로 달려들고 있었다.

대주교의 표적이 된 킬리언도 자유롭지 못했다. 달아나는 군중들의 퇴로를 확보해 주고 인파 틈으로 역주행하여 달려오던 킬리언의 기사들이 칼을 뿌리며 전투에 합류했다.

라나의 손이 공중에서 딱 소리를 냈다. 피아를 식별하기 어려운 비 내리는 암흑 속에서 악마가 지배한 인간들의 몸에 푸른 불이 붙었다. 언데드들이 문양을 감싸 쥐고 괴로워하며 움직임이 느려졌다.

킬리언의 기사들은 라나가 푸른 불을 붙여 놓은 언데드들의 몸을 망설임 없이 베어 넘기며 사람들을 보호하고 대피시키기 시작했다. 당황하며 우왕좌왕하던 성기사들도 곧 그들을 따라 푸른 불이 붙은 적들을 베거나 사람들의 퇴로를 확보하는 것을 도왔다.

대주교의 몸을 지배한 악마는 끝없이 석장을 휘둘러 언데드를 만들어 내었다. 그중 일부는 킬리언에게, 일부는 살아남은 사제들을 보호하고 있는 기사들에게 달려들었다.

지젤은 리에타를 내려놓은 뒤 재빨리 주변을 둘러보았다. 리에타가 먹음직스러운 신성력을 지닌 인간이라는 것을 알아본 근방의 언데드들이 달려들었다. 순식간에 허리에서 검을 하나 더 뽑아 든 지젤은 양손에 든 쌍검으로 달려드는 언데드들을 도륙하기 시작했다. 친하게 지내던 여자가 침착한 얼굴로 언데드의 목을 쳐내고 짓밟는 것을, 리에타는 믿을 수 없는 눈으로 지켜보았다.

"엘리제! 섬멸해!"

사제복을 입은 키 큰 여인 역시 이미 전투의 한복판에서 춤추고 있었다. 그녀의 키만큼 커 보이는 거대한 양손검을 두 손으로 들고 빙글 도는 동작에 후드가 젖혀지며 비에 젖어 가라앉은 금색 단발머리와 이지적이고 우아한 얼굴이 드러났다.

지젤은 두 손에 든 검을 자유자재로 움직이며 동시에 여럿의 적을 도륙하고 있었다. 눈으로 쫓기 어려울 정도의 속도였다. 전부 리에타가 숨을 한 번 들이켜는 사이에 일어난 일이었다.

"이쪽으로 대피하십시오!"

성기사 니스턴이 목이 터져라 소리쳤다. 일렬로 선 성기사단이 방패를 세워 방벽을 만들며 사람들이 대피할 퇴로를 확보했다. 칼에 꿰인 언데드의 등을 걷어차 칼을 뽑으며 재차 도약한 지젤은 공중에서 몸을 돌려 자신을 쫓아 뛰어오른 언데드의 상체와 하체를 분리하며 바닥에 메다꽂았다.

다음 순간 지젤의 속도가 갑자기 멈추듯 느려졌다. 그녀의 몸에서 파란 빛이 끌어올려지고 있었다.

차갑게 내리깔았던 눈이 번뜩 뜨이며 지젤의 양 손의 칼에서 새파란 불빛이 타올랐다. 다음 순간 자세를 낮춘 지젤이 섬광처럼 사라졌다. 시간이 멈춘 듯 멀뚱히 선 언데드들 사이를 날카로운 바람 소리가 내달리자 잠시 후에야 언데드들의 몸이 조각조각 분리되며 무너져 내렸다.

적지 않은 수의 언데드가 리에타 근처에 모여들고 있었음에도 지젤이 칼에 기운을 싣고 잠시 사라졌다가 돌아오자 더 이상 그들의 곁에는 움직일 수 있는 언데드가 없었다. 지젤이 두 칼날을 교차시켜 스윽 긁으며 밖으로 흩뿌리자 칼날에 묻어 흐르던 피가 칼끝에 모여 맺혔다가 빗속으로 떨쳐졌다.

리에타의 근처에 있는 언데드들이 깨끗하게 정리되자 지젤은 거추장스러운 사제복을 벗어 던졌다. 지젤과 리에타의 눈이 마주쳤다. 지젤은 생긋 웃으며 입술 앞에 검지를 댔다. '쉿.'

그녀는 다시 공중으로 도약해 기사들이 살아남은 사제들을 보호하기 위해 분투하고 있는 제단 우측 열의 사제들 틈으로 뛰어들었다. 자유로워진 지젤은 거의 날아다녔다. 너무 거짓말 같아서 잔혹하다고 느낄 새도 없었다. 리에타는 넋을 놓고 그녀를 눈으로 좇았다.

"저쪽으로! 방벽 뒤로 달려요!"

살아남은 군중들은 성기사들의 도움을 받아 방패 뒤로 도망쳤다. 반대편 열에서 엘리제는 제 몸만큼이나 거대한 대검을 두 손으로 잡고 휘두르고 있었다. 거대한 검날이 공기를 가르자 그녀와 대적하던 가짜 사제가 칼을 놓치고 뒤로 나동그라졌다.

엘리제는 관성에 의해 제 몸 뒤로 돌아간 칼날을 춤추듯 가까이 당겨 안으며, 반대쪽 손으로 칼 몸을 미는 듯하더니 살짝 몸을 비틀고 옆구리 아래로 찔러 넣었다. 예기치 않게 비스듬한 각도에서 튀어나온 거대한 칼날에 뒤에서 달려들던 언데드의 팔이 부러졌다. 그대로 몸을 낮추어 언데드의 발을 걸어 넘어뜨린 후, 무심하게 언데드의 등을 짓밟고 선 엘리제는 검을 발 앞에 축으로 세워 꽂고는 빙글 돌았다.

마치 그 대검이 춤 상대인 듯 우아한 동작에 언데드의 목덜미가 으드득 소리를 내며 갈렸다. 그대로 원심력을 이용해 비스듬히 검을 들어 올려 코앞에 세운 엘리제는 그대로 날을 수평으로 뻗으며 한 바퀴 더 돌았다. 서슬 퍼런 검날이 거대한 원을 그렸다.

위력적인 검풍에 칼을 들고 다가오던 가짜 사제 하나가 질겁하며 물러났다. 전황을 읽을 정도의 지능은 없는 언데드는 다가오다 두개골이 부서지며 빗속으로 날았다.

잠깐 여유가 생긴 틈에 눈을 감으며 후 하고 짧은 숨을 내쉰 엘리제가 몸에 새파란 오라를 끌어올렸다. 엘리제는 대검을 뒤로 젖히고 우아하게 한쪽 무릎을 들어 올리더니 두 손에 힘을 모아 휘두르며 내리찍었다. 압도적인 크기의 시퍼런 기운이 바닥을 부수며 직선으로 날아가 주춤거리던 가짜 사제들을 날려 버렸다.

다시 빙글 돌아 검을 가슴 앞에 세우며 엘리제의 가늘어진 눈이 다음 상대를 찾았다. 자아가 없는 언데드마저도 대검의 엄청난 공격 반경과 극단적인 존재감 앞에 본능적 위협을 느끼고 주춤거리며 거리를 벌려 섰다.

"가까이 오지 마!"

전투에 합류하려던 성기사들이 단호하게 저지하는 목소리에 물러섰다.

엘리제는 의도적으로 공격 범위 내에 아군을 남겨 두지 않을 수 있는 곳으로 움직여 춤처럼 우아한 동작으로 가짜 사제와 언데드 들을 쳐부쉈다.

크고 무거운 검을 휘두르는 동작이 쌍검을 쓰는 지젤만큼 빠르고 날렵하진 않았지만 길쭉한 대검의 엄청난 공격 반경으로 속도의 한계를 상쇄하고 있었다.

상상하지도 못한 여자들의 서슬 퍼런 검무에 양측 제단에 살아남은 가짜 사제들이 주춤거리며 물러서다가 달아나기 시작했다. 공중에서 지젤의 날카로운 노성이 떨어졌다.

"레이첼! 한 놈도 살려 보내지 마!"

레이첼은 모습을 보이지도, 대답하지도 않았다. 다만 바람을 가르는 날카로운 소리가 들리며, 달아나던 인간들이 머리나 목에 피를 흘리고 쓰러졌다.

⌘

킬리언과 대치하던 대주교가 몸을 뒤로 빼며 물러서자 대주교 주위로 몰려들던 언데드들이 대주교를 비호하듯 킬리언을 향해 달려들었다. 첫 번째로 달려든 놈을 휙 옆으로 흘리듯 피한 후 뒷목에 칼을 꽂아 넣으며 스쳐 지나갔다. 엇박으로 파고드는 두 번째 녀석은 그대로 칼에 꿰어 제단 기둥에 내리쳤다. 버둥거리는 언데드를 꿴 검째로 옆에서 달려드는 놈을 후려쳐 날려 버린 후 그의 발목을 잡으려 달려들던 언데드는 걷어차 버렸다.

엄청난 속도로 언데드들이 달려들고 있었지만 킬리언은 표정조차 없이 기계적인 태도로 언데드들을 도륙했다.

언데드들이 상대가 되지 못하자 대주교가 악에 받혀 돌진해 왔지만 킬리언은 가볍게 검을 흘려 받아 내며 대주교의 옆구리를 베었다. 베인 곳

안쪽은 시뻘건 용암처럼 달아올라 있었다. 악마의 육신이었다.

뒤로 물러서 다시 석장을 휘두르려는 대주교를 향해 새파란 기운이 날카롭게 쇄도했다. 대주교는 분노에 차 포효하며 석장을 휘둘러 검기를 상쇄시켰다. 상쇄되지 못한 검기가 제단의 대리석을 부수었다. 대주교가 석장을 휘둘러 시커먼 마기로 그를 공격했으나 라나의 푸른 실드가 공중에 펼쳐지며 악마의 공격을 막아 냈다.

성난 대주교가 석장을 들어 올렸다. 언데드의 몸에 깊이 박아 넣은 칼을 채 뽑지 못한 킬리언이 검 없는 왼손을 그쪽을 향해 휘둘렀다. 칼조차 없는 손에서 순식간에 일어난 새파란 기운이 쐐액 바람을 갈랐다. 언데드를 일으키려던 대주교는 다시 격분하며 석장을 내려 막았다. 악마의 힘을 더해 주던 무차별 살상을 계속해서 저지당해 잔뜩 약이 오른 대주교가 광기 어린 눈을 부릅떴다.

여유롭게 언데드의 시체를 걷어차 박혔던 검을 되찾은 킬리언이 가볍게 검을 고쳐 쥐었다. 눈으로 쫓기 힘들 정도의 속도에 균형 잡힌 몸에서 나오는 단련된 힘은 상상을 초월했다.

악마를 상대하는 것은 처음이었지만 그를 단련시킨 악시아스의 마수들은 결코 악마 못지않았다. 킬리언은 침착하게 대응했다. 황제의 맏아들로서 소드 마스터에게 사사받은 정통 검술의 정수는 수년간의 악시아스 적응기를 거치며 절제된 무자비함을 입었다.

이미 열여덟이 되기 전 완성되었다고 평가받는 킬리언의 검술은 악시아스의 마수와 야만족 들을 무릎 꿇리며 더욱 정교하고 잔혹해져 있었다. 날카로움에는 난폭함이 더해졌고 우아함에는 사나운 기품이 더해졌다. 상대가 인간이든 마수든 단숨에 급소를 꿰뚫는 손속에는 자비가 없었다. 이미 그의 검술은 상대의 종족이나 무기를 가리는 경지를 초월해 있었다.

승기가 기울고 있었다. 새로 생겨 나는 언데드는 없고 기사들이 사방에서 펼치는 활약으로 괴물들의 수는 자꾸만 줄어들었다. 킬리언은 근접해 오는 악마와 언데드들을 압도적인 파괴력으로 침착하게 쳐부수면서 멀리 있는 대주교의 행동에까지 구속력을 행사하고 있었다.

눈이 시뻘개진 대주교가 검은 연기를 사방으로 뿜어내더니 하늘을 향해 길게 포효했다. 대주교의 육신이 찢어지기 시작했다. 대주교의 속에 들어 있던 악마는 이미 성력이 없는 사람의 눈에도 또렷하게 보일 정도로 힘을 얻은 상태였다.

인간의 형상을 잃은 대주교의 몸에서는 거대한 꼬리가 솟아나고 머리에는 뿔이 돋아났다. 악마는 꼬리로 바닥을 쾅쾅 두 번 치더니 흉악한 소리로 울부짖었다. 검은 연기가 확 퍼지며 근처에 있던 언데드들의 몸에도 급격히 변형이 일어나기 시작했다.

사제복을 찢어 버릴 정도로 거대해진 언데드들이 몸에서 검은 기운을 바지직거리며 대주교를 따라 하늘을 향해 포효했다. 전투불능이 되어 부서진 언데드들의 몸이 진동하며 서로 벌겋게 엉겨 붙었다. 언데드의 손에선 짐승의 것처럼 거대한 손톱이 돋아나고 이빨은 상아처럼 길어졌다. 더이상 언데드의 형상이 아니었다. 언데드는 저희들끼리 부풀고 엉겨 붙으며 키메라가 되어 일어서기 시작했다.

"맙소사……."

누군가의 탄식 같은 신음이 들렸다. 킬리언을 공격하도록 명령받은 괴물들이 일제히 고개를 돌리더니 울부짖었다. 거대하게 몸을 부풀린 괴물들이 두 손에 시뻘건 빛을 달고 일제히 킬리언에게 달려들었다. 뒤이어 지젤이 비명처럼 소리 질렀다.

"대공 각하!"

동시에 지젤의 검이 날았다. 킬리언의 뒤를 향해 달려들던 거대한 키메라의 어깨에 칼이 꽂혀 날아갔다. 지젤이 다급하게 소리쳤다.

"레너드! 칼!"

"제기랄, 나는 어떡하라고!"

언데드들 사이에 섞여 분투하던 기사들 사이에서 욕설과 함께 검이 날아왔다. 아까의 킬리언처럼 공중에서 검을 낚아챈 지젤은 다시 한번 땅을 박차고 킬리언에게 밀려드는 언데드들의 틈새로 들어가 엄청난 속도로 적들을 베어 내기 시작했다. 언데드들 역시 조금 전과는 비교도 할 수 없을 정도로 빠르고 난폭해지고 있었다.

레너드는 쓰러진 사제의 손에서 간신히 칼을 주워들어 전투에 재합류했다. 몸을 짓누르는 신성력에 입이 틀어막혔던 리에타가 비로소 물 위로 끌어올려진 사람처럼 숨을 터뜨렸다. 간신히 목소리가 트인 리에타가 목이 터져라 소리 질렀다.

"오른쪽 눈이 약점이에요!"

꼬리를 휘둘러 기둥을 날려 버린 대주교가 눈을 희번덕거리며 리에타를 향해 휙 고개를 돌렸다. 다음 순간, 보이지 않는 곳에서 날아온 날카로운 은비수가 대주교의 오른쪽 눈에 정확히 꽂혔다.

"카아아아아악!"

소름 끼치는 비명이 울리며 대주교가 석장을 떨어뜨렸다. 눈을 감싸 쥐고 비틀거리는 고통스러운 몸부림에 발에 채인 석장이 휙 굴러갔다. 대주교의 몸에서 발악하듯 검은 연기가 피어올랐다. 킬리언이 즉시 달려들어 대주교의 목을 향해 칼을 휘둘렀다. 눈알과 함께 비수를 뽑아낸 악마가 휙 고개를 돌리며 눈을 부릅떴다.

캉! 불똥이 튀고 금속을 치는 소리가 나며 대주교의 몸이 킬리언의 칼을 튕겨 냈다. 대주교의 찢어진 육신 틈새로 드러난 악마의 온 몸이 시뻘겋게 달아올라 있었다. 악마의 몸이 소름 끼치는 굉음과 함께 집채만 한 크기로 커졌다.

여신상에서 흘러나오는 성수는 어느새 핏빛으로 물들어 있었다. 검은 연기에 휩싸인 악마가 비릿한 유황 냄새를 풍기며 두 손을 끌어올렸다. 그 손짓에 따라 몸이 시뻘겋게 달아오른 언데드와 키메라들이 일제히 미쳐 날뛰기 시작했다.

지젤의 검에 가슴을 꿰뚫려 입에서 피를 흘리던 키메라가 그녀의 손을 제 몸에 박힌 칼자루와 함께 콱 틀어쥐었다. 지젤이 다른 손에 쥔 칼로 그 손을 내려치는 순간, 이마에 달린 키메라의 눈이 붉게 빛나며 지젤의 칼날을 맨손으로 잡아 막았다.

깡 소리가 났다. 강철을 때리는 감각이었다. 땅바닥에 있던 시체의 손이 스스로 의지를 가진 듯 기어와 덥석 지젤의 발목을 움켜쥐었다. 지젤의 눈이 커졌다.

"지젤!"

손발이 묶인 지젤이 벗어나지 못하는 사이, 그녀의 등으로 눈이 시뻘게진 키메라가 손톱을 세우고 달려들었다. 킬리언이 지젤을 공격하는 키메라의 머리를 향해 칼을 집어 던졌으나 삽시간에 끼어든 다른 키메라가 꼬리를 휘둘러 던져진 칼의 궤도를 바꾸었다. 경악한 사람들의 눈빛과 비명이 교차했다.

우드득. 뼈가 부서지는 소리가 들렸다. 키메라의 손톱이 지젤의 목에 박히기 직전, 달려와 몸을 던진 남자가 덮치듯 지젤을 껴안고 굴렀다.

"쾌애애애액!"

레너드의 오른쪽 등어깨에 제 손톱을 박아 넣은 키메라가 기괴한 소리를 내질렀다. 지젤의 목 대신 레너드의 등에 달라붙은 키메라가 성에 차지 않는다는 듯 그의 어깨에 박아 넣은 손을 콱 움켜 당겼다. 속절없이 근육과 생살이 찢기며 사방으로 피가 튀었다.

레너드는 비명 한마디 없이 이를 악물고 검을 들어올렸다. 그러나 덜덜 떨리는 손은 팔꿈치 위로 올라가지 않았다. 지젤이 새하얘진 얼굴로 눈을 부릅떴다. 뒤이어 레너드의 목에 키메라의 이빨이 박히려는 순간이었다.

꽝! 둔탁한 파열음과 함께 키메라의 머리가 부서지며 그 상체가 통째로 가루가 되었다. 석장으로 키메라의 뒤통수를 후려친 리에타가 새하얘진 얼굴로 그들을 내려다보고 있었다. 지젤과 레너드가 멍하니 리에타를 올려다보았다.

리에타는 제가 휘두른 힘의 무시무시한 위력에 얼이 빠진 얼굴로 손에 든 석장을 쳐다보았다. 리에타가 가지지 못한 구마의 힘이었다. 그것도 엄청난 위력의.

대축성 의식의 대제사장으로서 그 신성력을 집중적으로 받은 리에타의 몸에는 아직 엄청난 힘이 남아 있었다. 대사원의 성물인 마력 증폭 석장을 쥔 순간 스스로 쓰일 곳을 찾은 힘이 리에타의 손 안에서 두근거리기 시작했다.

단 한 번도 공격성 있는 악마를 상대해 본 적이 없었지만 리에타는 지금 상황에서 그 힘을 어떻게든 활용해야 한다는 것을 깨닫고 벌떡 일어섰다.

그녀는 무의식적으로 킬리언 쪽을 쳐다보았다. 지젤을 구하기 위해 던져졌다가 튕겨 나온 킬리언의 칼은 공교롭게도 대주교의 발밑에 떨어졌다. 악마는 그대로 그것을 짓밟아 부숴 버렸다. 검을 잃고 키메라 틈에서 분투하고 있는 킬리언이 그녀의 눈에 들어왔다.

강철 같은 몸으로 만들어진 거대한 악마는 이미 통상적 악마의 수준을 아득히 초월해 있었다. 강력한 키메라들로 아비규환이 펼쳐진 그곳에선 모두가 악에 받친 괴물들을 상대로 자기의 목숨을 간신히 부지하는 것이 고작이었다. 킬리언을 도울 수 있는 사람이 없었다. 석장을 든 리에타가 무작정 그를 향해 달리기 시작했다.

"리에타, 뒤!"

지젤의 외침에 리에타는 뒤에서 달려드는 언데드를 차마 못 보겠다는 듯 눈을 질끈 감고 신성력을 담은 석장을 허공에 휘둘렀다. 언데드는 석장에 스치지도 않았지만 그녀에게 다가오지 못하고 가루가 되었다. 마력 증폭 석장은 그것을 쥔 자가 가진 엄청난 신성력에 반응해 강력한 정화의 힘을 띠고 눈부시게 빛나고 있었다.

"더 이상 접근하지 말아요!" 레너드의 상처를 다급하게 지혈하며 피투성이가 된 지젤이 소리쳤다.

"키메라들은 그냥 언데드와 달라요! 그놈처럼 그렇게 쉽게 부서지지 않아! 직접 때려 맞혀야 한다고요! 당신 혼자 힘으론 안 돼!"

더 이상 접근할 수 없다고? 리에타는 정신을 차리고 눈앞에 펼쳐진 참혹한 아수라장을 바라보았다. 그녀의 눈으로는 움직임조차 파악하기 어려운 전투가 펼쳐지고 있었다.

킬리언에게 달려들고 있는 것들은 평범한 놈들이 없었다. 대부분이 키메라였다. 그 근처에서 날뛰고 있는 언데드들 역시 대부분 기괴한 모습으로 거대하게 변이된 언데드들이었다. 저 난장판 속에 가까이 들어갈 수 있을까?

지젤의 말이 맞았다. 아무리 강한 힘이 있어도 소용없다. 저 움직임을 뚫고 뭔가를 공격하기는커녕 살아남을 수 있을 리 없었다.

리에타는 어찌할 바를 모르고 멈춰 서서 석장을 들었다. 손 안에서 새하얀 힘이 두근대고 있었다. 어떻게든 될 것 같은데……. 어떻게든!

"누가, 누가 리에타를!"

지젤이 다급하게 외쳤다. 그러나 킬리언을 도울 수 있는 사람도 없는데 리에타를 보호할 정도로 여유가 있는 사람이 있을 리 없었다. 리에타는 대주교의 몸을 잡아먹은 악마를 향해 석장을 들어 올렸다. 그녀의 몸 주변에 은빛 소용돌이가 일어났다.

"신이여……."

리에타가 떨리는 눈으로 적을 똑바로 바라보며 나지막이 읊조렸다. "악마를 벌하소서."

두 손으로 틀어쥔 석장에서 터져 나온 눈부신 빛이 번뜩하고 하늘을 향해 쏘아지더니, 거대한 벼락이 되어 악마의 몸으로 내리꽂혔다.

"끼아아아아아아!"

꽈광 소리와 함께 신성한 벼락에 관통당한 악마의 소름 끼치는 비명이 울렸다. 악마가 꼬리를 마구잡이로 휘저었다.

예기치 못한 몸부림에 세이라가 폴암을 장대 삼아 공중으로 날아오르며 위협적으로 움직이는 거대한 꼬리를 간신히 피했다. 그러나 긴 길이 때문에 꼬리에 채인 세이라의 폴암은 압도적인 힘에 의해 그녀의 손을 떠나 공중으로 튕겨 올랐다. 세이라는 아슬아슬하게 균형을 회복하며 바닥에 죽 미끄러져 착지했다.

자신의 무기를 되찾기 위해 세이라가 공중을 향해 고개를 들었을 때, 그 찰나를 놓치지 않고 뛰어오른 킬리언이 세이라의 폴암을 공중에서 잡아챘다. 거의 동시에 세이라의 폴암 끝 도끼날이 새파랗게 타올랐다.

그대로 공중에서 거대한 초승달을 그린 폴암의 도끼날은 날아온 힘 그대로 거대한 검기가 되어 악마의 텅 빈 오른쪽 눈을 내리찍었다. 카앙! 금속을 찢는 파열음과 함께 사방으로 검은 피가 터져 나왔다.

"키에에에에에엑!"

악마가 사방으로 검은 피를 뿌리며 고통에 몸부림치기 시작했다. 박아 넣은 폴암을 놓고 뛰어내린 킬리언은 간발의 차로 몸을 피해 악마의 공격을 피해냈다. 키메라들은 힘의 근원지가 큰 타격을 입자 멈칫하며 동요하기 시작했다.

어느새 대주교의 육신은 흔적도 남지 않고 시뻘건 악마만이 남은 거대한 몸이 고통스럽게 눈을 더듬거리며 바닥에 나뒹굴었다. 시뻘겋게 달아오른 꼬리와 사지가 바닥을 칠 때마다 석판이 깨지며 날카로운 돌조각들이 사방으로 튀었다. 언데드와 키메라들마저 그 몸부림에 휘말리고 있었다.

기세를 잃지 않고 무섭게 저항하는 악마를 본 리에타가 눈을 크게 떴다. 이것만으론 안 돼! 리에타는 본능적으로 여신상을 향해 내달렸다. 레너드가 왼손으로 강하게 지젤을 밀치며 외쳤다.

"가!"

밀쳐진 지젤의 눈이 순간 흔들렸다. 그러나 그것은 찰나였다. 지젤은 검을 쥐고 벌떡 일어섰다. 지젤의 검과 라나의 마법이 빠르게 따라붙으며 리에타를 엄호하기 시작했다. 손에 든 석장에 신성력을 집중시키자 석장 끝에 달이 뜬 듯 눈부신 은백색 빛이 맺혔다.

"신이여. 지켜 주소서. 악마가 임한 이 땅을 도우소서."

리에타의 기도를 따라 몸 주변에 엄청난 기세로 신성력이 휘몰아쳤다. 시야를 가리는 빗물을 정신없이 훔쳐 내고 첨벙첨벙 핏빛 분수대 안으로 들어간 리에타는 숨을 몰아쉬며 위를 쳐다보았다. 여신상의 물병에서 폭포처럼 핏빛 성수가 떨어지고 있었다.

"신이여. 이 땅에 임한 사악한 것들을 물리치고, 당신의 제단에 신성한 힘으로 임하소서. 저의 힘을 당신께 봉헌하나니……."

리에타가 기도를 읊조리며 질끈 눈을 감고 여신상의 핏빛 성수에 신성력이 휘몰아치는 석장을 내리쳤다.

"당신의 땅에 임하소서!"

쩡! 고막을 찢는 파열음과 함께 분수대의 물이 크게 요동치더니 깨끗하고 투명한 본래의 색으로 돌아왔다. 동시에 폭발하듯 눈부신 빛의 파동이 사방으로 퍼져 나갔다.

눈부신 빛이 대광장 전체로 번졌다.

"끼아아아아아!"

"키에에에에에!"

갑자기 새벽이 온 듯 악마들이 힘을 잃기 시작했다. 성스러운 빛에 직접 노출된 언데드들이 비명을 지르며 타들어 갔다. 키메라들도 몰아치는 성스러운 힘 앞에 힘을 잃고 몸을 무너뜨리며 고통스럽게 나뒹굴다가 기사들의 검에 부서져 갔다. 오른쪽 눈에 꽂힌 도끼를 뽑아내 집어던지고 막 몸을 일으키던 거대한 악마의 몸에도 흰빛이 직격했다.

비로소 길을 막는 거대한 언데드들의 몸체가 사라지자 엘리제가 획 몸을 회전시키며 대주교 악마를 향해 검기를 날렸다.

"키아악! 키아악! 캬아아아아악!"

상처 입은 악마가 몸부림치며 비명을 질렀다. 강철 같던 피부가 삭아들고 있었다. 효과가 있었다. 다시 검기를 담으며 팔을 뒤로 당기는 순간, 그녀에게 손을 뻗으며 킬리언이 소리쳤다.

"빌려줘!"

엘리제는 뒤로 한껏 당겼던 팔을 그대로 방향만 바꾸어 풀스윙으로 킬리언을 향해 집어던졌다. 날을 앞으로 세운 채 자기가 비수인 줄 알고 날아오는 정신 나간 대검을, 킬리언은 화살이라도 되는 양 잡아채며 단박에 압도적인 기운으로 일렁이는 새파란 검기를 불어넣었다.

젠장, 나도 큰 무기나 만들까? 한가로운 생각을 뇌까리며 도약한 킬리언이 다시 한번 초승달을 그리며 거대한 악마의 머리를 엘리제의 대검으로 내리찍었다. 거짓말처럼 악마의 머리가 두 조각으로 쪼개졌다. 지옥에서 울려 오는 듯한 비명이 땅을 뒤흔들었다.

악에 받쳐 붉게 번들거리던 괴물의 하나 남은 눈이 텅 비어 빛을 잃으면서, 악마의 몸에서 피어나던 검은 연기가 잦아들었다. 악마의 피부에서 시커먼 조각들이 떨어지더니 가루가 되어 빗물에 흩어져 내렸다.

악마가 빠져나간 대주교의 몸이 털썩 쓰러졌을 때는 이미 모든 전투가 끝나 있었다. 어느새 비는 이슬처럼 잦아들고 동쪽 하늘이 밝아 오고 있었다. 살아남은 이들의 눈이 여신상의 분수대 속에 들어가 성수를 맞으며 기도하고 있는 리에타를 향했다. 사람들이 비로소 깊은 한숨을 내쉬었다. 안도의 미소를 띠는 사람도 있었다.

순간 킬리언의 안색이 변하며 다급하게 분수대 안으로 뛰어들어 리에타의 손을 잡아챘다. 무아지경으로 기도하던 리에타가 채 정신을 차리지 못한 눈으로 킬리언을 바라보았다.

그녀의 눈동자가 연보라색으로 바뀌어 있었다. 킬리언은 믿을 수 없다는 얼굴로 리에타의 얼굴에 손을 가져갔다. 킬리언의 손가락 끝이 리에타의 귀에 가 닿았다. 빗물도 쓸어내리지 못한 찐득한 피가 손가락 가득 묻어 흘렀다. 그의 손에 묻은 피를 본 리에타가 멍하니 손을 들어 자신의 귀를 만졌다. 귀에서 흘러나온 피가 턱을 타고 아래로 흘러내리고 있었다.

시야가 흔들리며 머리가 핑 돌았다.

"리에타!"

부르는 소리가 멀게 들렸다. 익숙하면서도 생경한 감각이 무거워진 몸을 아래로 잡아당겼다.

황비가 무료한 얼굴로 중얼거렸다.

"킬리언의 앞에도 여신이 현신하셨으면, 킬리언은 윌리엄과 살레리온을 죽이지 않았을까요?"

황비가 문득 깨달은 듯 주변을 둘러보았다. "아. 죽었지, 대주교님은."

황비는 제 손에 들려 있는, 악마가 봉인되어 있던 마검을 들어 보았다.

그것은 이젠 평범한 이 빠진 단검이 되어 있었다. 황비는 잠시 대주교의 피가 묻은 칼날을 물끄러미 들여다보다가, 이내 흥미를 잃은 얼굴로 그것을 종탑의 창밖으로 던져 버렸다.

킬리언의 앞에는 여신이 강림하지 않았다. 아직 내 앞에도 여신이 오지 않았다. 그녀가 누군가에게 용서를 권할 생각이 있었으면 진작 왔겠지. 아직 안 왔다는 건 별로 관여할 생각 없다는 뜻 아니겠어? 그것은 아직 용서하지 말라는 신의 뜻이다. 아직은 복수를 멈추지 말라는.

"그러니까…… 힘을 주세요. 복수의 여신이시여."

나는 아직 이 지루한 여정을 계속해도 돼.

자리에서 일어난 황비는 피투성이가 되어 미끌미끌한 계단에 발을 디뎠다가 도로 뒤로 물렀다. 그녀는 다시 계단에 쪼그리고 앉아선 신발을 벗어 한 손에 모아 쥐었다. 맨발이 된 그녀는 천진하게 콧노래를 흥얼거리며 계단을 내려가기 시작했다.

"아아…… 대주교님." 황비 아베르사티가 천진한 아이처럼 웃음을 터뜨렸다. "그 정도 설교에 멈출 수 있었으면 여기까지 오지도 않았어요."

고귀한 여자의 작은 웃음소리는 흔적도 없이 흩어지고, 피 묻은 발자국만이 종탑의 나선 계단 위에 총총히 남았다.

─◦◦◦◦◦─

하비투스 대사원에서 일어난 초유의 대학살에 모든 사람들이 충격에 빠졌다. 대사원은 종교적 성지로서의 기능을 거의 상실할 정도로 재기 불능 상태가 되었다.

악시아스 대공 일행과 성기사들이 사람들을 구하고 대피시켰고, 대축성의 대제사장으로 섰던 아름다운 신성 능력자가 사원을 정화하여 악마를 몰아냈다는 미담으로 어떻게든 사태를 수습해 보려 했지만……

대축성 의식 도중 대주교가 죽었다. 대사원의 사제들이 언데드가 되어 날뛰었다. 대주교의 육신이 악마에게 조종당해 수많은 사람들을 죽음으로 몰아넣었다. 있을 수 없는 일이었다.

생지옥을 헤치고 도망쳐 나온 많은 사람들이 악마에 씌었던 대주교의 충격적인 모습을 목격했다. 사원을 정화하고 악마를 몰아내는 리에타와 킬리언 일행의 활약을 본 것은 그 자리에서 끝까지 살아남은 극소수의 사제들과 렉터스 유스티오 일행뿐이었다.

많은 이들에게 오래도록 악몽이 될 평생 잊지 못할 학살의 공포가 하비투스 대사원의 명성을 대신하게 되리라.

"……하비투스 대사원은 교당으로서는 끝났군요."

"그러게 왜 황비랑 엮여선."

"황비는 뭐라고 하던가?"

킬리언의 물음에 레너드가 썩 좋지 못한 표정으로 대답했다.

"황비는 종을 친 직후 대주교에게 공격당해 정신을 잃었다고 합니다."

"말도 안 돼. 거짓말이야!"

기사들이 분개하며 마구 아우성을 쳤다.

"공격을 당해? 다치기라도 했대요?"

"대공 각하. 이건 진짜 그냥 넘어갈 일이 아닙니다. 황제 폐하를 봬야 해요!"

"진짜 우리가 확 죽여 버리면 안 됩니까? 우리도 모르는 일이라고 잡아떼지 못할 게 뭡니까!"

기사들이 겁도 없이 쏟아내는 황족 모독과 험한 말로 킬리언 앞은 개판이 되었다. 킬리언이 미간을 찌푸리며 멈춰 보라는 듯 손을 들었다.

"황비는 지금 어디 있는데?"

레너드가 차마 말하고 싶지도 않다는 얼굴로 입을 열었다.

"정신적 충격이 너무 심해서…… 요양을 위해 돌아가는 마차를 타고 오늘 아침 황궁으로 출발했다고 합니다."

"이번에도 별로 기대하진 않았어요."

황비가 오랫동안 굳어 있던 다리를 쭉 펴며 기지개를 켰다.

"마치 계시처럼 윌리엄이 환상적인 계획을 들려줄 때는 항상 성공할 것만 같은데……. 이것도 하루 이틀이어야지."

마차 구석에 놓아둔 신발이 그녀의 발끝에 걸려 툭 넘어졌다. 황비가 물끄러미 피 묻은 신발을 바라보다가 중얼거렸다.

"마음에 들어 하던 신발인데. 역시 다시 주문할까……?"

한 번 신고 버리긴 아까운데. 그것을 도로 세우기 위해 황비가 발끝으로 신발을 건드렸다. 그러나 무성의한 발짓에 신발은 세워지기는커녕 더 흩어졌다. 그 예쁜 여자……. 이름이 뭐랬더라. 세비타스의 미망인. 굉장한 신성 능력자라고? 황비는 이내 재미없다는 얼굴이 되었다.

"아무튼 인복 하나는 기가 막히니까."

황비가 창밖으로 고개를 돌리며 창틀에 팔꿈치를 대고 턱을 괴었다.

"무료하네……."

킬리언 일행에게 렉터스 유스티오의 황제 대리인단이 떠난다는 소식이 전해졌다. 떠날 채비를 마친 렉터스 유스티오가 하직 인사를 올리러 그들의 숙소 앞으로 와 있었다. 킬리언과 몇몇 기사들이 휑뎅그렁해진 대사원의 정문까지 나와 그들을 배웅했다.

"악시아스 대공 전하의 도움에 감사드립니다."

"일찍 가는군."

"네. 황제 폐하께 보고드릴 일이 많아 직접 뵈어야 할 듯합니다. 하비투스 대사원이 교당으로서의 역할을 회복할 수 있을지는 알 수 없지만, 이번 사건의 사후 처리를 위한 지원을 요청해 볼 생각입니다."

렉터스 유스티오가 황궁으로 간다. 아마 황비가 먼저 도착해 있겠지. 대주교를 죽이고, 제국에 단 세 곳뿐인 대사원 중 하나를 이 지경으로 만들고, 이번엔 황비가 정말로 심했지만. 그럼에도 이번 일을 벌인 것이 황비라는 증거는 나오지 않았다. 그들이 증인이 되어 줄 렉터스 유스티오와 살아남은 사제들을 지켜 내지 못했다면 오히려 누명을 뒤집어썼을지도 모를 일이었다. 제국에서 가장 지체 높은 여인을 끌어내리기 위해선 그만큼 명백한 증거가 필요했다.

렉터스 유스티오는 공정한 인물이다. 굳이 그를 안다는 내색을 하지 않았지만 킬리언은 그를 기억하고 있었다. 황제가 아끼며 눈여겨보던 재판관. 매사 증거에 입각하는 공정하고 고지식한 사람이지만. 그도 나름의 판단을 가지고 있겠지. 킬리언은 말을 아꼈다.

"황제 폐하께 안부 전해드리게. 황비마마께도."

"그러겠습니다. 그리고……." 렉터스 유스티오가 품에서 황비의 인장이 찍힌 서신을 꺼내 내밀었다. "황비마마께서 남기신 전언이 있습니다."

킬리언의 뒤에 서 있던 지젤이 앞으로 나서 대신 받아들었다. 렉터스가 무표정하게 말했다. "독침은 없습니다."

지젤이 답했다. "원칙이라서요."

렉터스 유스티오가 빤히 그녀를 바라보며 말했다.

"원칙적으로 무장한 기사는 열두 명까지만 대동하실 수 있습니다."

렉터스의 지적에 지젤은 어색한 미소만 지었다. 킬리언이 담담하게 물었다.

"황제 폐하께 보고할 건가?"

그의 물음에 렉터스가 고개를 숙이며 대답했다.

"저의 임무니까요."

레너드가 난처한 얼굴로 조심스레 끼어들었다.

"……동쪽 별채 여자들에 대한 것은 악시아스의 기밀입니다."

지젤이 팔꿈치로 레너드의 옆구리를 콱 찔렀다. 레너드가 억 소리를 내며 옆구리를 부여잡았다. 지젤이 목소리를 낮추며 복화술로 씹어뱉었다.

"아주 그냥 술술 불어라 불어."

렉터스 유스티오는 표정 없이 대답했다.

"제가 본 것은 세 분의 여기사님뿐입니다. 특히 어려운 상황에 도와주신 세이라 경께 감사드립니다."

세이라가 뒤에서 난처하게 웃으며 어깨를 으쓱했다.

"생명의 은인에 대한 보답으로 경이라는 호칭은 넣어둬 주시면 어때요."

"그러겠습니다. 세이라 양. 다른 분들께도 감사드립니다. 뛰어난 무예를 가지고 계시더군요. 예기치 않게 목격하게 되었습니다만, 솔직히 감탄했습니다."

렉터스 유스티오의 얼굴에 희미한 미소가 나타났다가 사라졌다.

"그럼 소인은 이만 물러가겠습니다. 부디 남은 시간 편안한 여정 되시길 바랍니다."

킬리언이 담담히 답했다. "그래."

렉터스 유스티오와 호위 기사들이 떠났다. 그들의 뒷모습에 대고 지젤과 레너드가 동시에 마주 보며 입을 열었다.

"알고 있었나?"

대답은 지젤이 아닌 킬리언에게서 나왔다. "알고 있었군." 킬리언이 무심히 지젤을 바라보았다. "전언은?"

지젤은 서신에 수상한 점이 없는지 재빠르게 살핀 후 봉인을 뜯고 펼쳐 읽었다.

악시아스 대공.
하비투스 대사원의 일은 유감입니다. 그대가 무사해 다행이군요. 인사를 전하지 못하고 돌아가 미안합니다. 황제 폐하께 안부 전하지요. 그대도 무사히 악시아스로 돌아가길 바라요. 그대의 땅에 평화가 가득하길…….
아베르사티 황비.

킬리언이 손을 내밀자 지젤이 서신을 건네었다. 킬리언은 서신을 다시 한번 눈으로 훑어 읽었다. 별 내용도 없는 서신을 굳이 남겼다는 게 마음에 걸렸다.

"……리에타는?"

"아직 잠들어 있습니다. 레이첼이 돌보고 있는데 상태를 보고 올까요?"

그때 낯익은 마차 부대가 산길을 돌아 나와 대사원 정문으로 다가오는 것이 보였다. 초췌한 몰골이 되어 있는 황비의 사절단과 사제들, 그리고 악시아스에서 황비와 대사원에 전하는 선물과 공물을 실은 마차였다.

악시아스 대공 일행을 알아본 사절단 일행이 그 앞에 멈추어 섰다. 마차에서 내린 빌헬름이 핼쑥해진 얼굴로 나와 허리 숙여 예를 표했다.

"빨리도 왔군."

"죄, 죄송합니다. 의식은 잘……."

킬리언이 허리춤에 손을 얹은 채 고개를 옆으로 돌렸다.

"황비마마께서는 이미 떠나셨다. 여독을 풀라 하고 싶지만. 빌헬름. 그대는 당장 황궁으로 출발해야겠군."

"네?"

빈센트가 얼빠진 얼굴로 되물었다. 킬리언은 그를 무시하고 사제들을 향해 덧붙였다. "그대들은 마음의 준비를 하도록. 사원에 일이 생겼다."

"네?"

이번엔 사제들이 어리둥절한 얼굴이 되었다. 킬리언은 아무런 설명을 덧붙이지 않은 채 몸을 돌렸다. 리에타의 몸이 회복되는 데 시간이 얼마나 걸릴까. 이래저래 그녀의 몸이 많이 상했다. 가능하면 완전히 회복을 시키고 데리고 가고 싶은데. 그때 레너드의 목소리가 그의 발목을 잡았다.

"어? 저기 오는 건 우리 기사 같은데요?"

사람들의 시선이 멀찍이서 산길을 내달려 오는 한 마리 말과 기수에게로 향했다. 말안장에 쓰인 검은색 겉감과 짙은 붉은색 안감, 금빛 테두리는 분명 악시아스의 기사들이 사용하는 것이었다. 기수는 엄청난 속도로 말을 몰아 산길을 올라오고 있었다. 기사가 가까워지자 기수의 정체는 더욱 분명해졌다.

"벡토르 같은데?"

"맞네. 저 잿빛 말, 팔콘이군."

킬리언 일행은 그대로 서서 기다렸다. 악시아스 기사단에서 가장 빠른 기사이자 전령이 빠른 속도로 가까워지고 있었다. 마침내 대사원 문을 통과한 기수는 떨어지는 듯이 말의 등에서 뛰어내리며 킬리언의 앞으로 와 쓰러질 듯 부복했다. 온통 땀에 젖은 팔콘이 흥분해서 푸르릉거리는 것을 레너드가 고삐를 쥐고 진정시켰다.

"헉, 헉……. 악시아스, 대공……. 각하, 헉, 기사, 벡토르…….."

"알았으니 용무."

킬리언의 말에 벡토르가 피를 토하듯 소리쳤다.

"악시아스에 역병입니다!"

청천벽력이었다. 경악한 사람들의 얼굴이 순식간에 새하얗게 질렸다. 킬리언이 손에 든 서신을 구겨 버렸다. '그대의 땅에 평화가 가득하길.' 피가 식는 기분이었다.

"어디예요? 피해 양상은요?" 지젤이 다그쳐 물었다.

"악시아스 서쪽 영지의 민가에서 팔십여 명, 악시아스 성 동쪽 별채에서 세 명입니다!"

"동쪽 별채?"

사람들의 얼굴이 충격으로 급변했다.

"누……, 누구죠?"

묻는 목소리가 엉뚱한 곳에서 들려왔다. 사람들의 시선이 뒤를 향했다. 창백하게 질린 리에타가 레이첼의 부축을 받아 서 있었다. 리에타는 동쪽 별채에 축성을 맡았던 사람이었다.

"동쪽 별채에서 역병에 걸린 사람들이 누구인가요?"

리에타가 떨며 대답을 재촉했다. 순간적으로 무서운 기분이 들며 아이린이 떠올랐다. 아이린이 아픈 건가? 내가 아이린에게도 축성을 충분히 했더라면 피할 수 있었던 것 아닐까? 벡토르의 입이 떨어지는 찰나가 몇 시간 같았다.

"샬롯, 데보라, 안나 아가씨입니다."

여자들의 얼굴에서 핏기가 사라졌다.

3

악시아스의
역병

“역병이 확실한가?”

“의사와 함께 영지에 정착한 지 오 년이 된 은퇴사제 출신 축성 능력자가 확인하였습니다. 역병이 맞다고 합니다.”

킬리언이 이를 악물었다.

“발병이 확인된 건 언제지? 그대가 여기에 오기까지 걸린 시간은?”

“이틀 전 아침, 안나 아가씨를 포함해 세 분 아가씨의 발병이 확인되었습니다. 확진 직후 출발하여 지금 도착하기까지 만 이틀이 걸렸습니다.”

“서쪽 영지 포함해서 자세히 보고해.”

“동쪽 별채 아가씨들의 역병이 확인되기 이전, 서쪽 영지에 역병으로 추정되는 열병이 퍼지고 있다는 보고가 들어왔습니다. 보고 당시 추정되는 피해 인원은 팔십여 명이었습니다.”

벡토르는 갈라져 터진 목소리를 아랑곳하지 않고 보고를 이어 갔다. 턱을 타고 계속해서 땀이 흘러내렸지만 훔칠 생각조차 않았다.

"보고의 진위 여부를 확인하고 필요한 조치를 취하기 위해 기사들이 의사와 축성 능력자들을 대동하고 출발했습니다. 이후 동쪽 별채의 세 분 아가씨의 발병이 확인되자마자 저는 더 이상 시간을 지체할 수 없다고 판단하고 이곳으로 왔습니다."

벡토르는 숨도 고르지 않고 보고를 이어 갔다. 역병의 종류, 발병 지역, 보고된 정보를 바탕으로 추정한 진행 양상. 벡토르의 입에서 나오는 소리에 시시각각 사람들의 안색이 변했다.

악시아스에 역병이 돈 적은 없어도, 십여 년 전, 제국민의 삼분의 일이 희생된 역병 참사는 모두의 머릿속에 각인된 기억이었다. 십구 년 전, 제국이 통일될 무렵 시작된 역병은 오 년 만에 겨우 진정되었지만, 당시엔 몰살된 마을의 소식을 듣는 것도 예사였다. 디리타스 역병 사태. 갓 통일된 시황제의 제국을 멸망시킬 뻔했던 오년 간의 역병 참사. 오년 만에 제국민의 삼분의 일이 희생된 재앙을 잊은 사람이 있을 리 없었다. 그로 인해 많은 도시가 궤멸되었고 그때 부모님이나 친구, 가까운 이웃을 잃은 사람들도 적지 않았으니까.

황족이었던 킬리언조차 예외가 아니었다. 그의 이복동생이었던 어린 황녀마저 당시의 역병에 목숨을 잃었으므로. 킬리언을 비롯한 기사단원들 나이대의 사람들에겐 대부분 십 대 때 겪은 기억이었다. 악시아스를 이루는 사람들 상당수는 역병으로 살던 곳이 궤멸되고 내몰려 방랑하다가 갓 커지기 시작하던 외진 땅 악시아스에 정착하게 된 사람들이었다. 그런 기억을 가진 이들에겐 더더욱 와닿는 위기감이 작지 않았다.

"발병 지역은 격리했나?"

"동쪽 별채는 즉시 격리되었습니다. 서쪽 영지는 아직 역병 발병이 확실히 확인되지는 않았습니다만 일단 격리하기로 하고 기사들이 출발했습니다. 제 눈으로 확인하지 못하고 왔습니다만 도착한 기사들이 출입을 통제했을 겁니다. 레오나드가 그곳을 맡았습니다. 역병이 아니라면 격리를 해제하기로 하고 이후의 조치는…….”

벡토르의 보고가 이어졌다. 아니길 바라지만, 맞다고 봐야 할 것이다. 벡토르는 입에 올려 말하지 않았지만 군이 최악의 사태를 상정해서가 아니어도 서쪽 영지도 역병일 가능성이 높았다.

팔십 명. 일반적으로 영지에 열 명 이상의 역병 환자가 발견되었을 때, 환자의 수는 하루 이틀이면 두 배가 된다. 지금쯤이면, 그리고 그들이 악시아스에 도착할 때쯤이면……. 킬리언이 주먹을 틀어쥐었다. 격리가 제때 되었다면 괜찮다. 아직은 수습할 수 있다.

“지금쯤 서쪽 영지는 몇 명이나 추가로 전염되었는지 알 수 없는 상황이겠군. 발병이 확실시된 것은 동쪽 별채뿐인 건가? 환자들의 상태는?”

“제가 출발하던 이틀 전, 샬롯 아가씨와 데보라 아가씨는 고열과 전신 쇠약 증상이 나타나고 있었지만 거동이 가능하고 비교적 상태가 양호했습니다. 하지만…….” 벡토르의 낯빛이 흐려졌다.

“유난히 안나 아가씨의 상태가 좋지 않습니다. 전날 밤 고열과 구토에 시달린 후 급격히 상태가 좋지 않아져 급히 의사를 청하였다가 그것이 역병 증상이라는 것을 알게 되었는데…….”

좋지 않은 소식을 직감한 동쪽 별채 여자들의 안색이 굳어졌다.

“발병한 지 겨우 하루 되었다기엔 지나치게 경과가 좋지 않은 상태였습니다.”

리에타는 멍하니 서 있었다. 바로 곁에서 오가는 말들이 마치 딴 세상 이야기처럼 아스라이 메아리쳤다.

‘어째서 그렇게 진행이 빠른 거지? 역마가 있는 건가?’

'그것은 확실히 가늠하지 못하겠다고 합니다. 함께했던 은퇴 사제의 신성 능력이 그에 미치지 못해서 확인하지 못했습니다.'

나쁜 꿈에 현혹된 듯 잠시 넋을 잃고 있던 리에타가 스스로의 머릿속을 뿌옇게 만드는 장막을 깨뜨리듯 별안간 입을 열었다.

"어린아이에게선 역병의 진행이 빠릅니다."

생각지 못한 사람의 난입에, 사람들의 시선이 리에타에게로 집중되었다. 킬리언이 빠르게 물었다. "어린아이? 안나가 해당되나?"

"네. 열두 살이니 통상 성인의 발병보다 진행이 두 배 정도 빠를 겁니다. 금방 위험한 상황이 될 수 있어요."

리에타는 마치 감정을 느끼지 못하는 사람처럼 책을 읽듯 설명을 이었다.

"대개 역병을 일으키는 악마가 몸에 붙고 증상이 시작되면 성인은 빠르면 이주 안에 코마 상태에 빠지게 됩니다. 이때부터 죽음에 이르기까지의 시간은 사람마다 천차만별이지만 대개 한 달을 넘기지 못하고…… 제로인 경우도 많습니다."

마음이 철렁했다. 사람들은 리에타가 축성 능력자이며, 더욱이 역병이 퍼졌던 땅에서 온 사람이라는 것을 기억해 냈다. 그녀의 입에서 남의 목소리처럼 들리는 침착한 음성이 흘러나왔다.

"아이는 순수하고 영적 기운이 희미해서 성인에 비해 역마를 쉽게 끌어들이지는 않지만, 그만큼 사람의 악의에 더 약하고 일단 악마가 달라붙으면 빠르게 잠식당합니다."

"……."

"열두 살이라면 일주일 안에 의식불명 상태에 빠지게 될 거고, 그후엔 할 수 있는 것이 거의 없습니다. 악마를 떼어내는 것도, 치료를 시도하는 것도……."

리에타의 설명에 집중한 사람들의 얼굴이 점차 창백해졌다.

"역마는 역병으로 인한 죽음을 먹으면 그 후부터 급격히 증식하기 시작합니다. 역병으로 위독해진 사람을 죽기도 전에 불태우는 것은 그 때문입니다. 사제 없이 민간에서 역병의 확산을 막는 유일한 방법이니까요."

역병이 퍼진 마을에서 온 사람이 들려 주는 참혹한 실상에 당장 위험을 피부로 체감하지 못하던 용병 출신 기사들마저 꺼림칙한 얼굴로 심각하게 시선을 교환했다. 그 내용도 충격적이었지만, 심약한 그녀를 익히 아는 여기사들은 딴사람처럼 침착한 얼굴로 죽음까지 언급하는 그녀를 놀란 눈으로 바라보았다.

"안나에게 증상이 시작된 것이 언제라고?"

킬리언의 목소리가 찬물처럼 끼얹어졌다. 절망적인 대답이 이어져 나왔다. "십사일 저녁…… 입니다."

오늘은 십팔일 아침이었다. 이미 나흘이 지났고, 일주일이 되기까지 앞으로 사흘. 그들이 황비의 사절단을 떨쳐 놓고 악시아스에서 하비투스 대사원까지 강행군으로 달려오는 데 나흘이 걸렸다.

"말을 준비해. 전원 악시아스로 귀환한다."

킬리언이 죽일 듯한 기세로 씹어뱉고는 벡토르에게 시선을 돌렸다. "벡토르. 어떻게 악시아스에서 이곳까지 이틀 만에 올 수 있었지?"

"잠을 자지 않았습니다. 짐은 아무것도 들지 않았고 식사는 총 한 번 했습니다."

지독하게 담백한 대답에 기사들의 얼굴이 핼쑥해졌다. 킬리언은 표정하나 변하지 않고 다시 물었다. "지름길이 있나?"

"나하나스와 오트낭을 지나는 길로 왔습니다."

"오트낭과 하비투스 대사원 사이는 산길일 텐데. 말이 갈 수 있는 길이 있나?"

벡토르는 상당히 무리한 여로의 지름길을 알려 주었다. 마차로는 갈 수 없는 험한 길이었다.

"이십 분 안에 전부 준비 마치고 이곳으로 집합해. 마차를 해체하고 여자들은 전부 말을 탄다."

말을 마치자마자 리에타의 모습을 눈에 담은 킬리언이 문제가 있음을 깨달았다. 그녀가 지젤에게 목소리를 낮추어 속삭이는 것이 또렷하게 귀에 날아와 박혔기 때문이었다.

"지젤, 말 타는 법을 빨리 설명해 줄 수 있어요?"

기가 막힌 소리에 천하의 킬리언도 숨이 턱 막혔다. 아니, 설명만 듣고 말을 탈 수 있게 될 리가 없잖아? 더욱이 그런 산지의 험로를, 내 기사들과 나란히 달릴 수 있을 것 같아?

지젤 역시 황당한 표정으로 대답했다.

"리에타, 당신 다리 다쳤잖아요. 말은 탈 수 없어요!"

그러고 보니 부상도 있었지. 킬리언이 즉시 입을 열어 명령을 수정했다.

"여자들은 여기 남아. 리에타가 다 나을 때까지 기다렸다가 함께 돌아온다."

리에타가 홱 고개를 돌렸다. "안 돼요."

감히 당돌하게 그의 말에 토를 달며, 그녀가 두려운 기색조차 없이 킬리언의 눈을 똑바로 바라보았다.

"동쪽 별채의 사람들은 모두 안나의 가족이에요."

감히 리에타라고 믿기 어려울 만큼 딱 부러지는 어조였다.

킬리언은 기가 막혀 화를 낼 기분도 들지 않았다. 말도 탈 줄 모르는 주제에. 하지만 여자들의 얼굴을 휙 훑어보니, 과연 너나없이 가장 먼저 달려가고 싶어 하는 간절한 낯빛들로 그를 바라보고 있었다. 킬리언이 꾹 눈을 감았다가 떴다.

"……레너드, 아렌, 마르칼. 리에타 곁에 남아라. 리에타를 포함해 그대들 모두 완전히 회복된 후 함께 돌아와. 다른 여자들은 준비해."

호명된 셋은 어젯밤의 전투에서 부상을 당한 기사들의 이름이었다. 그들은 어차피 당장 말을 달릴 수 없었다. 킬리언도 자신이 흥분한 상태에서 판단력이 흐려져 되는 대로 명령을 뱉고 있었음을 알았다. 그래도 아무렴 말 타는 법을 설명해 달라는 허무맹랑한 소릴 지껄이는 여자보다야 나았다. 킬리언은 몸을 돌리기 직전 벡토르의 어깨를 툭 두드렸다.

"수고했다. 우선 잠을 자고 쉬도록. 그대도 후발대와 함께해."

"저도 함께하겠습니다."

벡토르의 말에 킬리언은 딱 잘라 거절했다.

"됐어. 발목 잡지 마. 이십 분 안에 지도나 그려서 넘겨. 보고 찾아갈 수 있도록."

잠깐 머뭇거린 벡토르가 주먹 쥔 손을 가슴 위에 올리며 고개를 숙였다. "명 받들겠습니다."

그대로 벡토르를 지나쳐 움직이려는데 그 앞을 리에타가 막아섰다. 킬리언의 눈썹이 꿈틀했다.

"또 뭐야?"

리에타가 한 치도 망설임 없이 몸을 숙이더니 제 치마를 걷어 올렸다. 사람들의 눈이 휘둥그레졌다. 레이첼이 휙 소맷자락을 들어 남자 기사들의 시선을 가렸다.

리에타의 왼쪽 허벅지 위쪽, 칼에 베인 상처가 붉은 칼자국만을 남기고 거의 아물어 있었다. 어젯밤 그녀의 몸에 담겼던 신성한 힘이 순간 치유 능력을 발현시킨 결과였다.

"상처는 다 나았습니다. 갈 수 있어요."

……말을 못 탄다는 건 변함없는데? 당당하기 짝이 없는 작태에 킬리언

은 헛웃음을 터뜨려 버렸다. 기사들이 괴상한 것을 보는 표정으로 그런 킬리언을 바라보았다. 허리에 손을 얹은 킬리언이 리에타를 바라보았다.

"좋아. 그럼 그대는 내가 태워 주지."

"감사합니다, 영주님."

치맛자락을 내려놓은 리에타가 놀라지도 않고 차분히 감사 인사를 전했다. 킬리언이 몸을 돌렸다.

"이십 분. 준비하고 집합해."

"네!"

기사들이 빠르게 흩어졌다. 지젤이 리에타의 뒷모습을 바라보며 묘한 표정을 지었다. 리에타가 뭔가 이상한데……? 그러나 지젤은 고개를 젓고 발을 재촉했다. 지금은 그런 것보다 중요한 문제가 발등에 떨어져 있었다.

'역마는 역병으로 인한 죽음을 먹으면 급격히 증식하기 시작합니다. 역병으로 위독해진 사람들을 죽기도 전에 불태우는 것은 그 때문입니다.'

머릿속에 시린 바람이 불었다. 역병과…… 죽음.

동쪽 별채 사람들에게, 안나에게 그런 일이 일어나게 할 순 없었다. 지젤도 발걸음을 서둘러 채비를 하기 위해 몸을 옮겼다.

마차를 끌던 여섯 필의 말이 각자 제 주인을 찾아갔다. 지젤, 엘리제, 세이라, 레이첼, 라나, 그리고 마부가 각기 제 말을 이끌었다. 마부는 어느새 기사복으로 환복하고 기사들 틈새에 자연스럽게 섞여 들었다. 부상으로 인해 후발대로 남은 레너드, 아렌, 마르칼을 제외하고 마부로 위장하고 있던 기사 하슬러가 추가되어 열 명의 기사. 그리고 다섯 명의 여자들이 각자 제 말에 올랐다. 모두가 간밤에 혹독한 전투를 치렀고 이후로 제대로 쉬지 못했지만, 움직임이 둔해진 사람은 단 한 명도 없었다.

킬리언은 리에타의 허리를 잡아 획 말에 올려 앉힌 뒤 그녀의 뒤에 올라타고 말고삐를 잡았다.

　신을 섬기는 땅에서 벌어진 사상 초유의 대학살로 피에 젖은 산사를 뒤로하고 킬리언이 말에 박차를 가하자 일제히 모든 기수들이 달리기 시작했다. 출발한다는 신호 한마디 없이 대사원에는 떠난다는 인사 한마디 남기지 않고.

　오랜 역사를 뒤로하게 된 대사원의 을씨년스러운 풍경 너머 풀잎에 이슬은 맺히고, 태양은 무정하게 떠오르고 있었다.

　"꼭 마을에 들러야 하나요?"

　리에타가 어두운 낯빛으로 되물었다. 안색은 새파란 주제에 욕심을 부리는 그녀를 말에서 내려 주며 킬리언이 씁쓸한 낯으로 답했다.

　"나라고 마음이 급하지 않은 것이 아니야." 킬리언이 대답했다.

　"어차피 그 거리를 이틀 만에 주파할 수는 없어. 벡토르와 팔콘은 기사단에서도 따를 자가 없을 정도로 빠른 전령이다. 우린 열일곱 명이고 심지어 말은 열여섯 필이지. 이 인원이 전부 자지도 먹지도 않고 계속 달리는 건 불가능해."

　그렇게 하다간 분명 사람이든 말이든 탈이 나는 녀석이 생길 것이다. 킬리언은 그것이 리에타가 될 가능성이 높다고 생각했지만 굳이 그 생각을 입 밖에 내지는 않았다. 킬리언의 흑마 레아 역시 두 사람을 태우고 달리느라 무리하고 있었다.

　"사흘 안에 주파하는 것도 쉽지 않은 여정이니 쉬는 데 집중해."

　리에타가 마지못해 고개를 끄덕였다.

　"그럼 내일 다섯 시에는 출발할 수 있겠죠?"

다섯 시에 출발하려면 네 시 반에는 일어나야 한다. 기사들이 질린 낯으로 그녀를 바라보았다. 누군가가 중얼거렸다. "독종……"

지젤이 쩨릿 날카로운 시선을 날렸다. 좀 더 적극적인 기사가 용감하게 손을 들었다. "여섯 시."

여자들이 일제히 외쳤다. "다섯 시."

킬리언이 정리했다. "다섯 시 반."

여자들은 불만스런 낯빛으로 시무룩해졌고 남자들은 주먹을 불끈 쥐며 소리 없이 환호했다. 여자들은 역병이 몰고 온 스산한 이야기에 마음이 조급해져 몸이 힘든 줄도 몰랐다. 지젤 역시 안나의 걱정에 마음이 앞섰으나 쉬어야 한다는 킬리언의 결정에는 동의할 수밖에 없었다.

결국 새벽 한 시에서 새벽 다섯 시까지 짧은 휴식이 주어졌다. 역병 때문에 여행자가 뜸해진 마을 여관은 늦은 시간에도 많은 방이 비어 있었다. 여관 주인은 후한 값을 치르고 여관 전체를 대여하다시피 한 그들을 위해 많은 편의를 봐주었다. 조금 놀란 얼굴을 했지만, 새벽 네 시의 식사 준비까지 흔쾌히 수락했다.

킬리언만이 이인실을 혼자 사용하고 나머지 사람들에게는 이인 일실이 주어졌다. 지젤과 레이첼, 엘리제와 세이라, 라나와 리에타가 각각 한방을 쓰기로 했다. 이런 여정에 익숙하지 못한 유일한 사람인 리에타를 라나가 마법으로 조금이나마 편하게 해 주려는 배려였다.

그러나 파리한 얼굴에 표정 하나 없는 리에타가 방으로 들어가는 것을 보고 지젤은 그녀의 몸이 아닌 다른 곳에 문제가 있는 것은 아닐까 직감했다. 몸은 편하게 해 줄 수 있겠지만 과묵한 라나보다는 자신이 조금 더 필요할 것 같다는 생각에, 지젤은 방으로 들어가려는 라나에게 손짓해 방을 바꾸었다. 그러나 지젤이 리에타와 대화를 나눌 기회는 없었다.

간단한 목욕을 끝마치고 옷을 갈아입자마자 방문을 두드리는 노크소리가 들렸다. 킬리언이었다. "리에타. 잠깐 좀 보지."

리에타는 표정 없는 얼굴로 부스스 일어섰다.

침대에 기대 리에타가 돌아오길 기다리던 지젤은 목욕 후 몸을 덮쳐 오는 노곤한 피로에 오래 버티지 못하고 곯아떨어지고 말았다.

킬리언의 침실로 따라 들어온 리에타는 멈칫했다. 창가에 흐늘거리며 매달린 작은 하급 악마가 눈에 들어온 탓이었다.

"잠시만요."

리에타는 킬리언을 돌아보지도 않고 창가로 조용히 걸어갔다. 리에타가 다가오자 진흙 덩어리처럼 흐느적거리던 하급 악마가 꾸물거리며 달팽이 같은 눈알을 비죽 내밀어 그녀를 쳐다보았다.

대개 이렇게 영안을 가진 사람들에게만 보이는 악마는 그저 유령 같은 존재다. 행동이 좀 더 잽싸지고 직접적으로 공격성을 띠게 되는 것은 일반인의 눈에도 보이기 시작하는 중급 악마부터다.

드물긴 하지만 이런 악마는 어디에나 있을 수 있다. 공격성이 없고 일반인에겐 보이지 않는 하급 악마. 그냥 내버려 둬도 상관없을, 사람의 부정적인 감정을 먹으려는 본능만 가진 하찮은 미물. 사람에게 짧은 시간에 나쁜 영향을 주진 못한다.

공격성이 없더라도 역마나 화마같이 존재만으로도 인간에게 유해하고 위험한 것들도 있지만, 이건 그냥 하찮은 몽마다. 기껏해야 사람에게 나쁜 꿈을 꾸게 하고 공포나 절망을 집어먹는 부류. 그러나 내버려 두면 영주님께 붙어 악몽을 꾸게 만들 수도 있으므로 리에타는 그것을 쫓아내기로 했다.

악마를 직접적으로 말살할 수 있는 힘인 구마 능력은 없는 리에타라도 이런 약한 녀석은 정화나 축성으로 쫓아낼 수 있었다. 그 정도의 미약한 신성력에도 불쾌함을 느끼고 몸을 피하는 녀석들이니까.

리에타가 기도하며 정화의 힘을 펼치자 악마가 낑낑대며 버티다가 이내 스르륵 손을 놓고 미끄러져 창밖으로 떨어졌다.

킬리언은 가만히 뒤에 서서 리에타가 빛나는 손으로 창틀을 쓸어내려 축성하는 것을 지켜보았다. 이내 리에타가 창가에서 물러서서 그에게로 몸을 돌렸다.

"다 되었습니다."

리에타는 킬리언의 권유에 따라 작은 테이블 앞에 앉으며 무표정하게 그를 바라보았다. 킬리언의 기준에는 딱히 무례한 태도가 아니었지만, 겁 먹은 건가 싶을 정도로 항상 어딘지 조심스러워하는 태도가 몸가짐에 배어 있던 리에타였기에 그녀라기엔 너무 대담한 것 같기도, 뭔가 나사가 풀린 것 같기도 했다.

"무슨 일로 부르셨나요?"

이것 봐, 이상하잖아. 킬리언이 리에타를 빤히 바라보았다.

"오늘 그대 상태가 평소와 좀 다르군."

"……상태요?"

"그대, 원래 이렇게 적극적인 사람이 아니잖아?" 킬리언이 묘한 표정으로 미소했다. "오늘 왜 이렇게 건방지고 당돌하지?"

"……사안이 위급한지라."

"평소의 그대라면." 킬리언이 리에타의 눈을 바라보며 고개를 기울였다. "불쾌하게 해 드려 송구합니다. 아니면 죄송합니다로 먼저 시작했을 터인데."

리에타가 잠시 틈을 두고 대답했다.

"……불쾌하게 해 드렸다면 송구합니다."

킬리언이 피식 웃었다.

"됐어. 난 그대의 죄송합니다, 괜찮습니다라면 신물이 나는 사람이니까. 차라리 지금이 마음에 드는군. 뭐, 그게 용무는 아니고. 그대, 리에타."

킬리언이 손을 깍지 껴 무릎 위에 올려놓으며 본론을 꺼냈다.

"'동쪽 별채'로 들어오지 않겠나?"

뜻밖의 제안에 리에타가 입을 다물고 그를 마주 보았다. 언젠가 비슷한 말을 들은 적 있지만, 그의 입에서 나오리라고는 생각지 못한 말이었다.

"아. 그전에 이걸 말해 둬야겠군. 이제 그대도 알겠지만 동쪽 별채 여자들 중에는 내가 비밀리에 데리고 있는 여기사들이 포함되어 있어. 나를 위해 일해 주는 사람들이지."

리에타가 작게 고개를 끄덕였다. "네. 기밀을 엄수해 달라는 이야기라면 레이첼에게 전해 들었습니다."

"그래. 그렇다면 이야기가 빠르겠군."

킬리언이 담배에 불을 붙였다. 그리곤 리에타의 잔에 차를 따라 준 뒤 그녀를 바라보았다. 따뜻한 차에서 뽀얗게 김이 올랐다.

"그대, 신성 능력자로서 동쪽 별채 기사단에 들어와 내 힘이 되어 줄 생각은 없나? 내 기사단에 아직 신성 능력자가 없거든."

가만히 킬리언을 바라보며 말이 없던 리에타가 대답했다.

"……말을 타고 벌이는 전투 기술을 배우기에 저는, 조금 나이가 많습니다."

"설마 그런 걸 바랄까."

킬리언이 피식 웃었다. 그가 담뱃재를 털며 말을 이었다.

"전투 기술은 배울 필요 없어. 승마라면 배워야겠지만. 라나도 마상전투를 할 줄 아는 건 아냐. 그냥 말을 타고 달릴 줄 아는 걸로 족해."

킬리언이 가만히 말할 내용을 가늠하듯 등받이에 몸을 기대었다.

"악시아스 기사단은 정규 교육을 받은 사람들로 채워진 곳이 아니야.

'동쪽 별채'도 마찬가지. 나의 기사라는 건 내게 충성한다는 의미일 뿐 다른 기사단과는 좀 다르지. 마법사도 용병도 암살자도 모두 기사라는 이름으로 머무는 곳이니까."

한 모금 빨아들인 담배 연기를 짧게 내쉬며 킬리언이 말을 이었다.

"'동쪽 별채'는 대외적으로 내 애첩으로 알려지니 결혼하긴 어렵겠지만, 나름대로 금전적으로나마 보상하고 있어. 사람마다 가치관은 다르겠지만 별채 여기사들 말로는 한창때의 연애를 잠시 포기해도 좋을 만큼은 만족스러운 수준이라더군."

문득 킬리언이 담뱃재를 털려는 손을 멈추며 그녀를 바라보았다. "아, 혹시 연인이 있나?"

"없습니다."

"그래."

킬리언이 다시 담배를 입으로 가져가며 덧붙였다 "연애를 금하는 건 아냐. 기사들 중에 고른다면 우리끼리지만 축복 속에 결혼할 수도 있어." 어차피 똑같이 사정을 아는 사람들이니까.

"영지에서 만나고 싶은 사람이 있다면 좋을 대로 해. 다만 기밀은 엄수해야 해. 미치광이 폭군의 애첩이라는 점도 상관없다고 이해해 주는 사람이 좋은 사람일지는 그대가 판단할 일이겠지만. 업무상 기밀을 유출하지 않는 선에서라면 자유롭게 만나도 좋아."

공기 중으로 담배 연기가 흩어졌다.

"미안하지만 영지 외부 사람은 곤란해. 정 그런 사람을 골라야겠다면 믿을 만한 사람인지는 내가 따로 오랫동안 검증할 거야."

리에타는 담담한 낯빛이었다. 킬리언은 리에타가 거절할 가능성이 높지 않다고 생각했고, 그렇기에 더 자세히 설명했다.

"하는 일은 지난 며칠 한 것과 같아. 아니 오히려 그 정도로 열심히 해 주는 건 내 쪽에서 사양하고 싶군. 동쪽 별채에 들어오더라도 지금 하던 것처럼 영지의 축성 일은 계속 받아서 해도 좋고."

리에타가 조금 망설이는 기색으로 입을 열었다.

"어젯밤의 일은 대축성 의식으로 제 몸에 신성력이 충만했기 때문에 가능한 것이었습니다. 그 신성력은 지금 제 몸에 남아 있지 않고요. 마음만은 무엇이든 최선을 다해 힘이 되어 드리고 싶습니다만, 제 부족한 능력이 영주님의 눈에 차실지 모르겠습니다."

킬리언이 싱긋 미소하며 답했다. "능력은 어젯밤 이전에 본 것만으로도 충분해."

그녀가 마지막에 뜻밖의 활약을 해 주었지만, 킬리언은 그전부터 이미 어느 정도 마음을 굳힌 상태였다. 악마를 볼 수 있는 성실하고 충성스러운 축성 능력자. 다소 심약하긴 하지만 유연한 상황 대처능력이 마음에 들기도 했다.

지금 영지에 닥친 위험에 그녀의 능력이 더욱 절실하기도 하고, 이미 그녀가 동쪽 별채의 기밀도 알게 된 마당에 그녀를 영입하기 위해 따로 위험 부담을 질 것도 없었다.

사실 그에겐 그 '마음'이 더 중요한 문제지. 매수당할 위험이 없는 믿을 만한 사람을 얻는다는 건 그에게 생각보다 중요한 일이었으니까.

리에타는 즉시 대답했다. "하겠습니다."

예상은 했지만. 킬리언이 피식하며 중얼거렸다. "쉽게도 대답하는군."

킬리언은 담뱃대를 내려놓으며 입을 열었다.

"이런 식으로 상급자가 독대해 묻는 말에 거절하기 어려울 것을 안다. 한 달 정도 시간을 줄 테니 천천히 생각해 보고 그때도 확신이 들면 성으로 찾아와서 말하도록."

"생각은 충분히 했습니다."

"기사단에 들어온 여자들은 모두 한 달 이상 고민할 시간을 받았어. 예외는 없다." 킬리언이 단호하지만 부드럽게 말했다.

"기한은 가을까지 정도면 되겠지. 잊을 때쯤까지 그대가 찾아와 별다른 언급을 하는 일이 없으면 거절한 것으로 알겠다."

"……네."

어차피 마음을 바꿀 생각은 없었지만, 모두가 유예를 받았다는 말에 리에타는 딱히 고집을 부리지 않고 수긍했다. 킬리언이 말을 이었다.

"지금은 별것 아닌 것 같아도 중요한 결정이 될 수 있어. 조금이라도 내키지 않으면 받아들이지 않아도 돼. 꼭 기사로 동쪽 별채에 들어와 살지 않아도 그대의 도움을 받을 방법은 많으니까."

리에타가 끄덕였다.

"네. 그때까지 언제든 필요하시면."

"그럴 거야. 돌아가는 상황을 보니 그러고 싶지 않아도 그래야 할 것 같군."

찻잔에 손을 대지 않는 리에타를 바라보며 킬리언이 무표정한 얼굴로 덧붙였다. "그러니까 몸을 제대로 간수해. 건강을 해치지 않도록. 식사도 제대로 하고."

"네." 침착한 대답이 돌아왔다.

킬리언이 선호하는 간결하고 확실한 대답이었지만, 조금도 지체 없이 튀어나온 신중하지 않은 대답이 이번엔 조금 못마땅했다. ……나와 대화하면서 나보다 말 없는 사람은 처음 보는군. 킬리언이 눈을 찌푸리며 툭 뱉었다. 본능적인 질문이었다.

"그대, 지금 괜찮은 거야?"

당연한 듯이 지체 없는 대답이 돌아왔다. "물론 괜찮습니다."

"그대는 항상 괜찮다고 하잖아. 정말로 괜찮아?"

킬리언이 눈을 찌푸리며 리에타의 얼굴을 쳐다보았다.

"난 그대가 아프지 않았으면 좋겠어. 이번에 나 때문에 너무 고생했잖아."

리에타에게선 대답이 나오지 않았다. 그가 말을 이었다.

"난 그대에게 마음 쓸 의무가 있어. 내가 데려왔고, 내가 돌보기로 한 영지민이야. 대사원에선 날 위해 과할 정도로 헌신해 주었지. 지금의 강행군도 내 영지와 내 사람들을 위한 거고. 기사가 되느냐 마느냐의 문제는 차치하더라도 그대는 이미 내 사람이야."

표정 없는 여자의 얼굴 위에, 대사원으로 오던 길에 그녀에게서 느꼈던 묘한 감상이 겹쳤다. 킬리언은 결국 묻지 않으려 했던 말을 입에 올렸다.

"어린아이라고 했던 것, 혹시 그대의 딸 이야기인가?"

리에타의 얼굴이 굳었다. 어딘지 충격받은 모양으로 입을 열 듯 열지 못하던 그녀가 한참 만에 침묵을 깨었다.

"다음에……." 리에타가 창백한 낯으로 말을 이었다. "다음에 이야기할 수 있을까요?"

킬리언은 이미 대답을 들을 필요가 없겠다고 생각했다. 리에타는 숨이 막히는 듯, 더듬거리며 말했다.

"저희는 빨리…… 악시아스로 돌아가야 해요. 휴식이 필요하다고 하셨잖아요."

역시 평소의 리에타가 아니었다.

"그래." 킬리언이 속으로 씁쓸해하며 대답했다. "쉬게. 이번에 그대가 고생한 것은 돌아가면 제대로 보상을 하지."

잠시 틈을 두고 평소 같은 대답이 돌아 나왔다.

"은혜를 갚을 기회를 주신 것으로 족합니다."

이 소리는 또 리에타가 맞군. 건방지더라도 차라리 제멋대로 구는 쪽이 마음에 찼다. 킬리언이 됐다고 휙 손사래를 치려는데, 리에타의 목소리가 울렸다.

"자고 갈까요?"

킬리언의 얼굴이 굳었다. "뭐?"

리에타의 손이 무의식인 듯 제 몸을 움켜쥐고 있었다.

"이 몸뚱이……." 새하얘진 얼굴에 텅 빈 눈이 이상하게 흔들리고 있었다.

"……리에타?"

자리에서 일어선 킬리언이 리에타의 어깨를 잡고 흔들었다. 리에타가 퍼뜩 정신을 차린 듯 움찔하며 킬리언의 얼굴을 바라보았다. 초점이 돌아온 하늘색 눈동자가 그를 마주 보았다.

"……제가 지금 뭐라고……?"

가뜩이나 안색이 좋지 않던 리에타의 창백한 얼굴은 더욱 새하얘졌다. 리에타가 벌떡 자리에서 일어났다.

"실언하였습니다. ……쉬십시오."

리에타는 달아나듯 몸을 돌려 뛰쳐나갔다. 그녀가 너무나 절박해 보여, 킬리언은 차마 붙잡을 엄두를 내지 못하고 한동안 당황한 채 서 있었다.

하비투스 대사원을 짓밟으며 날뛴 악마들과 맞서 싸운 지독한 전투 이후 이어진 살인적인 강행군. 이틀 동안 제대로 잔 사람이 없는 일행이었다. 그러나 역병의 악몽이 그들의 땅 악시아스에 현실로 닥쳐오고 있는데 꿈속에서 헤매고 있을 순 없었다.

단련된 기사들조차 온몸을 두드리는 근육통과 피로에 신음하며 침대에서 간신히 기어 나와야 했으나, 곧 다시 정신없는 질주가 이어질 예정이었기에 그들은 멍하니 파리한 새벽의 아침 식사를 입 안에 욱여넣었다.

어젯밤 무슨 일이 있었냐는 듯 다시 침착한 얼굴로 돌아온 리에타가 킬리언의 앞에 섰다. 그는 어제의 일에 대해 별다른 이야기를 묻지 않고 리에타를 말 위에 올려 앉혔다.

다시 열여섯 필의 말과 열일곱 사람이 악시아스를 향해 달리기 시작했다. 마른 땅에 말발굽 소리가 울리며 황색 흙먼지 구름이 그들의 뒤로 길게 일었다.

겨우 킬리언의 턱 아래 오는 백금발의 작은 여자는 뒤처지기는커녕 대열의 가장 앞, 그의 품 안에서 강행군을 견디고 있었다.

출발할 때는 항상 단단히 묶어도 말 위에서 머리카락은 금세 흐트러지곤 했다. 자신의 머리칼로 킬리언을 방해하지 않기 위해 리에타는 그 더운 날씨에 후드를 눌러 쓰고 있었다. 후드 아래로 흐트러진 백금발이 바람에 휘날렸다.

'이 세상에 와서 먹고 숨 쉬고 옷 입는 사소한 일 하나하나 다른 피조물의 피와 땀과 생명 위에 발 딛고 있나니.'

킬리언은 독실한 신자가 아니었지만 그의 어머니는 종종 어린 킬리언을 무릎에 앉히고 성서의 구절을 읽어 주곤 했다. 그는 나뭇잎 사이로 드리워진 금빛 햇살이 아름다운 어머니의 머리카락에, 속눈썹에 부서지는 것을 사랑했다.

'타인을 사랑하고 동정하고 축복하는 일만이 어머니를 고통스럽게 하고 이 세상에 태어난 죄를 갚을 길이며, 다른 생명들의 죽음을 발판 삼아 내 생명을 세상에 세운 죄를 갚을 길이다.'

나를 유지하는 이 목숨은 과연 윌리엄과 살레리온의 피 위에 있으리라고, 킬리언은 생각했다. 어쩌면 그는 살기 위해 그들을 죽였다. 스스로를 불사르는 자기파괴적 분노와 복수심으로부터 제 영혼을 건지기 위해.

그는 황비에게서 자기 자신을 보았다. 그녀 역시 본인이 살기 위해 제게 그러고 있는 것이리라고.

'어마마마, 제가 태어날 때 고통스러우셨어요?'

눈부신 백금발을 흩트리며 기억 속 그의 어머니가 아름답게 웃었다.

'아니.'

'킬리언, 아베르사티를 용서해라.'

메마른 목소리가 아름다운 추억 위에 교차했다.

'죄를 지은 건 네 형제들이었지 그녀가 아니었어. 네 형제들은 이미 죗값을 치렀다. 그러나 그녀는 죄 없이 너무 가혹한 대가를 치렀어. 그녀의 화풀이를 받아 주어라.'

'거짓말······.'

사랑스러운 웃음소리가 풀잎에 굴러떨어졌다. 아름다운, 아름다운 나의 어머니. 그녀가 환하게 웃으며 킬리언을 끌어안았다. '정말.'

여정은 숨 가쁘게 이어졌다.

'킬리언, 너는 살아야 하는 이유를 찾아야 할 것이다. 너의 어머니가 너에게 그것을 주기 위해 죽었으므로.'

"······."

언제나 영지의 일이 머릿속을 채우면 신경 쓰이는 여자 따위는 금세 뇌리에서 사라지곤 했다. 타인을 사랑하고 동정하고 축복하지는 못해도 그의 영지에 발붙인 목숨들을 살게 하는 것. 그것은 적어도 그가 할 수 있는 일이었다.

'악시아스에 역병입니다!'

화풀이는 나에게 해. 영지 사람들은 관계없잖아.

그러나 이토록 초조하고 화가 나는 순간에도 앞만 보고 달리고 있는 제품 안의 여자가 이토록 신경 쓰이는 것은, 연약해 빠진 주제에 쓸데없이 헌신적이기 때문에. 어쩌면 누군가를 떠올리게 하는 백금발 때문에. 어쩌면 이번만은 황비의 화풀이를 받아 주는 것이 정말로 고단했기 때문에.

……어쩌면.

이틀 후 자정이 가까울 무렵. 그들은 악시아스에 돌아왔다. 안나에게 역병이 발병한 지 일주일째 되는 날이었다.

역병과 악마는 떼려야 뗄 수 없는 관계이다. 역병으로 인한 죽음은 공포와 혐오, 비탄을 야기하므로 악마들의 가장 좋은 에너지원이었다. 그렇기에 역병이 임한 땅에는 언제나 악마가 판을 쳤다.

역마는 더욱 그랬다. 역병이 도는 도시에는 역마가 없는 곳이 없었다. 역병과 역마는 서로를 강하게 하는 관계였다. 더욱이 역병으로 인한 죽음은 역마를 강력하게 하고 증식하게 하였다.

역병이 먼저일까, 역마가 먼저일까. 이들의 불쾌한 동맹에는 두 가지 경우가 있었다. 첫째는 자연적으로 발생한 역병을 느끼고 이끌려 온 역마가 힘을 얻기 위해 달라붙은 경우. 둘째는 사람의 몸에 역마가 붙고 이로 인해 역병이 일어난 경우였다.

대개 역마는 역병에 걸린 사람들을 찾아다니며 제 숙주로 삼고, 병세를 악화시키고 역병이 많은 사람들에게 퍼지게 하는 데에 일조했다. 이것이 역병이 먼저인 경우다.

반면 역마가 먼저인 경우도 있었다. 때론 악마가 먼저 멀쩡한 사람의 몸에 들러붙어 서서히 공들여 직접 역병을 일으키기도 했다. 죽음을 먹기 이전의 악마는 쇠약하여 들러붙자마자 병을 일으키지 못하므로 오랜 시간이 걸리는 일이다.

축성을 받으면 이런 악마는 비교적 쉽게 예방할 수 있지만 언제나 예외는 있으므로 완벽한 것은 아니다. 카사리우스가 그랬던 것처럼.

킬리언이 리에타를 향해 물었다. "역마가 있을까?"

리에타가 답했다.

"그럴 가능성이 높습니다 축성을 둘러 두었는데도 역병에 걸렸다면 강한 악마가 침입했거나 저주가 있었다는 것이니까요."

축성이 걸린 장소나 사람에게는 쉽게 악마가 침범할 수 없지만 예외는 있다. 저주나 사기邪氣가 축성을 상쇄했을 경우나, 수백 수십의 죽음을 먹고 강력해진 악마인 경우, 혹은 오랜 역사 동안 이름이 알려져 공포의 대상이 된 악마인 경우 정화나 축성으로는 저지할 수 없다.

이럴 땐 구마의 힘이 필요한데, 이런 악마의 경우는 일반인의 눈에도 보일 정도로 물성을 띠고는 했다. 대축성의 밤에 날뛰었던 악마도 그런 케이스였다.

역마처럼 눈에 보이게 되는 것 자체가 오히려 약점이 되는 것들은 은신 능력이 발달하지만, 역시 사람의 몸에 뿌리내릴 때까지 들키지 않는 것은 힘든 일이다.

역마가 침범했을 때 리에타가 있었더라면 보자마자 알아챘을 것이다.

마지막으로 별채에 왔을 때를 기억하고 있었다. 악마는 낌새조차 없었다. 그들이 자리를 비운 겨우 며칠 동안 기다렸다는 듯이 벌어진 일이었다.

악시아스에 도착하자마자 그들에게 전해진 안나의 병세는 한층 더 위중해져 있었다. 온몸에 반점이 퍼지고 헛소리까지 하기 시작했다는 등 이미 동종 역병의 발병 삼 주차, 병의 말기에 접어들고 있었다. 그들은 안나의 상태를 직접 확인하기 위해 동쪽 별채로 발을 옮기며 빠르게 필요한 말을 주고받았다.

"역마가 얽혀 있다면 어떻게 치료해야 하지?"

"역마가 기생했다면 악마가 사라지기 전에는 절대 역병이 낫지 않습니다. 그렇기 때문에 악마를 제거해야 합니다."

"전염 쪽으로는?"

"죽는 사람이 나올 경우 반드시 역병이 번집니다. 역마는 죽음을 먹는 순간 증식하기 때문에 위독한 환자 가까이 있어선 안 돼요."

킬리언은 하비투스 대사원의 보고서에서 읽었던 내용을 떠올렸다. 신빙성이 높지 않다고 생각해서 크게 신경 쓰지 않았지만, 분명 거기도 그런 이야기가 쓰여 있었다.

안나가 죽으면 동쪽 별채는 엉망이 되겠군. 어쩌면 악시아스 성 전체가 위험에 빠지게 될지도 모르겠다. 리에타의 설명을 들으며 끔찍한 계산들을 머릿속으로 굴리는 킬리언의 머릿속에 안나의 앳된 얼굴이 떠올랐다.

안나는 열두 살이다. 죽기엔 어리다. 제기랄.

킬리언과 동쪽 별채의 사람들이 격리된 동쪽 별채의 문 앞에 섰다. 킬리언이 리에타에게 명령했다. "축성을."

리에타의 몸에 흰빛이 감돌았다. 동시에 그녀의 입이 열렸다.

"축성은 해 드리겠지만 저 혼자 들어가겠습니다."

킬리언이 뭐라 반응하기도 전에 그의 어깨에 손을 올린 리에타가 빠르게 킬리언의 상체를 끌어내려 그의 이마에 입 맞추었다. 이미 처음이 아닌 방식의 축성이었지만 예기치 않은 리에타의 말과 돌발행동에 킬리언이 몸을 굳혔다.

잠깐 그의 이마에 머문 리에타의 입술이 왔을 때처럼 빠르게 떠나갔다. 그녀의 몸은 어느새 킬리언에게서 떨어져 동쪽 별채를 향하고 있었다.

"방금 말씀드렸다시피 만에 하나의 상황이 발생할 경우 역병을 피할 수 없게 됩니다."

만에 하나의 상황. 누군가의 죽음. 리에타의 말이 암시하는 바를 깨닫고 동쪽 별채 여자들의 표정이 딱딱하게 굳었다. 리에타는 그들의 대답조차 기다리지 않은 채 즉시 발을 옮겨 동쪽 별채 안으로 들어갔다.

킬리언이 울컥 표정을 일그러뜨리며 그녀의 뒤를 따라 발을 내디뎠다.

"잠깐, 리에타!"

지젤이 다급하게 그의 팔을 붙잡았다. "영주님! 안 돼요!"

킬리언이 화난 얼굴을 그녀에게 돌렸다. 그 누구보다도 따라 들어가고 싶지만 죽을 듯한 얼굴로 참고 있는 네 명의 여자가 간절히 그를 바라보고 있었다.

"아시잖아요."

그는 이 악시아스를 책임져야 할 사람이었다. 역병이 퍼지기 시작한 영지를 지휘하고 지켜 내야 할 최후의 보루였다. 그 역시 머리로는 리에타의 행동이 합리적이라는 것을 이해하고 있었다.

하지만 감히 건방지게 그의 대답을 듣지도 않고 제 할 말만 통보한 후 몸을 돌리는 데 화가 나기 이전에 마땅히 그의 몫인, 그가 무릅써야 할 위험을 허락도 없이 짊어지는, 주제넘은 짓을 저질러 버리는 리에타에게 미칠 듯이 화가 났다.

"리에타!"

굳게 닫혀 있던 동쪽 별채의 문을 오랜만에 열고 들어온 사람을, 안에 있던 여자가 달려 나와 맞이하며 눈물을 쏟았다.

"헬렌, 안나는요?"

"자기 방에 있어요. 일주일 동안 안나를 보지 못했어요. 안나의 방은 격리되어 다가가지 못해요. 셀린느가 우리를 들여보내 주지 않아요."

당연한 조치였지만 헬렌은 셀린느를 원망하며 울음을 억눌렀다. 다행히 헬렌의 몸엔 역마가 보이지 않았다. 리에타는 헬렌의 어깨를 안아 주며 말없이 그녀의 몸에 축성을 둘렀다.

뒤늦게 셀린느가 초췌해진 얼굴로 내려와 그녀를 맞이했다. 고운 얼굴과 윤기나는 호박색 머리칼이 푸석해져 있었다.

"……리에타. 와 줘서 고마워요."

셀린느는 목과 입에 얇고 흰 천을 목도리처럼 감고 있었다. 입과 코를 가리기 위한 것이었다. 역시 역마는 없었다. 리에타가 그녀에게 다가가려 하자 셀린느가 손을 들어 막았다.

"가까이 오지 말아요. 옮을 수 있어요."

리에타의 눈이 커졌다. "셀린느, 설마……."

"아뇨. 난 아직 병에 걸리지 않았어요. 아마도." 셀린느가 담담하게 대답했다. "하지만 난 안나의 방에 자주 들어가고 있어요. ……혹시 모르는 거니까."

의학과 병리, 간호 지식을 가지고 있는 셀린느는 다른 여자들을 물리치고 홀로 세 사람의 간호를 도맡고 있었다. 셀린느가 리에타에게 입과 코를 가리기 위한 천을 권했지만 리에타는 사양했다.

"나는 괜찮아요. 걱정하지 말아요. 그리고 당신도."

리에타는 지친 셀린느의 몸에도 축성을 걸어 주기 위해 다가왔다. 셀린느는 잠시 망설였지만 이내 그녀를 믿고 고개를 끄덕였다. 리에타는 역병을 겪은 적이 있는 영지에서 온 축성술사였으므로.

샬롯과 데보라는 각자 본인의 방에 갇혀 있었지만 셀린느의 간호가 효과가 있어 그나마 병세가 심하게 악화되지는 않은 상태였다. 의식도 있었고 거동도 가능했다.

그러나 안나만은 원망스러울 정도로 그 어떤 치료도 효과가 없었다. 안나의 상태는 빠르게 악화되기만 하고 있었다. 셀린느는 짤막하게 "안나의 상태가 좋지 않아요. 가끔 정신을 차리긴 하는데, 지금도 의식이 있을지는 모르겠네요." 하고 말했을 뿐 다른 말은 아꼈다.

세 사람은 빠른 걸음으로 스산한 복도를 가로질러 환자들이 머무는 방으로 향했다.

샬롯과 데보라의 방에 먼저 들어갔다. 하지만 리에타가 했던 축성은 어두운 기운으로 오염되어 있었다. 리에타는 그녀들의 몸과 방에 축성을 다시 걸어 주었다.

복도로 나오자 리에타가 왔다는 소식을 듣고 방에서 나온 여자들이 역병이 두렵지도 않은지 안나의 방 앞에 몰려들어 있었다. 리에타는 모두의 몸에 하나하나 축성을 걸어 주었다. 셀린느는 여자들에게 화를 내지 않고 한숨만 내쉬었다.

"리에타…… 당신이 안나를 보는 동안 문을 열어 둬도 괜찮을까요? 모두가 안나를 걱정하고 있어요."

셀린느가 물었다. 리에타가 잠깐 고민하고 물었다.

"셀린느, 당신 생각은 어때요? 저는 악마에 대해선 알아도 병리에 대해

선 당신만큼 알지 못해요."

"제가 아직 무사한 걸 보면, 괜찮을 거라고 생각해요."

리에타가 고개를 끄덕였다. 악마 쪽이 위험하다면 그녀가 볼 수 있을 것이다. "문은 열어 둬도 좋아요. 하지만 너무 다가오지는 말아요."

문이 열리고, 리에타가 안나의 방 안으로 들어갔다. 일전에 안나의 방에 왔을 때 그녀가 내밀었던 베개, 인형, 액자, 다이어리, 말린 꽃다발……. 온갖 곳에 걸어 두었던 축성이 악마의 기운에 오염되어 있었다.

그때까지도 침착함을 유지하고 있던 리에타는 침대에 누운 안나를 발견하고 충격에 발을 멈추었다. 어느 정도 각오하고 있던 일이었지만, 온몸에 검은 기운이 넘실거리고 있었다. 역마가 소녀의 몸을 잠식하고 있었다. 이미 악마가 안나의 몸에 뿌리박아 정화나 구마로 떼어 내는 것이 불가능한 상태였다.

"안나……."

리에타가 간신히 그녀의 이름을 불렀다. 대답이 없었다.

"안나."

다시 멍하니 중얼거렸다. 정신을 차린 리에타가 다급하게 그녀의 침대 곁으로 다가가 몸을 숙였다. 예쁜 얼굴이 물집투성이가 되어 있었다. 온몸에 검붉은 반점이 얼룩덜룩했다. 분명 스스로 갈아입지 못했을 하얀 잠옷은 물집에서 나온 피와 땀으로 젖어 축축해지고 있었다.

소용없다는 걸 알면서도 리에타는 다급하게 신성력을 끌어올려 그녀의 몸과 침대 위를 정화하기 시작했다. 간절한 마음이 깨끗한 빛이 되어 뿜어져 나오며 안나의 주변을 감쌌다.

안나의 몸을 잠식한 악마의 기운이 불만스럽게 흔들리다가 소녀의 몸 안으로 더욱 숨어들었다. 안나의 목 근처에서 미끈한 악마의 촉수가 탐색하듯 꿈틀대며 기어나왔다. 아직 충분한 힘을 얻지 못한 하찮은 역마였다.

어떻게 이런 하급 악마가 축성을 뚫고 들어온 거지? 뱀의 머리처럼 이리저리 꿈틀대던 악마의 더듬이는 이내 리에타를 발견하고 촉수 끝에 달린 눈알을 부릅떠 그녀를 노려보았다.

끔찍한 모습이었지만 불행인지 다행인지 리에타를 제외하곤 누구도 볼수 없는 광경이었다. 리에타는 원망스런 눈빛으로 자신의 힘으로 어찌할수 없는 악마의 눈을 마주 보았다.

"축성술사님……?"

갈라진 목소리. 깜짝 놀라 리에타가 시선을 아래로 내렸다. 소녀의 손이 허공을 더듬고 있었다.

"안나!"

리에타가 다급하게 소녀의 이름을 부르며 그녀의 손을 붙잡았다. 물집을 긁어 피가 난 듯, 손톱 끝에 피와 살점이 엉겨 있었다. 두어 번 눈을 깜박인 후, 열로 바싹 마르고 부르튼 입술이 힘없이 달싹였다.

"축성술사님이에요?"

리에타가 떨리는 눈으로 그녀를 내려다보며 다급하게 고개를 끄덕였다. "네, 저예요. 리에타예요. 정신이 들어요?"

급히 물컵을 찾았지만 엎질러진 주전자는 텅 비어 있었다. 리에타가 뒤로 고개를 돌려 소리쳤다.

"물을 가져다 주세요!"

여자들 여럿이 앞다투어 달려가는 발소리가 들렸다.

"축성술사님……."

끊어질 듯 희미하게 부르는 소리에 리에타가 황급히 시선을 돌려 안나를 살폈다. 그러나 눈이 마주치지 않는다. 소녀는 리에타를 보지 못하고 있었다.

"멀리 갔다면서……." 안나가 정신이 혼미한 듯 몽롱한 눈빛으로 중얼

거렸다. "빨리 왔네요…….'

금방이라도 꺼질 듯 희미한 목소리에 리에타는 고개를 저으며 울컥 터질 것 같은 울음을 참았다.

"늦어서 미안해요…….'

상처투성이의 야윈 얼굴이 오히려 그녀를 위로하는 듯 어린 미소를 지었다. 담담하게 던져진 소녀의 다음 말에 리에타의 가슴이 철렁 내려앉았다.

"나 살 수 있을까요?"

악마의 촉수가 휘리릭 몸을 꼬아 죽어가는 제 숙주를 내려다보며 히죽 웃었다. 리에타는 안나의 손을 힘껏 깍지 껴 쥐었다.

"당연하죠. 내가 왔잖아요. 당신은 괜찮아질 거예요.'

안나의 상태는 절망적이었다. 하지만 리에타는 자신의 말이 안나를 안심시킬 수 있길 바랐다. 아무것도 모르는 야윈 얼굴이 해맑게 미소 지었다.

"……맞아요." 안나가 편안한 얼굴로 몸을 조금 뒤척이곤, 베개에 깊이 몸을 묻었다. "리에타가 왔으니……. 이제 괜찮아…….'

안나의 속눈썹이 나비의 날개처럼 포개어졌다. 쌔근거리던 얕은 숨이 깊게 내쉬어졌다. 리에타의 표정이 굳었다.

"안나.'

리에타가 떨리는 손으로 그녀의 어깨를 잡고 흔들었다.

"안나?"

숨소리가 들리지 않았다. 싸한 느낌에 온몸에서 힘이 빠져나갔다. 안색이 변한 셀린느가 휙 침대 곁으로 다가오더니 안나의 코앞에 귀를 가져다 대었다. 다음으론 그녀의 목 아래 손을 대었다. 뒤에서 쟁반이 떨어지는 둔탁한 파열음이 들렸다.

"안나!" 헬렌이 여자들을 밀치고 뛰어들었다. "안나! 안나!" 셀린느를 밀쳐낸 헬렌이 울부짖으며 침대 위에 엎어져 안나를 흔들었다. "안나!"

'어떡해.' 탄식하는 울음소리 사이로 믿을 수 없는 듯 나지막이 안나의 이름을 중얼거리는 소리가 새어 나왔다. 뒤에서 누군가 숨죽여 흐느끼기 시작했다. 리에타는 넋이 나간 얼굴로 안나와 헬렌을 바라보았다. 그럴 리가……. 아직, 아직 코마 상태가.

'꼬마 아가씨 안나가 언제까지고 우릴 위해 남아 주지는 않을 거라는 걸 알아요.'

그러지 말아요. 안나, 당신은 어른이 되어야 하잖아!

안나의 몸에서 검은 연기가 흘러나왔다. 순식간에 그것은 발이 여덟, 머리가 둘 달린 기괴한 도마뱀 형상을 이루었다. 꼬리 끝에 툭 튀어나온 눈알이 쉭쉭 거리며 움직이다가 여자들을 향해 눈을 떴다. 번쩍, 붉은빛이 터져 나왔다. 리에타의 눈이 커졌다.

"다들 떨어져!"

리에타가 벼락같이 뛰어들어 셀린느와 헬렌의 몸을 뒤로 밀쳤다.

"신이여! 보살펴소서! 악마의 손에서 구하소서!"

헬렌과 셀린느의 앞을 막아선 리에타의 몸에서 눈부신 빛이 터져 나왔다. "당신의 가련한 아이에게 악마의 손길이 닿는 것을 허락하지 마소서!"

쩡! 소리가 나며 동쪽 별채가 흔들렸다.

윽, 윽. 목을 비집고 나오는 억눌린 소리를 삼키며 리에타가 홀로 회랑을 내달렸다. 눈앞이 캄캄했다. 발을 헛디딘 리에타가 바닥에 요란하게 넘어졌다.

'치유 사제를 불러올게요. 당한 지 얼마 되지 않았으니 사제의 치유를 받으면 완치될 가능성이 높아요. 치유 사제에게 도움을 받으면 나을 수 있

어요!'

셸린느가 떨리는 목소리로 물었다. '여기에 악마가, 악마가 있나요?'

'지금은 없어요. 정화를 했더니 달아났어요.'

리에타가 빠르게 말하며 몸을 일으켰다. 셸린느가 믿을 수 없는 눈이 되었다. '달아났다구요?'

'셸린느. 헬렌. 클로이. 쉐릴. 카렌.' 한 사람 한 사람, 이름을 호명하는 리에타의 얼굴이 아프게 일그러졌다. '방으로 들어가서 밖으로 나오지 말아요. 절대. 죽음을 먹은 악마의 권능이 당신들 몸에 전염병을 남겼어요. 곧 발병할 거예요. 하지만 꼭 낫게 해 줄 테니까.'

'리에타 당신은요!' 이미 리에타는 방 밖으로 달려 나가고 있었다. 셸린느가 다급하게 뒤에서 소리쳤다.

'당신에게도 악마의 권능이 닿았을 텐데! 당신도 치료를 받아야 하잖아요!'

내겐 내성이 있어요. 나는 역병에는 걸리지 않아요.

미안해. 다들 미안해요. 악마의 권능을 너무 우습게 봤어. 안나가 죽을 지도 모른다는 걸 생각해야 했는데.

안나, 미안해요. 나한테 치유 능력이 있었더라면.

일어서려던 리에타는 떨리는 몸을 가누지 못한 채 치맛자락을 밟고 다시 넘어졌다. 후들거리는 몸은 다리가 풀려 문 앞에 도달하기까지 그녀는 몇 번을 더 쓰러지고 넘어져야 했다. 복도 끝에 보이는 굳게 닫힌 동쪽 별채의 정문이 너무 멀게 느껴졌다.

도움을 청해야 했다. 문 앞에 도달한 리에타의 무릎은 멍투성이가 되어 있었다. 덜덜 떨리는 손이 무거운 손잡이를 돌리지 못하고 자꾸 미끄러졌다. 제발, 제발, 이 쓸모없는 손! 몇 번이고 미끄러지는 손을 죽어라 문고

리에 걸어 올리며 온몸으로 눌러 간신히 몸이 빠져나갈 만큼 문이 열렸다. 열린 문 틈새로 리에타의 몸이 쓰러졌다. 제대로 일어설 생각도 하지 못하고 미련하게 문에서 기어 나오는 리에타를 누군가 달려와 일으켜 세웠다.

아, 영주님. 리에타가 숨 넘어갈 듯 그에게 매달려 다급하게 속삭였다.

"치유 사제를 불러 주세요. 병자들이 있어요. 다섯 명. 아니, 일곱 명. 악마는 쫓아냈어요. 치유 사제만 와 주면 나을 수 있어요. 제발, 빨리 치유 사제를……!"

정신이 반쯤 나간 듯한 그녀의 꼴을 본 킬리언이 다그쳐 물었다.

"안나는? 악마를 쫓아낼 수 있는 상태였나?"

리에타가 창백한 얼굴로 소녀의 이름을 중얼거렸다.

"……안나."

안나는 늦었어요. 죄송해요. 살리지 못했어요. 살아 있었는데……. 모처럼 내 이름을 불러 줬는데. 리에타의 몸이 사시나무처럼 떨리기 시작했다. 자신을 붙잡은 킬리언의 손을 밀어내고 몸을 일으키려던 리에타가 주르륵 무너지며 주저앉았다.

"이번엔, 이번엔 막을 수 있었는데." 내 손안에 있었는데, 이번엔 내 손이 닿는 곳에 있었는데. "내 탓이에요. 축성을 걸어 됐는데. 안나가, 안나가……. 내가 막지 못했어."

겁에 질린 초점 없는 눈이 어쩔 줄 모르며 흔들리고 있었다.

"리에타!"

킬리언이 넋 나간 사람처럼 중얼거리는 리에타의 어깨를 잡고 소리쳤다.

"그대 탓이 아니야. 축성을 받았다고 역병에 면역이 되는 것이 아니잖아. 카사리우스도 축성을 받았지만 역병에 걸렸어!"

지옥을 일깨우는 이름에 숨이 멎었다. 리에타의 머릿속에서 뭔가 툭 하고 끊어졌다. 킬리언이 몸을 일으키며 기사들에게 일갈했다.

"알페테르로 가서 치유 사제들을 불러와! 돈은 부르는 대로 준다고 하고 무조건 데려와. 열 명 이상, 최대한 빨리!"

지젤이 주저앉은 리에타에게 다급하게 다가왔다.

"윽……. 윽." 바닥에 주저앉은 리에타의 목에서 억눌린 울음이 새어 나오고 있었다. "가져가……. 가져가……!" 알 수 없는 소릴 뇌까리는 리에타의 눈은 이곳을 보고 있지 않은 듯했다.

"리에타?"

지젤이 그녀의 몸에 손을 대려는 순간, 실성한 리에타의 입에서 끔찍한 절규가 시작되었다.

"가져가! 갖고 싶으면 가져가! 이깟 몸뚱이! 갖고 싶으면 가져! 얼마든지 줄 테니 가져가!"

깜짝 놀란 사람들의 시선이 모두 그녀를 향해 쏠렸다.

"이깟 게 뭔데. 이깟 게 뭔데! 가져! 갖고 싶으면 가져! 전부 다 줄 테니. 몸이든 뭐든 줄 테니 아델을 돌려줘! 아델을 돌려내!"

리에타가 제 옷을 찢어발기며 미친 사람처럼 울부짖었다. 지젤이 상상하지 못한 서슬에 놀라 물러섰다.

"아델! 아델!"

폐부를 찢는 고통과 분노가 한 서린 이름으로 메아리쳤다. 목이 터져라 제 딸의 이름을 울부짖는 리에타의 하늘색 눈은 초점 없이 텅 비어 있었다. 그 눈에서 피눈물이 흘러내리고 있었다. 가슴을 찢는 노성은 순식간에 처절한 울음으로 바뀌었다.

"잘못했어요! 제가 잘못했어요! 아델을, 아델을 돌려주세요! 제발, 제발!"

무서운 침묵 속에, 참혹한 애원만이 공기를 찢었다.

"첩이 될게요. 무슨 짓이든 시키는 대로 다 할게요. 제가 잘할게요. 잘할 수 있어요."

그 누구도 차마 입을 열지 못했다. 목소리가 점차 다급해졌다.

"잘못했어요! 잘못했어요! 드릴게요. 몸 드릴게요! 하나도 귀하지 않아요. 얼마든지 드릴 수 있어요. 아델만, 아델만 돌려주세요! 살아 있는지 확인만이라도 하게 해 주세요!"

정신을 놓아 버린 상태에서 날 것 그대로 드러난 처참한 모정에 지젤이 눈물을 흘리며 리에타를 붙잡으려 했다. 그러나 어디서 그런 힘이 났는지, 괴물 같은 힘으로 밀어내는 리에타를 당할 수가 없었다.

"거짓말이야! 죽었다니 거짓말이야. 그럴 리가 없어요. 놀리지 마세요! 제발, 제발! 죽었을 리가 없어요! 제발!"

리에타가 이미 엉망으로 찢어져 너덜너덜해진 제 가슴을 쥐어뜯기 시작했다. 지옥에서 몸부림치는 사람의 모습이 이럴까. 처절한 절규에 모든 사람들이 할 말을 잃고 아연해졌다. 이미 저승으로 가 버린 원수를 향한 끔찍한 애원은 영원히 계속될 것만 같았다. 지젤이 당해 내지 못하자 결국 킬리언이 나섰다.

"리에타, 정신 차려. 리에타!"

"아델! 윽, 아델!"

리에타의 손이 바닥을 긁고 있었다. 손톱이 꺾이고 부러지며 피가 흘렀지만 그녀는 아픈 줄도 모르고 몸부림쳤다.

짜악!

결국 보다 못한 킬리언이 리에타의 뺨을 쳤다.

"정신 차려!"

그러나 언제 맞았냐는 듯 리에타는 킬리언을 붙들고 득달같이 매달렸다. "죽었을 리가 없어. 이럴 순 없어. 제발, 제발! 돌려주세요. 아델을 돌려주세요! 뭐든 다 할게요!"

킬리언이 무서운 힘으로 몸부림치는 리에타의 두 손목을 강하게 붙들었다. 심장이 뛰고 있던 뺨이 빨갛게 달아오른 손자국과 눈물로 엉망이 되어 있었다. 때린 사람이 더 아픈 듯 킬리언의 얼굴이 고통스럽게 일그러졌다. 킬리언이 이를 악물고 리에타를 강한 힘으로 끌어안았다. 실성한 리에타는 믿기 힘들 정도의 괴력으로 몸부림치며 바르작거렸다.

미친 사람처럼 악에 받힌 원한을 부르짖던 리에타의 입은 속사포처럼 애원을 쏟아 냈다가, 독기 서린 저주를 퍼붓다가, 다시 절절매며 빌기를 반복했다. 킬리언을 할퀴고 때리고 오열하며 벗어나지 못하던 몸은 점차 숨이 가빠 오는 듯 힘이 빠졌다. 영원할 것처럼 몸부림치던 리에타의 몸이 어느 순간 잦아들며 킬리언의 품 안에 힘없이 늘어졌다.

실신한 리에타는 차라리 편안해 보이는 모습이었다. 사람들의 시선이 멍하니 리에타를 향했다. 무서운 침묵이 내려앉았다. 킬리언이 딱딱하게 굳은 얼굴로 정신을 잃은 리에타를 안아 들고 일어섰다.

"모두. 여기서 본 걸 입 밖에 내지 마라."

킬리언이 한참 만에 입을 열었다. "그리고 지젤."

조금 잠긴 목소리로 지젤이 즉각 대답했다. "네."

"믿을 만한 의사를 불러서 내 방으로 보내. 입이 무거운 사람으로."

"네."

실신한 리에타를 자신의 침대에 눕힌 킬리언은 그 앞에서 참담하게 눈을 감으며 손으로 이마를 눌렀다. 레너드가 뭐라고 했더라. 강요를 못 이겨 수락했다고 했던가? 잘 기억이 나지 않았다.

틀린 요약은 아닌 것 같지만.

하지만 이 정도로 다르다는 건 너무하잖아.

킬리언이 주먹을 틀어쥐었다.

"카사리우스……."

잘도……. 그런 짓을 하고 뒈져선 리에타를 같이 묻어 달라고 했겠다.

그러고도 네놈이 귀족이라고 영지의 가장 양지바른 곳에 묻혔겠구나. 그의 장례식에 모자를 벗고 예를 표했다는 것이 후회되었다. 이미 죽어 버려서 내 손으로 그 목을 비틀어 줄 수 없다는 사실에 머릿속이 타 버릴 듯 화가 났다.

살아 있지만 속은 썩어 문드러진 불쌍한 여자가, 평온하게 잠든 얼굴 뒤에 피눈물을 쏟는 속내를 숨기고.

그의 침대에 몸을 눕힌 채 모진 삶을 숨 쉬고 있었다.

～∘⊱✦⊰∘～

제국은 주신 시엘을 중심으로 여러 신을 섬기는 다신교 사상을 수용하고 있었다. 하지만 킬리언은 어떤 신도 섬기지 않았다. 독실한 신자도 아니고 저주받았다는 소문이 자자한 그에게 사원의 건립을 권할 만큼 겁 없는 사람은 없었기 때문에, 척박한 황무지에 십삼 년 만에 일궈진 이 대도시엔 사원이 없었다.

그동안 악시아스에 사원이 없다는 것은 크게 불편하지 않았다. 용병들이 많이 모이는 곳이었다. 주기적으로 순례하는 사제들의 무리가 봉사를 하러 다니며 봉사료 명목으로 헌금이나 기부금을 받았고, 제국의 삼대 사원 중 하나인 하비투스 대사원이 편도로 닷새가량 걸리는 적당한 거리에 있어서 정기적으로 축성받은 물건이나 성수를 공급받을 수 있었다. 악시아스 성 서쪽 뒤편에는 고아들이나 사제가 되고자 하는 사람들을 받아 주는 큰 수도원이 있어 사원의 역할을 일부 대신하고 있기도 했다.

마수들의 땅에는 본래 악마들이 발을 들이는 일이 적었다. 악시아스는 마수로 골치를 썩는 대신, 악마들로부터 큰 피해를 입은 적이 없었다.

그런 이유로 악시아스에는 영지에 정착해서 사는 쓸 만한 사제나 신성 능력자들이 많지 않았다. 리에타 같은 축성 능력자들이 몇 있기는 했지만 사제가 아닌 신성 능력자들의 수준이라야 뻔했다. 킬리언은 처음으로 그 사실에 절실한 유감을 느끼고 있었다.

수도원에서 길러지는 예비 사제들은 수도원 졸업식을 겸해 사제 서임을 받은 후엔 사원이 있는 도시로 편입되어 떠났다. 능력 있는 사제들일수록 큰 사원으로 가서 더 많은 것을 배우고 자신의 꿈을 펼치는 것이 그들을 위해 좋은 일이기 때문이었다. 킬리언은 그것이 인재의 유출이라는 것을 인지하고 있었다.

악마가 없더라도 사제들은 유용하니 적당한 사원을 건립할까 생각하고 있던 차에 대륙에 역병이 돌기 시작하며 신성 능력자들을 구하기가 어려워졌다. 순례자들의 발길은 끊기고, 신성 능력자들은 몸을 사리며 부자들이나 귀족들만 찾아다녔다. 그나마도 아직 안전한 지역에 축성이나 하러 다닐 뿐, 병이 퍼진 지역에 치유 사제나 구마 사제로서 가려는 사람은 많지 않았다. 애초에 헌신적인 사제들은 가장 먼저 역병에 희생된 후였다.

자문을 구하는 정도의 단계에 머물고 있던 악시아스의 사원 계획은 어쩔 수 없이 무기한 보류되어 있었다.

알페테르 사원은 레너드의 형제가 있는 곳으로, 크지는 않지만 킬리언이 비교적 신뢰할 만한 인력들을 구할 수 있는 곳이었다. 거리 자체는 먼 편이 아니었지만 산을 넘어야 해서 교통이 나빴다. 아무리 빨라도 하비투스 대사원보다 왕복 하루가 더 걸리는 거리였다. 그러나 악시아스에서 가장 가깝고 규모도 큰 하비투스 대사원은 어차피 지금 — 어쩌면 영영 — 인력 요청을 받을 여력이 아닐 터라 다른 선택지가 없었다.

그리고 그 전언.

'그대의 땅에 평화가 가득하길.'

아베르사티 황비의 공작이 어디까지 닿아 있을지 알 수 없는 상황이기에, 함부로 믿을 수 없는 사제를 쓸 수가 없었다.

수도원에서 치유 능력을 가진 사제는 팔십이 넘은 노인인 수도원장뿐
이었다. 그는 수도원의 일만으로도 언제나 정신없이 바빴고, 노쇠하여 거
동이 쉽지 않았다. 킬리언은 수도원장에게 부담을 주지 않고 싶었지만, 지
금은 그런 것을 가릴 수 있는 처지가 아니었다.

"에른, 수도원장을 청하지. 직접 가서 모셔올 수 있겠나?"

"네."

"부탁하지."

에른이 고개를 숙이고 그의 집무실에서 떠났다. 아직 정정하다 해도 에
른도 육십이 넘었다. 킬리언은 자신이 부리거나 돌보는 사람들의 나이를
모두 알고 있었다.

안나는…… 죽은 거지. 킬리언이 참담한 심정으로 눈을 감고 자신을 잘
따르던 동쪽 별채의 열두 살 소녀를 애도했다. ……장례도 치러야 하는데.
역병에 걸려 죽은 사람은 장례를 어떻게 해야 하는 거지? 사제가 없으니
화장인가?

역병에 걸린 시신을 민가에서 무슨 수로 염습을 하고 매장으로 장례하
겠는가. 시신으로부터 역병의 확산을 막아 줄 정화 사제가 있다면 다른 방
식의 장례가 가능하지만 비용이 많이 든다. 그러므로 사실상 역병 환자의
장례는 화장이 일반적이었다.

그러나 십여 년 전 역병의 비극을 기억하는 제국민들 사이에서 화장은
가장 비참하게 여겨지는 장례 방식이었다. 온 제국을 공포와 비탄으로 밀
어 넣었던 역병의 악몽 속 불타는 시신의 냄새는 사람들의 마음속에 뿌리
내린 화장에 대한 부정적 인식에 큰 영향을 미쳤다. 화장은 묘지와 관을
살 수 없는 가난한 사람들만이 어쩔 수 없이 선택하는 장례 방식이 되었
다. 평민들조차 비참한 장례 형식으로 여겨 기피하니, 귀족들은 더더욱 고

려의 여지조차 없는 상스러운 것으로 취급했다.

인식이 그렇다 보니 제대로 된 화장터도 드물어 고온 시설도 기술자도 없이 그저 썩지 않게 태우는 것뿐이었다.

킬리언은 꾹 눈을 눌렀다. 킬리언은 아는 사람을 화장으로 보낸 적이 없었다. 역병으로 여섯 살에 죽은 이복동생 힐스레인 황녀 역시 사제가 정화를 주관하는 가운데 매장으로 장례했다.

……화장을 하려면 신성 능력자가 필요하다. 악시아스엔 신성 능력자가 귀하고, 알페테르의 사제들을 청해 온다 해도 편도로 나흘에서 닷새 정도의 거리. 아무리 우리 쪽에서 서두른다 해도 일주일 안에는 못 올 것이다.

어쨌든 이 여름에 여자들 사이에 시신을 몇 날 며칠이나 함께 둘 수는 없는 일이다. 그것도 역병에 걸려 죽은 아이의 시신을.

……별채 밖으로 꺼내 와야 하는데. 그걸 거동도 불편한 팔십 노인에게 요청해야 하는 건가. 그것만으로도 입이 썼다.

리에타는 악마는 쫓아냈다고, 치유 사제를 불러 병자들만 치료하면 된다고 했었다.

병자들의 상태는 어떨까. 리에타가 저런 상태인 이상 남은 사람들의 상태를 확인하려면 누군가 동쪽 별채로 다시 들어가야 하는데.

동쪽 별채에서 역병에 제대로 대처할 수 있을 만한 사람은 약을 다루는 지젤, 그리고 셀린느……. 이 정도인가. 지젤이 밖에 있으니 아마도 셀린느 혼자.

일곱 명. 지금 동쪽 별채 안쪽에서 역병에 걸렸다는 사람들의 숫자. 이번엔 누구누구일까. 샬롯, 데보라. 그리고…….

망할. 이 상태로 얼마나 더 버틸 수 있을까?

게다가 서쪽 영지의 문제도 남아 있었다. 농민들이 사는 한가한 곳이라 그나마 피해가 크게 번지지는 않은 모양이었지만 동쪽 별채처럼 빠르게 격리되지 못하고 이미 여러 사람에게 병이 옮은 후 발견되어 역병에 옮은 사람이 훨씬 많았다.

그래도 쉽게 의사나 사제를 청할 정도로 부유하지 못한 평민들 사이에서 발병한 것치고는 빨리 알아챈 편이었다. 삼 일 전 벡토르의 보고에서 전달받은 피해 규모가 팔십여 명이었다. 벡토르가 하비투스 대사원에 오기까지 이틀이 걸렸고 킬리언이 돌아오기까지 사흘이 더 지났으니 총 닷새. 자신이 도착하기까지 적어도 오백여 명 이상으로 피해가 늘어나 있을 것이라 각오하고 있었는데 아직 이백 명이 넘지 않았다니, 그나마 불행 중 다행이었다.

그러나 알페테르의 사제들이 도착하기까지 적어도 여드레. 역병이 시작되고 이 주가 지나면 본격적으로 사망자가 나오기 시작한다. 그리고 그때 역마가 있다면 급속도로 병이 확산될 것이다.

거기에도 역마가 있겠지? 어쩌면 아직 역마가 본격적으로 붙지 않은 데에 전염력이 약한 것인지도 모르겠지만.

신성 능력자라 해도 대개는 정화 이상의 능력을 가진 사람이 가까이 가서 손으로 만져 봐야만 악마를 느낄 수 있었다. 그리고 역병이 퍼진 곳은 그런 조사를 하기에 좋은 환경이 아니다. 리에타처럼 눈으로 악마를 볼 수 있는 체질은 흔치 않았다.

집무실에서 떠난 에른이 얼마 지나지 않아 돌아왔다.

"주인님. 수도원장께서 오셨습니다."

킬리언이 고개를 들었다. "벌써?"

"가던 길에 만나 뵈었습니다. 감사하게도 이미 오고 계셨던 모양입니다."

"이런."

그의 뒤편에 지팡이를 짚은 수도원장이 빙그레 웃으며 서 있었다. 킬리언이 일어서서 연로한 수도원장을 맞이했다.

"사제 뷔테르가 악시아스 영주님을 뵙습니다."

"미안하군. 바쁜 사람을 힘든 일에 청하였네. 오고 있었다고?"

수도원장이 미소 지으며 킬리언의 손을 마주 잡았다.

"별 말씀을 다 하십니다. 미력한 힘이나마 도움이 될 듯하여 발걸음하고 있었습니다. 그런데 제가 너무 늦은 것이 아닌지 모르겠습니다. 이미 사제가 와 있는 것이 아닙니까?"

"사제? 무슨 말이지? 알페테르의 사제를 청하긴 하였으나 일주일은 걸릴 터인데."

뷔테르가 의아한 얼굴로 미소 지었다.

"오던 길에 강한 신성력을 느꼈습니다. 여간내기가 아닌 구마 사제의 힘인 것 같던데요."

킬리언이 동쪽 별채를 흔들던 신성력을 떠올리고 고개를 갸웃했다. "구마? 아니, 그건 정화였을 텐데."

리에타에겐 구마의 능력이 없었다. 하비투스에서 한 것은 대축성의 힘과 사원의 성물인 석장이 있었기에 가능한 것이었다. 그리고 킬리언은 리에타가 하비투스 대사원의 여신상 속에 들어가 펼쳤던 강력한 정화를 기억하고 있었다. 아까 동쪽 별채에서 터져 나오던 기운의 빛깔과 소리는 그날의 것과 흡사했다.

"정화라구요? 허허. 그렇다면 그건 제가 평생 겪은 것 중 가장 강력한 정화의 기운이었을 것 같군요. 조금만 다듬어도 당장 구마 사제로 인정받기에 손색이 없겠던데요."

킬리언은 수도원장의 얼굴을 가만히 바라보았다. 그는 바로 며칠 전, 같은 사람이 펼치는 훨씬 강력한 정화를 보았다. 킬리언은 노인 앞에서 제경험을 자랑하는 대신 단순히 사실만 정정했다.

"……리에타는 사제가 아냐. 축성 능력자지."

수도원장의 눈이 휘둥그레졌다. 아까 그것이 고작 축성 능력자의 힘이었다고? 사제가 아닌 신성 능력자는 대개 전부 '축성'까지만 가능했기에 비非사제 신성 능력자를 가리켜 관용적으로 축성 능력자라고 불렀다. 번거롭게 정화 능력자, 구마 능력자, 치유 능력자 같은 이름을 사용하지는 않았다. 구마 사제나 치유 사제 같은 세분화된 이름은 사제들을 구분할 때나 쓰는 것이었다.

그러나 드물다 뿐이지 사제가 아닌 사람들 가운데도 뛰어난 신성 능력을 가진 사람들이 있었다. 수도원장은 그녀가 구마나 치유까지 가능한 보기 드문 축성 능력자, 즉 비사제 신성 능력자인가 보구나 하고 생각했다. 킬리언이 말을 이었다.

"지금 좀 무리를 해서 쉬고 있는데. 상황을 잘은 모르겠지만 동쪽 별채에 치유 사제의 능력이 필요하다더군. 악마는 쫓아냈지만 환자들이 남아 있다고." 가라앉은 목소리가 이어졌다. "동쪽 별채에서 역병으로 죽은 사람이 나왔어. 그대에게 어려운 부탁을 해야 할 것 같아."

수도원장은 역병으로 사람이 죽었다는 말에 움찔해 눈을 크게 떴다.

"병사病死했단 말씀이십니까? 악마가 있었고요? 설마, 그분께서 사람의 죽음을 먹은 역마를 정화로 쫓아냈다고 말씀하시는 겁니까?"

죽음을 먹고 갓 태어난 역마는 구마의 힘으로도 대적하기 어려울 정도로 강력하다. 수도원장이 놀란 것은 당연한 일이었지만 악마학이나 신학에 문외한인 킬리언은 알 길이 없었다. 킬리언은 그저 조금 눈을 찌푸리며 고개를 저었다.

"그건 나도 모르겠군. 리에타는 그 말만 하고 정신을 잃어서. 그보다 역병에 걸린 사람을 어떻게 장사 지내야 하는지 묻고 싶은데. 아직 시신이 별채 안에 있기도 하고……."

수도원장은 별채에 시신이 있다는 말에 킬리언이 말을 꺼내기도 전에 그가 하려는 부탁을 이해했다.

"그렇군요. 역병에 걸린 사람은 화장으로 장례를 하는 것이 일반적……."

"잠시만요." 갑자기 젊은 여자의 목소리가 끼어들었다.

수도원장과 킬리언의 시선이 목소리가 들려온 방향, 집무실에서 침실로 이어지는 문 쪽으로 향했다. 백금발의 아름다운 여자가 창백한 낯을 한 채 문틀에 손을 짚고 서 있었다.

"끼어들어 죄송합니다. 안나의 장례에 관해 드리고 싶은 말씀이 있어서요."

킬리언이 자리에서 벌떡 일어났다. 그는 그대로 리에타를 향해 성큼성큼 걸어갔다. 수도원장이 깜짝 놀라 일어섰다.

누구지? 가뜩이나 역병으로 예민하실 영주님께 저런 무모한 짓을. 설마 때리시려는 건 아니겠지만, 아무리 여자라도 이런 무례를 그냥 두실 분이 아니신데.

킬리언의 침실에서 걸어나와 불쑥 이야기에 난입한 여자는 갑자기 그가 다가오자 조금 당황한 기색이었다. 순식간에 리에타의 앞으로 걸어온 킬리언은 고개를 숙이고 그녀를 주의 깊게 살폈다. 리에타는 얼떨떨한 얼굴로 코앞으로 다가온 킬리언을 올려다보았다. 말간 눈은 다소 지친 기색이었지만 온전한 정신으로 킬리언을 마주 보고 있었다.

그녀의 뺨에 희미하게 남은 붉은 자국을 향해 저도 모르게 손이 올라갔다. 그러나 그의 손가락 끝이 리에타의 얼굴에 닿기 직전, 킬리언은 엄지와 검지를 꾹 한번 비벼 누르며 주먹을 쥐고 손을 내려 문간을 짚었다. 리에타가 짚은 곳보다 조금 높은 곳이었다.

"……그대." 잠시 후, 킬리언의 입이 다시 열렸다. "……괜찮은가?"

미치광이 폭군. 두려울 것 없는 망나니. 여자 버릇 나쁜 한량 따위의 오명을 취미로 키우는, 제국에서 가장 악명 높은 냉혈한의 조심스러운 목소리에 수도원장이 자신의 귀를 의심했다.

리에타는 자신이 왜 킬리언의 침실에 와 있는지 기억이 나지 않았다. 아마도 동쪽 별채를 빠져나와 사제를 불러 달라는 말을 전한 후 긴장이 풀려 정신을 잃은 모양이라고 생각했다. 리에타가 어색하게 대답했다.

"괜찮습니다."

뚫어져라 리에타를 살피던 붉은 눈이 못마땅한 기색으로 찌푸려졌다. 그는 언짢은 낯으로 그녀를 바라보다가 물었다.

"……손은?"

리에타는 무슨 말인가 하고 킬리언의 얼굴을 올려다보다가 뒤늦게 손끝이 쓰라리다는 것을 깨달았다. 손톱이 부러지고 피가 나는 다친 손끝을 발견한 리에타가 문간에서 손을 떼고 조금 창피하다는 듯 그것을 몸 뒤로 숨겨 가렸다. 달아나던 손끝이 살짝 스쳤다.

"……넘어지면서 다친 모양이네요."

리에타는 다시 괜찮다고 말하려다 멈칫했다. 그건 영주님께서 싫어하시는 대답이었다. 신물이 난다 하셨던 소리. 그러고 보니 방금 전에도 언짢은 표정을 하셨는데. 리에타는 간신히 멈추었다가, 썩 다를 것은 없는 대답을 짜냈다.

"……많이 아프진 않습니다."

킬리언은 리에타가 실성해 난동을 벌였던 일을 기억하지 못한다는 것을 깨달았다. 차라리 다행인가. 킬리언은 짧은 한숨 후 그녀가 던진 말에 답하기 위해 되물었다.

"장례에 관해 하고 싶은 말?"

그녀의 시선이 문득 그의 어깨 너머로 옮겨 갔다. 리에타는 집무실에 앉아 있는 노사제의 눈치를 보며 먼저 양해를 구하듯 고개를 숙였다. 그제야 뒤에 수도원장이 있음을 떠올린 킬리언이 잠시 이마를 찡렸다가 아예 뒤로 물러서며 그녀에게 수도원장의 맞은 편 자리를 가리켜 권했다.

"앉지."

어쨌든 정신을 차려 주었으니 다행이다. 들어야 할 이야기가 많았다. 특히 동쪽 별채의 상황에 대해서는 아예 함께 이야기를 나누는 편이 나을 것이다. 킬리언은 그녀를 앞세우고 가만히 그 뒷모습을 쳐다보았다. 일단은 기억하지 못하는 것 같고, 안정을 되찾은 상태로 보였다.

수도원장이 하얗게 성성한 눈썹을 티 나지 않게 흘긋 들어 킬리언을 쳐다보았다. 앞세운 리에타에게 따라붙는 킬리언의 시선이 조금 길었다. 뒤통수에 눈이 달리지 않은 여자는 끈질긴 시선을 눈치채지 못하고 그저 얌전히 명령받은 자리로 가서 섰다. 그녀는 수도원장에게 갑자기 대화에 끼어든 무례를 다시 한번 사과하며 고개를 숙였다. "실례했습니다."

몹시 청초하고 가련하게 보이는, 악시아스 대공의 취향에 부합하는 백금발의 미인이었다. ……그렇다 해도 평소에 비해 상당히 너그러우신데. 예외를 두실 정도로 아끼는 분이신가?

그녀가 그의 침실에서 나왔다는 게 묘하기는 했다. 하지만 외모가 마음에 드는 여자라고 딱히 무례를 봐주는 법은 없는 킬리언이었기에, 수도원장은 그녀가 쓰러졌다던 그 축성 능력자인가 하고 어렵지 않게 추측해 냈다. 그렇지 않으면 이런 타이밍에 갑자기 모르는 여자를 제 앞에 앉도록 할 이유가 없을 테니.

뒤이어 따라온 킬리언이 자리에 앉은 후에야 그녀는 따라 앉았다. 수도원장은 먼저 미소를 지으며 자신을 소개했다.

"처음 뵙겠습니다. 사제 뷔테르입니다. 악시아스의 수도원장으로 사역하고 있습니다."

수도원장이라는 말에 리에타가 눈에 보일 정도로 깜짝 놀랐다.

"아, 수도원장님이시군요. 처음 뵙겠습니다. 저는 리에타 트리스티입니다. 재주는 미력하오나 축성 능력자입니다."

수도원장이 고개를 끄덕이며 웃어 보였다. "반갑습니다, 자매님."

리에타가 사제들끼리 하는 경칭에 황송해하며 손을 저었다.

"사제가 되지 못한 몸입니다. 그냥 이름을 불러 주십시오."

사실 리에타에겐 호칭조차 마땅찮았다. 젊은 과부로 유명한 여자를 부인이라 부르자니 다소 비극적인 느낌이 있고 아가씨라 부르는 것은 더 부적절한 것 같다. 과부님이라 할 수도 없고. 귀족도 영애도 아니고.

그나마 수도원장에게는 어지간한 상황에 대충 다 통용해도 괜찮을 정도의 연로함이 있었다. 수도원장은 푸근히 사람 좋아 보이는 미소를 지었다.

"트리스티 양이라고 불러 드리면 되겠습니까?"

"리에타로도 충분합니다."

뷔테르는 빙그레 웃었다.

"알겠습니다. 리에타 양. 혹 아까 동쪽 별채에서 신성 능력을 사용하신 분이 당신이십니까?"

"아, 네. 악마가 있기에…… 정화를 했습니다."

정말 정화였단 말인가? 그것이? 수도원장이 내심 탄복했다. 재주가 미약하다니. 정화만으로 그 정도의 기운이라면 치유와 구마가 모두 가능할 텐데?

킬리언이 입을 열었다.

"동쪽 별채 상황을 먼저 좀 들을 수 있을까? 일단 여기 수도원장은 치유 능력을 가진 사제이시고, 도와주겠다고 오셨거든."

치유 능력을 가진 사제라는 말에 리에타가 조금 전과는 다른 의미로 깜짝 놀라며 다급하게 몸을 앞으로 기울였다.

"치유 사제시군요. 감사합니다, 수도원장님. 지금 동쪽 별채는 시급히 치유 능력이 필요한 상황입니다. 환자는 총 일곱 명으로, 발병한 지 닷새 정도 된 사람이 둘, 죽음을 먹고 태어난 역마의 첫 번째 권능에 당한 사람이 다섯입니다. 그 다섯 명은 오늘 안에 발병할 거예요." 리에타의 목소리가 다급하게 이어졌다. "셀린느, 헬렌, 클로이, 쉐릴, 카렌입니다. 제가 나오기 전에 말해 주고 왔으니 본인들도 기억하고 있을 거예요."

수도원장이 조금 놀라서 되물었다.

"첫 번째 권능이라고요? 그것을 어찌 확신하십니까? 혹 역마가 태어난 순간에 같은 자리에 계셨던 것입니까?"

리에타가 고통스런 기억을 떠올린 듯 표정이 조금 아프게 일그러졌다. 역마가 태어난 순간, 떠나보낼 준비를 할 틈도 없이 절명한 안나…….

"네……. 제가 그 자리에 있었습니다."

수도원장이 조금 긴장해 그녀를 바라보았다.

"리에타 양께선 괜찮으신 겁니까? 혹시 역마가 붙지 않았는지 제가 촉진을 해 봐도 되겠습니까?"

역마의 첫 번째 권능은 가까이 있는 이가 해를 입는 경우가 많다. 그녀가 역병으로부터 무사하리라 확신할 수 없었다.

리에타가 고개를 저었다. "저는 괜찮습니다. 전 악마를 볼 수 있어요."

악마를 볼 수 있다는 말에 수도원장이 조금 놀라며 납득한 듯 고개를 끄덕였다. 그래서 악마의 권능에 공격당한 이를 그렇게 정확하게 알 수 있었군.

악마를 볼 수 있는 체질이라니. 실로 드문 능력이었다. 대개 정화 이상의 신성 능력을 지니게 되는 사람은 피부로 악마의 기운을 느낄 수 있게 된다. 그러나 그것을 눈으로 보게 되는 것은 타고나는 재능의 영역이었다. 어느 사원에 속한들 고위 사제가 될 수 있음은 물론이거니와 황제의 사제로 천거되는 것까지도 도전해 볼 수 있을 능력이었다.

어째서 이런 사람이 축성 능력자에 머물고 있는 것일까? 충분히 유망한 사제가 될 수 있었을 듯한데.

"역마는 어떻게 되었습니까? 그때 펼치신 정화로 갓 태어난 역마를 퇴치하신 것입니까?"

수도원장이 확실하지 않다던 킬리언의 말을 그녀에게 확인했다.

"네. 역마들은 모두 지옥으로 돌아갔습니다. 남아 있는 것은 악마 없는 일반적인 역병뿐입니다. 최초 희생자 외에는, 아직 사람의 몸에 뿌리박은 악마도 없었고요. 하지만 아시다시피 역마는 역병에 이끌리기 때문에 시간이 지체된다면……."

"그 사이 다른 역마가 와서 붙을 수도 있다는 말씀이시군요."

수도원장이 고개를 끄덕이며 초조한 기색의 그녀를 안심시켰다.

"알겠습니다. 하지만 그곳에 펼치신 정화 능력을 보니 한동안은 접근할 수 있을 역마가 없지 싶습니다. 너무 심려치 마십시오. 제가 들어가 말씀하신 분들을 돌보겠습니다."

리에타가 안도한 얼굴로 가슴을 쓸어내리며 고개를 숙였다.

"감사합니다……. 정말 감사합니다."

수도원장은 리에타의 말하는 뉘앙스가 어딘지 묘하다고 생각했다. "그런데 리에타 양께선, 치유나 구마 능력은……?"

"아, 저는 정화까지만 할 줄 압니다. 치유나 구마는 하지 못합니다."

수도원장은 놀란 얼굴이 되었다. 대화에서 느낀 위화감의 원인은 거기에 있었다. 리에타는 치유를 하지 못한다. 구마 역시. 그렇기에 저렇게 간절하게 도움을 청하는 것이었다. 수도원장은 재빨리 정신을 수습했다.

"이런! 치유를 하실 줄 안다고 생각했습니다. 다치신 손을 봐 드리겠습니다."

수도원장이 리에타를 향해 손을 뻗었다. 순간 리에타가 깜짝 놀라며 몸을 파드득 뒤로 물렸다.

"아." 수도원장이 무안해질 정도의 움직임이었다. 리에타의 눈이 당혹감과 왠지 모를 두려움으로 불안하게 떨렸다. 수도원장이 당황해 먼저 손을 뻗은 것을 사과하기 전에, 리에타가 빠르게 말을 쏟아냈다.

"괘, 괜찮습니다. 손톱이 상한지라, 이 상태에서 치유 마법을 받으면 손톱이 붙지 않게 되어 버릴 거예요. 붕대로 감아 압박해 두었다가 나중에, 나중에 치유를 받겠습니다."

뷔테르가 손을 물리고 미소 지었다.

"아, 그렇군요. 알겠습니다. 언제든 필요하시면 요청해 주십시오."

리에타도 고개를 끄덕이며 마주 미소해 보였다. 리에타는 빠르게 평정을 되찾았지만 킬리언도 이상한 낌새를 느꼈다. 그는 그녀의 다친 손가락과 창백한 얼굴을 물끄러미 쳐다보았다.

대충 급한 이야기는 마무리된 듯했다. 한 가닥 의혹을 마음속에 접어 둔 채 비로소 킬리언이 리에타가 했던 말에 대해 물었다.

"안나의 장례에 대해 할 말이라는 건?"

리에타가 머뭇거리며 킬리언과 수도원장을 바라보았다.

"역병에 걸려 죽은 사람은 화장하는 것이 가장 좋다는 것은 알고 있습니다. 하지만 꾸준히 정화를 해 준다면 일반적인 장례로도 전염 위험 없이 안장할 수 있거든요……. 그……."

리에타가 꾹 입술을 말아 깨물며 치맛자락을 틀어쥐었다.

"허락하신다면 제가 안나의 곁을 지키겠습니다. 그러니까……."

리에타가 푹 고개를 숙였다. "화장이 아닌 매장으로 해 주실 수 없을까요?"

킬리언은 가만히 리에타를 쳐다보다가 이내 담백하게 허락했다. "그러지. 이유가 있나?"

리에타는 바로 대답하지 못하고 입을 다물었다. 이 급한 상황에 꼭 필요한 신성 능력자인 그녀를 죽은 사람 곁에 며칠씩이나 머물게 하는 것은 말도 안 되는 비효율이다. 그녀에게 영주인 그를 설득할 만한 합리적인 이

유는 준비되어 있지 않았다. 깨어나자마자 들린 소리에 본능적인 거부감
으로 침대에서 벌떡 일어나 경황없이 달려왔을 뿐.

리에타가 멍하니 입술을 달싹였다. "안나에게, 가족이 있었다면."

리에타는 말을 잇지 못하고 다시 입을 다물고 말았다. 안나에게 가족이
있었으면…… 화장을 원하지 않았을 거라고? 주제넘은 소리였다. 핑계였
다. 리에타도 알았다. 자신이 화장을 원치 않는 이유는 그런 것이 아니라.

"……."

끔찍한 기억을 떠올린 리에타의 얼굴에서 핏기가 가셨다. 손에 식은땀
이 잡혔다. 차마 입을 열지 못하는 리에타의 미세한 표정 변화를 눈치챈
킬리언이 침묵을 깼다.

"뭐, 동쪽 별채 여자들이 찾아갈 묘지가 있는 것도 좋겠지."

리에타가 퍼뜩 고개를 들었다. 시선을 다른 곳에 향한 킬리언의 목소리
가 이어졌다.

"의사가 왔군. 그대, 리에타." 킬리언이 턱짓으로 침실로 향하는 문을 가
리켰다. "침실로 돌아가. 의사의 진찰을 받게. 나는 수도원장과 이야기를
마무리하지."

"저분께서 그 소문의 '세비타스의 과부'이십니까?"

"맞아." 킬리언이 담담하게 긍정했다.

"듣던 대로 정말 미인이시군요."

누구나 말하는 뻔한 감상에 킬리언은 들은 체도 하지 않고 소파에 몸을
묻었다. 수도원장이 한마디를 덧붙였다.

"정말 아깝네요."

킬리언이 가만히 눈을 들어 그를 바라보았다.

"무엇이?"

"이야기하는 것을 들어 보니 상당히 영민하고 악마에 대한 지식도 해박하십니다. 신성 능력은 말할 것도 없고요. 치유와 구마는 안 된다고 말씀하시지만 조금만 갈고닦으면 금방 발현이 될 것 같은데요."

"……."

"수도원에서도 우수한 수도자였을 것 같은데……. 왜 저분께서는 사제가 되지 않으셨죠?"

킬리언이 무감하게 대답했다.

"세비타스 수도원에는 졸업 시험이 있어."

'제가 부족했습니다.' 리에타가 담담히 대답하던 목소리가 떠올랐다.

"거기서 떨어져 사제가 되는 걸 포기했다더군."

공부엔 재능이 없었나 보다 하고 있었지만……. 근 며칠 리에타와 함께하며 킬리언도 그녀가 영 촌부처럼 무식한 것 같지는 않다고 느끼고 있었다. 신성 능력이 수련을 통해 계발된다고는 해도 평생 축성 능력 정도로 그치는 사제도 많다. 저 정도의 신성 능력자가 떨어진다면, 대체 세비타스에선 누가 사제가 될 수 있는 거지?

수도원장도 그런 점을 이야기하고 있는 것 같았다.

"동쪽 별채로 들이시지요." 수도원장이 은근한 목소리로 권유했다. 킬리언이 피식 웃었다.

"안 그래도 그럴까 하고."

수도원장은 동쪽 별채의 비밀을 아는 몇 안 되는 사람들 중 한 명이었다. 킬리언은 수도원의 재능 있는 아이들을 후원하여 다양한 공부를 시켰고, 특히 무술에 두각을 드러내는 여자아이는 동쪽 별채로 데려가 애첩으로 위장한 특수부대로 키웠다.

실제로 동쪽 별채의 여기사들은 상당수가 악시아스 수도원 출신이었다. 악시아스 토박이인 수도원장은 킬리언이 이 땅을 일구는 십삼 년을 함께한 동업자이자 조언자였고 긴밀한 비밀을 공유하는 조력자였다.

킬리언은 하비투스 대사원에서 있었던 일을 그에게 말해 주었다. 그들이 역병에 관여되어 있던 정황, 황비의 사절단, 방에서 대제사장의 시신을 발견한 일, 대주교의 죽음, 피로 물든 대축성의 밤, 그리고 종교적 생명이 끝장난 하비투스 대사원.

끔찍한 전말을 전해 들은 수도원장은 참담하게 눈을 감았다. 다른 곳에서 사역하는 사제로서 그는 잠시 다른 형제 사제들을 위해 기도하며 희생된 사람들을 애도했다.

"그나저나 대제사장으로 대축성의 의식에까지 섰다니. 정말 좋은 기회를 받았군요."

킬리언이 편치 않은 얼굴이 되었다. 왠지 무슨 이야기를 해도 리에타의 화제로 빠지는 것 같은데. 백발의 긴 수염을 곰곰이 생각하는 투로 쓸며, 수도원장이 말을 이었다.

"대축성 의식으로 모여들었던 신성력이야 빠져나갔겠지만, 몸은 그 힘을 기억하고 있겠지요. 강대한 신성력을 받아들였던 경험은 잘 훈련해 준다면 무서운 재능으로 개화할 겁니다. 구마 쪽으로 발현되든, 치유 쪽으로 발현되든 영주님에게 큰 힘이 될 것입니다. 꼭 곁에 두십시오."

"알았으니 그만. 이제 급한 이야기를 하지."

묘한 빛으로 웃음을 띠며, 수도원장이 은근히 목소리를 낮추어 물었다.

"하나만 더 여쭤면 안 되겠습니까?"

이상하게 태평한 수도원장의 태도가 마음에 들지 않았지만, 그에게 여러 가지 무리한 부탁을 해야 하는 입장이므로 킬리언은 못마땅한 얼굴로 해보란 듯이 턱짓을 했다.

"실제 애첩이십니까?"

"아니, 업무상 애첩."

일축하는 킬리언의 대답에 노인의 얼굴에 시무룩한 기색이 나타났다.

"어째 요새는 진짜 애첩은 하나도 없으신 모양입니다. 항상 업무상 애첩이군요."

킬리언이 마땅찮은 투로 미간을 좁혔다. 이 바쁜 와중에 한가하기 짝이 없군. 슬슬 짜증이 나려고 하는데.

"자네는 사제이면서 왜 그런 걸로 실망하는 눈치야?"

"영주님께서도 혼인을 하셔야지요. 말은 안 해도 다들 걱정합니다."

"걱정들도 팔자군. 지금 영지의 상황을 보고도 그런 쓸데없는 일에 마음 쓸 여유가 있나?"

결국 킬리언이 퉁명스레 쏘아붙였다. 뜻밖에 수도원장이 빙그레 웃었다. "서쪽 영지라면 괜찮을 겁니다."

킬리언이 한쪽 눈썹을 치켜떴다. 수도원장이 말을 이었다.

"내년에 졸업할 예비 사제들이 제법 유능하거든요. 내년에는 구마 사제가 하나 치유 사제가 하나 배출될 것 같습니다."

킬리언의 눈이 커졌다. 수도원의 예비 사제들?

"예비 기사 후배들과 함께 오늘도 몰래 격리 구역에 사역을 하러 갔으니 곧 소식이 올 겁니다. 어제까지는 걸리지 않고 무사히 빠져나왔던데. 오늘도 그럴 수 있을지는 모르겠군요."

킬리언이 어처구니없다는 얼굴로 반문했다.

"서쪽 영지의 격리 구역에 숨어들었다고?"

영주인 그를 포함해 대리 명령권이 있는 지젤, 레너드 등이 모두 부재중이었기 때문에 남아 있는 사람들로서는 외부의 사제를 부를 수도, 어떤 조치를 취할 수도 없었다. 당연히 격리 조치를 하고 있는 기사들로서는 미성년자인 예비 사제들이 역병 구역에 발을 들이는 것을 허락할 수 없는 일이었다. 그의 명령이 떨어지기 전에는.

"허허. 참 건강하고 힘이 넘치는 놈들이죠."

수도원장의 얼굴에 민망한 듯, 채 숨기지 못한 자부심과 애정이 나타났다.

"저도 늙었으니 그 애들이 돌아오면 도움을 받고 싶다는 생각입니다. 그러려면 동쪽 별채에 함께 들어가야 할 텐데, 사내아이들이라 걱정이군요. 영주님께서 귀히 여기시는 애첩 분들께서 묵으시는 별채에 순진한 예비 사제들이 발을 들이는 것을 허락해 주시겠습니까?"

하. 킬리언이 짧게 숨을 뱉어냈다.

꼼짝없이 일주일 이상 속을 태우며 알페테르의 사제들을 기다려야 할 거라고 생각했는데. 생각지도 못한 한 줄기 빛 같은 도움이었다.

"……맙소사." 킬리언이 탄식하듯, 믿을 수 없다는 듯 한숨을 내쉬었다.

"내 신을 믿은 적 없건만."

매사 냉정한 그의 얼굴에도 어쩔 수 없이 생경한 미소가 떠올랐다.

"그대가 지금 신처럼 보이는군."

일반적으로 영지에 열 명 이상의 역병 환자가 발견되었을 때, 환자의 수는 하루 이틀이면 두 배가 된다. 적어도 오백여 명은 되어 있었어야 할 역병 피해자가 고작 백팔십여 명에 그친 것. 운이 좋았던 게 아니었어. 그들이 몰래 숨어들어 서쪽 영지를 돕고 있었다.

"치유 사제가 될 녀석은 영주님께서 팔 년 전 전쟁터에서, 구마 사제가 될 녀석은 오 년 전 도적떼들에게서 구해 거두어 오신 아이입니다."

뜻밖의 이야기에 킬리언의 얼굴이 얼떨떨하게 굳었다. 수도원장의 얼굴에 존경심이 떠올랐다.

"제게는 영주님이 신처럼 보입니다."

침실로 들어오자 지젤과 의사가 리에타를 앉혀 놓고 설교를 늘어놓고 있었다. 다친 손가락 끝에는 하나하나 깨끗하게 붕대가 감겨 있었다. 킬리언의 침대에 반 강제로 눕혀져 있다시피 하던 리에타는 그가 들어오자 당황한 얼굴로 황급히 일어서려다 엄격한 얼굴로 눈을 부릅뜨는 지젤에게 저지당했다.

"누워 있어." 킬리언이 툭 뱉고는 의사에게 고개를 돌렸다. "상태는?"

의사는 손의 상처와 무릎의 타박상, 탈진 외에는 리에타의 몸에 큰 문제는 없다고 답했다. 다만 피로가 누적되어 있고 전체적으로 몸이 쇠약해진 상태이니 식사를 제대로 하고 충분한 휴식을 취해야 한다고 강조했다.

아까의 일을 기억하지 못하는 리에타로서는 사소한 상처에 쏟아지는 관심과 과보호의 원인을 알 수가 없어 당황한 얼굴이었다. 의사가 물러간 후, 스트레스 받을 일을 하지 말고 매사 마음을 편하게 먹고 몸을 잘 쉬게 하라는 지젤의 잔소리가 이어졌다.

"됐어, 지젤. 딱히 그대도 좋아 보이는 얼굴은 아냐."

킬리언이 담담하게 지적했다.

"다들 쉬러 갔을 텐데 그대도 좀 쉬지. 잠도 제대로 못 자고 며칠을 내리 고생했잖아."

지젤은 퀭한 얼굴로 잠자코 섰다. 말은 그렇게 했어도 누구 하나 잠이 올 기분은 아니겠지. 안나의 죽음을 이제는 모두가 알았을 것이다. 몸 고생이나 마음고생이나 이만저만이 아닌 듯 지젤의 얼굴도 말이 아니었다. 킬리언이 입을 떼었다.

"……수도원장을 청했어. 오늘 저녁쯤엔 수도원장과 예비 사제들이 도움을 줄 수 있겠다더군."

지젤과 리에타의 시선이 킬리언에게 향했다.

"예비 사제들이 도착하면 동쪽 별채로 가서 안나를 데리고 나와 달라 부탁할 생각이야. ……거기에 계속 둘 수는 없으니까."

죽은 사람의 모습을 확인하는 게 썩 좋은 위로가 될 것 같지는 않지만……. 킬리언이 말을 이었다. "별채 안으로 따라 들어갈 수는 없겠지만, 앞에서 같이 기다리겠나?"

몰래 격리 구역에 들어갔던 예비 사제와 예비 기사들이 지역을 순찰하던 기사들의 손에 붙들려 성으로 끌려왔다는 소식이 전해졌다. 수도원장은 어쩔 수 없다는 미소와 함께 어깨를 으쓱했다. 킬리언은 작게 한숨을 내쉬곤 그들을 데려오라 명했다.

열다섯에서 열일곱 사이의 다섯 명의 수도자들, 두 명의 예비 사제와 세 명의 예비 기사들이 시무룩한 얼굴로 고개를 숙이고 붙잡혀 왔다. 킬리언은 물끄러미 그들의 면면을 훑어보았다. 그들을 데리고 온 기사들이 격리 구역에 발을 들인 그들의 죄목과 통행 경로, 방법 따위를 간략히 보고했다. 개구멍을 통한 앞선 침입에서 출입의 흔적을 깨끗이 없애지 못하고 꼬리가 잡혔다가 오늘 기어코 붙잡힌 것이었다.

"개구멍." 킬리언이 인상적이라는 듯 반복했다. 침묵이 흐르자 기사는 눈치를 주듯 예비 기사 청년의 등허리를 주먹으로 툭 쳤다. 젊다기보단 어린 티가 나는 청년들이 꾸물거리며 말했다.

"죄송합니다."

킬리언이 피식 웃었다.

"그런 건 누구의 교육이지?"

그들을 데려온 기사가 마지못해 답했다.

"……개구멍 찾기 같은 건 안 가르칩니다."

가장 어린 티가 나는 예비 기사 소년이 눈치 없이 중얼거렸다.

"……디아나만 아니었으면 들키지 않고 나올 수 있었는데."

볼멘소리를 하는 예비 기사의 머리를 그들을 끌고 온 기사들이 쥐어박았다. 악시아스 기사단의 기사들은 번갈아 수도원 예비 기사들의 교육과 훈련을 맡곤 했으므로, 익히 아는 사이들이었다. 그렇기에 그들의 순찰 방식을 꿰고 있던 어린 기사들이 격리 구역에 침입할 수 있었던 것이기도 했다.

킬리언이 입꼬리를 올렸다.

"예비 기사들이 제법이군. 격리 구역에 침입을 허용한 우리 기사들에게는 내가 좀 더 사랑과 관심을 기울여 줘야겠고."

킬리언의 말에 기사들의 얼굴이 억울하다는 듯이 구겨졌다.

"아니 대체 누가 역병이 돌아 격리된 지역에 침입할 거라고 예상이나 하겠습니까?"

"빠져나오는 건 잡았잖습니까. 참작해 주십시오!"

"솔직히 그 구역을 죄다 통제하기엔 저희 인력도 턱없이 부족했다고요."

킬리언이 고개를 기울였다.

"겨우 예비 기사 셋한테 뚫린 기사들이 말이 많군."

기사들이 부루퉁해져선 입을 다물었다. 이놈들을 보니 무거웠던 마음이 조금이나마 가벼워진다.

"뷔테르."

킬리언이 뒤쪽에 앉아 있던 수도원장을 부르자 뒤에 앉아 있던 그가 답하듯 지팡이를 들어 보이며 빙그레 웃었다.

"예비 사제들은 수도원장에게 먼저 가 봐."

두 예비 사제가 어리둥절한 얼굴로 꾸벅 고개를 숙이고 수도원장을 향해 멀어졌다. 수도원장이 예비 사제들을 향해 해야 할 일들과 관련된 정보를 이야기해 주는 사이, 그들이 격리 지역에 숨어들 수 있도록 도운 예비 기사들은 악시아스 대공의 앞에 긴장된 얼굴로 섰다. 자세만 봐도 알 수 있었다. 아직 어려도 기초가 탄탄했다. 빠릿빠릿한 앳된 얼굴들에는 군기가 바짝 들어 있었다.

"그대, 어린 기사들. 이름이 뭐지?"

"클라우디오입니다! 대공 각하!"

"디아나입니다! 대공 각하!"

"루시앙입니다! 대공 각하!"

동시에 세 예비 기사 모두가 자기의 이름을 외쳤다. 그러곤 인상을 구기며 서로 눈치를 주었다. 기사들이 뒤에서 머리가 지끈거린다는 듯 이마를 짚었다.

"그래." 킬리언이 한쪽 입꼬리를 올리며 웃었다.

"내 그대들의 이름을 기억하지."

"영광입니다! 대공 각하!"

이번엔 목소리가 딱 맞아떨어졌다. 두 소년과 한 소녀의 얼굴이 자부심으로 빛났다. 이대로 잘 크면 저 '영광입니다'는 머지않아 '사랑합니다'가 되겠군. 미래에 받을 고백을 예약해 둔 킬리언이 기사들을 향해 눈을 들고 웃었다.

"굴려."

세 기사가 방긋 웃었다.

"맡겨 주십쇼."

악시아스의 미래가 밝다.

울상이 된 예비 기사들이 끌려 나가고 어느새 킬리언의 앞에는 열일곱 살의 두 예비 사제가 돌아와 나란히 섰다. 킬리언의 시선이 그들에게로 향했다.

"그대, 예비 사제들. 이름은?"

겨우 몇 살이나 차이가 난다고 사제들은 훨씬 차분한 분위기로 차례로 대답했다.

"데미안이라고 합니다, 영주님."

"콜브린입니다, 영주님."

킬리언이 고개를 끄덕였다.

"그래. 데미안. 콜브린. 수도원장에게 이야기를 들었다. 상당히 수준 높은 신성 능력자라고."

어린 사제들이 겸양의 말을 대신하여 고개를 숙였다. 뒤이어 킬리언의 입에서 떨어진 말에, 분위기는 한순간에 가라앉았다.

"죽은 사람을 본 적이 있나?"

두 사제가 조금 긴장감이 어린 얼굴로 고개를 끄덕였다.

"본 적 있습니다."

조금 시선을 내린 킬리언이 한쪽 팔짱을 꼈다.

"그래, 그대들. 용감하게도 역병으로 격리된 땅에 들어갔다가 나왔다지."

예비 사제들이 공손하지만 주눅 들지 않은 얼굴로 조용히 그를 마주 보았다. 킬리언이 가만히 말을 이었다.

"똑같이 격리된 곳이라 해도 개방된 지역과 폐쇄된 건물은 다르다. 훨씬 위험해. 이미 동쪽 별채에 있는 열한 명 중 일곱 명이 역병에 당했다. 거기선 역병 사망자까지 나왔어."

"……."

"그런 곳에 들어갈 각오가 되어 있나?"

예비 사제들이 비장하게 대답했다.

"물론입니다."

"기다리고 있었습니다."

"좋아." 잠시 틈을 두고, 킬리언이 말했다.

"……안나를 보러 가지."

"역시 저는 함께 들어가는 것이 좋을 듯합니다."

동쪽 별채 앞에서 들어갈 준비를 하고 있는 수도원장과 두 예비 사제를 바라보며 리에타가 속삭였다. 킬리언은 들은 체도 하지 않고 있었다.

"걸출한 신성 사제님들께서 세 분이나 계시고 제 능력이야 미력하오나, 저는 역마를 볼 수 있으니 만일의 사태에 분명 도움이 될 것입니다. 혹여 다른 악마가 들어왔을 수도 있고."

작아지는 목소리가 웅얼거렸다. 하지만 킬리언은 그녀로 하여금 다시 저곳으로 들어가 안나의 시신을 마주하게 하는 것이 썩 괜찮은 구상이 아니라고 생각했다.

적어도 만일의 상황에 그녀를 감당할 수 있는 자신이 옆에 있어야 한다. 내가 들어갈 수 없다면 리에타도 들어갈 수 없다.

리에타가 주저하며 뭐라 뭐라 계속 말을 이었다. 마이동풍이었다. 킬리언은 동쪽 별채에 들어가는 세 사제들과 함께하게 해 달라는 리에타의 청을 모조리 묵살했다.

리에타는 안절부절못하며 꿈쩍도 않는 킬리언의 눈치를 보다가, 요망하게도 슬그머니 예비 사제들 뒤로 움직였다. 그녀를 보고 있지도 않은 듯하던 킬리언이 별안간 리에타의 손목을 잡아챘다.

리에타가 깜짝 놀라 그를 올려다보았다.

"그들에게 맡겨."

킬리언이 차갑게 뱉으며 그녀의 손목을 잡아당겼다. 리에타가 휘청하며 그의 옆으로 끌려왔다.

"지난번처럼 혼자 저지르고 도망치면 용서 안 해."

리에타는 당황한 얼굴로 잡힌 손목을 쳐다보았다가 킬리언의 얼굴을 올려다보았다. 더듬더듬 리에타가 입을 열었다.

"저는, 저는 특이 체질이라 역병에 잘 걸리지 않습니다. 제가 가는 것이 ……."

"악마는 없다고 했지."

"네……. 하오나."

"악마가 없는 역병에 신성 능력자의 몸이라면 축성만으로도 충분히 안전하지 않나?"

서로의 몸에 축성을 걸어주던 두 청년 사제가 대답했다.

"물론입니다."

킬리언이 리에타를 내려다보며 쌀쌀맞게 말했다.

"다 그대보다 유능한 사람들이야. 근력만 해도 남자들이니 사람 하나쯤 꺼내 올 힘도 충분하고."

축성을 마친 두 예비 사제는 들것을 준비해 걸머지고 있었다.

"그리고 수도원장이 말하길 그대가 펼쳐 둔 정화가 강력해서 한동안 악마는 들어오지 못할 거라던데."

과연 공기는 맑다 못해 신성한 기운으로 가득했다. 신성 능력자가 아닌 사람들마저도 깨끗하고 청량한 공기를 느낄 수 있었다. 리에타가 더듬거리며 다시 토를 달았다.

"저, 적어도, 수도원장님 대신으로라도 제가 들어가게 해 주세요. 거동도 불편하신 분이신데. 저는 젊습니다."

킬리언이 리에타를 향해 못 박듯 확언했다.

"그대의 자리는 여기다." 꽉 잡은 손은 단호한 악력으로 그녀를 붙잡았다. "그대는 내가 세 번 이상 같은 말을 하게 하지 말라."

지팡이를 짚고 있던 수도원장이 힐긋 눈을 돌려 그들의 잡은 손을 못 본 체하며 리에타를 향해 빙긋 웃었다.

"심려치 마시지요, 리에타 양. 제가 아직 그 정도로 퇴물은 아닙니다."

당황한 리에타는 그런 뜻이 아니었다고 사과하며 어쩔 줄 몰라 했다. 고개를 꾸벅이면서도 어색하게 킬리언에게 한쪽 손을 잡힌 채였다.

리에타가 저를 보지 않는 그의 얼굴을 올려다보았다가 잡힌 손을 쳐다보았다가 하며 꾸물거렸다. 닿은 손이 서먹하고 낯설었다. 가뜩이나 키도 크고 손도 큰 데다 검을 쥐는 사람이었다. 그에게 붙잡힌 리에타의 손은 어린애 고사리 손이나 다를 것이 없었다. 잡힌 손이 여러 가지 의미로 난처해 벗어나 보려고 꿈지럭거렸지만 굳게 잡힌 손은 떨어질 줄을 몰랐다.

결국 리에타는 따라가지 못한 채 세 사제들만이 동쪽 별채 안으로 들어갔다. 킬리언과 리에타, 그리고 동쪽 별채에 들어가지 못하는 여자들 모두가 그 앞에서 마음의 준비를 하고 어두운 얼굴로 안나가 나오길 기다렸다.

그러나 한참 후, 사제들은 빈손으로 돌아왔다. 동쪽 별채의 여자들은 그들이 안나의 시신을 가져가는 것을 거부했다. 하루만 시간을 달라고, 그들은 조건을 걸었다.

동쪽 별채의 아가씨들은 이대로 안나의 시신이 밖으로 나가면 그들은 다시는 안나를 볼 수 없게 되는 것이 아니냐고 말씀하시더라고, 사제들이 전해 왔다. 역병과 함께 격리된 동쪽 별채 사람들은 장례가 치러질 때까지 밖으로 빠져나가지 못할 것이고, 그들은 안나의 장례식에 참석할 수 없다고.

바깥 사람들은 미처 생각하지 못했지만 그들의 말이 맞았다. 동쪽 별채 여자들은 자신들에게 하루만 시간을 달라고 청했다. 그들만의 조촐한 장례식을 할 시간을, 안나를 떠나보낼 시간을, 하루만 달라고.

그녀들의 말에서 뒤늦게 안나의 죽음을 실감한 세이라가 눈물을 쏟았다. 엘리제가 그녀의 어깨에 가만히 손을 올리며 그녀의 눈물을 소매로 닦아 주었다. 레이첼은 침울하게 고개를 떨구었다가 조용히 자리를 떴다. 지젤은 말없이 동쪽 별채를 바라보았다. 조금 허한 눈빛으로.

리에타는 멍하니 하늘을 바라보았다. 비가 올 듯 우중충한 밤하늘이 무심히 머리 위로 내려앉고 있었다.

결국 그들은 내일 같은 시간에 다시 오기로 하고 해산했다. 오랫동안 몸을 혹사시키며 제대로 잠을 자지 못한 사람들이 손님이 주로 머무는 별관에 마련된 임시 거처로 흩어졌다.

리에타는 하비투스 대사원에서 그랬듯이 멍하니 킬리언을 따라갔다. 킬리언은 또 킬리언대로 자연스럽게 따라오는 리에타를 뒤에 달고 제 방으로 걸어갔다.

멀뚱히 침실까지 따라 들어왔다가, 훌훌 옷을 갈아입기 시작하는 킬리언을 보고서야 리에타는 퍼뜩 정신을 차렸다.

내가 왜 여길 따라 들어왔지? 여긴 악시아스 성인데? 당황한 리에타는 홱 고개를 돌려 그를 외면하고 말했다.

"저, 저는 이만 물러가 보겠습니다."

익숙한 기시감이 들었다. 항상 여기에 왔다 하면 그녀가 자고 가던 방이 떠올랐다. 얼른 뭐라도 말해야 한다는 생각에 당황한 입이 멋대로 나불거렸다.

"자고 갈까요?"

항상 머물던 그 방에서 자고 갈까요?라는 의미였지만……. 생각 없이 말을 뱉은 순간 훨씬 심각한 내용의 데자뷰가 리에타를 덮쳤다. 바로 얼마 전의 끔찍했던 실언이 떠올랐다. 당황한 리에타가 말을 수습하기 위해 다급하게 말을 쏟아냈다.

"아니, 제 말은, 물론 듬직한 예비 사제님들도 계시고 정정하신 수도원 장님께서도 계시지만, 인력이 부족한 것은 사실이니까요. 미력하지만 제 힘도 여기저기 쓰일 곳이 있을 것 같아서. 그러니까, 제가 가끔 머무는 그 방에서 자고 갈까 하는…….""

리에타는 공황 상태에 빠져 횡설수설하기 시작했다.

"물론, 물론 저의 집이 멀지 않으니 갔다 오면 됩니다. 갔다 오겠습니다. 그리고 보니 옷도 갈아입어야겠네요. 내 정신 좀 봐."

"자고 가."

킬리언의 목소리가 툭 던져졌다. 리에타가 눈을 깜박이며 어느새 침의 로 갈아입은 그를 쳐다보았다.

"아, 네. 그러겠습니다. 감사합니…….""

"여기서." 킬리언이 제 침대를 향해 턱짓했다.

"네?"

킬리언은 리에타가 얼빠진 소리를 내든 말든 제 침대로 가 몸을 뉘었 다. 느슨한 침의의 옷매무새 사이로 짙게 음영 진 목선과 쇄골이 보였다. 리에타의 당혹한 시선이 갈 곳을 못 찾고 방황했다.

내가 잘못 들은 건가? 피로한 듯, 평소보다 더욱 나른하게 들리는 낮게 깔린 목소리가 울렸다.

"누워."

리에타가 제 귀를 의심하며 침대에 몸을 눕힌 남자를 쳐다보았다. 느리 게 한 번 깜박인 킬리언의 붉은 눈 한쪽이 시트 위에 반쯤 파묻힌 채 그녀 에게 향했다.

"내 침대는 넓으니 그대도 누울 수 있을 것 같은데."

대수롭지 않은 투로 킬리언이 중얼거렸다. 지난번 하비투스 대사원에 서 리에타가 했던 말의 반복이었다.

"수도원장이 그대는 대단한 신성 능력자이니 꼭 곁에 두라더군."

킬리언이 누운 채 몸을 틀어 옆으로 기울이고는 그녀를 향해 팔을 뻗어 손짓했다.

"이리 와."

제 품 안으로 들어오라는 듯이. 꼭 아이에게 하는 투였다.

옷깃 사이로 드러난 맹수 같은 맨몸과 가만히 있어도 유혹하는 것 같은 무섭게 잘난 얼굴, 나른한 자태에 숨이 막혔다. 저런 모습을 하고서 어린 애 어르듯 손을 까딱이며 팔을 벌린다.

리에타는 어쩔 줄 모르는 얼굴이 되었다. 당황한 기색을 숨길 수가 없었다. 그녀가 바닥에 붙박인 듯 서서 몸 둘 바를 몰라 하자 킬리언이 툭 팔을 떨어뜨리며 피식 웃었다.

"다른 뜻은 없어. 다만 그대는 벌을 받아야겠군." 킬리언이 표정 없이 낮게 중얼거렸다. "다시는 허락 없이 그런 짓을 하지 말라 했을 텐데. 돌아오자마자 잘도."

팔을 뻗은 킬리언이 휙 몸을 늘여 리에타의 손목을 잡았다. 그다지 빠르지 않은 속도였지만, 얼이 빠져 있던 리에타가 피할 정신은 없었다. 리에타의 몸이 침대 앞으로 끌려왔다.

"벌이니, 그대. 오늘은 내 옆에서 쉬도록."

리에타의 손목을 놓아 준 킬리언이 지옥문을 열듯 얇은 이불을 들쳐 올렸다. 리에타는 악어의 쩍 벌린 입이라도 보는 듯 새하얘진 얼굴로 그가 들어 올린 팔을 쳐다보았다.

"뭐 해? 어서."

킬리언이 팔을 든 채 고개를 까닥여 빤히 침대 앞에 선 그녀를 재촉했다. 영주님을 차마 보지 못하고 속절없이 흔들리는 하늘색 눈동자가 지진을 일으켰다. 꼼짝도 않는 붉은 눈이 빠져나갈 틈 없이 그녀를 옭아맸다.

킬리언이 표정 없는 낯으로 다시 독촉했다.

"들어오라니까?"

리에타는 그것이 정말로 끔찍한 벌이라는 것을 깨달았다. 귀족의 명을, 그것도 은혜를 입은 대공 전하의 명을 어찌 거역할까. 진짜 침실 시중으로 알고 왔을 때조차 거부할 생각을 했던 적이 없었다. 그러나 리에타가 한참 만에 더듬거리며 쥐어짜듯 대답한 것은 용케도 저항의 말이었다.

"다, 다시는 안 그러겠습니다."

한 번만 봐주세요. 그러나 킬리언은 가차 없었다.

"옷은 입고 누워도 좋아. 뭐, 벗어도 상관없지만. 그러고 싶진 않을 테지?"

제발 농담이길 바랐는데 바늘 들어갈 틈도 없다. 리에타의 입이 딱 벌어졌다.

"여, 영주님."

"다른 시중도 시키고 싶어지기 전에 들어오지?"

기절할 듯한 표정으로 리에타가 침대 구석에 올라가선 무릎을 꿇었다. 리에타가 침대 위로 올라오자 킬리언은 그녀의 무릎 위에 적당히 이불을 놓아 주곤 순순히 뒤로 몸을 물렸다. 손대지 않겠다는 듯 팔짱까지 꼈다.

객관적인 거리는 대사원에서 그랬던 것만큼 충분히 떨어져 있었지만, 정말로 벌을 받는 듯이 꿇어앉은 리에타는 꼼짝없이 굳어선 고개만 푹 숙이고 있었다. 베개에 머리를 파묻은 채 옆으로 누워 잠자코 쳐다보던 킬리언이 피식 웃었다.

"눕혀 줘야 해?"

리에타는 죽고 싶어 하는 얼굴로 침대에 꾸물꾸물 몸을 펼쳤다. 지난번과 달리 영주님은 등을 보여 주지 않으셨다. 스스로의 팔을 베고 그녀를 향해 누운 킬리언은 말없이 리에타를 뚫어져라 쳐다보았다. 피로로 가라앉은 눈에는 어둑하니 퇴폐적인 분위기가 흘렀다.

대사원의 침대보다 더 너른 침대였지만 그 사이의 공간을 시선이 꽉 채우고 있으니 너무도 좁게만 느껴졌다. 리에타는 그의 앞에 누운 채 난처해 죽을 듯한 얼굴로 천장을 노려보았다. 대축성 의식 때도 이 정도로 시간이 느리게 흐르진 않았는데. 차라리 기절하고 싶은 시간이 느릿느릿 흘러갔다.

얼마나 시간이 흘렀을까.

"안나 일은." 얇은 얼음 같은 정적을 깨며, 짐짓 무감한 목소리가 차분하게 울렸다. "그대 잘못이 아니야."

생각지 못한 말에 리에타가 눈을 깜박이며 숨을 멈추었다. 피로가 갈무리된 메마른 목소리로, 킬리언이 혼잣말처럼 중얼거렸다.

"수고했어."

사람의 목소리라기보다 바람 소리 같은 희미한 속삭임이 송곳처럼 가슴을 꿰뚫었다. 무슨 대단한 말이라고, 마음이 쿵 내려앉았다. 갑자기 울컥 목에 뭔가가 차올랐다. 고집스레 천장을 노려보며 입을 꽉 다물고, 꾹 눈물을 참던 리에타는, 결국 울음을 참지 못하고 눈 위에 주먹을 올린 채 끅끅 흐느끼기 시작했다.

우는 제 꼴이 차마 보기 흉할 것 같아서 반대쪽으로 몸을 돌리자 보이지 않는 손이 조용히 그녀의 어깨에 닿더니 천천히, 아주 느리게 등을 토닥였다.

눈물을 참거나, 눈물을 흘리거나, 그저 멍하니 앉아 있거나, 위로하거나, 위로받거나, 침대 위에서, 혹은 흔들의자 위에서, 혹은 달빛 아래서. 오랜 여정에 지친 사람들이 비로소 며칠 만에 고된 잠에 빠져들었다. 모두가 구구절절 제 속내를 털어놓지 않아도, 서로의 존재만이 말없이 서로를 위로했다.

십이 년 만에 가장 밝은 보름달이라더니 단 며칠 만에 삭은 무정한 회색 달이 서쪽으로 기울어 가고 있었다.

다음 날 저녁, 서쪽 영지의 문제를 해결하기 위해 킬리언을 따라다니며 종일 동분서주하던 예비 사제들이 다시 동쪽 별채 앞으로 돌아왔다.

킬리언은 역병의 수습을 위한 바쁜 업무를 감당해야 했기 때문에 자리를 비우고 참석하지 못했지만 대신 지젤에게 리에타를 별채에 들이지 말라는 당부를 전해 두었다. 다행히 리에타는 고집을 부리지 않았다.

안나의 가족이었던 동쪽 별채의 여자들이 지켜보는 가운데, 깨끗한 옷으로 갈아입혀진 소녀의 시신이 들것에 실려 나와 새하얀 포에 감싸였다. 수의는 아니었지만 동쪽 별채의 여자들이 마지막으로 입혀 준 화사한 연노랑색 원피스 그대로 입관하기로 결정되었다. 물집과 반점으로 상한 얼굴이었지만, 떠나간 지 이틀째라는 것을 믿기 어려울 정도로 안나의 모습은 생전 그대로였다. 금방이라도 일어날 듯 평온해 보이는 얼굴이 슬픈 가운데 고마웠다.

정화와 축성으로 역병에 대한 방비를 한 후 동쪽 별채의 여자들이 하나하나 안나의 얼굴 가까이 가 고개를 숙이고 작별의 인사를 속삭이며 뺨에 입 맞추었다. 하루 시간을 둔 사이 어느 정도 마음의 준비를 마친 의연한 여기사들이었지만 '안녕, 안나.' 하는 마지막 인사 끝에는 대개가 눈물을 흘리며 돌아서고 말았다.

안나를 아끼던 사람들과의 작별 인사 후 장의사가 염습을 하고 안나의 입관식을 준비하는 하루 동안 리에타는 가라앉은 눈으로 열두 살 소녀의 곁을 지켰다.

때때로 정화를 펼치는 그녀의 손에서 잔잔한 흰빛이 조용히 흘러나왔다. 장의사마저 떠나가고 혼자 어둑한 염습실에 남은 리에타는 한참 동안 우두커니 앉아 안나의 마지막 모습을 눈에 담았다.

안나의 얼굴은 너무나도 평온했다.

'축성술사님.'

이름보다 그 호칭으로 부르는 것을 좋아했지. 금방이라도 눈을 뜨고 자신을 불러 줄 것만 같았다.

'내가 영주님의 아내가 못 되면……. 리에타를 따라 축성술사가 되면 좋겠다.'

안나는 바보야. 축성 능력자 따위가 뭐가 대단하다고. 겨우 축성이랑 정화……. 치유도, 구마도 못하는 하찮은 재주일 뿐인데.

'미래는 재촉해도 빨리 오지 않아요. 그보다 나는 안나가 먼 미래만 보다가 지금의 예쁜 시절을 충분히 즐기지 못할까 걱정돼요.'

'안나는 내년에는 더, 내후년에는 더 성숙해지고 예뻐지다가…… 어느새 예쁜 숙녀가 되어 있을 테니까요. 나는 그날도 기다려져요.'

미래…… 그런 미래는 오지 않는다. 안나는 영원히 열두 살에 머물게 되었다. 어쩜 무책임하게 그런 소릴 했을까.

'나 살 수 있을까요?'

이미 자신의 마지막을 예견한 듯, 오히려 그녀를 위로하던 어린 미소가 머릿속을 떠나지 않았다. 거짓말을 해서 미안해요. 내가 할 수 있는 건 아무것도 없었어. 나는 아무짝에 쓸모없는 사람이야. 아무도 구할 수 없는.

리에타가 서글픈 낯으로 소녀를 향해 손을 뻗었다. 붕대에 감싸인 손끝이 평온하게 눈을 감은 안나의 뽀얀 뺨을 어루만졌다. 온기가 떠나 버린 차가운 피부의 감촉에 리에타의 눈에 뜨거운 것이 핑 돌았다.

'리에타가 왔으니…… 이제 괜찮아…….'

미안해. 내가 지키지 못했어. 소녀에게 아직 마지막 인사를 전하지 못한 유일한 여자가, 마침내 힘겹게 입술을 열었다.

"악마도 아픔도 없는 곳에서…… 평온히 쉬어요."

리에타가 안나의 이마에 입 맞추었다. "안녕, 안나."

왼손에 쥔 손수건. 서툴게 수놓은 '축성술사'라는 이름……. 차마 그것으로 흐르는 눈물을 닦지 못하고 리에타는 차갑게 식은 손목에 눈물을 쏟았다.

영원한 잠에 빠진 소녀가, 영원히 열두 살로 남을 평온한 얼굴로 고요히 어둠 속에 잠겨 들었다.

여름의 장례는 삼 일 안에 치러지는 것이 관례였다. 입관식 이후 안나의 장례식이 준비되는 하루 동안 킬리언과 세 명의 사제들은 동쪽 별채의 환자들을 치료한 뒤 서쪽 영지를 돌아보기로 했다.

하루 동안 안나의 시신 곁에 남아 정화를 해야 하기 때문에 오늘의 영지 시찰에는 힘을 보태 드릴 수 없을 것 같아 죄송하다며, 리에타가 사제들 앞에 거듭 고개를 숙였다.

사제들이 마음 쓰지 않으셔도 괜찮다며 흔쾌히 그녀를 안심시켰다. 애초에 축성과 정화는 그들의 힘으로도 충분히 가능한 영역이었다. 장례식에 참석한다는데 뭐라 할 사람도 없고, 구마와 치유의 능력은 없는 리에타가 굳이 영지 시찰에 따라갈 필요는 없었다.

동쪽 별채와 악시아스 성 안의 정화와 축성만 맡아 주셔도 충분하다 했는데도, 장례식이 있는 내일 아침 이후부턴 꼭 함께하겠다면서 리에타는 사제들에게 몇 번이고 고개 숙여 사과했다.

예비 사제들은 강대한 신성 능력을 펼쳐 보인 아름다운 축성 능력자에게 순수한 의미의 호감을 가지고 있었다.

구마 사제 후보자인 데미안이 리에타를 향해 물었다.

"갓 태어난 역마는 강력하고 까다로운데, 어떻게 구마할 수 있으셨던 것인가요?"

"리에타 님의 정화는 정말 굉장하네요. 저는 구마의 흔적인 줄 알았습니다. 혹시 성역을 선포하신 것입니까?"

리에타는 그냥 정화를 했을 뿐이라고 대답할 수밖에 없었다. 그것이 사실이었으므로.

두 예비 사제는 그녀가 겸손하게 자신을 낮춘다고 생각했다. 수도원장 뷔테르는 조금 다른 의미로 리에타를 주의 깊게 보았다. 킬리언이 본래 약자에게 약하고 자신의 사람들은 특히 아낀다는 점을 익히 알고 있었지만.

리에타가 떠난 후, 뷔테르는 킬리언에게 목소리를 낮추어 속삭였다.

"꼭 동쪽 별채로 들이십시오."

"그래."

"정말 드문 능력자입니다."

"알았다니까."

축성받은 말과 마차를 타고, 킬리언과 세 사제들, 의료 인력들과 구호물자들이 격리 구역을 향해 출발했다.

더 이상 몰래 돌아다닐 필요가 없게 된 두 예비 사제는 능숙하게 말을 몰아 서쪽 영지의 병자들을 모아 둔 첫 번째 구호 막사로 일행을 안내했다. 의료 인력과 일꾼들을 비롯한 수행인들의 마차를 뒤에 달고 가장 앞에서 당당하게 말을 몰아 달려오는 두 청년 사제들을 발견한 사람들이 반가운 얼굴로 다가왔다.

"오셨어요, 사제님!"

"에이, 말씀 편히 하시라니까요."

도착하자마자 말에서 뛰어내린 데미안은 안부 인사와 함께 마중 나온 사람들의 몸에 축성을 걸었다. 그러면서 그들의 어깨와 머리, 목을 하나하나 만져보며 껄떡거리고 있는 역마의 기운이 느껴지면 즉시 공격적인 신성력을 일으켜 쫓아냈다.

리에타 같은 영안을 가지고 있지는 못했지만 데미안은 영적 기운에 민감했다. 특히 악마의 기운을 알아채는 직감이 뛰어난 편이라고 곧잘 칭찬을 받았다.

눈에 보이지 않은 하급 악마는 직접적으로 유해를 가하지 못하고, 진짜 공격적이고 유해한 중급 악마 이상의 것들은 영안 없이도 눈에 보인다. 역마는 물질화되는 것 자체가 제 능력에 페널티가 되므로 대개 은신 능력이 발달하지만 사람에게 해를 끼치려면 인간의 몸에 달라붙어야 하고, 그런 악마는 기운이 흉흉해 알아채기 쉽다.

영안이 없어도 문제될 것은 없었다.

"아내분의 상태는 좀 괜찮아졌나요?"

"네, 네. 정말 많이 나아졌어요. 이제는 혼자서도 일어납니다! 다 사제님들 덕분이에요."

"다행이네요! 이제 구호대가 왔으니 한시름 놓으셔도 될 거예요."

"감사합니다, 정말 감사합니다."

콜브린은 말에서 내리자마자 환자들이 수용되어 있는 곳으로 다가가 열이 오르거나 증상이 심각한 환자들을 집중적으로 치료하기 시작했다.

킬리언의 부축을 받아 마차에서 내린 수도원장 뷔테르도 콜브린의 치유에 합류했다. 뷔테르는 다리의 움직임이 불편하였으므로 비교적 거동이 가능한 환자들은 그에게로 와서 치료를 받았고, 증상이 심해 누워 있는 환자들은 주로 콜브린이 돌아다니며 돌보았다.

일찍이 사제들로부터 축성을 받은 의료 인력들도 마차에서 내려 사제들의 조언을 받으며 제각기 흩어져 빠르게 환자들을 살피기 시작했다. 수행인과 일꾼들은 마차에서 내린 구호물자들을 나누어 필요한 곳으로 나르기 시작했다.

그들이 환자들을 진료하고 일하는 동안 킬리언은 피해 상황이나 부족한 구호물자와 인력 등 막사의 상황을 파악했다. 막사 사람들이 당황하지 않도록 일반인들에겐 적당히 고위 관리쯤으로 정체를 숨겼다. 개선식 따위도 하는 법이 없는 조용한 영주였으므로 외성 사람들은 그를 알아보지 못했다. 간혹 힐끔거리며 고개를 갸웃하는 사람이 있는 것이 그의 인상착의를 알아보고 설마 하는 듯했지만 굳이 확인하려 들지는 않았다.

막사장과 관계자들을 면담하고 할 수 있는 조치를 취한 킬리언은 굳은 얼굴로 막사의 돌아가는 상황을 살폈다. 그곳에 모여 있는 역병 확진 환자가 대략 마흔 명. 역병 의심 환자들까지 포함한다면 육십여 명. 그들을 교대로 간호하고 필요한 물자를 옮겨 오거나 식사를 준비하기 위해 모여 있는 환자 가족들의 인원이 또 오십여 명 정도.

그들 모두에게 치유와 정화, 축성을 하는 일은 적지 않은 시간이 소요되고 있었다. 이렇게 임시 치료소가 꾸려진 곳이 여덟 곳이다. 이곳은 비교적 규모가 큰 구호 막사라지만.

"생각보다 시간이 많이 소요되는군. 더 서두를 순 없겠나? 이래선 오늘 안에 다른 일곱 막사를 다 돌아보기 어려울 거야."

데미안이 당황한 얼굴로 그를 올려다보았다.

"예? 오늘 모든 구호 막사를 다 돌아보시는 겁니까?"

킬리언이 한쪽 눈썹을 치켜들었다. "그럼?"

당연하다는 듯한 대꾸에 데미안과 콜브린이 당황하며 머뭇거렸다.

"이, 이틀 정도에 걸쳐서 보시는 것이 낫지 않겠습니까? 환자들을 보는 데 걸리는 시간도 시간이지만 여덟 곳이 모두 제각기 떨어져 있으니 아무리 말이 있다 해도 길에서 버려야 하는 시간이 만만치 않을 텐데요."

구호 막사장이 가져온 뭔지 모를 서류를 받아들며 킬리언의 시선이 그들에게서 떠나갔다. 서류를 넘겨 눈으로 훑으며 그가 대답했다.

"알페테르의 치유 사제들이 오기까지 최소 일주일이 걸려. 그리고 그때쯤이면 본격적으로 사망자가 나오기 시작할 무렵이지. 그때 환자들의 수가 몇이냐에 따라 이 역병을 수습할 수 있느냐 없느냐가 판가름 날 거야."

두 예비 사제의 얼굴에 다소 충격을 받은 듯한 빛이 스쳐 지나갔다. 사망자가 나오기 시작하는 일주일 후. 코앞으로 다가와 있음에도 미처 실감하지 못한 미래였다. 빠르게 서류를 훑은 킬리언이 눈을 들어 그들을 바라보았다.

"다행히 그대들의 활약으로 전망이 나쁘지는 않아. 그러니 그때까지 조금만 더 힘써 주게."

이백 명에 가까워가는 환자. 여덟 개의 구호 막사. 그때까지의 인력은 의사들을 제외하고는 세 사람의 사제가 전부. 분명 그들은 잘 막아내고 있었지만 그것이 현실이었다.

청년 사제들의 의협심은 혼란과 공포에 빠진 사람들의 아수라장을 눈에 보이도록 정리하고 당장 눈앞에 보이는 환자들을 치료하는 것으로 보람을 느끼는 데 그치고 있었다. 킬리언의 차가운 분석으로 현실을 직시한 예비 사제들의 얼굴에 새로운 각오가 떠올랐다.

"네!"

구호대도 두둑하게 선불로 받은 위험수당만큼 성실히 일했다. 하물며 몸소 동행하신 영주님이자 물주님께서 붉은 눈을 새파랗게 뜨고 지켜보고 계신 터였다.

자신들을 위해 몰래 잠입해 들어와서 헌신적으로 일해 주는 청년 사제들에게 영지 주민들 모두가 우호적이었다. 그들의 지시를 성실하게 따라 병자들을 한곳에 모으고 간호했던 주민들은 이제는 자발적으로 구호팀

일꾼들을 도왔다.

부족한 인력이었지만 모두가 협조적이었다. 사제들 역시 새로운 각오로 최선을 다해 빠르게 일이 처리되고 있었다.

그러나 아무리 의욕적이고 의협심으로 똘똘 뭉쳐 있어도 세 사람은 평범한 사제였다. 완벽하게 훈련된 기사들마저 나가떨어지게 하는 킬리언의 괴물 같은 체력을 당해 낼 순 없었다.

사정 봐주지 않고 서쪽 영지를 모조리 누비려는 킬리언의 욕심은 살인적인 일정을 만들어 냈고, 계절은 한여름이었다. 그나마 젊고 건강한 두 예비 사제와 그것이 자신들의 업인 수행인들은 어찌어찌 악으로 버텨 내고 있었으나 결국 뷔테르가 가장 먼저 체면이고 나발이고 내던진 채 바닥에 드러눕고 말았다. 마차가 진입할 수 없는 지역에 위치한 다섯 번째 구호 막사를 향해 뙤약볕 아래 비탈길을 걸어가던 도중이었다.

"차라리 죽이십쇼."

"안 될 말을."

"아니 글쎄 아무리 그래도 오늘 안에 다 도는 건 불가능하다니까요? 저 흰 세 명입니다!"

백발 수염이 성성한 팔십 노인이 드러누워 떼를 쓰는 것을 킬리언은 잠자코 내려다보았다. 한때 신처럼 보였던 노인은 거짓말처럼 투정 가득한 어린애가 되어 있었다.

누가 업고 가기라도 하면 좋을 텐데. 모두가 구호물자를 이고 지고 하느라 그를 돌보아 줄 여력이 없었다. 뷔테르에게는 아무런 짐도 주어지지 않았지만 불편한 다리를 지팡이 하나에 의지한 노인에게는 제 한 몸도 버거웠다.

"이런 정신 나간 일정이라면 내일부턴 리에타 양을 청하겠습니다."

"엄살하는 꼴을 보니 그대도 퇴물이 다 됐군."

시니컬한 폭언에 뷔테르가 지지 않고 맞받아쳤다.

"사제가 퇴물 되는 거야 무에 대수겠습니까. 영주님 걱정이나 하시지요."

"내가 뭘?"

"왜 결혼 안 하십니까? 설마 벌써 시원찮아지신 거 아닙니까?"

화살이 엉뚱한 데로 돌아갔다. 간이 배 밖으로 나온 수도원장의 미친소리에 예비 사제들의 얼굴이 기절할 듯 창백해졌다. 그러든 말든 뷔테르는 꿋꿋이 입을 털었다.

"역시 리에타 양을 동쪽 별채에……."

"그만, 유예기간을 주었다지 않나. 한 달 후 리에타가 오겠다고 하면 들인다고."

"애첩 들이는 데도 유예기간이 필요하십니까? 역시 시원찮아지신 거……."

결국 킬리언이 왈칵 짜증을 냈다. "적당히 하지 못해?"

새벽부터 시작된 영지 시찰과 구호 막사 순회는 다시 새벽이 되어서야 끝났다. 뷔테르는 수도원으로 돌아가기는커녕 마차에 오를 기력도 없어 구호 막사 한복판에 드러누워 기절해 버렸다. 두 예비 사제 역시 어차피 내일도 와야 하는 거 그냥 그곳에서 쉬겠다며 킬리언을 배웅하지도 못하고 병자처럼 쓰러져 곯아떨어졌다.

결국 킬리언 혼자만이 악시아스 성을 향해 말을 돌렸다. 서쪽 영지에 필요한 물자와 인력을 융통하고 남은 일들을 처리하기 위해선 성에 들를 필요가 있었다. 내일 아침에 있을 안나의 장례식에도 참석할 생각이었다.

킬리언은 홀로 말을 달려 악시아스 성으로 돌아오며 사제들은 역시 약해 빠져서 안 되겠다고 혀를 찼다. 사제들에게는 유감스럽게도 리에타를 데려오라며 엮지 못해 안달을 하는 뷔테르의 닦달에 짜증이 난 킬리언은 아예 리에타를 현장에서 빼기로 결정했다.

하루 다녀 보니 어떻게 움직여야 할지 감이 섰다. 영지의 축성 능력자들도 추가로 고용하기로 했으니 굳이 사제 셋이 못 할 것도 없었다. 의사들을 포함한 인력과 필요한 물자 들도 모조리 적재적소에 배치되도록 정리를 해 두었으니 이제 충분히 여덟 군데의 막사를 하루 안에 완벽하게 케어하며 돌 수 있으리라.

뷔테르가 알았다면 땅을 치며 차라리 저를 죽이라고 드러누웠을 결론이었다. 쥐어 짜인 뷔테르가 리에타, 리에타 노래를 하는 소리가 오히려 킬리언의 반감을 불러일으킨 결과였다.

강행군, 혹사, 짜증, 심술의 악순환이 그에게도 조금은 영향을 미쳤다. 리에타를 쉬게 하고 싶다는 마음도 없지 않았다. 자꾸 무모한 짓을 벌이니 오히려 곁에 있으면 신경이 쓰였다.

출중한 신성 능력을 가진 사제가 셋이나 있는 데다 데미안의 구마 능력과 역마를 발견해 내는 영감은 상당히 탁월해서 굳이 악마를 보는 리에타의 능력이 절실하지도 않았다.

서쪽 영지에 새로 배치할 인력들에게 필요한 축성은 리에타 외의 축성 능력자들로도 충분히 커버할 수 있다. 영주의 연애까지 염려해 주는 충신 뷔테르로서는 애석할 일이었지만 킬리언이 알 바 아니었다.

다음 날 아침, 동쪽 별채 주변을 한 바퀴 돈 소녀의 관은 소녀가 좋아하던 영주님의 입맞춤과 함께 악시아스 성내 묘지에 안장되었다.

"안녕, 안나."

서늘하고 메마른 목소리로 담담한 작별 인사가 건네어졌다.

안나. 동쪽 별채의 천사. 평온히 잠들다.

비석 앞에 새하얀 꽃들이 송이송이 놓였다. 장례식이 끝났다.

안나의 장례식이 끝난 후, 킬리언을 따라 서쪽 영지로 갈 채비를 하던 리에타에게 킬리언은 보란 듯이 휴가를 주어 버렸다.

　"……네?"

　"일주일쯤 집으로 돌아가서 쉬라고. 지젤과 의사도 말했잖아. 그대에겐 휴식이 필요해."

　킬리언의 말에 놀라 리에타가 눈을 동그랗게 떴다.

　"저, 저의 능력이 미흡하기는 하나……. 그래도 축성과 정화는……."

　킬리언은 귀찮다는 듯 휙 손사래를 쳤다.

　"됐어. 이미 다른 신성 능력자들을 불렀다. 지금 그대가 우리 팀에 끼면 수도원장이……."

　노인네가 노망이 났지. 남이사 결혼을 하든 말든. 킬리언은 어제 종일 지긋지긋하게 들은 소리가 귓가에 맴돌아 치를 떨었다.

　"암튼 그렇게 됐으니, 푹 쉬어. 조만간 알페테르의 치유 사제들이 올 테니 몸도 성치 않은 그대가 무리할 필요는 없어. 어제 다녀 보면서 어느 정도 세 사람도 서쪽 영지를 도는 일정에 익숙해졌을 테니 그대가 있어 봤자 익숙해진 업무 분담이 꼬일뿐이야."

　거짓말이었다. 리에타로서도 신성 능력자가 부족한 이 급한 상황에 굳이 자신을 쓰지 않겠다는 킬리언을 이해할 수가 없었다. 힘들 텐데. 일손이 필요할 텐데. 세 분께도 장례식 이후엔 꼭 함께하겠다고 말씀까지 드렸는데……! 리에타가 다급하게 말했다.

　"은혜를 갚을 기회를 준다 하셨잖아요."

　"그 은혜 이미 차고 넘치게 갚았어."

　"아직 못 갚았어요! 돈도 하나도 돌려드리지 못했고……!"

킬리언이 헛웃음을 터뜨리며 고개를 숙였다. 이내 요염하게 웃는 낯이 고개를 들어 리에타를 쳐다보았다.

"아직 포기하지 않았나? 어차피 평생 해도 못 갚을 거 그냥 잊지?"

리에타가 제법 용기를 낸 듯 다부진 얼굴로 당돌하게 대답했다.

"저 돈 잘 벌어요. 갚을 수 있어요."

"그대, 리에타. 그깟 정착금과 집값이 내게 입은 은혜의 전부라 여기는 건 아닐 테고." 재미있다는 듯 삐딱하게 선 킬리언이 팔짱을 꼈다. "설마 내가 그대를 세비타스에서 데려올 때 탕감해 준 빚이 얼마인지 모르는 거야?"

빚? 리에타의 눈이 멍하니 두 번 깜박였다. 리에타는 킬리언이 자신을 프레데릭에게 샀다는 것만 알고 있었다. 카사리우스의 빚을 탕감해 주는 것으로 그 값을 치렀다는 이야기는 얼핏 들었지만 영주들 사이의 개인 채무이므로 평민인 그들이야 그게 얼마인지는 당연히 몰랐다.

그저 막연히 자신이 하사받은 집값보다 제 몸값이 비싸지는 않으리라고 생각했기에 언젠가 기회를 노려 받은 집값과 정착금을 돌려드리고, 자신의 목숨을 구해 준 은혜는 마음과 힘을 다해 그를 돕는 것으로 갚으리라고 생각하고 있었는데.

킬리언이 말하는 것을 보니 집보다 제 몸값이 더 비쌌던 모양이었다. 왜 생각지 못했지? 귀족들끼리의 채무는 우리 평민들이 생각하는 것보다 규모가 클 것이 당연한데. 그거야말로 그녀의 목숨 값이었다. 리에타가 떨리는 목소리로 물었다.

"어, 얼마였나요?"

킬리언이 기탄없이 대답했다.

"이천만 골드."

리에타가 본인의 귀를 의심하며 되물었다.

"이천, 골드요?"

이천 골드는 그녀의 가족 세 사람이 일 년을 생활할 수 있는 금액이었다.

"이천만." 킬리언이 무심히 정정했다.

상상하지도 못한 금액에 리에타의 얼굴에서 핏기가 가셨다. 이천 골드가 아니라 이천만 골드? 아무리 근래 축성 능력자가 돈을 잘 벌어도 일 년에 만 골드를 벌 수가 없었다.

숨이 턱 막혔다. 그녀의 금전 감각에는 없는 단위였다. 수도원에서 회계 장부 정리를 도우며 봤던 수도원의 일 년 예산이 그녀가 평생에 알던 가장 큰 금액이었다. 그보다 큰 액수는 입에 담을 일 조차 없었다.

이천만? 수도원을 몇 백 년은 경영하고도 남을 금액이었다. 믿을 수 없었지만 고작 자신을 놀리려고 거짓말을 하실 분도 아니었다. 나 같은 게 뭐라고 그런 큰돈을? 심지어 첩으로는 삼지도 않았고 그냥 불쌍해서?

대체 무슨 말을 해야 하나 알 수가 없었다. 저도 모르게 가슴 앞에 두 주먹을 올리고 꽉 쥔 리에타가 숨넘어갈 듯한 얼굴로, 간신히 대답을 쥐어짜냈다.

"여, 열심히 일해서……."

"됐어." 킬리언이 무심히 고개를 옆으로 돌렸다. "애초에 정착금은 필요 없다며 내가 준 돈으로 내 선물을 해 왔을 때 은혜는 갚은 셈 쳤어."

이렇게 말해 봤자 또 무슨 하오나 같은 소리나 하겠지. 하고 생각하는데 뜻밖의 대답이 조금 늦게 돌아 나왔다.

"……쓰지 않으시잖아요."

킬리언이 문득 리에타를 바라보았다. 얼굴에 서러운 낯빛이 아주 짧게 스쳐 지나간 후, 꽉 쥐었던 손을 아래로 조금 처지게 내린 리에타는 조금 민망한 듯 웃고 있었다.

"물론, 영주님께서 쓰시기엔 보잘 것 없는 물건이지만요."

리에타는 본인이 한 말에 스스로 더 민망하다는 듯 얼굴을 붉히며 웃었다. 킬리언은 입을 다물고 유심히 그녀의 얼굴을 관찰했다. 어느새 리에타의 표정을 제법 읽을 수 있게 된 킬리언은 그것이 어딘지 상처 받은 얼굴이라는 것을 알았다.

"……쓰는데?"

저도 모르게 입에서 거짓말이 나왔다.

"안 쓰시던데……."

리에타가 살짝 고개를 기울이며 웃었다.

"쓰거든?"

킬리언이 인상을 찡그렸다. 뭔데? 그 얼굴. 잘 웃지도 않는 주제에 지금 그 웃는 얼굴 왜. 왜 그렇게 형편없는 꼴인데?

"그대가 보지 못한 것뿐이지 종종 사용해. 어제 썼고 나서 침실에 두고 왔지만."

제 거짓말을 뒷받침하기 위한 변명까지 늘어놓아 버렸다. 생전 해 본 적 없는 짓이 쩔리고 이상한 기분이었다.

"그런가요." 리에타가 믿지 않는 듯 웃었다.

그런 그녀를 바라보던 킬리언은 갑자기 휙 손을 뻗어 리에타의 머리 위에 있던 장례식용 모자의 챙 끝을 잡더니 푹 끌어내려 버렸다. 꽉 눌러써진 검은색 모자가 리에타의 눈을 가렸다.

"쓸데없는 데 신경 쓰지 말고, 잘 먹고 잘 쉬기나 해. 그대는 정말로 쉬어야 하니까."

모자를 더듬어 잡은 리에타는 그것을 곧바로 올려 쓰는 대신 가만히 고개를 내렸다. 살짝 벌어진 입술에선 어째선지 고집이 꺾인 짧은 대답이 흘러나왔다.

"네."

킬리언은 짜증스런 얼굴로 눈썹을 찡그렸다.

"대답에 영혼이 없군."

아득바득 따라가겠다고 우기다가 순순히 쉬겠다고 하니 또 신경이 쓰여 짜증이 났다.

"똑바로 쉬어." 협박하듯 으름장을 놓았다. "온몸 바쳐 잘 먹고 잘 자고 잘 쉬고 있으라고. 명령이니까."

퉁명스레 내뱉고는 언제나처럼 대답도 기다리지 않은 채 본관 쪽으로 휙 발길을 돌렸다. 기분이 이상했다. 왠지 누군가 그를 놀리는 것 같았다. 감히 리에타가 그럴 리는 없는데 이상한 일이었다.

⸻ ✦ ⸻

홀쩍 제 방으로 돌아온 킬리언을 보고 에른이 조금 놀란 얼굴로 물었다.

"장례식이 끝나고 바로 출발한다 하지 않으셨습니까? 빠뜨리신 것이라도 있으십니까?"

잠깐 방에 들를 정도의 시간은 되었다. 킬리언은 대답하지 않고 집무실 서랍을 뒤적여 그녀가 주었던 상자를 찾아냈다. 상자를 여니 목걸이가 처음 들어 있던 상태 그대로 놓여 있었다. 오래된 잔 흠집이 많은 투박한 반지가 가죽끈 끝에서 반짝였다.

하면 되지. 킬리언은 그것을 휙 목에 걸며 거짓말을 한 자기 자신을 납득시켰다. 사람이나 물건에 건 약식 축성은 그리 오래가지 않으니 지금은 그냥 평범한 목걸이에 지나지 않겠지만, 뭐 나중에 리에타에게 다시 축성해 달라고 하면 될 일이다. 자연스럽게 하고 있다는 것도 보여 주면서⋯⋯. 킬리언은 눈을 찡그렸다.

"⋯⋯진짜 이상한 여자라니까."

귀족이란 놈은 앉아서 주고 서서 받게 하고. 그 영지 출신으로 그 땅에 생매장까지 당할 뻔했던 여자는 됐다는데도 집요하게 따라다니며 받아 달라 받아 달라 은혜를 갚겠다, 아득바득 악을 쓰니. 웃기는 일이었다.

킬리언과 사제들은 쉴 새 없이 서쪽 영지와 악시아스 성을 오가며 정신 없이 움직였다. 살인적인 강행군이었지만 역병이 적잖이 퍼진 서쪽 영지는 물론, 악마의 권능이 일으킨 역병에 걸린 동쪽 별채의 여자들에게도 병이 온전히 떨어질 때까지 꾸준한 치유와 몰려드는 역마의 관리가 절실했다.

킬리언은 여덟 개의 구호 막사들을 여섯 개로 통합하고 서쪽 영지를 빠르게 순회할 수 있는 코스를 짰다. 병세가 위중해 움직이기 힘든 환자들에게는 따로 의시를 붙여 주고 부족한 인력은 환자들의 가족을 교육하여 돌보도록 했다.

영지 내에서 수소문하여 새로 고용한 축성술사들도 각 막사에 배정되었다. 그들이 의료인과 가족들의 축성을 맡아 사제들의 부담을 덜어 주었다.

역병의 기운을 느낀 역마들이 몰려들고 있었지만 매일매일 모든 막사를 체크하고 근처의 영지까지 둘러보며 샅샅이 살피는 데미안의 구마를 피할 순 없었다. 사람의 몸에 들러붙은 악마들은 제대로 뿌리를 내리기 전에 퇴치되었다.

콜브린과 뷔테르가 꾸준히 펼치는 정화와 축성 역시 강력해 악마가 활동하기 어려운 환경을 만들고 있었다.

"동쪽 별채의 상황은?"

"다행히 아가씨들 모두 악화되는 분 없이 무난히 병을 이겨 내고 계십니다. 추가로 발병한 분도 없습니다. 빠른 대처 덕분에 경과가 좋습니다."

"사 번 구호 막사에 새로 들어왔다던 의심 환자들은?"

"역병이 아닌 것으로 생각되어 일단 별도로 격리했습니다. 내일까지 살펴보고 문제가 없다는 것이 확실해지면 격리를 해제하고 돌려보내려 합니다."

역병인지 아닌지 확실하지 않았던 의심 환자들 가운데 어쩔 수 없이 조금씩 늘어난 확진 환자는 이백오십여 명이 되어 있었지만 그 이상 늘어나지는 않았다.

단 하루도 빼놓지 않고 악착같이 치유와 구마를 행하는 세 명의 사제들과 영지의 모든 축성 능력자와 의료 인력들을 끌어와 때려 넣는 매서운 구호 활동에 역병은 물 샐 틈 없이 틀어 막혔다.

기적처럼 닷새째부터는 단 한 명의 추가 발병자도 나오지 않았다. 일주일 만에, 완치를 내다보는 환자들이 나오기 시작했다.

그리고 구 일째. 서쪽 영지의 대 구호 막사에 알페테르의 치유 사제들이 도착했다는 소식이 전해졌다. 열두 명의 치유 사제와 네 명의 구마 사제였다. 시커먼 얼굴로 죽어 가던 세 사제의 얼굴에 드디어 화색이 돌았다.

킬리언과 세 명의 사제들이 열여섯 명의 사제들을 맞이하러 나왔다. 일행의 지도자 격인 듯한 마흔이 조금 넘어 보이는 마른 몸의 여사제가 킬리언을 발견하고 고개를 숙였다.

"주신 시엘의 종, 순례자 타니아가 악시아스 대공 전하를 뵙습니다."

싱글벙글하던 세 사제들이 그녀의 이름을 들은 순간 깜짝 놀랐다.

"……타니아 성녀?"

그녀는 알페테르의 사제가 아니었다. 제국의 가장 위대하고 영향력 있는 치유 사제 중 한 명인 타니아 성녀. 그녀는 한 사원에 속하여 사역하지 않고 제국 곳곳을 순례하며 치유와 구마를 행하는 막강한 신성 능력자였다. 여사제가 무덤덤하게 긍정했다.

"네, 그렇게 불리는 사람 맞습니다."

일반적으로 고도의 신성 능력은 치유와 구마 중 한 가지가 특화되어 발현되는 경우가 많지만 타니아 성녀에게는 해당되는 바가 아니었다.

타니아 성녀는 치유와 구마를 가리지 않고 최고 수준으로 구사하는 강력한 신성 사제였으며 단신으로 고위 악마를 상대할 수 있는 몇 안 되는 전투 사제이기도 했다. 리에타처럼 눈으로 악마를 볼 수 있을 뿐만 아니라 신성적 기운까지도 보는 놀라운 경지였다.

지치지 않는 열정과 에너지로 온 제국을 누비며 악마를 퇴치하고 고통받는 사람들을 도우며 교황 선출권까지 행사하는 여걸. 귀족들에겐 엄청난 돈벌레라는 소릴 들었지만, 그녀는 대부분의 사람들로부터 타니아 성녀로 불리며 모든 사제들과 평민들에게 존경받았다. 뷔테르와 두 예비 사제가 고개를 숙였다.

"주신 시엘의 종, 악시아스 수도원장으로 사역하는 사제 뷔테르가 타니아 성녀님을 뵙습니다."

"예비 사제 데미안이 타니아 성녀님을 뵙습니다. 뵙게 되어 영광입니다."

"예비 사제 콜브린이 타니아 성녀님을 뵙습니다. 줄곧 존경하고 있었습니다. 정말 영광입니다."

세 사람의 인사를 받은 타니아가 말없이 다가와 데미안의 어깨 위에 손을 휘저었다. 부드러운 바람처럼 일어난 신성력이 송곳처럼 데미안의 어깨 위의 허공을 찔렀다.

"겁 없는 새끼 악마가 있군요. 조심하도록 해요. 축성받은 몸이어도 악마의 권능으로부터는 자유롭지 않으니까."

데미안의 안색이 창백해졌다.

"마지막 권능입니까?"

"그런 것 같군요." 타니아가 담담하게 대답했다.

"그대의 능력은 출중하지만 아직 성년이 아니니 더더욱 본인이 역병 지역에서 사역하고 있다는 것을 잊지 말고 악마의 권능을 조심해야 할 겁니다. 특히 퇴치당하는 악마가 복수심으로 남기는 마지막 권능은 스스로 알아채는 것이 쉽지 않으니까요."

악마의 마지막 권능. 악마가 사라지면서 앙심을 품은 인간에게 <u>스스로</u>의 힘으로는 알아챌 수도, 퇴치할 수도 없는 악질의 새끼 악마를 남기는 것. 이 마지막 권능으로 남겨진 새끼 악마는 정화나 축성을 무시하는 힘을 가지고 있었다.

신성력이 강한 몸에서 새끼 악마의 기운을 알아채는 것은 어렵기 때문에 대개 늦게 발견되고, 그 사이 몸에 뿌리를 내리기라도 한다면 구축하기도 골치 아파지는 까다로운 녀석이었다.

피로가 누적된 상태라 영적 감각이 무뎌진 세 사제들이 미처 알아채지 못한 것이었다. 데미안은 타니아에게 고개 숙여 감사를 표했다.

"감사합니다, 타니아 성녀님."

타니아는 고개를 까닥이고는 킬리언을 향해 시선을 돌렸다.

"오랜만입니다. 악시아스 대공 전하."

킬리언이 한쪽 눈썹을 치켜들었다.

"우리가 본 적 있던가?"

"기억하지 못하실 수도 있겠군요. 그때는 제가 지금처럼 거물급 인사도 아니었으니. 뭐, 별건 아니었습니다. 여기가 도시가 아닐 때 잠깐 왔다 간 적 있었습니다."

하긴 이십 년 넘게 온 제국을 다 누비고 다니는 여자이니 악시아스에도 왔을 수 있겠다는 생각이 들었다. 더욱이 도시가 아닐 때의 악시아스였다면 정말 도움이 필요한 상태의 황무지가 아니었던가.

"어떻게 알고 여기로 오게 됐지? 알페테르에 머물고 있었나?"

"네. 지나는 길에 잠시 알페테르 사원에 머물고 있던 차였는데 악시아스에서 치유 사제를 청하신다기에 한 술 얹어 볼까 하고 들렀습니다. 부르는 대로 주신다면서요? 방해가 된 건 아닐까요?"

과연 타니아 성녀가 지독한 돈벌레라는 소문은 틀리지 않았다. 사실 고통 받는 사람들을 돕는 건 신성 능력만으로는 안 되는 일이었다. 타니아는 돈이 얼마나 중요하고 필요한 것인지 잘 알고 있는 사람이었다.

"천만에."

그리고 고맙게도 황비의 마수가 뻗칠 수 없을 정도로 확실한 거물. 악시아스로선 행운이라 할 만큼 반가운 사람이었다. 킬리언이 한쪽 입꼬리를 올리고 웃었다.

"악시아스에 온 걸 환영하네."

악마의 권능. 축성이나 정화를 무시하고 실현되는 악마의 힘. 악마는 종류에 따라 다양한 권능을 가지고 있었지만 소멸당하거나 지옥으로 쫓겨나는 순간의 앙심으로 드물게 발현되는 마지막 권능은 모든 악마가 공통적으로 가지고 있는 사악한 능력이다.

상대가 만만할수록 쉽게 마지막 권능의 타깃이 되지만, 신성 능력을 가지고 있는 강한 사제라 해도 그것을 무시하고 실현되는 경우가 없지 않았다. 그렇기에 권능이었다.

역마의 경우는 죽음을 먹고 태어난 순간 숙주에게 무조건적으로 역병을 일으키는 첫 번째 권능의 이미지가 워낙 강렬하기에 마지막 권능으로는 잘 주의하지 않는 편이었지만 간과할 수 없는 일이었다.

데미안은 구마 사제로서 치유 사제인 콜브린보다 더 많은 위험에 노출되고 있었다. 콜브린은 미처 데미안에게 붙은 악마를 알아채지 못한 것이 자신의 실책 같아 종내 어두운 얼굴이었다. 데미안은 마냥 흥분한 목소리로 낮게 소곤거렸다.

"봤어? 타니아 성녀님 구마 대박."

콜브린이 그를 쳐다보다가 깊이 한숨을 내쉬고 찡그린 눈으로 중얼거렸다. "미안."

"뭐가?"

"큰일 날 뻔했잖아, 너."

데미안은 어리둥절한 얼굴로 별 소리를 다 한다는 듯 손바닥을 들어 보였다. "답지 않게. 넣어 둬, 새끼야."

딱!

"악!"

뒤에서 뷔테르가 지팡이로 입 험한 청년 사제의 머리를 내려쳤다. 눈꼬리에 눈물이 맺힌 데미안이 얻어맞은 머리를 감싸 쥐며 정정했다.

"넣어두십쇼 형제님…….. 이렇게 제가 무사하지 않습니까."

콜브린의 심각한 얼굴은 풀리지 않았다. 도통 표정이 풀리지 않는 콜브린에게 데미안이 툭 어깨동무를 하며 유쾌하게 귓속말했다.

"덕분에 타니아 성녀님께 직접 구마도 다 받아 봤잖냐. 야, 솔직히 부럽지?"

"로도무스를 먼저 건너도 자랑할 새끼."

낮게 중얼거리긴 했지만 뷔테르의 귀에 들리지 않을 정도는 아니었을 것 같은데 심판의 지팡이는 날아오지 않았다. 데미안은 잠깐 억울한 얼굴이 되었지만 이내 엄숙하고 자애로운 표정으로 손을 들었다.

"비약입니다, 형제님." 뷔테르는 콜브린을 향해 지팡이 세례 대신 다정한 말을 건네었다. "원래 마지막 권능으로 붙은 새끼 악마는 알아채기 어렵지 않니. 다행히 별일 없었으니 좋은 경험했다 생각하거라."

결국 콜브린이 끄덕이며 표정을 풀었지만 평소와 달리 어깨에 올라간 데미안의 팔을 쳐내지 않았다. 어지간히 신경이 쓰이는 모양이다. 데미안이 그의 어깨를 두드리며 웃었다.

"결벽증적으로 굴지 마. 피차 쥐어 짜이느라 감 떨어진 거 다 아는데. 결과적으로 아무 일 없었잖아. 그나저나 드디어 우리도 이제 좀 한숨 돌리는 건가?"

뷔테르가 누구 들으란 듯이 중얼거렸다.

"리에타 양이 있었다면 빨리 알아채 주셨을 텐데……."

데미안이 황급히 목소리를 낮추었다.

"하지 마세요, 원장님. 영주님 은근히 청개구리 기질이 있으시다구요."

그들은 시선을 들어 올려 앞서 걸어가며 이야기를 나누고 있는 타니아 성녀와 킬리언의 뒷모습을 바라보았다.

"역병이 돈 지 이 주가 되었다 하여 걱정했는데, 생각보다 상태가 나쁘지 않군요. 역병이 퍼지기는커녕 위축되고 있는 기세인 데다 정화도 상당한 수준으로 되어 있고……. 겨우 셋이서 했다기엔 믿기지 않을 정도예요."

대 구호 막사에 퍼진 기운을 훑어 본 타니아 성녀가 세 명의 사제와 킬리언을 향해 시선을 돌리며 싱긋 웃었다.

"사제들을 실컷 갈아 넣으셨나 봅니다."

타니아 성녀의 말에 세 사제들은 음울한 얼굴이 되었다.

"영주님은 인간도 아닙니다."

뷔테르의 불평에 킬리언이 피식 웃었다.

"가진 건 돈밖에 없으니 그것으로라도 충분히 보상할 생각이야."

단박에 타니아가 깡마른 얼굴에 우호적인 표정을 띠우며 빙긋 웃었다.

"그거면 되죠. 저희도 갈까요?"

킬리언은 그들과 함께 구호 막사 뒤편에 마련된 임시 회의실로 이동했다. 알페테르의 사제들이 청결하고 신성한 기운으로 가득한 구호 막사를 둘러보며 감탄했다.

"이런 환경에선 확실히 역마건 역병이건 제대로 활동하지 못하겠군요.

정말 놀랍습니다."

콜브린과 데미안은 자기들도 좀 느껴 보고 싶다는 듯 주변을 멍하니 둘러보았지만 이내 포기하고 아무 생각이 없는 얼굴이 되었다. 이미 지독한 피로로 영감이 무뎌진 세 사제는 루틴대로만 기계적으로 따랐을 뿐 얼마나 놀라운지 알 수가 없었다. 뷔테르는 자부심보다는 지난날의 고통이 떠오르는 표정으로 진저리쳤다.

킬리언은 서쪽 영지의 지도를 펼치고 여섯 곳의 구호 막사의 위치와 상황, 그리고 그들이 도와주어야 할 일들을 설명하기 시작했다. 타니아와 킬리언이 짧게 의견을 나눈 후 각 막사들에 두 명씩 담당 치유 사제들을 보내고, 구마 사제들은 두 명씩 짝을 지어 하루 세 곳 씩 막사를 순회하도록 지시했다.

드디어 뷔테르, 데미안, 콜브린도 한숨을 돌리게 되었다. 각 막사에 새로운 사제들을 안내하는 오늘까지만 고생하면 되었다. 그러나 킬리언의 입에서 그대들 세 사람은 각 막사의 상황과 환자들에 대해 꿰고 있으니 매일 여섯 막사를 순회하라는 지시가 떨어지자, 셋의 안색이 하얗게 질렸다. 입이 딱 벌어진 사제들을 앞에 두고 킬리언은 진심으로 의아한 듯 고개를 갸웃했다.

"왜? 각 구호 막사를 전담해 줄 사제들이 왔으니 그대들은 돌아다니기만 하면 되는데."

결국 뷔테르가 악을 써서 오늘만 여섯 곳을 모두 돌고, 다음 날부터는 하루 세 곳씩 교대해서 이틀에 걸쳐 도는 일정으로 합의가 되었다.

"아직 여기 한 곳 보았을 뿐이지만 역마의 관리가 상당히 잘되어 있군요. 이 정도면 어렵지 않게 진정시킬 수 있겠어요. 하지만 이 정도 규모로 역병이 퍼져 있으면 역마가 몰려드는 기세도 대단하니 역병이 위축되는 모양새라고 방심해선 안 됩니다."

타니아 성녀가 사제들을 향해 당부했다.

"역마는 계속 몰려들 테지만 사람의 몸에 뿌리내리기 전에만 구마 할 수 있으면 괜찮으니 정화와 축성에 특히 신경을 쓰세요. 이런 곳에서 계속해서 움직이면 축성이 금방 사라지니 병이 옮지 않도록 축성을 꾸준히 보충하는 것도 잊지 말고."

사제들이 신중하게 고개를 끄덕였다.

"악마가 없는 역병이라 해도 지병이 있거나 나이가 어리면 이겨내기 쉽지 않으니 각 막사의 담당 치유 사제들은 그런 환자들을 집중적으로 관리해 주어야 합니다. 구마할 때와 위독한 환자가 있을 때는 권능 조심하고."

사제들이 알겠습니다, 대답하고 서로의 몸에 축성을 걸기 시작했다. 성녀가 공중에 가볍게 손을 휘젓자 주변에 청량한 기운이 퍼져 나갔다. 사제들이 감탄한 얼굴로 퍼져 나가는 성력을 올려다보았다. 성녀의 마지막 당부가 이어졌다.

"다들 알겠지만 앞으로 한 달가량, 잦아드는 무렵이 가장 중요합니다. 새로이 발병하는 사람이 없도록 집중적으로 단속해서 역병의 씨를 말려야 해요."

결국 축성, 정화, 구마, 치유를 다 잘하라는 소리를 어렵게도 말한다고 생각하며 킬리언이 덤덤히 손에 든 서류들을 눈으로 훑었다. 각 막사에서 요청해 온 물자들의 리스트와 지원비를 사용한 내역서, 환자들의 상태를 보고하는 각 막사 담당 의사들의 소견서, 그리고 알페테르의 사제들이 청구하는 출장비와 타니아 성녀의 봉사료에 관련된 계약서도 그 사이에 끼어 있었다.

과연 타니아의 봉사료는 귀족들도 질겁할 만큼 대단한 금액이었다. 열다섯 명의 사제들이 청구하는 총 출장비의 스무 배 정도 되는 금액이 타니아 성녀 한 사람의 봉사료로 책정되어 있었다.

그래도 역시 사제라 그런지 금액이 상상을 뛰어넘지는 못하는군. 가진 건 돈밖에 없는 킬리언은 아무 표정 변화도 없이 서류에 서명했다.

구호 막사에 사제들이 흩어졌다. 가장 큰 규모에 속하는 구호 막사였지만 사제들의 숫자가 많으니 순식간에 일이 해결되고 있었다. 악시아스의 세 사제는 감격해 울 것 같은 얼굴이 되었다. 타니아는 날카로운 얼굴에 피로한 기색조차 떠오르지 않는 철인 같은 남자를 가만히 바라보았다. 분명 초주검이 된 사제들보다 혹독한 일정을 소화했을 것임이 분명한데. 이십년 동안 온 대륙을 누볐지만 이 정도로 지독한 영주도, 역병을 이토록 완벽하게 틀어막은 영지도 처음이었다.

검은 머리카락 아래 고요한 붉은 눈. 타니아는 그 눈에서 십여 년 전 보았던 킬리언의 모습을 떠올리고 있었다. 악명 높은 폐황자가 아직은 악시아스 대공이 되기 전, 순례자 타니아가 성녀라 불리기 시작했던 무렵 타니아는 악시아스를 찾았었다.

약탈자들의 피를 뒤집어쓴 채 담담히 적군의 시체를 밟고 표정 없이 먼 곳을 바라보고 있던 황실에서 축출당한 젊은 폐황자. 제 형제들을 벤 냉혈한, 잔혹한 미치광이, 피도 눈물도 없는 폭군 따위의 이름도 그대로였고, 그때와 똑같이 메마른 눈을 하고 있었지만 그 눈빛만은 십 년의 세월만큼 더 깊어져 있었다.

타니아 성녀는 황제가 황궁 밖으로 거동이 불가능한 이유를 포함해 일반 백성들은 모르는 황실 릴페이엄의 비밀 몇 가지를 꽤나 예전부터 알고 있었다. 그 가운데는 십삼 년 전 '그 일'이 있었던 당시, 황후 아리아드네가 언데드가 되었었다는 사실도 포함되어 있었다. 그것은 황실 혈족들 일부와 귀족원의 귀족들, 당시 황궁 수색을 담당했던 황제의 사제들 몇몇만이 알고 있는 극비사항이었다.

그러나 그녀 역시, 그날 정확히 무슨 일이 있었는지, 킬리언이 끝내 입을 열지 않은 이유가 무엇인지는 알지 못했다. 그가 십삼 년 전 제 형제들을 죽인 이유. 그리고 단 한마디도 스스로를 위해 입을 열어 변호하지 않은 이유를.

'황자 전하. 저희는 전하를 돕고 싶습니다. 뭐라도 변명을 좀 해 보십시오.'

'이렇게 비협조적으로 행동하시면 저희들도 아무것도 도와드릴 수가 없습니다.'

'정녕 이렇게 황제 폐하를 저버리시려는 것입니까.'

그가 스스로 자신을 변호하려 했다면 분명 동정의 여지가 있었다. 언데드였지만, '그것'은 그의 어머니, 황제가 사랑했던 황후 아리아드네의 모습을 하고 있었으므로. 아무리 황가가 친족 살해를 용납하지 않는다 해도, 황제에게 그를 보호하고자 하는 의지가 있었다. 실제로 그 원칙을 깨는 많은 이변이 일어났기도 했다.

황자 킬리언은 계승권을 박탈당하지 않을 수 있었다. 자신의 지위와 권리와 황가의 이름 릴페이엄을 잃지 않을 수 있었다. 그러나 황제가 슬픔을 억누르며 그를 보호하기 위해 그토록 애를 썼음에도, 킬리언은 두 형제와 기사들을 학살한 이유에 대해 귀족원 앞에서 단 한마디의 변명조차 내놓지 않았다.

황제의 발치에 윌리엄의 머리를 집어 던지며 그가 죽인 제 형제들이 '어머니의 원수'라 말했다는 한마디 단서뿐.

'아시잖습니까. 언데드입니다……. 마물이라구요! 더 이상 전하의 어머니가 아니었습니다!'

'왜 그러십니까. 왜 그러셨습니까……. 전하께선 이러실 분이 아니시지 않습니까.'

'전하, 제발……. 저희들이 황후마마의 일이 슬프지 않아서 이러는 것이 아닙니다.'

'정녕 이렇게 저희들까지 저버리시려는 것입니까…….'

황후는 이미 오래전 병으로 죽었다. 긴 세월 앓다가 떠났으므로 모르는 사람이 없었다. 정황을 바탕으로 추측할 수 있는 결론은 뻔했다. 그토록 지혜로운 황자였어도 사랑했던 어머니의 겉모습을 한 마물에게 현혹되는 마음을 어쩌지 못했다는 것. 더 이상 어머니가 아니라 언데드일 뿐이었는데…….

윌리엄과 살레리온에게 황후의 몸을 숙주로 일으켜 세워진 마물을 처단한 행동은 어찌 됐든 이지 없는 괴물을 향한 정당방위일 수 있었다. 킬리언의 대응은 분명 과했다. 두 형제를 포함해 그들의 기사들까지, 죽은 사람이 마흔아홉 명이었다. 증언 따위를 해 줄 부상자는 남아 있지 않았다. 그 자리에 있던 이들은 모두 사망자가 되었으므로.

두 형제의 몸은 시신 모독이라 할 정도로 아예 끔찍하게 난도질해 버렸고, 윌리엄의 머리는 황제와 황비의 발밑에 집어 던졌다. 성군이 되리라는 기대를 한 몸에 받았던 황태자 후보에서 하루아침에 미치광이 살인마가 된 황자는 어떤 추궁과 질문과 취조에도 입을 열지 않고 굳게 입을 닫았다.

자기변호의 의지가 없는 죄인을 아무리 황제라 해도 보호할 수 없었다. 그럼에도 황제의 독단으로 킬리언은 목숨 대신 릴페이엄의 이름을 잃는 데 그쳤다.

타니아 성녀는 십삼 년 전과는 다른 새 이름을 얻은 킬리언 악시아스를 바라보았다. 한 자루 검을 빗겨 들고 황량한 벽지를 지키고 있던 그때와 똑같이, 이제는 더 이상 황무지가 아닌 거대한 도시가 된 영지를 어느새 서른한 살의 대공이 된 사내가 지키고 있었다.

일을 마친 그들은 나머지 구호 막사들로 출발하기 위해 말을 끌고 막사 앞에 모였다. 이제 남은 다섯 막사를 순회하며 각 막사들에 전담할 치유 사제를 두 사람씩 배정하고, 그곳을 전담하고 있는 의사들과 축성술사들, 환자들에게 소개하여 일을 인계하고, 구마 사제들에게는 각자 순회를 담당해야 할 막사들을 익히게 할 예정이었다.

말에 오르기 전에 모든 사제들이 서로의 몸에, 그리고 그들이 타고 움직일 말에 축성을 걸었다. 킬리언의 흑마 레아도 사제들로부터 축성을 받았다. 그러나 이상하게도 아무도 킬리언에게는 다가오지 않았다.

킬리언은 부산하게 움직이며 서로 축성을 거는 사제들을 빤히 쳐다보았다. 하지만 아무도 그에게 축성을 걸어 주지 않은 채 저희들끼리 축성을 마쳤다고 주섬주섬 말에 오를 준비까지 하고 있었다. 아무도 그에게 축성을 해 주지 않았다는 것을 모르는 건가?

"……이봐." 소외된 기분인데. "왜 나한텐 축성을 해 주지 않지? 냉혈한이라고 병마도 피해 가는 것은 아닐 텐데."

"예?"

사제들이 영문을 모르겠다는 얼굴로 그를 쳐다보았다.

"이, 이미 받으신 것 아니었습니까?"

킬리언이 언짢은 얼굴로 그들을 바라보았다.

"아니? 내 말이라면 축성을 받았지만 나는 아닌데?"

레아에게 축성을 해 준 사제마저 킬리언은 쳐다보기만 하고 그냥 스쳐 지나갔다. 다른 사람이 해 주겠거니 하고 기다렸지만 소식이 없었다. 변명처럼 당황하는 사제들의 목소리가 이어졌다.

"저, 저희는 타니아 성녀님께 이미 축성을 받으신 줄로만……."

"이미 저희들이 할 수 있는 것 이상으로 강한 축성을 받으신 것으로 느껴지는데요……?"

킬리언이 인상을 찡그렸다.

"무슨 소리지? 타니아 성녀는커녕 아무도 나한텐 다가오지도 않았어."

못마땅한 기색을 담은 붉은 눈이 저만치 떨어져 있던 타니아 성녀에게로 향했다.

"그대, 타니아 성녀. 나도 모르는 새에 나에게 축성을 걸었나?"

그녀의 말이 닿았는지, 말의 다리 아래 쪼그려 앉아 치유 마법을 행하고 있던 타니아 성녀가 소리를 듣고 고개를 들어 그를 쳐다보았다. 킬리언의 모습을 훑어본 성녀가 고개를 갸웃했다.

"아뇨? 혹시 축복받은 물건을 갖고 계십니까?"

축복받은 물건?

"그런 것 없……."

뒤늦게 리에타가 준 목걸이에 생각이 미쳤다. 하지만 그게 벌써 몇 달 전인데. 보통 물건에 건 축성이 그 정도로 오래 지속되지는 않잖아? 킬리언은 미심쩍은 얼굴로 옷 속에서 목걸이를 꺼내 보였다. "혹시 이건 아닐 테고?"

타니아 성녀의 눈이 휘둥그레졌다. 신성 기운에 민감한 몇몇 사제들도 깜짝 놀랐다.

"그거네요. 왜 아니라고 생각하시죠?"

"이 물건이 축성을 받은 건 벌써 세 달 전인데?"

킬리언의 말에 타니아 성녀가 일어서서 다가오며 대답했다.

"몇 달이 다 뭐예요? 수백 년은 가겠구만."

타니아 성녀는 한눈에 그것이 범상치 않은 물건임을 알아보았다. 킬리언에게 다가온 타니아 성녀가 말 위에 탄 그를 향해 손을 뻗으며 물었다.

"제가 잠깐 살펴봐도 되겠습니까?"

킬리언은 썩 내키지 않는 기색으로 목걸이를 벗어 성녀가 살펴볼 수 있도록 보여 주었다. 손을 내밀어 아래로 내려 주긴 했지만 손에 쥔 가죽 줄은 놓지 않은 채였다. 타니아 성녀가 손을 들어 그의 목걸이를 만져 보며 유심히 살피더니 말했다.

"이 정도면 성물이라고 봐도 되겠는데요. 어지간해선 사라지지 않는 반영구적인 축성이 걸려 있어요. 모르셨나요?"

"성물?"

킬리언이 눈을 찡그리며 되물었다. 목걸이의 가치를 몰랐던 듯한 반응에 타니아 성녀가 이상하게 여기며 반문했다.

"어디서 얻으셨는데요?"

'미력한 재주이나마⋯⋯. 축성을 걸어 보았습니다.'

떨리는 손으로 이걸 건네던 리에타의 목소리가 떠올랐다.

"⋯⋯착한 일 좀 하고 선물받았어. 자기가 축성했다던데⋯⋯."

타니아 성녀가 눈에 이채를 띠며 눈썹을 살짝 올렸다가 내렸다.

"목숨이라도 구해주셨나 봐요?"

킬리언이 입을 다물었다. 제가 던진 말이 정곡을 찔렀다는 것도 모르고 타니아 성녀는 성녀다운 가치 평가를 이었다.

"비싸겠는데요? 어지간한 돈을 주고도 사지 못할 물건인데."

킬리언은 여전히 미심쩍은 얼굴이었다.

"평범한 축성 능력자가 만든 건데. 사람이 고작 며칠 공들여 축성했다고 축성 성물이 되기도 해?"

"고작 며칠 정도로는 안 되죠. 성물이 괜히 성물이겠어요?"

타니아 성녀가 탐색을 위해 신성력을 확장시켰다. 성녀의 몸에서 일어난 은빛 기운에 공명하듯, 가죽끈에 걸린 반지가 웅웅거리며 청아한 빛을 뿜었다. 사제들이 작게 감탄사를 발했다. 성녀의 눈에도 빛이 번뜩였다.

"하비투스 대사원의 석장이 마력이나 신성력을 증폭시키는 공격적인 속성이라면, 이건 항마 성질의 방어적인 속성을 가지고 있는 성물로 보이는군요. 자세한 건 연구를 해 봐야 알겠지만 저주나 질병에도 효과가 있을 것 같은데요."

"……."

"축성의 본질에 충실한 좋은 물건이네요. 성물 도감에 등록된 물건 중에도 이런 건 없는데."

성녀가 탐난다는 듯, 만지작거리던 목걸이를 놓아 주고 물러섰다.

"그런데 설마하니 이거 만든 사람, 살아 있는 건가요?"

킬리언이 인상을 구기며 되물었다. "무슨 뜻이야?"

타니아 성녀가 무심히 어깨를 으쓱였다.

"말씀하시는 걸 보니 살아 있는 상태로 만나신 사람인가 싶어서."

"그러니까 그게 왜."

"모르시나요? 축성 성물이잖아요. 아주 끔찍하고 절실한 벼랑 끝에 몰린 사람이 극단적으로 희생적인 정신 상태에서 안 먹고, 안 자고 목숨과 바꿀 정도로 기도만 해야 만들어질까 말까 한 게 성물이라고들 하는데……. 처음 들어보십니까?"

킬리언의 얼굴이 굳었다.

"사실 성물을 남긴 사람이 살아 있는 경우가 거의 없기도 하고요. 하비투스의 석장도, 라멘타의 왕관도 유명한 축성 성물을 만든 신성 능력자들의 끝은 대개 자살이나 화형……. 처참하잖아요."

타니아 성녀의 입이 덤덤하게 움직였다.

"뭐, 본인이 직접 축성했다는 건 거짓말일 수도 있긴 하겠지만요. 성물이 만들어지는 과정을 직접 보신 건 아닌 거죠? 살아 있는 건 맞고요?"

킬리언은 알 수 없는 표정으로 뚫어져라 손안의 반지를 내려다보았다.

"괜찮으시다면 성물 도감에 등록해 보시지요."

타니아 성녀는 그가 성물에 대해 잘 모른다 생각하고 딴에는 친절한 설명을 덧붙였다.

"평범한 물건이 성물이 되는 메커니즘은 밝혀져 있질 않다 보니 연구해 보고 싶어 하는 학자들이 많습니다. 어떻게 만든 건지 궁금해할 사람이 많을 거예요. 이 정도로 수준 높은 성물에 만든 사람이 살아 있기까지 하다면 학계가 떠들썩하게 관심을 가질 텐데요."

"……."

"명예로운 일이기도 하거니와 제법 돈이 될 테니 성물을 만든 사람에게도 좋은 기회가 될 겁니다. 그런데 그거, 받으실 때 제대로 값은 쳐주신 건가요?"

딱 보니 성물이란 것도 몰랐던 모양이니 제대로 값을 쳐주지 않았을 것 같았다. 가치 있는 물건에는 그만한 값을 쳐줘야 한다는 신조를 가진 성녀였으므로 그냥 두지 못하고 말을 덧붙였다.

"그냥 쓰셔도 유용하겠지만, 혹시 매각하실 생각이 있으시면 역병 때문에 가치가 높을 지금이 적기일 겁니다. 이런 특성을 가진 성물이라면 요새 같은 때엔 천문학적인 값으로 사겠다는 사람이 줄을 설 테니, 경매에 부치시면……."

별안간 킬리언이 그녀의 말을 끊었다.

"닥쳐라, 성녀."

험악한 목소리. 공기가 차가워졌다. 무엇이 그의 역린을 건드린 건지, 성녀를 향한 뜬금없는 폭언에 사제들이 창백해졌다.

돈 냄새를 맡은 타니아 성녀가 적극적으로 나서서 사제들을 끌어 주고 악시아스 수도원 출신의 사제들이 괜찮을 거라 설득하여 오기는 했지만. 언제나 피 냄새 나는 소문을 끌고 다니는 악시아스 대공에게로 일하러 가는 것을 꺼리는 마음을 가진 사제들이 적지 않았다. 완벽하게 관리된 구호 막사와 영민하고 이지적인 미남의 겉모습에 잠시 잊고 있었지만 그는 미치광이 살인마에 냉혈한으로 불리는 사람이었다.

서슬 퍼런 살기를 뿜어내는 사내의 폭언에도 타니아는 어깨만 으쓱일 뿐이었다.

"암튼 이건 축성 성물입니다. 오랫동안 강렬한 염원을 가지고 반복해 누적된 축성인지라 어지간한 악마는 감히 범접하지도 못할 거예요. 대공 전하께서는 지금 여기 있는 누구보다도 안전하십니다. 대공 전하께 다른 축성은 필요 없습니다."

다행히 별일은 없었다. 대공은 성녀를 살해하지도 폭행하지도 않았다. 이후로 분위기가 싸늘하게 가라앉은 킬리언과 전혀 개의치 않는 타니아 성녀 사이에서 사제들은 눈치를 보며 말을 달렸다.

사제들이 다른 데 정신이 팔려 웅성거리며 멈춘 것은 하늘에 암흑이 드리우고 별이 뜬 밤, 마지막 구호 막사가 내려다보이는 언덕길에 도착했을 무렵이었다.

"무슨 일이지?"

킬리언의 물음에 한 사제가 아래쪽 구호 막사에 시선을 고정시킨 채 답했다.

"저희보다 앞서 오신 분이 계신가 본데요……? 저기에서 어떤 분이 광역 정화를 하고 계신 걸로 보입니다."

"어떻게 혼자서……. 저 정도 규모의 광역 정화를 혼자 행하는 건 여간 위험한 일이 아닌데. 괜찮은 건가?"

넓은 범위에 펼치는 광역 정화는 정화술의 꽃이라고도 할 수 있는 강력한 신성 마법이지만, 시전자 본인을 무방비 상태에 노출되게 하는 맹점이 있는 마법이었다.

혼자의 힘으로 무리하게 시행한다면 정작 시전자의 몸은 태풍의 눈처럼 무방비 상태가 되기 때문에 주변의 악마들이 죄다 달라붙는 것은 물론이고 악마의 마지막 권능의 타깃이 되기 십상이었다.

악마를 보는 영안을 지닌 또 다른 치유 사제가 아래쪽에 시선을 고정시킨 채 중얼거렸다.

"괜찮을 리가 없지. 역시나 정작 본인은 역마에 침범당한 모양인데?"

"그러게. 등에 이미 역마가 넷……. 아니, 다섯이나 매달려 있잖아."

"맙소사. 저렇게 많아서야 당한 지 오래되지 않았다고 해도 이미 증상이 시작되었을 텐데."

킬리언의 눈이 구호 막사 중심에 앉아 기도하고 있는 인영을 향했다. 그의 눈에야 물론 악마는 보이지 않았지만, 언젠가 본 듯한 수수한 리넨 원피스를 입은 백금발의 작은 여자가 그의 시야에 선명하게 포착되었다.

"……리에타?"

곁에 다가온 타니아가 물었다.

"혹시 아시는 분이십니까?"

킬리언은 대답 없이 말을 몰기 시작했다. 언덕길을 내려오는 사제단을 발견하고 구호 막사의 사람들이 웅성거리며 다가오기 시작했다. 소란스러워진 것을 알아챈 듯, 기도하고 있던 여자가 눈을 뜨고 고개를 돌렸다.

"아! 사제님들께서 와 주셨군요."

잠깐 비틀거리더니 자리에서 일어선 리에타가 안도한 얼굴로 황급히 다가왔다. 몸에 흉흉한 악마들을 주렁주렁 달고 있는 여자가 다가오는 것을 보고 사제들이 움찔하며 뒷걸음질했다. 물러서지 않은 것은 타니아 성녀와 킬리언뿐이었다.

사제복을 입은 한 무리의 사람들만 보고 다가오던 리에타가, 어둠 속에서 평상복을 입고 모자를 눌러 쓴 악시아스 대공의 모습을 뒤늦게 알아보고 멈칫했다.

"……리에타." 느리게, 킬리언의 입이 열렸다. "그대가 어떻게 여기에 있지?"

화가 난 것 같은 목소리에, 리에타가 당황한 얼굴이 되었다.

"휴, 휴가가 끝났기 때문에……. 기사님들께서 보시고 들여보내 주셨습니다."

휴가, 그래. 일주일쯤 쉬라고 했지. 그게 바로 여드레째 허락도 없이 격리 구역에 들어와도 된다는 뜻이 아니었는데? 진짜 이 여자가?

기사들은 그녀와 식사를 한 적이 있었다. 세비타스에서 온 축성 능력자로 익히 알려진 그녀를 모르지 않았겠지. 아마도 그녀를 알아본 기사들이 있었으리라. 그래서 그녀를 알아본 기사들이 휴가가 끝나서 일하러 왔다는 리에타를 별 의심 없이 들여보내 줬다 이건가? 내가 허락했는지 어떤지는 확인하지도 않고?

각 구호 막사를 담당하는 의사들과 다른 축성 능력자들도 드나들 때 허가 서류가 있어야 했다. 예외를 인정받은 것은 사원에서 발행한 신분증명서를 제시하고 바로 들어온 알페테르의 사제들뿐이었다. 킬리언이 싸늘하게 노려보았다.

"난 그대를 부르지 않았는데."

"예?" 리에타의 눈이 휘둥그레졌다. "허, 허락하신 것 아니셨나요?"

명백하게 노여워하는 태도에 리에타가 당황해 품속에 손을 넣고 종이 하나를 꺼내었다. 제한 구역에 들어가는 것을 허락하는 서류에는 악시아스 대공의 인장이 선명히 찍혀 있었다.

킬리언은 순식간에 사태를 파악했다.

뷔테르, 이 망할 노친네가?

제한 구역에 들어오기 위해선 킬리언의 최종 허가 인장이 필요한데, 모든 자질구레한 일을 그가 일일이 처리하는 데는 한계가 있었다. 어제 뷔테르에게 대충 보고 결격 사유 없으면 통과시키라고 했더니 말도 하지 않고 리에타의 서류를 통과시킨 것이었다. 홱 고개를 돌려 노려보자 뷔테르가 시선을 피하며 딴청 했다.

리에타가 더듬더듬 구호 막사에서 인력을 구한다는 공고를 보고 축성 능력자로서 자원했다는 궁금하지도 않은 경위를 설명했다. 왈칵 화가 난 킬리언이 싸늘하게 가라앉은 목소리로 내뱉었다.

"돈 필요해?"

"네?"

"왜 이렇게까지 무리해서 일하지? 돈을 얼마나 받기로 했든, 이런 식으로는 그대 몸이 위험해지는 것을 몰라?"

격리 구역에서 일하는 것은 상당히 많은 보수를 받을 수 있는 일이었다. 노기 어린 목소리가 이어졌다.

"그딴 돈 갚을 필요 없다고 말했을 텐데?"

리에타가 당황해서 입을 다물었다. 그때, 어느새 불쑥 다가온 웬 남자가 불쾌한 낯으로 킬리언의 말고삐를 잡아챘다.

"뭐야, 이 무례한 작자는? 말에서 먼저 내리지 그래? 리에타 님은 당신들처럼 돈을 받고 일하고 있는 것이 아냐."

리에타의 얼굴이 새파래졌다.

"아, 안 돼요! 영주님이세요!"

"뭐?"

킬리언의 흑마 레아가 신경질적으로 투레질해 낯선 남자의 손에 잡힌 고삐를 채냈다. 뒤늦게 어둠 속에서 거구의 흑마와 킬리언을 알아본 남자의 얼굴이 창백해졌다.

"여, 영주님!"

남자가 무릎이 부서져라 바닥에 납작 엎드렸다. 엎드린 남자를 쳐다보지도 않은 채, 킬리언은 찡그린 얼굴을 리에타에게 고정시켰다.

"돈을 안 받는다고?"

그는 뚫어져라 리에타를 쳐다보았다.

"타니아 성녀." 리에타에게서 시선을 떼지 않은 채, 킬리언이 말을 이었다. "일단 저 여자를 치료해 줘. 다른 사람들은 막사의 환자들을 부탁하지."

다음 순간, 품에 손을 넣은 킬리언이 순식간에 옆으로 손을 펼쳤다. 쐐액 소리를 내며 날아간 단검이 절벽에 가서 박혔다.

"컥……!"

숨을 들이켜는 비명 소리. 어둠 속 절벽 뒤에 몸을 숨기고 있던 한 남자가 얼굴 옆에 날아와 박힌 단검에 놀라 새파래진 얼굴로 주저앉았다.

"콜브린, 데미안. 알페테르의 사제들에게 안내를."

킬리언이 싸늘하게 웃었다.

"난 손님 접대를 맡아야겠군. 낯익은 얼굴이 있네."

죽은 카사리우스의 충복, 세드릭 카발람이 물러날 곳 없는 절벽을 뒤에 두고 발꿈치로 땅을 긁으며 뒷걸음질했다.

4

세비타스의
망령

❧

구호 막사 근처의 마을 회관, 고풍스러운 회의실에 전례 없던 소음이
울려 퍼졌다.

"헉, 허억, 크헉."

세드릭 카발람의 뒷덜미를 잡아 질질 끌고 온 킬리언이 회의실 안에 그
를 집어던졌다. 뒤이어 따라 들어온 구호 막사장이 킬리언의 명에 따라 가
져온 물건을 대리석 테이블 위에 올려놓고 고개 숙여 경례한 뒤 물러갔다.
그가 쟁반에 받쳐 들고 온 것은 사막의 밤을 견디게 해 준다는 독주 한 병,
그리고 두 개의 술잔이었다.

간신히 숨을 몰아쉬며 몸을 추스른 세드릭 카발람이 바들바들 떨며 바
닥에 몸을 엎드렸다. 엎드린 채 부들부들 떠는 카발람의 모습을 싸늘한 눈
으로 일별한 킬리언이 짧게 비웃었다.

"술맛 떨어지는 꼴이로군."

콰작. 코르크 오프너가 있었지만 킬리언은 맨손으로 술병 입구를 부수어 열었다. 독한 알코올 냄새가 방 안에 퍼졌다. 탁 소리를 내며 엎어진 잔을 들어 바로 내려놓은 킬리언이 말했다.

"뭐 해? 일어나 앉아. 술을 따르게."

차마 눈을 마주치지 못하고 간신히 바닥에서 일어난 세드릭 카발람이 덜덜 떨며 테이블에 놓인 술병을 집어 들었다. 그리고 킬리언의 앞에 놓인 잔에 두 손으로 쥔 술병을 기울였다. 잠자코 술잔에 차오르는 술을 바라보던 킬리언은 술병이 떠나자마자 그것을 입가로 가져가 잔을 비웠다. 그리고는 맞은편에 다른 잔 하나를 놓으며 테이블 건너편을 가리켰다.

"그대도 한잔 하지."

세드릭 카발람이 두려움에 몸을 떨며 고개를 조아렸다.

"화, 황공하옵니다."

상석에 앉은 킬리언이 싸늘하게 웃었다.

"그래. 황공하기도 하겠지."

킬리언이 술병을 들어 그의 잔에 술을 가득 채워 주었다. 달그락 소리와 함께 깨진 유리 조각이 술잔 안에 떨어졌다. 그가 태연하게 테이블 위에 구둣발을 올리며 말을 이었다.

"맨 정신으로 있기 어려울 그대를 위해 내 자비를 베푸는 것이니 어서 들게."

세드릭 카발람이 테이블 위에 놓인 술잔을 떨리는 눈으로 응시했다. 투명한 크리스털 잔 안에 깨진 술병의 파편이 빙글빙글 돌았다. 서늘한 목소리가 이어졌다.

"역병이 돈 후로 악시아스는 외부인을 받지 않고 있었는데 말이야……."

"……."

"더욱이 격리 구역 안에 허락을 받고 들어왔을 리도 없고."

냉혹한 조소와 함께, 칼을 뽑는 소리가 소름 끼치게 울렸다.

"목숨이 아깝지 않은 것이겠지."

다리에 힘이 풀린 세드릭 카발람이 바닥에 무너지듯 주저앉으며 무릎을 꿇었다.

"아, 악시아스 대공 전하."

"저런. 자꾸 바닥에 앉지 말게." 그가 다시 술병을 집어 들었다.

"그런 꼴로 바르작거리고 있으면, 벌레 같아서."

킬리언이 고개를 기울이며 다정하게 웃었다.

"실수로 죽여 버릴지도 모르니까."

검을 쥔 손을 테이블 위에 올려놓고, 킬리언이 테이블 맞은편을 턱짓해 가리켰다. "의자에 앉아. 사람 흉내를 내게." 다시 술병이 기울었다. "그래야 대화를 하지."

제 손으로 잔에 독주 한 잔을 더 따른 킬리언은 다시 단숨에 그것을 들이켰다. 알코올 향을 음미하는 듯 코로 나른한 숨을 내쉬며 눈을 감은 킬리언이 그를 향해 가늘게 붉은 눈을 떴다.

세드릭 카발람이 식은땀에 흠뻑 젖어 겨우 의자에 앉았다.

그 사이 다시 잔을 채운 킬리언은 무심히 컵을 기울이며 찰랑이는 술 표면에 시선을 고정했다.

"그대 이름은?"

"세드릭……, 카발람입니다."

"그래. 세드릭 카발람."

꿰뚫어 보는 듯 붉은 눈이 고요히 그를 향했다. 시선에 후려쳐 맞기라도 한 듯, 카발람이 몸을 움찔 떨었다.

"무슨 일로 리에타 트리스티를 찾아왔지?"

세드릭 카발람의 턱을 타고 식은땀이 떨어졌다.

"그, 그저 자, 잘 지내는지, 궁금해서……."

세 잔째, 킬리언이 술을 들이켰다. 빈 잔을 바라보며 피식 웃고는, 킬리언은 테이블에 그것을 던지듯 내려놓았다. 다음 순간 무심히 그를 향해 뜬 눈에 오싹한 살기가 어렸다.

"장난해?"

위압적인 공기에 짓눌린 카발람이 바닥에 헛발질을 하며 의자 뒤로 몸을 밀었다. 킬리언의 손에 아까 그를 기겁하게 했던 단검이 들렸다. 그것을 위아래로 흔들며 킬리언이 희미하게 웃었다.

"카사리우스의 망령이 리에타를 찾던가? 아니면, 프레데릭?"

"……그…… 그것이."

킬리언의 눈이 단검의 칼날을 훑었다.

"비싼 계집 잘 데리고 있나, 더 이용할 가치가 있어 보이나 확인하라던가?"

"대, 대공 전하. 컥……!"

눈을 부릅뜬 카발람의 머리 바로 옆에 단검이 꽂혔다. 귓가에 인 바람 소리에 식은땀이 주르륵 등줄기를 타고 흘렀다.

"그래. 내가 백작의 충성스런 심복에게 곤란한 질문을 했군."

빈손이 된 킬리언이 다시 무심히 술병을 잡고 기울였다. 눈은 여전히 카발람을 향한 상태였다.

"어련히 알아서 자네가, 리에타 트리스티는 역병으로 죽었더라고 잘 전할 텐데 말이야."

"여, 여, 여부가 있겠습니까."

세드릭 카발람이 숨넘어갈 듯이 대답했다.

네 번째 잔이 비었다. 테이블 위에는 아직 그가 올려 둔 날 선 롱소드가 남아 있었다. 킬리언은 그런 것이 있는지도 모른다는 듯 굴고 있었지만 카발람은 거기서 눈을 뗄 수가 없었다. 사막의 혹독한 추위를 태워 없애 준다는 화주가 물처럼 사라졌다.

"아."

문득 생각났다는 듯, 킬리언이 제 목에서 목걸이를 꺼내어 들었다. 킬리언이 그것을 세드릭 카발람의 눈앞에 들어 보였다.

"이 물건에 대해 아는 바가 있나?"

목걸이 끝에 달랑이는 반지를 본 세드릭 카발람의 얼굴이 굳었다. 그가 이내 불안하게 흔들리는 눈동자로 대공의 시선을 피하며 답했다.

"리…… 리에타의 딸, 아델의 반지인 것으로 압니다."

킬리언이 눈이 가늘어졌다. "아는 대로 말하라."

카발람이 어찌할 바를 모르며 고개를 숙였다.

"여, 영주님의 부친께서…… 리에타의 남편이 죽은 후 그녀를 청하여 끊임없이 구애를 하셨습니다만…… 리에타가 듣지 않자……."

"아이를 빼앗아 노예상에 팔아 버렸다는 것까진 알아."

킬리언이 말을 잘랐다.

"내가 궁금한 건 반지에 대한 것이다."

세드릭 카발람은 꿀 먹은 벙어리가 되었다. 킬리언이 새로이 차오른 술잔을 느릿하게 흔들며 한쪽 눈썹을 치켜들었다.

"여러 번 물어야 하나?"

세드릭 카발람이 황급히 고개를 저었다.

"그, 그것이…… 저…… 저도 그 이상은 잘……. 그저 그 애가 끼고 있던 반지라는 것밖엔……."

킬리언이 술기운이 도는 듯 나른한 태도로 몸을 의자 뒤로 기대며 헛웃음을 흘렸다.

"세드릭 카발람."

"예, 예?"

"난 자네가 충분히 협조적이라고 믿고 싶어."

"무, 무슨 말씀이신지."

날카로운 살기가 공기를 꿰뚫었다.

"건방진." 킬리언의 손이 테이블 위에 놓아둔 검에 스치는가 싶더니, 카발람이 앉은 의자가 콰직 소리를 내며 뒤로 들썩였다.

"감히 나를 시험하는가."

카발람의 목 옆에 칼이 파고들어 있었다. 선뜩한 느낌. 손을 대지 않아도 칼날에 스친 목에서 피가 흐르고 있다는 것을 알 수 있었다.

"백작의 심복이 어떻게 일개 평민 여자아이의 반지를 보자마자 알지?"

목 옆에 꽂힌 서늘한 장검의 존재감에 관자놀이가 쿵쿵 울리며 몸이 덜덜 떨렸다. 대공의 손이 조금만 삐끗했어도 목을 관통당했을 것이다. 공기를 채워 가는 알코올 향에 정신이 번쩍 들었다. 알싸한 향이 마치 제 목을 조르는 독무 같았다.

제발 술을 마시든지, 심문을 하든지 둘 중 하나만 해 줬으면!

느리게 자리에서 일어선 악시아스 대공이 저벅 저벅 그를 향해 다가왔다. 더욱 짙어진 독한 술 냄새 사이로 대공이 고개를 드리우며 속삭였다.

"나는 그대에게 '아는 대로 말하라' 했다."

킬리언이 그의 목 옆에 꽂아 넣은 검의 손잡이를 쥐고 단숨에 뽑아냈다. 파랗게 질려 꼼짝도 하지 못하는 세드릭 카발람의 턱 밑에 서늘한 감촉이 와닿았다.

"그대가 정녕 시험할 수 있는 것은 그대의 남은 명줄뿐일 것이다. 세드릭 카발람." 검 끝으로 세드릭의 턱을 추켜 올린 킬리언이 입매를 비틀었다. "내 인내심을 시험하지 않는 편이 좋을 거야."

캉! 킬리언의 검이 대리석 테이블에 올려져 있던 카발람의 중지와 약지 손가락 사이를 후려쳤다. 불똥이 튀며 손가락 사이의 테이블에 선명한 흠집이 났다. 카발람은 비명을 질렀다. 하얗게 경직된 카발람의 손이 좍 펼쳐지며 부들부들 떨렸다. 손가락이 잘릴 뻔했다. 등줄기를 타고 머리끝까지 쭉 소름이 끼쳤다.

킬리언이 슥 눈을 내리깔더니 고개를 갸웃하며 서늘한 얼굴로 입술을 핥았다. "어디 언제까지 운이 좋을지 볼까."

킬리언이 검 끝으로 그의 턱을 건드렸다.

"말을 하는 데 손가락은 필요 없다고 생각하지만. 자네는 그렇게 생각하지 않을 테지?"

하얗게 질린 카발람이 비명처럼 소리쳤다.

"그, 그 반지는!" 순식간에 십 년은 늙은 듯한 사내가 더듬더듬 대답하기 시작했다. "리, 리에타의 딸을, 노예상에게 넘기기 직전, 빼앗았던 것입니다……!"

비로소 제대로 된 대답이 나오기 시작하자 킬리언이 상냥하게 웃으며 고개를 기울였다.

"그런데?"

다정한 칼끝이 소름 끼치게 그의 턱선으로 내려갔다. 세드릭 카발람이 탁해진 눈동자를 정신없이 떨며 대답을 이어 갔다.

"리에타가 첩이 되겠다고 청해 오며, 약속대로 딸을 돌려 달라고……!"

뾰족한 검 끝이 그의 뺨을 타고 천천히 올라갔다.

"부친께서 위독하신 마당에…… 자꾸 찾아와 귀찮게 굴며, 심기를, 거슬렀기 때문에…… 딸이 죽었다고……!"

검 끝이 귓바퀴를 훑고 있었다. 가쁜 숨을 헐떡이며 카발람이 다급하게 말을 쏟아 냈다.

"그런데, 주 죽었다는 것을, 믿지 않고…… 끈질기게 굴기에 단념하게 하려고……, 리에타에게 그 반지를, 돌려보냈습니다."

관자놀이를 스치던 킬리언이 칼끝이 멈추었다. 섬뜩하니 그림 같아진 얼굴이 야차처럼 기울어졌다.

"반지만으로 딸이 죽었다는 증거가 되지 않을 텐데?"

"저, 전염병, 전염병으로……!" 검 끝에 힘이 들어가자 다급해진 카발람이 하얘진 얼굴로 말을 이었다.

"죽은 또래 아이의, 시신에…… 반지를……."

세드릭 카발람의 눈이 혼탁하게 물들었다. 그러나 말은 멈추지 않았다.

"반지를 끼워서 보여 주었습니다……!"

킬리언의 얼굴에서 인간다운 표정이 사라졌다. 세드릭 카발람의 입은 정신없이 더듬거리며 말을 쏟아 내었다.

"화장을 해서, 육안으로 식별하기 힘들 만큼 훼손된 시신이었기 때문에…… 그래서 자기 딸이 맞다고, 생각했을 겁니다."

무서운 침묵이 내려앉았다. 온몸이 얼어붙는 듯 선뜩한 붉은 눈이 뚫어져라 그를 응시했다. 소름 끼치는 시간이 천년같이 지나갔다.

"하."

짧은 감탄사를 뱉은 킬리언이 느리게 검을 뒤로 물렀다. 카발람의 떨리는 눈이 검집 속으로 사라지는 칼날을 조마조마하게 쫓았다. 그리고 다음 순간 그는 킬리언에게 목을 틀어 잡힌 채 들어 올려졌다.

"컥……!"

인간 같지 않은 목소리가 섬뜩하게 공기를 긁었다.

"그 어미에게 훼손된 시신을 보여 주었다고? 그 손에 딸의 반지를 끼워서?"

"커흑, 크억, 컥."

아무 대답도 할 수 없었다. 카발람의 얼굴이 시뻘겋게 달아올랐다. 킬리언이 기가 막혀 웃었다. 반대편 손으로 카발람의 뒷덜미를 채어 잡은 킬리언은 그의 머리를 그대로 대리석 테이블 위에 내리찍었다. 억눌린 비명이 들렸다. 단박에 대리석 테이블 위에 피가 터져 흘렀다.

"내가 짐승에게 인간 흉내를 요구하고 있었군."

킬리언은 그대로 사내의 머리를 세 번 더 내리찍었다. 버둥거리는 손이 테이블을, 이마를 감싸 쥐며 저항했지만 가차 없이 내리찍는 손길에 머리가 깨져 나가며 피가 사방으로 튀었다.

테이블 위에 네 번째로 머리가 짓이겨졌을 때, 탄복한 목소리가 끔찍하게 속삭였다.

"기특한 발상이야. 누구 머릿속에서 나온 생각이지?"

피와 눈물을 줄줄 흘리며 카발람이 애원했다.

"제, 제발. 대공 전하. 제발……. 저 주인님께 죽습니다."

"자네 머릿속에서 나온 생각인가?"

다시 뒷덜미가 들어 올려졌다. 이전과 달라진 높이에 목숨의 위협을 느낀 카발람이 다급하게 소리 질렀다.

"제발! 제발! 아닙니다! 제 생각이 아니었어요!"

킬리언이 그를 바닥에 내팽개쳤다. 벌벌 떨며 급한 숨을 몰아쉬기도 전에 머리채가 잡혀 강제로 고개가 들어 올려졌다.

"그렇다면 자네는 먼 죽음을 두려워할 필요가 없어."

지금까지의 살기는 장난이었다는 듯, 끔찍한 독기를 머금은 핏빛 눈이 마주쳐 왔다. 모골이 송연해지는 매서운 살의에 세드릭 카발람의 얼굴이 공포로 파랗게 질렸다.

"한 번만 더 내게 같은 질문을 하게 하면 자네는 지금 여기서 죽을 테니까."

피투성이가 된 킬리언이 테이블보를 집어 대충 손을 닦으며 회의실에서 걸어 나왔다. 바깥에서 무서운 비명소리와 뭔가가 부서지는 소리를 들으며 창백해진 얼굴로 기다리고 있던 청년 봉사단원이 다가와 재빨리 손수건을 건네었다. 킬리언은 아무렇지 않게 받아들어 얼굴에 튄 피를 닦았다.

회의실 안쪽으로 얼핏 보이는 남자의 모습이 시체처럼 너덜너덜해져 있었다. 소리를 듣고 어느 정도 두려운 모습을 볼 각오를 하고 있었지만 마음이 철렁했다. 설마 죽은 걸까?

"사, 사제나 의사를 부를까요?"

"됐어. 죽진 않을 것이다. 내일 기사들을 불러 데려가게 할 테니 신경 쓰지 마라."

킬리언이 일축했다.

"망가진 회의실은 변상하겠다고 자네 아버지에게 전하도록."

"천만의 말씀을요."

청년이 당황하여 손을 내저었다.

무슨 일이 있었냐는 듯이 걸어 나와 손에 묻은 피를 닦고 있었지만 악시아스 대공의 모습에서는 채 갈무리되지 않은 오싹한 기운이 감돌고 있었다.

소문으로 익히 알려진 이 모습이 어쩌면 그의 본모습……. 청년이 조용히 고개를 숙이고 마른침을 삼켰다. 다소 무뚝뚝하긴 해도 이런 온화하고 지혜롭고 성실하기까지 한 분에게 왜 그런 흉악한 소문이 있는지 도무지 이해할 수가 없다고 생각하고 있었지만.

'그건 자네가 대공께서 화내시는 모습을 보지 못해서 그래.'

'모쪼록 심기를 거스르지 않게 조심하라고.'

자신의 이야기에 그리 말하던 마을 어르신들의 말씀이 뒤늦게 이해가 갔다.

'적군을 잡아 족치실 땐 절대 그 모습이 아니야.'

'그분의 적이 아니라는 게 얼마나 다행인지…….'

'하지만 우리들로서야 그만한 영주님을 만나기 쉽지 않긴 해.'

'영주님으로선 더없이 좋은 분이시지.'

청년은 마음속으로 그 말에 동의하며 조용히 악시아스 성주의 뒤를 따랐다.

피투성이가 되어 구호 막사로 돌아온 그를 보고 사람들이 눈이 휘둥그레져 깜짝 놀랐다. 콜브린이 황급히 다가와 물었다.

"영주님, 다치셨습니까?"

"내 피가 아니다."

"예?"

구호 막사를 둘러봤지만 리에타가 보이지 않았다.

"리에타는?"

킬리언이 콜브린에게 물었다.

"아, 리에타 님께선 구호 막사장님의 사택에서 쉬고 계십니다."

"사택?"

킬리언이 눈을 찌푸리며 되물었다. 뒤에서 타니아 성녀의 목소리가 울렸다. "다행히도 역병에는 걸리지 않았더군요."

뒤로 고개를 돌리자 성녀가 덤덤히 말을 이었다.

"역병 환자들이 모여 있는 구호 막사에 두는 것이 적절하지 않을 것 같아서 따로 옮겼습니다. 머물 만한 곳이 있느냐고 물었더니 구호 막사장이 자진해 사택을 내 주었습니다."

킬리언이 눈을 찌푸렸다.

"상태는?"

"큰 문제는 없습니다. 잠깐 정신을 잃어 지금은 자고 있습니다만 일어나면 괜찮을 겁니다."

"정신을 잃어? 어째서?"

멀찍이서 뷔테르가 예민하게 반응하는 킬리언을 빤히 쳐다보았다.

"역마에게는 안 당했는데 몽마에게 당했더군요. 과로한 탓일 겁니다."

몽마라는 단어에, 순간 그럴 리 없다고 생각하면서도 킬리언의 표정이 굳었다. 그의 표정이 변한 이유를 짐작한 타니아 성녀가 덧붙였다.

"걱정하지 않으셔도 됩니다. 붙은 지 겨우 몇 시간 된 하급 악마가 사람의 몸에 뿌리내리지는 못합니다."

킬리언은 눈을 들어 타니아 성녀를 바라보았다. 그녀는 거기까지만 말하고 물러섰지만 킬리언은 그녀가 함구한 내용을 알아챘다.

……알고 있구나. 하긴. 타니아 성녀 정도의 성직자라면 황실의 사정을 알고 있다는 것이 그리 놀라운 일은 아니다. 모른다는 쪽이 더 이상하겠지. 몽마가 심은 악몽에 망가져 버린 사람을 떠올린 킬리언이 낮게 한숨을 내쉬었다.

"……과로를 했다고?"

그러고 보니 광역 정화라는 걸 하고 있었다고 했지. 무리하게.

"네. 무모하긴 했지만 꼭 필요한 조처였습니다. 쉽지 않았을 텐데 잘했더군요."

성녀가 눈을 들어 막사 중앙에 정리된 빈자리를 슬쩍 바라보았다. "지병이 있어 계속 상태가 좋지 않던 아이가 오늘 아침에 죽었답니다."

어린 중환자가 있던 빈자리는 아직 새 환자가 들어오지 않아 비어 있었다. 그 자리는 사제와 의사들이 정화와 소독을 하고 있었다.

"역마가 뿌리내리고 있진 않아서 병이 급속히 번지지는 않았습니다만,

사람들의 비탄을 느낀 악마들이 몰려들고 있었습니다."

"……."

"그래서 그 축성술사 혼자 광역 정화를 하고 있었던 모양이더군요. 악마는 눈에 보이는데 구마는 할 수 없으니, 그것밖엔 할 수 있는 게 없었겠죠."

타니아 성녀가 말을 이었다.

"다행히 덕분에 악마들은 쉽게 저지할 수 있었습니다. 만약 그 축성술사가 정화를 하고 있지 않았더라면 위험할 뻔했습니다."

킬리언이 피로한 듯 손마디로 눈을 누르며 지그시 눈을 감았다가 떴다.

"그래. 별다른 이야기는 없었고?"

"네. 아." 성녀가 문득 생각났다는 듯 말을 덧붙였다. "혹시 유가족들이 화장을 하지 않길 원한다면 자신이 돈을 받지 않고 장례를 도울 의향이 있으니 전해 달라 하더군요."

킬리언이 입을 다물었다. 구호 막사장이 킬리언과 타니아 성녀를 인도했다. 구호 막사장의 사택은 막사가 펼쳐진 광장에서 멀지 않은 곳에 있었다. 함께 그의 사택으로 걸어가며, 막사장은 입이 닳도록 리에타를 칭찬했다.

"아이고, 어쩐지 너무나 미인이시더라니. 설마 했는데 저분께서 소문으로만 듣던 그분이셨군요. '세비타스의 미망……' 아니, 내성의 '축성술사의 집'……."

"……."

"뵌 지 오래되지는 않았습니다만 막사 사람들 모두가 그분을 좋아합니다. 어쩌면 그렇게 고우시고 성실하시고 신성 능력까지 출중하신지……."

킬리언이 그녀를 보고 화를 냈던 것을 의식한 것인지 돈도 받지 않고 몸 부서져라 무료 봉사를 하는 헛똑똑이를 애써 변호하려는 기색이었다.

"……저어, 너무 축성술사님을 탓하지는 말아 주십시오. 아무래도 뭔가 오해가……. 그분께서는 좋은 의도로 하신 일인데……."

킬리언은 아무 대답도 하지 않았다. 구호 막사장도 결국 입을 다물고 말았다. 구호 막사장은 작위가 없는 평귀족이었지만 외성 주민으로는 부유한 축으로 적당히 봐줄 만한 사택을 가지고 있었다. 그의 사택에 들어서자 대공을 알아본 막사장의 부인이 깜짝 놀라며 예를 올렸다.

"영주님을 뵙습니다. 어찌 이런 누추한 곳에……."

"리에타는?"

"아, 저 이 층에……."

눈치 빠른 부인은 얼른 위층으로 그들을 안내했다. 이 층의 방으로 올라가자 침대에 누워 잠든 여자의 백금발이 눈에 들어왔다. 리에타의 상태를 살핀 타니아 성녀가 그녀의 몸에 치유의 힘을 불어넣었다. 꽤나 긴 시간 동안 얼굴을 굳힌 채 리에타를 내려다보던 킬리언이 곁의 구호 막사장을 향해 불쑥 입을 열었다.

"리에타에게 봉사료를 지급해." 그리고 내뱉자마자 정정했다.

"아니. 내가 하지. 리에타의 소속은 이쪽 막사가 아니라 악시아스 성인 걸로 알아 둬. 그리고, 타니아 성녀."

치유를 마친 후 물러서 있던 성녀가 킬리언을 바라보았다.

"리에타에게 필요한 치료와 구마는 끝난 건가?"

"네. 이제 자연치유를 기다리면 되는 단계입니다."

"그럼 그대는 의사와 함께 구호 막사로 돌아가. 리에타는 깨어날 때까지 내가 보고 있지. 따로 할 얘기도 있고."

"그러시겠어요?"

어차피 타니아 성녀도 의사도 자연치유를 기다리는 환자보다는 구호 막사에 필요한 인력이었다. 별 이의 없이 받아들인 타니아가 킬리언에게 주의 사항을 전했다.

"억지로 깨우려고 하지 마세요. 어차피 꿈이 끝나 스스로 깨어나기 전까진 일어날 수 없으니까. 밖에서 흔들면 꾸고 있는 꿈에 영향을 줘서 평범한 꿈도 악몽이 될 수 있어요."

킬리언이 눈을 찌푸렸다. "몽마라면, 그런 꿈을 꾸게 되는 건가?"

"야한 꿈 말씀하시는 거라면 아니에요. 그런 건 그쪽으로 발달된 고급 악마나 할 수 있는 거고."

그런 걸 말하는 게 아니라는 걸 알았지만 타니아 성녀는 천연덕스럽게 되받았다.

"하찮은 하급 몽마였으니 나쁜 기억이나 불러일으키는 정도겠죠."

킬리언의 표정이 싸하게 굳었다. 다행히 성녀의 말이 이어졌다.

"하지만 몽마도 쫓아냈고 치료도 해 뒀으니 악몽을 꾸지는 않을 거예요. 그냥 깊이 잠든 것뿐이니 평범하게 어린 시절 꿈이나 꾸겠죠. 너무 염려치 마세요."

그제서야 험악하던 킬리언의 표정이 조금 누그러졌다.

───◦◦◦───

그의 정부가 되라는 제안을 처음 들었던 날, 카사리우스에게 자신을 데려갔던 남자. 사라진 내 아이가 더 이상 세비타스에 없다는 말을 전했던 남자. 그 애의 시신을 가져왔던 남자. 카사리우스의 유언을 전했던 남자. 장례식 날까지 자신이 도망치지 않는지 사람을 붙여 감시했던 남자. 리에타에겐 마치 저승사자와도 같았던 지옥의 심부름꾼. 모두 그였다.

'곱군요.' 그의 얼굴이 진흙처럼 무너져 내리더니 오래도록 두려워하던 사람의 모습으로 변모하며 미소 지었다. '곱구나.'

'리에타, 신세를 졌으면 갚아야지. 내가 너를 그렇게 가르쳤니?'

싫어요. 도와줘. 수도원장님이, 수도원장님이…… 수도원장님이 자꾸

나를 만져요.

'다음에는 너 혼자 오너라.'

선생님, 도와주세요. 수녀님, 도와주세요. 페르디안 님, 도와주세요. 수도원장님이, 수도원장님이 날…… 날.

'절대로 혼자 가지 마. 내가 함께 있을게.'

'제이드? 나는 너를 부르지 않았는데.'

'리에타는 고해성사 할 것이 없는데요. 성신의 인도가 필요한 건 접니다.'

제이드. '괜찮아. 내가 옆에 있을게.' 괜찮지 않아.

'배은망덕한 것. 내 너를 얼마나 아꼈는데.'

'네 능력? 축성? 정화? 악마를 눈으로 보는 것? 잘난 척하지 마. 그딴 게 뭐 대수라고.'

'수석? 이깟 깡촌 수도원에서 수석을 했다고 네가 똑똑하다고 생각해? 너 정도 하는 수도자는 널렸어!'

때리지 마세요. 아니에요. 잘난 척하는 게 아니에요. 똑똑하다고 생각하지도 않아요. 그냥 악마가 보여서, 저는 그냥 도와드리려고.

'건방진 것! 말대꾸하지 마!'

'아무짝에 쓸모없는 것!'

'너같이 주제를 모르는 건 어딜 가도 제대로 사역하지 못할 것이다!'

하지 마세요. 수도원장님. 하지 마세요.

'오만한 것! 아무짝에 쓸모없는 것!'

죄송해요. 잘못했어요. 제이드를, 제이드를 때리지 마세요. 차라리 저를 때리세요.

'아무짝에 쓸모없는 것!'

페르디안 님, 도와주세요. 제이드를, 제이드를…….

"하지 마세요. 하지 마세요……!"

몽마에게 당한 여파로 잠꼬대를 하며 식은땀을 흘리는 리에타를 보고 킬리언이 초조하게 오락가락하다가 결국 짜증스레 의자를 걷어찼다.

악몽은 안 꿀 거라며! 다른 사람이라면 몰라도 리에타에게 나쁜 기억은 곤란하다. 차라리 정기를 빨리더라도 야한 꿈이나 꾸라고!

"싫어, 싫어……! 수도원장님, 수도원장님!"

비명처럼 리에타의 입에서 나온 헛소리에 킬리언의 표정이 싸하게 굳었다. 얼마 전, 수도원장이라는 소리에 흠칫하며 뷔테르의 손을 피하던 리에타의 모습이 직감처럼 스쳐 지나갔다.

"도와줘요……!"

절박한 흐느낌이 터져 나온 순간, 억지로 깨우려 하지 말라던 말도 잊어버리고 침대 앞으로 간 킬리언이 참지 못하고 리에타의 어깨를 흔들었다.

"리에타!"

"하지 마세요! 만지지 마세요!" 겁에 질린 리에타가 발작처럼 손을 휘저었다. "싫어! 싫어!"

눈먼 저항이 킬리언의 얼굴에 스쳤지만 아직 다친 손끝에 감겨 있는 붕대는 생채기 하나 남기지 못했다. 억지로 깨우려 하지 말라던 당부가 한발 늦게 기억났지만 멈출 수 없었다. 제기랄! 깨울 방법 없어? 킬리언이 화를 주체하지 못하고 주먹으로 침대 프레임을 내려쳤다.

그때 리에타의 눈이 떠졌다.

"아……?"

잠에서 깨어난 리에타가 멍한 얼굴로, 침대 헤드를 때려 부순 킬리언을 올려다보았다. 피투성이가 된 킬리언을 알아챈 리에타는 황급히 침대에서 몸을 일으켰다. 그의 모습을 살피며 초점이 돌아온 리에타의 눈이 커졌다.

"피, 피가……. 영주님, 다치셨어요?"

리에타가 어쩌할 바를 모르며 피 묻은 그의 몸을 더듬었다. 침대 위에 제 그림자를 드리운 채 뚫어져라 리에타를 내려다보는 킬리언의 얼굴이 차갑게 굳어 있었다.

"아니."

대답하는 숨결에 독한 술 냄새가 훅 끼쳤다. 믿을 수 없다는 듯 리에타의 눈이 휘둥그레졌다.

"……취하셨어요?"

"아니."

킬리언이 신경질적으로 몸을 일으켰다. 침대 앞에서 몸을 물린 킬리언이 제 분을 주체하지 못하고 탁자로 가 반쯤 부서진 의자 위에 털썩 주저앉았다.

킬리언은 한참을 말없이 탁자 앞에 앉아 팔을 괴고선 인상을 쓰고 있었다. 리에타는 눈치를 보며 부서진 침대와 킬리언의 손, 그의 험악한 얼굴을 번갈아 바라보았다.

침대는 곰이 밟고 지나간 듯했지만 킬리언의 손은 이상하리만치 멀쩡했다. 킬리언은 리에타를 쳐다보지도 않은 채 오만상을 찡그리고 이마에 손을 얹은 채 방구석만 노려보고 있었다.

침묵이 깨진 것은 한참 후의 일이었다.

"무슨 꿈을 꾼 거야?"

킬리언이 화난 목소리로 물었다.

"꿈이요?"

리에타가 잠시 입을 다물었다가, 조심스럽게 반문했다.

"제가…… 무슨 잠꼬대라도 했나요?"

돌아 버리겠네. 기억을 못하는 거야, 못하는 척하는 거야? 묻지 않길 바라고 시치미 떼는 건가? 이걸 캐물어야 해? 말아야 해?

다시 한참 침묵이 이어졌다. 우물쭈물하던 리에타가 애써 분위기를 환기해 보려는 듯 슬그머니 입을 열었다.

"목걸이…… 하셨네요."

킬리언이 단박에 울컥하며 리에타를 쳐다보았다. 이건 따져 물어야 했다.

"너……!" 킬리언이 제 목에서 확 목걸이를 잡아채었다. "대체 뭐야! 장난해? 이런 걸 받고 고마워할 수 있을 것 같아?"

리에타가 움찔하며 몸을 뒤로 물렀다. 본인이 그녀를 윽박지르고 있다는 것을 알고 킬리언이 이를 악물어 화를 참았다. 잠시 후, 힘들게 스스로를 진정시킨 킬리언이 다시 입을 열었다.

"그대는……. 왜 이런 소중한 걸 함부로 아무한테나 주지?"

"아무한테나…… 라뇨. 영주님께선 저의 은인……."

"그렇다고 딸의 유품을 줘?"

어쩌지 못하고 다시 왈칵 언성이 높아졌다. 리에타가 입을 다물었다. 난폭하게 윽박지르지 않기 위해, 소리치지 않기 위해 킬리언이 짓씹듯 눈을 힘주어 감았다.

리에타는 그가 반지에 대해 알게 되었음을 깨달았다. 그 사람…… 에게 들으신 걸까. 그냥 단순히 유용한 장신구로 여기고 받아 주시길, 써 주시길 바랐는데.

"그대에게 소중한 물건 아냐?"

"……."

"혹시 보는 게 끔찍해서 그래? 몹쓸 기억을 떠올리게 하는 끔찍한 물건이라 누구에게든 줘 버리고 싶었어?"

킬리언의 노한 목소리에 리에타의 안색이 창백해졌다.

"……그럴 리가요."

'끔찍한 물건.' 나에겐 그렇지 않지만, 끔찍하다고 부르기엔 너무 애달

프고 아프지만, 남들에겐 그럴 수도 있었다. 불에 태운 시신에 끼워져 있던 반지, 기분 나쁜 물건…… 아프도록 뜨거운 것이 핑 돌았다. 고개 숙인 리에타의 입술이 가늘게 떨렸다.

"죄송합니다. 그렇게 여기실 수도…… 있겠네요. 미처 생각지 못했습니다. 유용할 거라고만…… 생각했는데."

"유용?"

옆으로 고개를 돌린 킬리언이 "하." 짧게 숨을 뱉어냈다. 뒤이어 다시 난폭하게 그녀를 향한 눈이 거칠게 탔다.

"누가 달랬어? 왜 나쁜 놈을 만들어? 애초에 달라 하지도 않은 사람에게 딸의 유품을 왜 내주는데? 어떤 불한당이 내놓으래도 버텨야지. 그대는 속도 없어?"

제국 최악의 미치광이 냉혈한으로 불리는 것을 마다하지 않는 사내가 격노해 소리쳤다.

"도로 가져가! 이런 건 받을 생각 없어!"

"괜찮습니다."

눈에 눈물이 그렁해진 리에타가 담담하게 웃었다.

"애를 보내 놓고, 반지 따위 소중하게 붙들고 지켜서 뭐 해요."

다시 벌컥 화를 내려는데 담담하게 웃던 리에타의 눈에서 끝내 후드득 눈물이 떨어졌다. 킬리언의 말문이 막혔다.

리에타는 조용히 왼손을 들어 올려 검지로 눈물을 훔쳤다가, 엄지로 다시 훔쳤다가 손등으로 훔치고는, 다음엔 오른손마저 들어 두 손으로 눈물을 닦아 내었다.

결국 어쩌지 못하고 두 손이 얼굴 위에 다 올라왔지만, 간신히 눈가에 얹힌 떨리는 손가락 틈새로 눈에 꾹 힘을 주고 애쓰는 게 역력한 기색을 숨기지 못했다. 완전히 얼굴을 가리지도 못하고, 애써 손부채질을 하며 손을 안절부절 떼었다가 붙였다가…….

아등바등 참는 애처로운 꼴에 어울리지 않는 침착하게 잠긴 목소리가 울렸다. "죄송합니다. 정말로 괜찮은데."

고장 난 눈에서는 아무리 닦아 내도 하염없이 눈물이 흘러내렸다. 이상하게 목소리만이 담담했다.

"이게…… 왜 멈추질 않지."

말을 잇지 못하고 바라보던 킬리언이, 끝내 옆으로 고개를 돌려 버렸다. 이 여자에게서 실성한 그때의 모습보다 불쌍한 꼴을 더 보지 못할 줄 알았는데.

우는 소리조차 내지 않고 맨 정신으로 고통스런 기억을 담담히 밟고 선 지금의 모습이 더 참담하게 가슴을 울렸다. 떨리는 손으로 이 목걸이를 제게 주었던 어느 날엔가 또 그렇게 울었을 것이다. 그 미련함이 킬리언을 미치도록 화가 나게 만들었다.

한참 후에야 간신히 눈물이 멈추었다. 그녀의 앞에 의자를 끌어다 앉은 킬리언이 조용히 목걸이를 내밀었다.

"받아."

가만히 바라보는 리에타의 눈이 쓸쓸했다.

"……그냥 받아 주시면 좋겠습니다. 영주님께 이 물건이 기분 나쁘신 것만 아니라면."

기분 나쁘다고 대답하고 돌려주는 것이야 간단했다. 그러나 킬리언은 그러고 싶지 않았다. 난 필요 없으니 맘대로 하라며 그녀가 보는 곳에 두고 가 버릴 수도 있었다. 그러나 역시 그러고 싶지 않았다.

"다른 물건이었다면, 그대에게 그런 의미가 없는 물건이었다면 받았을 거야."

"……."

"이건 받을 수 없어. 애초에 그대는 나에게 이걸 줘서는 안 됐어."

리에타는 담담하게 대답했다.

"……제 손안에 있는 것보다 영주님께서 가지고 계신 쪽이 쓰임이 있을 겁니다."

"이런 물건은 쓰임으로 가지고 있는 게 아냐. 그대에게 소중한 물건이 잖아."

그가 거칠게 눈썹을 구겼다. 신경질적인 목소리였지만 차가운 말투 뒤의 온기를 모를 수가 없었다. 그의 분노가 조금도 두렵지 않아서, 리에타는 평온히 미소 지었다.

"아델에게도 허락받았습니다."

짧은 침묵이 흘렀다. 리에타가 덧붙였다.

"아, 아델은 먼저 간 제 딸아이……."

"알아."

킬리언이 그녀의 말을 끊었다. 리에타는 그가 죽은 제 딸의 이름을 어찌 아는지 궁금하지도 않은 듯 그러려니 하고 말을 이었다.

"저는 그 물건이 쓰임이 있길 원합니다. 무의미하게 제 욕심으로, 의미도 없이 제 손안에서 썩길 바라지 않습니다."

욕심? 그런 걸 욕심이라 부르나? 소중한 물건 하나쯤 간직하는 걸 욕심이라 하는 사람은 없다. 더욱이 그것이 유품이라면.

"대체." 킬리언이 기가 막혀 혼잣말처럼 중얼거렸다. 리에타가 조심스레 덧붙였다.

"제 입으로 말하긴 그렇지만…… 쓸모가 있을 거예요. 특히 요즘 다니실 땐……."

"쓸모가 있을 거라고."

킬리언이 리에타의 말을 끊으며 반복했다.

"그래. 돈 주고는 사지도 못할 귀한 축성 성물이라더군. 그대는 그간 그걸 내게 말도 하지 않았지. 그대는 이걸……."

말을 멈춘 킬리언이 지독하게 쓴 것을 짓씹기라도 한 듯 이를 사리물고 눈을 꾹 감았다. 이게 어떤 물건이라고 설명을 해야 했을 테지만, 설명할 수가 없었을 것이다. 어떻게 축성 성물을 가지고 있는 거냐고, 어떻게 이런 걸 만든 거냐고 물으면 대답할 수가 없으니 그랬을 것이다. 알면 내가 받지 않을 거라고 생각했으니 그랬을 것이지만…….

대체 그게 무슨 소용이란 말인가. 내가 그걸 쓰지 않는다는 걸, 계속 보고 있었을 테니 알고 있었을 것이다. 나는 아무것도 모르고 그런 걸 받은 적이 있다는 것도 잊고 있었다.

'안 쓰시던데…….'

리에타가 뒤늦게야 그렇게라도 말하지 않았더라면 난 이걸 언제까지고 쓰지 않았을 것이다. 역병이 돌지 않았더라면, 타니아 성녀가 보지 않았더라면 축성 성물이라는 것도 평생 몰랐을 것이다.

대체 그게 리에타에게 무슨 보람이 있는 선물이란 말인가.

우연히 발견한 그놈을 잡아 족치지 않았더라면, 그게 이 여자에게 그런 의미가 있는 물건이라는 것도 끝까지 몰랐을 텐데.

잠시 후 분노를 진정시키듯 긴 한숨을 내뱉고서야 킬리언이 다시 입을 열었다. "그대, 리에타."

킬리언이 조용히 리에타의 눈을 마주했다.

"난 그대를 이해할 수가 없어. 대체 무슨 생각을 하며 살고 있지?"

리에타는 말간 하늘색 눈으로 가만히 킬리언의 붉은 눈을 마주하고 있을 뿐, 대답이 없었다. 정말로 돌려받을 생각이 없어 보였다. 킬리언이 각인시키듯, 다시 그 눈을 향해 힘주어 말했다.

"받을 수 없어."

"마음 써 주시는 것 감사합니다. 무슨 말씀하시는지도 압니다. 하지만."
리에타가 미소 지었다.

"아이에게 허락받았습니다. 돌려주시면 그 아이가 서운해할 거예요. 부디 그냥…… 유용하게 써 주십시오."

허락받았다고? 웃기는 소리. 죽은 애에게? 담담해 보이는 리에타의 미소에 복잡한 심경이 교차했다. 리에타의 딸이, 정말 죽었을까?

'실제로 리에타의 딸이 죽었나?'

'모, 모릅니다……. 그것은, 정말로 모릅니다……. 찾아보지…… 않았기 때문에.'

"그대. 리에타." 킬리언은 무심코 불러 놓고 아무 말도 입에 올리지 못한 채 입을 다물었다. 역병이 도는 제국, 세 살, 노예상에 팔린 여자아이. 무사할 가능성이 더 낮았다. 무서운 희망 고문이 될지도 모를 한 가닥 가능성, 저울에 올라갈 희망의 무게도 절망의 무게도 지나치게 무거웠다.

서글픈 빛이 있을망정 이제는 담담한 미소라도 지을 수 있게 되었는데. 괜히 절박한 희망만 불어넣었다가 다시 절벽으로 밀어 버리는 꼴이 되면.

제기랄, 왜 진작 알아보지 않았지. 킬리언이 참담하게 차오르는 말을 삼키며 눈을 감았다.

"……빌어먹을."

갑작스레 중얼거린 욕설에 리에타는 영문 모를 얼굴이었다. 킬리언은 신경질적으로 아무 말이나 내뱉었다.

"내가 쓰길 바란다고. 이 반지?"

리에타가 조금 밝아진, 미소 띤 표정으로 고개를 끄덕였다. 왜 웃어? 뭘 좋다고 웃어? 장난해?

"난 싫어."

칼 같은 거절에 리에타의 표정이 어두워졌다.

"감사는커녕 지독한 약탈자가 된 기분이야."

"······."

"말도 안 되는 고집부리지 마. 축성이 필요하면 널리고 깔린 사제나 축성 능력자에게 받으면 돼. 그런 식으로 은혜를 갚고 싶으면 차라리 그대가 직접 축성을 해 주면 되잖아?"

리에타가 고개를 저었다.

"영주님께서 머무시는 장소에는 최선을 다해 축성을 하겠습니다. 하지만 사람의 몸에 직접 하는 축성이라면, 전 그 목걸이가 해 드릴 수 있는 것보다 나은 축성을 할 수 없습니다. 아마 어떤 사제가 온다 해도 마찬가지일 거예요."

아델의 반지에는 시간이 지나도 사라지지 않는 데다가, 아무리 독한 마기가 형형한 곳에서도 악마나 저주, 병에 침범당할 것을 걱정하지 않고 자유롭게 움직일 수 있는 강력한 축성이 걸려 있었다. 어떤 우수한 사제가 해 줄 수 있는 것보다도 압도적으로 탁월한 축성 성물. 외부의 위협이나 저주로부터 주인을 보호하는 마법적 힘이 깃든 물건이었다. 특히 그녀가 만들어 낸 것은 역병이나 역마를 막아 내는 데에 특화된 힘을 가지고 있었다.

아베르사티 황비의 위협과 영지에 돌고 있는 역병. 지금의 그에게 정말 요긴한 물건이라는 것은 사실이었다. 리에타가 구구절절 맞는 말로 설득했다. 틀린 말은 없었다. 이미 그의 사정을 속속들이 알고 있는 그녀였다. 그러나 아무리 그녀가 권하고 그에게 필요한 물건이라 해도 추호도 받아들일 생각이 들지 않았다.

이 불편한 마음에 비할 바가 아니었다.

"됐고, 난 돌려주겠다고 말했다."

"그렇지만 영주님, 아델이······."

"웃기지 마."

"……제게 있어 봤자 효용성이 없다니까요……."

리에타는 감히 겁도 없이 킬리언을 앞에 두고도 물러서지 않았다. 열받아 폭발 직전이라는 얼굴을 했지만 통하지 않았다. 두 고집쟁이들의 실랑이가 이어졌다.

결국 한참 후 리에타가 한발 물러서 타협하는 제안을 해 왔다.

"정 그러시면……. 제가 빌려드린 것으로 하면 어떠세요?"

킬리언이 인상을 찡그렸다.

"딸의 유품을 빌려주는 사람이 어디 있어?"

"이미 한 번 드리기도 했는데. 못 빌려드릴 게 뭐 있겠어요."

뻔뻔한 대답에 킬리언이 어이가 없다는 듯 헛웃음을 뱉었다. 화가 난 그를 앞에 두고도 무섭지도 않은지, 리에타가 웃었다.

"나중에 돌려주세요. 지금은 필요하시잖아요."

리에타는 그 이상 물러설 것 같지 않았다. 결국 나중에라도 돌려받겠다는 대답에 못마땅하나마 타협한 킬리언이 인상을 쓰고 못박았다.

"……그대 입으로 말했다. 돌려받겠다고."

리에타는 순순히 끄덕였다. "그럼은요."

그는 고개를 돌리며 대답했다.

"그렇게 해, 그럼."

둘 다 그것이 언제가 될 것이라고는 말하지 않았다. 리에타는 계속 필요하실 테니 계속 빌려드리면 된다고 생각했다. 킬리언은 다시는 안 빌리면 된다고 생각했다. 영영 닿지 않을 듯하던 평행선이 극적 타결을 맺었다.

킬리언은 충심으로 무장한 리에타를 권위로 찍어 누르는 방식으로는 이겨 먹을 수가 없었다. 그는 어찌 됐든 제 사람들과 약자에게 모질지 못한 사람이었다.

킬리언이 모처럼 미소 짓는 리에타를 빤히 바라보았다. 그는 그녀가 말해야 했지만 말하지 않았던 것들을 생각했다. 그것이 딸의 유품이었다는 사실과 축성 성물이라는 사실과 진짜조차 아니었던 훼손된 딸의 시신을 확인하고 삶의 의지를 놓아 버린 후, 카사리우스의 사병들에게 억류당한 채 원수의 무덤에 순장되길 기다리며 이 반지가 축성 성물이 되기까지의 참혹하고 고통스러웠을 기도의 시간을.

저도 모르게 손이 움직였다. 그녀의 오른쪽 뺨에 그의 손가락 끝이 닿았다. 갑작스런 접촉에 리에타가 알 수 없는 얼굴로 어색하게 몸을 뒤로 물렸다. 손자국 따위 이제 남아 있지도 않건만…… 킬리언의 가라앉은 붉은 눈이 리에타를 향했다. 손을 주먹 쥐어 거둔 킬리언이 입을 열었다.

"아이를 화장하지 말라 했다고."

"네?"

리에타가 반문했다. 곧 자신이, 여사제에게 유가족에게 전해 주길 부탁했던 말이 그에게도 전해졌음을 깨달았다. 역병에 걸린 시신은 화장하는 것이 가장 경제적인 방법이었다. 자신이 개인적 사심으로 월권을 하려는 것으로 느껴져, 리에타가 얼굴을 붉히며 고개를 숙였다.

"아, 아뇨. 그저. 유가족이 혹시 다른 방식을 희망하고 있는데 경제적 문제가 있다면……. 도울 사람이 있다는 것만 그분들께서 아실 수 있도록 전해 달라는 의미였습니다."

리에타는 조심스레 킬리언의 얼굴을 살폈다.

"물론 영주님께서 허락해 주신다면요……."

그가 조용히 답했다.

"역병 희생자들은 화장되지 않을 것이다."

리에타가 의아한 낯빛으로 그를 바라보았다. 킬리언이 리에타에게서 시선을 거두며 단정조로 말했다.

"앞으로 악시아스에서 화장은 없다."

리에타가 제 귀를 의심하며 믿을 수 없는 얼굴로 반문했다.

"네?"

킬리언은 표정조차 없이 말을 이었다.

"그러니 그대는 더 이상 이 일에 신경 쓰지 말라. 축성 능력자는 다른 사람을 쓸 것이다."

이어진 말에 리에타의 얼굴이 굳어졌다.

"그대의 소속은 오늘부로 이곳 구호 막사가 아닌 악시아스 성으로 이관되었다. 내일 아침에 기사들이 오면 그들을 따라가라. 알페테르의 사제들이 왔으니 그대는 이제 더 이상 여기 있을 필요가 없어."

'설마 하니 이거 만든 사람, 살아 있는 건가요?'

타니아 성녀의 목소리가 머릿속에 울렸다.

'이분 무슨 큰일을 겪었습니까? 속이 다 탔군요.'

다음으로는 의사의 목소리였다.

'유명한 축성 성물을 만든 신성 능력자들의 끝은 대개 자살이나 화형……. 처참하잖아요.'

이 여자의 끝도 생매장이 될 뻔했지. 내가 그때 세비타스를 지나지 않았더라면. 하지만 살려 냈어. 내가 살려 냈다고, 그러니까.

'성물을 남긴 사람이 살아 있는 경우는 거의 없으니까요.'

'살아 있는 건 맞고요?'

살아 있으니까 닥쳐. 리에타의 머리 위에 손을 대고, 그 위에 킬리언의 이마가 내려와 닿았다. 그의 검은 머리카락이 그녀의 이마 위에 떨어지며 독한 알코올 향이 훅 끼쳤다. 리에타의 몸이 얼어붙었다.

고른 숨소리. 조금 거칠게 폐를 긁어내는 숨결. 뒤로 더 몸을 물릴 데도 없어 움츠리고 얼어 있던 리에타가, 한참 만에 입술을 열어 힘겹게 달싹였다.

"······취하셨어요?"

아까도 한 번 입에 담았던 물음이었지만, 다시 묻지 않을 수 없었다. 대답이 없었다. 맙소사. 어쩐지 말도 안 되는 말씀을 하신다 싶더니······. 술주정 비슷한 거라는 생각이 들자마자, 이 상황에 어울리지 않게도 긴장이 탁 풀렸다.

그러는 킬리언이 낯설고 조심스러운 한편 조금 맥이 빠졌다.

"······술은 왜 드셨어요?"

"겁 좀 주려고."

알 수 없는 대답이 돌아 나왔다. 술 냄새······. 침실에 단둘인 것은 새로울 것도 없는 일이었다. 굳이 따지자면 제정신인 그가 훨씬 무서웠다. 리에타가 허탈하게 웃으며 혼잣말처럼 답했다.

"별로······. 술 드셨다고 더 무섭지는 않으시네요."

킬리언으로선 그가 취한 척해서 겁을 주려던 상대는 리에타가 아니었지만 딱히 부정하지는 않았다.

"······내가 무섭나?"

리에타는 가만히 대답했다. "아니요."

킬리언이 낮게 중얼거렸다.

"······왜 안 무서워?"

"······무서워해야 하나요?"

"남자 무서운 줄 모르나? 술까지 들어간 남자인데."

도통 종잡을 수가 없는 소릴 하고 계시지만, 그런 의미로는 두렵지 않았다. 그가 기본적으로 여자를 쉽게 건드리는 사람이 아니라는 건 믿고 있었다.

그런 생각을 하던 리에타는 문득 자조하듯 속으로 웃었다. ······무슨 또 몸을 아낀다고. 그런 소리를 입 밖에 내는 것은 적절하지 않아, 리에타는 떨쳐 내려는 듯 가만히 눈을 깜박이다가 중얼거렸다.

"……좋은 사람은 술이 들어가도 좋은 사람인걸요. 몹쓸 짓에 술 핑계를 대는 건 원래부터 몹쓸 사람이나 하는 짓이에요."

킬리언이 피식 웃었다. 내가 좋은 사람이라고 믿어 의심치 않고 있다는 건가. 아니면 술 핑계로 허튼수작 하지 못하라고 하는 소리인가.

"……어느 쪽이든 처세가 제법이군."

그놈은 살려 보낼 예정이었다. 배후를 추적해야 하니까. 폭력으로 겁박해 모조리 대답을 듣긴 했지만 그 자식이 나불댄 소리는 하나도 곧이곧대로 믿지 않았다. 풀려난 후로 그 놈이 어디로 향하느냐에 진짜 정답이 있을 테니까.

악시아스 대공의 애첩 리에타가 성을 오가며 그와 꾸준히 교류하고 있으며 자유롭게 성 밖에서 살고 있어 접촉하기 쉽다는 것은 조금만 수소문해 봐도 간단히 알 수 있는 상황이었다.

리에타가 죽었다고 전하라는 소리는 그대로 믿고 포기해 준다면 좋고 안 되면 할 수 없는 도박이지만, 어차피 진짜 배후만 안다면 그딴 건 문제도 안 될 정도로 짓이겨 놓을 생각이니 아무래도 상관없었다. 감히 다시는 이쪽으로 고개도 못 들 정도로 밟아 줄테니 세드릭 카발람이 전하라는 대로 전하든 안 전하든 그리 중요한 문제는 아니었다.

다만 어쨌든 이 타이밍에 그놈이 사지 멀쩡히 돌아가지 않는다면 리에타에게 이용 가치가 더 있을 가능성이 높다고 판단한 그쪽에선 높은 확률로 다른 놈을 보내 올 것이다. 다음번엔 그런 어설픈 놈이 아닐 수 있으니 이왕 붙잡은 세드릭 카발람을 활용하는 편이 나았다.

그러니 그놈은 추적자를 붙인 뒤 잘 타일러 살려 보낼 생각이었지만, 정말로 죽일 뻔했다. 그때 이후로 이 정도로 절제하기 힘든 살의를 느껴 본 적이 있었던가.

리에타가 그의 어깨에 손을 올리고 조금 밀었다.

"술을 얼마나 드신 거예요. 혹시 어지러우세요? 토하실 것 같아요?"

우습게도, 목소리에 걱정스러운 기색이 묻어났다. 대체 누가 누구를 걱정하는 거야.

'죽었을 리가 없어. 이럴 순 없어. 제발. 제발! 돌려주세요. 아델을 돌려주세요! 무슨 짓이든, 뭐든 다 할게요!'

'거짓말이야! 죽었다니 거짓말이야. 그럴 리가 없어요. 놀리지 마세요! 제발, 제발! 죽었을 리가 없어요! 제발!'

울던 목소리가 들리는 것 같아, 킬리언이 눈을 질끈 감았다.

'이깟 게 뭔데. 이깟 게 뭔데! 가져! 갖고 싶으면 가져! 전부 다 줄 테니. 몸이든 뭐든 줄 테니 아델을 돌려줘! 아델을 돌려내!'

그렇게 애원하고 울어 봤자 어디에도 닿지 않는다. 카사리우스는 죽었다. 바다를 긁고 제 몸을 찢는 고통스런 몸부림이 눈에 선했다. 닦아 줄 수도 없는 피눈물이 참담했다. 가슴 저미는 분노와 슬픔이, 고통으로 가득한 애원과 절규가, 처참하게 유린당한 모정이, 그리고 담담하고 처연한 미소가.

'애를 보내 놓고 반지 따위 소중하게 붙들고 지켜서 뭐 해요.'

어디론가 훅 날아가 버릴 것 같아. 다시 알 수 없는 욕설을 낮게 씹어뱉으며, 그가 다른 손으로 어깨를 붙잡았다. 취한 사람의 행동에 큰 의미를 두지는 않았지만 편할 수는 없었다.

리에타가 꿈지럭거리며 그를 일으켜 벗어나려는데, "그대." 부르는 소리가 진동이 전해질 정도로 가까이서 울렸다.

"나를 기만한 것을 알고 있겠지."

취한 사람 같지 않은 차가운 목소리. 그리고 그 내용에 당황한 리에타의 움직임이 멎었다. 붉은 눈이 마주쳐 왔다.

"그대에게는 휴식이 필요하다 했거늘. 일주일쯤 쉬라 했더니 바로 여드레 째 격리 구역에 기어 들어와?"

싸늘한 추궁에 차마 변명하지도 못한 채 어쩔 줄 모르고 앉은 리에타의 귀에 날카로운 목소리가 꽂혔다.

"내가 걱정한다는 것을 못 알아들었나? 아니면 어디까지 용인되는지 선을 시험해 보는 중이야? 나 이런 거 별로 안 좋아하는데."

발음 한번 절지 않는 멀쩡한 목소리에 리에타는 약간 당황했다. 취하신 거야? 제정신이신 거야? 담담하고 언성을 높이지도 않은 고요한 목소리였지만, 그는 화를 내고 있었다.

"그…… 그렇지만 서류가."

허락하신 줄로만 알았다는 변명이 한발 늦게 기어 나왔다.

"정말 내가 허락했을 것 같아?"

리에타는 당황해하면서도 억울한 얼굴이 되었다. 분위기를 보니 직접 허락하신 일이 아니라는 것 같지만 리에타로서는 억울했다. 아니 그럼 악시아스 대공의 인장이 찍혀 돌아온 서류를 뭐라고 해석해야 한단 말인가. 휴가도 끝났고 인력 부족하니까 허락하셨나 보다 여겼지.

이러실 분이 아닌데. 술 드시고 오셔서 이성적으로 생각하지 못하는 게 틀림없었다. 이런 행동도 평소의 영주님답지 않은 일이었다. 아무리 저를 여자로 보지 않으신다 해도 어린아이도 아닌 다 큰 처자에게 이러실 분이 아니었다.

손 하나를 사이에 두고 맞닿은 이마와 어깨를 붙잡은 손이 부서진 침대 헤드와 킬리언 사이에 리에타의 몸을 힘주어 가두었다.

"은혜를 갚겠다며 왜 내가 원하는 대로 행동하지 않지? 좀 시키는 대로 얌전히 있을 수 없어?"

어깨를 움츠린 리에타의 머리카락이 흐트러졌다.

"그대, 정말 날 화나게 하는 걸 알아?"

어차피 술을 마신 사람이었다. 평소답지 않게 약간 건드리는 정도로는 두렵지 않았지만 이렇게까지 하는 것은 당황스러웠다.

"여…… 영주님."

리에타가 그의 팔에서 벗어나기 위해 바르작거렸다.

'잘못했어요! 제가 잘못했어요! 드릴게요. 몸 드릴게요! 하나도 귀하지 않아요. 얼마든지 드릴 수 있어요.'

제 몸 하나 아낄 줄도 모르면서.

'첩이 될게요. 무슨 짓이든 시키는 대로 다 할게요. 제가 잘할게요. 잘할 수 있어요.'

잘하긴 뭘 잘해. 속도 없는 여자 같으니.

"전에 받은 벌이 벌 같지 않았던 모양이지."

"네?"

당혹감에 물든 대답과 함께 저항이 한순간 멈추었다. 그의 팔이 그녀의 몸을 끌어당겼다.

"이번엔 제대로 벌을 받아야 할 것이다."

킬리언의 팔이 리에타의 어깨 뒤로 들어가 둘러졌다. 리에타가 어찌할 바를 모르고 몸을 굳혔다.

"황송해하며 안겨 있어라."

그가 취한 사람처럼, 조금 뭉개진 목소리로 작게 중얼거렸다.

"……집행."

당황해 그를 밀어내리던 리에타는 불현듯 그의 입에서 뱉어진 짧은 단어에 어쩔 수 없이 그들이 사랑했던 소녀를 떠올리고 아득해졌다.

안나. 슬픔을 내색하지 않으셔도 이분께서도 그 소녀를 아끼셨다. 공허한 가슴속에 불현듯 걱정이란 단어의 무게가 내려앉았다.

그리고 뒤늦게 리에타는 너무 오랜만에 느끼는 사람의 품에 충격을 받았다. 사람이 이렇게 안아 준 것이 얼마 만인가. 자신은 역병에 내성이 있으므로 격리 구역도 문제없다고 생각했던 것이었지만, 비탄이 있는 장소엔 역마만 모여드는 것이 아니었다. 결국 몽마에게 당했다.

리에타는 그에게 걱정을 끼쳤음을 알았다. 바스락거리는 술 냄새. 처음엔 서늘했지만 이내 온기가 되어 오는 머리카락. 밀어내리던 손에 들어간 힘이 빠져나갔다.

세비타스에선 역병이라도 옮을까, 역마라도 묻을까 두려워만 할 뿐 누구도 그녀에게 가까이 다가와 걱정해 주지 않았었는데. 역마가 엉겨 붙었던 몸을, 걱정했다며 안아 주는 사람이 있다.

그게 친히 저를 황송해 죽도록 만들어 주겠다는 처벌이고 조금은 심술이 담긴 행동일망정, 난처함을 벌로써 견뎌 내는 것일망정 그 온기가 주는 위로와 걱정은 조금 서럽게 느껴질 정도로 상냥하게 마음에 스며들어왔다.

리에타의 손이 그의 팔에 닿은 채 멈추었다. 그녀가 멍하니 그의 온기를 느끼며 가만히 있자 잠시 후 조금 누그러진 목소리가 중얼거렸다.

"다신 그러지 마."

리에타가 저도 모르게 조금 끄덕이듯 고개를 숙였다. 머리카락이 옷깃에 바스락거렸다.

"네……."

얕은 웃음소리.

"대답은 잘하지. 그러고 또 멋대로 굴 거잖아?"

"……죄송해요. 이젠. 정말로."

언젠가 그녀가 그랬던 것처럼, 킬리언이 믿지 않는 듯 웃었다.

"말 잘 들을 건가?"

리에타가 머뭇거렸다.

"……앞으론……."

"앞으론?"

킬리언이 답을 채근하듯 반복했다. 리에타는 대답을 고민했다. 취한 사람의 말에는 무게가 없다는 것을 알지만. 그렇다 해서 자신도 말마따나 영혼 없는 대답을 하고 싶진 않았다.

"……저를 걱정하신다는 걸." 조심스럽고 신중한 대답이, 천천히 이어졌다. "꼭 생각하고 움직일게요."

조금 늦게, 본인이 뱉은 말을 이해한 리에타의 얼굴이 달아올랐다. 이게 무슨 웃기지도 않은 소리인가. 마치 영주님께서 나를 특별하게 생각하시기라도 하는 것처럼.

리에타가 황급히 본인의 말을 주워 담으려 입을 열었다.

"그러니까 제 말은……. 달리 저를 그렇게까지 염려하신다는……. 그런 뜻은 아니지만……."

다행히 그녀의 대답이 마음에 들었는지 화가 풀린 듯 조금 누그러진 말투로 그가 조용히 되뇌었다.

"맞아. 그대가 걱정돼"

킬리언이 스스로 확인하는 듯. 자신의 입에서 나오는 목소리를 곱씹었다.

어미란 것들은 그렇게 독한 데가 있는 모양이지. 이 여자도, 황비도.

'킬리언!'

어머니. 그렇게 일어나지 말지 그러셨어요. 언데드가…… 의식이 있어봤자 그리 참담하기밖에 더합니까.

이 여자도 참 하필이면 금발이어서 가끔 어머니가 생각납니다. 독한 것도 어머니를 닮았어요. 지독하게 씁쓸하면서도 달콤한 무언가를 음미하는 듯한 기분으로 킬리언이 지그시 눈을 내리감았다.

5
구호 막사의
아침

✿

몽마에게 당한 후엔 오랫동안 피로하고, 오랫동안 잠을 자게 된다. 꿈도 많이 꾼다. 어떻게 잠들었는지도 모르게 곯아떨어진 리에타는 평소보다 늦잠을 잤다. 언제부턴가 잠이 얕아져 항상 해가 뜨기 전에 일어나던 리에타에겐 드문 일이었다.

서늘한 아침 공기 사이로 따사로운 여름의 햇살이 갈래갈래 너울져 내리고 있었다. 햇살을 받아 뽀얗게 빛나는 먼지 몇 톨이 그 사이로 부유했다. 창 앞에서 유영하는 빛 조각을 향해 멍하니 눈을 깜박이던 리에타는 낯선 천장을 향해 고개를 돌렸다가 자신을 내려다보는 붉은 눈을 보고 정신이 번쩍 들어 일어났다.

"대, 대공 전…… 영주님!"

침대 앞 의자에 다리를 꼬고 앉아 있던 킬리언은 이상한 호칭에 개의치 않고 무심하게 툭 뱉었다.

"잘 자더군."

리에타는 정신없이 손을 움직여 흐트러진 머리카락과 옷매무새를 가다듬었다.

"소…… 송구합니다. 깨, 깨워 주셨어도 되었을 것을요."

언제 잠든 거야, 나? 언제부터 와 계셨던 거지? 일찍 일어나신 건지 안 주무신 건지 알 수가 없었다. 설마 계속 여기 계셨던 건 아니겠지? 킬리언은 가만히 리에타를 쳐다보다가 말했다.

"더 쉬어도 돼."

나름대로 배려해 준 말이었다. 그러나 이미 잠이 다 달아난 리에타는 고개를 저었다.

"아, 아닙니다. 충분히 쉬었어요."

물끄러미 바라보던 그가 고개를 돌리며 짧게 끄덕였다.

"그래."

간밤엔 편안히 주무셨는지 여쭈려는데, 킬리언이 무릎 위에 내려놓은 책을 덮어 툭 탁자 위에 던지며 물었다.

"어제는 어쩌려고 그런 거지?"

영문을 모를 질문에 리에타가 얼떨떨하게 그를 바라보았다. 아침 햇살 사이로 잔잔하게 가라앉은 붉은 눈이 리에타에게로 향했다.

"악마가 붙은 걸 알고 있었을 텐데."

리에타가 입을 다물었다. 대답은 필요하지 않은 질문이었다. 악마를 볼 수 있는 그녀가 제 몸에 붙은 악마를 몰랐을 리 없었다.

"우리가 늦었으면 그대도 역병에 걸릴 수 있었어."

팔꿈치를 괴며, 차분하던 낯에 노한 것인지 탐색하는 것인지 모를 모호한 표정이 떠올랐다.

"그대는 왜 자기 몸을 아끼지 않지?"

눈을 뜨자마자 다시 시작된 타박에 리에타는 어쩔 줄 모르고 손끝을 꿈지럭거리다가 입술을 말아 물며 고개를 떨어뜨렸다. 잠시 후에야 간신히 입을 열어 기어들어 갈 듯한 목소리로 답했다.

"송구합니다……. 전염병에 걸린 채 영주님을 뵐 생각은 아니었습니다. 다행히 역병은 아니고, 그냥 피로라고……."

킬리언이 눈썹 머리를 구겼다.

"옮을까 봐 그러는 게 아냐."

리에타는 차마 고개를 들지 못했다. 어제 들었던 차가우면서도 따스한 말들을 기억한다. 걱정 끼쳤다는 걸 이젠 리에타도 알고 있었다.

"난 그대가 쉬었으면 좋겠고, 이번 일에선 빠지길 바랐어. 그대. 내 말이 그런 뜻이었던 걸 몰랐나? 아니면 내 말이 우스워?"

서류가 있었으니 억울하다는 항변은 더 이상 설 자리가 없었다. 리에타가 대답하지 못해 둘 사이에는 침묵이 흘렀다. 달그락거리는 작은 소리 이후 불쑥 눈앞으로 뭔가가 들어왔다. 물컵이었다.

리에타는 움찔하고 몸을 물렀다가 위를 올려다보았다. 컵을 건네준 사람은 언제나처럼 서늘한 얼굴로 그녀를 내려다보고 있었다. 주춤주춤 두 손으로 받아들자 그가 마시라는 듯 눈짓했다.

내려앉은 침묵 속에서 리에타는 어색하게 컵에 입술을 가져다 대었다. 희미하게 씁쓸하고 화한 향이 나는 따뜻한 약차가 목을 타고 넘어갔다. 별 흔적도 남지 않은 메마른 입술 자국을 엄지로 문지르는데 다시 큰 손이 다가와 손에서 빈 컵을 가져갔다.

일을 돕겠다고 온 주제에 이게 무슨 상황일까. 황송한 마음에 저절로 손이 꼬물거렸다. 죄송합니다 송구합니다 말고 어찌 더 할 말이 있을까. 하지만 그런 말은 싫다하시니 뭐라고 대답을 해야 하나 조그만 머리는 우물쭈물 온갖 말을 들었다 났다 하기 시작했다.

"어디까지 용납되는지 시험할 셈인가."

마땅한 말이 도저히 떠오르지 않아 헤매던 리에타가 순간 멈칫했다. 간밤에 리에타를 곤혹스럽게 만들었던 긴 추궁이 머릿속에서 저 여기 있노라 손을 들었다.

"그대 이런 행동은 날 기만하는 것이다."

리에타는 저도 모르게 고개를 들어 멍하니 그를 쳐다보았다. 이미 어젯밤 하셨던 이야기가 묘하게 반복되고 있었다. 설마 어제 일, 기억하지 못하시는 건가?

"은혜를 갚겠다며 왜 내가 원하는 대로 행동하지 않지?"

리에타야 당황하든 말든 킬리언의 목소리는 차갑게 이어졌다.

"그대. 정말 날 화나게 하는 걸 알아?"

리에타의 입이 바보같이 벌어졌다. 맙소사. 기억하지 못하시는 게 틀림없었다. 리에타는 이러지도 저러지도 못하고 얼어 버렸다. 킬리언은 대답 없이 굳어 버린 리에타를 냉정한 낯으로 쳐다보았다.

똑똑. 구원처럼 노크 소리가 울렸다. 잠시 리에타를 바라보고 있던 킬리언이 일어서서 문을 열었다. 리에타를 위한 환자식을 가져온 구호 막사장의 안사람이 열린 문 틈새로 부서진 침대와 의자를 발견하고 깜짝 놀랐다.

"어머!"

킬리언이 뻔뻔하게 대답했다. "변상하지."

방 밖으로 나가 안주인과 몇 마디 말을 나눈 킬리언이 잠시 후 쟁반을 받아 들고 들어와 문을 닫았다. 리에타가 그것을 보고 황급히 자리에서 일어나려는 것을 킬리언이 눈으로 제지했다.

표정 없는 얼굴로 침대 앞의 의자에 돌아와 앉은 킬리언이 탁자에 쟁반을 내려놓고 그릇과 스푼을 집어 들었다. 리에타가 그의 손에 들린 그릇을 받아 들기 위해 어쩔 줄 몰라 하며 손을 내미는데, 휙 그녀의 손을 피한 킬리언은 손수 그릇에 담긴 죽을 한 술 떠 리에타의 입 앞에 가져다 댔다.

리에타의 눈이 휘둥그레졌다. 손이 저도 모르게 킬리언의 소맷자락을 붙잡았다.

"제, 제가 먹을 수 있습니다."

킬리언이 눈을 치뜨고 자기 옷자락을 붙잡은 리에타의 손을 깔아 보았다. 리에타가 움찔 하고 손을 떼며 더듬거렸다.

"제…… 제가."

"벌 받아야지?"

"네?"

차가운 목소리.

"내게 신세지는 것. 그대가 가장 싫어하는 일이잖아."

킬리언이 리에타의 황망한 눈과, 입술과, 그 앞에 갖다 댄 스푼을 바라보며 말했다. "뉘우칠 시간이다."

당혹감에 말문이 막혔다. 리에타의 눈이 흔들렸다. 벌은 이미 받았는데?

"자, 잠깐만요. 영주님."

"토 달지 말고 입 벌려. 그리고 뼈저리게 황송해하며 반성해. 그게 그대가 해야 할 일이다."

리에타의 얼굴이 새하얘졌다. 벌은 어젯밤에 주셨잖아요!라는 말이 목구멍까지 차올랐지만, 차마 입 밖으로 떨어지지가 않았다. '무슨 벌?'이라는 대답이 돌아오면 뭐라고 말해야 한단 말인가?

입술만 달싹일 뿐 차마 어젯밤 받았던 벌을 고해하며 항변할 수가 없었다. 황당해서 벌어진 입술 사이로 냉큼 스푼이 들어왔다. 혀를 깨물 뻔하고 간신히 받아 삼킨 리에타가 빨개진 얼굴로 몸을 일으키며 그릇을 향해 손을 내밀었다.

"제, 제발. 영주님. 그러지 마세요. 제발."

"무엄한 손 치우고 누워라. 명령이다."

"영주님."

"강제로 안주인을 불러 눕혀야겠어? 아니면 내 손수 그대를 눕혀 줘야 할까?"

리에타가 쩔쩔매며 울상이 되었다. 그녀에게 선택권은 없었다. 그가 다시 스푼을 디밀어 왔다.

"아."

냉혈한이 떠 먹여 주는 죽 맛이 참으로 죽을 맛이었지만 리에타의 기분과 상관없이 죽이 코로 들어가지는 않았다. 권위적인 태도로 찍소리도 못하게 막아 놓고 아랫사람의 수발을 드는 솜씨가 살뜰하기 그지없었다.

황송하고 지옥 같은 식사가 끝났다.

"다신 그러지 마."

이것이 어디까지나 합당한 벌이었다는 것을 주지시키려는 듯, 재차 못 박는 태도로 킬리언이 말했다.

"네……."

"항상 대답은 잘하지. 그러고 또 멋대로 굴 거잖아?"

"……죄송해요. 이제 정말 앞으론……."

"앞으론?"

리에타가 입을 다물었다. 억울하다. 이제 그냥 될 대로 돼라 싶었다. 리에타가 빨개진 얼굴로 침울하게 입술이 부루퉁 나오는데, 그런 그녀를 보고 차가운 얼굴을 하고 있던 킬리언이 별안간 옆으로 고개를 돌리며 짧게 웃음을 터뜨렸다. 리에타의 눈이 휘둥그레졌다. 어느새 다시 정색을 한 킬리언이 심드렁하게 툭 뱉었다.

"왜 뒤에 안 해?"

킬리언이 검지를 살짝 튕겨 정신을 못 차리는 리에타의 이마를 툭 건드렸다.

"벌써 잊어 먹었어? 저를 걱정하신다는 걸 생각하고 움직일게요, 해야지."

망연하게 얼이 빠진 리에타를 보고 킬리언은 결국 다시 이마를 짚으며 고개를 숙이고 큭큭대기 시작했다. 황당함에 입이 절로 벌어졌다. 그녀를 향해 들어 올린 대공의 붉은 눈에 장난기 가득한 미소가 어렸다. 예쁜 얼굴이 배신감으로 새빨개졌다.

"영주님!"

리에타가 꽥 소리 질렀다. 그녀도 감히 자신이 악시아스 대공에게 그럴 수 있을 줄 몰랐다. 탁자에 그릇을 치우며 짐짓 딴청을 하곤, 리에타를 향해 웃는 킬리언의 얼굴이 악동마냥 흐드러졌다.

"손, 아직 아픈가? 사제가 치유 마법으로 그대를 치료했을 텐데."

"아."

그제야 리에타는 손끝에 다쳤던 곳이 더 이상 아프지 않다는 것을 깨달았다. 리에타는 손끝을 감싼 붕대를 풀었다. 손톱이 많이 깨졌으므로 다쳤던 흔적은 온전히 사라지지 못하고 남아 있었지만 더 이상 붕대를 감아 둘 필요는 없을 만큼 상처는 호전되어 있었다.

킬리언이 그녀의 손을 잡아 올려 살펴보고는 그대로 내려놓았다. 리에타가 멍한 얼굴로 어색하게 손끝을 만지작거렸다. 별것도 아닌 상처였는데 아직 완전히 회복이 끝나지 않아선지 손끝이 간질간질한 것이 나비가 앉은 것 같아서.

킬리언이 세드릭 카발람을 끌고 사라졌던 전날 밤. 잠든 리에타가 구호 막사장의 사택으로 옮겨진 후, 목소리를 낮춘 사제들 사이에선 리에타 트리스티가 축성 성물을 만든 사람인 것 같다는 추측이 암암리에 스치듯 지나갔다.

킬리언은 확언하지 않았지만, '세 달 전', '악시아스 대공에게 은혜를 입은 신성 능력자' 이 두 가지 단서만으로도 내성의 축성술사를 유추하는 것은 어렵지 않은 일이었다.

자세한 내막이야 몰라도 그녀가 기구한 사연으로 악시아스에 흘러들어 왔다는 건 근방에선 꽤나 알려진 이야기였다. 축성 성물에 대해 킬리언이 이미 한 번 날카롭게 반응했기 때문에 감히 그나 리에타 앞에서 직접 성물에 대해 물을 만한 사람은 없었지만,

대충 사제들 사이에 돌았을 이야기를 짐작했는지, 막사로 돌아온 킬리언은 사제들에게 성물에 대해 궁금해하지도 말고 아는 척하지도 말 것을 지시했다.

아침 해가 오르고 구호 막사에 필요한 사무를 점검하기 위해 발걸음을 옮기던 킬리언은 막사 한쪽의 간이 침대를 차지하고 곯아떨어진 뷔테르를 발견했다. 이 막사를 전담하게 된 알페테르의 사제들은 지난 일주일 넘게 혹사당한 딱한 노사제를 쉽게 내버려 둔 채 분주히 오가며 일하고 있었다.

수도원장. 괜히 심사가 뒤틀려 죄 없는 사람의 침대를 걷어찼다. 화들짝 놀라 잠에서 깨어난 뷔테르가 잠이 덜 깬 눈으로 멍청하니 악시아스 대공을 올려다보았다.

죄가 없긴 않지. 리에타의 서류를 멋대로 통과시키고 말하지 않았잖아. 무표정하게 그를 내려다보고 있던 킬리언은 아무 말 없이 휙 몸을 돌려 가 버렸다.

괜한 심술이었다는 걸 깨달은 뷔테르가 뒤에서 오만상을 찡그리며 짜증을 부렸다.

"아, 뭡니까?"

"퇴물 되긴 멀었더만 엄살은."

돌아온 대답에 어이가 없어 입이 딱 벌어졌다. 물론 그 자신은 다리가 조금 불편할 뿐이지 아직 정정하다고 생각하고 있지만 죽어라 혹사시키는 인간이 할 소리는 아니었다.

멀어지는 폭군의 뒤통수에 대고 노총각 히스테리네, 영주가 힘없는 노인을 괴롭히네, 본인은 거동도 힘든 팔십 노인입네 하며 노발대발하던 뷔테르는 이내 언제 그랬냐는 듯 다시 간이 침대에 쓰러져 잠들었다.

"뵙게 되어 영광입니다!"

타니아 성녀가 무심히 고개를 까닥여 리에타의 인사를 받아 주었다. 리에타는 전날 자신을 치료해 준 사제가 타니아 성녀라는 것을 알고 깜짝 놀랐다. 그런 이름을 영주님께서 부르셨던 것을 들었던 것 같지만, 몽마 때문에 잠이 쏟아지고 있던 참이었으므로 정신이 혼미해 잘못 들었다고 생각하고 있었다.

그런데……! 진짜 타니아 성녀였다!

"저, 저는 리에타 트리스티입니다. 미력하지만 축성 능력자입니다."

"그래요."

"정말로 존경합니다."

"그런가요."

"진심으로 흠모해 왔습니다."

이십 년 동안 질리게 들어 식상해졌을 고백에도 성녀가 친절하게 답했다. "고마워요. 받아 줄 수 없다는 건 알고 있죠?"

이런 곳에서 뵙게 되다니……! 성녀가 선반 위에 올려져 있던 구호 물품을 끌어내리는 것을 보고 리에타는 얼른 가서 도왔다. 리에타는 자신이 존경하는 타니아 성녀에게 손수 치료받았을 뿐만 아니라 그녀와 같은 장소에서 일하고 있다는 것이 믿기지 않는 듯 발그레한 뺨에 홀린 눈빛이었다. 리에타는 사랑에 빠진 얼굴로 타니아 성녀를 졸래졸래 따라다녔다.

가는 곳마다 시키지도 않은 일을 참 열심히도 하는데, 무의식중인 듯 몸은 항상 타니아 성녀를 향해 반쯤 돌아가 있고, 하늘색 눈은 틈이 날 때마다 타니아 성녀를 향해 자석처럼 따라붙었다.

타니아 성녀는 무심한 얼굴이었지만 킬리언의 축성 성물을 만들었다는 그녀에게 은근히 관심을 보이며 때때로 이런 저런 축성이나 정화 같은 잔일을 돕게 해 주었다.

리에타는 정말로 열심이었다. 큰 규모의 구호 막사였지만 성실한 조수를 거느리게 된 성녀와 킬리언 덕택에 일은 예정보다 빠르게 척척 진행되었다.

구호 막사장이 건넨 서류를 검토하던 킬리언이 흘긋 눈을 들어 잰 걸음으로 오락가락하는 리에타의 뒷모습을 좇았다. 뺨에서 홍조가 떠나질 않는 얼굴을 보니 얼핏 스치는 기억이 있어 킬리언은 엄지로 가만히 손마디를 문질렀다.

한낮의 태양이 내리쬐던 대사원의 침대 위, 열이 오른 뺨에서 맥박이 뛰던 감각, 잘도 숨겨 두었던 눈물에 둑 터지듯 무너지던 모습. 새삼 야위어보였던 창백한 얼굴과…… '쓰지 않으시잖아요.' 하며 웃던…… 그리고 울던.

오죽 여러 가지 일이 있었는지 상기된 얼굴에 하나, 둘 얽혀 떠오르는 모습들이 꽤 많았다. 점차 셀 수 없이 는다. 두서없이 떠오르는 기억들을 물끄러미 관망하는데.

"……."

문득 눈이 마주치자 리에타는 아침 일로 아직 골이 났는지 슬그머니 시선을 피하곤 쌩하니 타니아 성녀에게로 도망쳐 버렸다. 킬리언이 희미하게 웃으며 손에 든 서류를 까닥였다. 장난 좀 쳤기로서니 뒤끝은.

마침 타니아 성녀가 리에타를 발견하고 손짓해 부르자 리에타는 얼른 그녀 앞으로 달려갔다. 공손히 손을 앞에 마주 포개 잡고 성녀가 하는 이야기에 귀 기울이며 연신 고개를 끄덕인다. 있지도 않은 꼬리가 살랑대는 것이 보일 지경이었다.

성녀가 무슨 심부름을 시켰는지 리에타는 "금방 다녀올게요." 하고는 또 종종대며 어딘가로 갔다. 킬리언이 피식 하며 중얼거렸다.

"새끼 오리 같군."

그 소릴 들은 타니아 성녀가 픽 웃었다.

"대공의 애첩께선 어째 대공보다 저를 더 좋아하시는 듯합니다."

그녀의 말에 킬리언이 한쪽 입꼬리를 올리며 무심히 서류로 눈을 돌렸다.

"질투 나네."

기사들과 함께 오늘 오기로 되어 있던 인력들과 물자들이 도착하기까지 넉넉하게 시간이 남아 있어 그들은 막사의 환자들을 돌보며 기다렸다. 오늘부터는 매일 세 곳의 막사만 돌면 되기 때문에 뷔테르와 데미안, 콜브린도 여유가 있었다.

새로운 사제들을 배치하고 인수인계하는 전날의 막사 순회는 생각보다 많은 시간이 걸려 늦은 시간에야 끝이 났다. 동쪽 별채에는 경과가 나쁜 환자가 없었고 밤에 비까지 왔기 때문에 킬리언과 사제들은 동쪽 별채에 들르는 일정을 미루고 마지막 구호 막사에서 밤을 보냈다.

킬리언과 여덟 명의 신성 능력자는 막사에 남아 아침을 맞았다. 타니아 성녀와 이 막사를 맡게 될 전담 치유 사제 한 명, 그리고 이곳을 포함해 세

곳을 담당해 순회하게 될 두 명의 구마 사제.

악시아스의 세 사제 뷔테르, 콜브린, 데미안. 그리고 구호 막사장의 사택에서 신세를 진 리에타.

이들 외의 의료 인력들과 일꾼들은 모두 집으로 돌아갔다.

알페테르의 사제들이 두 사람씩 막사를 전담하기로 했으므로 타니아 성녀 역시 그곳을 전담하게 되어야 했으나 활동 반경이 넓은 타니아가 거동이 불편한 뷔테르와 역할을 바꾸기를 제안했다.

합리적이라고 생각한 킬리언이 이의 없이 받아들였다. 뷔테르는 감격한 얼굴로 성녀를 바라보며 감사했다. 결과적으로 뷔테르가 알페테르의 전담 치유 사제와 함께 그 막사를 전담하게 되고, 콜브린과 데미안은 구마 사제들의 일행에 각각 합류해 삼인 일조로 순회를 맡기로 했다.

그리고 타니아 성녀는 일손이 필요한 곳을 알아서 메우겠다며 전 막사 순회를 자처하여 과연 아무나 성녀라 불릴 수 있는 것은 아니라는 점을 증명했다.

킬리언은 마지막 서류들을 털며 악시아스 성으로 갈 채비를 했다. 이제 구호 막사 쪽은 한시름을 놓았으니 킬리언은 성으로 돌아가 잔뜩 밀려 있을 급한 서류들을 처리할 수 있게 되었다.

동쪽 별채에서는 모두가 무난히 병을 이겨 내고 있었고 추가 발병이나 상태가 악화되고 있는 사람이 없었다. 그래도 역마는 꾸준히 경계해야 하므로 킬리언은 데미안과 콜브린에게 매일 순회 일정이 시작되기 전 동쪽 별채를 다녀오도록 할 예정이었다.

청년 사제들도 자신들에게 맡겨질 일을 예상하고 기다리고 있었다. 그러나 다시 한번 타니아 성녀가 나섰다.

"제가 한번 보지요. 동쪽 별채에 계시다는 환자분들."

"그대가?"

"특진비는 면제해 드리겠습니다. 받은 만큼 일하는 거니 사양하지 않으셔도 됩니다."

킬리언이 픽 웃었다. 사양할 거 없지.

"그래."

킬리언은 그럼 데미안과 콜브린도 막사에서 좀 더 쉬다가 구마 사제들과 막사 순회나 돌러 가라고 했고, 이번엔 데미안과 콜브린이 감격한 얼굴로 성녀를 바라보며 감사했다.

기사들과 물자들이 도착하면 타니아 성녀는 킬리언과 함께 악시아스 성에 다녀오기로 했다. 악시아스 성 소속이 되며 격리 구역에서 나가라는 명령을 받은 리에타도 함께였다.

격리 구역을 떠날 준비를 하며 잠시 기운이 없어 보이던 리에타는 동쪽 별채에도 도움이 필요하기 때문에 성녀가 함께 갈 것이라는 이야기를 듣고 별다른 이야기는 하지 않았지만 눈과 뺨에 생기가 돌았다.

킬리언은 멀찍이서 짐 정리를 돕는 리에타를 물끄러미 바라보았다. ……타니아 성녀 곁에서 함께하게 할까. 리에타가 아니면 안 될 정도로 일손이 절실하진 않지만, 어쨌든 도움이 되기는 하는 것 같고. 기사들도 함께 있을 테니 성녀의 옆이라면 위험하지 않을 텐데.

타니아 성녀가 힐긋 킬리언을 한 번 보고는 지나가듯 말했다.

"대공의 애첩께선 꽤나 영민하더군요. 치유 능력이 없다는 것은 아쉽지만 축성과 정화의 질이 괜찮고 말을 금방 알아들어요. 대공께서 깨질세라 안절부절못하지만 않으시면 데리고 다녀도 좋으련만."

한쪽 눈썹을 치켜 올린 킬리언이 무심히 리에타에게서 시선을 거두며 툭 대답했다. "별로."

동의할 수 없었다. 말을 금방 알아듣기는 픽이나.

덜덜거리는 마차의 바퀴 소리와 함께 말발굽 소리가 들려왔다. 워, 워 하는 소리와 함께 히히힝 하며 가볍게 말이 투레질하는 소리가 울렸다. 악시아스 성에서 기사들이 데려온 축성 능력자들과 의사들, 일꾼들이 마차에서 내리기 시작했다.

그들의 인수인계를 뷔테르에게 맡기고 킬리언은 따로 타니아 성녀를 불러 기사 몇과 함께 마을 회관의 회의실로 올라갔다. 회의실의 문이 열리자 비릿한 피 냄새가 물씬 풍겼다. 죽사발이 되어 의자에 묶인 피투성이 사내가 죽은 듯 기절해 있었다.

킬리언이 다가가선 그 정강이를 걷어차 깨웠다. 세드릭 카발람이 기겁하며 파드득 일어났다. 이마가 처참하게 깨지고 피가 흘러 굳은 꼴이 제법 흉측했다. 얼굴은 퉁퉁 부어 눈을 잘 뜨지도 못했다.

킬리언이 무심히 내뱉었다.

"죽지 않을 정도로만 치료해 줘."

타니아 성녀는 아무 사정도 설명하지 않고 피떡이 된 남자를 당당히도 내놓는 킬리언을 그저 한 번 바라보고, 굳이 사람을 이 지경을 만든 이유를 묻지도, 오지랖을 부리지도 않고 치유를 시작했다.

어젯밤 격리 구역에서 대공의 애첩을 훔쳐보며 수상한 거동을 보이다가 끌려간 사내이니 뭐, 충분히 거칠게 다뤄져도 할 말 없는 입장이었다. 폭력을 좋아하지는 않았지만 이십 년을 넘게 제국의 가장 위험한 곳들을 찾아다녔던 타니아 성녀였다. 온갖 귀족과 불한당과 도적과 망나니를 다 겪으며 뼈가 굵은 그녀의 기준에서 킬리언은 꽤나 신사적인 편이었다.

상처의 꼴을 보니 어젯밤 곤죽이 된 모양이었지만 굳이 저렇게 고통스러운 상태로 하룻밤을 방치하고 이제야 부른 이유가 있을 것이다. 치정 문제이든 무엇이든.

그렇게 생각했기에 그녀는 대공이 검을 뽑아 자신이 치료하고 있는 사내의 눈동자를 겨누어도 그다지 놀라지 않았다. 그저 한마디를 참견했다.

"눈은 찌르시면 회복이 안 됩니다."

사내에게 시선을 고정한 채 킬리언이 고개를 기울였다.

"그렇다는군."

남 얘기처럼 말하는 대공이 겨눈 검 끝은 한 치 흔들림이 없었다. 의자에 묶인 사내는 눈에 닿을 듯 날카롭게 겨눠진 첨단을 피하지도 못하고 직시하며 공포에 흐느꼈다.

"세드릭 카발람. 어제 내 말을 기억하고 있겠지?"

"네, 네. 기억하고 있습니다."

킬리언이 달콤하게 타이르듯 속삭였다.

"리에타 트리스티는 죽었다. 건강하지 않은 여자를 비싸게 팔아먹어 대공이 화가 단단히 났으니 앞으로 내 눈에 띄지 말아야 할 것이라고 전해라. 살려 보내는 것은 이번뿐이다."

"아무렴요, 그리 전하겠습니다. 감사합니다."

그가 한쪽 입꼬리를 올려 웃었다.

"아무렴 감사해야지. 생명의 은인인데."

킬리언이 그의 입에 지그시 금화 주머니를 물려 주었다.

"목숨 달아 둔 것 잊지 말고……. 부족함 없이 넣었으니 악시아스가 아닌 곳에서 알아서 치료받고 꺼져라."

킬리언이 상냥하게 검을 눕혀 그의 뺨을 톡톡 두 번 두드려 주곤 싱긋 웃었다. "모쪼록 길 조심하길."

킬리언이 손을 들어 올려 타니아 성녀는 치료를 멈추고 물러섰다. 뒤에서 기다리던 기사들에게 세드릭 카발람을 악시아스 밖으로 내치라는 명령이 떨어졌다. 기사들이 다가가 그의 모습에 썩 어울리는 손길로 그를 일으켜 세웠다.

"가지."

킬리언은 감정 없는 목소리로 툭 뱉고 몸을 돌려 밖으로 향했다. 여전히 아무것도 설명은 없었지만, 타니아 성녀는 알 만하다고 생각했다.

얼핏 들은 이름 같더라니. 성녀 역시 들은 풍문이 있었다. 그녀는 얼마 전 역병으로 초토화된 세비타스에 들렀었다. 악시아스 대공이 카사리우스 전 영주의 장례식에 순장당할 뻔한 과부 하나를 사 갔다는 이야기는 세비타스 사람들에게 꽤나 회자되는 이야깃거리였다.

리에타 트리스티. 그녀가 세비타스에서 대공이 사 갔다던 그 과부였나. 축성 능력자를 상당히 과보호하며 애지중지하네 싶더라니 그런 사연이 있었군.

축성 성물을 만들었다는 소리에 무슨 사연이 있지 않을까 생각은 했었다. 딱히 축성 성물이나 호기심 때문에 그녀에게 관심을 두었던 것은 아니었지만. 타니아 성녀로서도 드물게, 리에타는 괜히 눈에 밟히는 데가 있는 사람이었다.

눈에 띄는 외모 때문인가. 묘하게 신경이 쓰였다. 측은하기도 하고. 하긴 세비타스에서 얘길 들었을 땐 참 팔자가 기구한 여자도 다 있다 싶었는데, 그나마 대공께서 꽤나 아끼며 보호하시는 듯하니 다행이라고…… 그런 생각을 하면서 타니아 성녀는 그녀가 살아 있냐는 질문에 화를 내던 대공의 눈빛을 떠올렸다.

얼마 후 킬리언과 타니아 성녀, 그리고 기사들이 말을 끌고 막사 밖에 모였다. 말을 탈 줄 모르는 것은 리에타뿐이었다. 킬리언이 레아의 고삐를 쥐고 리에타를 향해 손을 내밀었다.

"이리 와."

처음 있는 일도 아닌데 왠지 기분이 이상해서 리에타는 머뭇거리는 마음을 감추며 다가갔다. 킬리언은 당연하다는 듯 훌쩍 그녀를 들어 올려 제 애마에 태웠다.

하나 뿐인 안장과 등자도 리에타에게 양보해 놓고 그 뒤에 가뿐히 올라 탄 킬리언이 리에타를 팔 안에 둔 채 레아의 고삐를 잡았다. 레아의 갈기를 움켜쥐며 리에타의 어깨가 움츠러들었다.

하비투스에서 돌아올 때는 삼 일 내리 뻔뻔했던 것이 이제 와 한꺼번에 창피한 것마냥 황송했다. 그땐 경황이 없었지. 어떻게 그럴 수 있었나 기억도 나지 않았다. 전과 달리 민망한 기분이 드는 것은 본인만 말을 탈 줄 모르는 상황이 반복되고 있기 때문이리라.

말에 대해 전혀 모르는 리에타는 등자와 안장을 양보받은 것에 대해서도 어찌 해야 하나, 이래도 되나 알 수 없어 우물쭈물했다.

킬리언은 아무렇지도 않게 평소처럼 말을 몰았다. 혼자서만 안장에 올라앉았고도 리에타의 머리는 그의 시야를 방해하지 못했다. 큰 말에, 큰 기수에, 등자와 안장을 차지한 조그만 혹은 아무런 문제가 되지 않았다.

리에타는 긴장한 채 레아의 갈기를 꼭 쥐고 빨리 말을 타는 법을 배워야겠다고 생각했다. 동쪽 별채 기사단에 들어가면 말을 타는 것은 배워야 할 거라고 말씀하기도 하셨으니까…….

출발하기에 앞서 그들을 배웅하러 나온 사제들이 타니아 성녀와 기사들, 말들에게 축성을 해 주었다.

축성 능력을 지닌 사람은 스스로의 몸에도 축성을 할 수 있었지만 마음의 문제도 있고 관행적인 예의로 축성은 서로 해 주는 것이 일반적이었다. 그들이 은은한 빛이 나는 손을 상대방의 어깨와 머리에 가져다 대고 성호를 그으며 서로를 축성했다.

리에타는 자신이 미처 축성을 받지 않은 채 말에 올랐다는 것을 깨달았다. 킬리언에겐 성물 목걸이가 있으니 축성이 필요 없었지만 리에타는 축성이 필요했다. 발을 건 등자가 당황한 리에타를 따라 작게 흔들리며 달그락거렸다.

자신을 보호하듯 가두고 있는 남자의 팔을 내려다보며 리에타가 역시 그냥 스스로 축성을 걸어야 하나 고민하고 있는데, 머리 위로 킬리언의 손이 움직였다.

툭 목에 내려와 걸리는 가죽 줄에 마음이 철렁 내려앉았다. 어느새 눈앞을 지나 가슴 위에 올라온 것은……. 깜짝 놀라 뒤로 돌자, 안장에 오른 덕에 평소보다 가까워진 수려한 얼굴이 표정 없이 그녀를 바라보고 있었다. 그의 입술이 열리고 무심한 목소리가 흘러나왔다.

"축성해 줘."

리에타의 몸이 멎었다. 킬리언은 무심한 눈길로 그녀의 금발 머리카락을 목걸이 줄 뒤로 빼어 정리하고 있었다.

"소외되는 것 같거든."

혼잣말처럼 중얼거린 킬리언이 고개를 숙여 그녀를 향해 몸을 낮추었다. 그렇지 않아도 지나치게 가깝던 날카롭고 무뚝뚝한 남자의 얼굴이 더 가까워졌다. 리에타는 말문이 막혀 버렸다.

금방이라도 반지를 움켜쥘 듯 가슴 앞섶으로 들어 올렸던 손이 차마 목에 걸린 딸의 유품을 움켜쥐지 못하고 가늘게 떨렸다. 저는 사제님들께 축성을 받으면 된다고, 전 신성 능력자이고 스스로 축성을 해도 된다고……. 다시 목걸이를 가져가 하시라고.

그리 말해야 할 텐데. 그리 말했을 텐데. 평소였다면 말할 수 있었을 텐데. 거절할 수 있었던 순간을 한 찰나 놓쳤을 뿐인데, 이미 목걸이는 머리카락 아래로 턱하니 자리해 버렸다. 그가 너무나 당연하게 굴어서 거절하지 못했다. 거절할 수 없었다. 타이밍 때문이었다.

주변을 둘러싼 사람들은 다들 이미 말에 올라 이분만 기다리고 있기 때문에 지금 실랑이를 벌이며 가타부타 말하기엔, 일행에 폐가 될 것 같았다.

리에타는 멍하니 킬리언의 검은 머리카락과 고요히 맞물린 채 그녀를 기다리는 속눈썹을 바라보았다. 잠시 그러고 있다가 리에타는 반지를 움켜쥐려다 멈춰 버린 손을 그대로 그의 어깨 위에 가져다 대고 저도 모르는 무언가에 이끌리듯, 몸을 기울여 그의 이마에 입 맞추었다.

정중하고 경건한 입맞춤. 축복의 기원을 담은 손으로 머리나 어깨를 쓸어서 하는 일반적인 축성이 아닌, 지체 높은 귀족에게 경애와 존경의 의미를 담아 바치는 고위 사제의 축성. 공식적인 자리에서 격식을 차린 정중한 축성의 방식이었다.

하지만 말에 탄 두 사람이, 뒤에 앉은 남자는 살짝 고개를 숙여 자세를 낮추어 주고, 앞에 앉은 여자는 뒤를 돌아 그의 어깨에 손을 올리고 이마에 입을 맞추는 것이, 어딘지 그런 단순한 의례와 사뭇 다른 느낌이라 사제들과 기사들이 조금 놀라서 그들을 바라보았다.

손으로 축성을 해도 된다는 것을 알고 있었다. 하지만 지난 일 때문에 단지 그러는 것이 익숙해져서라거나, 이분께서 당연하다는 듯 고개를 숙여 저와 높이를 맞추어 주셔서라거나, 앞서 몇 번 그렇게 축성을 했더니 이제 손으로 하는 축성은 이마에 입 맞추는 축성보다 진심이 덜한 것으로 느껴져서라거나…… 꼭 그래서 그런 것만은 아니었다.

리에타의 손은 그에게 입 맞춘 후에야 그녀의 뜻대로 움직였다. 떨리는 손가락이 목에 걸린 목걸이를, 가슴 앞에 자리한 딸의 반지를 꿈처럼 더듬었다. 무겁다. 그럴 리가 없는데. 다시 건네드릴 것이다. 성에 도착해 말에서 내리자마자 이 귀하신 분의 목에 다시 걸어 드릴 것이다. 하지만……

다신 제 손에 돌아오지 않으리라 여겼던 딸의 반지가, 거짓말처럼 가슴 위에 자리해 생각지 못한 존재감으로 심장을 내리누르자 목이 메었다. 예기치 않게 밀려오는 서럽고 감사한 마음을 차마 표현할 길이 없어서, 그녀는 그에게 할 수 있는 가장 정중한 축성을 바치고 싶었다. 진심을 다해.

축성을 받은 후, 무심한 낯으로 고개를 든 킬리언이 앞을 향해 고갯짓했다.

"앞에 봐."

멍하니 킬리언을 바라보고 있던 리에타는 황급히 시선을 전방으로 향했다. 악시아스 대공이 손에 쥔 고삐를 당겼다. 그들을 태운 말이 방향을 잡고 달리기 시작했다.

어찌 산 사람 마음에 욕심이 없다고 믿었을까.

가슴에 얹힌 욕심의 무게가 이토록 무거운데.

6

마른 가지에
바람처럼

✤

   간밤에 내린 비로 땅은 척척하게 젖어 있었다. 말발굽이 땅을 박찰 때마다 노란 흙먼지 대신 자잘한 흙탕물이 일었다. 때때로 길가에 핀 잡초와 풀꽃 들에 맺힌 이슬이 튀며 크고 작은 무지개를 만들어 내었다. 여름의 태양이 한창이었지만 바람은 선선했다.

   말과 마차가 여럿 달려야 했기에 그들은 사람들이 많이 오가지 않는 한적한 밭길을 따라 달렸다. 듬성듬성 새파란 밀밭과 보리밭, 옥수수밭이 번갈아 나타났다. 척박한 땅이라 수확량이 풍족하지는 않았지만 옥수수나 감자처럼 질긴 생명력으로 곧잘 자라 주는 고마운 작물들 덕택에 그럭저럭 농사꾼들의 명맥은 유지되고 있었다. 많은 사람들이 뿌리내리려 노력한 결과 이제는 밀과 보리도 그들의 땅에 조금이나마 발을 붙였다.

   마수 전리품과 공예품, 용병들이 악시아스를 움직이는 손과 발이라면,

넓지만 척박한 땅에서 조금씩 꾸준히 나오는 작물들은 악시아스의 생명줄이었다. 모자란 식량은 교역으로 꾸준히 공급하고 있었지만 역병이 퍼져 교역문이 닫히고서도 부족한 대로 꽤 오랫동안 버틸 수 있는 것은 이들 작물 덕택이었다. 악시아스를 숨 쉬게 하는 여름날의 농작물들이 아직 새파란 채 태양을 향해 내민 몸을 흔들고 있었다.

비는 간밤에 다 내린 듯, 하얀 구름 두어 조각만이 걸린 하늘에서 불어오는 바람은 기분 좋게 목덜미를 간지럽혔다. 빗길에 말이 미끄러지는 것을 피하기 위해 말들은 적당한 속도로 가볍게 달렸다.

봄꽃들이 대부분 떨어지고 난 갓길은 나무와 풀들이 내뿜는 새파란 녹음으로 뒤덮여 있었다. 역병 퍼지는 인간사 따위는 남의 일이라는 듯 매미들은 열정적으로 울어 젖혔고, 새들은 지지배배 지저귀며 나뭇가지 사이사이로 날았다.

악시아스 어디서나 볼 수 있는 거대한 성채가 점차 일행의 눈앞에 가까워지고 있었다. 잠시 말들이 속도를 낮추며 쉬어 가는 사이, 타니아 성녀가 성을 바라보며 짤막한 감상을 던졌다.

"세월 참."

성녀는 오래간만이라는 얼굴을 하고 있었다. 킬리언이 눈만 움직여 그녀를 쳐다보았다. 십 년 전쯤 왔다 간 적이 있다 했던가.

"뭔가 변한 것이 있나."

그걸 말이라고. 타니아 성녀가 짧게 웃으며 답했다.

"딱히 제 인정은 필요하지 않을 것 같습니다만."

악시아스는 십 년 만에 상전벽해를 이루었다. 황량하던 황무지가 도시가 되는 기적이 일어났는걸. 하지만 악시아스 성주는 덤덤한 낯으로 무뚝뚝하게 대꾸할 뿐이었다.

"딱히 아첨을 듣자고 한 소리는 아니었는데."

별다른 감흥이 드러나지 않는 무감한 눈이 자신이 정복한 성채로 향했다.

"도시야 그렇다 치지만, 성채는 딱히 바뀐 것도 없지 않나."

킬리언의 물음에 타니아 성녀는 어깨를 으쓱하며 전방의 성을 올려다 보았다. 악시아스 성. 담쟁이덩굴조차 타고 오르지 않았던 메마른 돌벽에 이제는 나팔꽃이 피어오르고 있었다.

마수의 손에 들어갔던 수백 년 간, 시커먼 가시나무 덩굴만이 얽히고, 그 위에 흰 눈이 쌓이는 채도 없는 변화만 일어나던 곳이었는데.

딱히 대답을 기대한 질문은 아니었던 듯, 킬리언은 별 말 없이 말을 몰 아 훌쩍 앞서 나가 버렸다. 성녀도 군이 그것을 일깨워 주어야겠다고 생각 하지 않고 넓어진 길을 향해 이랴, 하고 말을 몰아갔다.

매일같이 보는 사람들은 변화를 느끼지 못하는 회색빛 돌 벽에도 여름 의 녹음이 번지고 있었다. 그 틈새에 피어난 수수한 여름 꽃들이 별처럼 점점이 흰색과 청자색, 적자색 점들을 수놓고 있었다.

서서히 악시아스 성의 철문과 해자 위를 가로지르는 도개교가 드러나 기 시작했다. 해자에 둘러싸인 잿빛 고대성은 섬세하거나 화려하진 않았 지만 과묵하고 웅장한 기품이 있었다. 근래 귀족들이 선호하는 우아하고 세련된 성은 아니었지만 고대인들과 마수들을 거쳐 가고도 굳건한 오랜 역사의 성채는 신비롭고 묵직하며 고풍스런 분위기를 풍겼다.

육중한 아다만티움 창살로 된 두 겹의 철문과 그것을 둘러싼 석조 건물 의 벽면에는 고대 마법과 함께 지금은 멸종한 거대한 드래곤이 양쪽으로 흐릿하게 양각되어 있었다. 드래곤의 몸체 위에는 정체 모를 마수의 발톱 자국과 비늘 자국, 그리고 세월의 손길들이 남아 있었다.

성채 자체가 가지는 축성의 힘으로 침식과 마모를 어느 정도 피했을 텐 데도 수백 년의 긴 시간은 어쩔 수 없이 인간의 조형물 위에 자신의 흔적 을 남겨 두었다.

오랜 세월 마수들의 지배하에 있었던 옛날의 성채이지만, 수백 년이 지난 후에도 후손들은 누구 하나 이만한 성채를 짓지 못했다. 고대의 선조들은 예상했을까. 백여 년 만에 마수들로부터 그 성을 탈환한 삭막한 폐황자는 묘하게 그 성을 닮아 있었다.

악시아스 성주를 발견한 성의 경비병들이 움직였는지, 해자 위로 천천히 도개교가 내려오고 있었다. 킬리언이 고삐를 당기자 그들을 태운 흑마가 리드미컬하게 앞발을 공중에 구르며 멈추어 섰다.

으레 따라오는 아찔한 감각에 리에타는 눈을 질끈 감았다. 홀로 두 사람을 태우고도 언제나처럼 무리의 선두 자리를 굳건히 지킨 레아의 갈기를 한 번 쓸어 주고 킬리언이 말의 등에서 뛰어내렸다.

악시아스 성의 육중한 쇠문이 성주를 맞이하기 위해 천천히 움직이기 시작했다. 건너가기 위해선 조금 더 시간이 필요할 듯해, 킬리언은 도개교를 잠깐 가늠하듯 올려다보곤 몸을 돌려 리에타를 향해 팔을 내밀었다.

몸이 채 다 돌아가기도 전에 목에 뭔가 툭하고 내려와 걸렸다. 뭔지 보지 않아도 알 수 있었다. 킬리언이 가만히 눈썹을 찌푸렸다. ……어떻게든 내가 다른 축성 성물을 구하든가 해야지 원.

언짢은 낯으로 리에타의 얼굴을 향해 시선을 들어 올리는데, 쏴아아아……. 잎사귀를 흔드는 바람 소리가 지나갔다.

"감사합니다."

눈이 마주치자 예기치 않은 모습이 눈에 들어와 그는 몸을 멈추었다. 리에타가 웃고 있었다. 늦은 아침의 햇살이 그녀의 꾸밈없는 백금발과 새하얀 옆얼굴에 화사하게 부서졌다. 정말 해사하게. 그녀가 진짜 산 사람다운 웃음을 웃으며 그를 보고 있었다.

"나중에 주세요."

킬리언이 얼굴을 굳힌 채 그녀의 얼굴을 바라보았다.

"나중에…… 필요 없어지셨을 때 돌려주시면 정말로, 그때는 받을 테니까."

리에타가 청유리 같은 하늘색 눈동자에 그를 담은 채, 고개를 살짝 기울이며 다시 한번 웃어 보였다.

"별채에 들어갈 거잖아요. 축성이라면 목걸이가 있어도 얼마든지 해 드릴 테니까요."

소외감 느껴진다고 반쯤 농담으로 한 소릴 맘에 담은 건지, 나중에 후회하게 될 말을 뱉으며 리에타가 팔을 내밀어 그의 손에 제 몸을 맡겼다.

쏴아아아……. 몸은 익숙한 습관에 반응하듯 저절로 그녀의 허리를 잡고 땅에 내려 주었지만, 킬리언은 뜻밖에 그녀의 웃는 얼굴에 놀라 제가 무얼 하고 있는지도 몰랐다.

리에타는 바닥에 발이 닿자마자 잠시 기대었던 그의 팔에서 손을 떼고 몸을 돌려 도망치듯 달려갔다. 킬리언이 굳은 얼굴로 멀어지는 그녀의 뒷모습을 좇았다.

저렇게 평범하게 웃을 수 있었나? 저 여자가. 아니, 평범하지 않은 것 같기도 했다. 그는 그런 웃음을 어디에서도 본 적이 없었다. 그러나 어디서나 볼 수 있는 평범한 웃음 같기도 했다.

"타니아 성녀님!"

그녀가 향하는 곳에는 한발 늦게 도착한 타니아 성녀가 말을 멈춰 세우고 있었다. 리에타가 성녀를 향해 달려갔다. 킬리언이 제 눈을 의심하며 손을 들어 눈부신 햇살을 가렸다. 제게서 도망치듯 멀어지고 있는 그녀의 뒷모습이 더욱 선명하게 눈에 담겼다.

그 뒷모습에, 흐드러진 금발에, 햇살이. 햇살이…….

"타니아 성녀님. 제가 감히 성녀님의 축성을 청할 수 있을까요?"

눈부신 햇살 속에서 대수롭지 않게 고개를 끄덕인 성녀가 말에서 내리는 것이 보였다. 저 멀찍이서 들려오는 목소리가 바로 곁에서 하는 말처럼 귀에 꽂혔다.

킬리언은 이상한 기분으로 제 손을 내려다보았다. 리에타를 붙잡고 내려준 손이 이상했다. 그 손으로 어색하게 제 이마를 만져보았다.

어제는 조금 취기가 있었을 뿐…… 별달리 특별한 감정으로 한 일은 아니었다. 그저……. 안아 줘야 할 것 같았다. 하지만 아침이 되고 술이 깬 후, 내심 실수했다는 것은 깨닫고 있었다. 어색하게 굴 것 같아서 아침에 장난을 좀 쳤다. 그뿐이었는데.

진행되면 피곤해지는 감정이, 이성을 좀먹는 감정이, 어느새 방비하지 못한 사이 저 웃음이 가슴에 파고들어왔다.

킬리언은 조금 믿기 힘든 기분으로 리에타의 뒷모습을 눈으로 좇았다. 한 번 더 보면 무엇이든 분명해질 것 같은 기분이었는데. 그러나 오히려 모든 것은 다시 한번 혼란에 빠졌다.

어머니와 닮은 듯했지만 다른, 생전 처음 만나는 충격적인 미소가. 풀 한 포기 나지 않는 땅, 말라죽은 지 오래인 황량한 마른 가지에 바람처럼 깃들었다. 청아하게 싱그럽고, 서러운 기쁨으로 따스한, 눈부신 여름날의 햇살이 아찔했다.

그는 문득 자신이 마음을 말려 없앨 타이밍을 놓쳤음을 깨달았다. 쏴아아아……. 그녀가 저만치서 고개를 돌려 그를 바라보았다.

무성한 녹음 위에 햇살이 부서졌다. 킬리언은 지그시 눈을 감았다. 아니야……. 아직은 아냐. 역할에 너무 몰입했을 뿐이야. 아직 늦지 않았다. 킬리언은 자신이 이상하리만치 오랫동안 그 자리에 발붙이고 서 있었다고 생각했다.

철컹 하고 성문의 도르래가 끝에 닿아 걸리는 소리가 들리고서야 그는 그것이 그저 성문이 온전히 열리기까지의 그리 길지 않은 시간이었을 뿐이었다는 것을 깨달았다.

어제 술을 마셨고, 오랫동안 제대로 쉬지 않았기 때문이라고, 햇살이 너무 뜨겁기 때문이라고 킬리언이 스스로에게 되뇌었다.

무거운 갑주 차림의 경비병과 문지기들이 대공을 향해 경례하고 옆으로 물러섰다. 굳게 닫혀 있던 철문이 활짝 열려 있었다. 입성의 순서를 그에게 양보하기 위해 그들은 성문 앞에서 기다리고 있었다.

조금 눈을 찌푸리고, 걷는 것이 익숙지 않은 사람처럼 킬리언은 도개교 위로 발을 내디뎠다. 지금은 어쨌든 성 안으로 들어가야 할 때였기에 그는 천천히 발을 옮겼다.

쏴아아아……. 담쟁이덩굴에 뒤덮인 삭막한 고대성의 돌 벽과 철문에 이팝나무 이파리가 몸을 비볐다. 뾰족하게 솟은 철문의 쇠창살을 두드리는 한 여름의 잎사귀들이 겁도 없이 푸르렀다. 철문 끄트머리에 위협적으로 빛나는 날카로운 쇠창살에도 한껏 바람을 머금고 흐드러지는 잎사귀 위에도 눈부시게 햇살이 부서졌다.

쏴아아아……. 바람이 노 젓는 짙푸른 여름의 냄새와 포말처럼 새하얗게 쏟아지는 성곽의 녹음.

이 땅에 닻을 내린 지 십삼 년 째. 이제는 익숙해진 지 오래인 풍경인데, 그 속에 저 낯선 웃음이 담기고 매일같이 보아 왔던 세계가 새로운 모습으로 변모했다.

언제나 몸담고 있던 풍경이 송두리째 낯설어지는 기묘한 감각이 산란했다. 쏟아지는 뜨거운 햇살이 에메랄드 빛 잎사귀들을 탐하고 햇살 틈을 유영하는 바람이 그 사이를 노 저어 왔다. 머리카락을 희롱하는 서늘한 바람. 태양에 미쳐 있는 매미들의 열기.

여름이었다. 마침내 그녀의 앞에 도달한 킬리언은 무언가 확인하듯 짧게 그녀를 바라보고 있다가, 이내 표정 없이 자신의 성을 향해 휙 몸을 돌렸다.

7

누구에게나
비밀은 있다
(1)

❀

　동쪽 별채 앞에는 미리 소식을 들은 사람들이 영주님의 별채 입성을 위한 준비를 마련해 두고 있었다. 킬리언은 에른이 내미는 흰 천을 보고 눈썹을 꿈틀했다.

　"뭐야?"

　"축성된 라멘타 리넨입니다. 이것으로 입과 코를 가리는 것이 감염의 예방에 효과가 있다 합니다. 사용해 주십시오."

　킬리언은 가만히 새하얀 천을 쳐다보았다. 질병의 감염을 피하기 위해 입과 코를 가린다는 조치는 민간에서는 상식이긴 하지만, 마법적 차단인 축성이 물리적 차단을 대신할 수 있기에 줄곧 주변에 신성 능력자를 두고 있던 그에게는 꼭 필요하다고 할 수는 없는 물건이었다.

　"리에타도, 사제들도 이런 걸 사용하는 걸 본 기억이 없는데."

리에타는 얼른 자신에게도 주어진 천을 받아서 목도리처럼 칭칭 둘렀다. 타니아 성녀도 힐끗 보더니 익숙한 물건이라는 듯 받아들었다. 에른이 답했다.

"유비무환이지요. 이중 삼중의 보호는 언제나 옳지 않겠습니까."

킬리언의 얼굴은 썩 상쾌하지 못한 기색이었다. 유비무환, 좋지. 하지만 전염 위험을 낮추기 위해 내가 받아야 할 조치라면 구호 막사에서 일하는 사람들이야말로 진작 받았어야 할 지원이었다.

"어째서 구호 막사에는 보급되고 있지 않았지?"

에른은 그의 지적을 예상이라도 한 듯 대답했다.

"구호 활동으로 라멘타 아마의 수요가 급증해 잠시 공급에 차질이 있었습니다. 동쪽 별채는 폐쇄된 장소인지라 먼저 보급이 되고 있었고, 오늘부로 모든 구호 막사에도 보급이 됩니다. 이미 도착한 오늘자 구호 물품에는 전부 포함이 되어 있을 것입니다."

"……그래?"

에른이 빙그레 웃었다.

"예. 신성 능력자가 아니신 분들께 우선적으로 보급이 될 예정이지요."

아마 킬리언을 염두에 둔 말일 것이나, 축성 성물의 보호를 받고 있어 신성 능력자보다도 안전한 상태인 그에게 필요한 물건은 아니었다. 그러나 킬리언은 축성 성물에 대해 말하는 대신 두 신성 능력자들을 따라 말없이 천을 받아들었다. 동쪽 별채의 문이 열렸다.

"리에타!"

아직 병에 걸리지 않은 동쪽 별채 여자들 두엇이 별채 안으로 발걸음한 사람들을 맞이하기 위해 한달음에 달려 나왔다. 안나를 떠나보낸 슬픔으로 다소 야윈 얼굴들이었지만 그들은 그래도 온기 어린 미소를 보여 주었다. 위험한 곳에 와 준 것에 미안해하고, 무사히 있어 줘서 고맙고, 다시 만난 친구를 반가워하는 얼굴들이었다.

"로테, 베스."

리에타도 다가가며 마주 미소했다. 그러나 다가오던 두 여자는 입과 코를 가린 채 뒤이어 들어선 남자를 발견하고 당황하며 물러섰다. 여자들의 눈이 흔들렸다. 그림자만 봐도 알아볼 수 있는 사람이었다.

"영주님……?"

악시아스 대공이 리에타와 여사제를 따라 별채에 들어오고 있었다. 흑발에 붉은 눈을 드러내고 있는데 얼굴의 절반을 가리고 있다 해도 모를 수가 없었다. 눈이 마주치는 순간 믿을 수 없는 의심은 이내 확신으로 바뀌었다.

"세상에, 영주님!" 두 사람은 적잖이 당황하며 뒷걸음질했다.

"여기가 어디라고 들어오셨어요!"

그가 직접 들어온 것을 보고 안색이 하얘진 두 여자가 기겁했다. 역병이 잦아들고 있고 축성을 받았다 해도 전염의 위험으로 폐쇄된 곳에 영주가 발을 들이다니, 안 될 말이었다. 동쪽 별채는 머물고 있던 대다수의 사람이 역병에 감염된 위험한 곳이었다. 더욱이 킬리언은 신성 능력자도 의사도 아니었다.

"여기 들어오시면 안 돼요! 얼른 나가세요! 빨리!"

"밖에선 말리지 않고 뭘 한 거야! 리에타, 빨리 영주님을 모시고 나가요!"

베스와 로테는 차마 다가오지 못한 채 그를 어서 내보내야 한다고 퍼덕퍼덕 성화를 부렸다. 그는 당장 위태로운 상황에 처한 악시아스 영지를 관리하고 이끌어야 하는 사람이었다. 머리가 위험에 노출되면 몸 전체가 위험해진다.

그러나 축성 성물의 보호를 받는 한 격리 구역의 공기 좀 마시는 정도로는 역병 따위에 걸리지 않는다고 타니아 성녀 역시 보증했다. 킬리언으로선 다 믿을 구석이 있어 들어온 것이었으니 걱정할 필요는 없었지만, 킬리언은 자세한 설명은 하지 않고 그저 "괜찮아." 한마디로 일축하곤 환자들을 보겠다고 말했다.

본래도 설명이 많은 사람은 아니었지만 굳이 축성 성물에 대한 이야기는 하지 않는 그를 보고 리에타는 속으로 내심 안도했다. 좋지도 않은 이야기를 많은 사람이 알게 될 필요는 없겠지.

킬리언의 지시를 받은 사제들이 다들 알면서도 함구하고 있어 리에타에게 성물의 사연에 대해 묻는 사람이 없었다는 것은 그녀로서는 알지 못하는 일이었다.

리에타는 불안한 낯빛으로 안절부절못하는 여자들에게, "걱정 마세요. 함께 오신 저분께서 타니아 성녀님이시거든요." 라고 살짝 속삭여 주었다.

여자들은 깜짝 놀라며 여사제를 바라보았다. 사제나 축성 능력자가 아니어도 제국에서 가장 권위 있는 여사제인 타니아 성녀를 모르는 제국인은 없었다. 타니아 성녀의 명성에는 무엇이든 그녀와 함께라면 안전할 것이라는 믿음이 있었다.

타니아 성녀는 이름만으로 사람들을 안심시킬 수 있을 정도로 권위 있는 성직자였다. 이십 년 동안의 헌신적 봉사로 제국을 누비며 사람들을 구원하여 가난하고 어려운 이들의 사랑을 한 몸에 받았고, 지긋지긋했던 칠 년간의 악마 전쟁에 종지부를 찍은 여섯 성인 중 한 사람인 데다, 단신으로 제후급 고위 악마를 멸살한 전무후무한 공훈까지, 실로 살아 있는 전설이었으니까.

동그래진 두 쌍의 눈앞에서 성녀는 손가락 끝에 맺힌 새하얀 신성력으로 두 여자의 머리를 한 번씩 짚어 축복해 주었다. 축성의 힘이 여자들의 머리에 닿는 순간 밀도 높은 신성력에 미세하게 공기가 일렁이기까지 했다.

타니아 성녀라는 이름의 후광은 별 생각 없이 가만히 있던 성녀의 표정을 짐짓 성스럽고 위엄 있는 태도로 치장했다. 로테와 베스는 홀랑 넘어가 그들을 막아서기를 멈추고 홀린 듯 길을 열었다.

세 사람은 로테와 베스의 안내를 받아 환자들의 방을 차례로 들어가 살피기로 했다. 중요한 장기를 손상시킬 가능성이 있는 종류의 역병이었지만 치명적으로 건강을 해친 사람은 없었다.

가끔 열이 나고 구토를 하는 정도의 병세가 남은 사람들이 있긴 했지만 대부분은 호전되어 가고 있었다. 발병의 초기부터 뷔테르와 콜브린이 죽어라 치유 마법을 퍼부은 덕이었다.

하지만 그들의 검진은 그다지 순조롭지 못했다. 병에 걸리지 않은 베스와 로테마저 그런 반응이었을 때 예상해야 했던 일이었는데, 역병에 걸려 방에 격리된 환자들은 악시아스 대공이 들어온 것을 보고 얼굴이 새파래지며 문을 밀어 닫는 거센 저항을 보였던 것이다.

실로 대화가 통하지 않을 정도로 막무가내였다. 일단 킬리언이 왔다는 것을 숨기고 힘 씨름을 해 문부터 열고 보아야 할 정도였다. 처음 그들을 만류하려 했던 로테나 베스와 비슷하지만 훨씬 격한 반응이었다. 환자다운 병약함은 눈 씻고도 찾을 수 없었다.

"환자들 상태는 크게 염려하지 않아도 되겠군요."

타니아 성녀가 짤막하게 긍정적으로 평했다. 처음에는 훈훈한 미담이었지만 방에 들어서자마자 기겁을 하며 소리를 치고 장사 같은 힘으로 문을 밀어붙이는 드센 여자들을 매번 마주하게 되자 피로도는 급속도로 올라가기 시작했다.

타니아 성녀는 이내 아까의 평가를 정정했다.

"다들 건강하기 짝이 없군요."

힘세고 건강한 역병 환자들은 그를 볼 때마다 한결같이 기함했다. 킬리언은 아무런 하는 일도 없으면서 꼿꼿이 뒤에 서서 묵묵히 환자들의 모습을 직접 눈으로 확인하려 들었다.

환자들을 가장 심하게 자극하는 원흉인 킬리언은 함부로 힘겨루기에도 나서지 못했고, 덕분에 진 빼는 씨름은 리에타와 타니아의 몫이었다.

타니아 성녀는 그를 떼어 놓아야겠다고 판단했다.

"보시다시피 다들 건강하기 짝이 없으니 염려 놓으셔도 될 것 같습니다. 남은 분들은 저와 리에타에게 맡겨 주시지요."

킬리언은 못 알아들은 건지 고갯짓해 다음 환자가 있을 곳을 가리켰다.

"일단 남은 사람들을 마저 보지."

타니아 성녀는 짧게 한숨을 쉬고 반복했다.

"저와 리에타에게 맡겨 주십시오."

"그러고 있잖아?"

"대공께서 함께하시면 환자들의 안정에 방해가 됩니다."

킬리언은 가만히 팔짱 낀 채 환자의 손에 문고리가 빠져 버린 문을 쳐다보았다.

"괜찮을 것 같은데."

타니아 성녀가 딱 잘랐다. "과하게 괜찮아서 저희가 피곤합니다. 직접 보려고 하지 않으시는 게 도와주시는 겁니다."

킬리언은 그제야 알아들었다는 듯 고개를 끄덕였다.

"추가 수당 지급하지."

성녀는 손바닥 뒤집듯 태도를 바꾸었다.

"정성껏 모시겠습니다."

특진비를 사양했던 것이 어디의 누구냐는 듯이 본능적인 반응이었다. 결국 킬리언은 일곱 명 환자들의 얼굴을 죄다 보고서야 물러섰다. 환자들의 건강 상태는 다들 괜찮았고, 과정이야 어찌 되었든 몸소 찾아 준 영주와 성녀의 관심과 배려로 결국 환자들은 마음의 안정도 찾았다. 그가 복도로 나온 타니아 성녀를 향해 고개를 돌리며 물었다.

"열흘 후면 격리를 해제할 수 있을까?"

그간 학자와 전문가들이 올리는 다양한 역학조사와 실태 보고서를 통해 킬리언은 역병의 관리와 대처에 대한 상당한 지식을 확보한 상태였다. 추가 발병이 없다면 이대로 환자들이 모두 완치된 후 일주일에서 열흘이면 격리를 풀어도 되겠다는 판단이 섰다.

그러나 타니아 성녀는 어딘지 미심쩍은 얼굴로 고개를 갸웃하더니 모호하게 말했다. "글쎄요."

그녀 역시 머리로는 그가 제시하고 있는 시기가 적절한 타이밍이라는 것을 알고 있었다. 분명 환자들도 상태가 좋아 거의 완치에 가까워지고 있는데 스스로도 모르게 뭔가가 마음에 걸렸다. 타니아 성녀는 골똘히 생각하는 얼굴이 되었다가 리에타를 바라보았다.

"리에타, 이곳의 축성을 담당한 것이 당신이었다고요."

리에타가 퍼뜩 자세를 바르게 하며 대답했다. "아, 네."

"처음엔 역마가 있었다고 들었는데. 침입한 것이 혹시 고위 악마였나요? 인간 형상을 한."

리에타는 좌우로 고개를 저었다.

"아니요."

"은신이 가능한 수준의 중급 악마였나요?"

"아닙니다. 도마뱀 형상에 가까운 하급 역마였습니다. 촉수형 꼬리에 키클롭스형 눈을 가진…… 헬리오스의 분류상 알피 오 트리덤 형태로……."

두 사람은 딴 나라 말 같은 전문용어로 이야기를 주고받기 시작했다. 주로 타니아 성녀가 묻고 리에타는 유려한 외계어로 막힘없이 대답했다. 도통 무슨 소린지 알 수가 없어 킬리언은 답답한 얼굴로 눈을 찌푸렸다.

신경을 끌 수도 없는 주제인데 소외당하고 있자니 영 상쾌하지 못한 기분인데, 하다하다 이젠 악마학까지 공부해야 하나. 그 같은 사람이 원하는 주제에서 이렇게까지 소외감을 느낄 기회가 많진 않았다. 슬슬 높으시고 배움 없으신 분의 미덕을 발휘하여 눈높이 맞춤형 설명을 요구할 때도 됐다고 여기기 시작했을 무렵, 타니아 성녀가 묘한 얼굴로 리에타를 바라보며 미소 지었다.

"똑똑하다곤 생각했지만." 성녀의 푸른 눈에 이채가 어렸다. "『하비스턴 악마학』을 공부했군요? 구마 사제도 아니면서 상당하네."

리에타가 칭찬에 민망해하며 두 손을 붕붕 저었다.

"아, 아닙니다. 과찬이십니다."

킬리언이 뻣뻣하게 선 채 빤히 쳐다보고 있는 것을 보고 성녀가 대화에 그를 끼워 주었다.

"대공의 애첩께서 구하기 힘든 귀한 책을 꽤나 깊이 있게 공부했군요."

"뭔데 그게?"

"『하비스턴 악마학』이요. 신성 능력자라면 모르는 이가 없는, 악마학에서 가장 권위 있는 책입니다."

알게 뭐람. 신성 능력자도 아니고 악마 따위와 인연이 없는 영지의 영주인 킬리언은 무지에도 당당했다. 타니아 성녀도 납득하고 살짝 고개를 끄덕였다.

"하긴, 악시아스 대공께선 모르실 수도 있겠군요. 악시아스는 마수라면 모를까 악마와는 연이 없는 곳이었지요."

『하비스턴 악마학』은 온갖 악마를 상세히 분류하고 역사와 파훼법까지 다루어 내용이 대단히 알차고 신뢰성이 높은 최고급 서적이었다. 고위 악마부터 하급 악마에 이르기까지 수백 종 악마의 삽화가 들어 있어서 악마를 보는 눈을 가진 신성 능력자나 구마 사제라면 꼭 봐야 할 필독서였다. 타니아 성녀가 대수롭지 않은 투로 어깨를 으쓱하며 말을 이었다.

"가격도 비싸고 원체 구하기도 힘들어서……. 악마를 상대할 일이 있는 신성 능력자들에겐 꿈의 서적입니다. 뭐 돈이면 못 구하는 건 없지만요."

성녀가 리에타를 향해 물었다. "책을 가지고 있는 건가요?"

사원이라면 모를까, 평범한 수도원에 쉽게 있을 수 있는 책은 아니었다. 평민으로선 구하기 불가능할 정도의 고가였다. 수도원 공용으로 채 한 권이 있을까 말까 한 책인데 내용을 이 정도로 꿰고 있기는 어려웠다.

필독서라지만 책이 워낙 귀해 실제로 『하비스턴 악마학』을 볼 수 있는 사람은 많지 않았고, 부분 부분 필사본을 만들어 돌려 보는 사제들이 많았다. 하지만 리에타가 질문에 답하는 것을 보니 책을 곁에 두고 오랫동안 공부한 티가 났다. 그러나 성녀의 질문에 리에타는 고개를 저었다.

"지금은 가지고 있지 않습니다. 수도원에 있을 때, 악마를 보는 눈을 가진 걸 알고 책을 선물해 주셨던 분이 계셨습니다. 그때는 열심히 보았지만 졸업하며 수도원에 기증했습니다."

타니아 성녀가 리에타를 바라보았다. 악마를 보는 영안까지 가지고 있으면서 하비스턴을 기증하다니, 그건 신성 능력자라면 평생 두고 읽어야 한다고들 하는 책인데. 사제가 되길 포기했기 때문일까?

책을 확인하지도 않은 채, 악마를 한 번 본 것으로 즉시 헬리오스의 분류가 튀어나온다는 건 만만치 않은 구마 사제인 성녀의 기준에도 보통이 아닌 수준이었다. 책을 구하기 어려운 것 이상으로 그것을 공부하는 것은 더더욱 어려운 일이었기에 사제들 사이에 악명이 높았다. 자연히 질문이 따라 나왔다.

"왜 사제가 되지 않았죠?"

킬리언이 미세하게 눈썹을 찡그리며 끼어들었다.

"그건 왜?"

"재주가 아까워서요. 내가 데려가 키우고 싶을 정도네."

성녀의 말에 리에타는 난생처음 달콤한 칭찬을 들은 아이처럼 멍하니 두 뺨을 상기시키며 바보 같은 얼굴을 했다.

사제가 되지 않은 이유는 왜 보는 사람마다 물어보는 거야? 저도 그 비슷한 질문을 했었다는 것은 까맣게 잊은 채 킬리언이 어딘지 불편한 얼굴로 리에타를 쳐다보았다. 타니아가 그런 그를 보고 피식 웃었다.

"이런, 실수. 사제가 됐으면 대공 전하의 애첩은 되지 못했겠군요. 관심 끌 테니 험악하게 보지 마시지요."

킬리언이 쌀쌀맞게 답했다.

"하던 얘기나 계속하지. 고위 악마는 왜 물어본 거야?"

"음. 일단 나가서 이야기할까요?"

"왜? 뭐 안 좋아?"

동쪽 별채를 빠져나오자마자 입을 가린 천을 풀어헤친 킬리언이 불편한 심기를 감추지 않고 물었다.

"아뇨, 환자들은 괜찮으니 걱정 마세요."

타니아 성녀의 담백한 화답에 킬리언이 인상을 구겼다.

"걱정하게 말하고 있잖아."

타니아 성녀의 말은 심상찮은 선고를 앞둔 의사나 사제의 말 같은 면이 있었다. 신경이 곤두섰다.

"보신 대로 병세가 위중한 환자는 없습니다. 역병이 퍼진 상태라 축성이 빨리 소모되고 있기는 하지만 어차피 그건 어쩔 수 없는 일이고 정상적인 반응입니다."

성녀 역시 입을 가리고 있던 천을 풀어 내며 대답했다.

"지금처럼 하루나 이틀에 한 번 정도의 보충으로도 충분합니다. 역마도 없고, 모두가 병을 순조롭게 이겨 내고 있고요."

타니아 성녀가 뒤로 돌아 동쪽 별채를 올려다보았다.

"딱히 뭐가 안 좋다 할 만큼 분명한 건 아닌데……."

성녀의 눈이 찌푸려졌다. 바람 소리와 함께 동쪽 별채의 벽에 무성한 나무들이 흔들렸다. "다만 기분이…… 어딘지 모르게 맘에 걸리는 게 있네요."

역병으로 집중적인 방역을 한 탓인가, 사방에 요란하던 매미 소리가 이곳에서만큼은 울리지 않고 있었다. 명확하지 않은 대답에 킬리언이 눈썹을 찡그렸다. 이 정도의 사람이 불길하다고 하면 주변 사람들은 어쩔 수 없이 더 불안해지는 법이다. 타니아 성녀는 계시까지 받은 적이 있다고 알려진 사람이었다. 그토록 예민한 영감을 가진 사람이 마음에 걸린다는 것을 그냥 넘길 수는 없었다. 타니아 성녀는 동쪽 별채에 시선을 고정한 채 입을 열었다.

"리에타."

그녀의 말이 향한 곳은 악시아스 대공이 아니었다.

"네?"

"내가 당신을 축복했지만 사람의 축성은 완전하지 않으니 악마가 붙을 수도 있다는 것. 알고 있죠?"

리에타가 조금 의아한 빛으로 끄덕였다. "그럼요, 성녀님."

성녀가 리에타를 향해 시선을 돌렸다.

"방금 그 대답 당신 자신에 대해서도 적용해야 합니다. 알고 있겠지요."

리에타가 멈칫하며 성녀를 바라보았다.

"당신이 동쪽 별채의 축성을 담당했었기 때문에 마음 썼다고 들었습니다. 그 축성을 악마가 뚫고 들어왔다 해도 그건 당신의 탓이 아니에요. 당신은 영리하니 알 거라고 생각해."

리에타가 무의식적으로 손끝을 그러쥐며 입을 다물었다. 타니아 성녀가 표정 없이 말을 이었다.

"그냥 위로하려고 한 말은 아니고, 물어볼 것이 있어요. 당신의 실수가 있었다면 숨기지 말고 그런 게 없었다면 겸손이나 자책 같은 착한 사람의 미덕은 발휘하지 말아요."

리에타는 턱을 끌어당기며 고개를 끄덕였다.

"네, 성녀님. 하문하십시오."

타니아 성녀가 입을 열었다.

"악마의 침입 당시 당신의 축성이 온전하지 않았거나, 두 달 안에 축성을 보충하지 않았나요? 축성에 빈틈이 있었습니까?"

리에타는 짧게 틈을 두었지만, 흔들림 없는 어조로 답했다.

"……아뇨. 축성에는 문제가 없었습니다."

타니아 성녀는 담담히 고개를 끄덕였다. 그럴 줄 알았다. 얼마 보지 않았지만 잠깐만 같이 일해 봐도 알 수 있었다. 리에타는 성실하고 꼼꼼했다. 축성에 빈틈을 둘 사람이 아니었다. 킬리언을 향해 타니아 성녀가 설명하듯 덧붙였다.

"대부분의 성이 그렇듯 악시아스 성 역시 그 자체로 거대한 축성 마법진의 효과를 내도록 되어 있습니다. 거기다 축성 능력자가 집중적인 축성을 더했다면 그 견고함은 말할 것도 없지요."

타니아 성녀가 다시 동쪽 별채로 시선을 돌렸다.

"그런데 어떻게 거기에 그런 하급 악마가 들어왔을까."

동쪽 별채에 침범한 것은 고위 악마도, 중급 악마도 아니었다. 일반적으로 하급 악마는 강력하게 겹겹이 축성된 지역을 자력으로 침범해 들어갈 수 없다.

그러나 원래 인간들로선 알 수 없는 일들이 악마들의 세계에게선 비일

비재하게 일어난다. 『하비스턴 악마학』이 방대하다 해도 고작 책 한 권이 악마의 모든 것을 담고 있진 못한다. 인간이 이해할 수 있는 악마의 영역이란 극히 일부에 지나지 않는다. 악마학은 아직 미지의 영역이 많은 학문이었다.

"리에타."

타니아 성녀가 리에타의 연하늘색 눈을 바라보았다.

"저주로 무력화됐을 가능성이 있을까요?"

당연히 가능성 있는 이야기였다. 저주는 축성이 오염되는 가장 흔한 이유니까. 그러나 리에타는 왜 타니아 성녀가 당연한 것을 그런 방식으로 신중하게 묻는지를 깨닫고 저도 모르게 숨을 멈추며 손가락 끝을 움찔했다.

축성 마법진으로 보호받는 성 안의 사람을 바깥에서 저주하는 건 거의 불가능하다. 성녀의 말이 이어졌다.

"당신은 악마를 보는 눈을 가지고 있고, 나는 보지 못했던 그곳의 상황을 가장 먼저 보았죠. 당신의 솔직한 판단을 듣고 싶어요."

악마는 쫓아냈고 오염된 곳은 정화했으며 축성은 다시 보충했다. 그리고 더 이상 아픈 사람이 나오지 않아 신경 쓰지 않고 있던 사실. 축성이 오염되어 있었다. 선고처럼 성녀의 질문이 떨어졌다.

"바깥에서 공격받은 흔적이 있었습니까?"

타니아 성녀는 뒤집어 묻고 있었다. 내부로부터 저주가 있었을 가능성을. 성녀가 말한 대로 여기는 악시아스 성 안이었다. 그럼에도 불구하고 채 한 달이 되지 않아 빠르게 오염된 다중 축성. 신성 능력자의 축성까지 더해진 악시아스 성을 외부에서 공격하는 것은 거의 불가능한 일이다.

그렇다면 그것은 내부에서 있었던 저주일 가능성이 높았다. 리에타가 보았던 오염의 양상 역시 그러한 상황에 얼추 맞아 들어가고 있었다. 리에타는 순간적으로 혼란과 당황에 빠져 아무 말도 하지 못했다. 저도 모르게 시선이 킬리언에게로 향했다. 서늘한 붉은 눈동자. 그리고 그녀를 소스라치게 놀라게 했던 목소리.

'죽여.' 두려웠지만 그럼에도 불구하고 그를 신뢰하고 있었다. 입은 해야 할 말을 알고 있었다.

"아뇨."

리에타는 언젠가 그랬던 것처럼 갑작스레 자신의 말의 무게를 실감했다. 신중하게 생각하고 각오를 한 후, 그녀는 자신이 본 것을 바탕으로 책임감 있게 사실 그대로를 입에 담았다.

"……내부에서의 저주가 있었을 가능성을, 간과할 수 없습니다."

리에타의 대답을 들은 킬리언의 시선이 그녀에게로 향했다. 리에타 또한 거의 동시에 그를 마주 보았다. 그가 뭐라고 입을 열기도 전에, 리에타는 굳은 얼굴로 황급히 고개를 숙여 사죄했다.

"죄송합니다, 영주님. 제가 안일했습니다."

킬리언이 눈썹을 꿈틀했다. 리에타는 눈을 질끈 감았다.

"제가 진작 짐작하고 말씀드려야 했는데 그러지 못했습니다. 저의 불찰입니다."

영주님께선 신성 능력자의 힘이 필요하니 기사단에 들어오라 하셨다. 그렇다면 그 부분을 빈틈없이 경계하는 것이야말로 간과해선 안 되는 임무였다. 내가 해야 하는 일이었는데, 나만이 할 수 있는 일이었는데. 축성의 오염에 대해 주의할 필요가 있었다는 걸, 그것이 중요한 문제일 수도 있으리라는 걸 생각지 못했다.

"조금 전에도 말했지만, 리에타. 당신 탓이 아니에요."

타니아 성녀가 리에타를 저지하며 이어 물었다.

"당신이 봤을 땐 이미 축성은 오염된 상태였겠죠?"

"네."

"그렇다면 뭔가 다른 걸 짐작할 수 있는 상태는 아니었을 텐데요."

리에타는 꾹 입술 안쪽을 깨물며 고개 숙였다. 아무리 그렇다 해도 짐작을 했어야 했다. 말씀을 드려야 했다. 그게 설령 성 내부의 누군가를 의심하게 되는 말일지라도. 그 말에 긍정하는 것만으로도 자신의 무능을 변명하는 것 같은 기분이었지만, 리에타는 결국 고개 숙이며 긍정의 대답을 내놓았다.

"네……."

타니아 성녀가 리에타에게 축성의 오염 양상에 대해 몇 가지를 더 물은 후 말 없는 킬리언을 힐끗 쳐다보았다. 여전히 킬리언은 아무 말도 하지 않고 있었지만 리에타는 깊이 자책하는 얼굴이었다.

"축성이 오염되어 있었다면 저주가 있었을 가능성을 생각하는 것은 극히 일반적입니다. 당연한 것을 군이 말하지 않은 것이 그녀의 탓은 아니에요."

타니아 성녀의 시선이 동쪽 별채를 향했다.

"축성이야 원래 온갖 원인으로 오염될 수 있는 거고, 일반적으로는 오염의 원인을 찾을 수 없기도 합니다."

킬리언은 '그대를 탓하려는 것이 아니다', 말하려다 말고 타니아 성녀의 말이 묘한 뉘앙스라는 점에 멈칫했다. 타니아 성녀, 그녀는 마치 찾아낼 수 있다는 뜻으로 들렸다. 하지만 어떻게?

고대 마법이 사라진 지금, 신성적인 방법으로는 저주의 근원을 찾아낼 수 없다. 그의 아버지, 시황제 에스텐펠트가 얼마나 어렵게 저주의 근원을 밝혀냈는지 킬리언도 모르는 바가 아니었기에 그도 저주에 대해서는 조금 알고 있었다. 저주의 꼬리를 잡아내는 것은 지금은 대부분 자취를 감춘 고대 마법의 영역이다. 라나가 사용하는 먼 이국의 마법과도 궤가 달랐다. 그어떤 저주도 신성 마법에 그렇게 쉽게 꼬리를 잡힐 정도로 멍청하지 않다.

그러나 킬리언은 타니아 성녀의 표정을 보고, 그녀가 그것을 찾아낼 수 있고, 찾아낼 셈이라는 것을 직감했다. 하지만 이미 이 주 전 리에타가 별채에 들어갔을 때도 문제의 원인은 찾아낼 수 없었다면서. 이제 와서 어떻게 그걸?

그후로 이 주나 시간이 흘렀고 이미 오염된 축성의 흔적도, 악마도, 사람도 사라져 버렸다. 그곳엔 정화와 새로운 축성이 덧씌워졌다. 그런데도 찾아낼 수 있다고, 찾아내야 한다고 여기고 있는 걸까? 타니아 성녀는? 킬리언이 찌푸린 눈으로 타니아 성녀를 바라보았다.

"그래서 어떻게 하는 게 좋겠나?"

타니아 성녀가 가만히 머릿속으로 뭔가를 가늠해 보는 듯하더니 중얼거렸다.

"오늘이…… 이십칠 일인가요. 그믐이 머지않았군요."

"그런데?"

타니아 성녀는 킬리언에게 고개를 돌리며 짧게 고개를 끄덕였다.

"며칠 후 신월의 밤에 다시 와 보지요. 마기가 날뛰고 악마가 깨어나는 시간이니. 그때라면 뭔가 다른 것을 느낄 수 있지 않을까 싶군요."

타니아 성녀는 밤에 돌아오겠다며 훌쩍 말에 올라 서쪽 영지의 구호 막사로 떠났다. 그녀를 고용하기 위해 만만치 않은 값을 치른 킬리언의 눈에도 만족스러울 정도로 엄청난 행동력이었다. 과연 지칠 줄 모르고 끊임없이 움직이는 사람이었다.

킬리언과 리에타는 성에 남았다. 한동안 정신없이 계속 밖으로 돌아야 했던 킬리언은 성녀와 사제들이 와 준 덕분에 비로소 밀린 업무를 처리할 수 있게 되었다.

리에타는 떠나는 타니아 성녀를 아쉬운 빛으로 배웅하고, 가만히 고개를 숙여 손끝을 만지작거렸다. 주어진 일은 끝났다. 이제 집으로 돌아가야 할 시간이었다.

"……저도 이만 물러가 보겠습니다."

이젠 악시아스 성 소속. 하지만 아마도 이젠, 더 이상 아무 일도 맡기지 않으시겠지. 허약하다는 인상을 심어 드렸기 때문에, 걱정을 끼쳤기 때문에. 그나마 맡았던 일에서도 도움이 되어 드리지 못했던 데다가, 이제는 유능한 사제님들에 성녀님까지 계시니……. 치유도 구마도 할 수 없는 허약한 축성 능력자 따위.

리에타가 킬리언에게 고개를 숙였다. 킬리언은 물끄러미 리에타를 보더니 쯧 혀를 차며 입을 열었다.

"내가 아니라 타니아 성녀의 애첩 같군."

"……네?"

"지금 그대 얼굴이 어떤지 알아?"

리에타가 어색하게 제 얼굴을 만졌다.

"타니아 성녀가 떠난 것이 어지간히 서운한가 보군."

리에타는 멍하니 제 뺨에 대었던 손을 제 턱과 목으로 끌듯이 내렸다. 리에타는 타니아 성녀가 떠나간 방향을 향해 눈을 돌렸다. 이제 타니아 성녀의 뒷모습은 거의 보이지 않을 만큼 작아져 가고 있었다. 리에타는 뒤에 머물러 선 채 젖은 땅 위를 거침없이 달려간 말의 발자취만을 눈으로 좇고 있었다.

"어지간히 좋아하는군."

리에타는 힘없이 웃었다. 굳이 대답을 듣자는 말이 아닌 걸 알았는데도, 리에타는 혼잣말처럼 중얼거렸다.

"그럼요……. 제 우상이셨으니까요."

영주님 앞에서 별 얘길 다 한다는 생각이 들었지만. 목소리를 높이고 투닥거리기까지 했더니 딱히 못할 말도 없는 것 같았다. 저도 모르게 조금은 편해진 그를 미처 인식하지 못한 채, 리에타는 타니아 성녀의 뒷모습을 가만히 바라보았다.

킬리언이 묘한 얼굴로 리에타의 옆모습을 쳐다보았다. 왜 사제가 되지 않았냐는 아까의 질문. '시험에 떨어져서'라는 그녀의 답은 이미 알고 있었다. 그녀의 표정이 보이기 시작해 킬리언은 전과는 조금 다른 것을 물었다.

"사제가 되고 싶었나?"

"네." 리에타는 답했다. 어딘지 홀가분한 듯도, 허탈한 듯도 한 담담한 미소를 띠며 먼 옛날의 일을 회상하듯 덧붙였다. "그랬었죠."

푸른 이파리를 흔드는 바람 소리 사이로 작은 새 두어 마리가 날아갔다. 리에타는 민망하게 머리카락을 만지며 웃었다.

"수도원 아이들은 누구나 한 번쯤 사제가 되길 꿈꾸니까요. 옛날 얘기예요."

자신의 꿈을 흔한 것으로 깎아내리고 있었지만, 킬리언은 그것이 조금 더 길었던 꿈이라는 것을 알 수 있었다. 킬리언이 잠자코 그녀를 바라보다가 고개를 돌렸다.

"오늘은 내가 성에서 볼일이 많아 안 되고."

리에타가 킬리언을 바라보았다.

"내가 시찰하러 갈 땐 그대를 데리고 다닐 테니 타니아 성녀를 도와 봐."

"네?"

킬리언이 멀찍이 있는 하인을 향해 손짓했다.

"성녀가 있을 동안 그대는 악시아스 성에서 머물도록. 항상 쓰던 그 방이면 되겠지?"

리에타의 표정이 얼떨떨해졌다. 킬리언의 말이 이어졌다.

"혼자서 가는 건 안 돼. 내가 돌아보러 갈 때만. 뭐, 아마 자주 갈 거라 생각하지만."

그녀의 눈이 휘둥그레졌다.

"저, 저 때문에요? 안 그러셔도 됩니다. 방해가 될 생각은 없습니다."

킬리언이 픽 콧소리를 내었다. "설마. 그대 좋으라고 따라다닐까."

다가온 하인에게 킬리언은 정원사를 불러 동쪽 별채의 창에 무성해진 나뭇가지들을 쳐서 햇빛이 들도록 하라 명했다. 그리고 집사 에른에게 리에타의 방을 준비시키라고도. 다시 리에타를 향해 붉은 눈동자가 내려왔다.

"세드릭 카발람."

갑작스레 환기된 잊고 있던 이름에 리에타의 얼굴이 굳었다.

"……어젯밤에 왔던 놈. 기억하고 있지?"

어젯밤 구호 막사에서 악시아스 대공에게 발각당해 끌려갔던 사내. 킬리언의 손에 끌려가며 그녀를 향해 구원을 바라듯 절박한 눈으로 뻗은 손을 리에타도 기억하고 있었다.

"그대와 안면이 있는 걸로 아는데."

안면이 있다 뿐일까. 딸의 죽음도, 카사리우스의 유언도 모조리 그자의 입에서 나왔는데.

"……네, 기억합니다."

불행인지 다행인지 몽마가 강제로 잠들게 만드는 바람에 생각할 겨를이 없었다. 깨어나자마자는 피 칠갑을 한 그를 보고 놀라서 미처 그 일을 떠올릴 틈이 없었다. 그 다음엔 다시 잠들었다가, 영주님의 장난에 휩쓸렸다가, 그 다음엔 평생의 우상이었던 타니아 성녀를 만났다.

이래저래 몰아치는 상황들 때문에 세드릭 카발람을 보고도 놀라거나 두려울 틈이 없었다. 하지만 그녀도 틈틈이 그가 가까이 있다는 사실을 떠올리며 발걸음을 멈칫할 정도로는 기억하고 있었다.

왜 그가 악시아스에……. 그것도 그런 자리에 있었을까? 나를 찾아온 걸까? 숨이 막힌다. 어깨 위에 툭 커다란 손이 올라왔다. 리에타가 퍼뜩 고개를 들어 눈앞의 남자를 마주보았다. 표정 없는 무심한 낯이 그녀를 내려다보고 있었다. 아프지 않을 정도의, 적당히 강한 힘이 그녀를 안심시키듯 붙잡았다.

"내가 발견하기 이전에, 악시아스에서 놈을 만난 일이 있나?"

킬리언의 물음에 리에타는 멍하니 고개를 저었다.

"아뇨. 세비타스를 떠나온 후로는…… 어제 처음 뵈었습니다."

킬리언이 가늘게 눈을 찌푸렸다. 리에타의 지치고 굳은 얼굴에 이슬이 맺혀 있었다.

"다른 놈은?"

"누구도 저를 찾아온 일은 없었습니다."

그녀의 이마에 달라붙은 머리카락을 정리해 주고 싶다는 생각이 들었지만, 킬리언은 끝내 어깨만 툭 두드려 주고 손을 뗐다. 리에타가 저도 모르게 막혔던 숨을 뱉어냈다. 킬리언이 싸늘한 목소리로 낮게 중얼거렸다.

"세비타스 일가는 그대에게 더 이용 가치가 있는지 궁금한 모양이더군."

리에타가 손가락 끝을 움찔했다. 킬리언이 말을 이었다.

"한동안 성 안에서 지내도록 해. 혼자 나다니지 말고."

다시 그런 음험한 것이 접근해도 내가 알아챌 수 있도록. 한동안 할 말을 잊고 섰던 리에타가 조금 후에야 간신히 입을 열었다.

"세비타스에서…… 제게요? 어째서……."

무슨 말을 하려고…… 이 먼 곳까지. 뭐가 두려운지도 모르게 마음이 철렁했다.

"글쎄. 알 바 아니지만." 킬리언이 비웃는 듯 냉랭한 어조로 답했다. "그대가 나와 잘 지내고 있다면 뭔가 아쉬운 소릴 하려는 거 아니겠나."

리에타의 얼굴이 창백해졌다. 눈앞의 분께 죄송하다는 생각보다 세비타스의 그들이 제정신인가 하는 생각이 먼저 들었다. 몸값으로 탕감받은 금액이 이천만 골드라면서. 그런 말도 안 되는 바가지를 씌워 놓고도 뭔가를 더 요구할 정도로 낯짝이 두꺼울 수가 있단 말인가? 그것도 악시아스 대공을 상대로? 뻔뻔함을 넘어서 겁을 상실한 정신 상태가 아닌가 여겨질 지경이었다. 그러나 킬리언의 말은 끝난 것이 아니었다.

"뭐 그건 가장 건전한 케이스고."

"……?"

버릇처럼 허리띠에 얹힌 손이 칼자루를 매만졌다.

"뜨내기 도적을 가장해 납치라도 해 놓고 그대 몸값을 달라 할 수도 있겠지. 내가 그대에게 돈을 아끼지 않는다는 건 진작 확인했으니……."

리에타의 안색이 하얗게 질렸다. 부친이 진 빚을 떠안게 된 자식들이 무슨 죄겠나 싶어 전부 탕감해 준 게 실수였군. 평소였다면 그런 식으로 하진 않았을 텐데. 순장이라니 웃기고들 있다는 생각에 순간적으로 심사가 꼬여 선심을 썼더니. 쯧, 역시 금전적 호의를 함부로 남발하면 뒤탈이 난다. 킬리언은 롱소드의 폼멜 위에 엄지손가락을 두드리며 조용히 눈을 내리깔았다.

영지 꼴을 보아하니 돈 나올 곳도 없어 보이고 영지민들이나 수탈할 게 뻔히 보이긴 했지만.

이딴 식으로 나오면 죄 없는 백성이고 나발이고 재미없는데, 세비타스. 리에타는 킬리언의 상상력에 경악했다. 그렇게까지야 하겠냐고 부정하고 싶었지만 있을 법한 일이라고 생각된다는 것이 더 심각했다.

실제로 리에타는 성을 자주 오갔고 사람들에게 대공과 같이 다니는 모습도 많이 보이고 있었다. 실제야 어떻든 누군가 악시아스에서 '세비타스의 과부'에 대해 수소문해 본다면 근래 대공의 총애가 깊은 애첩이라는 소리를 어렵지 않게 듣게 될 터였다.

악시아스가 외부인을 사절하고 있다고는 해도 외성 지역은 너무 넓어

외부인의 출입을 완벽하게 통제할 수 있는 곳이 아니었다. 소문은 외성 지역에서도 충분히 들을 수 있는 데다 직업이 직업이다 보니 집이 어디인지까지 뻔히 유명하게 알려져 있지 않은가.

내성의 '축성술사의 집'. 그녀를 만나 보려면 어디 어디로 가면 된다는 이야기까지 아주 쉽게 접할 수 있을 터였다. 그리고 그 소문을 접한 누군가가 정말로 나쁜 마음을 먹는다면…….

"카발람은 잘 구슬려 그대가 역병으로 죽었다 전하라 했다."

킬리언이 모호한 곳에 시선을 둔 채 입을 열어 말했다.

"세비타스 쪽에서 그대로 믿고 마무리된다면 피차 가장 괜찮은 결말일 텐데. 그걸 믿지 않고 기특하게도 더 조사를 해 볼 생각을 한다면……."

킬리언이 가소롭다는 듯 희미하게 잔혹한 미소를 띠었다. 뒷말은 잇지 않았다.

리에타의 머릿속에 그날의 장면이 떠올랐다. 다리가 풀려 주저앉아 버린 카발람을 도살할 짐승처럼 질질 끌고 어딘가로 사라지던 악시아스 대공. 세드릭 카발람을 어떻게 잘 구슬렸을까. ……그에게도 벌을 주셨을까?

아무리 생각해도 '잘 구슬렸다'가 곧이곧대로 들리지 않아 리에타는 멍하니 세드릭 카발람을 앉혀 놓고 이것저것 회유와 협박을 섞어 무섭게 을러대는 그를 상상했다가 얼른 고개를 저었다.

킬리언이 리에타를 향해 고개를 돌렸다.

"그러니 그대가 접촉하기 쉬운 곳에 있는 건 썩 바람직하지 않아. 한동안 성에서 보호를 받게."

어느새 그의 얼굴에서 잔혹한 미소는 사라지고 산뜻하고 신사적이기까지 한 담담한 무표정만이 남아 있었다. 리에타는 심란한 마음을 감추고 고개를 반쯤 끄덕이며 "그러겠습니다. 감사합니다." 하고 작게 답했다.

리에타의 집이 내성 안에 있기는 했지만 리에타로서도 계속 내성 안에만 틀어박혀 있을 수도 없는 노릇이거니와, 설령 틀어박혀 있는다 해도 작정하고 숨어들어 덤빈다면 그녀에게 손을 뻗는 것은 불가능한 일이 아닐 것이다.

하지만 높은 성벽과 해자, 도개교로 둘러싸여 기사들이 교대로 순찰을 하고, 무거운 이중의 철문 앞에 문지기들이 경비를 서는 악시아스 성 안이라면 불순한 의도를 가진 수상한 자들이 그녀에게 접근할 수 없을 것임이 자명했다.

염치없지만…… 그쪽이 영주님께 심려를 덜 끼치는 길이겠지.

"한동안 내 손이 닿는 곳에 있는 편이 좋겠어. 겸사겸사 그대가 좋아하는 타니아 성녀도 돕고. 성녀가 말하길 그대가 쓸 만하다니까."

그가 덧붙인 말에 앞전의 심각한 이야기는 죄다 잊어버린 듯 리에타의 표정이 멍하게 바뀌었다.

"제가…… 쓸 만해요?"

바로 전까진 창백하니 다 죽을 것 같은 얼굴이더니, 겨우 성녀가 도움이 된다 했다는 소리에 얼굴이 저렇게 피나?

"안 돼." 킬리언이 대뜸 잘랐다. "돕는 건 내가 시찰할 때만이야. 성에서도 그대가 필요하니까."

리에타가 멍한 표정으로 그를 올려다보았다.

"성녀보단 내게 그대가 더 필요하겠지."

킬리언이 약간은 심술 맞은 기분으로 툭 뱉어 말했다.

"역병이 도는 이상 내 방과 동쪽 별채 말고도 성 여기저기 축성이 절실하지 않겠나. 그대에게 시킬 일이 많으니 각오해 두는 편이 좋을 거야."

놀란 듯 동그랗게 떠진 하늘색 눈이 그를 올려다보았다.

"성의 축성이요?"

놀라라고 한 소리긴 한데 어쩐지 뉘앙스가 이상했다. 킬리언이 여자의 얼굴을 쳐다보았다. 뷔테르나 콜브린, 데미안 같은 반응이 아닌데 이건. 왜…… 저런 얼굴이지?

근래 내내 과잉 노동으로 죽어 가는 사제들과 함께하며 킬리언도 축성이 어떤 강도의 노동인지 알게 된 상태였다. 악시아스 성이 어디 애들 놀이터도 아니고, 성 전체의 축성을 맡으란 소리는 당연히 심술일 게 뻔한데. 리에타의 눈을 보고 킬리언은 입을 다물어 버렸다.

"잠깐만."

그는 아차 하고 손을 들어 일단 리에타를 막고 이마를 짚었다. 상대가 리에타라는 걸 잊고 있었다. 시켜만 주신다면 온몸 바쳐 굴러 보겠다는 말이 진심으로 나올 수 있는 사람이었다. 바로 얼마 전에도 그걸로 그를 열받게 하지 않았던가.

그러나 말을 바꾸려던 킬리언은 그가 말을 거둘까 조마조마해하는 리에타의 표정을 보고 말문이 막혀 버렸다. '은혜를 갚을 기회를 주신 것으로 족합니다'보다 틀림없이 한발 더 나아간 것 같은 간절한 낯빛. ……불안? 순간 킬리언의 입이 직감의 명령을 따라 저절로 움직였다.

"……신성 능력자 몇 명을 더 붙여 줄게."

평소보다 더 높이 속눈썹을 들어 올린 눈이 그를 올려다보며 두 번 깜박였다.

"그대가 지휘해서 책임지고……, 성의 축성을 맡아."

하늘색 순진한 눈이 그를 올려다보며 믿기 어려운 이야기라도 들은 것처럼 커졌다. 이게 아닌데. 이 여자는 쉽게 할 생각이었는데. 쉽게 했어야 했는데.

"제가…… 성의 축성을요?"

킬리언은 끝내 말을 철회하지 못했다. 다음 말을 잇기 위해 그는 꽤나 어렵게 입을 열어야 했다.

"……그대 축성은 성녀도 인정한 것이니까." 킬리언이 목걸이를 들어 보였다. "……이걸 만든 사람이기도 하고."

킬리언이 목걸이를 빼어 도로 리에타의 목에 걸어 주었다. 웬일로 피하지 않은 리에타는 알 수 없는 얼굴로 멍하니 그를 바라보고 있었다.

"……성에 있을 땐 그대가 가지고 있어. 성 안은 안전하니까."

말을 이으며, 킬리언은 뒤늦게 머릿속으로 생각을 정리했다. 그래, 신성 능력자를 놀게 해 봐야……. 역병 구역을 혼자 돌아다니며 무모한 짓을 하게 두는 것보단 성의 축성을 맡겨 두는 편이 합리적일 것이다.

하지만 차분해져야 하는 머릿속은 어째선지 입술을 씹고 싶을 만큼 초조해지고 있었다. 어차피 일은 무리하게 하지 못하게 관리할 거고, 내 손 닿는 곳에 둘 테니 일을 맡기는 건 상관없는데.

목걸이를 걸어 준 이후로부터…… 어쩌면 저 여자가 웃지 않을까, 갑자기 웃으면 어떡하지, 그런 예감에. 기대가 되는 것 같으면서도 지금만큼은 좀 피하고 싶기도 했다.

그가 머릿속으로 맹렬히 이성과 합리를 저울질하는 사이 리에타는 줄 곧 청유리 같은 눈동자로 멍하니 그를 올려다보고 있었다.

"……일단 쉬고 있어. 축성 능력자들을 배정해 줄 테니, 일은 사람들이 도착한 후에 우선 내가 머무는 악시아스 성 본관과 정문에서부터……."

대답이 없었다.

"……아직 몸이 좋지 않을 테니 회복된 후 천천히 시작해. 그대가 축성 해 주지 않아도 목걸이는 돌려줄 테니 걱정 말고."

"아, 아뇨! 할 수 있습니다! 할 수 있어요!"

퍼뜩 정신을 차린 듯 다급한 대답과 함께 그가 두려워하며 기다리던 것 이 왔다. 리에타의 얼굴에 들꽃 같은 웃음이 떠올랐다.

킬리언이 저도 모르게 눈을 꿈틀했다. 웃을지도 모른다는 것이, 무슨 충격적인 예감이 적중하기라도 한 것마냥 철렁했다. 저게 뭐라고 이렇게 가슴이 내려앉지? 평범한데 평범하지 않은 기뻐하는 얼굴에서 이상하게 시선을 뗄 수가 없었다.

"……뭘 그렇게 좋아해? 일 시키는데."

썩 재미있는 말도 아니었는데 리에타는 다시 웃었다.

"많이 시켜 주세요. 저는 일하는 게 좋아요." 답지 않게 대답하는 톤이 평소보다 높았다. "저도 쓸모가 있고 싶어요."

어울리지 않게 덧붙은 말은 조금 바보 같은 것이었다. 킬리언이 그녀를 바라보았다. 저도 제가 조금 이상한 말을 한 줄 아는 듯, 리에타는 발개진 얼굴로 머쓱해했다. 쓸모라니, 본인이 쓸모없다고 생각하고 있나? 그녀가 한 꺼풀 스치듯 비친 웃음에 순식간에 깨달음이 왔다. 킬리언은 내색하지 않은 채 빠르게 그간의 일들을 되짚었다. 기가 막혔다. 바보야?

"예의도 지나치면 무례다."

리에타가 말간 눈을 들어 그를 올려다보았다. 킬리언은 거의 이글거리는 눈으로 그녀를 노려보며 말했다.

"그대는 생각지도 못했을 정도로 많은 도움이 되고 있어. 나같이 극단적으로 쓸모 있는 놈이 위기감을 느낄 정도로."

리에타는 믿지 않는 듯 웃었다. 순간 속에서 뭔가가 울컥했다. 입이 거의 반사적으로 움직였다.

"나도, 성녀도, 사제들도, 구호 막사 사람들도 모두 그대가 쓸 만하다고 생각해."

어째서 이제껏 몰랐을까. 예쁜 얼굴에 박힌 하늘색 순진한 눈이 올려다보는 꼴을 마주하자 눈에서 힘이 빠져나가려고 해 그는 눈썹을 찡그리며 확 고개를 돌려 버렸다.

"그러니까 적당히 좀 해."

……여름은 해로운 계절이다.

"게으름도 할당량이 있으니 채워 가면서 하라고."

이제 제법 그의 농담을 들어 넘길 줄 알게 된 리에타는 웃어 버렸다. 그녀의 웃는 얼굴 위, 여린 달빛 같은 머리카락이 몇 가닥 느릿하게 흔들렸다. 햇살을 가득 실은 바람이 녹음 무성한 나뭇가지에 부서지는 소리에, 부쩍 웃기 시작하는 리에타를 킬리언은 이상한 기분으로 훔쳐보았다.

"아, 그럼 저, 집에 가서 짐을 좀 챙겨 와도 될까요?"

"그래. 잠깐 집무실에 들렀다 같이 가지."

나란히 걷던 킬리언이 답했다. 리에타가 킬리언의 말에 당혹해하며 반문했다.

"같이요? 그냥 저 혼자 다녀와도 되는데요. 영주님의 귀한 시간을 빼앗을 수는…….'

킬리언이 눈썹을 찡그리며 말했다.

"아까 뭐 들었어? 혼자 다니지 말라니까."

리에타는 할 말이 없고 염치도 없어 꿀 먹은 벙어리가 되었다. 킬리언이 말을 이었다. "기다려. 아니, 아예 잠깐 따라와."

언제나처럼 대공은 그녀의 대답 같은 것은 기다리지도 않고 몸을 돌려 걸어가 버렸다. 리에타는 난처한 얼굴로 뒤처져 있다가 얼른 발걸음을 재촉해 그를 따랐다.

그가 돌아온다는 소리를 듣고 본성에 줄지어 기다리고 있는 관리들의 행렬을 본 킬리언이 옆으로 고개를 돌리며 침음을 흘렸다. 관리들의 줄은 그의 집무실 앞에서부터 계단과 본관 로비를 지나 바깥까지 이어져 있었다. 그를 수행해 따라온 에른이 고개를 조아렸다.

"정리하겠습니다."

킬리언이 깊이 한숨을 내쉬었다.

"부탁하지. 당장 결재나 보고가 필요한 급한 용무만."

"예."

반드시 얼굴을 봐야 하는 용무 몇 가지를 에른에게 일러둔 후 킬리언은 관리들의 줄을 지나쳐 집무실 안으로 들어갔다. 줄 서 있던 관리들은 누구도 조급하게 먼저 용무를 꺼내는 사람 없이 모두 고개를 숙이고 조용히 그에게 예를 표했다. 모두 귀족의 복식을 입은 학자나 관리들이었다.

리에타는 순간적으로 압도되어 멈춰 서고 말았다. 어지간히 급한 용무인지 그가 지나간 후에야 고개를 들고 애타는 눈빛으로 킬리언의 뒷모습을 바라보는 사람들이 눈에 들어왔다. 그 누구도, 감히 그를 먼저 붙잡거나 말을 걸지 않았다. 모두 그를 오랫동안 기다리고 있던 사람들임에 틀림없는데. 관리들 몇의 시선이 킬리언을 따라가다 말고 뒤처진 리에타를 향해 따라붙었다. 리에타는 새삼 그에게 거리감이 느껴져 머뭇거렸다.

황제의 맏아들, 황실에서 내쳐졌지만 제 힘으로 일어서 지금은 그 어떤 귀족보다도 높으신 준황족의 고귀한 피. 악시아스 성의 주인이자 북방의 패자.

원래부터 저 같은 평민이 쉽게 말 섞을 수 있는 사람이 아니었다. 에른이 집무실의 문을 잡고 기다리고 있었지만 리에타는 움직이지 못했다. 그때, 킬리언이 따라 들어오지 않는 리에타를 향해 고개를 돌렸다.

"뭐해?" 그가 방 안쪽을 향해 가볍게 고개를 까닥였다. "이리 와."

그의 목소리에 순간적으로 리에타가 느끼던 장벽이 힘없이 흩어졌다. 입에서 반사적으로 퍼뜩 대답이 나갔다.

"네."

그제야 바닥에 붙박였던 발이 움직였다. 리에타는 그의 집무실 안으로 따라 들어갔다.

킬리언은 문을 닫고 한숨을 내쉬었다. 급한 일 몇 개만 처리하면 될 줄 알았는데, 당장 결재를 필요로 하는 서류들도 그의 예상보다 많이 쌓여 있었다. 그는 휘적휘적 걸어가 책상에 쌓여 있는 문서 더미 중 지금 처리하리라 예정해 두었던 급한 서류들부터 빠르게 넘기기 시작했다. 바깥에선 에른이 정리를 시작한 듯 낮게 웅성이는 소리가 들리더니 응접실 쪽으로 멀어지기 시작했다.

킬리언은 대개 절차나 중간 관리를 많이 두지 않고 실무자와 직접 소통하는 편이었다. 절차를 두고 접견실이나 알현실에서 사람을 기다리게 하는 경우는 그런 행동이 정치적 제스처로 필요할 때나 상대를 충분히 신임하지 않는 경우뿐이었다.

일을 중간 관리에게 많이 맡기지 않고 전부 직접 손대는 것은 그가 문제없이 사무를 처리할 수 있는 상황에서는 그럭저럭 효율적이고 그의 성미에 맞기도 했다. 그러나 영지에 역병이 돌아 일거리가 늘어나고 그가 직접 뛰어야 하는 이런 긴급 사태가 발생한 경우엔 어쩔 수 없이 이런 문제가 생기는 것이었다. 일단 집무실로 따라온 김에 축성을 보충하던 리에타의 뒤에 대고 킬리언이 문득 말을 던졌다.

"그대, 리에타. 보고서 한번 써 보겠나?"

리에타가 어리둥절한 얼굴로 고개를 돌렸다. "보고서요?"

"써 본 적 없겠지?"

리에타가 머뭇거리며 고개를 끄덕였다.

"네……."

"별건 아냐."

킬리언이 책상 위의 서류들 중 몇 묶음을 그녀 쪽으로 밀어 놓으며 말했다.

"이건 역병 관리에 대한 보고서. 이건 구호 막사에서 사용된 예산에 관한 보고서와 그 내역서. 이렇게 수준이 높길 바라지는 않으니 이런 형식이구나 참고만 해 봐."

리에타가 책상으로 다가와 조심스레 서류를 들고 살폈다. 하늘색 눈이 종이 위의 글자들을 훑어 내렸다.

"평민들의 장례 비용에 대한 보고서를 만들어 봐. 돈이 얼마나 드는지, 특히 매장에 관련해서. 뭐 다른 방식의 장례가 있다면 그것도 알아봐도 좋겠지만 아무래도 매장이 일반적이겠지. 그것만 해도 충분해."

리에타가 고개를 들어 그를 올려다보았다. 좀 더 다른 것을 묻거나 할 줄 알았는데 그녀는 의외로 가장 중요하고 단순한 것 하나만을 물었다.

"언제까지 하면 될까요?"

"이 주? 빠를수록 좋겠지."

리에타는 고개를 끄덕였다. 그리고 그가 좋아하는 간결한 대답이 이어졌다. "알겠습니다."

킬리언이 종 줄을 당겼다. 노집사가 들어와서 고개를 숙였다.

"관리들을 들게 할까요?"

"아직. 그 전에."

"예. 다른 하명하실 것이 있으십니까?"

킬리언이 들고 있던 서류를 내려놓고 다른 서류를 집어 들며 말했다.

"적임자를 선임해서 외성 지역에 공동묘지를 더 지을 만한 곳을 몇 군데 물색해 올려 봐. 화장터 관리인이 선호할 만한 다른 직업이 뭐가 있을까도 알아보고."

골똘히 서류를 살피던 리에타가 놀란 얼굴로 퍼뜩 고개를 들었다. 그 얘길 듣고서야 뒤늦게 자신이 쓸 보고서의 의미를 깨달았다. 킬리언의 목소리가 이어졌다.

"장례로 매장을 선택할 경우 세금 감면 혜택을 주는 방안을 연구해 보게 해. 묘지기와 장의사를 우대해서 평민이 부담하게 되는 고용비를 낮추거나 악시아스 성에서 직접 공급하는 방법도. 그밖에도 평민들의 장례비용을 낮출 수 있는 방향을 물색해 봐. 목수들이 보통 관을 짜나? 기술자들을 한번 부르지."

"여, 영주님!"

리에타가 믿을 수 없어 그를 소리쳐 불렀다. 킬리언이 표정 없이 그녀를 보았다.

'앞으로 악시아스에서 화장은 없다.'

어젯밤 하셨던 말씀, 술김에 그냥 하신 말씀이라고 생각했는데. 고요한 눈은 그때나 지금이나 똑같은 빛이었다. 리에타가 당혹한 목소리로 물었다.

"정말 화장을 없애시게요?"

"왜?"

전부 매장이라니 불가능한 얘기다. 더욱이 이런 큰 도시에서. 화장이 없어지면 가난한 사람들은 어떻게 장례를 해. 더구나 역병 걸린 사람들은? 길거리에 시신이 버려질지도 모른다. 화장터라도 있어야 그나마……!

"어째서요?"

그가 묻는데 답도 하지 않고 반문해 오는 리에타의 경황없는 무례를 지적하는 대신 킬리언은 간결하게 답했다.

"난 악시아스의 공기가 맑기를 바라."

상상하지도 못한 대답에 리에타는 말문이 막혔다. 서류로 눈을 내린 킬리언이 담담히 말을 이었다.

"악시아스 사람 모두 피치 못할 사정으로 화장을 선택하는 일 없이, 원한다면 누구에게나 찾아갈 묘지가 있길 바라고."

동쪽 별채 여자들에게만이 아니라, 하고 지나가듯 덧붙은 말에 만류하려던 리에타는 할 말을 잃었다. 킬리언은 그녀를 보지도 않고 여상히 툭 던졌다.

"이의가 있나?"

십여 년 전 디리타스 역병 사태의 여파로 시체 타는 냄새의 악몽에서 벗어나지 못한 제국 사람들에게 화장은 가능하면 피하고 싶은 가장 비참하고 두려운 장례 방식이었다. 오래 전에는 화장을 한 후에 묘지를 만드는 경우도 있었다지만, 시신을 태우는 일 자체에 거부감을 가진 요즘 사람들이 묘지를 쓸 수 있는데 굳이 화장을 하는 일은 없었다.

화장은 찢어지게 가난하거나 반역 따위에 연루되어 묘지를 남길 수 없는 경우, 언데드화가 일어난 경우, 그리고 역병이 발생한 경우에나 어쩔 수 없이 택하는 장례 방식이었다. 모두 망자에게는 상상도 하기 싫을 만큼 비참한 경우였다.

극빈층, 비극, 참담한 최후. 그런 의미밖에 안 되는 화장이라면 차라리 없는 게 낫다. 돈이 문제라면 해결은 간단하다. 뿌리면 되지. 하지만 금전적 호의를 남발하면 뒤탈이 나기 십상이니까. 신중하게.

리에타가 대답했다. "……아뇨. 없습니다."

킬리언이 보던 서류에 펜으로 사인한 후 시계를 보더니 눈을 살짝 찌푸렸다. 잠깐 이삼십 분 정도만 투자하면 금방 나갈 수 있을 줄 알고 데려왔는데, 생각보다 오래 걸릴 것 같다.

"그대 집에는 식사하고 가는 게 나을 것 같은데. 축성 마쳤으면 잠깐 그대 방에 가 있지. 난 잠깐 업무 좀 보고."

킬리언이 에른을 향해 고개를 들었다.

"리에타를 방으로 안내해 줘. 한동안 머물 거야. 일단…… 한 달쯤?"

공손히 고개를 숙이고 물러선 에른이 리에타를 위해 집무실 문을 열고 잡은 채 기다렸다. 문 뒤편에는 관리들이 자신들의 순서를 기다리며 서 있었다. 리에타는 두 손으로 책상에 서류를 내려놓고 물러섰다. 의자에 앉아 있던 킬리언이 눈썹을 들어 올리며 그녀를 올려다보았다.

"안 가져가?"

"네?"

리에타가 어리둥절한 눈으로 그를 바라보았다. 킬리언이 눈짓으로 서류를 가리켰다가 그녀를 다시 올려다보았다. 리에타가 의아한 낯빛으로 물었다.

"가져가도 되는 거였나요?"

"그럼?"

"근래에 보셔야 할 서류들 같던데……."

"난 다 봤어."

"아."

눈을 깜박이고 잠시 서류에 두었던 시선이 다시 킬리언을 향했다. "저도 다 봤습니다. 괜찮습니다."

공문서도 섞여 있는데, 부담스럽게 가져가는 것보단 두고 가는 것이 좋을 것 같았다. 킬리언이 고개를 기울이며 모호한 낯빛을 했다.

"할 수 있겠어?"

"부족하겠지만 해 보겠습니다."

킬리언이 물끄러미 리에타를 바라보다가 답했다.

"그래."

『하비스턴 악마학』이라고 했나. 잘은 모르지만 가장 어려운 학문 가운데 하나라는 악마학과 신학을 동시에 공부한 사람이다. 글쎄……. 글을 읽는 것과 쓰는 것은 전혀 다른 문제긴 하지만.

평민이지만 수도원에서 자라서 글을 읽을 줄 알고 영 바보는 아닌 듯하니 전부터 일을 시켜 볼 만하겠다 생각했었다. 타니아 성녀가 키워 보고 싶다던 반응도 그의 흥미를 끌었다.

군이 그녀가 쓸모 있는 사람이 되고 싶다 해서 일을 시켜 주려는 건 아니었다. 적당히 어렵지 않은 과제를 주어 어느 정도 역량이 되는지 시험해 볼까 싶은 정도인 거니까. 킬리언은 에른을 향해 명했다.

"리에타를 데려다주고 와. 그리고 관리들 들여보내."

그가 보고를 들을 만한 일이고, 어지간한 사람이다 싶으면 킬리언은 개인 집무실에서 직접 당사자를 만나 면담하는 것을 선호했다. 어떤 일이든 자신의 뜻이 왜곡되지 않고 정확하게 실현되기를 바라기 때문이었다. 그렇게 만나서 직접 면담한 관리는 킬리언의 이야기를 경청하여 최선을 다해 그가 원하는 방향의 결과물을 가져왔다. 능력이 부족해 안 되는 경우만 빼고.

악시아스의 환경이 만든 이주민들의 뿌리 자체가 두뇌파보다는 육체파에 치우쳐 있는 탓인가, 솔직히 언제 한 번이라도 관리들이나 학자들이 가져온 결과물들이 그의 성에 차는 경우는 없었지만 실제 현장의 이야기를 구체적으로 들을 수 있고 통제가 가능하다는 점에 의의가 있었다.

어쨌든 계속 수정을 시키고 바로잡게 가르치다 보면 얼추 그의 스타일을 따라오기는 했으므로 그는 그럭저럭 디테일하게 바로잡는 것으로 만족했다. 처음에는 형편없는 보고서를 집어 던질 정도로 신경질적이었지만 자신이 요구하는 수준이 지나치게 높은 것을 인정하게 된 지금은 꽤나 참을성을 길렀다. 악시아스가 자리를 잡고 어느 정도 마음에 여유가 생긴 덕도 있었다.

리에타를 데려다준 에른이 홀로 집무실로 돌아왔다. 한창 이야기하던 관리 몇을 상대해 보낸 킬리언은 다시 그를 불렀다.

"사원 건립 계획을 다시 진행하지. 서고 쪽 문서보관실에서 관련된 서류들을 찾아와 주겠나?"

"그러겠습니다, 주인님."

에른이 물러갔다. 현실적 난관에 부딪혀 보류했을 뿐 전부터 계획에 있었던 일이었다. 이번 역병 사태로 필요성을 절감했을 뿐더러, 마침 알페테르의 고위 사제들이 와 있고 타니아 성녀까지 고용한 참이니 이참에 그들에게 자문을 구해 볼 만하지 않은가.

시기가 딱이었다. 예비 사제 콜브린과 데미안도 마음에 들었다. 성년이 되기도 전에 치유와 구마 능력이 발현된 재능 있는 녀석들인 데다가, 악시아스를 잘 알고 때 묻지 않은 의협심까지 가지고 있었다. 다른 지역으로 보내기 아까운 청년들이었다.

어차피 사원을 건립한다면 사제들을 사 모아야 할 텐데, 이미 다른 사원에 소속된 후 데려오는 것보다 조금 무리가 되더라도 잡아 두며 악시아스에서 사역하게 하는 편이 나을 것이다. 전부 외부 사제들로만 구성하는 것보다 구심점이 되어 줄 토박이 사제가 몇이라도 섞여 있는 편이 좋을 테니까.

다른 사원에서 경험을 쌓고 오라고 보내는 것도 나름대로 장점이 있겠지만 그거야 알페테르에 보냈던 녀석들을 사 오거나 파견 부탁하면 되는 거고……

킬리언은 리에타가 두고 간 서류를 물끄러미 쳐다보았다. 이것도 굳이 리에타가 사제가 되고 싶었다는 소리를 했기 때문은 아니다. 해 오는 걸 봐서 쓸 만하겠다 싶으면 리에타가 그 과정에 도움이 될 수 있을지도 모르는 거지. 어느 정도 해 오려나. 어떻게 가르쳐서 써 볼 만 할 정도면 좋겠는데.

역시 서류를 보니 정신이 들었다. 그는 냉정을 되찾은 자기 자신에게 만족하며 보고 있던 서류를 집어 들어 있어야 할 곳에 꽂아 넣었다. 리에타에게는 여러모로 너그러워질 만한 합당한 사유도 있고, 애초 그저 글을 읽을 줄 아는 정도인 평민에게 지나친 것을 요구할 생각은 없었다. 어쨌든 그녀에게 서류를 집어 던지지는 않을 테니까.

"다음, 들어와."

그가 몸을 돌려 다음 관리를 접견하는 사이 기울어져 있던 서류가 소리 없이 미끄러져 책 위에 넘어졌다. 있어야 할 곳보다 한 칸 위에 꽂아 놓은 서류를 그가 한참을 찾게 되는 것은 얼마 후의 일이다.

이 주 전.

"이게 뭐야?"

"설사약. 그 녀석의 물통에 넣어 줘."

"……지젤." 레너드가 미간을 찌푸리며 인상을 썼다.

"내가 받은 명령은 '척살하라'야. 놈을 '떨쳐 내라'가 아니라."

지젤은 산뜻하게 답했다.

"누가 뭐래? 그냥 약을 먹이라는 것뿐이야. 당신이 언제 그를 죽일 계획인지 물은 것도, 기다려 달라고 말한 것도, 그 계획을 멈춰 달라고 말한 것도 아니잖아."

있는 대로 얼굴이 구겨진 레너드가 꾹 미간을 눌렀다.

"……이봐. 대공 각하께서 객관적으로 검술이 뛰어난 너보다 날 더 신뢰하시는 이유가 바로 이런 것 때문이야."

지젤이 아리송한 얼굴로 고개를 갸웃했다.

"기사에게 명령이라는 건 주군이 원하는 그대로 실행하는 거야. 자의적으로 상황을 조종해서 이 정도면 얼추 목적에 부합하는 결과가 나올 거란 식으로 끼워 맞추는 게 아니라."

"내가 그를 죽이지 말아 달라고 말하기라도 했어? 그냥, 어떻게 될지 모르잖아. 선택지를 늘릴 가능성이 있는 다른 방법을 하나쯤 시도해 보는 것. 그뿐이야."

속이 터진다는 듯 레너드가 인상을 찡그렸다.

"그런 시도를 한다는 자체가 주제넘는다고 말하는 거야."

"부단장." 호칭을 바꾼 지젤이 고개를 기울였다. "나도 당신의 상관이라는 걸 잊은 것 같은데."

레너드가 입을 다물었다. 지젤의 말이 이어졌다.

"이런 일이 처음은 아니잖아? 각하께서는 충분히 예견하실 수 있었어, 당연히. 널 기사단장으로 날 부기사단장으로 함으로써 이런 상황을 예방하실 수도 있었지."

"……."

"하지만 결국 내가 기사단장이라는 건, 각하는 무조건 복종하는 너보다는 내 판단이 더 급이 높다고 여기신다는 의미야. 넌 나를 네 상관으로 지정하신 대공 각하의 뜻에 의거해 내 명령을 따라야 해."

지젤이 레너드의 어깨를 툭툭, 두드려 주며 말을 맺었다.

"내 명령과 각하의 명령이 충돌하지 않는 한."

지젤이 두 손바닥을 마주쳐 보이며 생글 웃었다.

"그리고 너도 알다시피 난 그런 명령을 하는 사람이 아니지. 자, 대답해 봐. 놈에게 이걸 먹이라는 내 명령이 각하의 명령과 충돌하나?"

눈웃음치는 낯에 얄밉게도 눈물점이 돋보였다. 빤히 지젤을 쳐다보던 레너드가 결국 깊은 한숨을 내쉬고는 그녀의 손에서 약병을 낚아챘다. 무미건조하게 "존명." 하고 빈정댄 레너드가 몸을 돌렸다. 레너드가 마지막 저항으로 선을 그었다.

"그를 죽이는 걸 보류하겠다는 뜻이 아니야."

"물론이지. 당신은 대공 각하의 명령을 따라."

지젤이 상큼하게 웃으며 그에게 손을 흔들어 주었다.

"그리고 이건 모르나 본데, 각하께서 당신을 더 신뢰하실 수는 있지만, 더 좋아하시는 건 나야."

레너드가 울컥하는 얼굴로 고개를 돌렸지만, 지젤은 이미 그 자리에서 사라진 후였다.

지젤은 묘하게 서먹하게 굴던 레너드를 생각하며 손에 든 양산을 빙글 빙글 놀렸다. 그래. 그때는 내가 좀 짓궂었다. 레너드가 각하의 명령과 신뢰에 민감해한다는 걸 알면서…….

"지젤."

"……."

……돌아오면 잘해 줘야지. 대련할 때 몇 대쯤 맞아 줄까?

"지젤!"

"어?" 멍하니 정신을 놓고 있던 지젤이 고개를 들었다. 레이첼이 한숨을 쉬며 소식을 전해 왔다.

"레너드가 돌아왔어."

레너드를 비롯해 하비투스 대사원에 남았던 후발대 인원들이 악시아스 성으로 돌아왔다.

"부단장님!"

레너드를 향해 달려온 꼬질꼬질한 세 청년 기사가 울 것 같은 얼굴로 달려들어 안겼다.

"흐어엉. 부단장님 많이 다치셨다면서요. 괜찮으십니까?"

뜻밖의 환대에 레너드는 얼떨떨한 얼굴로 세 청년 기사를 내려다보았다. 온통 흙투성이 땀투성이 상처투성이 걸레짝들이 된 불쌍한 후배 기사들의 모습을 본 레너드가 그 기막힌 몰골을 만들어 준 범인을 향해 고개를 들어올렸다.

하슬러…… 옆에 양산을 쓴 지젤이 시치미를 떼고 얌전히 서 있었다. ……내가 그리웠을 만하군. 살뜰히도 굴려진 예비 기사들을 보고 레너드는 피식 웃으며 그들의 머리를 헝클어 주었다.

그녀와 함께 구른 지는 꽤 오래되었지만, 바로 며칠 전으로만 거슬러 올라가도 저 아리따운 아가씨의 가차 없는 손속이라면 지독한 기억이 남아 있었다.

"상처 보여 줘."

평소보다 조금 창백한 낯빛의 레너드가 쓸쓸하게 제 방문 앞에 선 드레스 차림의 기사단장을 내려다보았다. 레너드는 상의를 탈의한 채 오른쪽 어깨에 붕대를 감고 위에 검은색 가운을 걸친 채였다.

"됐어. 처치는 하슬러가 다 해 줬으니 약이나 주고 가."

그녀는 문 앞에서 그를 밀어 치우고 방 안으로 쓱 들어가며 말했다. "벗고 앉아."

무슨 정신으로 드레스를 갈아입었는지 붕대와 약초, 성수, 구급약품 따위가 들어 있는 바구니를 안고 있는 지젤의 머리카락에 피가 묻어 있었다. 레너드가 그녀의 어깨 너머에 대고 다시 말했다.

"됐다고."

멈칫한 지젤이 멍하니 그를 돌아보았다.

"……뭐?"

레너드가 휙 몸을 돌려 터벅터벅 제 침대로 가서 앉았다. 어깨에 걸렸던 가운이 조금 흘러내리는 것을 왼손으로 추슬렀다. 레너드는 피곤한 얼굴로 지젤을 외면했다.

"나가."

지젤은 제 귀를 의심했다. "치료…… 해야 한다니까?"

"하슬러가 해 줬다고 했잖아. 다시 열기 귀찮아. 피곤해."

잠시 할 말을 잃고 있던 지젤이 이내 성난 목소리로 반론했다.

"무슨 말도 안 되는, 하슬러가 처치를 해 봤자 지혈해 붕대 감는 거 말고 뭘 해줄 수 있다고……."

레너드가 지젤의 말을 잘랐다.

"넌 뭐 대단한 걸 할 수 있어? 어차피 조만간 치유 사제가 봐 주면 다 나을 상처야."

"조만간이 안 될 것 같으니까 그러지! 지금 목숨이 위독한 환자가 몇인 줄 알아? 치유 마법을 쓸 수 있는 사제는 겨우 몇밖에 살아남지 못했어! 순서 기다리다간 늙어 죽을 거라고!"

지젤이 결국 언성을 높였다. 레너드가 얼굴을 찡그렸다.

"네 말대로 난 목숨이 위독하지도 않은 부상이야. 귀찮게 다시 열어서 볼 필요도 없다고."

레너드는 쌀쌀맞게 지젤의 손을 밀어내 버렸다. 한사코 상처를 보이지 않으려는 레너드에게 화가 난 지젤이 결국 차갑게 명령했다.

"내놔. 명령이야."

레너드가 퉁명스레 대답했다. "싫어."

다른 것은 몰라도 '명령'은 거부한 적 없는 사내를, 지젤이 믿을 수 없는 눈으로 바라보았다.

"미쳤어?"

레너드는 삐딱하게 지젤을 향해 고개를 틀었다.

"나도 한번 대공 각하께서 좋아하실 만한 사람이 돼 보게."

"하?" 지젤이 어이가 없다는 듯 헛웃음을 흘렸다. "레너드, 당신 뭔가 착각하나 본데." 가져온 바구니를 탁자에 탁, 내려놓은 그녀가 성큼 레너드의 앞으로 걸어왔다.

"난 융통성이 있는 거지 하극상을 하는 게 아냐."

레너드가 그녀를 향해 눈을 치켜떴다. 코앞으로 다가온 지젤이 말을 이었다. "그리고 각하께서 날 더 좋아하시는 건."

지젤이 순식간에 레너드의 팔을 붙잡아 제압하고 그의 몸을 타고 올라앉았다. "내가 당신보다 강하기 때문이고."

팔을 틀어 잡힌 채 지젤의 밑에 깔린 레너드가 고통스러운 신음을 흘리지 않기 위해 이를 악물었다. 부상을 당했든 말든 사정 봐주지 않는 태도였다. 저항해 봤지만 큰 부상까지 당한 그가 멀쩡할 때도 이겨 보지 못한 악시아스 기사단 최강의 쌍검술사를 당해 낼 수 있을 리 만무했다.

독하게 저항하던 몹쓸 환자는 결국 탈진해 실신해 버렸다. 어깨의 고통에 신음하며 침대에서 홀로 깨어났을 때, 상처는 익숙한 솜씨로 야무지게 정리되어 있었다. 지젤의 해독이나 상처 다루는 솜씨야 당연히 믿는 바지만…… . 더럽게 아프네…… .

"열어 보지 말라니까…… ."

하슬러가 어린 기사들의 뒷덜미를 잡아챘다.

"오늘은 여기까지. 등목하러 가자 요놈들아."

순식간에 주변의 기사들이 물러가고 수도원의 연무장 겸용 공터에는 지젤과 레너드만 남았다. 레너드가 한숨을 쉬었다.

"상처는 어때?"

인사 대신 건네 오는 지젤의 물음에 레너드가 다쳤던 어깨를 들어 보이며 으쓱했다.

"다 나았지. 별거 아니었어. 치유 사제들이 치료해 줘서 금방 완치됐고."

지젤이 의심스럽게 눈살을 찌푸렸다. 지젤의 손에 있던 양산이 삽시간에 움직여 레너드의 왼쪽 어깨를 향해 날아갔다. 턱, 레너드가 휘둘러진 양산을 오른손 손바닥으로 잡아 가볍게 저지했다.

"다쳤던 건 오른쪽인데."

알고 있다. 애초에 다친 곳을 치려던 게 아니라 오른쪽 어깨는 멀쩡히 잘 움직이나 보려던 거였으니까. 레너드가 전처럼 무리 없이 움직이는 것을 본 지젤이 가만히 그를 쳐다보다가 물러섰다.

"그런데 왜 돌아오는 데 이렇게 오래 걸렸어?"

레너드가 눈썹을 긁적이며 답했다.

"난 금방 나았는데, 같이 돌아온 아렌이 많이 다쳐서 오래 누워 있었어. 그리고 기사들끼리만 달린 너희랑, 마차와 수행인들을 다 챙겨서 온 우리랑은 당연히 이동 속도가 다르다고."

그는 정말 별것 아니라는 듯 대수롭지 않게 말하고 있었지만 지젤은 생살을 파고든 키메라의 여섯 개의 손톱자국을 눈으로 보았다. 제 목에 날 뻔했던 구멍이었다.

시독이 퍼져 검은 멍이 번져 나가던 상처. 뭘 믿고 객기를 부린 건진 몰라도, 그녀가 환부를 빨리 보지 않았더라면 목숨이 위험해질 수도 있었을 상처였다. 사제들이 치료해 주었다 한들 악마의 독이 퍼진 상처가 쉽게 낫지는 않았을 것이다. 지젤은 굳이 지적하지 않고 고개를 돌렸다.

"각하께 귀환 보고는?"

"들렀는데 관리들 만나느라 바쁘시기에 집사님께 여유 있을 때 다시 오겠다고 말씀만 전하고 왔어. 줄 길더라. 내가 본 중에 최장 대기 같던데." 지젤이 잠깐 틈을 두고 물었다. "흉터 남았지?"

"별로."

그들이 사랑하는 누군가를 닮은 덤덤한 대답이 돌아왔다. 센 척하네. 잠자코 있던 지젤이 별안간 퉁명스럽게 내뱉었다.

"나보다 약한 주제에 누굴 지키려고 들어?"

결국 레너드가 짜증스레 얼굴을 구겼다.

"그냥 고맙다고 하면 안 돼?"

잠행 수련을 핑계로 숨어서 그들을 지켜보던 레이첼과 양상군자들은 속이 터져 나뭇가지를 쥐어뜯었다.

"쟤넨 안 돼. 답이 없어. 근 십 년 동안 안 된 건 다 이유가 있는 거야!"

"……내놔, 십 골드씩."

기꺼이 새 연인의 탄생을 축하하며 한턱을 낼 준비가 되어 있던 레이첼이 싸늘하게 식은 얼굴로 중얼거렸다. 레이첼에게 돈을 뜯긴 기사들이 분통을 터뜨렸다.

"이건 아니야, 레이첼. 대공 각하께 쟤들 제발 뻘짓 관두고 연애나 하라고 명령 하시라고 말 좀 전해 봐!"

어떻게 아직까지 저러고 있을 수 있지? 레이첼은 심각하게 마지막 양상군자의 제안에 대해 고민하기 시작했다.

～⁓⊗⁓～

하비투스 대사원에서 부상을 치료받고 돌아온 레너드와 후발대의 소식을 전해 들은 킬리언은 가장 먼저 시계를 쳐다보고, 다음으로 옆에 쌓인 서류 더미를 본 후 입을 열었다.

"접견해야 할 사람이 얼마나 남았지?"

"내일 오전 일정도 괜찮다 하시는 분들은 내일로 미루어 오늘 뵈어야 할 분은 서른 분 정도가 남았습니다."

에른의 대답을 들은 킬리언은 오늘은 일에나 전념해야 한다는 현실을 받아들였다. 도저히 오늘은 안 되겠군. 서류에 중독되어 있던 킬리언은 문서에 지시사항을 적고 사인하던 기세 그대로 펜을 들어 옆의 종이를 집어 들어 휘갈겨 적은 후 에른에게 내밀었다.

"리에타에게 전해 줘."

내 기사들과 식사 같이하지. 미안. 괜찮으면 그대 집에는 내일. 오늘은 못 갈 것 같으니.

이미 세 번 반복해 읽고 뒷장도 살펴보았지만 내용은 그게 다였다. 마지막 줄에 휘갈겨 적혀 있는 이건 뭐지? 눈에 힘을 주고 살펴봤지만 해독이 불가능했다. 중간의 단어들은 정확하게 알아보지 못하겠지만, 적어도 맨 앞과 맨 뒤의 단어는 곧 알아볼 수 있었다.

……킬리언 …… 악시아스? 설마 대공 전하의 풀네임 서명인가? 이런 곳에 왜 사인을……. 물론 편지 말미에 이름자를 적는 정도야 이상한 일이 아니지만 계약서에나 들어갈 법한 이런 멋들어진 필기체의 풀네임 서명이라니…….

리에타는 자신이 읽어 내지 못한 중요한 행간의 의미가 더 있나 편지지를 들여다보다가 멍하니 서신을 전해 준 노집사를 바라보았다. 이 정도 내용의 짧은 전언이라면 그냥 집사님께 말씀으로 전해 주셨어도 되지 않았나?

그러나 주제넘게 높으신 분의 뜻을 입 밖에 내어 물을 수는 없었다. 감히 대공 전하께 친필 서신을 받고서 입으로만 "알겠다고 전해 주세요." 할 수가 없어 리에타는 집사님께 양해를 구한 후 방 안으로 들어갔다.

다행히 종이와 펜 정도는 방에도 준비가 되어 있었다. 리에타는 황망히 앉아 다시 한번 편지를 읽어 보곤 바로 위층에 계신 분께서 주신 밥 먹자는 서신에 답장을 작성하기 시작했다.

대공 전하의 선호와, 평민으로서 무례하게 보이지 않는 선을 고려하여 너무 길지도, 짧지도 않게. 사양하지 않고 간결하게 명령을 따르는 대답.

집사님께서 그녀의 답신을 기다리는 급한 와중에 서두르면서도 리에타는 착실히 영주님의 서신을 몇 번이고 살피며 답해야 할 내용을 간결한 말속에 꾹꾹 눌러 담아 답신을 적었다.

그리고 아마도 이래야 하나 보다 싶어, 킬리언의 서신 방식을 참고해 자신도 조심스레 끄트머리에 이름을 적어 넣었다. 그리고 손부채질을 해 재빨리 잉크를 말린 후 그것을 접어 공손히 에른에게 두 손으로 내밀었다.

"답신입니다."

~~~❧~~~

"내일 오전 일정으로 미룬 분들이 남아 있긴 하지만 오늘 급히 보셔야 하는 분들은 일단락이 되었습니다. 식사하고 하시지요. 만찬 준비도 거의 다 되었습니다."

킬리언이 서류를 보며 한숨을 내쉬었다. 사람은 왜 밥을 먹어야 하는 걸까. 무슨 생각하는지 뻔히 보인다는 듯 에른이 덧붙였다.

"뒤풀이 만찬입니다. 빠지시면."

"알아."

레너드와 함께 귀환한 기사들에게는 수고했다는 말과 함께 뒤풀이를 위해 만찬실로 모이라는 이야기를 전해 두었다. 하비투스에서 고생한 사람들이 다 모였으니 먹여야 하는 타이밍이었다. 노집사가 미소 지었다.

"기사님들과의 뒤풀이가 아니어도 식사는 거르지 말아 주십시오. 주방장이 슬퍼합니다."

에른의 잔소리에 킬리언은 열의 없는 얼굴로 입꼬리만 올렸다.

"그리고 이것은 트리스티 양의 답신입니다."

킬리언은 보던 서류에 사인한 후 에른이 가져온 리에타의 서신을 무심코 펼쳤다.

"……."

슬슬 만찬실로 움직이시는 것이 좋을 것 같다는 에른의 말을 들은 건지 못 들은 건지, 잠깐 굳어 있던 킬리언은 이상한 표정으로 입을 가렸다가, 손을 무릎 위에 올렸다가, 반대쪽 손으로 서신을 옮겨 들며 책상 위에 팔꿈치를 올리고 심각한 얼굴로 눈썹을 꿈틀 들어올렸다. 에른이 어딘지 모르게 정신 사나운 제 주인을 영문 모를 얼굴로 쳐다보았다.

가만. ……내가 뭐라고 보냈더라? 아무리 정신이 없었다고 설마 그런 소리를 했을 리가 없는데. 어째서 이런 서신이 온 거지? 분명 이런 답장이 올 만한 말을 쓴 기억이 없는데. 킬리언이 마른 손바닥으로 당혹한 얼굴을 쓸어내리다가 홱 에른을 쳐다보았다.

"내가 아까 리에타한테 뭐라고 써 보냈지?"

"예?"

"내가 뭐라고 썼는지 몰라?"

알 리가 없었다. 충직한 에른은 주인님의 친필 서신을 실수로라도 열어볼 위인이 아니었다. 에른이 어깨를 으쓱하며 고했다.

"허락하신다면 다음부터는 눈치껏 펼쳐 보고 기억해 두겠습니다."

킬리언은 대답 대신 심각한 표정으로 리에타의 답신을 뚫어져라 노려보았다. 아니. 아니야. 그런 뜻일 리가 없다. 같은 실수를 두 번 하는 건 사양이라고.

그는 한동안 리에타의 서신에 시선을 고정한 채 굳어 있었다. 왜……. 집에 안 가도 된다는 건데? 기다리겠다는 말은 또 뭐야?

"……트리스티 양의 집에 뭔가 문제라도 있다고 하십니까? 제가 사람을 보내 볼까요?"

에른의 첨언에 킬리언이 멈칫하고 눈을 들어올렸다. 아. 킬리언은 순간 이마를 짚고 침음 같은 감탄사를 흘렸다. 그러더니 뒤이어 짧게 웃음을 터뜨려 버렸다.

짐 가지러 가기로……. 집에 안 간다는 뜻이 아니구나. 오늘 못 가게 돼서, 그래서……. 킬리언은 그제사 여유를 되찾은 기분으로 실실대며 턱을 괴고 그녀의 서신을 다시 반복해 읽었다. 그리고는 고개를 절레절레 저었다.

이 단순한 이야기의 맥락을 파악하는 게 이렇게 시간이 오래 걸릴 일이…… 절대 아니었는데. 기이한 것이라도 보는 듯 묘한 얼굴로 그를 바라보는 집사를 향해 킬리언은 산뜻한 얼굴로 일어섰다.

"가지."

정신 차려야지. 속인 사람도 없는데 또 속을 뻔했다. 애초에 왜 서신씩이나 썼던 거지? 거기 장단 맞춰 답장 보내는 이 여자도 이 여자다. 어처구니가 없었다.

집에 가는 일은 급하지 않습니다. 기다리겠습니다. ‒ 리에타 트리스티.

한 번 더 내려다봐도, 괘씸하도록 깨끗하기 짝이 없는 필치였다. 어쩌다 이 말이

집에는 안 가도 돼요. 기다릴게요. ‒ 리에타 트리스티.

이런 말로 보였던 걸까. 너무 바쁜 채로 서류를 오래 봤더니 잠깐 제정신이 아니었던 거지. 그는 피식 웃으며 그녀의 서신을 다시 한번 내려다보고는, 그대로 고이 접어서 책상의 서랍 안에 집어넣고 집무실을 나섰다.

똑똑.

"네, 나가요······!"

일어나서 문을 연 리에타가 퍼뜩 위를 올려다보았다. 킬리언이 직접 데리러 올 줄 모르고 집사나 시동이리라 생각했던 리에타가 어색하게 반걸음 뒤로 물러섰다.

"기다렸나?"

"예?"

킬리언이 피식 웃으며 고개를 기울였다. "기다리겠다며."

리에타는 머쓱한 얼굴로 목을 만졌다. 그야 식사 시간을 기다리고 있겠다 쓰긴 했지만······. 저리 웃으시니 꼭 내가 식사 시간을 엄청 기다릴까 봐 빨리 왔다 하시는 것 같잖아.

지난번에 함께한 만찬이 엄청 맛있긴 했지만 딱히 막 배가 고파서 언제 오시나 오매불망 기다리고 그런 건 아니었는데······. 머뭇거리는 그녀를 물끄러미 내려다보던 킬리언이 조용히 웃었다.

"뭐 하고 있었어?"

"그냥 있었어요······."

그가 리에타 대신 문을 잡고 나오라는 듯이 문 앞에서 물러서 리에타는 방 밖으로 발을 내디뎠다.

"심심했겠군."

킬리언이 던진 말에 리에타가 그를 올려다보며 빠르게 눈을 두세 번 깜박였다. 아차, 영주님은 엄청 바쁘셨을 텐데. 아무래도 방금 말을 잘못 한 것 같다.

뭐라고 답해야 하지? 그냥 있었지만 심심하지는 않았다고 말하기가 이상했다. 아니면, '영주님께선 많이 바쁘셨지요?' 아니, 이것도 뭔가……. 놀리는 것도 아니고 너무 무례한 것 같은데.

리에타가 대답을 망설이는 사이 킬리언의 목소리가 이어졌다.

"데려와 기다리게 해 놓고 심심하게 했군."

리에타가 멈칫 멈추어 섰다. 그녀의 대답을 기다리지 않고 이미 몸을 돌린 그가 앞장서 걷기 시작했다.

"내일은 가지."

그러나 따라오는 발소리가 들리지 않았다. 킬리언은 몇 걸음 걷다 말고 그녀를 돌아보았다. 뒤에 멈춰 선 리에타를 바라보던 킬리언이 살짝 짓궂게 웃으며 손을 내밀었다.

"에스코트?"

"아, 아뇨!"

리에타가 파드득 사양하곤 황급히 따라왔다. 킬리언도 그럴 줄 알았다는 듯, 일부러 굳이 하지 않은 것을 고집하지 않고 장난처럼 건네었던 손을 거두며 담담히 웃었다.

"가지." 그가 손짓했다. "그대 집엔 내일 점심 후에."

리에타가 끄덕이며 답했다.

"네."

리에타는 킬리언을 따라 만찬실로 내려갔다. 왁자하게 떠드는 소리가 복도까지 들려오고 있었다. 만찬실에는 하비투스 대사원 팀에 차출되었던 모든 기사들이 불려 와 착석해 있었다. 동쪽 별채의 여자들도 함께였다.

킬리언은 리에타에게 먼저 들어가 있으라 눈짓한 후 뒤에 남았다. 그가 복도에서 에른과 몇 마디를 나누는 사이 리에타는 만찬실로 들어섰다. 리에타를 발견한 몇몇 기사들이 웃는 낯으로 눈인사를 하거나 목을 꾸벅해 알은체를 해 왔다. 리에타도 얼른 비슷하게 마주 인사했다.

이곳에서의 두 번째 만찬, 일전의 식사에선 낯설기만 했던 사람들이었는데 이제는 대부분이 안면이 있는 사람들이 되어 있었다.

"리에타!"

별채 여자들이 비어 있던 옆 자리를 빼 주며 그녀의 이름을 부르고 손짓했다. 리에타는 지젤이 빼 준 의자에 앉으며 기사들과 한 것보다 한결 친근한 인사말로 아가씨들과 안부를 나누었다. 왜인지 앉고 나서 보니 이번에도 영주님 바로 옆자리였다. 거기만 빈 자리였기 때문이었는데…….

늦게 온 죄겠지? 아무리 그와 오랜 세월을 함께 해 온 별채 아가씨들과 기사들이래도 다들 직속 상사 옆 자리는 사양하고 싶어 하는 모양이었다.

"잘 지냈어요? 리에타. 고생하고 있다면서요."

레이첼의 염려 어린 인사에 리에타는 고개를 저었다.

"아뇨, 고생은 무슨요……. 전 잘 있었어요. 당신들은 어때요?"

"우리야 뭐. 격리 구역 순찰도 다 남자들 일이라. 한가하기만 하네요. 리에타 같은 신성 능력자들이나 영주님이 고생이시지."

세이라가 거침없이 말했다. 굳이 그 사실을 부각하진 않았지만, 그녀들은 더 이상 리에타 앞에서 자신들이 무인이라는 것을 숨기지 않았다.

리에타는 새삼 그들의 선 안에 들어갔다는 생각이 들어 묘한 기분을 느꼈다. 길지 않은 시간이었지만 함께 생사의 고비를 넘었고, 같은 슬픔을 공유했으며, 이제 리에타는 그들의 비밀을 알고 있었다. 같은 분을 모시고 있기도 하고.

마침 그가 들어와 상석에 앉아 리에타는 살짝 고개를 돌려 킬리언을 바라보았다. 킬리언은 가장 먼저 레너드와 부상당했던 기사들에게 몸 상태와 안부를 확인하고 이런 저런 담소를 나누고 있었다.

같은 분을 모시는 사람들……. 리에타는 가만히 그 말을 곱씹었다. 나도 영주님께 신성 능력자로서 이 기사단의 일원이 되라는 제안을 받았으니 정말로 곧 그렇게 되겠구나.

그런데 '동쪽 별채'로 들어오라는 건, 애첩으로 위장해 영주님을 보필하는 이 비밀 기사단의 일원이 되라는 의미 외에도 별채 안에 들어가서 지내야 한다는 의미가 포함되어 있는 걸까?

리에타는 손끝을 만지작거렸다. 어차피 지금 사는 '축성술사의 집'도 영주님께서 하사해 주신 집……. 어디든 굳이 고집할 생각은 없지만…….

문득 반대편으로 눈을 돌리자 라나가 시야에 들어왔다. 그러고 보니 하비투스 대사원의 일로 처음 만나기 전엔 동쪽 별채에서 라나를 본 일이 없었지. 꾸준히 동쪽 별채에 드나들었지만 그녀는 이번 일로 처음 본 사람이었다.

다른 아가씨들과 어느 정도 스스럼없는 사이로 보이긴 했지만, 기본적으로 말수가 적은 탓인가 같이 사는 여자들에 비해선 상대적 거리감이 느껴지고 있었다. 라나는 '동쪽 별채' 소속이지만 동쪽 별채에 살지는 않는다. 어디서 지내고 있을까?

맛있는 음식 냄새와 함께 크고 작은 접시에 담긴 음식들이 줄지어 나오기 시작했다. 좋은 재료들에 맛있는 냄새가 났지만 지난번처럼 화려한 상차림은 아니었다.

뒤풀이 만찬이라는 느낌이 주는 기름지고 자극적인 이미지와 달리 얌전하고 차분한 느낌의 상차림이었다. 요리의 다양성과 화려함을 양보한 대신, 신선하고 좋은 재료와 정갈함이 부족함 없이 그 자리를 대신하고 있었다.

"애들 썼다."

기사들의 시선이 킬리언을 향해 집중되었다. 본래 축사든 기념사든 신경 쓰는 성격이 아니었지만, 킬리언이 모처럼 잔을 들었다.

"축하도 추모도 아직은 이른 감이 있지만, 고생 많았어."

기사들이 그의 말뜻을 이해하고 잔을 따라 들었다.

"우선 이 정도로 여독이나마 풀어 주길."

"……."

기사들은 각자 침묵한 채 가만히 각자의 감상이나 표정을 감추었다. 지젤은 가만히 레너드를 쳐다보았다가 눈이 마주치자 시선을 피했다. 리에타도 잠시 떠나간 소녀를 떠올리며 묵념하다가, 가만히 손안의 잔을 내려다보았다.

성에 여력이 없는 것도 아닌데, 상차림이 오히려 수수해진 이유를 리에타는 한발 늦게 이해했다. 그것에 불만을 표하는 사람은 없었다. 검소했지만 소홀하지는 않은 상차림이었다.

"수고했어." 킬리언이 잔을 약간 높이며 간결하게 맺었다.

"성과급은 섭섭지 않게."

훈훈한 마무리에 기사들이 씩 웃으며 합창했다.

"사랑합니다, 대공 각하!"

만찬을 마친 후, 기사들이 저마다의 뒤풀이를 이어가며 회포를 푸는 사이 킬리언은 리에타를 여기사들에게 맡기고 집무실로 돌아왔다. 자리가 파하거든 올라오라고 불렀던 레너드는 채 삼십 분이 되지 않아 따라 올라왔다. 레너드가 평소와 똑같이 예를 표했다.

"찾으셨습니까."

만찬실에서 부상과 안부 외에는 묻지 않으셨으니, 아마도 귀환과 관련된 보고를 듣고자 하심이리라고 생각했다. 하비투스 대사원이 어떻게 되었는지, 앞으로 어찌 될 것 같은지에 대한 것도 깔끔하게 보고하기 위해 이미 구체적으로 정리해 둔 상태였다.

레너드는 하비투스 대사원에 한동안 더 남아 있으며 보고 들은 일에 대한 못다한 이야기를 전했다. 킬리언은 레너드를 향해 짧게 끄덕인 후 손을 들어 올렸다.

그의 손짓대로 사람들을 물린 후, 레너드는 킬리언에게 가까이 다가왔다. 짧은 틈을 두고, 그는 레너드가 예상한 것과는 전혀 다른 이야기로 입을 열었다.

"리에타의 딸에 대해 그대가 뭐라고 보고했었지? 떠돌이 노예상에 팔려 갔다고 들었던 것 같은데. 죽었다고 했던가?"

이미 몇 달 전 이야기였다. 레너드는 잠깐 멈칫하다가 답했다.

"아뇨, 그런 이야기는 없었습니다. 노예상은 아이를 데리고 떠났고 이후론 소식이 없었던 것으로 압니다."

킬리언이 가만히 팔짱을 끼고 생각에 잠겼다. 어찌 보면 당연한 이야기였다. 의심할 필요가 없었다. 죽었다는 소식이 들려왔다는 쪽이 더 신빙성이 떨어졌다. 소식을 전하는 것도 다 돈인데. 떠돌이 노예상 쪽으로서도 이미 지나온 마을에 굳이 그런 소식을 전해 올 이유가 없지 않은가.

"어디로 갔는지는 아는 바 없고?"

"예. 세비타스 쪽에서도 뒤늦게 찾느라 애를 썼지만 실패한 모양이었습니다. 행방을 모른다더군요."

킬리언의 눈이 가늘어졌다. "정보의 출처는?"

"마을 사람들과 세비타스 백작 저택의 경비병들입니다."

마을 사람들과, 백작 저택의 경비병? 킬리언이 석연찮은 표정으로 눈을 찌푸렸다. 딸이 죽은 걸 알고 리에타가 절대 입 다물고 가만히 있지 않았을 텐데. 마을 사람들은 리에타의 딸이 시신이 되어 돌아온 줄을 몰랐단 말인가?

아니, 차라리 그건 그럴 수도 있다. 시신을 보여 주고 리에타가 억류되는 사이의 상황이 급박하게 돌아갔다면 주변 사람들에게 미처 알려지지 않았을 수도 있겠지.

하지만 저택의 경비병? 딸을 돌려 달라 난동을 부리는 리에타를 경비병들이 몇 번이고 막아섰을 텐데. 카사리우스의 심복이 시신을 전해 주었는데 저택의 사람들조차 리에타의 딸이 죽었다는 걸, 적어도 그녀에겐 죽은 것으로 치기로 되어 있었다는 걸 몰랐다고?

"리에타는 딸이 죽었다던데."

킬리언의 말에 별달리 의심을 두지 않은 레너드가 눈을 찌푸리며 침통한 얼굴이 되었다.

"그랬습니까? 어쩐지 찾지를 않으신다 싶더니……."

그러나 킬리언의 입에서 떨어진 다음 말에, 그의 표정이 얼떨떨하게 바뀌었다.

"비밀리에 알아봐. 살아 있을지도 몰라."

"예?"

"아무에게도 알리지 말고. 리에타는 딸이 죽은 줄 아니까. 무사할 가능성이 높을 것 같지는 않군."

킬리언은 레너드가 없던 사이 있었던 일을 간단히 이야기했다. 레너드의 놀란 표정이 이내 허, 하는 탄식과 함께 이지러졌다. 눈빛에는 어쩔 수 없이 착잡한 안타까움이 가라앉았다. 레너드는 임무가 비밀리에 진행되어야 할 이유를 어렵지 않게 이해했다.

"……좋은 소식을 전해 드릴 수 있었으면 좋겠군요."

킬리언이 짧게 끄덕였다.

"그래. 이 일을 아는 사람은 최소화하고, 뭐라도 단서를 잡으면 즉시 보고해. 지젤과는 업무 내용을 공유해도 좋다."

"네."

"그리고 하나 더. 세비타스 수도원에……."

킬리언이 말을 멈추었다. 그리고 조용히 의자 등받이에 몸을 기대며 마른 손바닥으로 얼굴을 쓸었다.

"아니. 그건 지젤에게 맡기지."

"네?"

킬리언은 흘긋 시계를 보고 말했다.

"지젤에게 내게 들렀다 가라 전하게. 그대는 돌아가도 좋아."

"동쪽 별채 여기사들을 쓰실 생각이십니까?"

그들의 가장 주된 업무는 킬리언의 곁에 무해해 보이는 '아가씨'로서 머물며 그를 오만방자한 한량으로 보이게 만드는 것이었다. 필요할 때는 언제라도 그를 호위할 수 있는 인력으로 돌변해야 했기에 어지간한 다른 임무에는 나서지도 않았고, 그녀들이 기사로서 수련한 사람들이라는 것은 동쪽 별채의 기밀로 유지되고 있었다. 킬리언이 대수롭지 않게 답했다.

"별채에 역병이 돌았으니 핑계 김에 잠시 요양들 갔다고 하지."

레너드가 "예." 하고 끄덕이곤 잠시 망설이다 물었다.

"……지젤에게 맡기실 임무는 어떤 일입니까?"

"됐어. 그건 그대가 관심 둘 일이 아니야."

레너드가 입을 다물었다. 그러더니 잠시 후, 그답지 않게 말을 덧붙였다.

"저, 몸이라면 괜찮습니다."

킬리언이 그를 외면한 채 잘라 말했다.

"그대의 건강을 의심하는 것이 아니다. 임무가 그대와 적합하지 않아."

레너드는 조금 충격 받은 얼굴이 되었다. 순간 머릿속에 낯설고 못난 감정이 고개를 쳐들었다.

"……제가 들어선 안 될 일입니까?"

평소답지 않게 집착하는데. 킬리언이 레너드를 향해 눈을 들었다. 그의 충신은 혼란스러워하는 기색이었다.

"왜 그래?"

레너드가 퍼뜩 자세를 고쳐 섰다. "아닙니다. 죄송합니다."

그리고 허리를 숙이고 물러났다.

"대공 각하. 찾으셨습니까."

"그래."

킬리언이 서류를 들고 있던 손을 책상 위에 내려놓으며 지젤의 인사를 받아 주었다.

"레너드가 맡은 임무를 그대에게 보고했나? 어디까지 들었지?"

"임무요?" 지젤이 반문했다.

아직 보고하지 않았나. 킬리언은 길게 망설이지 않고 격리 구역에서 세드릭 카발람을 맞닥뜨렸던 일을 이야기해 주었다. 그녀가 리에타와 가깝다는 사실을 모르지 않아 고민이 되었지만, 지젤은 충분히 눈치 있게 행동하는 사람이었다.

이야기가 전해지는 짧은 사이 지젤의 표정이 평정을 유지하지 못하고 몇 번이나 급변했다. 많은 것을 설명할 필요는 없었다. 지젤은 실성한 리에타를 그와 함께 직접 보았으니까. 그들이 한 짓을 알게 된 지젤의 눈에는 확 불길이 일었지만 그녀는 빠르게 분노를 감추고 고개를 끄덕였다.

"알겠습니다. 리에타가 모르게 하겠습니다."

킬리언은 잠깐 시선을 내리고 리에타가 있던 곳을 물끄러미 보다가 이내 고개를 끄덕였다.

"그래."

모르게…… 해야 하는 것이겠지. 킬리언은 아무 것도 없는 책상 끝 모서리를 보며, 그녀의 웃음과 울음과 공허한 눈빛을 떠올렸다.

"레너드에게 그 일의 조사를 맡기신 것입니까?"

"그래."

쉽지 않을 일이었다. 세비타스는 악시아스에서 가깝다고 할 수 없는 곳이었다. 게다가 가는 곳을 특정하지 않는 떠돌이 노예상의 추적……. 레너드는 사람을 부려 일을 처리하는 솜씨도 훌륭하고 기사 치고는 정보를 모으는 일에도 능한 편이었다. 하지만 그는 대공의 곁을 오래 비울 수 없는 최측근이었다. 먼 곳에서의 일을 세심하게 컨트롤하고 빠른 판단을 내리는 데에는 한계가 있었다.

"레이첼에게 돕게 할까요?"

킬리언은 잠시 지젤을 바라보며 마지막으로 한 번 더 고민했지만 이내 같은 결정을 내렸다. 어차피 지젤이나 레이첼 외엔 그가 도모할 수 있는 적임자가 없었다.

"그전에 그대에겐 다른 임무를 맡길 것이 있다. 어느 쪽에 우선순위를 둘지는 그대의 판단에 맡기지."

지젤은 즉각 대답했다. "하명하십시오."

킬리언이 잠깐의 틈을 두고 가라앉은 목소리로 말했다.

"세비타스 수도원에서 아이들을 상대로 학대가 있었나 조사해 봐. 성적 학대를 포함해서."

순간, 희미하게 스친 낯익은 사람의 기척에 지젤이 퍼뜩 뒤로 고개를 돌렸다. 킬리언이 미간을 찌푸리며 얕게 한숨을 내쉬었다.

"레너드. 나와."

문 뒤에 서 있던 레너드가 굳은 얼굴로 모습을 드러내고 깊이 허리를 숙였다.

"일부러 엿들으려던 것은 아니었습니다. ……죄송합니다."

킬리언은 레너드를 빤히 바라보고 있다가, 한쪽 눈을 찡그리고 피식 웃었다.

"그대가 지젤과 함께하더니 많이 컸군. 하지만 레이첼과도 가까이 지내 볼 필요가 있겠어. 기척을 숨기는 건 아직 멀었네."

킬리언은 그를 비난하지 않았다. 레너드는 아무것도 변명하지 않은 채 고개를 숙였다. "죄송합니다."

킬리언은 일찍이 레너드, 지젤, 레이첼 등 그의 특별히 총애하는 몇몇 기사들에게 사전 허락을 구하지 않고 그의 공간에 들어올 권리를 허락한 바 있었다. 그러나 지금 이 꼴은 마치 주군의 신뢰를 이용해 월권을 저지른 것이나 다를 바가 없어 레너드는 수치심을 느꼈다.

정말로, 엿들으려던 것은 아니었다. 대사원에 대한 보고를 빠뜨렸다는 생각이 들어 찾아왔을 뿐이었는데. 그러나 지젤이 명령을 받고 있다는 것을 깨닫고 자신이 너무 빨리 돌아왔음을 알았다.

괜히 지젤을 의식해 따라온 것처럼 보이겠다 싶어 기척을 숨기고 물러가려 했는데 미처 물러가기도 전에 명령의 내용을 듣고 말았다. 그것이 자신이 몸을 숨기고 듣고 있어서는 안 되는 일이었다는 것을 깨닫자마자 레너드는 기척을 숨기는 것을 포기하고 몸을 드러냈다. 실수로 들킨 것이 아니었지만 레너드는 해명하지 않았다. 지젤을 의식한 것이 아니라고 당당히 말할 수가 없었다. 그것이 어떤 방향의 의식이든.

"됐으니 이리 와."

풀이 죽은 레너드가 다가와 지젤의 옆에 섰다. 눈꼬리를 치켜 올리고 레너드를 바라보던 지젤도 다시 시선을 앞으로 향했다. 의자에 뒤로 기댄 킬리언이 말없이 눈만 움직여 한동안 둘을 바라보았다. 아까 그 이상한 반응은 이거였나? 지젤에게 내리는 명령이 무엇인지 꽤나 의식하는 것 같더라니. 나 원. 정말 쓸데없는 데도 심력들을 쓰는군. 킬리언은 그냥 둘을 나란히 앞에 놓고 명령을 마무리했다.

"지젤. 그대는 세비타스 수도원에서 아이들을 학대한 정황이 있는지 알아 봐. 특히 수도원장을 눈여겨 살펴. 불미스러운 일이 있었다는 게 확인될 경우 어디 한 군데를 부러뜨리든 자르든 마음대로 버릇을 고쳐 놓아도 좋다."

"네."

지젤이 깔끔하게 답했다. 킬리언의 명령이 이어졌다.

"다만 죽이거나 세비타스 영주에게 고발하지는 마라. 공식적 방식이든 비공식적 방식이든, 강압적이든 자발적이든 상관없이 일단 얼굴을 볼 테니 내 앞으로 데려와."

그가 누구 때문에 그런 명령을 하는지 짐작하는 것은 어렵지 않은 일이었다. 그들이 아는 사람들 가운데 세비타스 수도원과 접점이 있는 사람은 하나뿐이었다. 제 이야기를 잘 하지 않는 축성 능력자.

"수도원에 곤란에 처한 아이들이 있으면 다른 곳을 알아봐 주고. 멀긴 하지만 마땅치 않다면 악시아스로 데려와도 좋다."

"그러겠습니다."

명령을 마친 킬리언의 시선이 레너드에게로 향했다.

"그대가 못 미더워서 지젤에게 명령한 건 아냐."

레너드가 고개를 숙였다. "네. 알고 있습니다."

킬리언이 말을 이었다.

"단지 사안의 성격 문제만은 아니지. 둘은 스타일이 다르니까. 지젤은 유연하고, 그대는 강직해. 지젤에게 맡길 임무와 그대에게 맡길 임무가 다른 것은 그 때문이고."

어떤 방식으로 처리되길 원하는 일이든 믿고 맡길 부하가 있으니 난 실로 복 받은 사람이 아닌가. 킬리언이 한쪽 입꼬리를 올리고 웃었다.

"사랑하는 내 기사들. 충직하고, 유능하고. 특히 그대들 둘은 내가 가장 아끼는 사람들이라는 걸 그대들도 모르지 않을 거라 생각한다."

지젤과 레너드가 말없이 동시에 팔을 올리고 경례했다. 지젤은 싱긋 웃었고, 레너드는 부끄러움으로 조금 상기된 얼굴로 고개를 숙였다. 그러나 이어진 말에 둘의 얼굴은 똑같이 얼빠진 표정이 되어 버렸다.

"그러니까 서로 내 애정 가지고 다투지들 말고 둘이 연애나 잘해."

입이 딱 벌어진 지젤과 레너드는 경악해서 제 주군을 바라보았다. 다음 순간 눈이 마주친 둘이 질색하며 동시에 항변했다.

"싫습니다!"

그조차 그를 유쾌하게 만드니 이 얼마나 사랑스런 충신들인가. 킬리언이 무심히 웃으며 손을 내저었다. "나가 봐."

두 기사를 돌려보내고 킬리언은 계단을 내려갔다. 어떤 층에서 뜻밖에 작게 흥얼거리는 노랫소리가 흘러나오고 있었다. 킬리언은 고개를 들며 발걸음을 늦추었다.

느린 선율에 따뜻하게 들리는 아름다운 멜로디가 익숙한 여자의 목소리에 얹혀 희미하게 흘러나오고 있었다. 잘 부른다고는 못할 솜씨의 띄엄띄엄 끊어지는 허밍이었지만 편안하게 들리는 청아한 목소리가 듣기에 썩 나쁘진 않았다. 킬리언은 저도 모르게 발소리를 죽이고 멈추어 섰다.

살짝 열려 있는 문 틈새로 새어 나오는 희미한 촛불 빛이 약한 바람에 일렁이고 있었다. 창가에 앉은 작은 사람 그림자가 바람결에 살짝살짝 흔들렸다.

문이 완전히 닫히지 않았다는 걸 알려줄까. 괜히 놀라게 하지 않는 게 좋을까. 생각하며 그가 잠시 그 뒷모습을 바라보는 사이, 짧았던 허밍이 끊겼다. 여자는 아무것도 하지 않은 채 촛불 앞에 우두커니 앉아 있었다.

'기다리겠습니다.'

킬리언은 피식 웃고 그냥 몸을 돌려 물러섰다. 할 얘기가 있지 않았나, 생각이 들었지만 밤이었다. 과부 혼자 있는 방에 찾아오기에 적합한 시간은 아니었다. 그리고 그만 신경 꺼야 할 때였다.

지젤과 레너드에게 방금 맡긴 그 일까지만, 거기까지만.

그는 그냥 소리 없이 문을 닫아 주고 그 자리를 떠났다.

성의 도서관을 이용해도 괜찮냐던 리에타의 질문에는 에른이 대신 출입 허가증을 발급해 주었다. 다음 날 아침, 새벽같이 일어나 도서관의 개관 시간에 맞추어 책을 빌려 온 리에타의 방문을 두드린 시동이 먼저 조식을 들라는 킬리언의 말을 전해 주었다. 리에타는 시동에게 감사 인사를 전한 후 식사를 하기 위해 홀로 조찬실로 내려갔다.

조찬실에 앉은 리에타의 앞에 황송할 정도로 정갈하고 맛있는 한 끼 아침 식사가 차려졌다. 앞선 두 번의 식사처럼 말도 안 되는 양은 아니었지만, 홀로 먹기에 적합한 정도의 식사가 그녀 한 사람만을 위해 차려졌다. 혼자 먹기 아쉽다는 생각이 들었다. 나 한 사람만을 위해 차려지기엔 너무 좋은 식사라 홀로 하는 조용한 식사가 새삼 어색했다. 간밤에도 함께했던 기사님들과의 만찬이 힘이 넘쳐서.

많이 바쁘신가……. 영주님께선 집무실에서 일하면서 식사하시겠지? 리에타는 허리를 펴며 씩씩하게 식기를 집어 들었다. 나도 시켜 주신 일, 열심히 해야지. 생각하면서.

"잘 먹겠습니다."

그녀의 앞에 접시를 놓아 준 요리사가 빙긋 웃고 "감사합니다." 하고 돌아갔다. 뭐가 감사하다는 거지……?

입안에 김이 모락모락 나는 구운 감자를 한가득 베어 물고 우물거리느라 미처 반응하지 못한 리에타가 요리사의 뒷모습을 쳐다보며 고개를 갸웃했다. 리에타는 잠시 어리둥절했지만 이내 음식과의 대화에 열중하게 되었다.

리에타가 식사를 거의 마쳤을 무렵, "미양……." 언젠가 한 번 들었던 고양이 소리가 뒤에서 들렸다. 하얀 털과 갈색 털이 탐스러운 줄무늬를 이루는 작은 고양이가 문간에 오도카니 앉아 있었다. 신비로운 호박색 눈이 한 번 깜박이며, 꼬리가 살랑 흔들렸다.

"……."

리에타는 잠시 망설이다가, 전에 킬리언이 그렇게 했던 것처럼 찻잔 받침접시에 청어리 구이 한 조각을 올려 조심스럽게 의자 밑에 내려놓았다. 고양이는 다가오지 않았다.

둘째 손가락 끝으로 톡 하고 고양이 가까이로 접시를 밀자, 오히려 고양이는 달아날 기세로 두어 걸음 뒤로 물러섰다. 리에타는 어색하게 뒤로 손을 당겼다.

영주님께는 스스럼없이 다가오던데……. 리에타가 조금 시무룩하게 바라보고 있자, 후식을 내오던 주방장이 빙긋 웃었다.

"시나 녀석은 사람을 무서워합니다."

"이름이 시나인가요?"

접시를 치워 가던 젊은 요리사가 웃으며 대답했다.

"네. 시나몬에서 따왔죠."

주방장이 아쉬운 얼굴로 쩝 입맛을 다셨다.

"어리석은 주방 녀석들이 음식 이름으로 지어야 오래 산다고 우겨 대서……. 시나몬 같은 이름을 지어 놓으니 저리 겁쟁이가 되어 사람을 무서워하는 모양입니다."

접시를 치워 가던 수습 요리사가 비죽 웃으며 주방장을 타박했다.

"데저트 토네이도 주니어 삼 세보다는 훨씬 어울리는 이름이라고 생각합니다."

주방장이 발끈했다.

"데저트 토네이도 주니어 삼 세로 지었으면 지금보단 용맹한 녀석이 되었을 거다."

"성에서 무전취식하는 고양이가 왜 용맹해야 하는 겁니까. 그리고 시나몬이 어때서?"

리에타가 가만히 웃었다. 요리사인걸. 환상적인 요리 감각이 있으면 됐지 상식적인 작명 감각까진 필요하지 않다.

고양이 시나는 저를 주제로 한 작명 전쟁을 벌이는 사람들을 두고 사라져 버렸다. 리에타가 눈치를 보며 접시째 내려놓은 정어리를 도로 집어 올리려 하자 주방장이 괜찮다고 말렸다.

"그건 그냥 두고 나가시면 알아서 먹을 겁니다. 걱정 마세요. 음식은 입에 맞으셨습니까?"

"네. 너무 맛있었어요. 잘 먹었습니다. 감사합니다."

주방장이 빙긋 웃었다. "맛있게 드셔 주시니 저희가 감사합니다."

리에타가 조금 머뭇거리다 물었다.

"저, 영주님께선 집무실에서 식사를 하시나요?"

주방장이 조금 서운한 듯 한숨을 내쉬며 웃었다.

"아뇨. 드실 때는 보통 내려와 드십니다. 오늘 아침은 안 드실 모양입니다."

리에타가 깜짝 놀라 눈을 동그랗게 떴다.

"바쁘실 때는 곧잘 거르십니다. 그나마 집사님께서 간청하셔서 점심이나 저녁 중에 한 끼는 드시니 다행이지요."

주방장이 양해를 구하고 주방으로 들어가더니 조그만 쿠키 꾸러미를 만들어 가지고 나와 리에타에게 내밀었다.

"이거라도 아가씨께서 좀 함께 드셔 주시지 않으시겠습니까? 뭘 갖다드리려고 해도 방에선 영 잘 안 드시지만, 혹시 아가씨 말씀이시라면 들어주실지도 모르겠네요. 근 몇 년 동안 가장 가까이 하시는 여성분이시니까요."

요리사가 못 미더운 표정으로 주방장을 찔렀다.

"주방장님. 영주님께선 이런 거 딱히 좋아하시지 않…….."

주방장이 요리사의 말을 잘랐다.

"뭐 다른 건 좋아하시냐. 뭘 드려도 공평하게 선호도 불호도 없으시니 상관없다."

젊은 요리사가 깨달은 표정을 지었다. 리에타는 얼떨떨하게 쿠키 꾸러미를 받아들었다. 식사를 자주 거르신다고? 상상도 못 했다. 난 너무 잘 먹었는데, 염치도 없이…….

제 방으로 돌아온 리에타는 책상 앞에 앉아 망연히 쿠키 꾸러미를 만지작거렸다. 같이 먹으라니, 그 주방장님의 솜씨니 맛이야 의심할 필요가 없겠지만…….

식사도 거르실 정도로 바쁘신데 괜히 방해나 되는 건 아닐까? 사실 나는 주방장님이 말씀하시는 그런 의미로 가까이하는 사람도 아닌데. 어떡하지. 그래도 식사는 챙기셔야 할 텐데. 오늘도 거르셨다면…….

똑똑. 리에타가 가까이서 들리는 노크 소리에 퍼뜩 고개를 돌렸다. 이미 문은 열려 있고 어느새 킬리언이 문간을 짚고 삐딱하니 기대어 서 있었다.

"무슨 생각을 하는데 노크를 몇 번을 해도 못 들어?"

리에타가 저도 모르게 책 뒤에 파드득 쿠키를 감추며 일어섰다. 킬리언이 뒤로 까딱 턱짓했다.

"가지. 그러고 보니 그대 집을 내가 모르는군."

아아. 차라리 그냥 다른 기사님을 붙여 주시면 좋으련만……. 리에타는 차마 죄송해서 호위 기사를 따로 붙여 달라 말할 용기를 내지 못한 자기 자신을 책망했다.

왜 나는 짐 따위를 가지러 가겠다고 말해서 식사도 못 하실 정도로 바쁘신 영주님의 시간을 빼앗고 있는 걸까. 리에타는 한심하고 송구스러운 기분에 얼굴을 붉히며 고개를 숙이고, 마지못해 그를 따라 방을 나섰다.

악시아스에서 내성 '축성술사의 집'으로 알려진 리에타의 집은 신성 능력자라는 특수성 때문에 꽤나 알려져 있는 편이었다. 하지만 정작 그 집을 하사한 킬리언은 리에타의 집에 한 번도 와 본 적이 없었다.

내성 사람을 아무나 붙들고 물어도 두세 명에 한 명 정도는 대답해 줄 수 있을 정도로 유명한 공공시설 같은 집이었지만, 영주인 그는 내성 안 어딘가라는 것만 알 뿐 위치도 방향도 알지 못했다. 어차피 리에타를 데리고 가는 거니까 안내는 맡기면 될 일이지. 킬리언은 훌쩍 말을 꺼내 왔다.

리에타가 하사받은 집은 악시아스 성에서 그다지 멀지 않은 거리였지만 그들은 평소처럼 말을 탔다. 어련히 영주님께서 그쪽이 더 편하시니 그러시겠거니 하고 리에타는 언제나처럼 그에게 결정권을 맡긴 채 말에 올랐다. 그러나 외성에서 다닐 때완 달랐다.

"헉. 영주님……!"

한낮 내성 시내의 거리에는 사람들이 가득했고 그들을, 특히 악시아스 대공을 알아보는 사람들이 수두룩했다. 그럴 수밖에 없는 것이 킬리언의 레아만큼 거대한 흑마가 악시아스 내성에 둘이나 있을 리 없었다. 킬리언의 외모 역시 눈에 띄긴 마찬가지였다.

"세상에 저기 좀 봐……. 영주님이."

"어디 어디?"

지나다니던 사람들은 양 옆으로 길을 터 비켜 서며 영주님께서 친히 제 앞에 태워 앉힌 여자를 발견하고 깜짝 놀랐다. 사람들은 목소리를 낮추어 속삭였지만 알아들을 만한 소리는 죄다 귓속으로 들어와 박혔다.

"저 여잔 누구지?"

"그 사람이잖아, 세비타스의……."

"아! 축성술사의 집?"

"어머나. 어쩜."

리에타의 얼굴이 어쩔 줄 모르고 달아올랐다. "저……." 안절부절못하던 리에타가 결국 입을 열었다. 주변 사람들에게 들리지 않을 정도로 적당히 목소리를 낮추었다.

"이렇게 다니면 안 좋지 않을까요……? 그런 소문이 더 날 텐데……. 혹시 누군가 저에게 이용 가치가 있다고 여기기라도 한다면 영주님께 더 귀찮은 일이 생기실까 두렵습니다."

킬리언이 심드렁하게 대답했다.

"됐어. 이미 난 소문을 어찌 주워 담을 수 있는 것도 아니고. 어차피 그대가 죽었다는 걸 믿지 않고 알아보기 시작한다면 금방 발각당할 일이야. 적당히 겁을 주어 보냈으니 차라리 함부로 건드리면 안 되겠다는 메시지를 전하는 편이 나아."

킬리언은 힐끗 그녀를 쳐다보고 말을 이었다.

"오히려 그대에게서 내 관심이 시들해졌다는 쪽이 더 위험할걸."

리에타는 이해하지 못하는 얼굴이었다.

"어째서요?"

"그대는 세비타스에서와 달리 여기서 축성 능력자로 알려졌잖아. 유용한 인재인 데다 하비투스 대사원에서의 일도 있었고."

망연해진 리에타의 얼굴을 보고 조금 씁쓸한 표정으로 킬리언이 설명을 덧붙였다. "비싸면 괜히 더 좋아 보이지."

그건 어느 정도 내 실수기도 하고. 한번 제 것이었다는 생각이 들면, 이미 후한 값을 받고 팔았다는 것도 생각지 않고 배 아파 하는 놈들이 있다. 어떻게 잘하면 꺾을 수 있을 것처럼 보이는 자리에 리에타를 놔둘 생각은 없었다.

킬리언은 단단히 벼르고 있었다. 제 발로 기어들어 오기만 해. 이번에야말로 부족함 없도록 제대로 환영해 줄 테니. 속으로 하는 생각을 드러내지 않은 채 킬리언은 조용히 말을 이었다.

"곱게 데려가기나 하면 다행이지. 이미 한번 그대를 팔아 돈 맛을 본 놈들이 그대를 얌전히 영지에 풀어 놓기만 할까?"

'뜨내기 도적을 가장해 납치라도 해 놓고 그대 몸값을 달라 할 수도 있겠지. 내가 그대에게 돈을 아끼지 않는다는 건 진작 확인했으니⋯⋯.'

일전의 이야기를 떠올린 리에타가 침울하게 입을 다물었다. 킬리언은 가만히 품속의 여자를 내려다보았다. 세드릭 카발람을 발견한 이후 킬리언은 그녀가 생각보다 더 위태로운 상태일 수 있다는 것을 인지했다. 세비타스에선 리에타에게 군이 물리력을 행사할 필요도 없었다. 리에타가 본 게 친딸의 시신이 아니었다는 사실을 말하고 유인해 가려 하기라도 했으면.

리에타가 내게 도움을 청하려 했을까? 글쎄. 만약 알아채지 못한 사이 무슨 일이 있었다면 나는 모르고 넘어갔을 가능성이 훨씬 높았다. 리에타는 악시아스에서 사라졌을 거고 그후로는 무슨 일을 당했을지. 어쩌면 영영 알 수 없게 됐을지도.

⋯⋯빌어먹을. 상상도 하기 싫군. 차라리 리에타가 역병 격리 구역에서 기웃거려 준 덕에 무슨 일이 일어나기 전에 제 눈에 띄어서 다행이었다. 그때 세드릭 카발람을 잡지 못했으면 정말로 일어날 수도 있었던 일이었다. 외부에서 리에타에게 들어오는 서신이 있다면 검열해야겠는데. 이것도 골치 아프군.

아직 여기까진 소식이 닿지 않았지만 하비투스 대사원에서의 일은 파급력이 적지 않을 것이다. 굳이 세비타스가 아니어도 리에타를 탐낼 만한 놈들은 얼마든지 있을 수 있었다. 이렇게 된 이상 제대로 보호하지 않을 수가 없다.

"저기 오신다. 드리고 와."

저편 길가에 쪼그리고 앉은 아이 엄마가 꼬마 아이의 등을 밀어 주자 손에 화관을 든 아이 하나가 도도도 달려왔다. 아이는 그들이 지나가는 길목 옆에 머뭇거리며 멈춰서서 팔을 쭈욱 뻗고 엮은 화관을 내밀었다.

어…… 나? 꼬마와 눈이 마주친 리에타가 어리둥절해 스스로를 가리키며 눈을 동그랗게 떴다. 킬리언이 뒤에서 고개를 낮추어 귓가에 속삭였다.

"받아 줘."

킬리언이 말의 속도를 늦추었다. 리에타는 영문을 모른 채 안장을 붙들고 오른쪽으로 몸을 기울였다. 오른쪽 허리를 감아 들어온 킬리언의 팔이 그녀의 허리를 감쌌다. 리에타는 기절할 뻔 했다.

말 타고 내릴 때도 늘상 잡아 주시긴 하지만 지금은 예상치 못해서 놀랐다. 리에타는 새빨개진 얼굴로 숨을 멈추고 그의 팔에 걸린 상체를 낮추어 화관을 받아 들었다. 화관을 건네준 소년은 활짝 웃더니 오히려 제 쪽에서 "감사합니다." 하고 꾸벅 고개를 숙이곤 몸을 돌려 달려갔다. 뒤에서 팔을 벌린 아이 엄마가 환히 웃으며 돌아온 소년을 꼭 끌어안아 주었다.

"잘했어."

뭐가…… 감사하다는 거지?

"그대는 신성 능력자니까."

킬리언이 묻지도 않은 말을 짐작한 듯 대답해 주었다.

"동쪽 사막 유목민족 출신이군. 신성 능력자가 어린아이의 꽃 선물을 받아 주면 아이가 평생을 축복받는다고 생각하는 사람들이지."

킬리언이 리에타의 손에 들린 화관을 그녀의 머리에 씌워 주었다. 그리고 꽃무리가 망가지지 않고 예쁘게 씌워지도록 정리해 주었다.

"여기도 그렇지만 그쪽 사막엔 신성 능력자가 귀해서. 그들은 꽃을 만나는 일도, 신성 능력자를 만나는 일도 드물지."

리에타가 어색하게 그를 마주보며 머리에 얹힌 화관을 만졌다. 킬리언이 웃으며 고갯짓해 그쪽 사람들을 가리켰다.

"웃어 줘."

리에타는 시키는 대로 했지만 자연스럽게 웃지는 못했다. 대신 그 어색한 얼굴은 킬리언을 웃겼다. 킬리언은 귀까지 빨개진 리에타의 얼굴을 보고 쿡쿡대며 웃음을 터뜨렸고 리에타의 얼굴은 다시 새빨개졌다.

그때, 저편에서 치안대 기사 셋이 그들에게 다가와 경례했다. "대공 각하를 뵙습니다."

킬리언이 웃는 얼굴 그대로 가볍게 손을 들어 받아 주었다.

"사람들을 물러가게 할까요?"

기사들이 묻는 소리에 킬리언이 리에타를 내려다보며 물었다.

"물러가게 할까?"

왜? 그런 걸 물어보시는 게 제일 부담스럽다는 걸 알면서 일부러 놀리고 계시는 것 같아서 리에타의 얼굴이 상기되었다.

"괘, 괜찮습니다."

킬리언도 예상한 대답인 듯 가볍게 끄덕이며 치안대원들에게 말했다.

"하지 마."

그들이 "예." 하며 물러섰다. 그리고 웃는 낯으로 "즐거운 시간 보내십시오." 덧붙이며 경례했다.

리에타의 얼굴이 타올랐다. 그러고 보니 이게 '동쪽 별채'의 임무였지. '악시아스 대공의 애첩으로 위장하기.' 저 사람들 눈에는 대단히 총애 받

는 애첩으로 보이겠구나. 임무에서 달아날 생각은 없었다. 하비투스 대사
원에서도 잘 해냈었다.

하지만 완전히 다른 사람, 다른 관계를 흉내 내는 것이라고 생각했던
이전과 달리 지금은 그녀의 일상이 있는 생활의 터전 속이었다. 세비타스
출신의 과부이며 축성 능력자, 악시아스 내성에 사는 평범한 영지민이라
는 자신의 실제 일상에 악시아스 대공의 애첩이라는 배역이 섞이게 되자
덜컥 당황스러운 기분이 들었다.

당장 눈에 드문드문 안면이 있었던 사람들이 스치자 리에타는 천연덕
스럽게 굴 수 없을 것 같아 고개를 숙여 시선을 피했다. 이 거리에 있는 사
람들은 모두 내성의 이웃들이고, 언제고 마주칠 수 있는 사람들이었다.

이래서 유예 기간이 있는 거구나. 마음을 바꿀 생각은 없지만 아직 마
음의 준비가 되지는 않았었나 보다. 갈림길을 발견한 킬리언이 물었다.

"어느 쪽이야?"

"아, 저쪽 앞에서 오른쪽이요……."

'동쪽 별채'에 들어간다는 것은 내 일상에 거짓이 끼어들고, 가까운 이
들에게 매 순간 거짓말을 해야 하며, 나의 일상이 바뀌는 일이었다. 아예
거처를 동쪽 별채로 옮기는 것이 어떤 면에선 합리적이겠구나 하는 생각
이 문득 들었다.

킬리언은 리에타가 인도하는 길로 레아를 움직였다. 화관을 쓴 리에타
에게선 싱그러운 풀꽃 향기가 났다.

"거의 다 왔어요."

생각보다 머네. 사실 누구나 성에서 걸어서 삼십 분 이내의 거리에 살
고 있을 수는 없다는 걸 감안하면 적당한 거리지만, 여자 혼자 걸어서 다
니기엔 꽤나 무리가 될 거리다. 에른이라면 훨씬 가까운 집을 챘을지도 모
른다고 생각했는데.

"여기야?"

"예. 저기 하얀 대문 집……."

리에타는 쑥스러운 듯 말꼬리를 흐렸다. 하얀 대문보다 먼저 눈에 들어온 것은 '축성술사의 집'이라고 쓰여 있는 큼직한 간판이었다. 하얀 대문 옆의 조그만 팻말에는 '리에타 트리스티'라는 이름도 적혀 있었다. 얼마 전 서신으로 받은 쪽지에 쓰여 있던 것과 같은 필체가 눈에 들어왔다.

킬리언이 눈썹을 찌푸렸다. 아주 나 여기 있으니 찾아와 잡아가라고 광고를……. 리에타를 내려 준 킬리언은 얕게 한숨을 쉬고 손짓했다.

"알았어. 다녀와."

축성술사니까 어쩔 수 없나. 말하자면 집이 영업장인 거니까. 리에타는 집 앞에서 머뭇거렸다. 킬리언은 이미 그녀에게서 신경을 끈 듯, 레아의 고삐를 쥔 채 장갑을 고쳐 끼며 주변을 두리번거리고 있었다.

"저…… 여기 계실 건가요?"

"그럼?"

리에타의 눈동자가 집과 킬리언 사이를 방황했다. 들어오시겠어요, 한마디 안 해도 되나? 이 집은 영주님께서 주신 집이었다. 대접은커녕 감사 인사 한번 제대로 한 적이 없었다.

그리고 날이 더웠다. 하다못해…… 리에타가 우물쭈물 하다가 집 쪽을 가리키듯 애매하게 팔을 들었다.

"저기, 물이라도……."

속내를 빤히 읽은 킬리언이 픽 입매를 끌어올렸다. 들어오라고 하게? 역시 조심성이 없는 여자다.

"여자 혼자 사는 집에 원래 그렇게 아무나 들이나?"

"이 집……. 영주님께서."

"그대 집이야."

킬리언이 선을 그었다. 그리고 별 표정 없이 리에타를 보냈다.

"다녀와."

리에타의 짐은 옷 두어 벌과 위패뿐이었다. 리에타는 축성술사라고 썼던 팻말을 뒤집어 뒷면에 당분간 쉰다고 적어 걸어 두었다.

넬라와 마틴, 페닐 아주머니가 걱정할까 싶어 발견하기 쉬운 곳에 간단하게나마 급히 쓴 편지를 놓아두었다. 리에타가 맡았던 정기적인 축성 의뢰인들에게는 킬리언이 직접 다른 축성 능력자를 붙여 주기로 했다.

리에타는 그를 오래 기다리게 하지 않고 금세 돌아 나왔다. 집 앞에서 기다리던 킬리언은 표정 없는 낯으로 리에타 손에 들린 리넨 손가방을 달랑 채어 들었다.

"짐이 이게 다야? 들어 주러 온 보람이 없군."

사람들 들으라고 하는 소리겠지만 황송하기 짝이 없었다.

"주, 주세요."

당황해 제가 들겠다고 말하며 까치발을 들어 봤지만 닿을 리 없었다. 리에타의 손이 스치기엔 그의 키가 너무 컸다. 그는 리에타의 어깨를 잡아 반대편으로 홱 돌려세우며 리에타의 어깨에 손을 올렸다.

"무엄한 손 치우고 친한 척이나 하지."

들어 올렸던 손을 어정쩡하게 가슴 앞에 내린 리에타가 망연히 중얼거렸다. "……정말이지 희대의 요부가……." 영주님을 짐꾼으로 부리다니……. 리에타는 기어들어가는 목소리로 현실을 부정하기 시작했다.

희대의 요부 치고는 너무 소박한 거 아닌가. 애초에 우리가 뭘 한 것도 아니고, 무겁지도 않은 천 조각 가방 하나 들어 준 거 말고 내가 뭘 어쨌다고. 아무리 여름이래도 한 달 이상 머물 짐이라기엔 못미더울 정도로 부피가 작았기 때문에, 킬리언은 들은 체도 않고 리에타의 짐을 들여다보았다.

작은 위패. 아델이라 쓰인 이름이 보였다. ……이걸 가지러 온 건가. 킬리언은 짐짓 그것을 못 본 체 했다.

"침의는?"

리에타는 킬리언이 초라한 제 짐을 들여다보는 것을 차마 만류하지 못하고 민망해하고 있었다.

"그, 그건 악시아스 성의 방에도 있으니까요."

"아, 그래?"

킬리언은 묻지도 않고 짐 안에 있던 옷을 멋대로 휙 들쳐 꺼내 보았다. 리에타의 얼굴이 새빨개졌다.

"영주님! 여자 옷을 함부로…….."

쯧. 킬리언이 옷을 보고 혀를 찼다.

"하녀도 아니고 이건."

눈으로 질책하듯 킬리언이 리에타를 쳐다보았다. 새삼 그녀의 옷차림을 검사하는 투로 시선이 위아래로 움직였다.

"옷걸이가 수려하다 보니 옷이 초라한지도 몰랐네."

"예?"

"그대가 아무리 아무거나 걸쳐도 아름답다지만."

킬리언이 고개를 기울이며 눈을 찌푸렸다.

"그대는 나의 애첩으로 성에 머무는 것이다. 이런 상태로 세비타스 놈들이건 누구건 와서 본다면 나를 뭐라 생각하겠어?"

킬리언은 바로 리에타를 끌고 내성의 가장 큰 드레스 숍 라트리아로 갔다. 라트리아 숍은 여덟 명의 드레스 디자이너를 거느린 악시아스에서 가장 유명한 드레스 숍이었다. 큰 옷가게라 오며 가며 눈에 띄었는데, 에른이 가끔 옷을 주문하는 의상실이라는 건 알고 있었다. 들어가 보는 것은 처음이었다.

대번에 킬리언을 알아본 의상실 디자이너와 점원 들이 일제히 하던 일을 멈추고 휘둥그레 뜬 눈을 집중했다. 악시아스 의상실 역사 이래 영주의 방문은 처음 있는 일이었다.

아무리 여성복을 주로 다루는 의상실이라지만, 라트리아는 악시아스에서 제일 큰 숍이었다. 외지 귀족들도 일부러 찾아오는데 어쩌면 정작 영주님은 코빼기도 구경을 못 해 볼 수가 있냐며 조금은 자존심 상하던 라트리아였다.

하지만 어느 날 갑자기 예쁜 아가씨 딱 데리고 이 문 열고 들어오실지 누가 아냐며, 그동안 망상으로만 떠들던 이야기였는데 어쩌면 평생 자신들의 가게에서는 볼 일이 없을지도 모른다 믿었던 그들의 대공이 진짜로 직접 젊은 여자를 데리고 들어오자 몇은 제 눈을 의심했다.

"어서 오십시오. 안으로 드시지요."

큰 건수라는 것을 직감하고 빠르게 정신을 차린 수석 디자이너가 생글 웃으며 재빨리 그들을 안으로 모셨다.

"어떤 드레스를 찾으시나요?"

킬리언이 담담하고도 뻔뻔하게 말했다.

"일단 있는 거 다 줘 봐."

리에타의 얼굴이 새파래졌다.

"마…… 맞는 것만 보여 주세요! 제게 어울리는 것만!"

킬리언이 이상하다는 듯 고개를 기울였다.

"그대에게 어울리지 않는 옷이 있을까? 그대에게 걸쳐지고도 아름답지 않으면 옷에 심각한 하자가 있는 것일 텐데."

리에타의 입술이 멍하니 벌어졌다. 뜻밖에 킬리언으로선 늘 되다 만 것 같은 원피스만 입고도 아름다운 그녀를 두고 객관적으로 사실만을 말한 것뿐이었다. 종업원들은 그들의 냉혈한 영주님께서 여자를 위해 저런 달콤한 말을 할 줄 아셨던가 속으로 경악을 금치 못했다.

"하지만 맞긴 해야겠군."

리에타가 혼이 빠진 사이 디자이너들이 달려들어 재빨리 치수를 재기 시작했다. 킬리언이 자연스럽게 책임자로 보이는 수석 디자이너를 향해 말했다.

"지금 갈아입고 가도록 한 벌 입혀 주고. 가져갈 것도 한 벌. 그리고 팔고 싶은 만큼 리에타에게 맞게 고쳐서 내일까지 악시아스 성으로 가져와."

디자이너들과 종업원들의 턱이 딱 벌어졌다. 내일까지? 이런 상도덕도 없는 주문이 어디 있단 말인가? 아무리 이곳이 물건 잘 나오기로 유명한 장인들의 천국 악시아스고, 기성품을 수선하는 일이라 해도 귀족에게 파는 드레스가 그렇게 금방금방 뽑혀 나올 수 있을 리가.

킬리언은 옷을 사 본 적이 없었다. 제국에서 가장 돈 많은 귀족 중 한 사람으로 꼽히는 사람이었음에도 귀족적인 사치와는 관련이 없는 삶을 산 지 십삼 년, 킬리언이 관심을 쓰지 않아도 그의 옷장은 언제나 계절에 맞는 옷들로 부족함 없이 가득 차 있었다. 마치 당연하다는 듯 새 옷이 들어차 있는 그의 옷장은 전부 집사 에른의 작품이었다.

그러나 수석 디자이너는 평온을 가장한 채 명을 받아들이겠다는 의미로 일단은 우아하게 고개를 숙였다. "네." 토를 달아도 고객님 심기를 살펴보다가 달아야 하는 일이었다.

팔고 싶은 만큼 보내라니 전원 밤샘은 확정이지만 과연 수석 디자이너의 예감은 틀리지 않았다. 눈치 빠른 그녀가 숙였던 고개를 들고 사교적인 웃음을 띠며 조심스럽게 제안했다.

"대공 전하의 여인이신데 맞춰서 입히지는 않으십니까?"

"아. 보통 그렇게 하던가?"

"그럼요. 지체 높으신 귀족 분들께선 단 한 분의 여성을 위해 특별히 제작된 단 하나의 드레스만을 고집하시는 일이 흔하지요."

사교계 따위 참석한 적도 없고 여자에게 드레스 선물 같은 것도 한 일이 없어 그런 룰은 잊고 있던 킬리언이 눈썹을 치켜들었다.

"여기서 이미 팔린 적 있는 디자인은 다 빼."

디자이너의 의도와는 반대되는 결과였지만 일의 경중을 아는 종업원들은 재빨리 움직였다. 리에타는 넋이 빠진 채 그나마 후보군이 줄어들어서 다행이라고 생각했다. 차석 디자이너의 명을 받고 샵에서 나온 종업원이 정문에 걸린 '영업 중' 팻말을 뒤집었다.

금일 영업 종료

옷을 갈아입는 베일 장막 뒤로 디자이너와 리에타의 모습이 사라졌다. 킬리언은 그 앞의 소파에 앉아 디자이너들이 가져와 보여 주는 드레스들을 무심히 눈으로 훑었다. 디자이너들은 시험을 당하는 기분으로 평정을 가장한 채 바짝 긴장해 섰다.

금속이고 가죽이고 석재고 목재고 섬유고 모든 종류의 공예가 발달한 악시아스는 장인들의 천국으로 일컬어지는 도시였다. 희귀한 광산에 마수 전리품을 구하기 쉬운 환경.

갈 곳 잃은 사람들이 모여드는 악시아스엔 다양한 민족의 문화와 공예의 정수가 모여들었다. 그리고 수탈에 무관심한 영주. 이것은 매우 중요한 문제였다.

북방, 폐황자의 땅이라는 묘하게 신비로운 악명이 귀족들의 호기심과 맞물려 어느 순간 악시아스 공예품은 암암리에 상류층의 유행을 탔다. 공예가들이 많은 악시아스 물건은 기본적으로 상등품이었다. 더욱이 기술의 부익부 현상이 일어나고 있던 악시아스 장인들의 공예품은 객관적으로도 훌륭했다.

처음에는 무기나 세공품 같은 금속 공예로 시작해 이내 모든 종류의 공예와 악시아스 물건이 놀라운 품질로 유명세를 타며 유행으로 번졌다. 잠깐 반짝할 줄 알았던 악시아스 풍의 유행은 높은 품질과 내구성, 다양한 문화를 융합한 새로운 디자인으로 사람들을 놀라게 하며 진짜 최고급 명품으로 자리 잡았다.

귀족들이 악시아스 물건을 받아야 가장 좋은 대우를 받았다고 여기게 되고, 결정적으로 제국 상류 귀족층의 지참금과 혼수품 시장을 지배하기 시작하면서 악시아스에는 엄청난 돈이 돌기 시작했다. 수요가 수요를 불러왔다. 상식적 수준의 세금만 매기는데도 저절로 악시아스는 돈방석에 앉았다.

우후죽순 모조품이 등장했지만 어떤 지역에서도 악시아스의 공예 기술을 뿌리까지 모방해 내지는 못했다. 장인부터 직인, 도제, 아마추어까지 공예가들이 모여들고 자생하는 독특한 생태계는 흉내 낼 수 있는 것이 아니었다.

어느 순간부터는 공예가들 스스로도 악시아스의 장인이라는 자부심을 가지고 최고급품을 만들어 내기 시작했다. 악시아스가 엄청난 무역 흑자를 내는 비결이었다.

팔릴 만한 물건은 무엇이든 거침없이 팔려 나갔기에 악시아스에선 어지간한 고급 샵에서도 기성품을 만들어 놓고 팔았다. 제국에서 유일하게 악시아스에만 있는 문화였다.

의상실 역시 그들의 영향을 받았다. 그래도 역시 최상위 귀족들의 상징은 맞춤옷이다. 그들의 영주님인 악시아스 대공인데.

공예가들은 대개 그들에게 천국을 만들어 준 무심한 영주에게 애정을 가지고 있었고 의상 디자이너들도 기본적으로 그런 성향을 가지고 있는 데다가 고급 의상실이란 기본적으로 높은 귀족에게 인정받고자 하는 욕구를 가지고 있는 사람들이었다. 처음으로 영주가 직접 발걸음 했으니 중요한 시험대에 선 것이었다.

얼마 후 장막 뒤에서 뭔가 말소리가 들리더니 휙 베일이 걷혔다. 리에타가 황망한 낯으로 베일 자락을 들고 멀어지는 디자이너를 향해 손을 뻗었다.

"흰색은 때 타요!"

대체 어떤 여자가 이 라트리아 숍에서 드레스를 입어 보며 그런 말을 뱉은 일이 있을까. 킬리언은 할 말을 잃고 그녀를 바라보았다. 어차피 척 보고 리에타에게 결정권이 없다는 것을 깨달은 디자이너들은 모조리 킬리언에게로 이목을 집중시켰다.

"……."

디자인은 자신 있었다. 마음에 들지 않을 리 없었다. 허리 아래로 풍성하게 퍼지는 스커트와 오프 숄더로 매끈하고 가녀린 어깨를 드러내는 벨 라인 타입의 드레스로 위에 하얀 숄을 감싸 청순함을 더했다. 근래 숍을 방문한 수두룩한 미인들을 떠올려 보아도 이렇게 드레스가 잘 어울리는 사람은 처음이었다. 하물며 이전에 입고 있던 수수한 원피스와는 비교도 할 수 없을 만큼 아름다웠다.

한참을 말없이 바라보던 킬리언이 그녀에게 시선을 떼지 않은 채 턱으로 옆의 디자이너가 든 드레스를 가리켰다. 하늘색 드레스에 밑단으로 갈수록 짙은 남색이 되는 새벽빛 하늘같은 쉬폰 드레스였다. "이것도 입어 보지."

제가 만든 드레스를 들고 있던 디자이너가 화색을 띠며 자신만만하게 리에타에게 다가갔다. 리에타는 주춤주춤 물러서다가 다시 베일 뒤에 갇혔다.

다시 베일이 걷혔다. 우아하게 몸을 감싸는 머메이드 라인의 드레스였다. 남색으로 어두워지는 치맛자락에 점점이 박힌 은빛 반짝이가 별처럼 수놓아져 있었고 위에 덧댄 녹색 시스루 쉬폰은 차가운 사막 밤하늘의 오로라 같았다. 동이 트는 새벽빛을 연상시키는 상의는 희미하게 에메랄드 빛이 도는 리에타의 하늘색 신비로운 눈동자와 너무 잘 어울렸다.

디자이너들과 종업원들이 "허.", "와…….'" 따위의 소리를 흘리며 탄식했다. "……이런 분들은 깡패죠."

막내 디자이너의 적절하지 않은 단어 선택을 제지할 생각도 하지 못한 채 수석 디자이너도 감탄하며 설명했다.

"대공 전하의 안목이 정말 훌륭하시네요. 정말로 새벽의 여신 같으세요. 보통 체구가 작으신 분들께는 이런 라인을 추천하지 않는데……. 비율이 좋으시니 체형 같은 것은 무시하고 그냥 완벽하게 소화하시는군요. 너무 잘 어울리세요!"

역시 말없이 한참을 빤히 쳐다보던 킬리언이 다른 드레스를 가리켰다.

"저것도 입어 봐."

옆트임이 있고 속에 받쳐진 흰 페티코트가 드러나는 붉은 홀터넥 슬리브리스 드레스였다. 드레스를 들고 있던 디자이너가 질끈 눈을 감아 소리 없이 환호하며 리에타에게 다가갔다. 리에타는 넋이 빠진 채 다가오는 다음 드레스를 바라보았다.

베일이 다시 가려지자 디자이너들은 너나할 것 없이 킬리언의 앞에 제회심작들을 꺼내 놓으며 열정적으로 각자의 드레스를 어필하기 시작했다.

베일이 걷혔다. 달빛 블론드와 하늘빛 눈에 대비되는 강렬한 붉은 색의 도발적인 드레스도 기가 막혔다. 입이 딱 벌어진 디자이너들이 연이어 탄식하며 입에 침이 마르도록 칭찬을 쏟아 냈다.

온갖 흥분한 말들이 뒤섞여 대공의 안목이 대단하다는 것인지 드레스가 주인을 만났다는 것인지 리에타의 미모가 다 했다는 것인지 알 수가 없었다.

어떤 컬러도, 어떤 타입의 디자인도 가리지 않고 드레스를 최고의 작품으로 승화시키는 미모에 디자이너들은 더욱 혈안이 되어 선택받기를 갈구하는 눈으로 킬리언을 바라보았다.

킬리언은 굳은 얼굴로, 이번에도 한참을 리에타만 바라보고 있더니 말 없이 손을 들어 다른 드레스 하나를 다시 가리켰다. 선택받은 디자이너가 환호했다. 그 어떤 흡족하다는 만족의 표현 하나 없는 굳은 얼굴이었지만 모두가 눈이 있었다.

디자이너들은 그 심각하기 짝이 없는 얼굴과 여인에게서 떠날 줄 모르는 시선이 무뚝뚝한 악시아스 대공의 더할 나위 없는 만족의 표현임을 확신해 마지않았다.

베일이 걷히면 킬리언의 곁에 서 있던 모두가 동그랗게 눈을 뜨고 탄식하며 리에타를 바라보고, 그녀가 베일 뒤로 사라지면 모두가 열정적인 눈으로 드레스를 들고 대공을 바라보기를 반복했다. 디자인 노트까지 들고 와 맞춤 드레스를 맡겨 주시라고 열변을 토하는 디자이너까지 나왔다.

드레스를 열 벌 이상 갈아입고 나온 리에타는 녹초가 되어 있었다. 이번엔 우아한 보랏빛 실크를 늘어뜨린 로맨틱한 브이넥 드레스였다.

"바닥에 끌리는 건 지금 입고 나갈 수 없어요……."

흥분한 디자이너에게 이미 그녀의 입에서 나오는 말은 들리지 않는 듯했다.

"허리가 가늘어서 이것도 잘 어울리실 줄 알았어요! 심지어 코르셋도 입지 않은 건데! 보세요!"

다만 킬리언만이 퍼뜩 리에타와 눈을 맞추며 말했다. "그렇네."

디자이너는 제게 말한 줄 알았지만 그것은 리에타를 향한 대답이었다. 킬리언이 이어서 말했다. "좀 짧은 건 없나?"

그의 입에 온 신경을 집중하고 있던 디자이너들의 눈에서 번개같이 불똥이 튀었다. 디자이너들이 각자 정신없이 회심의 미니 드레스를 들고 그의 앞으로 달려왔다.

～～☞✿☜～～

몇 시간 후, 입고 갈 것 한 벌, 가져갈 것 한 벌이라는 처음의 말이 무색하게 킬리언은 리에타가 입어 본 열여섯 벌의 드레스를 모두 샀다. 마침 당장 수선할 필요가 없을 정도로 몸에 맞는, 무릎 아래까지 오는 일상용 드레스가 있어 그것만 입고 가기로 했다. 나머지 옷은 완벽하게 몸에 맞게 수선한 후 한 달에 걸쳐 완성되는 순서대로 성으로 배달해 주기로 했다.

"이 손가방도 오늘 밤에 저희가 성으로 가져다 드리겠습니다."

친절한 디자이너가 언급한 것은 리에타가 가져온 리넨 손가방이었다. 지금 리에타가 입은 드레스에는 분명 어울리지 않는 물건이었다. 리에타가 순간 주저하며 머뭇거리자 킬리언은 어차피 내가 들고 가니 상관없다 대답했다. 눈치 빠른 디자이너 하나가 순식간에 검은색 실크백을 만들어와 그녀의 리넨 손가방을 통째로 새로 넣어 주었다.

일상복으로 그나마 입을 만한 수준이라 해도 도시 최고의 숍에서 나온 드레스였다. 허리에 도톰한 리본을 묶어 포인트를 장식한 아이보리색 탑 드레스는 리에타의 가녀린 몸매를 돋보이게 강조하면서도 단아하고 기품이 흘렀다. 팔에는 가운데 손가락만 끼워 넣어 손등을 거치고 어깨까지 올라가는 시스루 레이스 볼레로가 걸쳐졌다. 틀어 올렸던 머리카락은 풀어 구슬과 진주를 달아 군데군데 잘게 땋아 내리고 머리에는 리에타가 쓰고 온 화관을 그대로 얹은 채 조그만 보석 핀으로 포인트만 주었다.

신기하게도 어울렸다. 창백하던 입술에 붉은 꽃물까지 더해지자 청아하지만 생기가 부족하던 인상이 확 사랑스럽게 피어올랐다. 누군가 중얼거린 여신이란 소리가 일말의 아첨으로도 들리지 않았다.

디자이너들의 열렬한 환송을 받으며 샵을 나선 킬리언은 혼이 빠진 리에타를 끌고 근처의 다른 부띠끄들을 돌기 시작했다. 넋이 빠진 채 끌려다니던 리에타가 간신히 제정신을 차린 것은 보석상에서, 어느새 뒤로 다가온 킬리언이 제 목에 뭔가를 걸어 주려 할 때였다.

습관적으로 항상 그와 실랑이 하던 목걸이를 떠올린 리에타가 깜짝 놀라 뒤로 몸을 돌렸다. 아델의 목걸이는 성을 나설 때 진작 그의 목에 걸어 주었었다.

뜻밖에도 킬리언이 손에 들고 있는 것은 그녀가 빌려준 목걸이가 아닌, 리에타의 눈동자 색을 닮은 청유리빛 아쿠아마린 목걸이였다. 눈이 마주친 킬리언은 태연하게 고개를 까닥였다.

"애첩이라면서 내게 받은 패물 하나 없다는 건 말이 안 되잖아?"

묻기도 전에 나온 대답에 리에타는 할 말을 차단당했다. 그는 슬슬 어떻게 하면 리에타의 입을 다물게 할 수 있는지 파악해 가고 있었다.

리에타에게 다가온 킬리언이 그녀의 목에 어울리는지 가늠해 보듯 목걸이를 들고 가까이 대어 보았다. 괜찮네.

"돌아서 봐."

킬리언이 눈짓했다. 리에타가 머뭇거리며 그 보석을 한 번, 그를 한 번 올려다보았다. 하지만 몸은 움직이지 않았다.

"이러고 걸어 주길 바라나?"

킬리언이 리에타 앞으로 한 발 다가서며 고개를 갸웃했다.

"난이도가 높은데. 그대, 나를 시험에 들게 하는군."

목걸이 양 끝을 잡은 그의 두 손이 리에타의 목으로 다가왔다. 리에타는 그가 뭘 하려는지 알아채고 화들짝 놀라 휙 몸을 돌렸다. 킬리언을 등지고 돌아선 리에타를 향해 모노클을 쓴 보석 감정사 노인이 빙그레 웃으며 탁상 거울을 밀어 주었다.

막 놀란 가슴을 쓸어내리며 한숨을 내쉬던 리에타는 머뭇거리며 그에게 감사의 눈인사를 보냈다. 흰 장갑 낀 손으로 보석 확대경이 달린 모노클을 내려놓은 노인이 못 본 척 안경을 닦는 시늉을 하다 말고 리에타와 눈을 마주쳤다.

노인은 소리 없이 싱긋 웃더니 손가락 끝으로 자신의 어깨 부근을 톡톡 두드려 보였다.

아……. 머리카락……. 리에타는 거울을 보고 자신의 머리카락을 한쪽 옆으로 가지런히 모아 내렸다. 리에타의 하얀 목선 위, 한데 모아 쥔 머리카락이 오른쪽 어깨를 지나 달빛처럼 흘러내렸다.

킬리언은 가만히 거울 너머 그녀의 목에 드리운 목걸이를 바라보았다.

"그대 나이가 몇이지." 조금은 뜬금없는 질문이 날아왔다.

리에타는 "스물여섯입니다." 대답했다.

겨우 스물여섯 살. 딸의 유품 같은 것을 목에 걸기에는 너무 젊었다. 킬리언은 돌아선 그녀의 백금발 아래 드러난 하얀 목과 어깨선을 보고 문득 묘한 충동에 휩싸였다. 그러나 그는 곧 이성적인 상태로 돌아왔다. 그렇게까지 하는 것은 과하다. 합리적이지 않아. 무심코 흩어져 있는 잔머리를 손으로 마저 모아 주려다, 그것도 관두었다.

좀 무방비하지 않나. 잠깐 무방비한 것이 그녀인지 자신인지 고민하는 것을 관두고 킬리언은 목걸이 줄을 고쳐 잡았다. 그는 생각을 멈추고 목걸이를 걸어 주는 데 집중했다. 은은하게 빛나는 백금 줄이 그녀의 머리카락 위를 가로질렀다.

……잘 안 되는군. 단순한 구조였지만 손이 큰 킬리언에겐 작은 고리를 잡아 거는 섬세한 동작이 쉽지 않았다. 그가 어려워하는 것을 보고 보석 감정사 노인이 훈수를 두려는 것을 킬리언은 혼자 해 보겠다는 듯 손을 들어 막았다.

리에타는 거울로 제 가슴께를 내려다보았다. 톱 드레스와 볼레로로 조금 허전했던 그녀의 목에 섬세하게 세공된 하늘빛 보석이 눈부시게 반짝였다. 백금 줄에 투명한 물빛 보석은 리에타의 흰 피부와 물빛 눈동자를 위해 맞춰진 것 같았다. 킬리언의 안목이 훌륭하다는 칭찬이 빈말은 아닌 듯 정말로 그녀의 눈동자에 잘 어울리는 보석이었다

그러나 생각보다 오랫동안 그의 손이 방황하고 있어 리에타가 역시 이 물건은 제게 맞지 않는 것 같다 말하려는 찰나, 마침내 목걸이를 거는 데 성공한 킬리언이 거울 너머로 리에타의 목을 보며 목걸이 줄을 정리해 주었다.

"부족하겠지만." 뒤에서 그의 목소리가 울렸다.

"이걸로라도 허전함을 달래. 내가 그대의 목걸이를 빌려 갔으니, 그 대신."

리에타는 어쩔 줄 모르는 심란한 낯으로 목걸이를 바라보았다. 거울 너머로 곤란한 눈빛이 그를 올려다보았다.

"……과분해요."

"과분하지 않아."

그녀의 머리 위에 킬리언의 손이 올라와 툭 잠시 머물다 떠났다.

"소중한 물건을 빌려서 미안해."

한 번도 그의 앞에 제 마음에 생긴 욕심을 드러내어 보인 적 없건만. 순

간적으로 깊어진 리에타의 눈이 잘게 떨리며 아래를 보았다. 리에타는 정말로 보기 드문 미인이었다.

가죽 줄에 흠집 많은 투박한 은반지 같은 것보다야, 이런 것이 더 어울리는 젊은 여자라는 생각이 새삼 들었다. 예쁘고 반짝이는 것이나 보며 좋아해도 모자랄 나이를 어떻게 그렇게 살았을까.

"이걸로 하지."

그가 주문서에 사인하고 일어섰다.

그들은 보석상을 나왔다. 리에타가 가만히 눈을 깜박이며 다시 저를 말 위에 올려 주는 킬리언의 얼굴을 바라보았다.

'난 오히려 영주님께서 리에타한테 각별하시다고 생각했는데요.'

불쑥 떠오른 지젤의 목소리에 리에타가 창백해지며 파드득 고개를 저었다. 말에 오르기 전, 이상한 표정을 하고 있는 리에타를 감상하듯 빤히 올려다보고 있던 킬리언이 피식 웃었다.

"옷이 날개라더니. 그대 오늘 정말 아름답군."

라트리아 의상실의 열정적인 디자이너들 그 누구도 귀로는 듣지 못했으나 짐작하지 못한 사람이 없었던 악시아스 대공의 만족의 말을, 차마 짐작하지 못했던 유일한 사람이 귀로 들었다.

놀림인지 칭찬인지 갈피를 잡지 못하고 당황해하는 리에타의 얼굴에 작게 웃고, 킬리언이 훌쩍 말에 올랐다.

리에타를 옆으로 앉혀 놓았기 때문에 킬리언은 평소보다 조금 느리게 말을 몰았다. 부피가 큰 것들은 죄다 성으로 가져오도록 주문한 탓인지 종일 쇼핑을 했어도 그다지 티가 나지 않았다. 워낙 체력이 좋은 그는 쇼핑의 피로를 쉬이 느끼지 않았다. 그저 예쁜 것을 그의 안목으로 더 예쁘게 꾸며 놓고 보니 기분이 좋았다.

시간 가는 줄 몰랐다. 업무 스트레스가 심했던 모양이었다. 리에타는 몇 번은 그를 멈추길 시도했지만, 그가 새로 습득한 "애첩답게 치장해."라는 입막음 기술의 벽을 넘지 못했다.

리에타에게는 이것저것 걸쳐 놓았으면서도 그는 리에타의 손가방 하나만 든 처음의 상태 그대로였다. 킬리언이 멈춘 것은, 해가 거의 떨어져 가기 시작했을 무렵이었다. 다그닥 다그닥, 말의 발굽 소리 사이로 리에타가 어쩐 일로 먼저 말을 걸었다.

"영주님."

"응?"

"오늘…… 식사하셨어요?"

킬리언이 멈칫 하고 말을 세웠다.

"그대, 오늘 아무것도 안 먹었나?"

리에타는 고개를 저었다. "저는 먹었어요. 저 말고, 영주님요."

잔소리할 사람이 하나 더 늘었다는 것을 직감한 킬리언이 묘한 침음을 삼켰다.

"에른이 뭐라고 하던가?"

정말로 식사를 하지 않으셨구나. 리에타가 안장의 손잡이를 꾹 쥐었다.

"……이렇게 시간을 빼앗기셔서 어떡해요."

킬리언이 리에타를 내려다보았다. 무슨 생각을 하는지 알 법했다. 정작 리에타의 집에 들르는 일은 아주 잠깐이었고 나머지는 그의 독단으로 보낸 시간이었는데도. 그는 그냥 말을 다시 출발시키며 짧게 답했다.

"괜찮아."

잠깐의 침묵이 흘렀다. 잠시 후 리에타가 작게 중얼거렸다.

"바쁘시더라도…… 식사는 거르지 마세요."

킬리언은 물끄러미 그녀의 옆얼굴을 쳐다보았다. 별 소릴 다. 아무렴 내가 굶어죽을까. 하지만 묘하게도 에른이나 주방장도 자주 하는 소리지만 리에타는 같은 말을 다르게 들리게 말하는 재주가 있었다. 어딘지 달래 주고 싶게 말한다고 생각하며, 그는 평소보다 길게 대답했다.

"그 정도로 바쁘진 않았어. 그냥 집중하면 먹는 게 귀찮아져서."

리에타가 머뭇거리며 물었다.

"……바쁘지 않으세요?"

"급한 일 없어."

전혀 바쁘지 않다는 건 거짓말이지만 급한 일들은 오전 중에 모두 일단락을 해 두고 왔다. 예상보다 밖에 오래 있게 되긴 했지만 오후에 몇 시간 정도 뺄 여유는 되었다.

구호 막사 쪽도 사제들이 왔으니 이제는 빠져 줄 셈이었다. 구호 물품 보급도 어제 전부 마쳐 됐고, 신성 사제들이 붙은 덕에 구호 막사 쪽도 순조롭다는 보고를 받았다. 막사 쪽 사람들도 이제 내가 영주라는 걸 눈치챘을 테니 피곤하게들 굴려고 할 텐데.

환자들이나 일하는 사람들 스트레스 주지 않기 위해 시찰도 며칠에 한 번으로 느슨하게 바꿀 생각이었다. 그동안은 상황이 열악하다 보니 어쩔 수 없이 매일 붙어 있긴 했지만 상사란 원래 얼굴 자주 안 비치는 게 도와주는 거지.

타니아 성녀가 그 대신 왕성하게 움직여 주고 있으니 내일쯤 성녀가 돌아오거든 보고를 듣고, 시찰은 상황 봐서 리에타와 함께 움직일 생각이었다. 한동안 조용하던 리에타가 잠시 후 물었다.

"안 드시는 이유가 따로 있으세요?"

"딱히. 그냥 별로 먹는 데 취미가 없어서."

망설이던 리에타가 조심스레 물었다.

"혹시 쿠키는 안 좋아하세요?"

아까의 질문에 범인을 찾아낸 킬리언이 찡그리며 웃었다.

"주방장이었군."

리에타는 슬쩍 답을 피하며 눈치를 보았다.

"집무실로 가져다 드리면, 혹시 집중하시는 데 방해가 될까요?"

전엔 에른이 가져다 주었었지만 언젠가 앞으로 집무실이나 침실로는 먹을 것을 가져오지 말라고 거절한 일이 있었다.

"……같이 안 드시겠어요?"

킬리언이 가만히 리에타를 내려다보았다. 옆으로 앉은 리에타는 말이 향하고 있는 앞을 보고 있어 그 눈이 보이지 않았다. 킬리언이 대답이 없자, 리에타가 슬그머니 말꼬리를 흐렸다.

"주방장님 솜씨가 정말 좋아요……."

어차피 나는 유능하다. 그 정도 짬을 내지 못할 만큼 곤란한 사람이 아니었다. 가져다 드리면 드시겠느냐는 말이었다면 되었다 했을 테지만, 이 겁 많은 여자가 조심스런 목소리로 같이 먹자는 말에는 썩 거절할 생각이 들지 않았다. 그는 합리적으로 대답했다.

"도착하면 저녁 시간일 텐데."

"나중에요." 리에타가 답했다. 그럼 딱히 거절할 이유가 없었다.

"그러든가."

짧게 망설이다 툭 뱉어 대답한 킬리언은 괜히 리에타의 등 뒤로 말고삐를 만지작거렸다. 화관을 쓴 리에타에게서 풋풋한 풀꽃 향기가 났다. 오랜만에 식사를 하고 싶다는 생각이 들었다.

성으로 돌아오자 어느새 저녁이었다. 길었던 여름 해가 서쪽으로 뉘엿뉘엿 떨어져 가며 하늘을 불그스름한 낙조로 물들여 가고 있었다. 어스름이 내린 해자 위에 길어진 성벽의 그림자가 드리워졌다.

성 앞에서 수레에서 한창 짐을 내리고 있는 한 무리의 사람들이 눈에 들어왔다. 리에타는 그중 낯익은 두 사람의 뒷모습을 발견하고 눈을 동그랗게 떴다.

"넬라! 마틴 아저씨!"

사람들 중 몇 명이 그들을 돌아보았다. 리에타가 허리를 펴며 손을 흔들었다. 먼저 말에서 내린 킬리언이 그녀를 내려 주자, 리에타는 얼른 그의 팔을 붙들고 내려오더니 그에게 인사하는 것도 잊고 반갑게 달려갔다.

저편에서 '리에타!' 하며 두 남녀가 그녀에게 다가와 인사했다. 내성의 지인들인가 보군. 성에 물건을 대도록 허락받은 사람들인 모양이었다. 수상하게 보이는 점은 없었다.

킬리언은 잠깐 보고 있다가, 굳이 알은체하지 않기로 하고 몸을 돌려 성 안으로 들어갔다. 기사들이 다가와 레아의 말고삐를 받아들었다.

그때, 안장에 떨어진 하얀 꽃이 그의 눈에 들어왔다. 킬리언은 팔을 뻗어 그것을 집어 들었다. 이름 모를 하얀 들꽃이었다. 화관에 엮여 있던 꽃인지 꽃가지가 조금 길게 달려 있었다. 시간이 지난 꽃잎은 시들해져 가고 있었다.

어쩔 수 없다. 꽃이 싱싱한 기간은 짧으니까. 그는 그것을 바닥에 흘려 버리려다가, 그냥 들고 자신의 집무실로 올라갔다. 그리고 눈에 보이는 화병에 툭 던져 꽂아 두었다. 물에 꽂아 두면 잠깐이나마 예쁘게 피어 있을 수 있겠지.

어차피 짧은 생명이니까 피어 있는 동안이라도 싱싱하라고. 오래 못 가 시들어 버릴지라도, 그는 꽃이 아름답다는 것을 아는 사람이었다.

한참 집무실에서 업무를 처리하다가 에른으로부터 저녁 식사를 하라는 이야기를 들은 킬리언은 리에타의 방으로 갔다. 그러나 그녀는 아직 방으로 돌아오지 않은 상태였다. 빈방을 본 킬리언은 그녀 없는 방 풍경에 유쾌하지 못한 기분이 들어 가만히 그녀의 방 앞에 서 있다가, 도로 집무실로 올라왔다.

"에른."

"네, 주인님."

"들어오며 보니 성에 물건 대러 온 상인들이 있던데."

킬리언은 그들이 이 시간에 납품하는 물건이 무엇인지, 관련된 일을 물으며 그 상인들의 신상에 대한 보고를 함께 받아 볼 요량으로 운을 떼었다. 성에서 주문한 물건들을 납품하는 상인들은 대개 정해진 시간에 오도록 되어 있었다. 그것은 보통 이른 아침이나 낮 시간이었다. 해가 다 떨어져가는 이런 저녁 시간에 납품을 오는 일은 많지 않았다.

그가 집사에게 일상적으로 관여시키는 업무들과는 거리가 있었으므로 에른이 단번에 답을 줄 거라 생각하고 물은 건 아니었는데, 뜻밖에 대답은 빠르게 나왔다.

"지금 시간이라면 라멘타 리넨과 관련된 납품이었을 것입니다. 상인들의 실수로 잘못된 물건을 납품하였다고 올바른 물건을 다시 납품하겠다 하여 관계자가 허락하였습니다. 상인들은 믿을 만한 사람들입니다."

라멘타 리넨? 공급이 부족해 오늘에야 유통이 되었다던 구호 물품이었다. 라멘타 지역에서 자생하는 품종 아마의 줄기로 만든 리넨으로 역병이 돌기 전에도 일반적 리넨보다 세 배 이상 값이 비쌌다. 역병이 퍼진 후 그 가격은 스무 배 이상으로 뛰어올랐다.

역병이 도는 곳에서 '라멘타'라는 글자가 들어간 물건은 그게 무엇이든 비싼 값으로 불티나게 팔려 나갔다. 종종 근본 없이 라멘타 향초니 라멘타 유리니 이름만 가져다 붙인 가짜도 있었지만 라멘타 리넨은 디리타스 역병 사태 때부터 널리 사용된 역사가 있었고, 듣자하니 실제로 효능이 있다는 것도 입증되었다고 하는 물건이었다. 사람들의 미신을 등에 업고 신성 왕국이라는 이름의 후광에 힘입은 민간 신앙의 영향이었다.

이미 근 이십 년 전 멸망한 변방의 약소국, 신성 왕국 라멘타가 아직도 사람들의 인식에 끼치는 영향력은 지대했다. 오죽하면 제국에서 나는 물질은 모조리 릴페이엄을 향해 있을지언정 사람들의 정신은 모조리 라멘타를 향해 있다 할 정도였다.

"아니 그래서 글쎄. 뒤늦게 알고 보니 라멘타 아마로만 만든 게 아니라 르나하산 아마랑 절반씩 섞어 만든 리넨이었지 뭐야? 그럼 계약서에 그렇게 명시를 하든가!"

마틴이 넬라의 말을 이어받았다.

"그렇게 혼용한 리넨은 악시아스에선 라멘타 리넨이라고 부르지 않는다고. 기본인데! 그런데 자기들은 혼용률이 절반이면 라멘타 리넨으로 부른다는 거야. 그 정도면 구호 물품으로서의 효능은 충분히 있다나?"

"오히려 자기들이 억울하다고 방방 뛰는데. 어휴."

"라멘타 리넨이 모조리 품귀를 겪다 보니 녀석들이 제시해 온 가격이랑 재고량에 우리가 그만 깜박 넘어간 거지. 어쩐지 너무 좋은 조건의 거래였어. 좀 더 확실히 알아보고 확인했어야 했는데."

넬라가 아직도 분이 안 풀린 듯 한숨을 내쉬며 투덜거렸다.

"확인하지 못하고 서둘렀던 우리한테도 잘못이 있으니까."

마틴도 설레설레 하며 이마를 짚었다.

"성에 사기를 칠 뻔했어. 상인은 신용이 생명인데."

"황급히 성에 보고하고 뒤늦게 구한 순도 높은 라멘타 리넨으로 다시 납품했지 뭐. 이미 납품한 것도 일단 원가만 받고 넘기기로 했어. 그나마 손해가 나지 않게 돼 다행이지. 전부 반품을 당해도 할 수 없는 상황인데……."

한동안 티격태격하던 둘은 공통의 위기 앞에서 다시 의기투합한 모양이었다. 빠르게 쏘아 대는 사이사이에도 동업자에 대한 신뢰와 의지가 묻어났다. 그들에게 익숙해진 리에타는 끼어들거나 추임새를 넣어야 한다는 압박감에 시달리지 않고 가만히 들으며 웃었다.

"아, 리에타. 이거 가지고 가서 먹어. 성에서 지내는 데 불편한 건 없지?"

"고마워요. 넬라. 늘 신세만 지네요."

"신세는 무슨. 혹시 뭐 필요하면 연락해서 이야기해. 편지는 봤는데, 그 집으로는 다시 안 오는 거야? 계속 여기 사나? 우리가 또 만나러 와도 돼?"

"또 만나러 와 주면 나는 좋죠. 계속 여기 살지는 모르겠어요. 그 집을 정리하란 말씀은 없으신데."

리에타는 잠깐 멈추었다. 이건 그대 집이라며 선을 긋던 킬리언의 목소리가 귓가에 아른거렸다.

'그대 집이야. '내가 준 집'이 아니라.'

넬라는 어느새 뒤이어 조잘거리고 있었다.

"하긴. 나 같아도 리에타를 데리고 살 수 있으면 옆에 끼고 안 놔줄 듯."

마틴이 흥 웃으며 넬라의 머리를 확 쓸었다. "주책바가지."

둘이 다시 사귀는구나. 리에타가 웃었다.

"도움이 필요하면 연락할게요. 넬라도 마틴 아저씨도, 제가 도울 수 있는 일이 있으면 뭐든 말해 줘요."

"와. 우리 성 안 사람에게 연줄 생긴 거야?"

넬라가 악의 없이 좋아하며 까르륵 웃었다. 리에타도 농담인 줄을 알아서 당황하지 않고 웃으며 답했다.

"일단 성에서는 임시로 지내는 건데, 어떻게 될지 모르겠어요. 하지만 아마."

'돌아가게 해 주실 것 같아요.'라고 말하려던 리에타는 자연스럽게 말을 고쳤다. "돌아갈 것 같아요."

"다음엔 페닐 아주머니랑 같이 올게."

그렇게 말을 남긴 둘은 떠났다. 일을 마치고 나자 해가 꼴딱 넘어가 있었다. 리에타는 사람들에게 축성을 걸어 주며 그들을 배웅해 보내고 성으로 몸을 돌렸다.

"어머." 그후에야 생각이 미쳐, 뜨악해진 얼굴로 혼자 발을 동동 구르며 혀끝을 깨물었다. "어머, 영주님."

"레이첼."

"네."

킬리언의 집무실 창문 위 구석에서 레이첼이 쏙 머리를 내밀었다. 그가 손을 까딱하자 레이첼은 가볍게 상체에 반동을 주더니 창을 넘어 집무실 안으로 사뿐 들어섰다. 레이첼은 본래 정문보다 창문을 통해 출입하는 일이 잦았다. 하비투스 대사원에서도 꼭 이렇게 들어왔었다.

'레이첼.'

'네.'

하비투스 대사원 급박한 분위기 속에, 대공이 머무는 귀빈실 창문 위에서 검은 커트 머리의 여자가 불쑥 머리를 내밀었다. 레이첼은 리에타가 욕실로 들어가 보이지 않는 틈을 타 냉큼 방 안으로 뛰어내렸다. 바닥에 발이 닿는 소리조차 들리지 않았다.

'할 수 있겠나?'

'네.'

거두절미하고 빠르게 다가온 레이첼은 킬리언이 내어 주는 시신을 받아 안고 획 들쳐 멨다. 다음 순간 그녀는 나무 그림자가 우거진 창가로 성큼 다가가 창틀 위를 잡더니 몸을 뒤집어 휘릭 지붕 위로 사라졌다.

그 어떤 지시도 하지 않았지만, 시신은 그들이 의혹을 피할 수 있는 적당한 위치에서 발견되었다. 오스티아 대제사장은 눈이 감긴 채 바르게 누워서, 가슴 앞에 포개어 정리된 손에 앙크 목걸이를 쥔 상태로 발견되었다. 마치 동료가 미처 수습하지 못해 기도만 해 주고 떠난 전사자의 시신처럼.

아무리 그녀가 보통 사람이 아니라지만 쉬운 일은 아니었을 것이다. 시신의 무게뿐만 아니라 그녀가 움직여야 했던 동선을 생각해 봐도 육체적으로도 불가능에 가까운 힘든 일이었을 것이다. 신체적 노고와 발각의 위험을 무릅썼음은 물론이거니와 성직자의 시신을 떳떳하지 못한 방식으로 처리하게 한 것은 마음 쓰이는 일이었다. 부정을 탄다고 누구라도 꺼릴 일이었다.

따로 선물이라도 해야겠다고 잠깐 그런 생각을 하다가 킬리언은 본론으로 들어갔다.

"리에타의 일은."

"네. 다 들었습니다. 지젤이나 레너드를 도울까요?"

"아니. 일단 리에타가 근래 악시아스에서 가까이 지내는 사람들을 관리해 줘."

"네. 관리의 범위는요?"

킬리언은 잠깐 리에타에게 필요한 관리라는 것을 생각했다.

"가깝게 지내는 사람들이 어떤 사람들인지. 평소에 무슨 이야기를 하는지. 리에타가 곤란을 느낄 만한 부분이나……. 혹시 괴롭히는 사람은 없는지. 아. 리에타에게 들어오는 서신이 있다면 전부 나를 거치게 하고."

레이첼이 눈을 깜박였다. 스토킹 수준의 관리를 요구하면서 이상한 점을 모르는 킬리언이 그녀와 눈을 마주쳤다.

"그런 거 아니야."

레이첼이 묘한 웃음을 띠었다. "네. 대공 각하."

"필요한 조치야."

"네."

"서신 문제는……."

"네. 이해합니다. 해명하지 않으셔도 됩니다."

킬리언이 피식 웃으며 고개를 돌렸다.

"내 참."

레이첼이 농조로 툭 던졌다.

"리에타가 지금 이성적 호감을 가지고 만나는 남자는 없습니다."

"아니라고."

"네."

"아니라니까?"

"네."

그는 묻지도 않은 이야기를 자꾸만 변명처럼 늘어놓았다.

미쳤어, 미쳤어. 영주님께 인사도 안 하고 아는 사람을 좀 봤다고 홀랑 영주님을 두고 가 버리다니. 대체 내가 무슨 정신이람?

바로 제 방으로 올라가지 못하고 리에타는 층계참에서 우왕좌왕했다. 올라가 사죄드려야 하나?

그런 걸 달가워하실 분은 아니고 아마도 개의치 않으실 것 같긴 한데.

고작 그런 일로 시간을 빼앗는 게 더 영주님께 폐가 되는 거 아닐까?

킬리언은 바쁠 것이다. 바쁘시겠지? 안 바쁘신가? 식사는? 당황한 얼굴로 집무실로 올라가야 하나 제 방으로 돌아가야 하나 층계참을 오르내리며 갈등하던 리에타는 창밖으로 익숙한 말이 길을 돌아 들어오고 있는 것을 발견했다.

"타니아 성녀님?"

리에타는 자연히 달을 찾았다. 그믐이었다. 영주님, 식사, 타니아 성녀님, 별채 일을 번갈아 생각하던 리에타는 곧 발걸음 옮길 곳을 정하고 몸을 움직였다.

타니아 성녀가 생각보다 빨리 돌아왔다는 걸 알게 된 킬리언은 다시 리에타의 방으로 내려갔다. 그러나 방은 여전히 비어 있었다.

"리에타는?"

"축성술사님은 타니아 성녀님께서 돌아오셨다는 이야기를 들으시고 성녀님의 처소로 가셨습니다."

시동의 대답이 돌아왔다. 좋은 핑계 삼아 타니아 성녀를 모시는 전령 노릇을 하겠노라 자처한 리에타의 속을 모를 킬리언이 헛웃음을 흘렸다. 진짜 질투 나려고 하네.

악시아스 대공의 침실이 있는 본관에 머무는 것은 그의 여자라는 인상이 있어, 상징성이 강한 유명 성직자인 타니아 성녀는 본관에서 조금 떨어진 독채의 귀빈실을 숙소로 삼아 머물고 있었다.

타니아 성녀가 머무는 곳으로 발걸음을 옮긴 그는 독채 앞에서 서성이고 있는 리에타를 발견했다.

"뭐 해?"

"아, 영주님." 리에타가 그를 발견하고 인사했다.

"기사님들께서 말씀하시기로, 성녀님께서 저녁 기도를 하신 후에 영주님을 뵈러 가겠다고 사람들을 물리셨다고 해서⋯⋯ 기다리고 있었습니다."

성녀님의 말씀은 어차피 보고를 받으셔야 할 일이니 제가 먼저 성녀님을 뵙고 말씀드리러 가려고 했는데⋯⋯. 타니아 성녀가 뜻밖에 사람들을 물렸다고 해 어쩔 수 없게 되었다.

리에타는 머쓱한 얼굴을 했다. 킬리언이 눈을 찌푸렸다.

"그렇다고 어두운데 이러고 있어?"

리에타가 살짝 미소했다.

"영주님의 성인데, 뭐가 위험하겠어요."

성에 있는 사람이 몇인데, 겁도 없이. 킬리언은 그녀를 빤히 바라보았다. 전에도 미인인 줄은 알고 있었지만, 늘상 입고 있던 칙칙한 원피스 대신 드레스를 입고 있는 그녀는 과연 시선을 떼기 힘들 정도로 아름다웠다. 눈이 있다면 누구라도 그렇게 생각할 것이었다.

"그대, 밖에서는 그러고 돌아다니면 안 되겠군."

킬리언이 합리적으로 조언했다. 저러고 나가게 하면 분명 사정 모르는 남자들이나 불한당들이 꼬이리라. 그런 이성적이고 상식적인 걱정이었지만.

"네, 물론 사 주신 옷들은 사적으로 성 밖으로 반출하지 않겠습니다."

속 터지는 대답이 돌아왔다. 그깟 옷 몇 벌 사 주는 게 부담이 될 정도로 내가 돈이 없어 보여? 하지만 성 안에서만 이러고 있겠다는 게 썩 나쁠 것 같진 않아서 그는 망설였다. 하긴 바깥은 안전 문제도 있고⋯⋯.

우르르릉, 소리와 함께 하늘이 어두워졌다. 또 비가 오려나 보군. 가느다란 그믐달이 구름 뒤로 가려지며 하늘이 더욱 어두워졌다. 킬리언이 하늘을 한 번 올려다보고 리에타의 옷차림으로 시선을 내렸다.

그 순간, 갑자기 리에타가 퍼뜩 놀라며 타니아 성녀의 독채 쪽으로 고개를 돌렸다. 거의 동시에, 킬리언은 등줄기를 타고 싸한 기운이 흐르는 것을 느꼈다. 저도 모르게 킬리언도 리에타의 시선을 따라 고개를 돌렸다.

순간적으로 그는 이 상황이 이상하다는 점을 알아챘다. 보통의 경우라면 그녀가 그보다 수상한 기척을 더 빨리 알아챌 리가 없었다. 그런데도 리에타가 자신보다 한발 빠르게 무언가를 느꼈다. 그녀가 자신보다 예민하게 느낄 수 있는 수상한 기척이라면.

검을 뽑아 리에타의 앞을 막아서며 킬리언이 빠르게 물었다.

"뭐지?"

"아, 악마의 기운이!"

순식간에 칼을 뽑아 든 킬리언이 즉시 별채 문을 박차고 뛰어 들었다. 사람의 기척이면 모를까, 그는 본래 신성력이나 마력 같은 것은 느끼지 못하는 사람이었다. 그럼에도 느껴지는 불길한 기운이 범상치 않았다.

본능적으로 닫혀 있는 문으로 눈이 갔다. 잠겨 있었다. 킬리언은 검의 폼멜로 문고리를 내리쳐 즉시 문을 때려 부수고 들이닥쳤다. 리에타가 황급히 따라 뛰어 들어왔다.

다음 순간 킬리언은 자신의 눈을 의심했다. 당황한 얼굴로 돌아본 타니아 성녀의 눈동자가 검은 빛으로 물들어 있었다. 성녀의 몸에서는 검은 기운이 뿜어져 나오고 있었다.

타니아 성녀의 앞에 검은 연기가 서서히 소용돌이치며 바닥에 둥근 원을 그렸다. 그 원 안에서 한쪽 무릎을 꿇은 기묘한 인간의 형상이 나타났다.

킬리언의 눈에는 희미하게 보일 뿐이었지만, 악마를 보는 눈을 가진 리에타의 눈에는 그것이 무엇인지 또렷하게 보였다. 몸에서 검은 연기를 뿜어내는, 염소의 뿔이 달린 인간 형상의 고위 악마. 리에타가 놀라 입을 가렸다. 킬리언의 눈이 가늘어졌다.

인간계에서 인간의 형상을 하고 나타날 수 있는 것은 최고위 악마뿐. 게다가 저 보라색 눈은……. 이내 체념한 빛으로 눈을 내리감은 타니아 성녀가 악마 쪽으로 고개를 돌렸다.

"악마 메르데스."

그들에게 뒷모습을 보이고 악마를 향해 선 타니아 성녀가 말을 이었다.

"그대는 순례자 타니아와의 약속을 지켜라."

소용돌이치는 검은 연기 속 인간의 형상이 그녀의 목소리에 반응해 또렷하게 빛났다. 성녀 앞에 무릎 꿇고 있던 뿔 달린 젊은 남자의 인영이 서서히 일어섰다.

"기꺼이."

대답과 함께 온전한 형상을 갖춘 보랏빛 악마가 날개를 펼쳤다. 몽마계 최고위 악마 메르데스가 세 사람을 둘러보고 히죽 웃었다.

마른 가지에 바람처럼 1

1판 1쇄 발행 2019년 12월 13일
신판 3쇄 발행 2022년 12월 1일

지은이 달새울
펴낸이 김영곤 **펴낸곳** (주)북이십일 아르테
아르테본부 웹콘텐츠팀 배성원 강혜인
마케팅1팀 배상현 이보라 한경화 김신우 **디자인** 박숙희
출판마케팅영업본부장 민안기
출판영업팀 최명열 **제작팀** 이영민 권경민

출판등록 2000년 5월 6일 제406-2003-061호
주소 (우 10881) 경기도 파주시 회동길 201(문발동)
대표전화 031-955-2100 **팩스** 031-955-2151

ISBN 978-89-509-9427-3 04810

아르테는 (주)북이십일의 문학 브랜드입니다.

(주)북이십일 경계를 허무는 콘텐츠 리더

아르테 채널에서 도서 정보와 다양한 영상자료, 이벤트를 만나세요!
페이스북 facebook.com/21arte **블로그** arte.kro.kr
인스타그램 instagram.com/21_arte **홈페이지** arte.book21.com

• 책값은 뒤표지에 있습니다.
• 이 책 내용의 일부 또는 전부를 재사용하려면 반드시 (주)북이십일의 동의를 얻어야 합니다.
• 잘못 만들어진 책은 구입하신 서점에서 교환해드립니다.